COLLECTION FOLIO

Gabriela Adameşteanu

Une matinée perdue

Traduit du roumain
par Alain Paruit

Gallimard

Gabriela Adameşteanu est née en 1942. Romancière et nouvelliste, elle est considérée comme l'une des voix les plus importantes de la littérature roumaine, aux côtés de Norman Manea et de Mircea Cărtărescu. Elle est notamment l'auteur d'*Une matinée perdue* (2005) et de *Vienne le jour* (2009).

PREMIÈRE PARTIE

Rue Coriolan

1

Autrefois, si elle avait dû rester là des journées de suite sans sortir, elle aurait cru que le plafond allait lui tomber sur la tête. Elle s'arrangeait toujours pour décamper. Un jour chez l'un, le lendemain chez l'autre, elle faisait sa tournée, elle ne rentrait de nulle part les mains vides, sans compter qu'elle causait, apprenait les derniers potins, parce que sinon, passer tout son temps avec son muet de mari, ce serait à se flinguer. Eux deux, ils n'ont jamais rien eu à se dire et puis, d'ailleurs, de quoi parler avec son homme ?

— L'homme, il doit te connaître qu'au-dessous du nombril, dit-elle, et alors sa belle-sœur, la voilà qui prend des airs de sainte-nitouche :

— Ho ! Vica, fais attention, y a le gamin qui t'entend… À ton âge, débiter des gaudrioles…

— Pfuitt… ! Qu'est-ce que ça fait s'il entend ? Tant mieux ! Tu crois que tu vas le garder encore longtemps dans tes jupes ? Te bile pas, j'ai fréquenté des grandes maisons, moi, je sais comment elles causent, les dames de la haute… Partout où j'ai été, je me suis bien entendue, tout le monde il m'aimait et il m'appréciait, et chez Mme Ioaniu, qu'est-ce que je pouvais rire avec elle et avec Ivona !

Une muette aussi, la belle-sœur, il faut un forceps pour lui tirer les mots de la bouche... Son pauvre frère, tant qu'il a vécu il a été entiché d'elle, parce que les hommes c'est comme ça, ça s'entiche d'une femme. Sauf le sien, elle n'a jamais pu le sortir de ses rails, déjà quand elle était jeune, elle écoutait tous ses sermons, et qu'est-ce qu'elle pleurait, quel mouron elle se faisait, elle maigrissait à vue d'œil... Jusqu'à ce jour-là où sa marraine est venue la voir, Dieu ait son âme.

— Qu'est-ce que t'as, Vica ? T'es maigre comme un clou.

— Eh bien, y a ci et y a ça...

— Reprends-toi, ma petite, qu'elle lui a dit, arrête de te tracasser !

Il a toujours été ainsi, son homme, un mauvais coucheur. Elle, elle a une autre nature, elle tient de sa mère, gaie comme elle, ah ! si elle était tombée sur un homme pareil, un qui aime rire... Ça existe, ces hommes-là, mais alors ça cloche ailleurs, faudrait pas croire qu'il y en ait un pour racheter les autres...

Maintenant, elle peine de plus en plus pour sortir, mais malgré tout, une fois ou deux par mois, elle prend son fourre-tout en cuir (qu'elle tient de Mme Daniel) et y entasse tout ce qu'elle peut encore trouver, elle enfile ses chandails, met son dentier, se noue sur la tête deux fichus et puis une écharpe, pour maintenir le béret rigide qu'elle a coupé il y a neuf ans dans les restes de son manteau, après quoi elle déguerpit. C'est lui, son homme, qui dit qu'elle déguerpit :

— Qu'est-ce que tu fous, tu déguerpis encore ? marmonne-t-il du fond du lit, sous les couvertures empilées par-dessus la couette, le crâne enveloppé d'un vieux pull déchiré qu'elle ne met plus ; car il a égaré le bonnet délavé qu'il porte d'habitude.

Quand il parle il souffle comme un phoque entre les mots, il est grand et gros, il a dépassé les cent kilos. La peau de son cou pendouille, flasque, mais il a des joues rebondies, presque rubicondes, où pousse une barbe drue et blanche, qu'il ne rase que tous les deux ou trois jours.

— Cette sale habitude de te baguenauder... Toute ta vie, t'as essuyé les paillassons des autres...

— Pfuitt..., répond-elle.

Elle ne le regarde même pas. Prête à partir, emmitouflée, elle passe à côté, dans l'arrière-boutique, où elle va et vient, déplace des baquets, déniche des choses à emporter : un bocal de cornichons, des oignons, puisqu'elle en a suffisamment pour cet hiver, quelques gousses d'ail, un fond d'eau-de-vie qu'elle transvase dans un flacon à sirop contre la toux. Elle les tasse dans son fourre-tout, par-dessus les sacs en plastique vides. Elle n'aime pas aller chez les gens les mains vides, et puis on a toujours besoin d'un petit pois chez soi...

— Pfuitt..., répond-elle.

Elle n'écoute plus ce qu'il raconte. Qu'il radote tant qu'il lui plaira, il perd sa salive, il parle aux murs, ce qu'un homme il confesse, c'est à se le fourrer sous les fesses, comme elle disait à Mme Ioaniu... Elle s'en tordait de rire, la vieille...

Depuis le temps, elle sait ce qu'elle a à faire quand il se remet à dérailler, à la disputer : elle file ici, dans l'arrière-boutique, va te faire foutre, vieux chnoque, va te faire foutre, lui dit-elle de son côté, à voix basse...

Elle parle toute seule, elle passe dans la boutique et il faut voir tout ce qu'elle lui balance encore, mais il n'en sait rien, lui, par-dessus le marché il devient dur d'une oreille, il n'entend que ce qui l'arrange, alors elle, elle vide son sac, ça soulage. Dans la boutique, il fait noir. Quant à la chaleur, juste ce qui vient de l'arrière-boutique. Autrefois elle allumait le poêle, là y a pas de raison, ça fait bien vingt ans... non, ça en fait plus — combien déjà depuis qu'elle a baissé le rideau ? Les piles de bûches sont toujours là tout le long d'un mur et les sacs de charbon toujours dans leur coin, mais à quoi bon faire du feu dans ce bric-à-brac ? Le vieux buffet qui a perdu ses portes, les grands bocaux de saumure, les sacs de patates, les casseroles, le seau d'eau de lavure... Et elle au milieu, qui s'occupe comme elle peut, jusqu'à tant qu'il en ait sa claque, l'autre, et qu'il ferme son clapet. Elle retourne alors dans la chambre, se penche en geignant et bourre le poêle de boulets, jusqu'à la gueule, et puis elle ouvre la petite porte de tirage, parce que lui..., on ne peut pas compter sur lui : ce soir quand elle rentrera, elle risquerait de trouver la maison froide.

— Cause toujours ! Je vais pas rester là à croupir à côté de toi, pour tes beaux yeux... Te voir quarante ans, ça m'a suffi !

Elle lui répond avec un tel retard qu'il la regarde les yeux ronds, et se tait. Il se tait et se demande ce qui lui prend tout à coup. Tu vas voir de quel bois je me chauffe — cela, elle ne le lui dit pas à voix haute —, toi qui étais mauvais comme une teigne... Voilà pourquoi elle ne l'a jamais porté dans son cœur, bien que, la première fois qu'elle l'a vu, on ne puisse pas dire qu'il ne lui ait pas plu.

Elle était vendeuse dans une épicerie, rue Iancului, quand une cliente s'est amenée avec lui et c'est de là qu'ils se sont connus. Elle avait dix-neuf ans à l'époque, Vica, elle était gaie et tout le monde l'aimait bien. Lui, bel homme, costaud, le nez droit et les lèvres minces, les cheveux gominés, avec une raie sur le côté — tiens, comme sur la photo punaisée au mur. Elle est d'ailleurs de ce temps-là, la photo, du temps où ils se sont mis ensemble, lui il travaillait à la chocolaterie Zamfirescu...

Quelle confiserie il avait, Zamfirescu, à peu près là où se trouve maintenant la statue de Kogalniceanu, et tout ce qu'il lui rapportait de la chocolaterie, son homme ! Des chocolats et des bonbons de toutes sortes et des pralines... Zamfirescu en distribuait à tous ses employés, à Noël et à Pâques, ah ! quels œufs en chocolat et quelles tablettes, grandes comme ça, elle donnerait cher pour en ravoir, aujourd'hui ! Dire qu'alors elle en était écœurée, tellement elle en avait bouffé. Que voulez-vous, on est ainsi fait... Et Zamfirescu, un vrai monsieur, même qu'il fréquentait dans l'entourage de la reine et qu'il était comme cul et chemise avec des ministres... Trois ans qu'il a bossé chez lui son homme, il n'a pas été bien longtemps à l'école, mais il a une belle écriture, aujourd'hui encore, faut voir la signature qu'il te vous fignole, avec une de ces boucles par en dessous...

Finalement, avec ce qu'il avait épargné sur son salaire et avec la dot qu'elle a reçue de son père, ils ont pu s'acheter une boutique. Le jour où il leur a donné l'argent, son père, figurez-vous, il s'est emmêlé les pinceaux ! Lui, qu'on pouvait supplier sans qu'il lâche un sou, il a allongé quinze mille lei de trop. Et l'autre, son couillon de mari, cette vieille bête, voilà-t-y pas qu'il se ramène, paniqué :

— Écoute, qu'est-ce qu'on va faire, ton père s'est trompé quand il a compté l'argent... Qu'est-ce qu'on va faire, qu'il dit, ce couillon, faut lui rendre, tiens, prends-les et rends-lui...

— Donne ça, qu'elle répond, et parles-en plus jamais à personne, parce que ça, c'est mes sous ! Tout ce que j'aurai pu tirer de lui...

Elle ne croyait pas si bien dire, puisque son père, tout ce qu'il possédait, il l'a légué rien qu'aux enfants de son deuxième lit, qu'ils puissent s'en étouffer !... Bref, sa dot d'un côté et les économies de son homme de l'autre, ils ont eu suffisamment de sous pour ouvrir la boutique rue Coriolan. Après, fallait le voir faire le beau, ce vieux bouc, depuis qu'il était commerçant, le voir rentrer en fiacre, rien que des fiacres de première classe, avec tout plein de paquets devant, et lui vautré derrière sur les coussins. Un jour il lui a apporté un bracelet en or, un autre jour un médaillon de saphir avec la chaînette, mais ensuite il a laissé tomber :

— À quoi bon t'en redonner, si tu les portes jamais...

Où qu'elle les aurait portés ? Derrière le comptoir où elle passait ses journées ? Mais lui, il s'en fichait ! Môssieu allait au cinéma, môssieu allait au match, il en a pas raté un seul de la Juventus, à croire qu'on pouvait pas jouer sans lui... Pour ce qui est de sortir, à présent, il ne sort plus guère que par beau temps, il fait sa promenade à pied jusqu'au jardin du Cismigiu, il se tient droit, le ventre en avant, un ventre de commerçant, un ventre comme n'en a jamais eu son père à elle, cet Olténien tout sec monté de sa province pouilleuse. Sur le tard, quand il avait pris un coup de vieux, il pleurnichait : Quel commerçant je fais si j'ai point de ventre ? C'était son seul chagrin. Tandis que son homme, il a été toute la vie comme ça : grand et pansu. Il marche droit et raide, le ventre en avant, le pas lourd, et il salive devant la crêperie du coin et les bouteilles d'Orangina. Elle, elle lui glisse un billet de vingt-cinq lei dans la poche, sans souci puisqu'elle sait qu'il y touchera pas — mais un homme, ça aime avoir de l'argent sur lui.

— Tu t'en vas et tu me laisses seul, qu'il dit, plaintif.

Il fait dans les aigus, les yeux toujours rivés sur la télé, adossé aux oreillers. C'est le film d'hier soir, une rediffusion, ça ne l'empêche pas de le revoir. Et puis, enchaînant presque, mais d'une voix changée :

— Vica, apporte-moi un verre d'eau.

— Va te faire voir, tu pourrais te bouger ! Tu veux pas que je te torche, pendant que t'y es ?

Elle lâche pourtant son fourre-tout, retourne dans l'arrière-boutique, rapporte un verre plein et le lui met dans la main. Bien que tout emmitouflée — voilà une heure ou presque qu'elle est prête à partir —, elle attend à côté de lui qu'il ait bu, pour poser elle-même le verre sur la table.

— Qu'est-ce que tu disais ? demande-t-il, et il se rallonge dans le lit en bâillant. Tu racontais quoi tout à l'heure ?... Tu marmonnes, tu radotes...

Alors elle lui crie :

— Merde ! Ta gueule !

Elle ramasse son fourre-tout et sort en claquant la porte.

2

Elle marche avec précaution sur les pavés mal équarris de la cour, où s'est déposé le givre du matin. Ses pieds enflés lui font mal, bien qu'elle les ait frottés hier soir à l'alcool à brûler et qu'elle ait mis aujourd'hui ses gros bas de laine. Le temps va sans doute changer. Elle s'arrête une seconde pour souffler, l'air froid lui donne le vertige, elle sort de sa poche sa main droite à demi fermée, protégée par un gant de fil qui s'effiloche au bout des doigts, et elle s'appuie contre le rideau de fer rouillé. En plus de vingt ans, depuis qu'elle a fermé la boutique, la poussière l'a si bien recouvert qu'il se confond à présent avec le mur. VINS DES COTEAUX DE L'AURORE : c'était écrit en grosses lettres, en bas à droite, entre le rideau et la marche qu'elle a fait retirer après la fermeture. Oui, elle a condamné le rideau et a fait enlever la marche — à quoi bon la laisser là, puisque personne n'entrait plus par-devant ? *VINS ET ALCOOLS* — mais quelle charcuterie elle débitait ! Et quelles fourmes de cascaval ! Elle avait sa pratique dans tout le quartier, de la rue Coriolan, bien sûr, à la rue Sabinelor. Les clients, ça venait, ça choisissait, ça achetait, et puis ça causait un brin, ça buvait un verre, ça grignotait des amuse-gueule... Ah ! quels fromages, quelles sardines, quels aromates, de l'épicerie fine, de la vraie de vraie ! Et les vins, rien que des Coteaux de l'Aurore... Même qu'on l'a complimentée plus d'une fois :

— Y a pas à dire, mame Delca, vous lui rendez des points, au Dragomir Niculescu !

Et voilà, c'est derrière le zinc mouillé qu'elle a passé le plus clair de ses belles années. Elle trottait sans cesse, dans le bruit des verres et des couverts, poussée par les appels des clients attablés :

— Eh, la Vica !... Ça arrive, à la fin ?... Ho ! Vica !

Son homme restait, comme maintenant, vautré au lit dans la chambre du fond. Il n'en sortait que pour vider un poivrot ou pour s'assurer, la mine sombre, que personne ne se permettait des privautés avec elle. Il vous surgissait dans le dos quand on s'y attendait le moins. Malgré sa carrure, on ne l'entendait pas venir. Il entrait et jetait un regard à la ronde, c'est ce qui lui a plu toute la vie : se tourner les pouces et surveiller. De toute façon, personne l'aurait entendu, tellement ça rigolait. Mais à peine on le voyait, c'était le silence. Sûr, on le craignait.

— Eh ! M'sieur Delca, vous prenez un godet avec nous ? lui lançait parfois un client de fraîche date, croyant qu'on pouvait l'amadouer.

Alors lui, de sa voix haut perchée :

— Non merci, c'est pas dans mes habitudes.

Il déambulait encore un moment dans la salle, renfrogné, à croire qu'il voulait dégoûter les clients, leur couper l'envie de boire, et puis il retournait dans la chambre. Il se bichonnait, se mettait sur son trente et un, et il décampait : au match, au cinéma, en goguette en ville. Elle, elle restait là pour se farcir les fournisseurs, le déchargement de la marchandise, tout le tintouin. Elle était une forte femme, pas comme ces mijaurées d'aujourd'hui, des sacs d'os, des planches à repasser, pas de cul, pas de nichons, les hommes y trouvent rien à peloter... Oui, elle était une forte femme, forte en chair et forte en poitrine, on entendait gémir le plancher quand elle marchait, et elle avait des cheveux bouclés noués en chignon sur la nuque, et le visage charnu et blanc... Si elle avait voulu qu'est-ce qu'elle aurait pu s'en payer, mais c'était pas son genre, elle était pas une de ces créatures... Tiens, y en avait un, un grand brun à la moustache fine et au regard mauvais, elle le revoit comme si c'était hier, il travaillait à la Préfecture de police, quand il venait il achetait rien que du caviar, du saumon, du foie gras et des vins fins. Il en chargeait sa voiture et il filait à une de ses noubas de la haute. Comment il la regardait ! Et du madame Vica par-ci, et du madame Vica par-là… Il avait des bagues à chaque doigt et, au petit, un anneau gros comme ça !

— Il vous plaît ? qu'il lui a dit un jour. Si oui, tel que vous le voyez, il est à vous.

— Gardez-le-vous, qu'elle y a répondu. J'en ai pas l'usage, moi, j'ai mon mari.

Un bel homme, mais quel chaud lapin il devait faire, à le voir jouer de la prunelle… Après, quand les communistes ont pris le pouvoir, il a disparu aussitôt : Adieu femme, enfants, foyer ! Évanoui, personne n'a plus rien su de lui. Y en a, s'ils lui avaient mis le grappin dessus, sûr ils lui auraient fait sa fête, parce que ça devait pas être net, toutes ces bagues… Mais il n'y avait pas que lui. Des bonshommes, à la pelle ! Sauf qu'elle, elle ne pensait pas à la chose, c'était pas son naturel, et en plus elle se crevait au boulot. Juste ce que lui disait Mme Ioaniu, une femme de tête, Mme Ioaniu : des maris, elle en a eu deux.

— Vica, mets-toi bien ça dans la tête, qu'elle lui disait, femme qui se crève au travail ne fait pas bonnes fiançailles.

Elle marche toute courbée, voûtée, dans son manteau bleu délavé, boudinée vu les pulls qu'elle a enfilés en dessous. Elle marche la tête baissée, le fourre-tout à la main, sans regarder à droite ni à gauche, ça fait peut-être quinze ans qu'elle n'est pas allée dans le centre-ville, et pourquoi elle irait ? Elle a ici tout ce qui lui faut : la caisse d'épargne et le coiffeur au coin de la rue, la pharmacie et le cordonnier, le téléphone à côté du fruits et légumes, elle y va les jetons dans le poing si Reli, sa voisine copine, n'est pas à la maison, et puis le grill où elle s'achète toujours des petites saucisses en rentrant. Elle pose l'assiette en carton sur un des étals vides du marché, elle met le fourre-tout à côté, elle trempe la saucisse dans la moutarde et elle se l'enfourne. À chaque fois, elle se tâte : en garder une pour la porter à son homme ? Ma foi non, se dit-elle en fin de compte, et elle s'essuie la bouche avec son mouchoir, ma foi non, il est assez gros comme ça, et de toute façon il se prend des tartelettes au fromage quand il va au Cismigiu…

Elle marche toute courbée, elle dépasse le square où les retraités jouent aux échecs pendant l'été, quelques corneilles croassent, posées sur la statue verte de cette femme à poil, comment elle s'appelle, déjà ? Son frère Ilie, Dieu ait son âme, il le savait, à chaque fois qu'ils passaient par là ensemble il y disait son nom : l'Acrobate… non, c'était plutôt l'Afrodise… Les yeux bandés, elle pourrait aller de la maison à l'arrêt du tram, tellement elle le connaît bien, son quartier, elle peut décrire chaque maison, chaque renfoncement de la rue, bon, il y a pas mal de nouveaux venus qui ont emménagé, mais les anciens, ils se souviennent tous d'elle.

— Bien le bonjour, mame Delca, comment ça va ? Bien le bonjour, mame Delca, qu'ils lui disent dès qu'ils l'aperçoivent.

Tout le monde l'aime bien, tout le monde l'estime. Alors, elle s'arrête pour tailler une bavette quand elle rencontre quelqu'un de connaissance : chacun a ses ennuis, pour l'un c'est le foie, pour l'autre la bile ou la tension. S'ils ne lui avaient pas laissé autant d'ardoises, elle serait riche au jour d'aujourd'hui, mais il n'y en a pas un pour venir lui dire :

— Mame Delca, tenez vingt-cinq lei, vous en aurez l'usage.

Le monde est ainsi fait, si on peut donner aux autres on est bon, si on peut plus on vaut pas un clou…, elle ne le sait que trop, elle en a vu dans la vie, elle pourrait ouvrir une école. L'école de la vie, cours du soir, qu'elle disait à Mme Ioaniu, et qu'est-ce qu'elle rigolait, la vieille… L'école de la vie, parce qu'autrement, autrement qu'est-ce qu'elle a connu, elle, à part le boulot et encore le boulot ? Rien que le boulot, toujours le boulot…

Elle monte lourdement sur le marchepied du tram. Elle donne au receveur les pièces mises à l'avance dans sa poche et se fraye un chemin dans la cohue jusqu'aux sièges de devant.

Rien que du boulot et encore du boulot, la voilà sa vie, à partir de ses onze ans quand sa mère est morte et qu'elle s'est retrouvée seule avec une ribambelle de frères à s'occuper. Le père, il était parti à la guerre et au bout d'un an, c'était l'été, la mère a attrapé la fièvre typhoïde, ou le typhus, bref elle a attrapé une belle saloperie et elle en est morte, la pauvre. Et Sile, le plus petit, il est mort aussi, vu que personne y donnait plus le sein, et puis ç'a été le tour des jumeaux, mais Ilie et Niculae et elle, ils s'en sont tirés, ils étaient plus grands, et Dieu leur a prêté vie. Ils sont restés tout seuls dans la vieille maison de ce vieux quartier, Pantelimon, près du cimetière de l'église Capra, où leur mère est enterrée, tout seuls, elle et sa ribambelle de petits frères à torcher ; ceux qui s'en sont tirés ils ont survécu, ceux qui s'en sont pas tirés ils sont morts, à chacun selon sa chance… Il y avait juste une grand-mère qui passait des fois, la Grecque, celle qui tenait tant à son rang de dame. Elle la revoit, dans sa robe gris argent d'ottoman, aux petits boutons boutonnés jusqu'au cou et tout plein de guipures aux poignets. Et une étole de fourrure sur les épaules. Elle la revoit telle qu'elle était : forte, ventrue et mamelue, comme toutes les femmes de leur famille. Du coup, elle se serrait à en péter dans son corset, un corset à baleines increvable. Mais la bosse, elle ne s'en souvient pas : est-ce qu'elle était bossue, la grand-mère ? Une dame en tout cas, et qui tenait un kiosque à journaux près de chez elle, près de sa maison en enfilade et à véranda vitrée, rue Sfintii Apostoli. Une dame, ouais, mais ses petits-enfants ne pouvaient pas la sentir : pourquoi avait-elle laissé leur maman en nourrice ? Si elle l'avait pas placée chez des gens, si elle l'avait élevée avec son garçon et son autre fille, sûr qu'elle aurait pas eu la même vie, leur pauvre maman ! Elle aussi, elle serait allée en pension et elle aurait grandi comme une demoiselle et elle aurait pas marié un Olténien et elle aurait pas passé son temps derrière un comptoir et elle aurait pas pataugé dans la boue de Pantelimon, avec une demi-douzaine de marmots dans les jupes ! Pauvre maman ! Ah ! si sa Grecque de mère l'avait pas placée, elle aurait connu une autre vie, et peut-être bien qu'elle ne serait pas morte à trente ans, une femme de sa trempe, dans la force de l'âge ! Voilà ce que disaient les voisines, quand sa grand-mère, la Grecque, faisait un saut à Pantelimon, pour voir ses petits-enfants. Personne pouvait la sentir, pas plus les voisines que ses petits-enfants, et quand elle leur disait de l'appeler grandmozère, eux autres, les garnements, ils y criaient Grandmisère… Paix à son âme, depuis le temps qu'elle l'a rendue, au diable ou au bon Dieu. Sa photo, elle la garde encore dans un tiroir, une photo tirée chez Fridiche Kaiseur, s'il vous plaît, elle s'y tient raide et fière, la Grandmisère, avec son étole autour du cou et ses chaussures à talons hauts. Des bottines du dernier chic, qu'elle en briquait le cuir à l'huile de ricin et qu'elle les laçait au crochet. Vu que toute sa vie elle a pris soin d'elle, la Grandmisère, c'est pour ça qu'elle a placé sa fille comme une de l'Assistance, pour pas avoir trop de gosses dans les pattes. C'est pour ça qu'elle se fichait pas mal de ses petits-enfants, et alors eux autres, les malheureux, quand ils étaient trop dans le besoin, ils couraient chez l'oncle Fesse-Mathieu, qu'avait sa maison de l'autre côté de l'église, une grande maison derrière un haut mur, avec des caves à vin et des chiens méchants. Un grigou çui-là aussi, un grigou et un grippe-sou, c'est pas pour rien que tout le monde l'appelait Fesse-Mathieu…

— Ho ! vous là, remisez votre panier, il est en plein dans le passage, on trébuche dessus, crie à son oreille un homme trapu.

Il s'agit d'un panier de jonc où gloussent deux poules à la crête en berne. Une paysanne est montée avec, deux arrêts plus tôt, elle l'a bien vue, Vica, quand elle est montée par-devant, côté descente.

— Ben, où que je pourrions le mettre ? répond la paysanne.

Elle attrape l'anse du panier et le traîne entre les jambes des voyageurs, les poules battent des ailes, se débattent en pure perte, les pattes attachées.

— Voilà ce que c'est, en seconde, et je t'y monte avec des paniers, avec de la volaille, avec tout et n'importe quoi… Y en a qu'amènent même leur clébard, reprend l'homme en se tournant vers un vieillard maigre, coiffé d'une casquette, qui se tient devant elle, Vica.

Le vieillard se tait, il hoche à peine la tête, et les veines durcies de son cou se gonflent sous la peau flasque.

— Mettez-le là, à côté de moi, dit-elle.

Et elle pousse le panier sous la banquette.

— On monte avec ce qu'on a, on va tout de même pas aller à pied parce qu'y en a que ça les défrise ! On monte, du moment qu'on paye son ticket, pourquoi on monterait pas ? lance-t-elle, fort, à l'homme trapu.

Et toc ! Que tout le monde l'entende, surtout les délicats qui se bouchent le nez, qui se véhiculeraient qu'en première, parce qu'en seconde paraît que ça sent pas assez bon pour eux. Elle, depuis qu'elle a fermé sa boutique, elle a toujours pris des secondes, et elle en est pas morte. Elle paye ses vingt-cinq centimes et voilà, elle en payerait trente que ça serait pareil des êtres humains... Si elle comptait pas ses sous, avec ce que lui ramenait son homme elle s'en serait pas tirée huit jours.

Elle prend le fourre-tout et descend prudemment du tram.

L'air sent l'humidité, c'est la fin de l'hiver, bien que les passants, leur cabas à la main, tirent encore, sur la neige sale et tassée, des luges où des enfants se tiennent de guingois. Des immeubles pas crépis entre les grues, des tas de gravats mal recouverts sous des bâches, des baraques fermées. Le souffle court, elle marche plus lentement que d'habitude, de crainte de se prendre les pieds dans un câble ou un fil que des bons à rien ont laissés en pagaille depuis l'automne. Elle a hâte de se voir arrivée, depuis quelque temps il suffit d'un petit trajet comme ça pour la mettre sur les rotules... Quelle plaie la vieillesse, et en plus voilà qu'elle a faim, bien qu'elle ait bu avant de partir une grande tasse de thé, en y trempant du pain. De toute façon, elle n'entreprend jamais rien à jeun, autrement elle tournerait de l'œil, elle serait pis qu'une lavette... Sa belle-sœur, elle y mettrait la main à couper qu'elle a rien cuisiné à l'heure qu'il est. Elle a été toute sa vie une mollassonne, si on compte sur elle on n'est pas sorti de l'auberge, et pardessus le marché toujours à geindre, pour n'importe quoi : avant de déménager ici, parce qu'ils étaient à l'étroit, les uns sur les autres, et à présent parce que c'est loin de tout, qu'elle passe son temps dans les bus… Qu'est-ce qu'on n'aurait pas entendu si elle avait dû vivre comme elle, quarante ans dans une vieille masure, et se chauffer au charbon et surtout pas rater les rares arrivages de butane… Quand on entre chez eux, on se croirait au paradis, elle leur y a dit d'ailleurs, il y a trois ans déjà, quand ils ont déménagé, mais la belle-sœur, elle arrêtait pas de récriminer : tantôt que les fenêtres ferment mal, tantôt que la porte a du jeu, tantôt que ce quartier, Berceni, c'est loin de tout…

— Tais-toi, qu'elle lui a dit, tais-toi, tu vas fâcher le bon Dieu, là chez vous c'est le paradis sur terre, je te jure !

Eh bien, elle a eu la langue fourchue, puisqu'à moins d'un an de là, ce pauvre Ilie est mort de son accident… Et alors elle a appris, la belle-sœur, elle a compris que c'est dur de mettre la main à la pâte, de se débrouiller toute seule. Le pauvre Ilie, brave garçon, il ne la contrariait jamais, et même l'argent du ménage c'est elle qui le gardait. Lui, à sa propre sœur, c'est en douce qu'il y filait un billet de vingt-cinq quand elle partait :

— Tiens, Vica, pour le tram quand tu viens nous voir, qu'il lui chuchotait sur le pas de la porte.

Mais avec son fils, elle a trouvé à qui parler, la belle-sœur. Un sale caractère, le Gelu, c'est d'elle qu'il tient, de leur famille, il l'envoie promener pour un rien. Et elle qui arrête pas de le cajoler : mon petit par-ci, mon grand par-là… Gelu, il en fiche pas une rame, tout le temps le nez dans ses bouquins, le roi des feignants et le prince des gnangnans… Elle, Vica, si elle avait eu des gosses, je te jure qu'elle te les aurait matés, tant mieux qu'elle en ait pas eu, allez savoir comment qu'ils auraient tourné, les jeunes au jour d'aujourd'hui ça connaît plus ni crainte ni vergogne.

Berceni

1

— Là chez vous c'est le paradis sur terre, dit-elle en s'asseyant lourdement sur une chaise de cuisine.

La chaleur lui embrase si fort la figure et lui ramollit tellement les jointures qu'elle n'a surtout pas envie de bouger. Elle regarde les tasses pas lavées dans l'évier, la toile cirée couverte de miettes, le morceau de fromage à la croûte jaunie dans une assiette.

— Où elle est, ta mère ?

— Au boulot. Cette semaine elle travaille le matin... Tu le savais pas ? répond Gelu d'une voix traînante.

Il s'est accoté à la porte. Grand et maigre, des traits pas encore définitifs, qui semblent gonflés par un bouillonnement interne qu'il s'efforce de cacher. Il fixe Vica, un sourire étalé sur ses lèvres épaisses. Il porte un pantalon d'intérieur trop large, sans ceinture, et une chemise verte décolorée.

— Si j'avais su, je me serais pas tapé tout ce voyage pour des prunes...

Elle se lève, ôte son béret, se penche sur le fourre-tout et pose sur la table le bocal de cornichons, le flacon, l'oignon et l'ail. Elle est dépitée d'avoir fait tout ce trajet sans trouver sa belle-sœur, s'il fallait compter sur eux, y en a pas un qui viendrait, mais là y a de l'abus, c'est tout le temps elle, rien qu'elle, depuis des années, sur les paillassons des autres ! Il n'a pas tort pour une fois, son homme... Ah ! si maman n'était pas morte, ç'aurait été une autre vie ! Après le cours primaire, elle voulait l'envoyer en secondaire, même qu'elle lui avait acheté l'uniforme, avec le béret et tout, elle le voit encore, c'était en juillet, et puis en août on a décrété la mobilisation... Papa est parti à la guerre, après maman est morte, une femme si forte, voilà qu'elle quittait pas le lit et qu'elle délirait, les lèvres gercées, la pauvre, tellement elle faisait de la fièvre... Mais elle, Vica, une gamine de onze ans, elle se rendait pas compte. Elle aimait mieux jouer sur le terrain vague que rentrer à la maison...

En fin de compte, elle en a vu de toutes les couleurs : elle avait ses frères à s'occuper, et faire la queue à la boulangerie, pour du pain bis mal cuit, plein de son, mais qui c'est qui se mettait à la queue ? Vica, vu qu'elle était l'aînée. Qu'elle avait onze ans. Elle poireautait, la carte de rationnement à la main, elle attendait à en devenir dingue, elle se souvient encore des coupons : *Pain 880 g. Pain 440 g. Pain 300 g. Les rations seront remises uniquement sur présentation de la présente carte. Les contrevenants sont passibles de 6 mois de prison ou de 3 000 lei d'amende ou de ces deux peines*.

Ah ! c'est qu'elle était la deuxième de sa classe, forte en lecture. Elle attendait et elle lisait la carte de rationnement, elle la connaissait comme son *Pater*, et elle l'a pas oubliée...

— Si tu savais ce que c'est de se retrouver sans mère à onze ans… On a eu bien de la misère depuis la mort de maman…

Aujourd'hui encore, après tant d'années, elle demeure une faible orpheline.

— Alors il faut bien l'aimer, ta mère, reprend-elle tout en mâchonnant un croûton de pain.

Elle lave les tasses, les range sur leur rayon et, comme elle tourne le dos à Gelu, elle se coupe un bout de fromage et se l'enfourne. Elle couvre le reste avec du plastique et pose l'assiette sur le rebord de la fenêtre, à l'extérieur, on croirait que c'est fait pour. Et dire que sa belle-sœur se plaint à tout bout de champ :

— Si mon pauvre Ilie était pas mort, on aurait un frigo à l'heure qu'il est.

— Acheter un frigo, qu'elle lui dit, c'est jeter l'argent par les fenêtres ! Ce que t'as préparé de trop, suffit de le mettre un bon coup sur le feu chaque jour, tu verras que ça s'abîme pas.

— Alors faut l'aimer et la respecter, ta mère, parce que tu n'as plus qu'elle… Faut l'aimer et prendre bien soin l'un de l'autre, dit-elle fort.

Pour qu'il entende, le gamin, que ça lui entre dans la tête.

Toujours devant la porte, il se dandine, il bâille. Il se demande comment faire pour s'en aller. S'il ouvre la bouche et engage la conversation, c'est fichu pour la journée. Il a déjà assez traîné comme ça depuis qu'il s'est levé. Les bouquins, la planche à dessin, rien n'est rangé dans sa chambre, et voilà que maintenant…

Ce gamin, vraiment, se dit-elle… Elle étend la couverture à repasser sur la table, puis elle branche le fer : elle a trouvé du linge en boule à la salle de bains. C'est sa belle-sœur qui sera contente en rentrant ! Ce gamin, vraiment, tout le temps à faire la tête. Son père, Ilie, Dieu ait son âme, c'était une autre nature, quand maman est morte il marchait à peine, c'est elle, Vica, rien qu'elle qui l'a élevé, elle a été une mère pour lui, et qu'est-ce qu'elle s'est disputée avec leur père, avec le vieux, pour qu'il l'envoye à l'école...

— J'ai pas de sous, qu'il disait. J'en ai pas, voilà tout.

Olténien rapiat, il apportait de Carbunesti, son village, des légumes, du poisson, des poulets, du vinaigre, du charbon, des agneaux entiers écorchés, enveloppés dans de la toile, ou juste des gigots et des épaules. Il vendait de tout, le vieux, il amassait les sous un à un, il a bâti des maisons à Pantelimon et à la fin il a mis la main sur la dot de maman. Et c'est comme ça qu'il a pu ouvrir son commerce, sa droguerie. Ça marchait bien, il a troqué son costume de paysan contre des vêtements de monsieur, même qu'il avait une chaîne en or à son gousset et qu'il portait les moustaches en crocs. Oui, ça marchait bien pour lui, mais en août le tocsin a sonné toute la nuit et on a décrété la mobilisation générale. Et quand il est rentré, tout était parti à vau-l'eau... Mais le père, un vrai Olténien dur à cuire, pas un de ces chats échaudés que ça craint l'eau froide, il a redémarré à zéro. Il faisait du commerce dans les villages. Puisque maman était morte, lui, à peine rentré de la guerre, il partait tout le temps faire son commerce dans les villages. Et puis, il a rencontré la Goujate, il a déménagé chez elle et il lui a fait à elle aussi une flopée de gosses.

— Si vous voulez, vous pouvez venir avec moi, qu'il a dit quand il est allé habiter chez la Goujate.

Mais eux, ils ont préféré rester dans la vieille maison de Pantelimon, près du cimetière de l'église Capra, où leur mère est enterrée...

Elle débranche un peu le fer, il est trop chaud. Elle ouvre le garde-manger, il n'y a que des vieux biscuits secs, elle en prend un, le trempe dans un verre d'eau pour le ramollir, puis elle se met à le mâchouiller.

— Moi j'y vais, tante Vica, j'ai du boulot, je suis débordé.

Il sort en traînant les pieds. Il s'assied sur une chaise, le menton dans le creux d'une main. De l'autre, il se tâte la joue : se raser ou pas aujourd'hui ? Les bavardages de la Vica lui ont donné le tournis, et toujours ses vieilles histoires, quand on croit que ça y est, qu'elle va enfin s'arrêter, elle repart à zéro. Depuis quelque temps elle parle de plus en plus, et elle mange toujours autant.

Lui, de son côté, il tourne en rond aujourd'hui... Il jette un coup d'œil sur ses feuilles remplies de calculs, griffonne ici et là, bâille, se lève, regarde par la fenêtre. Il n'y a rien à voir : la rue, partiellement bordée d'immeubles et, juste en face du leur, le terrain vague enclos de barbelés. Un ancien abri en tôle criblé de trous, du temps où le terminus du tram se trouvait là. On entend à travers les murs trop minces une radio qui hurle, des voisins qui se disputent. Il retrousse une manche de sa chemise et presse machinalement, entre le pouce et l'index, quelques boutons sur son bras. Il y a des jours comme celui-ci, où il n'est bon à rien, où il ne fout rien. Le ciel blanchâtre, la boue devant l'immeuble, la peur de toute cette vie qui l'attend et face à laquelle il se sent faible et anxieux, les nerfs de sa mère, sa maladresse avec les filles, son manque d'argent, c'est à cause de tout cela qu'il s'est renfrogné et tue le temps en tirant le pus de ses boutons.

Elle est comment, la vie ? Comme il la voit en ce moment ou comme elle lui apparaît lorsqu'il est de bonne humeur, qu'il oublie ses emmerdes ? Il s'affale sur le lit et serre les paupières, il attend le souvenir insupportable, le chasse, grince des dents, mais le souvenir revient, lui brûle le sang. L'odeur très précoce du printemps dans l'air froid et vibrant, les tas de neige à la croûte noircie, qui fondent au bord des trottoirs. Et lui, lui qui se sent si jeune, qui file dans la clarté inattendue, qui traverse au rouge en courant, de peur d'être en retard.

La jeune fille avait les épaules frêles, étroites, les bras minces, couverts d'un duvet noirâtre. L'un de ses bas, filé au-dessus du genou, était remmaillé tant bien que mal avec du fil blanc. Il l'avait remarqué pendant que, d'une main maladroite, il s'efforçait d'ouvrir sa fermeture Éclair. Il la sentait raidie et maussade dans ses bras, sans sa loquacité habituelle, mais la hâte et l'angoisse le poussaient à continuer malgré tout. Il regardait par moments le réveil qui tictaquait sur la table. Ils avaient perdu presque tout leur temps à se lancer des phrases inutiles et à présent il leur restait moins d'une heure avant le retour du copain qui lui prêtait sa piaule. Quelque chose, peut-être le bas filé, ou peut-être la gaucherie de la jeune fille, l'attendrissait soudain et, essayant de réprimer sa fébrilité, il lui caressait les cheveux, noués sur la nuque avec un lacet noir. Mais elle secouait vivement la tête et lui jetait un regard par en dessous, méfiant, mauvais, non, il ne devait pas tenter, en plus, de l'embobiner. Par en dessous, c'est ainsi qu'elle l'avait observé pendant tout le trajet, tandis que ses doigts humides et mous glissaient sur les palissades poussiéreuses puis sur le mur jaune, ensuite tandis qu'il montait les marches devant elle et s'arrêtait devant la porte écaillée, où il avait dû longtemps tourner la clé dans la vieille serrure, de plus en plus nerveux, avant d'ouvrir… Sur le lit qui grinçait au moindre mouvement, il était consterné par l'immobilité de ce corps pétrifié qui ne lui répondait pas, et pourtant il continuait, tout en voyant ses gestes de l'extérieur, presque avec effroi. Comme si tout ce qu'il faisait désormais n'était qu'un labeur devant à tout prix être mené à son terme, une corvée dont il ne pourrait pas se débarrasser autrement. Et elle, qui s'en rendait compte à coup sûr, elle fixait le plafond blanc — un plafond dont elle étudiait les moindres aspérités —, les lèvres fermées sur ses petites dents aiguës et blanches, puis elle clignait des yeux, vite et souvent, laissant échapper entre ses paupières entrouvertes des lueurs de méchanceté. Des regards furtifs, brillant du plaisir de constater l'échec de son partenaire.

— Arrête de te gratter, regarde dans quel état tu te mets, dit Vica en montrant d'un index enflé et parcheminé les taches violettes sur le bras qu'il tâte, les yeux clos, à la recherche d'autres boutons.

Elle a poussé la porte avec l'épaule et est entrée doucement, voûtée, portant du fromage et des tranches de pain sur une assiette.

— Laisse-moi tranquille ! crie Gelu, en colère. Laisse-moi tranquille, répète-t-il plus bas.

Il s'approche de la fenêtre, s'appuie d'une main sur le rebord et regarde dehors.

— Je te demande pardon, murmurait-il à la jeune fille, et il se poussait au bord du lit, où l'arête froide du montant en bois le meurtrissait. Je te demande pardon, bredouillait-il, pris d'un tel dégoût, d'un tel désespoir, qu'il ne regardait plus le réveil, qu'il ne pensait même pas à se couvrir.

Dorénavant, n'importe quoi pouvait arriver. Il reconnaissait en lui toute la peur des heures précédentes, comme s'il avait su à l'avance ce qui allait se passer. Voilà pourquoi il réussissait à prononcer ce mot, ce qu'il n'avait jamais cru faire un jour. Et tard, très tard, il sentait un bras fluet se glisser sous ses épaules et des cheveux soyeux lui balayer le visage.

— Regarde-toi, t'as que la peau sur les os. C'est pour ça que t'as tout le temps sommeil et que tu manques de ressort... Moi, j'ai pris soin de moi toute ma vie durant, et mon homme pareil. Et maintenant je le vois se remplir son assiette à ras bord et y tremper son pain, il se fait de la ratabistouille et il la bouffe comme ça, à la cuiller... Ho ! que je lui dis alors, ho ! on dirait le vieux Mealache qui mélangeait le potage et le fromage et quand sa bru s'étonnait, il rigolait : « Pourquoi j'ouvrirais la bouche deux fois, pisque ça va au même endroit ? » Mais quand j'y dis ça, tu sais ce qu'il me répond, mon homme ? « Et moi, tu crois que je suis pas vieux ? Est-ce que je suis pas vieux ? Je vais sur mes soixante-dix-neuf ans... »

— Ben oui, il est vieux, grommelle Gelu. Et pas qu'un peu !

Quel satané garnement ! On dirait son homme, toujours de mauvais poil et toujours mauvaise langue, Dieu sait à qui il rendra la vie impossible. Quelles raclées j'y aurais filées s'il avait été mon fils, ce couillon, j'en aurais fait un homme, moi ! À son âge, on voudrait qu'il ait du plomb dans la tête, qu'il ne parle pas pour rien dire. C'est la faute à sa mère, c'est elle qui l'a gâté et maintenant c'est elle qui se plaint :

— Je ne sais pas comment faire avec Gelu. Je ne sais plus comment pro-cé-der, il s'enferme toute la journée dans sa chambre, il n'a rien à me dire, jamais, et quand c'est moi qui lui cause, il s'énerve, il me brusque. Tant que son pauvre père était en vie, ce n'était pas pareil, avec Ilie l'atmosphère était différente à la maison, tu te rappelles, c'était quelqu'un de gai, quelqu'un d'ouvert…

— Que veux-tu, t'y peux rien, alors fais-y pas attention, dit-elle.

Mais, dans sa tête : Tu devrais pas t'étonner qu'il soye cabochard et pas causant, c'est de toi qu'il tient. Comment tu étais, toi ? Comment tu étais avec moi, et avec tous ceux qui venaient te visiter ?

Vica, elle en a assez des prises de bec, autrement elle aurait pas volé ses quatre vérités, la belle-sœur. Quelle veine elle a eue de se marier avec ce brave Ilie, Dieu ait son âme ! Il était d'un naturel accommodant, Ilie, le pauvre, alors toute sa vie elle l'a mené par le bout du nez, et à elle, Vica, jamais elle lui a ouvert sa porte de bon cœur, la belle-sœur, jamais elle ne l'a vue d'un bon œil, faut croire qu'elle pleurait après le billet de vingt-cinq lei qu'Ilie lui filait en cachette…

— Tiens, Vica, pour le tram quand tu viens nous voir, qu'il lui chuchotait sur le pas de la porte.

Maintenant elle a changé, la belle-sœur, depuis qu'elle s'est retrouvée seule au monde.

— Il faut passer me voir, Vica, qu'elle lui dit, on taillera une bavette, parce qu'à la maison j'ai la tête qui bourdonne à force de trop de silence.

Alors elle passe, eh oui, elle passe de temps en temps, comme aujourd'hui, elle donne un coup de main, un coup de fer, ou elle raccommode des affaires, mais elle n'a plus guère de force. Faut pas en arriver à devoir compter sur sa famille, ni sur personne, parce que c'est le commencement de la fin. Voilà ce qu'elle disait, Mme Ioaniu. Une femme de tête, Mme Ioaniu, et du savoir-vivre avec ça : des maris, elle en a eu deux et elle les a enterrés tous les deux.

— Faut surtout pas vieillir, Vica, surtout pas vieillir et tomber à la merci d'autrui…

Combien de fois elle lui a pas dit ces mots !

2

— Reprends-la, moi je n'ai pas faim, j'ai mis mes cahiers sur la table et elle me gêne plutôt qu'autre chose…

Gelu a rapporté l'assiette de pain et de fromage. Il la tient à la main, indécis, une épaule contre le chambranle de la porte : il n'entre pas, il ne repart pas non plus.

— Reprends-la et mange, de toute façon aujourd'hui il n'y a pas grand-chose d'autre. C'est demain que maman touche sa paye…

— Manger ? J'ai pas la tête à ça.

Elle prend pourtant l'assiette, la pose sur un coin du buffet et s'occupe de la cuisinière : elle enlève les grilles et les brûleurs et les met dans l'évier pour les laver. Si elle se retournait, Gelu la verrait rire de sa bouche édentée. Elle vient de retirer son râtelier, qui la serre et qu'elle ne supporte pas longtemps. Elle rit. Quel grand couillon ! Il a donc du remords de lui avoir crié dessus, comme un forcené, et pour rien ! Elle lui apportait juste un en-cas, pour grignoter… Il a pas mauvais fond, juste des mauvaises habitudes, c'est la faute à sa mère, elle l'a gâté depuis qu'il était petit… Gelu par-ci, Gelu par-là, et des câlins, et des bisous… Faut dire qu'il était beau, potelé et beau, les cheveux frisés, rien que des boucles. Quand il était bébé c'est elle, Vica, qui le baignait, elle lui enduisait d'huile les articulations, elle lui crachouillait à la figure contre le mauvais œil, selon la coutume, elle lui bécotait les fesses, elle l'emmenait à la boutique. Sous le comptoir, sa place était là. Il marchait à quatre pattes, il regardait la balance. Après la réforme monétaire, son homme y a donné tout un sac de billets pour jouer avec…

— Allez, mange, qu'est-ce que t'attends ? lance Gelu d'une voix rude, puis il retourne dans sa chambre.

Voilà que ça le reprend, allez savoir pourquoi ! Ça le prend comme ça, d'un seul coup… Elle étend le bras, elle choisit de la mie de pain, elle choisit un bout de fromage et puis hop ! dans la bouche. Elle ne remet pas son râtelier, ça la serre trop. Cinq cents lei qu'elle l'a payé et le type l'a raté, misère ! Il a pas mauvais fond, le Gelu, mais ça le prend comme ça, une espèce de coup de folie. C'est qu'il est devenu un homme, il lui faut sans doute une femme…

Elle étend le bras de nouveau, ses doigts se referment sur un morceau de fromage et le portent à la bouche. Qu'est-ce qu'il a pu l'engueuler un jour, un vrai fou furieux, c'était il y a un an, un an et quelque, quand son pauvre père a rendu l'âme, quand il a rendu l'âme, le pauvre Ilie. Le pauvre Ilie était mort, allongé sur la table, et il y avait tout le temps du monde qui entrait, du monde qui ressortait, des collègues, des amis, des voisins d'ici et des voisins de leur ancien domicile, chacun avec un bouquet de fleurs, avec un cierge, comme il se doit… Et elle, son cœur avait tellement de peine qu'elle en perdait la tête… Et pourtant elle apportait cinq kilos de viande, rien que du premier choix, elle avait emprunté des sous à Reli et elle s'était mise à la queue à la boucherie à cinq heures du matin, malgré son chagrin que c'était pas imaginable... Fallait bien de la viande, pour le repas funèbre ! Mais il n'y avait pas de frigo, il n'en avait pas encore acheté, le pauvre Ilie, et ce jour-là qui se souciait de la viande ? Sa belle-sœur, deux femmes devaient la soutenir, elle se lamentait, elle ne voulait pas croire qu'on appelait son tour au guichet du malheur... Et la viande, tout le monde s'en moquait. Alors elle, elle est allée la faire griller, à la cuisine, elle n'allait tout de même pas la laisser s'abîmer, rien que du premier choix... Elle retournait les morceaux dans la poêle avec une fourchette, elle en goûtait peut-être un pour voir où ça en était, elle s'essuyait le visage du dos de la main. Il faisait chaud à la cuisine et, elle s'en souvient, c'était une dégoulinade de larmes et de sueur sur sa figure. Et voilà tout à coup qu'elle le voit entrer comme un dingue, le gamin... Comme un dingue qu'il est entré, le Gelu, en gueulant :

— T'as le cœur à ça, en ce moment ?

Il s'est rué sur la cuisinière pour éteindre les feux.

— T'as le cœur à ça ! T'aurais au moins pu penser qu'il y a plein de gens qui viennent et qu'ils te voient tous en train de faire griller de la viande !

Elle ne l'a pas empêché de fermer tous les boutons. Elle savait que la viande avait suffisamment grillé de toute façon... Elle l'a laissé faire, mais elle lui a dit :

— Qu'est-ce qui te prend de débouler comme un fou, hein, qu'est-ce qui te prend ? Qu'est-ce qui te prend d'éteindre la cuisinière, espèce de cinglé ? Et les gens, qu'est-ce que ça peut te faire qu'ils viennent et qu'ils voyent ? Tu voudrais la jeter, cette viande que j'ai fait la queue depuis cinq heures du matin pour avoir rien que du premier choix ? Mon cœur, il était noir de chagrin pendant que je faisais la queue pour le repas funèbre à mon frère... Il aurait mieux valu que ça soye moi qui meure et lui qui vive, vu que c'est moi qui l'ai élevé, j'ai été une mère pour lui, mais par cette chaleur si on la fait pas griller, elle est foutue en quelques heures. Et tu leur donneras quoi ce soir, quand toute la troupe rentrera du cimetière ? Parce qu'ils vont tous revenir, tous, et qu'est-ce qu'elle leur donnera à manger, ta pauvre mère ? De la bonne viande qu'on laisserait se gâter, c'est des sous, ça, apprends à les respecter, et à respecter les vieux, ils connaissent les usages, eux...

Et pan dans les gencives ! Il a vaguement maugréé et il est parti. Après, il la regardait un peu de travers, mais bon... Les jeunes, faut savoir les prendre. Faut rien leur passer, rien du tout, sinon on ne peut plus les tenir, heureusement qu'elle n'a pas eu d'enfants ! Les enfants au jour d'aujourd'hui ça connaît plus ni crainte ni vergogne... Et le mal qu'on se donne pour les élever, elle en connaît un rayon... Qui c'est qui l'a élevé, Ilie ? C'est-y pas elle qui l'a torché, c'est-y pas elle qui l'a nourri ? Une môme de onze ans, mais tout le temps son petit frère dans les bras. Même la nuit où le cèplein est arrivé sur Bucarest et que tout le monde il a couru dehors pour voir ça, c'est avec Ilie dans les bras qu'elle est sortie, elle. Mais là, maman vivait encore. Tout le monde il était dehors, on grimpait sur les toits, le quartier s'émerveillait, sans s'imaginer qu'il avait le ventre plein de bombes, plein de mort. Chacun sortait de chez lui, qui une chandelle à la main, qui une lanterne, pour mieux voir la saucisse. C'était beau, toutes ces lumières et toute cette foule rassemblée comme à Pâques et puis ces faisceaux blancs dans le ciel ! C'est que les nôtres, ils cherchaient le cèplein pour le descendre. Et quand les canons s'y sont mis, on se serait cru en enfer. Mais elle, piou-piou-piou, elle berçait le petit. Il était violet, le malheureux, tellement il pleurait, et lourd comme du plomb. Ils ont tous fini par s'y habituer : dès qu'on entendait le tocsin, le gros bourdon de Mitropolia et la cloche de Capra, et les coups de sifflet des agents, maman éteignait à la cuisine et elle courait avec nous chez Fesse-Mathieu. Parce qu'il avait des caves comme personne dans le quartier. Mais le jour où les bombes sont tombées sur le marché d'Obor, ça secouait pire qu'à la fin du monde, dis donc, Maria, qu'il a dit Fesse-Mathieu, tes foireux de gosses ils ont fait sous eux. On était serrés les uns sur les autres, les petits hurlaient, mais c'était arrivé à la mémé Anghelina, pas à eux, pas aux mômes, et qu'est-ce que ça puait, parce que la terre se secouait ! Ben oui, c'est que des gosses, voilà ce qu'elle a répondu, maman, et la mémé elle la bouclait, sauf qu'elle claquait des dents et qu'elle marchait en écartant les jambes. Vieille comme le monde, et pourtant elle avait peur de mourir... C'est tout près de chez eux, à Obor, que les aréoplanes ont lâché leurs saloperies, en plein jour, et ça a tué des pauvres gens, surtout des femmes venues chercher du bois... Eux, ils s'étaient abrités dans la cave à Fesse-Mathieu, mais de justesse.

— Bon, ben faut que je m'en aille...

Pourquoi resterait-elle davantage ? Personne pour causer et rien à se mettre sous la dent, sûr qu'il lui manque une case à la belle-sœur, un gaillard pareil sous son toit, quasiment un homme, et rien à manger... Il fallait y faire une grande marmite de ragoût, avec plein de sauce pour tremper son pain. Et après, elle s'étonne qu'il soye nerveux et maladif...

Gelu se lève, surpris. Sûr qu'elle allait s'incruster, il voudrait lui dire un mot maintenant qu'il la voit se diriger vers la porte, son sac à la main, mais il ne trouve rien. Il se borne à la suivre, maussade, les doigts serrés dans le creux des mains. Il n'a jamais aimé recoller les pots cassés, et puis là, en fin de compte, ça ne servirait à rien, d'ailleurs il n'a pas le temps de s'occuper d'elle aujourd'hui… Si elle veut rester, elle n'a qu'à rester ; si elle veut s'en aller, bon vent !

— Tu as l'air de Napoléon en Russie, tantine, lui dit-il, les yeux sur son béret.

Un béret rigide, coupé dans les restes de son manteau il y a neuf ans et doublé de ouatine. Et pardessus le béret, nouée sous le menton, l'écharpe.

— Napoléon ou Tartempion, en Russie ou en Prusse, à ta guise, ce qui compte c'est que ça me tient chaud. À mon âge, les prétendants me courent plus après. Sauf le diable… Lucifer, l'empereur des démons, dit-elle en riant.

Gelu rit aussi, une seconde, mais une trace de rancune subsiste dans sa voix. Il regarde ses sourcils blancs et se rend compte qu'elle ne les teint plus depuis longtemps. Ses cheveux rares, roux dans le haut, sont blancs à la racine. Il la revoit se peigner jadis devant le miroir posé sur le grand bureau massif, il revoit le broc de faïence qui ne lui plaisait pas moins que les photos ovales accrochées au mur et où se souriaient tante Vica et l'oncle Delca, jeunes mariés. Leur chambre, où il n'est plus entré parce qu'il ne supporte pas l'odeur d'alcool à brûler et de moisi qui y imprègne tout, meubles et vêtements.

Étrange, le souvenir de la boutique, immense à l'époque, avec ses rayons s'étageant jusqu'au lointain plafond, avec le comptoir derrière lequel il aimait jouer et suivre, fasciné, les mouvements à peine perceptibles de la balance. Et le soir où ils lui ont donné un sac aussi grand que lui, bourré de billets de banque...

— Tu peux les déchirer, tu peux en faire ce que tu veux, ils ne valent plus rien.

Les hommes chuchotaient dans un coin, tandis que tante Vica coiffait ses cheveux qui descendaient plus bas que le dossier de sa chaise, de longs cheveux noirs et bouclés qu'elle ne teignait pas encore.

— J'ai ôté mon râtelier, c'est pour ça que je zozote. Je le supporte pas longtemps, il me gêne, alors je le mets seulement dans la rue, pour que les gens disent pas en me voyant : « V'là une vieille qu'a plus un chicot dans le bec. »

— Maman devrait rentrer dans une heure. Tu ne veux pas l'attendre ?

— Je repasserai. Dès qu'il fera meilleur, je repasserai... Aujourd'hui, puisque je suis sortie, je vais peut-être réussir à voir Ivona...

Sûr, elle va encore embrayer sur ses histoires de bonnes femmes. Il a presque envie d'en rire, son irritation de tout à l'heure a disparu... Mais elle ne dit plus un mot. Elle tient bien la rampe et elle descend en faisant attention à chaque marche.

— Prends bien soin de vous deux ! crie-t-elle d'en bas. Et nourris-toi, c'est parce que tu manges pas que t'es nerveux et faible...

Domenii

1

Elle marche lentement, la tête baissée, de crainte de glisser ou de se prendre les pieds dans un câble ou un fil que des bons à rien ont balancés en pagaille cet automne. Elle marche, voûtée, le fourre-tout à la main, elle l'aurait attendue pour rien, elle lui a laissé les cornichons, elle lui a laissé un peu d'eau-de-vie, l'ail, l'oignon… C'est qu'on a toujours besoin d'un petit pois chez soi…

— Il fallait pas te donner cette peine, Vica ! Tu sais bien que je ne bois jamais de prune. Tu sais que je cuisine sans oignon.

Elle dit ça, la belle-sœur, mais elle a vite fait de tout ramasser et de le fourrer dans le placard, elle est comme ça, elle fait la grimace mais elle lampe la soupe. Oui, elle a laissé ce qu'elle avait apporté, et après ? Elle l'aurait attendue pour peau de balle, la belle-sœur : allez savoir à quelle heure elle va rentrer, et rien à manger chez elle… En plus, d'après Gelu, la paye ça sera que demain. Ça doit faire un an qu'elle y a dit :

— Vica, je te donnerai vingt-cinq lei sur la pension d'Ilie. Je te les donnerai tous les mois, c'était son vœu. Ce mois-ci je ne peux pas, mais la prochaine fois je te les donnerai…

— Mais non, tu roules pas sur l'or, mais non, qu'elle a dit, elle, Vica.

Comme toujours.

Elle n'a pas compté dessus et elle a bien fait, qu'est-ce qu'elle pouvait espérer ? Sa belle-sœur c'est un panier percé, elle dépense les sous plus vite qu'elle les touche. Il faudrait la voir vivre de ce qu'ils ont pour vivre, eux : six cent cinquante lei pour deux ! Avec le loyer, l'électricité, la redevance…

Elle marche doucement, en faisant attention, elle passe devant les cabines téléphoniques. Il y en a deux là, au terminus du tram, toutes les deux inutilisables, les vitres cassées, les fils arrachés. Il y a de plus en plus de voyous, Bucarest s'est rempli de paysans et de vauriens… Heureusement, elle n'a à peu près rien dans son sac, sauf du pain sec. La belle-sœur, comme elle est gaspilleuse, elle achète toujours trop de pain et puis quand il est sec elle veut le jeter. Alors elle, Vica, elle y dit :

— Le jette pas. Donne-le-moi, c'est moi la poubelle.

Qu'est-ce qu'il se marre, Gelu, quand il entend ça ! Elle, elle l'emporte à la maison, elle en fait de la chapelure, elle en trempe dans le thé, elle le ramollit, elle le mange à la cuiller. Voilà tout ce qu'elle tire de sa belle-sœur. Qui ne dépensait pas moins vite du vivant du pauvre Ilie.

— Tu dois venir nous voir les jours de paye, Vica, pas le lendemain, c'est déjà ratissé…

Voilà ce qu'il lui avouait, ce pauvre Ilie. Oui, une semaine avant la paye ils étaient déjà raides et alors il courait pour emprunter à droite ou à gauche. Deux salaires sans réussir à joindre les deux bouts !

Et elle, comment elle y arrivait ? Elle y arrivait : grâce à sa main de fer !

— Je vous admire, chère Vica, j'ai une réelle admiration pour votre façon de mener votre ménage, lui dit Ivona.

Elle parle pas en l'air, Ivona, et si elle envoie une carte — *Chère Vica, il y a longtemps que vous n'êtes pas venue nous voir, nous vous attendons le tant* — alors, vous pouvez être sûr que ce jour-là elle vous attend, elle se baguenaude pas en ville.

— Muti tenait tellement à vous, chère Vica, dit Ivona.

Et là, à tous les coups, elle sort son mouchoir et elle se met à pleurer. Elle a quitté le deuil, mais elle pleure toujours sa mère, et elle a de quoi : tant qu'elle était valide, c'est sa mère qui s'est occupée de sa maison, qui a élevé son garçon. Le lendemain de la mort de Mme Ioaniu, Ivona lui a dit :

— Ma bonne Vica, moi je ne sais pas préparer le gâteau des morts.

— Faut pas s'en faire pour si peu... Comme si ça profitait aux morts, Dieu me pardonne ! Le profit du mort, c'est ce qu'il a mangé et vécu de son vivant...

— De toute façon, Muti non plus n'aimait pas les obits, les requiem et tout ça. Alors je vous donnerai cinquante lei tous les deux mois, en mémoire d'elle. Je vous enverrai une carte postale et vous viendrez les chercher, ainsi nous bavarderons un peu, ou bien je vous enverrai un mandat, à votre convenance.

Dans une semaine, ça fera deux mois depuis la dernière fois. Une gentille fille, Ivona, une brave fille, elle la connaît depuis toujours : très maigre, le nez long, les cheveux courts teints en blond, elle tient pas en place. Telle elle était à vingt ans, telle

elle est aujourd'hui... Ça fait des années qu'elle va chez elle dès qu'elle reçoit une de ses cartes. Qu'est-ce qu'elle est contente, Ivona, quand elle la voit à sa porte !

— Quel plaisir, ma bonne Vica ! J'ai tellement d'affaires à raccommoder que je ne sais pas où les ranger... Et en plus, je n'ai rien à me mettre. Je ne m'habille plus...

Qu'est-ce qu'elle est contente de la voir, Ivona ! Elle lui saute au cou, elle l'embrasse sur les deux joues, et elle aussi elle l'embrasse. Parce qu'elle l'aime bien.

— Vous avez des mains en or, ma chère Vica, des mains en or. Ah ! si j'étais comme Muti ou comme vous, mais je ne m'y connais pas... Je n'y connais rien, mon mari me l'a même écrit en vers : « Donnez-lui une aiguille et du fil Aussitôt ma femme se défile. »

Et ses gourgandines, ses salopes qu'il fréquente, il leur pond aussi des vers ? Faudrait lui couper les couilles, qu'elle a envie de dire. Mais elle le dit pas, pour pas faire de la peine à Ivona, elle sait ce qu'on peut dire ou pas dans le monde.

Elle arrive à l'arrêt et attend patiemment le tramway. Il pleuvine, de petites gouttes lui picotent le visage, mais elle s'en moque, elle a enfilé tous ses chandails et le manteau par-dessus, un bon manteau, retourné il y a neuf ans, de l'étoffe de dans le temps, du solide, et avec les chutes elle s'est fabriqué son béret. Avec deux couches de ouatine pour la doublure. Elle a l'écharpe pour lui tenir chaud aux oreilles, le béret enfoncé sur le front pour tenir tête à la pluie, elle est la reine, ouais ! Si on a son bon sens, on sait prendre soin de soi-même, et elle, elle sait, voilà pourquoi elle se moque du froid et de la pluie.

Une vieille femme aux mitaines usées passe devant elle. Elle tire un chariot chargé d'une bouteille de butagaz. Quel âge elle peut avoir, cette ancêtre ? Mon Dieu, dire qu'un jour je lui ressemblerai ! Mais quoi, pour cinq lei elle aurait dû trouver quelqu'un qui lui aurait coltiné son butagaz…

Le tramway arrive, elle s'approche vite-vite des rails, elle trottine en tanguant, tonnelet emmitouflé.

— Allez-y, ma brave dame, allez-y, lui dit un monsieur prévenant.

Un monsieur d'un certain âge, un monsieur bien, comme dans le temps.

— Merci, lui répond-elle.

Mais elle ne monte pas. Lorsqu'elle passe à côté de lui, il la regarde d'un air surpris et la suit des yeux un instant près du marchepied avant de monter. Elle continue à trottiner, vers le wagon de seconde, depuis qu'elle a fermé la boutique, elle a toujours pris des secondes et elle n'en est pas morte.

— Cinq centimes, une économie de bouts de chandelles ! lui dit sa belle-sœur.

Eh bien non, tête de linotte ! Les petits ruisseaux font les grandes rivières. Si elle était pas économe, elle se serait pas débrouillée une semaine, avec ce que lui rapportait son homme.

Elle a tout juste le temps d'arriver à la porte de derrière. Pour rien au monde elle ne monterait par celle de devant : elle n'est pas vieille au point de monter par où on descend, c'est par-devant la descente, tous les Bucarestois le savent.

Elle, elle le sait, elle qui a connu même le tramway à chevaux : le tramway à chevaux il avait des voitures jaunes, mais elles changeaient l'été, on y mettait des rideaux et aux chevaux des chapeaux et des œillères en toile. Quelles rosses, quels canassons, les chevaux du tram ! Il passait par la place

Sfântu Gheorghe, où il y avait la statue de la louve, par la rue Coltei et l'avenue Dorobanti, il prenait la rue Clopotarii Vechi et puis il continuait jusqu'au dépôt, dans le quartier Bonaparte. Juste vingt centimes d'un terminus à l'autre. Et ce galopin de Niculae qui attendait au tournant sur le trottoir, avec d'autres garnements. Le tram ralentissait et alors ils sautaient sur les tampons, mais là ils se faisaient tout petits, parce que si le cocher les attrapait il leur confisquait leurs casquettes, sans compter qu'il les étrillait. Plus tard, ils s'accrochaient pareil au tramway électrique... Ah ! quelle tête brûlée, Niculae, mais intelligent avec ça ! Dommage que ça lui ait pas servi, quand on pense qu'il était toujours le premier de sa classe, tandis que le fils du directeur, assis à côté de lui, il était que deuxième. Intelligent, il saisissait tout en classe et après il allait faire les quatre cents coups avec d'autres chenapans. Intelligent, mais tête brûlée. À la maison, le vieux le corrigeait tous les jours : tantôt il avait perdu aux dés et il rentrait à poil — elle le voit encore se protéger les roustons —, tantôt le cocher du tram lui avait piqué sa casquette... Il y avait d'autres trams, qui passaient devant l'église Ienei, par la rue Regala et par la rue Câmpineanu, ils arrêtaient aux arrêts, mais ils arrêtaient aussi quand on leur faisait signe en levant la main ou la canne ou le parapluie ou l'ombrelle. Et puis il y avait les omnibus, qui roulaient pas sur des rails, et valait mieux pas les prendre, vu qu'ils passaient par tous les trous et qu'ils vous secouaient à vous faire rendre l'âme, et votre repas avec... Elle le connaît, le tramway, elle est une vraie Bucarestoise, une Bucarestoise de souche, tandis que les nouveaux, ceux qui viennent envahir Bucarest, ils savent pas. Et alors voilà, les vieux Bucarestois, les vrais, ils n'ont plus de place à cause de tous ces paysans, ces péquenots entassés dans les H.L.M., qui épargnent sou à sou pour s'acheter la voiture, comme cette mal dégrossie d'Oita, la cousine à Delca. On en est là aujourd'hui, quelle époque !

Elle avance entre les banquettes, lourde, en se dandinant. Le lino est boueux, pourvu qu'elle glisse pas, mon Dieu, qu'elle aille pas se casser une jambe... Tiens, une place à la fenêtre !

Elle va vite s'asseoir.

Elle est partie du pied gauche aujourd'hui, si au moins Ivona était chez elle... À cette heure-ci elle ne peut guère être ailleurs, elle a pris sa retraite, son mari aussi : quatre mille, peut-être plus, qu'ils doivent toucher à eux deux. Quatre mille à dépenser tout seuls, puisque leur fils s'est fait la malle. Il y a deux ou trois ans qu'il a filé, le Tudor, c'était avant la mort de sa grand-mère, de Mme Ioaniu. La chambre à Tudor, Ivona la garde telle quelle, personne y dort, et elle la loue pas. Cette grande baraque vide, et la chambre du fils vénérée mieux qu'un caveau, colorée par les photos qu'il envoie des pays où il va se balader. Et alors ça les console qu'il y aille, est-ce que ça les console ? Ivona l'a vu il y a un an, quand elle a réussi à obtenir un visa, et cet été c'est son mari qui a pu aller le voir, et c'est tout. Tudor, il peut pas venir, alors Dieu ait pitié d'Ivona si jamais elle était dans le besoin, avec l'âge. Toute seule dans cette baraque déserte, vu que son bonhomme est tout le temps fourré chez sa fesses-en-joie ! Hop ! il décroche son pardessus, et par ici la sortie ! Dieu ait pitié d'Ivona, y aurait personne pour lui apporter rien qu'un verre d'eau ! Les voilà, les enfants d'aujourd'hui : il faut leur donner, leur donner tout le temps, et puis quand c'est leur tour, y a plus personne. Sauf qu'Ivona elle est pas du genre à se faire du mouron, pour elle dans la vie y a qu'elle-même, Ivona.

— Je suis ainsi faite, ma bonne Vica, je suis rationnelle, qu'elle lui a dit un jour. Et ça m'a souvent rendu service...

Cause toujours ! Si mon homme m'avait fait ce que te fait le tien, tout le temps à chevaucher des garces, je lui en aurais fait voir, moi, je te lui aurais serré le kiki ! Mais cette chiffe molle d'Ivona, le boulot, les copines, les cafés, la clope au bec, et voilà tout. Elle imagine pas ce qu'il branle, son Niki.

— Elle est ainsi faite, elle s'est exercée depuis toujours à ne pas montrer ce qu'elle a sur le cœur, disait sa mère, Mme Ioaniu.

C'est qu'elle lui cachait rien, Mme Ioaniu.

— Je n'ai pas de secrets pour vous, Vica. Restez dans ma chambre, vous travaillerez là, nous pourrons parler de choses et d'autres... Justement, je m'inquiétais : on ne vous avait pas vue depuis si longtemps. Alors j'ai dit à Ivona de vous envoyer une carte.

Elle recevait de temps en temps une carte d'Ivona :

« Chère Vica, vous n'êtes pas venue nous voir, nous vous attendons, téléphonez d'abord, Muti est là tous les matins. »

Souvent, par beau temps surtout, quand elle ne craignait pas le verglas, elle partait aussitôt. Elle prenait le tram à neuf heures, et à dix heures moins le quart elle sonnait à la porte de derrière. Certains jours, c'était Leana, la blanchisseuse, qui lui ouvrait. Quant à Mme Ioaniu, elle la trouvait en haut, dans son fauteuil, dont le cuir était fendu, on l'avait recousu, mais il s'était encore fendu et puis il avait noirci ; alors on l'avait couvert d'un tapis et c'est dessus, sur le tapis, que s'asseyait Mme Ioaniu. D'ailleurs elle était pleine de tapis, la chambre à

Mme Ioaniu : il y en avait sur le lit et aux murs, et aussi des tableaux et une grande glace haute jusqu'au plafond. Un miroir de Venise au cadre de bois noir incrusté de nacre. La nacre a jauni, la poussière l'a ternie, mais qu'est-ce que ça brillait il y a une trentaine d'années ! Quel bric-à-brac, dans la chambre à Mme Ioaniu ! Des chaises au dossier de cuir avec des semences dorées, des vieilles boîtes à chapeaux, des vieilles robes dans des malles, des empilages de bouquins français aux pages jaunies, si on y touchait il en sortait une poussière épaisse, à l'odeur forte, âcre...

Mme Ioaniu, elle la trouvait dans son fauteuil, un livre à la main. Fine mouche toute sa vie, débrouillarde et instruite. Maintenant encore elle lisait, les lunettes sur le nez, la figure sillonnée de petites veines rouges. Blonde, elle s'était battue durant toute sa jeunesse contre les taches de rousseur, elle commandait des crèmes à Paris, elle se tartinait avec, mais c'est seulement quand elle a vieilli que ses taches ont disparu. Et alors elles sont apparues sur les mains. Lourde et mamelue, mais jeune elle était grande et mince, comme dans les photos de ses albums, de ses tas d'albums... Elle passait ses journées dans ce fauteuil, elle y sommeillait l'après-midi. Au-dessus d'elle, accroché au mur, un grand tableau sombre, qui montrait un vieux bonhomme en train d'éplucher une pomme. Ce tableau, combien de fois elle l'a vu, Vica !

— Pourquoi vous le gardez, cet affreux ? qu'elle disait. Moi, la nuit, il me flanquerait la frousse.

— Oh ! Vica, c'est un tableau de grande valeur, fait par un peintre d'autrefois. Je le rencontrais chaque été au bord de la mer Noire, à Balcik, et il me l'a offert quand il a vu qu'il me plaisait.

Et patati, et patata ! Elle s'embêtait, à passer des heures toute seule dans son fauteuil. Sa fille au bureau, son gendre pareil, Tudor à l'école, elle était drôlement contente quand elle l'entendait monter l'escalier.

— Restez là, vous travaillerez dans ma chambre, qu'elle lui disait. Nous ferons la causette…

Elle ouvrait ses malles et en sortait des tas de chiffons, des pleines brassées : des vieux velours, de la soie naturelle, des draps de hollande, du linge de linon et de batiste, mais si pourris que ça partait en lambeaux dès qu'on essayait de les mettre. Et encore des chemisiers et des robes, de la moire et du reps, du satin brillant et du crêpe georgette, des tailleurs en bonne étoffe anglaise d'avant-guerre, des pardessus en poil de chameau, de la passementerie et de la dentelle — des tas et des tas de chiffons… Elle, Vica, elle les examinait sur toutes les coutures, c'est le cas de le dire, et qu'est-ce qu'elle n'en tirait pas ! Des vêtements sur mesure pour Tudor, des chemises de nuit, des tabliers de cuisine, des maillots de bain, et même des pantalons pour Ivona à une époque, pendant la vogue des pantalons « pêcheur ». Quand c'étaient pas les ciseaux, c'était la machine à coudre, et vice versa. Elle coupait sans patron, sans rien. Si Ivona lui apportait des journaux de mode, elle ne les regardait même pas :

— J'en ai pas besoin, j'ai tout dans l'œil.

Du cousu main comme on dit, Mme Ioaniu l'aidait juste à surfiler… Et à un moment donné elle la voyait se lever et s'en aller sans rien dire et puis elle revenait de la cuisine avec les tasses et le café turc brûlant dans la verseuse. Ah ! la belle vie alors. Mme Ioaniu allumait une cigarette, elle la tenait comme ça entre les doigts, entre ses doigts aux ongles rouge vif, durs et recourbés comme des griffes d'oiseau. Elle se mettait du vernis rouge vif depuis que Vica la connaissait. Elle avait les mains noueuses, des gros nœuds aux articulations des doigts, et elle prétendait qu'elle se mettait du rouge aux ongles pour ça, pour qu'on ne voye pas que ses mains étaient pas belles… Vica, ça lui démangeait la langue de lui demander : Et la figure, c'est pour ça que vous la peinturlurez aussi ?

Fallait la voir maquillée, quand elle allait au cinéma ou chez ses amies ! Les jeudis après-midi, vers cinq heures, elles faisaient un poker, à tour de rôle chez l'une ou chez l'autre. Le jour où c'était son tour de recevoir, elle lui disait :

— Demain, jeudi, ne venez pas, Vica, je reçois les filles.

Son gredin de gendre rigolait :

— Ah ! oui, c'est vrai, le jeudi Muti reçoit les filles.

Il se fichait d'elles parce qu'à leur âge elles continuaient de s'appeler « les filles ». Mais ça ne leur faisait ni chaud ni froid, toute leur vie elles avaient joué au poker et quand les communistes ont pris le pouvoir, ont confisqué leurs biens et ont embarqué leurs maris — certains sont morts, d'autres ont survécu, chacun selon sa chance —, elles n'ont pas abandonné leurs parties. Seulement, comme elles étaient toutes fauchées, elles jouaient pour des haricots.

Vers la fin pourtant, elles jouaient à nouveau des sous, cinq centimes la mise, et avant l'arrivée des filles Mme Ioaniu faisait régulièrement une tarte aux pommes.

Elle a été toute sa vie une fortiche, Mme Ioaniu, tout lui réussissait. Elle se souvient, Vica, d'un jour où elle était à la bourre sur une robe à Ivona et alors elle lui a demandé comme ça, à Mme Ioaniu, de surfiler. Eh bien, à peine elle avait pris l'aiguille qu'elle surfilait si bien qu'une couturière ferait pas mieux. Depuis, c'était toujours elle qui s'en chargeait, assise dans son fauteuil, elle racontait sa vie en même temps, et ça c'était pas rien ! Elle a eu deux maris, Mme Ioaniu, et elle les a enterrés tous les deux ! Le premier, un professeur et tout et tout, quand les boches nous ont occupés en 1916, aussitôt ils l'ont arrêté. Ils l'ont pas gardé bien longtemps, mais allez savoir ce qu'ils lui ont fait, quand ils l'ont relâché c'était plus qu'un petit vieux malade qui a pas fait de vieux os.

Mme Ioaniu s'extirpait brusquement de ses histoires :

— Vous avez peut-être faim, Vica ? Vous voulez avaler un petit quelque chose ?

— Ventre affamé demande pas mieux…

Il y avait longtemps qu'elle avait faim, longtemps que ça gargouillait dans son ventre, mais elle n'allait pas quémander !

Alors Mme Ioaniu sortait *la* clé d'une poche de sa robe — c'est elle qui faisait la loi à la maison, elle qui décidait de tout —, elle ouvrait le buffet et en tirait le plateau de gâteaux. En ce temps-là elle était encore dans la force de l'âge, et on trouvait toujours à manger chez elle. Et elle ne la laissait pas repartir sans avoir fourré dans son sac des trucs qui traînaient à la cuisine : une boîte de pâté, une conserve de poisson, des gâteaux un peu trop secs, un morceau de fromage…

— Prenez ça, Vica, prenez, vous en aurez l'usage…

— D'accord, madame Ioaniu, puisque c'est moi la poubelle, d'accord !

Qu'est-ce qu'elle rigolait, Mme Ioaniu !

Et elle, Vica, elle allait pas faire sa mijaurée, elle allait pas refuser ! Qui c'est qui aurait été perdant ?

Elle, pardi ! Pas si bête... Et puis, elles étaient tellement contentes de tous ses travaux de couture. Ivona la flattait aux essayages, quand elle se voyait dans la glace :

— Vous avez des doigts de fée, ma bonne Vica ! Qu'est-ce que je deviendrais sans vous ? Hein, maman, qu'elle a des doigts de fée ?

Et alors Mme Ioaniu, dans son fauteuil, elle hochait la tête en souriant, ça lui faisait plaisir à entendre, puisque c'est elle qui l'avait dénichée, Vica.

— Ça fait si longtemps que je la connais, Vica... Depuis le temps où vous étiez arpète dans la maison de modes de ma sœur, n'est-ce pas ? Vous aviez quel âge, Vica ?

— Quel âge j'avais quand j'étais chez Mme Geblescu ? Je sais plus, peut-être seize, peut-être dix-huit...

Parce que papa, comme il habitait chez la Goujate et qu'il lui avait fait des gosses aussi, eux, ses premiers enfants, il les a placés à droite et à gauche. Elle arpète, Niculae apprenti chez un artisan, mais cette tête de mule, il se sauvait tous les soirs, alors papa lui filait une belle raclée et il l'emmenait le lendemain chez un autre. Elle, il l'a placée boulevard Pache, à la maison de couture de la sœur à Mme Ioaniu, Margot Geblescu, mais entre elles les filles l'appelaient la patronne. Elle y est restée un an à trifouiller des chiffons, elle sent encore l'odeur de brasero du fer à repasser, qu'est-ce qu'elle le secouait pour allumer les braises, ah ! là ! là ! quelles robes, quels manteaux y avait ! Et les mannequins alors ! Elle en a vu cette année-là, des belles dames, les grandes dames de Bucarest, plus parfumées et enchiquées les unes que les autres, toutes clientes de la patronne. Même qu'y en avait à qui elle plaisait, parce qu'elle était propre sur elle, la peau blanche et les cheveux noirs et frisés, comme sa grand-mère la Grecque.

— Je voudrais Vica pour mon essayage, qu'elles disaient, elle a du charme, cette petite.

Oui elle en a vu, des dames, c'est pour ça qu'elle le dit à sa belle-sœur qui se donne toujours des airs mais c'est du vent.

— Allons donc, qu'elle y dit à sa belle-sœur, allons donc, j'en ai vu, moi, des grandes dames, pas des comme toi. J'ai vu des vraies dames et je sais comment qu'on vit dans la haute.

Elle n'aimait pas le repassage, mais au moins elle échappait à la gadoue de Pantelimon. Ah ! si sa maman était pas morte, sûr qu'elle aurait eu une autre vie. Mais en août 1916 les cloches ont sonné le tocsin et le clairon a sonné à la mairie et le père est parti à la guerre. Et après le cèplein a commencé à venir la nuit, et les aréoplanes le jour, y avait plus de pain, ensuite plus de viande non plus, plus de maïs, plus d'haricots, l'hiver est arrivé tôt et les gens avaient pas de bois... Eux, ils avaient encore ce que le père leur avait laissé avant de partir. On entendait le canon de plus en plus près et on voyait passer des charrettes de réfugiés, des charrettes avec des tonneaux d'eau, des charrettes de blessés sur la paille, mais eux y avait longtemps qu'ils couraient plus les voir, ils étaient dévorés par les poux et maman elle faisait la chasse aux lentes. Elle se rappelle plus quel mois c'était quand elle est morte, elle se rappelle juste qu'elle jouait avec Niculae sur le terrain vaguc et que leur tante est venue, la femme à Fesse-Mathieu, pour leur dire de rentrer. Et alors elle s'est retrouvée orpheline, à onze ans, avec une ribambelle de petits frères à s'occuper...

Après, les Allemands ils leur réclamaient tout le temps de tout : des pains de sucre, du pétrole lampant, des poêles en cuivre, des chaudrons, et ils ont pris la cloche de Capra, leur église. Dans les maisons où y avait encore quelqu'un pour dire son mot, des fois il le disait, mais eux, des pauvres orphelins, c'est qui qui les défendait ? Y a eu des voisins qui ont protesté, qui les ont aidés, qui les ont protégés et puis les jumeaux sont morts l'un après l'autre, on les a enterrés pendant la semaine sainte, quand ceux qui meurent montent droit au paradis. Mais ces malheureux enfants sans péché, où qu'ils seraient allés de toute façon ? Eux autres c'est les voisines qui s'en chargeaient, c'est elles qui ont fait le gâteau des morts, elles qui l'ont partagé, elles qui ont puisé l'eau... Et c'est après qu'on est venu prendre la cloche de l'église. On a pris les cloches de toutes les églises de Bucarest, on les cassait en quatre pour en faire des balles, c'est les Allemands qui les prenaient. On entendait dans toute la ville mugir les cloches quand on les brisait, et les gens bougeaient pas, ils regardaient, personne disait rien, ils se signaient seulement : voir une chose pareille dans sa vie ! Mais y a eu aussi des miracles, disait-on. Quand ils ont voulu emporter les reliques de saint Dumitru, ils ont pas pu soulever la châsse, et pourtant ils étaient nombreux, et pourtant ils se donnaient un mal de chien, mais rien à faire. Tellement il s'alourdissait, le bon saint. Alors les Allemands se sont foutus en rogne, ils ont mis de la dynamite sous le reliquaire, ils l'ont allumée, la fumée est montée jusqu'au ciel et puis quand elle s'est dissipée les reliques étaient toujours là dans la châsse, intactes, elles avaient rien. Mais les boches qui se trouvaient là étaient tous morts. Crevés comme des mouches, sans bras, sans tête, sans jambes, parce que le bon Dieu ne pouvait pas tolérer un sacrilège pareil, et juste après Pâques par-dessus le marché ! Voilà les temps qu'elle a connus, voilà ce qu'ils ont vécu, et ils n'étaient que des petits enfants, les malheureux... Ceux qui s'en sont tirés ils ont survécu, ceux qui s'en sont pas tirés ils sont morts, chacun selon sa chance...

Il y a longtemps qu'elle regarde par la fenêtre, sans rien voir des rues par lesquelles passe le tramway. Assise, voûtée, les mains sur le fourre-tout posé sur ses genoux, le fourre-tout en cuir qu'elle tient de Mme Daniel. Il a été quelqu'un, Daniel, sous ce nouveau régime, un grand communiste, copain à Zaharescu, tout le temps en train de voyager à l'étranger, leurs femmes ils les laissaient à la maison. Qu'est-ce qu'ils leur rapportaient pas des pays où ils allaient ! Quelles vestes de cuir, quelles paires de bottes, quels flacons de parfum, elle avait guère de couture à faire chez elles puisqu'elles avaient de tout. La Zaharescu lui donnait un peu de raccommodage, un peu de rapiéçage, mais l'autre, Mme Daniel, elle avait vite fait de jeter les affaires. C'est d'elle qu'elle tient ce sac en cuir tressé :

— Prenez-le, mame Delca, ça vous fera un souvenir...

Elle lui a également laissé un tapis persan usé, un grand, qu'elle a mis dans la salle. Et des vieilles chemises à son mari, il était gros, Daniel, mais pas un malabar comme son homme, elle les a recousues, renforcées, il en a eu un peu l'usage, mais elles ont pas tenu le coup longtemps. Comme quoi elles étaient pourries ; elle se décidait pas à lui donner ce qu'elle avait de mieux, Mme Daniel, maintenant ils sont tous les deux en Israël, son mari et elle.

Voûtée sur son siège, les mains sur son sac en cuir, elle regarde par la fenêtre. Et, soudain, elle reconnaît les maisons que longe le tramway. Elle se lève aussitôt et trottine vers la porte. Elle se dépêche mais elle fait attention à ne pas glisser, mon Dieu, qu'elle aille pas se casser une jambe ! Ce lino, c'est une patinoire, on marche sur une pellicule de boue. Le temps s'est détraqué, les gens aussi, tout s'est détraqué, y a même plus d'hiver.

— Attendez, siouplaît, dit-elle au conducteur.

Elle serre fort la barre et pose un pied sur le bitume... Il est foutu de démarrer là, maintenant !

Il crache par sa vitre latérale, la main sur la manette, mais sans la tirer. Il lance :

— Pourquoi tu restes pas chez toi ?

Elle a peut-être entendu, peut-être pas, en tout cas elle ne répond pas. Elle pose doucement le deuxième pied par terre, toujours agrippée à la barre.

— Pourquoi tu restes pas chez toi, l'ancêtre, au lieu de venir emmerder le monde ?

C'est un jeune noiraud, il n'a même pas tourné la tête. On voit sa nuque aux cheveux noirs bouclés, des cheveux de forain, trop longs, graisseux et bouclés, qui lui descendent jusqu'aux épaules. Il porte une chemise bariolée et un blouson.

— Va te faire foutre, saleté de Tzigane ! crie-t-elle.

Trop tard, il a déjà refermé les portières et démarré. Elle marmonne :

— Allez vous faire foutre, tous autant que vous êtes, on voit plus que vous partout !

Le tramway a disparu depuis longtemps au coin de la rue, elle, elle est toujours en train de grommeler sur le trottoir.

Là, on dirait que la chaussée s'est élargie, les voitures passent l'une derrière l'autre, l'une derrière l'autre, comment se faufiler entre elles ? On dirait que la chaussée s'est élargie, elle s'y engage d'un pas craintif, les voitures passent, l'une derrière l'autre, les chauffeurs font de l'œil aux filles.

— Si ces garces-là c'est encore des filles..., marmonne-t-elle. Si y a encore une vraie jeune fille au jour d'aujourd'hui..., marmonne-t-elle, les yeux sur la pellicule de glace qui n'a pas fondu, le long des rails du tramway.

Un pas, encore un, elle avance, les yeux sur la pellicule de glace. Et, soudain, elle sent un je-ne-sais-quoi dans tout son corps. Un je-ne-sais-quoi qui la démange, qui la chatouille. C'est à la manière d'un chatouillement qu'elle ressent dans son corps la peur du camion qui a surgi au coin et qui s'approche. Cette peur, elle l'éprouve si fort dans son vieux corps alourdi, qu'elle a l'impression d'être serrée dans ses vêtements. Dans son tréfonds elle sait comment elle se sauverait, se traînerait jusqu'à l'autre rive, encore si lointaine. Elle entend près d'elle, tellement près, le grondement assourdissant du moteur, aussi assourdissant que les battements de son cœur dans sa poitrine. Le camion crisse et s'arrête pile, le chauffeur descend en sifflotant. Il ne la voit même pas, il passe à côté d'elle sans arrêter de siffloter.

— Tu peux aller te..., bougonne-t-elle.

Un sang épaissi, épuisé, bat la chamade sous ses tempes, sous son crâne. Les jambes en coton, elle continue d'avancer lentement, les yeux sur la pellicule de glace le long des rails. Elle entend le camionneur revenir en sifflotant, monter sur le marchepied d'un pas lourd et claquer la portière. Alors, comme si un souvenir lui revenait tout à coup, elle s'arrête. Immobile sur le trottoir, voûtée, elle regarde fixement. L'homme est au volant, elle le voit bien à travers la vitre.

— Ça alors..., fait-elle.

On voit dans le caniveau des morceaux de glace avec par-ci par-là, pris dedans, des bouts de journaux qui pointent un tortillon trempé. À part ça les trottoirs sont nets, un quartier de riches, Domenii, elle peut aller pépère chez Ivona. Elle sort de sa poche une main tordue, dans un gant de laine aux doigts troués, elle l'appuie contre un mur. Elle a toujours les jambes en coton.

— Ça alors ! Je me demandais d'où je le connaissais. Je me demandais d'où je le connaissais si bien... C'est le gendre au Reli qui travaille à Pipera... Mais qu'est-ce qu'il peut bien faire là ?

2

— Oui, comme je vous le dis, un peu plus et vous m'auriez jamais revue, il s'en est fallu d'un poil...

— Oh ! là ! là ! ma bonne Vica, oh ! là ! là ! mais il faut faire attention ! À partir d'un certain âge, c'est à nous-mêmes de prendre soin de nous, comme disait Muti. Ah ! ma chère Vica, qu'est-ce qu'elle tenait à vous, Muti...

Là, elle va chercher un mouchoir dans son sac et elle va se mettre à chialer. Faut dire qu'elle a de quoi : c'est sa mère qui tenait sa maison. Ivona, elle aime pas ça, elle s'y connaît pas. Son truc, c'est le bureau, le caoua et les clopes. Elle a pas eu la chance de tenir de sa mère, elle tout lui réussissait, une femme de tête, une débrouillarde...

Elle avance, voûtée, la tête baissée, les jambes en coton, si elle grignote pas quelque chose vite-vite, elle va tourner de l'œil — qu'est-ce qu'elle a mangé depuis ce matin ? Trois fois rien, du pain trempé dans une grande tasse de thé, un peu de pain et de fromage chez sa belle-sœur, ça tient pas au ventre, ça. Elle, si elle sort à jeun, elle est toute la journée pis qu'une lavette. Heureusement on est samedi aujourd'hui, alors Ivona va peut-être la retenir à déjeuner. Demain c'est dimanche, alors elle a peut-être des invités et peut-être même qu'elle a fait la cuisine. Alors elle mangera là, si jamais elle la retient. Autrement, depuis le départ de Tudor, de leur fils, leur frigo est tout le temps vide, à se demander pourquoi ils le gardent.

— Niki et moi, on n'a pas besoin de beaucoup manger. À nos âges, la nourriture, les friandises surtout et la viande sont de véritables poisons...

— Peut-être bien, répond-elle sur un ton plutôt sec. Peut-être bien, puisque vous le dites...

Mais, dans sa tête : Donne-moi de la viande tous les jours et donne-moi des friandises en plus, j'aurai plus besoin de rien d'autre. C'est vrai, son homme et elle, ils ont toujours aimé bien manger et bien vivre. Comme il l'emmenait son homme, au début, quand ils étaient jeunes époux vu qu'ils venaient de se marier, comme il l'emmenait là où il entendait dire qu'y avait un bon chef dans une bonne auberge ! Il essayait tout : le potage à la poularde, les tripes et le pied de porc, la blanquette aux girolles. Il était curieux de tout connaître, ce fils de paysans... Elle, elle aimait surtout, en septembre, à l'Exaltation de la sainte Croix, rester sous la tonnelle, avec un pichet ou deux de vin nouveau, et des petites saucisses, des rognons de bélier, un peu de crépinette, de l'émincé de chèvre fumé, du ris de veau, rien qu'eux deux à une table, au bord de la vigne... Et quand la nuit tombait on allumait les becs de gaz et les violoneux s'y mettaient et son homme il était fier qu'ils viennent leur jouer à l'oreille. À la fin il se remontait avec une soupe aux abats, il était d'humeur gaie et on rentrait en fiacre. Ils y sont allés comme ça, pour les vendanges, combien de fois ? En tout cas, elle s'en souvient comme si c'était d'hier... Ils ont pris un coup de vieux, d'accord, mais ils aiment toujours ça : se griller de la viande et des saucisses et saucer dans la poêle... Et avec, un grand pot de cornichons et un flacon de prune... Les gens qui ne mangent pas assez, ils sont chétifs et nerveux, ils attrapent toutes les maladies, tous les maux de la terre... Ce qu'elle dit, Ivona, c'est rien que des paroles. Des paroles de bonne femme qu'aime pas faire la cuisine, alors y a plus que les fruits et le régime, mais qui peut vivre de ça ? Si elle devait acheter des fruits et des grillades, l'argent d'un mois lui ferait pas deux jours ! Pour eux deux, six cent cinquante lei, avec l'électricité, le loyer, la redevance... Comme quoi c'est rien que des paroles, puisque quand Leana vient faire le ménage ou le blanchissage, aussitôt Ivona elle file dare-dare chez le traiteur. Pourtant, même là, elle s'en retourne qu'avec trois ou quatre parts.

Mais au moins, Ivona, on sait qu'elle n'a qu'une parole. Si elle a dit qu'elle y donnerait cinquante lei tous les deux mois, eh bien elle y a jamais manqué. Dans une semaine, ça fera deux mois depuis la dernière fois et alors, si elle la voit, peut-être qu'elle y donnera aujourd'hui, pour les deux mois à venir. Elle y donnera peut-être, hein, pourquoi pas ? Puisque les sous, elle en a des masses, alors aujourd'hui ou dans une semaine, comme de toute façon elle doit y donner...

— Je passais par là, en revenant de chez ma belle-sœur, et alors qu'est-ce que je me suis dit ? Je vais aller voir ce que vous devenez... Je vais aller voir ce que devient Mme Ivona, et ce que devient M. Niki..., voilà ce qu'elle va lui dire.

Ivona est contente de la voir, parce qu'elle l'aime bien et qu'elle l'estime, et qu'elle s'embête toute seule à la maison, surtout depuis qu'elle va plus au bureau. Son coureur de mari, dès qu'on a besoin de lui, il file vite fait chez sa Gourgandine… Ivona est contente, et elle y donnera peut-être ses cinquante lei aujourd'hui — c'est quoi cinquante lei, pour eux ? C'est quoi cinquante lei, pour une grande maison ? Une brave fille, Ivona, un cœur bon comme le bon pain, sauf qu'elle a pas eu de chance dans la vie. Qu'elle est un brin fêlée. Elle a pas eu la chance de tenir de sa mère, sa mère elle était faite d'une seule pièce, sa mère elle connaissait son intérêt. C'était dans son intérêt ? Tope là ! Ça l'était pas ? Salut la compagnie !

Cette pauvre Ivona, elle a pas eu la chance de tenir de sa mère, d'allumer les hommes, d'avoir du chien… De mener les hommes par le bout du nez, à la baguette… Ah ! comment qu'elle l'a mené son premier mari, qu'était professeur et tout et tout et qui connaissait plein de grands personnages ! Il était comme cul et chemise avec des avocats et des ministres et même il fréquentait dans l'entourage de la reine… À quoi ça l'avançait, puisqu'à la maison c'était Mme Ioaniu qui portait la culotte ? C'était elle le général, elle qui commandait. Il s'aplatissait, lui, y avait rien de trop beau pour elle, le malheureux il savait pas qu'elle avait eu un amant avant le mariage. On entrait chez eux comme dans un moulin, tout le monde pouvait y aller, alors l'amant il y allait aussi, c'est Mme Cristide qui lui a plus ou moins raconté tout ça. Mais la Cristide, est-ce qu'on peut se fier à ce qu'elle dit, à voir comment elle sort, attifée comme une poufiasse ? Elle a peut-être bien eu un amoureux avant de se marier, Mme Ioaniu, peut-être bien, mais après qu'elle s'est mariée, fini !

Elle s'est rangée. C'était pas son genre, elle était pas une créature. Elle était une femme de tête, raisonnable, et c'est elle qui lui a dit de les mettre à la caisse d'épargne, ses sept mille lei :

— Que vous ayez de quoi ou pas, Vica, arrangez-vous pour mettre de l'argent de côté. Aussi peu que ce soit, assurez-vous une réserve, pour ne pas devoir tendre la main sur vos vieux jours. Que ce soit la famille, que ce soient les amis, il ne faut tomber à la merci de personne, Vica, ne l'oubliez pas...

Comme quoi même si c'était que ça, Mme Ioaniu elle aura fait de toute façon une bonne action dans sa vie.

Plus que trois maisons avant d'arriver maintenant qu'elle a tourné au coin du boulevard et qu'elle voit les grilles et les lampes noires des deux côtés de la porte de la cour. Voilà déjà trente ans qu'on les allume plus, que personne s'en occupe plus. Y en avait deux autres, à la porte de devant de la maison, c'est les locataires qui les ont enlevées. Parce que Mme Ioaniu, on l'a forcée à prendre des locataires quand Ioaniu était en taule, et alors Ivona, elle et le petit Tudor ils s'entassaient dans un réduit sous les combles. Et ce gredin de Niki, voilà le moment qu'il avait choisi pour disparaître chez la Gourgandine... Mme Ioaniu elle s'est dit pendant quelque temps qu'elle remettrait les lampes le jour où elle se débarrasserait des locataires ; et puis elle a pris de l'âge, et après Tudor est parti... Vide, cette grande baraque, rien qu'Ivona et son mari, à quoi bon les faire remettre ? Dehors les murs s'effritaient, mais personne s'en souciait. C'est qu'on le remarque surtout à cause de l'immeuble neuf d'à côté. Longtemps, c'était un terrain vague, depuis ce 4 avril où une bombe est tombée juste à côté de la maison à Mme Ioaniu. Sauf des petits dégâts, des vitres cassées, leur maison s'en est bien tirée, et eux aussi. Dieu merci, ils étaient pas dans l'abri, vu que la bombe elle est tombée en plein dessus. Une centaine de morts, et même plus, allez savoir..., mais Mme Ioaniu, vernie, elle était pas là. Ioaniu, il lui avait fait quitter Bucarest, à elle, à Ivona et à ce gredin de Niki. Il le savait, lui, Ioaniu, que les avions viendraient bombarder, puisqu'il était colonel, il était général, à lui de voir, bref il s'occupait du téléphone et du télégraphe. C'est pour ça que les communistes l'ont alpagué et qu'ils l'ont mis en taule, ça les arrangeait pas ce qu'il avait vu. Il en avait beaucoup vu et il en savait trop.

Et voilà qu'on leur a flanqué cet immeuble juste derrière ! Un immeuble neuf, qui vaut du fric, qu'est-ce qu'ils doivent en avoir ceux qui habitent là ! Ça doit être des grosses légumes, des nouveaux seigneurs, des grands communistes, comme les Daniel, comme les Zaharescu. Des nouveaux seigneurs, vu que les anciens... y en a qui sont morts, y en a qu'ont plus un radis, y en a qui sont passés à l'étranger, y en a qui y passent encore... Et leurs maisons, elles ont vieilli aussi, elles vont y passer aussi.

Y a qu'à voir celle de Mme Ioaniu, tout écaillée. Elle y est passée, Mme Ioaniu, et puis sa sœur aussi, la patronne, et leurs maris, et maintenant on voit que la maison aussi elle a vieilli. Elle la tenait de son premier mari, Mironescu, il est vite mort, mais il lui a laissé la maison, de l'argenterie, des cristaux et tout et tout. Comme Ioaniu était son meilleur ami, au moment de rendre l'âme il l'a supplié :

— Épouse-la.

Alors Ioaniu, qui l'aimait depuis longtemps sans espoir, il l'a épousée.

C'est Mme Ioaniu elle-même qui lui a tout raconté,

avec les détails, et pas qu'une fois. Y a que Mme Cristide pour dire que c'était pas ça, mais pas ça du tout, et que la Mironescu, c'est-à-dire Mme Ioaniu, elle couchait déjà avec Ioaniu depuis longtemps et que tout Bucarest était au courant. C'est par la mère de son mari, sa belle-mère donc, qu'elle le saurait, vu que chez nous tout se sait et rien ne s'oublie. Mais qui peut bâillonner la médisance ? D'ailleurs il suffit de la regarder, la Cristide, pomponnée comme une créature : peut-on se fier à la parole d'une dévergondée ? Bon, il est vrai qu'on n'entendait pas souvent Mme Ioaniu parler de son premier mari, c'était rare, plus que rare. Une fois pourtant, juste une fois, elle a dit, mais ça lui a échappé :

— Je ne prenais pas de plaisir au lit avec lui, Vica, vous comprenez ?

Elles buvaient le café toutes les deux et ça lui a échappé.

— Je comprends, sûr que je comprends, qu'elle a répondu. Moi non plus j'aimais pas fricoter avec mon homme, quand je le voyais qu'il allait me sauter dessus, j'avais envie de détaler. Il faisait sa petite affaire, mais il a jamais su comment fallait me prendre et quand il m'a laissée tranquille j'ai dit amen…

Elles bavardaient entre elles, entre femmes, et qu'est-ce qu'elles rigolaient, et quelles bêtises elles se racontaient ! Mme Ioaniu elle s'amenait sans bruit avec le café fumant dans la verseuse et les tasses à côté et elle amenait aussi la prune pour picoler. Elle avait de la bonne prune, Mme Ioaniu, elle aimait boire et manger. Et c'est comme ça que ça lui a échappé à propos de son premier mari.

— Je ne prenais pas de plaisir avec lui, Vica. Je dois dire qu'il était beaucoup plus âgé que moi, vingt ans de plus. Il était aimable et prévenant, mais qu'est-ce que j'ai pu pleurer, dans les commencements ! Au bout d'un certain temps, je m'y suis habituée… Seulement, je n'allais presque pas dans le monde. Je tenais par contre salon ouvert et j'avais quelques amis fidèles. Si j'avais passé ma vie avec Stefan, j'aurais ignoré ce qu'est le plaisir, il y a des femmes qui connaissent ce sort. Ou peut-être, qui sait, j'aurais fait un écart, comme tant d'autres.

Si elle le disait, c'est peut-être bien qu'elle l'avait fait, l'écart, le grand écart, c'est qu'elle avait la tête à ça… Mais on ne peut être sûr de rien, vu qu'en ce qui la concerne elle était muette, une vraie tombe… Son pauvre mari, faut le voir sur les photos, Ivona y ressemble tout craché : grand et maigre, le nez fort, Mme Ioaniu en parlait guère. Peut-être qu'elle en avait eu assez, ou peut-être qu'elle s'en souvenait plus tellement au bout d'une soixantaine d'années… En tout cas, elle causait que de l'autre, que de son Ioaniu. Elle vous en cassait les oreilles !

Elle pousse la porte de la cour, jamais fermée à clé. Une haute porte en fer forgé, autrefois on voyait au fond un kiosque couvert de lierre et de roses de Jéricho l'été. D'ailleurs, toute la maison en était recouverte, et aussi de glycines. Dans le temps, y a eu aussi des fleurs qui ressemblaient au liseron, mais grandes comme une roue de charrette, c'est Mme Ioaniu qui les avait plantées, c'est elle qui connaissait leur nom. Ça sentait tout l'été la citronnelle et la rose de Jéricho et la rose tout court et le tilleul, ça sentait jusque dans la rue, si fort que ça vous endormait, ça vous assommait. On n'était plus dans ce monde-là, dans notre monde… La cour était pleine de grands rosiers jaunes et le mur de petits rosiers rouges grimpants. C'est Mme Ioaniu qui prenait soin des fleurs, il y a longtemps elle avait eu un jardinier et ensuite l'ordonnance, qui servait d'homme à tout faire. Les rosiers commençaient à fleurir en juin, à tour de rôle suivant les espèces, et il y avait des fleurs jusque tard l'automne, en novembre. C'est Mme Ioaniu qui s'en occupait, elle la revoit sortir avec le sécateur et une corbeille pour en couper et y donner quand elle s'en allait. Mais elle les coupait pas n'importe comment, juste celles qu'elle voyait que de toute façon elles allaient se faner.

— Décidément, vous arrêtez pas, qu'elle lui disait, à Mme Ioaniu. Reposez-vous un peu, vous êtes debout depuis ce matin !

Et elle, toute sa vie, est-ce qu'elle est pas restée tout le temps debout derrière le comptoir ? Oui, mais elle sait ce qu'il faut leur dire, aux gens, pour qu'ils soyent contents, pour qu'ils frétillent. Elle le sait, elle, ce qu'il faut dire ou pas dans la société, c'est pour ça que partout où elle va, tout le monde l'aime bien, tout le monde l'estime.

Mme Ioaniu, d'un seul coup elle démarrait. D'un seul coup elle se déboutonnait :

— Ah ! Vica, j'en ai eu de l'énergie, dans ma vie. Quatre ou cinq heures de sommeil m'ont toujours suffi. J'aimais voyager, danser, j'aimais à la folie les spectacles. J'allais avec Lulu à tous les bals du Cercle militaire, je dansais toute la nuit, et le matin en rentrant en calèche je me sentais fraîche — une fleur ! Vous pensez peut-être que je m'empressais d'aller me coucher, comme d'autres ? Jamais, m'entendez-vous ? Jamais ! J'envoyais toujours l'ordonnance allumer à la salle de bains, je prenais une douche, j'appelais la bonne, je donnais mes ordres pour la cuisine, pour le ménage... Après quoi je ressortais en calèche, j'allais passer mes commandes de la semaine chez les grands traiteurs, et puis l'après-midi c'étaient des visites ou encore un spectacle.

J'ai cru plusieurs fois que ma vie s'effondrait, j'ai eu de gros ennuis, mais des joies aussi, j'ai profité de ce que j'aimais... J'aimais les fleurs et les parfums...

Elle racontait comme ça, Mme Ioaniu : assise dans son grand fauteuil, sur la housse chiffonnée, sur les coussins, sur le tapis, elle causait, elle causait... Quand elle avait démarré, pas facile de l'arrêter. C'était des fois des histoires qu'elle lui avait déjà racontées, mais elle la laissait les répéter, malgré que la faim lui gargouillait dans l'estomac. On n'a pas le choix quand on n'est pas chez soi.

Et là maintenant, quelle fringale ! Elle va tourner de l'œil, pour de bon, ses jambes flageolent tandis qu'elle se dirige, sur les dalles disjointes, vers l'entrée de derrière, au fond de la cour. C'est par là, par-derrière, qu'elle entrait du temps où elles habitaient tout en haut, sous les combles, et alors elle montait les marches jusqu'à tant qu'y en ait plus. Mme Ioaniu les montait aussi et elle disait rien, qu'est-ce qu'elle aurait pu dire ? Tout ce qu'elle pouvait encore dire c'était merci, vu que d'autres dames comme elle étaient en prison et d'autres, des vraies princesses, vivaient dans des caves ou des remises. Elles, au moins, elles restaient dans leur maison, même si on les entassait dans la mansarde et qu'en bas on logeait des cadres du Parti.

Finalement elles s'en sont débarrassées, des locataires, mais à quoi bon ? Vu que Tudor a émigré, quand ils mourront, Ivona et son mari, leur maison c'est l'État qui se la prendra. C'est Ivona elle-même qui lui a expliqué, le jour où elle lui a dit que Tudor... ben, il reviendrait pas. Tandis que Mme Ioaniu, elle a été longtemps sans rien lui dire. Si elle y trouvait pas son intérêt, alors pas moyen de la faire parler, on n'en tirait rien, rien du tout : un tombeau.

Elle sonne. Un bon coup, elle s'arrête et elle recommence. Elle appuie sur le bouton jauni, elle entend le long drelin se répandre dans les pièces du haut, glisser sur l'escalier en bois à renforts de fer à chaque marche. Une pause, puis elle sonne encore. On dirait un bruissement là-dedans, on dirait entendre des pas. Vieille la maison, vieux les meubles, tout craque. Le parquet il craque même sans qu'on bouge, sans que personne marche dessus...

Elle refuse de croire qu'elle ait pu avoir une malchance pareille. Elle attend, elle sonne, elle attend, elle recule de deux ou trois pas pour voir la porte de la cour : si Ivona était sortie et qu'elle rentrerait là maintenant ?

Madame Ioaniu

1

Elle étale sur une marche le journal qu'elle a emporté et elle met dessus les sacs en plastique vides. Puis elle s'assied. Elle va pas attraper la crève par en dessous, la pierre a beau être froide par ce temps-là, elle va pas attraper la crève. Mais elle sent qu'elle va claquer si elle se repose pas un brin, elle a mal aux jambes, des élancements, et une grande faiblesse qui lui remonte du creux de l'estomac, il est midi passé, elle a pas arrêté, et tout ça pratiquement sans rien avaler.

Elle va peut-être revenir quand même, Ivona la bougeotte. Elle a pondu une sacrée nomade, sa mère ! C'est quoi une femme qu'aime pas rester chez soi et s'occuper de son ménage comme les autres font ? Faut pas s'étonner que son fils il soye parti droit devant lui pour aller se poser en Allemagne, se poser en Amérique, se poser là où il s'est arrêté ! Et faut pas s'étonner non plus que son coureur de mari il aille tuer le temps chez sa Gourgandine, un coq en pâte ça s'enfuit pas, on sait bien que si l'homme s'en va c'est la faute à la femme. Rester à la maison ?

Pourquoi y rester ? Pour zyeuter Ivona et ses dents de cheval et son grand nez, Ivona maigre et agitée, tout le temps la clope au bec et les copines au bout du fil, c'est-y pas à foutre le camp ?

Assise sur le journal et les sacs en plastique vides, elle mâchouille entre les gencives un croûton de pain de chez sa belle-sœur. Son râtelier, il est dans le fourre-tout. Cinq cents lei qu'il lui a pris, ce voleur de technicien, pour que ça la serre et que sa bouche soye qu'une plaie, tous des voleurs, Bucarest en est rempli, où qu'on aille y en a qui quémandent une pièce… Mais comment y donner, quand on n'a que six cent cinquante lei pour deux, avec l'électricité, le loyer, la redevance ?

Elle se repose, d'accord, mais elle va pas se reposer trop longtemps, faudrait pas que la nuit la surprenne dehors, sur les paillassons des autres. Là il a pas tort son homme, les autres, y en a jamais un qui vient frapper à leur porte. On n'a pas la peste, quoi, pour qu'y en ait pas un ! Ah ! les voir s'amener, tantôt la belle-sœur ou Gelu, tantôt Niculae et ses poufiasses, le pauvre Ilie, Dieu ait son âme, y a que lui qui passait tant qu'il était en vie. Mais même lui, en coup de vent… Alors donc ils viendraient, ils s'installeraient tous devant la télé et ils grignoteraient quelque chose puisqu'elle a toujours de quoi, et puis en partant ils lui glisseraient un billet dans la poche :

— Vica, tiens vingt-cinq lei, t'en auras l'usage…

Tant qu'elle a eu son magasin, elle les avait sans arrêt sur le dos et ils repartaient jamais les mains vides et elle les gardait à dîner, elle leur servait ce qu'elle avait de meilleur. Et chacun se pointait avec toute sa smala… Maintenant y en a plus un pour s'en souvenir. Le monde est ainsi fait, si on peut donner on est bon, si on peut plus on vaut pas un clou… Elle va peut-être revenir quand même, Ivona, elle est peut-être par là, dans le coin, à l'épicerie. Pourvu qu'elle soye pas à un de leurs fèves-aux-clopes où elles se réunissent comme un troupeau d'oies, elle les a vues chez Ivona, elles se réunissent quand leurs maris sont pas à la maison, tantôt chez l'une, tantôt chez l'autre, elles mettent les petits plats dans les grands pour épater les autres, et ça se gave de sucreries et de café, et ça cause, ça cause, ça ferme pas son clapet une seconde. Des dames que le travail les a pas usées. Ils vous ont pas ratées, les communistes, bien fait pour vous ! Moi ils m'ont pris mon commerce, mais vous ils vous en ont pris bien plus ! Pourtant y a qu'à les voir, celles qui se la coulaient douce dans le temps, elles se la coulent douce maintenant aussi… Quand ça tournait au vinaigre, elles faisaient bouillir la marmite en vendant des tapis, des cristaux, des bijoux, et il leur en est resté malgré tout, comme à Mme Ioaniu, la maison en regorge encore.

Elle était comme un chat, elle retombait sur ses pattes à tous les coups, deux maris qu'elle a eus et elle les a enterrés tous les deux ! Une maîtresse femme ! Fallait la voir à quatre-vingts ans comment qu'elle se maquillait et qu'elle se passait les sourcils au crayon pour aller au cinéma avec sa fille. Son gendre leur achetait des billets une fois par semaine et lui il filait chez la Gourgandine… Une maîtresse femme, Mme Ioaniu ! Elle se levait tôt le matin, se faisait son café et ensuite elle inspectait la cuisine, elle décidait quels plats on préparerait, combien de parts, ce qu'il lui fallait, elle calculait tout. Elle allait et venait, fessue et mamelue, la cigarette au bec ; si elle fume, sa fille, c'est parce qu'elle tient d'elle, et pareil si elle est pingre. Ce qu'elle pouvait être radin, Mme Ioaniu ! Elle allait jusqu'à compter les patates pour la salade orientale, deux par personne, qu'elle disait, et elle tourniquait dans la cuisine, la cigarette au bec, comme un général. Si jamais y se pointait une personne en plus au repas, y avait forcément quelqu'un qui ne bouffait pas. Une maîtresse femme, et plus elle vieillissait, plus elle devenait radin. Autrement, elle la laissait pas partir le soir, mais là c'était le bon temps, sans y glisser quelque chose dans son sac : tantôt du pâté ou une boîte de conserve, tantôt des gâteaux secs ou un morceau de fromage. Un jour, tiens, elle lui a donné trois œufs et y en a un qui s'est cassé en route. Elle, Vica, elle faisait pas de manières, elle faisait pas sa mijaurée, elle se donnait pas des airs comme sa belle-sœur, pourquoi se donner des airs et refuser ? Qui c'est qui aurait été perdant ? Elle, pardi ! Pas si bête...

— Prenez ça, Vica, qu'elle lui disait, Mme Ioaniu, vous en aurez l'usage...

— D'accord, qu'elle lui répondait, elle, puisque c'est moi la poubelle, d'accord !

Qu'est-ce qu'elle rigolait, la vieille ! Elle rigolait et elle buvait des cafés et elle picolait aussi, et elle aimait la bouffe, fallait la voir s'empiffrer... Plus elle vieillissait, et plus elle devenait goulue.

Les sacs en plastique sont froids. Elle se lève, engourdie, ses élancements dans les jambes sont pires que ce matin. Et en plus elle a une de ces envies, elle a du mal à se retenir, plus on vieillit, plus la vessie se relâche. C'est même pour ça qu'elle hésite à partir, la cinglée va peut-être rentrer et alors elle, elle pourra se soulager. Elle fait quelques pas, jette un coup d'œil sur la porte de la cour, peut-être bien qu'elle va enfin se montrer, Ivona la bougeotte. Voilà pourquoi elle s'est donné tant de mal, sa mère, avant de mettre le grappin sur Niki, d'en faire son gendre. Oui, elle s'en est donné du mal, pour que cette fêlée d'Ivona reste pas vieille fille. Elle, Vica, elle se rappelle comment elle était avant son mariage. Elle était telle qu'elle est maintenant : une planche à repasser, le nez trop long, des dents de cheval : à faire peur ! Les hommes, ils se bousculaient pas au portillon !

Sa mère l'a toujours détestée, même toute petite. Ah ! elle était rusée la vieille, elle était rusée Mme Ioaniu, et tant qu'elle a eu toute sa tête on pouvait rien tirer d'elle. Maline comme un singe, muette comme une carpe. Un jour, pourtant, elle s'est laissée aller, elle en a trop dit.

Elle penchée sur la machine à coudre, la vieille perchée sur ses coussins comme le roi Pétaud, et elle en racontait, elle en racontait... Vu que plus elle vieillissait, plus elle causait. Et toujours de son second mari, le Ioaniu. Des années durant, tant qu'il était en taule, elle n'avait même pas prononcé son nom, mais depuis qu'elle touchait une pension de veuve, y en avait que pour lui. Au téléphone, elle répondait :

— Allô ! Ici Sofia, générale Ioaniu.

— Générale de mes fesses, qu'elle marmottait, elle.

Alors la vieille, toujours sur le qui-vive :

— Comment ? Qu'est-ce que vous dites, Vica ?

— Rien, j'ai rien dit. Je pestais après la bobine.

— Bon, puisque vous n'avez rien dit...

Et ça repartait, les histoires : pourquoi Ioaniu était le protégé du maréchal Averescu, comment il avait été blessé par les boches à Predeal et à Marasti, quelles décorations il avait, comment ils s'étaient rencontrés, elle en piteux état, portant le deuil de son mari. Comment il était tombé amoureux d'elle pour la deuxième fois, parce qu'il l'avait déjà été avant mais sans oser se déclarer... Sans oser ? À d'autres !

Y en a une tapée qu'ont osé, sûr qu'elle s'en est tapé des tas la vieille, quand elle était pas vieille, parce qu'y a pas de fumée sans feu, et autrement on n'entendrait pas cette cinglée de Cristide, qui le tient de sa belle-mère. Mais Mme Ioaniu, elle aimait pas parler de tous les hommes qu'elle s'est farcis. Elle, c'était toujours sa petite rengaine : les corbeilles de fleurs, les parfums et les poudres de France, les fourrures et les toilettes de Paris que Ioaniu lui achetait, et sa jalousie quand il l'emmenait danser au Cercle militaire… Et Lulu par-ci, et Lulu par-là, en vrai il s'appelait Gheorghe, c'était sa façon de le cajoler, à la vieille : Lulu par-ci, Lulu par-là, et patati, et patata !

— Eh oui ! voilà les années les plus heureuses de ma vie… J'ai toujours aimé m'amuser, mais jeune je n'en ai guère eu l'occasion, je ne sais pas pourquoi… À peine mariée, j'ai été enceinte d'Ivona, j'étais moi-même une enfant encore, et j'ai eu tellement de mal à accoucher, j'ai eu tellement mal, que la peur m'est restée toute la vie… Stefan, lui, tenait énormément à avoir un deuxième enfant, mais il a eu beau insister, il n'a pas réussi à me faire changer d'avis. Trente heures, qu'elle m'a torturée, Ivona, plus d'un jour et une nuit ! J'ai accouché dans mon lit, la sage-femme avait installé une espèce de harnais pour que je m'y agrippe, je tirais dessus et je hurlais. Et toute la maisonnée marchait sur la pointe des pieds… J'étais trop jeune, j'ai eu trop peur, je n'ai plus jamais voulu entendre parler d'enfants…

— Et vous avez bien raison ! Qu'est-ce que j'étais contente dans ma jeunesse de pas pouvoir en avoir ! Contente d'échapper à cette corvée. Est-ce que j'avais besoin d'enfants, moi ? Est-ce que j'avais pas mes frères à m'occuper ?

Mais la vieille l'écoutait pas. Quand son moulin tournait, elle entendait plus rien, elle poussait sa chansonnette. C'est ce qui s'est passé le jour où elle en a trop dit :

— J'aimais sortir, j'aimais recevoir, j'aimais danser à la folie... Mais le pauvre Stefan était d'un caractère renfermé, il ne dansait pas, il avait ses heures de travail, la bibliothèque... Alors, savez-vous ce que je faisais ? Quelquefois, le matin, je m'enfermais, je mettais le phonographe en route et je dansais toute seule, je me regardais dans la glace... Je me demandais ce que ça aurait donné si j'avais eu un autre mari, un mari qui se serait accordé avec moi, bref, vous voyez, ce que pensent parfois les jeunes femmes après leur mariage... Mais je n'étais pas triste, j'étais d'un naturel gai, très gai, je riais tout le temps, c'est ce que Lulu a aimé plus tard, « on n'entend que ton gazouillis à la maison », voilà ce qu'il me disait souvent... Mais Ivona, j'osais à peine la toucher. Épuisée par l'accouchement, je ne l'ai pas allaitée et elle est tombée malade, cette pauvre petite. C'était un enfant sage, mais elle était maladive, et elle l'est restée toute son enfance...

Sa gamine lui disait rien, elle tenait trop de son père. Sans doute un brave homme, mais faible et trop vieux et le nez trop long. Sa gamine lui disait rien, et pourtant elle a dû s'en occuper toute sa vie. Mais elle était pas tombée de la dernière pluie, la vieille, rusée et fine, elle avait jamais avec sa fille un mot plus haut que l'autre. Surtout qu'avec le grand âge elle devait se préserver, alors elle la bouclait. C'est seulement à elle, Vica, puisqu'elle y racontait tout, c'est seulement à elle qu'elle y a avoué que sa fille lui disait rien :

— La bonne me l'amenait, mais qu'est-ce que c'est qu'un nourrisson ? Un tas de dentelles blanches, et puis dedans... Je n'arrivais pas à la langer, à la délanger, c'était trop compliqué, je n'ai jamais réussi, jamais appris... J'avais peur, je l'avoue, peur de la toucher, peur de lui casser un membre. Elle avait la tête allongée, difforme, elle pleurait presque tout le temps et elle avait plein de taches sur le visage... Le pauvre Stefan était tellement heureux qu'il l'a toujours vue belle ! D'accord, elle est intéressante, Ivona, elle est agréable, intelligente, mais elle n'a jamais été belle. Petite, elle avait déjà l'esprit et la façon d'être d'un adulte. Voilà peut-être pourquoi je ne la vois jamais enfant quand je pense à elle... Je l'aimais, bien entendu, comment aurais-je pu ne pas l'aimer ? L'instinct maternel... les bêtes aussi aiment leurs petits... Mais Ivona était un enfant trop sage, un peu bizarre et... elle a grandi sans que je m'en aperçoive...

Et voilà ! Elle avait pas plus envie de s'occuper de sa fille que moi de peigner la girafe. Elle en avait eu, des araignées au plafond, comme toutes les femmes qui se tournent les pouces ! Et des qui continuaient à lui trotter sous le crâne, autrement pourquoi elle aurait gardé tous ces flacons et ces boîtes ? Elle avait beau être radin, à quoi ça pouvait lui servir, ces flacons et ces cartons qu'elle se résignait pas à jeter ?

— J'aimais les fleurs, Vica. J'aimais remplir la maison de fleurs... Oui, j'aimais les fleurs mais, plus encore, les parfums.

Et alors elle se levait de son fauteuil et elle s'éloignait à petits pas, toute voûtée — plus elle vieillissait et plus elle se voûtait. Elle s'éloignait alors et elle revenait avec des tas de flacons dans les bras, sortis des tiroirs de sa coiffeuse ou on sait pas d'où, certains aussi petits que le petit doigt, d'autres aussi gros qu'une carafe d'eau, avec des bouchons dorés et à fil d'argent, et des étiquettes tellement brillantes ! Des flacons en verre dépoli, bleuâtres ou verdâtres, à quatre-vingts ans elle se résignait pas à les jeter… Elle revenait à petits pas, fessue et mamelue, et courbée, plus elle vieillissait et plus elle se courbait, et puis son nez s'allongeait. Il devenait crochu. Elle posait les flacons sur la table et elle les contemplait.

— Celui-là, c'était le jour où…

Tous, elle se rappelait quand elle les avait reçus — une mémoire d'éléphant, qu'elle avait !

— Celui-là, c'était pour…

Chacun, elle y connaissait le nom, elle lui avait dit des dizaines de fois, mais c'était trop compliqué à retenir.

— Celui-là, Lulu me l'a offert peu avant notre mariage. Il m'envoyait des fleurs tous les jours, des corbeilles de fleurs et des parfums… Je voyais par la fenêtre la casquette rouge du commissionnaire. À Ivona, il envoyait des cartons de gâteaux ou de fruits confits et des chocolats de chez Capsa. Son père et Lulu, tous les deux ils la gâtaient, Ivona…

— Celui-là, il me l'a donné après un curetage. Qu'est-ce qu'il s'inquiétait, le pauvre Lulu ! Il m'a obligée à garder le lit pendant une semaine. C'était le premier curetage que je faisais depuis que nous étions ensemble, voilà pourquoi il s'inquiétait tellement, mais j'avais un bon docteur et j'en avais déjà fait pas mal puisque, n'est-ce pas, j'avais été longtemps mariée… Mais il n'avait pas à le savoir. L'homme ne doit pas tout savoir, pas tout connaître, pas vrai, Vica ?

— L'homme, il doit vous connaître qu'au-dessous du nombril, qu'elle répondait.

Qu'est-ce qu'elle rigolait, la vieille ! Elle rigolait et elle regardait ses flacons. Mais elle, Vica, elle faisait la grimace :

— Des sous gaspillés ! Pourquoi il vous achetait tout ça ? Il aurait mieux valu un terrain à bâtir, parce que ça c'est de l'argent jeté par les fenêtres…

— Eh oui, la terre passait en Roumanie pour la valeur la plus sûre. Et puis, un jour, les communistes ont pris le pouvoir et elle n'a plus rien valu, rien du tout… Non, c'était mieux ainsi ! Lulu aimait me choyer…

Après, elle ramassait ses tas de flacons et elle allait les ranger dans leurs tiroirs ou on ne sait pas où, on aurait dit un trésor ! À quoi ça lui servait, de les garder ? Oui, plus le temps passait et plus elle perdait la tête, plus elle devenait pingre. Tant qu'elle les avait pas tous rangés, elle revenait pas dans son fauteuil.

— Le pauvre Lulu, lorsque nous nous sommes mariés il était dans la force de l'âge, et pourtant toujours célibataire. Militaire de carrière, très correct et très sévère, mais avec moi il changeait du tout au tout. Il adorait me cajoler, il me passait tous mes caprices… Nous sortions tous les soirs, au Continental ou à Mon Jardin, ou aux bals du Cercle militaire… Nous avions notre groupe d'amis… Il avait un cœur d'or, mais il fallait savoir le prendre, il était soupe au lait, il piquait des colères subites…

Cause toujours, qu'elle lui disait tout bas, t'as été une belle garce toute ta vie. Une belle garce et une matérialiste et tu pensais qu'à toi, et t'as toujours su retomber sur tes pattes. Ah ! y en a qu'ont de la veine dans la vie…

Un bruit soudain derrière elle, elle se retourne vivement, son cœur bat la chamade.

— Pschitt ! charogne, qu'elle fait, pschitt ! charogne, fous-moi le camp !

Un matou efflanqué, pelé, miteux, sautait du poirier… Ah ! quel poirier c'était, quelles grosses poires juteuses il donnait ! Maintenant il est rabougri, sec, l'été dernier les chenilles l'ont dévoré. Tout se rabougrit, évidemment, vu qu'y a plus personne pour s'occuper des plantes. Plus une fleur ni un rosier depuis que Tudor est parti, depuis que Mme Ioaniu s'est éteinte… Et même depuis avant, depuis qu'elle tournait au gâtisme. Tant qu'elle a été valide, c'est elle qui s'occupait de la maison, elle qui s'occupait des fleurs et du kiosque. Elle qui faisait la loi, y en avait pas un qui aurait dit un mot plus haut que l'autre. Vu qu'ils savaient, cette tête de linotte d'Ivona et son ordure de mari, ils savaient que la maison, les tapis, l'argenterie et les bijoux qui restaient, tout était au nom de la vieille, tout lui appartenait et par-dessus le marché elle touchait une pension de veuve ! Son mari était mort au trou, à Sighet ou à Jilava ou à Pitesti, bref dans une prison politique, et pourtant elle avait fini par toucher une pension ! Parce que pendant l'autre guerre, la Grande, il avait été blessé plusieurs fois et décoré encore plus souvent. Et sous l'occupation allemande c'est Mme Ioaniu, à l'époque elle s'appelait Mironescu, c'est elle et son mari, le professeur, qui l'avaient caché chez eux des mois durant, vu qu'ils étaient copains…

Maintenant qu'elle touchait sa pension, elle qui avait pas prononcé le nom de Ioaniu pendant des années, on l'entendait :

— Allô ! Ici Sofia, générale Ioaniu.

— Générale de mes fesses, qu'elle marmottait, elle, Vica.

Mais la vieille, toujours sur le qui-vive, si elle parlait de tout et de rien, elle aimait pas raconter ce qui était arrivé à son Lulu, où ni quand il était mort. Parce que les communistes, ils lui faisaient trop peur. Pourtant, un jour, elle a mentionné son arrestation, sans réfléchir.

— Qu'est-ce que j'étais mince quand j'étais jeune ! Vous vous en souvenez, Vica ?

C'est vrai, on peut pas dire le contraire : mince et grande, et des gros seins... Son Ivona a pas eu la chance de tenir d'elle, et du coup pas de chance non plus avec les hommes, jamais.

— Tenez, j'étais mince comme ça ! Une taille de guêpe... Après l'accouchement, je me suis serrée autant que j'ai pu le supporter. C'est la sage-femme qui me l'a appris, et elle a bien fait : personne ne croyait que j'avais un enfant, j'étais mince comme une jeune fille... Plus tard je me suis arrondie et puis, à partir de la quarantaine, j'ai commencé à faire attention à ne pas grossir : tantôt juste une pomme, tantôt pas de pain du tout. D'ailleurs vous le savez, vous, quelle silhouette j'avais avant l'arrestation de Lulu ! Mais après, je n'ai plus eu le temps de prendre soin de moi...

Elle, elle allait pas la contrarier :

— Pourquoi être maigre ? Plus on est gros, plus on est beau ! C'est les maigres qu'attrapent toutes les maladies, tous les maux de la terre ! Tous ceux qui sont maigres, vous avez dû le remarquer, ils sont nerveux, ils manquent de force...

Mais la vieille, elle a repris, sans réfléchir :

— Voyez-vous, Vica, j'ai commencé à grossir quand les communistes ont arrêté Lulu et que pour avoir de quoi vivre je donnais des leçons de français et d'allemand... Nous mangions mal, trop de féculents, trop de graisse, mais à l'époque je ne pouvais trouver d'autre plaisir à la vie... Et sachez-le, Vica, sachez-le, c'est mauvais de vivre sans joie. On est tout le temps maussade, de mauvaise humeur, on s'empoisonne le cœur et on empoisonne les autres. Il vaut mieux ne pas se refuser ses plaisirs dans la vie, personne n'a rien à y perdre... Et voilà, je n'ai plus freiné sur la nourriture à partir de cette période-là. Parce que, s'il y a des gens qui mangent par nervosité et d'autres qui mangent par ennui, il y a aussi ceux qui mangent par plaisir, et c'est eux qui ont le plus de mal à s'abstenir. Or, le plaisir de la table est le dernier qui nous reste...

Mais autrement, pas un mot sur ce qui est arrivé à son mari. Le peu qu'elle a appris, Vica, elle le tient d'Ivona et de la Zaharescu, qui le tenait elle-même de son mari, une grosse légume. Sauf qu'il l'est pas resté, y a des petits camarades qui se sont chargés de le débiner. Ou bien son tour était venu de se faire remplacer, puisque c'est la règle chez les cocos : tout le temps changer, changer de place ou changer de discours. Mais elle se fait pas de souci pour les personnages dégommés, ils s'arrangent toujours. Elle se fait pas de souci pour eux, elle s'en fait pour son homme, il vieillit, il va sur ses soixante-dix-neuf ans, et depuis qu'il est à la retraite elle n'a plus mis un sou de côté. Elle en est toujours à ses sept mille lei, Dieu la garde d'un malheur ! Alors elle se fait pas de souci pour eux, ils mènent toujours la belle vie. C'est toujours la belle vie, pour la Zaharescu, même si elle se lamente, à l'entendre on croirait qu'elle est une victime du régime... Mais elle manque de rien, y a qu'à voir sa maison, et sa fille aînée est allée en Angleterre et elle y est restée. Pour faire de l'espionnage, disent les uns, parce que son père avait perdu sa situation, disent les autres.

Qu'ils aillent se faire voir, tous autant qu'ils sont ! Yen a qui retombent toujours sur leurs pattes. Alors elle va pas les plaindre, elle va pas se faire du souci pour eux, elle s'en fait pour elle et pour son homme, six cent cinquante lei pour vivre à eux deux, avec le loyer, l'électricité, la redevance... Et elle se les gèle, là, depuis le temps qu'elle attend l'autre cinglée.

Elle poireaute pour cinquante lei, qu'ils l'étouffent ses cinquante lei ! Et elle a tellement faim qu'elle en voit trouble. Y en a, on dirait qu'ils ont jamais de problèmes, c'est qu'ils les prennent pas à cœur, ça leur passe dessus comme l'eau sur un canard. La Zaharescu, par exemple. Ou cette débauchée de Mme Daniel. Ou cette fêlée d'Ivona : une autre à sa place, savoir tout le temps son mari chez la Gourgandine, elle en ferait une jaunisse !

Tandis qu'elle, ça lui fait ni chaud ni froid. Telle mère telle fille : Mme Ioaniu elle a eu deux maris et tous les deux elle les a enterrés, mais ça l'a pas empêchée de vivre sa vie : se maquiller, jouer au poker, aller au cinéma.

Son mari, on aurait cru qu'il avait de la chance puisque le maréchal Antonescu[1] pouvait pas le blairer et il l'a versé dans la réserve quand il a pris le pouvoir. Du coup, quand la Seconde Guerre a éclaté, Ioaniu il a pas été envoyé sur le front de l'Est, où on faisait pas de vieux os ! Ouais, on aurait cru qu'il avait de la chance, comme ça les communistes avaient pas de quoi lui en vouloir, au contraire puisque c'est eux qui l'ont sorti de la réserve quand ç'a été leur tour de prendre le pouvoir, et il est allé se battre contre les Allemands jusqu'en Tchécoslovaquie. Eh bien, non ! Ça ne lui a servi à rien ! Il a été arrêté et il est mort en prison, sans doute en cinquante ou en cinquante-deux, difficile à dire puisque la vieille, là-dessus, elle était muette comme une carpe. Mais elle avait beau se taire, tout finit par se savoir. Et elle, Vica, elle l'a su par la Cristide, parce que son mari aussi il était en taule, et qu'on y mourait comme des mouches, des anciens ministres et des

1. Pour les personnages historiques, voir en fin de volume, p. 535. *(Les notes sont du traducteur.)*

avocats, des anciens riches et même n'importe qui… Bratianu aussi il y est mort, on l'a jeté dans une cave et il s'est fait bouffer vivant par les rats. Paraît qu'on y avait dit de s'enfuir, à ce Bratianu-là, ou à un autre, je sais pas lequel, son neveu ou son frère, en tout cas il aurait répondu qu'un Bratianu s'enfuit jamais. Alors, il a pas émigré, il est resté là. Et il a vécu l'enfer. Et Maniu aussi, il y est mort, et tellement d'autres… Vu que sur des centaines et des milliers qu'ils étaient, y en a à peine deux ou trois qui en ont réchappé.

Mme Ioaniu et Ivona, elles étaient sans nouvelles et c'est seulement plus tard, un été, qu'elles ont reçu le papier comme quoi il était mort en prison. Elles sont allées au cimetière, mais comment trouver sa tombe ? Paraît qu'y en avait sur des hectares, rien que des morts récents, de moins d'un an, et des croix de bois… Là, pourtant, elles ont appris qu'il était mort à l'infirmerie. Malade, il mangeait pas, mais tout le monde s'en foutait et on l'avait emmené à l'infirmerie que quelques heures avant de mourir. Et avant de mourir, il avait parlé et quelqu'un qui l'avait entendu l'a raconté à Mme Ioaniu. Il avait toute sa tête, il savait qu'il allait mourir. Il demandait qu'on l'enterre pas en tenue rayée parce qu'il était pas un malfaiteur, il était un honnête homme, un soldat et un général qu'avait fait de tort à personne, même qu'il était décoré. Le plus drôle, c'est qu'on lui a exaucé son vœu ! Et c'est pour ça que Mme Ioaniu a réussi à le trouver : un fossoyeur s'est rappelé qu'on avait enterré un détenu en pyjama. Il s'était étonné : qu'est-ce qui leur prend de nous l'amener en pyjama, et en plein hiver, en pleine tempête de neige ! Mais si on est mort c'est du pareil au même, on sait plus rien, on n'a plus besoin de vêtements…

Voilà donc comment elle a trouvé son mari, Mme Ioaniu, et elle a fait dire des messes, elle a fait mettre une croix en marbre et au bout des sept ans que veut le rite, quand elle l'a fait transférer à Bucarest, dans leur caveau du cimetière Belu, elle a regardé ses dents et elle l'a identifié : c'était bien lui.

Une femme de fer, on ne l'a jamais vue le pleurer ! Même pas quand tous les maux l'accablaient : son mari mort, sa sœur en taule, sa fille sans travail, son gendre chez la Gourgandine, la Securitate qui les harcelait et elle sans revenus, sans rien. Et par-dessus le marché le Tudor risquait de se faire renvoyer de l'école, de toutes les écoles, comme fils de prisonnier politique !

— Dans la vie il faut bien savoir ce qu'on veut, Vica, et s'y accrocher de toutes ses forces, parce qu'alors on finit par réaliser quelque chose...

Qui sait à quoi elle pensait, la vieille, quand elle y disait ça ? N'empêche, elle se trompait pas, en fin de compte le temps règle tout. Et en fin de compte elle a touché une pension de veuve. Et Tudor a passé son bac, et son gredin de gendre en a eu assez de sa Gourgandine et il est rentré au bercail. Il en a une autre maintenant, mais on peut dire qu'il est à la maison, bien qu'il y soye sur des charbons ardents. Il est là et tout à coup il y est plus : il a décroché sa veste et il a filé.

— Niki est allé jouer au tennis, qu'elle fait, cette conne d'Ivona.

Tout le monde sait bien où il va, mais tout le monde fait semblant de le croire.

— Il est allé jouer du pénis, oui, qu'elle disait doucement, elle.

Qu'est-ce qu'elle riait, la vieille, quand elle l'entendait ! Elle aimait pas son gendre, mais elle était trop raffinée pour y faire jamais une remarque. Et puis tout le mal qu'elle s'était donné pour lui faire épouser son laideron de fille ! Cette Ivona la bougeotte, cette vadrouilleuse, où peut-elle bien traîner en ce moment ? Avoir une belle maison, avec tout et tout dedans, et quatre mille lei de retraite à tous les deux, et avec ça aller se baguenauder en ville ! Une sournoise, et mauvaise comme la gale, elle vous donnerait pas un bout de chandelle ! À quoi ça lui sert de tout se garder comme ça ? Elle l'emportera pas dans la tombe ! Une sournoise et une pingre, voilà pourquoi il la trompe, son mari ! Et plus elle prend de l'âge, plus elle devient pingre !

2

— Tes cinquante lei, t'as qu'à t'étrangler avec !

Elle bat la semelle, mais ça ne la réchauffe guère. Puis elle se penche, elle gémit, eh bien il manquait plus que ça, elle a du mal à se pencher, à présent ! Et dire que dans le temps, elle briquait les parquets, elle portait des poids, elle en soulevait… Son homme, lui, depuis quelque temps il peut même plus lacer ses chaussures. C'est à cause de son ventre qu'il peut plus. Un malabar pareil, le voilà qui gueule, la chaussure au pied et le pied sur une chaise :

— Vica ! Viiicaaa ! Viens me nouer mes lacets !

— Parce que dans la cambrousse d'où que tu viens, on vous apprenait pas à les nouer ! Et pourquoi tu mets pas les pieds sur la table, tant que t'y es ?

Mais elle y va. Depuis qu'elle le connaît il a toujours pété plus haut que son cul, alors si elle l'a pas changé en quarante ans c'est pas maintenant qu'elle va y arriver. Si c'est sa nature à lui, elle aurait toujours pu se taper la tête contre les murs et les fesses par terre, elle y aurait rien changé. Et puis, vu le bide qu'il a, y a même rien à redire : avec ses cent vingt kilos, s'il se penche y a un vaisseau qui risque de lui claquer dans le cerveau et alors il pourrait tomber raide paralysé ou même mort sur le coup, et là ça serait le gros malheur...

Alors elle le chamaille un brin et puis elle vient lui nouer ses lacets.

Elle se penche, ramasse le journal, les sacs en plastique, les plie et les enfonce dans son fourre-tout. Le tout lentement, avec l'âge elle est moins vive. Et puis elle rechigne à partir, elle s'y résigne pas... Elle se résigne pas à l'idée de s'être tapé tout ce trajet pour des prunes. Tête de linotte, tête de linotte ! se reproche-t-elle. Elle passe à côté du tuyau de la gouttière, tourne au coin du mur et s'en va à petits pas. La cour est vide, lui chez sa Gourgandine et elle allez savoir où, elle tient pas en place, jamais chez elle, à croire qu'on lui a fourré un piment dans le trou de balle...

La cour est vide, sans la moindre trace de pas... On dirait que tout le monde a déménagé, c'est le désert depuis que Tudor est parti. Depuis que Mme Ioaniu elle a tourné gâteuse. Elle se laissait pas vieillir, elle avait plus de quatre-vingts ans et les gens lui en donnaient soixante-cinq, tout baignait jusqu'à tant que le petit est parti. Tout baignait jusqu'à tant que le petit est pas revenu et qu'elle a attrapé sa fluxion de poitrine, ou sa pleurésie, bref une belle saleté. Il s'est trouvé que ces jours-là elle y allait beaucoup pour sa couture, alors elle les revoit, la vieille dans son lit et, à la salle à manger, son gendre qui se frottait les mains.

— Elle s'en va, qu'il disait. Elle s'en va, la pauvre Muti...

Et il se frottait les mains et ses yeux brillaient de joie. Il le répétait à tous leurs visiteurs, y compris à elle, Vica, et pourtant jusque-là ils avaient à peine échangé quelques mots.

— Elle s'en va, qu'il lui disait. Dans un jour ou deux, ou dans une semaine, mais non, dans moins que ça, elle ne sera plus là, la pauvre Muti...

Depuis le temps qu'il attendait qu'elle crève, sa belle-mère, il n'arrivait plus à se retenir. Qu'est-ce qu'il pouvait se dire, dans sa tête ? Qu'Ivona allait crever aussi et qu'il serait débarrassé des deux, que la maison, les bijoux et l'épargne de la vieille seraient pour la Cramouille ? Voilà ce qu'il imaginait sans doute pendant qu'il allait et venait à la salle à manger en se frottant les mains :

— Vous voyez ? Dans deux ou trois jours au plus, elle ne sera plus là, la pauvre Muti...

Mais la vieille, elle s'accrochait. Fluxion de poitrine ou pleurésie, ou une autre saleté, en tout cas elle a pas crevé. Il s'était frotté les mains trop tôt, son gendre. Elle gardait le lit, mais elle a réussi à passer le mois de mars, qui est un mauvais mois, si on doit mourir c'est en mars qu'on meurt, c'est bien connu. Et alors le mois de mars passé, le temps s'est réchauffé un peu et aussitôt elle s'est levée. Aussitôt elle s'est mise à trottiner dans la maison, et le toubib a annoncé qu'y avait plus de danger. Sauf que c'était plus Mme Ioaniu d'avant. Désormais, après sa maladie, elle le faisait, son âge ! Amaigrie, la peau flasque, des traits tombants, le regard fixe, une voix sifflante qu'on avait du mal à comprendre. À cause de la maladie, ou du départ sans retour de Tudor ? C'est elle qui l'avait élevé depuis qu'il était tout petit, elle qui l'avait gâté. Depuis qu'il était un nourrisson et jusqu'au jour de son départ, c'est elle seule qui s'en était occupée...

— Je ne le reverrai plus de ma vie, Vica ! Je ne le reverrai plus de cette vie et je n'en aurai pas d'autre… J'envie ceux qui peuvent croire en Dieu, croire que l'âme est immortelle, moi je n'ai jamais pu…

C'était un matin. Elles étaient seules toutes les deux, la vieille dans son fauteuil. Elle essayait de surfiler mais ça ne marchait pas et elle a vite abandonné. Tant mieux parce qu'il a fallu défaire tout le peu qu'elle avait fait.

Elle était assise dans son fauteuil et elle parlait du petit et de grosses larmes roulaient sur ses joues.

— Vous savez, Vica, le jour où Niki a ramené Ivona de la clinique et que j'ai vu le bébé, au fond je voyais un enfant pour la première fois. Il me faisait tellement pitié, je le trouvais si petit, sans défense. Et juste à ce moment-là il a éternué, je ne sais pas pourquoi, peut-être à cause de la lumière, ou du vent… Et alors il a fait un geste, de ses petites mains, comme ça, un geste de grande personne… Et ça m'a étonnée, je ne sais pas pourquoi, qu'il fasse des gestes d'adulte. Il avait un visage de petit vieux, comme la plupart des enfants avant un mois, mais je le trouvais beau, moi, je le regardais se réveiller, ouvrir les yeux. Si j'avais cru en Dieu, j'aurais parlé d'un miracle. Je ne comprenais pas comment il était apparu soudain parmi nous, il m'intimidait avec sa façon de regarder autour de lui comme s'il comprenait tout. Ivona est restée longtemps souffrante, on lui avait fait une césarienne, alors c'est moi qui lui donnais le biberon, j'avais appris à le langer, je le baignais, je n'aurais permis à personne de prendre ma place… Et puis lorsque Ivona s'est remise et qu'elle a commencé à lui tourner autour et que je la voyais ne pas savoir que faire ! La pauvre, pour le ménage il n'y a pas pire, elle est plus maladroite qu'un homme ! Quand je la voyais le tenir, ne pas avoir la patience de lui donner à manger à la petite cuiller, et un jour pour son bain elle a failli l'ébouillanter, alors, Dieu me pardonne, je lui en voulais ! Je lui en voulais d'être sa mère, de l'avoir mis au monde...

Assise dans son fauteuil, sur la housse froissée, sur les coussins, sur le tapis, des heures durant, immobile, elle lui a parlé du petit. Et c'est alors qu'elle s'est laissée aller, qu'elle a raconté l'arrestation de son mari, et alors elle a pleuré... Elle parlait, parlait et de grosses larmes roulaient sur ses joues...

— Les temps étaient durs... Un soir Lulu m'a dit : « Ça va être bientôt mon tour, bientôt. » Il savait exactement quand on l'arrêterait. Il le savait par la logique, il suivait la marche des arrestations au sein de l'armée, il me préparait. Nous passions des journées à vider les tiroirs, à brûler des documents, des lettres, des papiers, des livres, la Securitate n'a rien trouvé... Ils ont tout fouillé, tout démantibulé, le canapé, le parquet, la bibliothèque, ils n'ont rien trouvé contre lui. Oh ! ce n'est pas qu'ils ne vous condamnaient pas sans preuve mais, à ce que j'ai pu apprendre, les interrogatoires l'ont vite affaibli, épuisé et... Il n'avait pas été jugé, pas condamné, alors à la fin des années soixante il a été « réhabilité », parmi tant d'autres...

Et voilà comment qu'elle a touché sa pension de veuve ! Et voilà qu'elle le disait ! Elle n'avait plus de raison de se taire. Elle s'était tue juste pour son petit-fils, pour sa situation, elles espéraient qu'il aurait de la promotion, qu'il serait admis au parti, vu qu'il était intelligent comme pas un, le Tudor ! Et ambitieux avec ça ! Tout le temps le nez dans les bouquins ! Oui, elles espéraient que ça irait bien pour lui et, du coup, pour toute leur famille. Mais, puisqu'il était parti sans espoir de retour, pourquoi elle l'aurait encore bouclée, sa grand-mère ?

— La nuit tombée, si on entendait une voiture s'arrêter dans la rue, on ne bougeait plus, on se regardait, blancs comme un linge... Cette année-là, tant que je vivrai je ne l'oublierai pas. Qu'elles étaient longues les minutes, les secondes pendant lesquelles on attendait des pas dans l'escalier, des coups à la porte ! On n'osait même pas aller regarder à la fenêtre, voir ce que c'était, cette voiture... M. Romanescu, vous voyez qui c'est, n'est-ce pas ? Eh bien, malgré dix ans de prison, il n'avait rien perdu de sa finesse, de son humour. Devinez ce qu'il m'a dit un jour, plus tard ! « Là-bas au moins j'étais tranquille, sûr qu'on n'allait pas m'embarquer. Et pourtant, quand j'entendais leurs pas dans le couloir, je n'en menais pas large. Ça pouvait être pour reprendre les interrogatoires ou pour me transférer là où c'était encore pire, dans une prison comme Jilava ou dans un camp comme celui du canal Danube-mer Noire... Aujourd'hui, bien que je sois sorti de prison depuis dix ans déjà, il m'arrive encore, le soir, de croire les entendre monter dans l'escalier. Vous vous rappelez comment ils entraient, l'arme au poing... Il y a maintenant toutes sortes de jeunes qui vous demandent, les uns directement, d'autres en tournant autour du pot, comment ça se passait, à l'époque... Je leur réponds que je ne leur dirai rien. Je ne leur fais jamais d'autre réponse. Pour de multiples raisons, je ne vous raconterai rien, entre autres parce que vous ne pourriez pas comprendre... » Voilà ce qu'il m'a dit, ce pauvre Romanescu. Mais à moi, il a raconté, parce qu'il savait par quoi j'étais passée, il m'a raconté la peur dans laquelle il vivait avant son arrestation... Il y en avait qui, de peur, ne couchaient plus chez eux, ils erraient dans les rues, ils parcouraient la ville en long et en large, ils disparaissaient en province. Je me souviens d'un vieux qui passait ses journées à faire la queue, pour n'importe quoi, parce qu'en général on ne vous arrêtait pas au milieu de la foule. Le malheureux ! Ils ont fini bien sûr par l'embarquer… Quelques mois après l'arrestation de Lulu, quelques mois seulement, Margot a été dénoncée, emmenée à son tour et bientôt condamnée… Ivona a été renvoyée de son poste à la faculté et l'École italienne, où elle donnait quelques heures de cours, a été fermée, et elle ne réussissait à se faire embaucher nulle part. Pour quelques leçons particulières, elle courait dans tout Bucarest, à trois lei de l'heure ça ne payait pas le ressemelage… Moi aussi, je donnais quelques leçons de français et d'allemand et, par-dessus tout, je m'occupais de Tudor. Sans lui, je ne crois pas que j'aurais résisté à toutes les épreuves qui m'ont frappée…

Eh oui, chacun trouve son maître… Elle était pourtant d'un naturel dur, emporté. Ça se voyait à son rire, à ses yeux que la nourriture faisait briller, à sa façon de fumer.

— J'ai compris alors comment on peut trembler pour un enfant de peur qu'il lui arrive je ne sais quoi et comment on fait toutes ses maladies en même temps que lui. Quelque chose m'a rendue plus forte, Vica, je le sentais tous les matins, je dirais Dieu si j'étais croyante. Quelque chose m'a rendue plus forte pendant ces années-là, et je crois n'avoir jamais pleuré, de crainte qu'Ivona ne s'en aperçoive. Je devais être en bonne santé et avoir la force de ne pas penser à ce qui m'arrivait, de ne pas me plaindre, de ne pas me rappeler tout ce que je venais de perdre, car sans moi ma fille et cet enfant innocent étaient seuls au monde…

Elle l'aimait, ce petit, peut-être plus que tout dans sa vie. Après son départ, à quoi ça aurait servi de continuer à la boucler ? En tout cas ça lui aurait pas servi, à lui, faudrait un sacré chambardement pour qu'il puisse revenir un jour. Alors la vieille, elle s'est mise à causer, à causer… Elle se disait qu'elle ferait pas des vieux os et qu'elle le reverrait jamais. Sa mère, Ivona, et son gredin de père, eux, ils le reverraient bien un jour — en Allemagne, en Autriche, en Amérique —, bref là où il se poserait, peu importe où…

Mais pas elle, pour elle c'était trop tard.

— J'aimerais croire, Vica, mais, je ne sais pas pourquoi, je ne peux pas… Si je croyais, je serais sûre de le retrouver un jour quelque part, mais là, je sens que je ne le reverrai jamais.

Et, en effet, elle l'a jamais revu…

Elle marche lentement, prudente, ses jambes flageolent à cause de la faim et elle a de plus en plus de mal à se retenir, si elle pouvait trouver un coin, un recoin… Mais quoi, comme ça, en plein jour ! Encore heureux que ça soye pas la patinoire par ici, encore heureux qu'elle ait plus le souci de ce matin ! Le verglas qu'il y avait, il a fondu. Rien que des maisons de maître et des immeubles coquets dans des jardins, et des tilleuls sur les trottoirs, un quartier de riches, c'est sûr. Un quartier de seigneurs dans le temps, un quartier de seigneurs maintenant. Sauf que c'est pas les mêmes : maintenant c'est les nouveaux, vu que les anciens… y en a qui sont morts, y en a qu'ont plus un radis, y en a qui sont passés à l'étranger, y en a qui y passent encore… Anciens seigneurs, nouveaux seigneurs, c'est le cadet de ses soucis ! Son souci, à elle, c'est de pas glisser, de pas se casser une jambe, mon Dieu ! Tiens, il reste dans le caniveau des morceaux de glace, et des amas de neige noire de suie.

Elle arrive à l'arrêt du tram, y en a pas un en vue, elle va préparer ses sous en attendant, ses vingt-cinq centimes pour monter en seconde. Elle cherche à tâtons son porte-monnaie au fond du fourre-tout, mais y a ces satanés sacs en plastique qui la gênent… Quelle idée elle a eue de les emporter, c'est de son porte-monnaie qu'elle a besoin… Où il est, son porte-monnaie ? Où il peut bien être, son porte-monnaie ?

Ses jambes flageolent encore plus, elle sent de la glace dans son cœur, sur son dos… Son porte-monnaie, dire qu'elle avait vingt lei dedans, sans compter les petites pièces ! C'est du sang épaissi qui tape sous ses tempes, et elle appuie contre un mur sa main tordue dans un gant noir, un gant de laine aux doigts troués. Son porte-monnaie…, salope d'Ivona, salauds de riches ! Elle se rappelle pas avoir ouvert son fourre-tout depuis qu'elle est partie de chez Gelu… Mais alors où qu'il est passé ? Où qu'il est passé ? Il s'est tout de même pas envolé !

Son sang tape à coups de marteau sous ses tempes et elle voit rouge, elle voit noir, mon Dieu, me fais pas mourir là d'une attaque !

C'est du vingt qu'on lui a trouvé à la médecine du travail après la mort de ce pauvre Ilie, et alors depuis elle a toujours sur elle son hyposerpile et son carbaxine. Si j'étais pas là pour prendre soin de moi, y a longtemps que j'aurais rejoint maman dans un trou à Capra ! Toujours la main contre le mur, toujours à se creuser la cervelle, et soudain l'éclair : c'est seulement chez cette maudite Ivona qu'elle a pu le perdre, puisque c'est seulement là-bas qu'elle a ouvert son fourre-tout. Quand elle en a sorti le journal et les sacs en plastique, c'est seulement à ce moment-là qu'elle a pu le faire tomber, son porte-monnaie !

Elle repart vite fait. Vite, vite. Elle tourne à nouveau au coin du boulevard, quelle maudite journée, des emmerdes, rien que des emmerdes ! Elle marche, elle s'arrête, elle farfouille dans le fourre-tout, retrouve enfin le papier dans lequel elle a enveloppé ses médicaments, le déroule, en sort un comprimé, un seul, et se le met sur la langue, il est dur à avaler sans eau, dur à faire passer par la gorge, comme le grain quand on gave l'oie… Elle replie le bout de papier et le remet dans le fourre-tout, puis elle repart. Maintenant au moins, elle est rassurée.

À la médecine du travail, on lui a dit :

— Évitez les émotions et les ennuis, madame Delca.

On lui a dit, et elle a enregistré ! Maintenant, elle a tout le temps sur elle l'hyposerpile, le carbaxine et le diasépane : un ennui qui se pointe, un comprimé qu'elle se prend ! Après elle est rassurée, pas de problème. Tant qu'on peut, faut se soigner tout seul, et pas en faire plus que l'âge de ses artères… Vu que si on s'occupe pas soi-même de soi-même, à votre avis qui c'est qui s'en occupera ?

Voilà, elle arrive, la porte de la cour n'est toujours pas fermée, le matou pelé est toujours au pied du poirier rabougri.

— Pschitt ! charogne, qu'elle siffle, pschitt !

Mais il n'a pas peur, ce satané matou efflanqué et miteux, au pelage labouré par des rivaux, plus jeunes que lui. Il bouge pas, il la fixe de ses yeux jaunes. Mon Dieu ! c'est pas un chat, c'est un envoyé du diable… C'est lui qui m'a porté la poisse…

Elle tourne au coin du mur, voilà le tuyau de la gouttière, voilà les marches, c'est la minute de vérité, son cœur bat la chamade, elle a un creux dans l'estomac, un nœud qui se serre, c'est la minute de vérité : elle va le retrouver ou pas, ce porte-monnaie ? Elle avait vingt lei dedans, sans compter les petites pièces. Le sang lui tape dans la tête à coups de marteau. Dieu la garde du mauvais sort, pourvu qu'elle ait pas une attaque, là maintenant ! Son homme, le pauvre, il lui dit tout le temps :

— Faut que tu vives, Vica, faut que tu vives assez pour t'occuper de moi... Parce que j'ai huit ans de plus et alors c'est moi qui va mourir le premier...

— Cause toujours, vieille mule ! qu'elle lui répond. Cause toujours, c'est toi qui me mettras dans le trou ! Vu que tu m'as empoisonné la vie et que toi t'en as fait qu'à ta guise et que t'as jamais rien cédé, même pas ça...

Elle marche lentement, voûtée, à petits pas. Inutile de se mettre déjà à regarder — elle est trop loin, elle y verrait rien. Il y est, il y est pas ? Elle s'arrête, s'appuie du coude contre le mur, farfouille dans le fourre-tout et finit par trouver le bout de papier aux médicaments, elle le déplie, en sort encore un comprimé de carbaxine et hop ! elle l'avale, plus facilement que l'autre : normal, on s'habitue à tout. C'est faible le carbaxine, ce pauvre Ilie, qui buvait café sur café et fumait cigarette sur cigarette, il en prenait le soir une pleine poignée ! Autrement, il réussissait pas à dormir. Pauvre Ilie, pauvre Ilie, elle arrive pas à croire qu'il soye mort, toutes les nuits elle rêve de lui.

— C'est la vie, on partira tous comme lui, tous, à tour de rôle, qu'elle dit à sa belle-sœur quand elle la voit se remettre à chialer. T'empêcheras quoi en pleurant ou en te tapant la tête contre les murs ? Tu résoudras quoi ? Tu peux rien résoudre, vu qu'on partira tous à tour de rôle, et qu'y aura aucun de nous qui restera là...

Ça fait son effet le carbaxine, elle est apaisée du coup, sauf le cœur, il cogne encore fort. Il cogne comme un marteau... Voilà les marches !... Vides, les marches. Pas de porte-monnaie. Elle n'en croit pas ses yeux, vingt lei, sans compter les petites pièces, sans compter le porte-monnaie. Elle voit rouge, elle voit noir, elle tend le bras et s'appuie contre le mur, mon Dieu, pourvu qu'un vaisseau lui claque pas dans le cerveau !

Elle ne veut pas y croire, elle tourne autour des marches vides, elle se penche, elle cherche en dessous à tâtons, du bout des doigts... Un coup du diable, sûr un coup du diable, autrement il aurait pas pu disparaître. Avec ces voleurs qui s'en donnent à cœur joie, tous ces voleurs qui ont envahi Bucarest ! Maudite journée, tout a marché de travers, et cette cinglée d'Ivona qui traîne les rues... Aïe ! aïe ! aïe ! maudite journée... Elle aura beau tourner là en rond, il y est pas le porte-monnaie, elle voit bien qu'il y est pas, mais elle ne se résigne pas à s'en aller... Elle tourne autour des marches, elle se penche, regarde en dessous, tâtonne, elle aura peut-être mal vu. Non, y a rien. Rien de rien.

Son regard se perd le long du mur. Et la voilà qui éclate de rire. Des hoquets de rire.

Le porte-monnaie.

Y a que le diable qui pouvait le jeter là ! Y a que Satan qui pouvait le balancer là, à côté de la gouttière ! Elle a enlevé son râtelier chez sa belle-sœur, parce qu'il la serrait, et alors elle a plus de dents, mais elle peut rire tant qu'elle veut, y a pas âme qui vive. Personne pour la voir. Elle rit la bouche fendue jusqu'aux oreilles, elle range soigneusement le porte-monnaie au fond de son fourre-tout, sous les sacs en plastique. Le bon Dieu, le pauvre, quand il a vu le chagrin qu'elle avait au cœur... Et elle qui met pratiquement pas les pieds à l'église, qu'elle se donne la peine d'y aller dimanche et d'allumer un cierge ! Dans le temps elle lisait la Bible le soir, il suffit de l'ouvrir et on y trouve tout ce qu'on veut : des histoires, des conseils pour se conduire dans la vie, tout est écrit dedans. Et puis son homme a acheté la télé et maintenant elle voit tous les films, ceux qui lui plaisent comme ceux qui lui plaisent pas. Elle, y a que les films d'amour qui lui plaisent. Où les amants qui s'aiment sont séparés, y en a un qui meurt, ou sinon ils se retrouvent vingt ans après et alors il est trop tard... Et elle, au lit, elle pleure sur leur malheur. Elle regarde tout, son homme il éteint pas avant la fin des programmes.

Tu vois, le bon Dieu, le pauvre... Elle a la joie au cœur, il en déborde ! Ça doit faire des années qu'elle avait pas été aussi gaie et apaisée. Sauf que ça passe pas, son envie. Elle irait bien derrière le coin de la maison, mais c'est partout du pavé et ça laisserait une tache. Et puis si quelqu'un s'amenait...

Pourtant y a pas âme qui vive dans la cour.

Et un silence ! Sauf les pigeons gris et mauves qui battent des ailes là-haut, devant la fenêtre de la mansarde. C'est là qu'elle a habité la vieille, avec Ivona et le petit, quand Ioaniu a été arrêté et que cette crapule de Niki les a laissé tomber pour filer chez la Gourgandine. C'est à peu près à cette époque-là que les communistes ont fermé sa boutique et alors elle s'est trouvé des clientes, elle allait pas se tourner les pouces. Elle aurait pu se faire embaucher dans une coopérative de couture, mais elle a jamais aimé obéir à un patron. Elle préférait aller chez ses clientes, un jour chez l'une, le lendemain chez l'autre, elle ne rentrait de nulle part les mains vides, et en plus elle bavardait, elle apprenait les derniers potins. Et elles, elles se l'arrachaient ! Des grandes dames dans le temps, mais à présent elles tiraient le diable par la queue. Elles vieillissaient, sûr, mais surtout on les avait chassées de leurs maisons, après des palais elles habitaient des caves ou des greniers, comme les miséreux. Une qu'avait été une grande princesse, elle se collait des lessives dans l'ancien garage où elle habitait, des pleins balluchons de linge qu'elle blanchissait, on sait pas pour qui. Avec trois gosses dans les jupes et vas-y, lave et lave, et en même temps elle leur causait en français, en allemand. Et puis elle a pris des mômes à deux lei l'heure, et de frotter le linge, de le faire bouillir, de l'amidonner, et ainsi de suite, et vas-y, cause français en même temps... Et ça marchait ! Les gamins, ceux qu'étaient pas trop feignants, ils jacassaient en anglais, en allemand, et tout et tout...

Ça aussi, elle le tient de Mme Ioaniu. La vieille, elle a vu de ses yeux la Cantacuzène en train de faire la lavandière. Une femme très bien et très brave, la princesse, une grande dame, même quand elle décrassait le linge de tous les malpropres... Les communistes voulaient d'abord fusiller son mari, le prince, mais il s'en est tiré finalement, il est sorti de prison au bout d'une vingtaine d'années, comme quoi ce qui est écrit est écrit. Ioaniu, en moins de deux ans il a passé l'arme à gauche, ils ont même pas eu le temps d'y faire un procès, de le juger. Tandis que ceux que c'était écrit qu'ils devaient vivre, ils y ont passé vingt ans, ils ont bouffé du chlorure de chaux qu'on versait dans les tinettes et ils s'en sont tirés. Parce qu'à Jilava ou à Sighet ou dans les autres prisons où y avait la dysenterie, ceux qui ont bouffé du chlorure de chaux ils s'en sont tirés, ils sont pas morts de la chiasse. C'est-y vrai, c'est-y pas vrai, elle, elle le vend comme elle l'a acheté...

Avant on lisait ça dans le journal, maintenant on peut pas savoir, mais on entend parler : les gens, quand même, ils vont pas se cadenasser le clapet, y en a un qui dit ci, un autre qui dit ça… Sauf ceux qui ont fait de la taule, muets comme des carpes, eux : ils ont pas envie de retomber…

Alors sur tous ceux qui y sont morts, par milliers et par centaines, est-ce que quelqu'un sait combien ils étaient ? Est-ce que quelqu'un les a comptés ? Ceux qui s'en sont tirés ils ont survécu, ceux qui s'en sont pas tirés ils sont morts, chacun selon sa chance… Et elle, qu'est-ce qu'elle en a à faire, elle ? Est-ce qu'elle n'a pas ses soucis, est-ce qu'elle a besoin de se soucier de ceux des autres ? Qu'est-ce qu'elle doit faire ? Aller derrière le coin de la maison ? Ou quand même pas ?

On entend brailler des garnements dans le voisinage. Vaut mieux attendre qu'ils s'en aillent. Ils gueulent à vous crever les tympans, ces voyous… Elle leur filerait quelques torgnoles, elle, et ils se calmeraient vite fait ! La faute à leurs parents, qui les gâtent, ils s'occupent que de leurs affaires et ils leur laissent la bride sur le cou, dans la rue ! Et alors les jeunes, au jour d'aujourd'hui, ça connaît plus ni crainte ni vergogne.

— Le monde se détraque, et plus le temps passe, plus il se détraque, lui disait Mme Ioaniu. Moi aussi, quand j'étais jeune, j'aimais m'amuser, mais les jeunes d'aujourd'hui…, on les voit se bécoter et se peloter dans la rue ! De notre temps, un enfant ne répondait pas à ses parents, hein, Vica, je ne me trompe pas ! Je n'ai jamais cru aux présages, jamais cru aux gens qui annoncent la fin du monde. Et je n'y crois toujours pas, mais savez-vous ce que je crois ? Je crois que l'humanité retourne à la barbarie. Les barbares vont nous envahir, qu'est-ce que je dis, ils sont déjà là, et nous allons devenir de vrais sauvages…

Ah ! pour être instruite, la vieille, elle l'était et pas qu'un peu ! Elle avait lu des tas et des tas de bouquins dans sa vie et elle se souvenait de tous. Instruite mais les pieds sur terre, tout lui réussissait. Tandis que Margot, sa sœur, elle était un brin tête en l'air, c'est d'elle qu'elle doit tenir, Ivona. Dans le temps, les dames de la haute, y en a pas une qui travaillait, les maris se chargeaient de tout. Sauf Margot Geblescu, Margot la bougeotte, toujours à s'occuper de ses modèles de robes, de sa mode parisienne et tout ça… Deux fois par an elle allait à Paris y chercher des modèles, c'était sa marotte, elle y allait avec son mari, un bel homme, mais quelle tête brûlée ! À Bucarest ils habitaient pas n'importe où : le quartier Bonaparte, siouplaît ! c'est là qu'ils avaient leur demeure, seulement quels numéros tous les deux, et quels paniers percés ! Alors chez eux c'était la pétaudière. Un grand noceur, le Geblescu, il allait faire la fête en ville toutes les nuits, ça pouvait être le jeu ou les femmes, y en a sans doute une qui lui a mis le grappin dessus puisqu'un beau jour, pfuitt ! plus personne… Mme Ioaniu parlait jamais de lui. Et puis y a eu la guerre et après la guerre les communistes, ils l'auront embarqué, il aura fait de la prison, est-ce qu'il en a réchappé, est-ce qu'il est encore en vie ? Allez lui demander !

C'est à peu près à cette époque-là qu'elle a commencé, elle, à aller chez Mme Ioaniu et Ivona. Elles avaient plus le sou, elles manquaient de tout, elles vivaient renfermées, alors chez elles elle travaillait pour ainsi dire à crédit, elle en tirait pas profit. Elle avait d'autres clientes à l'époque, la Zaharescu, que son mari était un grand directeur, et puis Mme Daniel. Mais elle allait aussi chez Mme Ioaniu, elle la connaissait depuis qu'elle était petite main dans la maison de couture de sa sœur, Margot Geblescu.

Sa sœur, Margot, elle avait plus de mari, plus de maison de couture boulevard Pache, plus d'hôtel particulier dans les beaux quartiers. Il lui restait juste une vieille villa et un bout de vigne près de Bucarest, à Otopeni, et c'est là qu'elle vivait.

— Allez voir ma sœur, Vica, lui a dit un jour Mme Ioaniu, allez voir ma sœur à Otopeni, elle vous donnera une bonbonne de vin...

Elle y est allée, elle a sonné. Et elle sonnait, elle sonnait, mais la Geblescu répondait pas. Bizarre, puisque Mme Ioaniu lui avait téléphoné devant elle, Vica, pour la prévenir. Tant pis, elle s'apprêtait à repartir avec ses bonbonnes vides, quand elle l'a entendue :

— Qui est-ce ?

— C'est moi, Vica, qu'elle a répondu.

Mais, dans sa tête : Tu sais bien qui c'est, quoi !

— Tout de suite, tout de suite...

Et pourtant ça a encore duré, peut-être une demi-heure, avant qu'elle lui ouvre et qu'elle lui donne son vin. Dans le car, en rentrant, elle se demandait : Qu'est-ce qui lui a pris, de me faire poireauter aussi longtemps ?

C'est plus tard, mais beaucoup plus tard, après le départ du petit, de Tudor, que Mme Ioaniu y a tout raconté. Mme Ioaniu ou Mme Cristide ? Bref, Margot, comme elle avait plus de mari, elle s'était trouvé un jules et elle le cachait à Otopeni, vu que les communistes le recherchaient. Elle avait été jolie femme, Margot, et elle avait de beaux restes : pas grande, pas aussi grande que sa sœur, mais une femme bien, élégante, et des tout petits pieds, elle chaussait du trente-trois... Et alors son jules sortait pas de sa cachette avant que Riri soye partie à l'école. Riri, la fille que Margot avait de son mari. Elle le tirait pas de sa planque tant que la petite était pas partie, et la nuit elle le laissait arroser la vigne. Et lui il bougeait pas de sa cachette, il toussait pas, il pétait pas, sauf la nuit, il se promenait dans la vigne et dans le jardin.

Mais il s'est tout de même fait prendre, ils l'ont tout de même arrêté. Et c'est sa femme qui l'a dénoncé, vu qu'il avait une femme, elle l'a dénoncé par dépit qu'il se soye caché chez la Margot Geblescu. Et voilà comment il s'est retrouvé en taule. Au procès, Margot a pris cinq ans pour recel de malfaiteur. Elle les a faits entièrement, ses cinq ans, et elle disait qu'elle s'en était plutôt bien tirée ! Elle n'est sortie de prison qu'au bout de ses cinq ans, et elle est morte peu de temps après. Sa fille, la Riri, elle a habité un certain temps chez Mme Ioaniu, entassés tous dans la mansarde. On l'a renvoyée de l'école, elle a fait ouvrière d'usine, mais ensuite elle s'est débrouillée, elle s'est mariée et depuis elle vit en France, elle a des grands enfants. Même que Mme Ioaniu lui a montré des photos.

Mais c'est seulement après le départ de Tudor qu'elle y a tout raconté, Mme Ioaniu. Ou bien ça serait-y pas la Cristide ? Dieu merci, elle lui a pas raconté avant, quand elle l'a envoyée à la vigne avec les bonbonnes, dans quel pétrin qu'elle l'aurait fourrée ! Elle avait pas à savoir ce genre de choses. Les siennes, ça lui suffisait. Pas besoin de connaître les affaires de Margot, c'est ses oignons, personne l'obligeait à avoir une liaison avec un homme marié, et à le cacher chez elle par-dessus le marché ! Drôle de vie pour ce type, ça devait lui faire quoi de sortir que la nuit pour arroser le jardin et la vigne et se promener le long des massifs de belles-de-nuit ? Il se promenait comme ça, tout seul, jusque tard.

C'est leurs oignons, comme on fait son lit on se couche, et la vieille elle se foutait du monde quand elle prétendait pas savoir que sa sœur le cachait. Sûr qu'elle le savait, mais elle était muette comme une carpe, un tombeau !

Elle bouge un peu, la voilà engourdie à force d'attendre, et ces satanés garnements, eux pas question de déguerpir... Elle bouge encore, elle monte une marche, elle la redescend et, tout à coup, frou ! frou ! les pigeons gris et mauves font du rase-mottes au-dessus de sa tête ! Saleté de volatiles effrontés, ça vous rentrerait dedans tellement c'est effronté ! Regardez-moi ça, ça serait foutu de se poser sur votre tête et de vous fienter dessus ! Ils lui ont frôlé les épaules, leurs ailes lui ont effleuré la figure, elle entend encore leur claquement dans les oreilles, flac ! flac ! flac ! Y en a tant qu'ils remplissent la cour... Ils sont combien ? Beaucoup, à vous donner le tournis ! On dirait du linge sur la corde quand y a un coup de vent... Saleté de volatiles, attendez voir que le chat miteux vous mette la griffe dessus ! Bon, ils picorent où ils peuvent depuis qu'y a plus personne pour les nourrir... C'est Mme Ioaniu qui les avait apprivoisés, dans le temps : elle leur mettait des graines sur le rebord de la fenêtre, et des miettes de pain. Et l'Ivona qui miaulait de sa voix d'hypocrite :

— Muti, on la prendrait pour saint François...

Hypocrite, et pingre en plus. Rien, y a pas un être vivant qui tirerait rien d'elle ! Pingre, et mauvaise, et en plus elle a la bougeotte ! Où est-ce qu'elle traîne à c't'heure-ci ! Elle était pas comme ça, sa mère, elle était une femme de tête, sa mère, elle savait compter. Elle connaissait son intérêt. C'était dans son intérêt ? Tope là ! Ça l'était pas ? Salut et à la revoyure !

Elle regarde partout, y a pas âme qui vive, la cour

est déserte, la rue déserte, si Ivona rentrait, elle lui demanderait la permission d'entrer, rien que cinq minutes, le temps de se soulager. Vu que ces sacrés garnements, ils ont grimpé sur le mur et pas question de déguerpir, s'ils se les mettaient là où elle pense, leurs bâtons, ça les calmerait peut-être. Bon, ben tant pis, vaut mieux qu'elle s'en aille, elle a assez perdu son temps comme ça... Heureusement qu'elle a retrouvé son porte-monnaie !

Elle s'en va à petits pas. Quand elle descendra du tram, elle s'arrêtera au marché : elle achètera trois saucisses, elle s'en mangera deux et elle portera la troisième à son homme, à cette vieille bête, ça y fera plaisir, à ce pauvre bougre... À son pauvre bonhomme, ce mal embouché, taiseux et râleur, mais est-ce qu'ils vivent pas ensemble depuis quarante-neuf ans ? Ben si. Alors tout à l'heure en rentrant, elle va lui rapporter une saucisse achetée au marché.

Bon, le plus dur est passé. Elle va sortir de la cour, et de là y aura pas loin jusqu'à l'arrêt du tram et après elle filera tout droit à la maison.

Et puis, d'un seul coup, elle s'immobilise, incrédule.

Ça alors ! qu'elle se dit. Elle se fige. Y a deux mètres de là où elle est jusqu'à la porte de devant. Deux mètres, pas plus, pas moins, juste deux mètres. La lumière de midi ne l'aveugle pas, elle y voit clair, sauf qu'elle en croit pas ses yeux. Qu'elle comprend pas. Et les pigeons, frou ! frou ! direction la mansarde.

Ah ! bon, qu'elle se dit, elle rentre pas, elle revient pas de n'importe où ! Ah ! bon, la salope, elle sort de chez elle, l'Ivona ! Avec son petit bonnet gris, avec son petit paletot vert, avec son petit renard autour du cou, son renard argenté qui perd ses poils et qu'elle a jamais réussi à le placer à un brocanteur...

Mais pourquoi ils en veulent pas, elle est la seule à le savoir, vu qu'elle ment comme elle respire. L'Ivona au long nez, l'Ivona au museau de fouine ! L'Ivona qui ferme à clé ! Voyez-la fermer à double tour la porte de devant ! Et après elle renifle. Et elle regarde à droite, et elle regarde à gauche, on dirait une fouine qui renifle. Et d'un seul coup ses yeux filent vers la porte de derrière, et d'un seul coup la voilà figée elle aussi.

Figée parce qu'elle la découvre.

Ah ! ça, tu me le payeras, tu me le payeras... Mais elle n'a pas le temps d'ouvrir la bouche, l'autre, la Fouine, a déjà pris les devants :

— Oh ! là ! là ! ma pauvre Vica ! Oh ! là ! là ! vous attendiez là, dans la cour, sans sonner, sans appeler, sans rien dire ? Ou bien la sonnerie est en panne ? Tout de même, je ne vous comprends pas, Vica : on dirait que vous venez pour la première fois ! Moi, je n'ai pas bougé de là, j'ai tellement de choses à faire. Je suis débordée, vous savez ce que c'est, on n'en voit pas la fin... Et depuis que je suis à la retraite, je manque de temps encore plus qu'avant... Tenez, c'est seulement à cette heure-ci que je réussis à sortir, et pourtant j'aurais dû partir il y a longtemps déjà...

Tu me le payeras, pense-t-elle, mais son visage ne laisse rien paraître. Et elle ne lui dit rien, elle ne la regarde pas de travers, elle fait semblant de la croire. Elle sait bien ce que ça mérite, une garce comme Ivona : fais-y la risette et prends-y ses pépettes... Dommage seulement qu'elle ait pas son râtelier, qu'elle l'ait enlevé chez Gelu, quand elle va ouvrir la bouche, la garce va la voir édentée. Édentée ou pas, de toute façon à son âge, personne lui court plus après. Sauf Lucifer, l'empereur des démons... Alors elle rit en montrant ses gencives.

— Allons, allons, ça fait rien… Ça fait rien, je passais par là, en revenant de chez ma belle-sœur, et alors qu'est-ce que je me suis dit ? Je vais aller voir ce que devient Mme Ivona, ce que devient M. Niki… Et si on s'était pas retrouvées nez à nez, qu'est-ce que ça aurait fait ? Ça aurait fait du tort à qui ? Ça aurait rien fait à personne…

Ivona

1

Elle garde son manteau, elle a ôté seulement son renard, qu'elle a posé sur le fauteuil. Et, à côté, son bibi de feutre gris.

Elle garde son manteau, pour faire comprendre à Vica que le temps lui est compté : elles ne sont rentrées que pour cinq minutes, juste les cinq minutes qu'elle lui a demandées. C'est l'énième fois qu'elle lui fait le coup : quand on l'attend elle ne vient pas et quand on est pressé, débordé, la voilà qui sonne ! Et elle sonne, et elle sonne, et elle ne s'en va pas, comme elle ne s'en est pas allée aujourd'hui... Elle est d'une fourberie ! Ces gens simples sont d'une fourberie ! Et ils connaissent si bien leur intérêt ! Et ils ont un toupet ! Une insolence ! Naturellement, ils sentent que leur règne est arrivé. Où qu'on aille, n'importe où, rien que des rustres... Tandis que les personnes de condition se font toujours plus rares : on entend chaque jour parler d'une maladie, d'un décès, sans compter tous ceux qui ont émigré...

Il est vrai que c'était encore pire il y a vingt ans : tant qu'on était chez soi on redoutait une descente de police et dans la rue on craignait de se faire apostropher en public, de se faire traiter de « sale bourgeoise ! » par des moins que rien. Nul besoin de vous entendre parler français avec un ami pour vous repérer, ils comprenaient à tant d'autres signes que vous étiez quelqu'un de distingué. Aujourd'hui ils vous laissent tranquille, mais il suffit de regarder leurs têtes, de les entendre parler... Ils ont balayé tout un monde qui savait ce que sont les bonnes manières, les jeunes n'ont plus reçu une éducation digne de ce nom, et voilà le résultat : à chaque jour qui passe, de moins en moins de ces gens-là restent à leur place, conservent un soupçon de savoir-vivre. Tous comme cette vieille éhontée, qui ne ressort pas du petit coin ! Débarquer sans crier gare, sonner une heure durant, sonner une heure sans arrêt, puis feindre de partir et revenir pour épier derrière le coin du mur, jamais une personne bien élevée ne se serait livrée à une telle mascarade !

Elle s'agite, nerveuse, et pousse du coude l'album posé de travers au bord de la table basse. En l'époussetant, avant-hier, elle en contemplait la couverture de cuir *grenat**[1] : quels objets aussi solides que fins on fabriquait il y a cent ans ! À l'époque, les gens ne manquaient ni de temps ni de patience ! Qui donc a appelé à ce moment-là, tandis qu'elle le feuilletait, sans doute ce pot de colle de Mme Cristide, et alors elle l'a remis trop au bord sur la table... Et à présent elle y donne un coup de coude, par mégarde. Il tombe, elle essaye de le rattraper, mais elle est trop nerveuse, ses mains tremblent, il lui échappe. Aïe ! les photos vont se décoller, s'éparpiller partout...

1. Les mots ou phrases en italique suivis d'un astérisque sont en français dans le texte.

Vica, maudite bonne femme, c'est de sa faute si tout va mal aujourd'hui !

Dieu merci, aucune photo ne s'est détachée, elles sont bien collées. Dieu merci... Elle se penche, soulagée, ramasse l'album et le remet à sa place. Sur le tapis, un carton à peine plus grand qu'une carte de visite. Un carton blanc-jaune : jauni. Elle se penche à nouveau, elle le ramasse.

Nos meilleurs vœux pour le Nouvel An 1914

Sophie et...

La deuxième signature est illisible. Une écriture à l'encre noire, des lettres pointues, et pourtant une écriture masculine. Puis, à la seconde même où elle se demande : « l'écriture de qui ? », elle reconnaît la signature. Elle reconnaît la signature à nulle autre pareille, et alors c'est encore la même réaction : une brève piqûre dans la poitrine, une surprise douloureuse, un espoir fugace. C'est lui — c'est sa signature, son écriture —, il se pourrait donc qu'il vienne, qu'il revienne... Mais, à la même seconde, elle s'étonne, elle s'attriste qu'une telle pensée ait pu l'effleurer.

Seul demeure l'étonnement tandis qu'elle va et vient d'un pas impatient dans le salon. Comment est-il possible que rien ne subsiste d'un homme ? Et elle revoit le petit sac blanc taché de vin et de boue, et elle revoit ses propres mains, ses doigts longs et secs, en train de le disposer dans le petit cercueil aux ossements... Comment est-il possible que rien ne subsiste d'un homme et qu'on ait pourtant sous les yeux la trace de sa main, aussi vivante que s'il nous avait écrit il y a une heure ou deux ? Comme s'il pouvait encore revenir...

Comme dans sa tête à onze ans : elle espérait encore, elle allumait de grands cierges, elle suppliait *la Sainte Vierge**, la patronne de Notre-Dame, son lycée français pour jeunes filles de bonne famille. Tant d'années étaient passées, et pourtant elle continuait à rêver de lui, nuit après nuit, elle rêvait d'un gigantesque lit en noyer, et lui perdu au milieu, entre les hauts montants, parmi les oreillers rebondis, aux taies brodées... Sa respiration était sifflante. Il avait tantôt une plaie ouverte au cou, tantôt d'inquiétantes taches verdâtres sur le visage. Elles viennent du caveau où il repose depuis si longtemps, pensait-elle. Mais elle ne le lui avouait jamais à voix haute.

— Tu n'es pas mort, lui disait-elle chaque fois, en rêve.

Et elle se haussait sur la pointe des pieds pour qu'il puisse l'embrasser sur le front.

— Tu n'es pas mort, lui murmurait-elle, rassurante, nous nous sommes tous trompés, tous : Muti, et toi, et moi. Mais à présent tout reprend son cours et tu vas te remettre.

C'était lui, le torse à demi redressé contre les oreillers pour respirer plus facilement. C'était lui, elle entendait de près sa respiration sifflante...

Ses doigts frêles et secs, aux ongles moins brillants que durant sa jeunesse, mais à l'ovale toujours parfait, ses doigts retournent le bristol jauni.

JULIETTA. *Photographe de la cour royale*. Les clichés sont conservés pour tirer agrandissements et photographies.*

Elle l'aimait tellement, son pauvre papa ! Elle reconnaît à peine son écriture aux longues lettres pointues, elle a oublié sa voix habituelle, mais elle se souvient toujours de sa voix sifflante, rauque, étouffée, lorsqu'il lui a dit devant la porte :

— Bon voyage...

Elle était sur le seuil de sa chambre, elle allait partir en villégiature à Sinaia avec *tante** Margot et *oncle** Alexandre. Cet été-là, lui avait-on expliqué, Muti resterait avec papa à Bucarest, c'est pourquoi on n'avait pas recouvert les fenêtres de ce papier bleu qu'ils trouvaient jauni à leur retour.

Les malles attendaient en bas et elle, Yvonne, était toute prête : son petit chapeau sur la tête, son pardessus boutonné de haut en bas, la courroie de *son sac à main** passée autour de son poignet délicat. Toute prête, accotée gauchement à la haute porte blanche, entrouverte, de la chambre à coucher.

— Yvonne !

Muti l'appelait du rez-de-chaussée, elle se trouvait sans doute au pied de l'escalier.

— Descends, Yvonne ! Vous, Maria, allez mettre les boîtes à chapeaux dans l'automobile, sinon on va les oublier, et tenez-les droit, pour ne pas froisser les plumes... Et après montez voir pourquoi elle traîne...

Pas besoin de l'envoyer chercher ! Elle était prête, elle avait entendu le moteur de l'auto sous les fenêtres, elle avait entendu la voix de *tante** Margot :

— Ça ne servira à rien, ma chère, nous sommes en retard de toute façon, tu connais les manies d'Alexandru...

Elle avait tout entendu, mais elle n'allait pas hurler un oui ! j'arrive, ni quitter soudain son père malade et descendre quatre à quatre... Appuyée contre la porte entrouverte, elle le regardait se soulever péniblement sur ses oreillers et essayer de sourire, mais inscrire seulement une grimace sur son visage anormalement jaune. Elle le regardait sortir du lit ses jambes tremblantes (des jambes maigres et longues, très blanches, sans poils). Chausser ses pantoufles du bout des pieds, pour ne pas gaspiller en se penchant le peu de forces qui lui restaient. S'approcher lentement d'elle, voûté sous sa veste d'intérieur jetée de travers sur ses épaules, s'approcher d'un pas traînant, se prenant les pieds dans les pans trop longs de sa chemise de nuit. Se tenir aux meubles, le souffle rauque..., et son visage si jaune qui tentait de lui sourire, et ses cheveux blancs, souples et clairsemés, mouillés par l'effort et collés au crâne. C'était lui, mais elle n'avait pas envie de lui sauter au cou. Collée contre la porte, elle serrait son poing sur la poignée dorée, tarabiscotée. Elle n'avait pas envie non plus de l'embrasser, Muti le lui interdisait depuis plusieurs mois, et voilà qu'elle sentait elle-même un étrange serrement de cœur en le voyant s'approcher. Un étrange serrement de cœur, une crainte légère, mais aussi une inadmissible, une honteuse répugnance à l'idée qu'il pourrait la toucher.

— Bon voyage..., siffla-t-il tout à coup, et il s'arrêta.

Comme s'il se rendait compte brusquement qu'il n'aurait pas la force d'atteindre la porte.

— *Au revoir, papa**, murmura-t-elle, et elle entendit son murmure comme une voix stridente, artificielle, impatiente.

Elle pivota sur ses talons, et sentit sa jupe *écossaise** de voyage tournoyer sous son pardessus. Elle allait descendre rapidement l'escalier de bois, soulagée. Elle serrait encore la poignée ouvragée, réchauffée dans le creux de sa main, quand elle entendit le sifflement rauque :

— Bon voyage... dans la vie...

Oui, bien sûr, lorsqu'elle détourna les yeux, visiblement pressée de partir, il osa lâcher sa phrase pathétique, dont il avait honte, mais dont (cinquante ans après) elle se souvenait toujours, elle. Peut-être la seule phrase pathétique prononcée par cet homme lointain, méticuleux et craintif, qu'elle aimait tant et à propos duquel on ne devait lui rapporter plus tard que des gestes et des propos conventionnels. Cette phrase, dont il avait longtemps espéré ne pas avoir à la dire, depuis combien de temps la préparait-il, pendant les nuits où sa respiration n'était qu'un râle, où il s'efforçait de redresser le torse pour cracher dans la bassine de faïence blanche, jamais placée à la bonne distance ? Ou bien le jour, quand il tirait le cordon d'une main fatiguée, irrité qu'il n'y ait personne dans les parages à la minute où il souffrait le plus : Sophie en visite en ville avec Margot ; Maria en train de papoter à l'office avec le cocher ; le troufion envoyé par son ami, le colonel Ioaniu, sorti au square avec une nounou ; la bonne sœur partie à la messe... Seul dans cette maison toujours pleine de monde et où, depuis qu'il allait de plus en plus mal, on ne fermait plus la porte à clé puisqu'on pouvait s'attendre à chaque moment à une visite du médecin, ou du prêtre venu lui administrer encore une fois les derniers sacrements...

Comme il avait dû la fignoler, sa phrase pathétique, au cours des interminables nuits durant lesquelles la bonne sœur (ou Maria, ou l'ordonnance) l'aidait à s'asseoir au bord du lit, les jambes ballantes : la seule position qui lui permettait de respirer un peu moins mal. Au cours des interminables heures durant lesquelles il passait la nuit ainsi, sa veste d'intérieur jetée sur les épaules, par-dessus sa longue chemise de nuit, la peau suintant une sueur poisseuse, et la canonnade du sang sous les tempes..., attendant la frange grise du petit matin (qui venait de plus en plus tôt à l'approche de l'été), attendant le martèlement des sabots du cheval sur le pavé, le chuintement des roues, le cliquetis des bidons de lait qui s'entrechoquaient. C'était l'heure à laquelle il se sentait toujours un peu mieux, celle où l'aurore rouge sang virait au rose et où le gazouillis des oiseaux devenait assourdissant... Il se laissait doucement, tout doucement, retomber dans le lit, en geignant légèrement, il étendait un bras tremblant vers le cordon : Maria entrerait, écarterait les lourdes draperies, ouvrirait toutes grandes les fenêtres, et alors lui, les yeux fermés, il aspirerait à petites gorgées l'air vif de ce matin de juin.

Combien elle l'a aimé pour qu'aujourd'hui, cinquante ans après sa mort, elle espère encore, confusément, absurdement, qu'il reviendra peut-être ! Que le monde fera peut-être marche arrière, tout à coup, et redeviendra exactement ce qu'il fut un jour...

Pareil en tout, exactement pareil, sans cesse le même jour, avant la Saint-Constantin-et-Hélène, sous son ombrelle rose un peu décolorée par le soleil, Muti passe dans le jardin, entre les rosiers, elle s'arrête, se penche, ses doigts gantés essayent de redresser un bouton frappé hier soir par la pluie. Tandis qu'elle, tout en faisant ses exercices au piano, elle ne peut s'empêcher de jeter par la fenêtre de rapides coups d'œil impatients : où est-elle arrivée, la ligne d'ombre qui coupe en deux les pavés de la cour ? Elle s'est trompée, encore da capo, un musicien des rues passe à ce moment précis sous leurs fenêtres, un vieux bonhomme égaré Dieu sait comment par ici, dans ce lointain quartier, pendant quelques instants l'orgue de Barbarie couvre le piano, « et qui au temps jadis... ». Da capo, encore da capo ! « Quand seuls sur terre, ma mie et moi... »

On entend un bruit de calèche : *papa* !*

— *Mais voyons, Yvonne... Soyez attentive* !*

Dans la pénombre et la fraîcheur de la maison, flotte un vague parfum de pivoines. Hier, *papa** lui a mis des pendants de cerises aux oreilles.

— *Ça lui donne un drôle d'air**, a dit Muti, réprobatrice.

En vérité elle voulait dire autre chose, quelque chose que la petite Yvonne a compris : elle va tacher sa robe en organdi et elle va se planter derrière les grilles pour regarder Ionica, la fille du maître d'école, qui porte aussi des cerises comme boucles d'oreilles. Eh oui, si Muti va faire une visite en ville, si *mademoiselle** Lisette va chez la modiste et si Mme Ana s'endort sur son ouvrage, elle, elle pourra se planter derrière les grilles et regarder les enfants du quartier qui ont le droit de se mettre des boucles de cerises et de jouer à cache-cache.

— *Voyons**, s'exclame *mademoiselle** Lisette, *soyez attentive** !

Les roues caoutchoutées de la calèche s'éloignent dans un bruit feutré. Le même monde : Muti sous le kiosque de verdure où grimpent le lierre et le chèvrefeuille, aux fleurs pareilles à de sages doigts blancs collés pudiquement l'un contre l'autre et à l'étamine en épi, au pollen duveteux.

— Elle s'appelle comment, cette fleur ? demande Yvonne.

— Du *chèvrefeuille**, lui répond distraitement Muti, et elle serre frileusement sa *liseuse** sur ses épaules... C'est au pied des Carpates, pendant une villégiature à Govora, que le flirt a commencé..., reprend-elle.

Elle jette alentour un regard vaguement inquiet. Regard d'une mère qui craint pour son enfant perdu de vue ? Regard d'une femme qui craint d'avoir été entendue ?

Yvonne ne l'écoute pas, elle comprend tout, mais leurs histoires l'ennuient. Les histoires de Muti et de *tante** Margot. Elle, elle court vers la maison les bras écartés, pareils à des ailes. Elle, elle vole vers la maison et elle sent ses narines se remplir du parfum des roses et des belles-de-nuit, le soir va bientôt tomber puisqu'elles commencent à s'ouvrir, mais *papa** n'est toujours pas rentré. Hors d'haleine, elle s'arrête dans l'entrée et le miroir à facettes de la porte morcelle son image. Un insupportable ruban de taffetas sur la tête, une égratignure au front, un demi-visage pâlot, le col froissé de sa petite robe bleu marine..., voilà Yvonne en éclats dans le cadre doré du miroir. Elle attend *papa**, elle jette un regard inquiet sur le cadran d'émail bleu de la pendule. Elle jette un regard attentif, elle calcule tout bas, les chiffres romains la troublent encore, la grande aiguille dorée est bloquée entre les lettres romaines, dorées. Sur le cadran d'émail bleu, cerclé d'un listel doré très ajouré, un berger et une bergère — elle en robe rose ronde comme un ballon et coiffée d'une perruque blonde, lui portant des bas blancs moulés — se font face, élégants, cérémonieux, empruntés. Chacun d'un côté du cadran.

Et de nouveau un chuintement de roues sur les pavés, le souffle bruyant des chevaux, des pas...

Les souliers vernis de *papa**, ses gants blancs *glacés**, il confie à Grigore son chapeau et sa canne à pommeau d'ivoire, Yvonne se hausse légèrement sur la pointe des pieds, pour qu'il puisse l'embrasser sur le front.

Muti s'étonne :

— Si tôt ?

Elle remonte l'allée avec Margot et se penche de temps en temps pour lui dire quelques mots à voix basse, sur quoi elles éclatent de rire toutes les deux.

— Vous avez l'air de deux jeunes filles au pensionnat, en train de se faire des confidences, leur lance *papa** sur un ton paternel.

— Tu exagères, lui répond Muti.

Tu exagères, voilà les deux mots qu'elle préfère. Un peu de mesure, ne t'emballe pas, n'exagère pas, dit-elle à *papa**. Tu exagères, dit-elle, ta légère neurasthénie te pousse à toujours exagérer... Elle sourit, mais son regard sévère réclame un peu plus de tact, on entend crisser l'automobile de Jean, un ami si dévoué, quelqu'un de si cultivé et si distingué, et qui a fait une si belle carrière politique. *Papa** fait tourner entre ses doigts osseux et longs son fume-cigarette d'ivoire, il écoute Muti et se tait d'un air mécontent, jusqu'au moment où quelqu'un — qui donc ? — se glisse près de lui, pas vue pas prise... Quelqu'un qui glisse au creux de son coude une tête coiffée d'un ruban de taffetas bruissant, et alors il a peur et alors il s'étonne, il se demande qui ça peut bien être...

Tant d'années ont dû passer avant qu'elle ne comprenne que — *hélas* ! — le monde ne retourne jamais en arrière ! Et que *papa** non plus ne s'en retournera pas du lointain voyage dont lui parlait Muti quand elle est rentrée de villégiature...

— C'est quoi, cette odeur ? avait-elle demandé aussitôt.

Une odeur inhabituelle régnait en effet dans l'entrée et dans toute la maison, une odeur de fleurs mêlées, mais de trop de fleurs, et aussi de cire et d'encens, comme dans une église orthodoxe. Et d'autre chose encore, qui l'écœurait vaguement. Elle respirait fort, ostensiblement, les narines de plus en plus bruyantes — comme un petit cheval, pensait-elle, voilà ce que lui aurait dit *papa**, à son habitude, en l'ébouriffant :

— Pourquoi piaffes-tu comme un petit cheval ?

Tous les yeux la suivaient : son souffle bruyant et ses gestes brusques, plus brusques que d'ordinaire, étaient sans doute particulièrement réussis. Toutes les femmes la fixaient : *mademoiselle** Lisette, Muti, *tante** Margot, Maria... Et alors son succès l'enivrait, elle le voulait encore plus éclatant. Les meubles, l'escalier, toute la *boiserie** craquaient, il faisait froid et humide dans la maison, et tous les miroirs étaient aveuglés.

Elle se souvient si bien de ce long dimanche pluvieux, des craquements dans les gouttières, du tic-tac de la pendule à la bergère et au berger pétrifiés sur l'émail bleu, et des regards curieux, des regards admiratifs de toutes les femmes, oui, ce jour-là, c'était elle, pas Muti, c'était elle la personne la plus importante de la maison ! Elle entendait la pluie pianoter sur les fenêtres, pianoter sur les pavés, tandis qu'elle montait les marches vers sa chambre. Elle a appuyé sur la poignée de porte tarabiscotée, elle est entrée, a mis un tabouret devant la glace et s'est assise. Elle s'est assise devant la glace en espérant y rencontrer quelqu'un d'autre. Chaque fois qu'elle s'approchait de la glace elle espérait, d'une façon toujours aussi confuse et absurde, s'y voir un jour elle-même, elle-même mais à l'image pourtant différente de celle qu'elle connaissait. Elle haïssait son visage depuis si longtemps, peut-être depuis la première fois qu'elle l'avait vu dans un miroir, ou peut-être depuis qu'on avait dit devant elle, sans se rendre compte qu'elle comprenait le français :

— *Dommage ! Elle n'a rien de Sophie... Dommage qu'elle ressemble tant à son père... Mais elle fait de son mieux..., elle est bien gentille**...

Assise sur le tabouret, elle se regardait dans le miroir... C'était jadis la chambre de *tante** Margot, avant son mariage, et Muti n'y avait pratiquement rien changé : jusqu'au coffret de bijoux aux ferrures d'argent, qui, entrouvert sur la coiffeuse aux incrustations de nacre, exposait dans un savant désordre des colliers d'ambre et de corail. Muti n'y avait pratiquement rien changé parce que Yvonne était une enfant obéissante : si elle n'avait pas la permission de toucher à quelque chose, on était sûr qu'elle n'y toucherait pas... Elle se regardait dans le miroir, un miroir haut jusqu'au plafond, au lourd cadre d'ébène, et la nacre y allumait des reflets roses, des reflets *bleu-vert** qui dansaient dans la pénombre, tandis qu'une vague clarté jaune entrait par la fenêtre. Yvonne avait toujours été une enfant sage qui n'avait arraché ni les yeux ni les cheveux de ses poupées. Ainsi là, assise sur le tabouret, elle se regardait sagement dans la glace. Non, malgré l'étrange événement survenu en son absence, rien n'avait changé sur son visage.

Dommage, tellement dommage : c'était elle, elle la même depuis toujours.

Et sa nouvelle robe de velours, sa petite robe noire, ne la mettait pas en valeur, comme le disait Muti, elle lui donnait un teint encore plus terreux ; quant à ses cheveux, à ses cheveux détestés, trop fins, cassants, qui lui poussaient sur le front comme un duvet délavé, ils pendaient, plus raides et ternes que jamais. Elle se dévisagea longtemps, de face. Puis elle prit une glace à main, à cadre et manche d'argent, qu'elle tourna dans tous les sens et finit par placer obliquement, pour réussir à se voir de profil : c'était encore pire. Dehors, le crépitement de la pluie se transformait en roulement sourd, la brume embuait les vitres, estompait le lierre et le chèvrefeuille du kiosque, au fond du jardin. Il faisait froid, très froid, *oncle** Alexandre était parti en auto, il devait revenir, emmener Muti et *tante** Margot en visite, les manches de la robe noire soulignaient la minceur de ses mains aux longs doigts frêles que le désespoir serrait l'une contre l'autre. Combien de temps lui faudrait-il encore attendre, combien, avant que *papa** ne revienne de son lointain voyage ? Des larmes se mirent à couler d'elles-mêmes, de façon naturelle. Elle pleurait malgré elle, sans soupirs ni sanglots. Elle pleurait convenablement, comme doivent pleurer les demoiselles bien élevées, sans se tordre la figure, et après avoir fermé sans la claquer la porte de leur chambre.

— Juste quelques retouches, disait *tante** Margot. Il ne faut qu'une petite retouche… et l'ajuster un peu à la taille… Je vais t'envoyer n'importe laquelle des…

— Non, non, pas n'importe laquelle ! Pas n'importe qui ! Rappelle-toi ce qui m'est arrivé la dernière fois, protestait Muti.

— N'importe laquelle dans le sens que je t'enverrai celle que tu voudras… Dis-moi qui.

— Est-ce que je sais ? marmonnait Muti, hésitante. Est-ce que je sais, je ne vais pas te demander une première main pour si peu… Je pense que Vica devrait s'en tirer, elle est vive, elle connaît sa place, et puis elle est proprette, elle…

Elle descendait l'escalier quatre à quatre, courait vers *papa** les bras écartés, piaffait comme un petit cheval avant de l'embrasser… Pourquoi son pas était-il si léger malgré les larmes qui lui brouillaient la vue ? Puis qui roulaient sur son visage et d'autres alors lui embrumaient les yeux, comme la pluie dehors qui embuait les vitres. Elle avait tant de peine, et son image était si pénible dans la glace. Son nez enflait et rougeoyait, mais à cet instant-là elle s'en moquait… C'eût été tellement bon de trouver *papa** à la maison, elle entrerait en ce moment dans son cabinet aux lambris de chêne mordoré, son cabinet que Muti remplissait de ses dernières acquisitions, des fauteuils et un canapé Club en cuir. Elle entrerait en catimini, du même pas léger, elle lui poserait les mains sur les yeux ou glisserait la tête sous son bras et alors il mettrait tout sens dessus dessous sur son bureau : ses papiers, le tampon-buvard, le *coupe-papier**, le lourd encrier de bronze, à force d'avoir peur, à force de tâtonner et de s'étonner, à force de tarder à la reconnaître...

— Comment, mademoiselle, comment ? s'écrierait-il en la toisant d'un air sévère.

Mais elle, elle saurait que c'est pour rire.

— Comment est-il possible qu'une demoiselle instruite et intelligente ne trouve pas une manière agréable de passer le temps sans s'ennuyer ? Mais..., si nous faisions tous les deux une promenade en voiture jusqu'à l'hippodrome ? Ou bien nous pourrions dire au cocher de nous déposer en route et puis nous irions à pied à la pâtisserie... Alors, tu choisis laquelle, Nestor ou Angelescu ? Et quels gâteaux aujourd'hui, des génoises ou des amandines ?

Elle descendait les marches d'un pas si léger que ni Muti ni *tante** Margot ne pouvaient l'entendre. Au dernier tournant de l'escalier, elle s'accroupissait, invisible, la tête sur ses genoux osseux de garçon, les yeux sur les stucages dorés des murs. Ses larmes s'étaient taries aussi brusquement qu'elles avaient jailli, elle aspirait avidement la nouvelle odeur de son corps, une odeur forte, un peu acide, qui montait d'entre ses cuisses, elle retenait son souffle, tendait l'oreille...

— Je savais bien qu'elle s'était attachée à lui d'une façon presque anormale... Tu as vu toi-même les scènes de jalousie qu'elle me faisait, encore petite !

Je me rappelle le jour où elle s'est faufilée comme un roquet. J'ai senti une atroce douleur au doigt : elle m'avait mordue jusqu'au sang ! Voilà pourquoi j'ai voulu la protéger, voilà pourquoi je lui ai évité d'être là ces jours-ci, bien que le reste de la famille m'ait condamnée, mais moi, quand je suis sûre de faire quelque chose de bien...

— Très favorables, les commentaires sur les funérailles, tu t'inquiétais à tort.

*Tante** Margot intervenait abruptement, mais sur un ton bienveillant : sa façon à elle d'essayer de changer de sujet.

— Exactement ce qu'il fallait, continuait-elle, les pompes alliées à la sobriété... Idem pour les discours, sauf pour celui du représentant des étudiants. Sache d'ailleurs qu'ils ont fait très mauvaise impression en allant *in corpore* à l'hippodrome pour la bataille de fleurs. Alexandru m'a montré un entrefilet dans le journal : « *Les étudiants roumains se sont donné eux-mêmes un mauvais point.* » Il avait raison, ce pauvre Stefan, de dire que les mœurs de ce pays ne connaissent que l'ingratitude envers ceux qui œuvrent pour le bien public. « La patrie non reconnaissante... », tu t'en souviens ?

— Stefan, je lui ai toujours reproché de ne pas tracer de frontière nette entre sa famille et les autres ! Comment exiger je ne sais quoi des autres alors que le devoir d'un homme, son premier devoir, c'est sa famille, pas la nation publique... Bref... Et alors, quand sa propre fille...

— Mais, Sophie, cette pauvre Yvonne est un enfant...

— Un enfant, soit, un enfant, mais un enfant *terriblement égoïste**, cette discussion ne me fait pas plaisir, tu peux me croire, et je ne l'aurais pas eue avec quelqu'un d'autre... Si au moins elle m'avait posé une question ! Elle sait bien dans quel état elle l'a laissé, mais non, pas la moindre question ! Rien ne l'intéresse, excepté sa petite personne... Il y a pourtant des choses qu'on sent, qu'on devine, même si les adultes vous les cachent pour vous épargner... Tu évites de me répondre, je le vois bien, ce qui signifie que tu es d'un avis opposé, eh bien... Eh bien, sais-tu ce qu'elle est en train de faire, ta protégée ? Ça fait une heure qu'elle est devant la glace dans sa chambre, qu'elle se pomponne et qu'elle s'admire... Quand j'ai entrouvert sa porte pour voir ce qu'elle faisait, parce que tant de silence m'inquiétait, je craignais un choc, je craignais qu'elle ait fait un rapport entre la maladie de Stefan d'un côté, sa villégiature et ses robes de l'autre... Eh bien, non ! Sa petite chérie se mirait et s'admirait ! Quel coup ç'aurait été pour lui de le savoir, mais ça, au moins, le Tout-Puissant le lui a épargné. Tu ne peux pas imaginer ma peine d'avouer tout cela, même à toi...

— En effet, si elle se regardait comme ça dans la glace, c'est un peu...

*Tante** Margot le concédait *à contrecœur**, assise dans un fauteuil, les jambes croisées, le fume-cigarette à la main droite, tandis que de la gauche elle jouait distraitement avec un collier de perles aussi long qu'un chapelet, un de ces doubles colliers qu'on commençait alors à porter sur les robes à la mode, courtes, très courtes, et à la taille basse, sur les hanches.

— Et pourtant, toi, en tant que mère, tu ne devrais pas te faire de bile... Lorsqu'on a un enfant, on doit penser à lui, pas à soi. *Tant mieux** si elle est d'un caractère plutôt froid... *Tant mieux**..., elle souffrira moins dans la vie...

Pauvre *tante** Margot ! Elle parlait comme si elle avait déjà connu la souffrance... Elle, avec son genre femme fatale, fabriqué depuis peu : les cheveux courts, une raie sur un côté, une frange sur le front jusqu'aux sourcils, un foulard de soie coquettement noué dans le dos. Une robe très courte laissant voir ses petits genoux serrés dans des bas de soie cendrés…

Elle parlait comme si elle connaissait déjà la souffrance. Non, c'était encore trop tôt, trop tôt pour elle : les fredaines d'Alexandru, sa réputation de *coureur**, ce seraient des riens… Bien des années passeraient avant qu'elle ne sache ce qu'est la peur, ce qu'est la solitude, ce que sont la pauvreté, la prison, les humiliations…

— Je m'interroge…, répondait Muti à mi-voix.

Sa réponse habituelle lorsqu'elle pensait à autre chose. Le chapeau sur la tête, elle abaissait devant son visage un long voile noir, sans aucun rapport avec la voilette à picots qu'elle portait d'ordinaire.

— Yvonne ! criait-elle soudain d'une autre voix. Yvonne !

Elle remontait à quatre pattes, dans l'ombre de la rampe. Elle remarquait d'inexplicables traînées de poussière sur sa robe de velours noir. Pourquoi, se demandait-elle tout à coup, pourquoi n'a-t-on pas balayé depuis plusieurs jours ? Son cœur battait à lui rompre les côtes. Pourvu qu'une porte ne s'ouvre pas maintenant, que Maria ou Mme Ana ou *mademoiselle** Lisette ne la surprenne pas ! Ou Dieu sait qui !

Elle rentrait dans sa chambre sur la pointe des pieds, se jetait sur son lit, se bouchait les oreilles et, longtemps encore, laissait Muti l'appeler.

2

Elle tourne le dos à la pendule, pour ne pas s'affoler, mais elle ne peut s'empêcher de compter les coups, ses lèvres minces se serrent nerveusement, elle froisse le bristol entre ses doigts. Le faible chuintement de sa respiration précipitée accompagne le carillon égrené à un rythme odieusement égal, paresseux.

Et enfin, soudain, le silence. Un silence tel qu'on entend craquer les *boiseries** de la maison, qu'on entend cette vieille impudente de Vica prendre ses aises à la salle de bains. Midi — dans une dizaine de minutes, fichu, il sera trop tard…

Trop tard pour courir à l'épicerie, qui sera fermée… Elle devrait peut-être aller frapper à la salle de bains, si jamais la vieille avait un malaise… Pas impossible, étant donné son âge et son poids, il est même miraculeux qu'elle n'ait pas encore eu d'attaque. Et pourtant, elles l'ont si souvent mise en garde, Muti et elle :

— Attention, Vica, surveillez votre régime ! À partir d'un certain âge, les graisses et le sucre sont déconseillés. Pensez à la tension, au cholestérol, à partir d'un certain âge, ça a beau être le régal de votre mari, les côtes de porc, ça ne va plus tous les jours…

— Des côtes de porc ! Vous voulez rire ! Y a belle lurette que j'en ai pas vu la couleur, peut-être des mois et des mois qu'on n'a pas avalé rien qu'un seul petit morceau de viande !

Voilà comment elle leur clouait le bec, à chaque fois.

Elle essaye de réprimer le frisson de dégoût qui la secoue lorsqu'elle pense à ce qui a pu se passer à la salle de bains. Leana vient faire le ménage après-demain, elle lui demandera de briquer comme jamais, de désinfecter à l'alcool. Elle aurait mieux fait de lui ouvrir aussitôt ! Elle lui aurait donné ses sous et elle s'en serait débarrassée ! Là, elle va finir de toute façon par être obligée de les lui donner, et en plus elle aura gâché sa matinée. Obligée de les lui donner ! Obligée, voilà où elle en est ! Rendez service à quelqu'un qui vous paraît être dans le besoin, quelqu'un que vous connaissez depuis toujours, et vous tombez sous sa coupe ! Vous en arrivez à lui payer tant et plus pour vous en débarrasser. Tel est le sort des gens généreux, dit Niki. Il la taquine :

— Tu devrais admettre que c'est ça, la philanthropie. *Tu te fais avoir**...

Niki et son sens pratique, Niki qui comprend si bien la réalité... C'est de lui qu'elle a appris à jeter un œil plus lucide sur les choses, certes difficilement, tardivement, mais en fin de compte elle l'a appris. Ainsi, à propos de Vica, elle ne se fait plus d'illusions, comme elle s'en serait fait autrefois. Ce ne sont ni les sentiments ni la reconnaissance qui la poussent à anticiper régulièrement la date à laquelle elles ont convenu qu'elle pourrait venir chercher son argent. Non, c'est clair : elle a programmé de venir toujours une semaine ou dix jours à l'avance, pour toucher le double. Cent lei au lieu de cinquante... Et sans le moindre scrupule, là où toute personne correcte et bien élevée en aurait. Les gens simples sont d'une fourberie incroyable, aussi fourbes qu'effrontés ! Et ils connaissent trop bien leur intérêt ! Contrairement à nous, les gens cultivés, ils ne tombent pas dans le piège des bons sentiments, des idéaux, ils n'ont pas reçu cette éducation dès la petite enfance, eux... Non, ils connaissent leur intérêt, ils agissent par intérêt, sans jamais le perdre de vue. Naturellement, ils peuvent quelquefois singer le dévouement, la générosité : ce sera pour mieux vous embobiner.

C'est ce que lui explique souvent Niki.

— Je pourrais écrire un roman... Que dis-je ! Je pourrais en écrire vingt sur tout ce que j'ai vu dans ma vie. Dix romans, vingt romans...

Et il les aurait écrits, Niki, si les temps n'avaient pas changé. Il a tellement lu, de l'histoire, de la philosophie, il en a tellement vu dans sa profession d'avocat... Elle, trop émotive et idéaliste, elle aurait été incapable de prononcer la moindre plaidoirie... Niki lui a fait comprendre ce que signifie être un avocat : c'est connaître les gens tels qu'ils sont en réalité, non tels qu'ils prétendent être. C'était une vraie profession, mais elle a disparu comme tant d'autres. Qu'est-ce que ça voulait encore dire après 1946, être avocat, puisqu'au moment où on entrait dans le prétoire on savait le verdict déjà dicté et les témoins aux ordres ? À quoi servait l'avocat, du moment qu'on jugeait à huis clos ? En temps normal, il aurait écrit, Niki, lui qui en a tellement vu, et qui est si doué ! Écrivain ou comédien, il est doué, surdoué : toujours au fait des dernières histoires drôles, il a le chic pour les adapter à toutes les situations et pour les interpréter. Où qu'il aille, avec son humour c'est lui le boute-en-train. Les derniers potins bucarestois n'ont pas de secret pour lui, grâce à l'étendue de ses relations. De temps en temps, il lui réserve une surprise, comme le soir de leur visite près de Biserica Armeneasca. Avec qui bavardait-il ? Avec un habitué de la maison, un des nouveaux écrivains bien en cour, qu'elle a souvent vu à la télé ensuite et dont elle a remarqué les articles conformistes dans le quotidien du Parti, *Scînteia*. Comment s'appelle-t-il, déjà ? Elle a un trou, là... Niki aime également fréquenter les peintres, visiter leurs ateliers, ne garde-t-il pas dans son bureau, soigneusement enroulées, des toiles de Mirea ?

— Attends voir la cote qu'elles vont atteindre, lui dit-il de temps en temps.

Elle, étant donné la discrétion qui lui est naturelle, elle ne déplacera pas une aiguille dans son bureau, n'y ouvrira pas un tiroir. Pas seulement par bienséance, mais aussi parce qu'elle n'est pas quelqu'un de curieux. Elle, ce qui l'intéresse, c'est Tudor, son cher petit, c'est Niki, c'était Muti tant qu'elle était en vie, et puis ce sont quelques amies — et c'est tout. Au fond, pour elle le reste du monde ne compte pas. Mais elle est flattée de savoir que Niki connaît tellement de gens, les uns rencontrés au tennis, les autres comme avocat... Muti pourtant, surtout depuis l'arrestation de cette *pauvre tante** Margot, Muti avait des préventions contre Niki. Elle trouvait louches sa curiosité et ses innombrables relations. Préventions injustes, évidemment. Voilà à quoi en sont réduits les gens : à ne plus faire confiance à leur propre famille !

— Il est anormal qu'un homme de condition coure après tous les malotrus ! Non seulement qu'il accepte leur compagnie, mais qu'il la recherche avec assiduité... Excuse-moi, Yvonne...

Qu'elle était injuste, Muti, lorsqu'elle disait cela ! Si nous ne nous fions pas les uns aux autres, comment vivre ? La plus machiavélique des inventions communistes, c'est d'avoir fait de chacun un suspect, de nous faire douter les uns des autres... Voilà les véritables assises de leur pouvoir ! Qui lui a dit, qui lui a appris cela ? Niki ! Alors, quand on le voit s'intéresser à *eux*, quand on l'entend les juger avec pertinence, comme tout ce qu'il juge, comment le soupçonner, lui, de jouer le jeu de la Securitate ? Pauvre Niki, avec son *flair**, il a dû sentir les soupçons de Muti. Surtout au cours des dernières années de sa vie, lorsque la sclérose progressait et qu'elle ne parvenait plus à se contrôler, qu'elle glissait des allusions tantôt à l'un, tantôt à l'autre... Que c'était pénible, mon Dieu ! Il ne faudra pas s'étonner si elle a fait de pareilles confidences à cette vieille raseuse qui s'éternise à la salle de bains... Ces gens simples, c'est parce que nous sommes trop coulants qu'ils ont autant de culot. La pauvre Muti ne se contrôlait plus du tout vers la fin. Alors Niki, si sensible au fond, il est probable, vu son *flair**, qu'il se soit douté de quelque chose. Ou même qu'il en ait eu des échos... Pourtant, il n'en a jamais rien montré. Personne ne peut lui reprocher le moindre écart de conduite, Muti n'a pas entendu un seul mot déplacé de sa part. Et il n'a pas essayé non plus de s'expliquer, d'ailleurs explique-t-il jamais quoi que ce soit ? Non, il n'explique rien, parce que c'est son tempérament, il est discret, pas secret, mais y a-t-il quelqu'un au monde qui reconnaisse plus volontiers que lui ses torts ?

— C'est de ma faute, ma chérie, uniquement de ma faute..., soupire-t-il.

Il n'est pas capable d'en dire plus. Mais elle, parce qu'elle est une femme, elle a réussi à le deviner. Malgré tant et tant de choses qui ont pu arriver, elle lui garde sa confiance, toute sa confiance... Muti, par exemple, ne pouvait pas comprendre qu'on puisse être curieux sans raison, par nature. Qu'on puisse prendre plaisir à être bien renseigné, un plaisir que son métier d'avocat a certainement développé. Quant à ses petits flirts, Muti s'est montrée d'une intolérance excessive. Elle refusait d'admettre que les gens ne sont pas tous pareils et notamment qu'un homme a besoin de temps en temps d'une petite diversion qui n'affecte pas forcément ses sentiments... Une amusette après laquelle il revient détendu, en général plus attentionné, parce qu'il ressent tout de même une certaine culpabilité. Non, disait Muti, être au vu et au su de tous la femme d'un *coureur**, ça n'a rien d'agréable ! Elle avait beau être jeune de cœur, Muti, ce qui comptait pour elle dans la vie, c'étaient les apparences.

— Pour ménager les apparences, on mobilise toutes ses forces, toute son énergie, et du coup on réussit à vivre comme on le doit, disait-elle.

Sauf que les gens ne sont pas tous pareils ! Il ne faut pas juger tous les hommes à l'aune de tonton Jorj[1], qui a consumé son énergie dans son métier, qui était d'une rigueur toute militaire, mais, pour le reste, un vieil enfant. Un homme pareil est bien entendu plus facile à mener que celui qui a le tempérament, la nature sociable et active de Niki. C'est probablement à cause de cette nature trop active qu'il ne s'est finalement pas mis à écrire. Lorsqu'on a une nature dynamique, vivante, comment se contenter d'un mode de vie sédentaire ? Écrire n'est pas le bon hobby pour lui, elle en est certaine, bien qu'elle ne le lui dise pas. Et puis, si l'on sait qu'on n'a de toute façon aucune chance de publier ce qu'on écrit, à quoi bon perdre son temps ? Mais elle ne l'a jamais contrarié, au contraire, elle l'a laissé rêver.

— Quand je prendrai ma retraite, promettait Niki, je me poserai et j'écrirai. Je ne trouverai pas d'éditeur, bien sûr, si on n'écrit pas selon leur censure, des pages sur le Parti et la classe ouvrière, pas moyen de se faire éditer… Mais j'écrirai pour mon

1. Orthographe signalant que Gheorghe est prononcé de façon « distinguée, à la française ».

plaisir ! Je n'ai jamais eu le temps, j'ai toujours dû ajourner, mais là je m'y mettrai...

Elle, naturellement, elle l'encourageait.

— Bien entendu, lui disait-elle, rien de plus normal, étant donné ton talent et ta connaissance de la vie, du monde...

Car une fois à la retraite, les gens deviennent dépressifs, leur caractère change, ils ont le bourdon, les hommes surtout. Mais on ne doit pas se laisser aller ! Après toute une vie de tracas, on peut enfin souffler... Il faut apprendre à ne voir en chaque chose que les bons côtés. Tiens, c'est si dur pour elle sans Tudor — oh ! si dur... —, mais elle se console en pensant aux bons côtés. On a vu de quoi il était capable tout seul : capable de percer, de se faire une situation, bien que ce ne soit pas aussi facile en Occident que le croient ici la plupart des gens ! Mais au moins il n'a plus à répondre que de ses actes. Au moins il sait qu'il est libre. Au moins il voyage. Au moins il a ce qu'il n'aurait pas eu ici jusqu'à la fin de ses jours. Au moins...

Elle jette tout à coup le bristol dans le cendrier — depuis le temps qu'elle le roule bêtement entre les doigts ! Elle se retourne pour regarder l'heure à la pendule. Elle n'aura plus le temps de sortir aujourd'hui, c'est à peu près sûr. Non qu'elle ait grand-chose à faire, puisqu'elle a seulement le mariage religieux de Tsoutsou à son programme, or ce ne sera que ce soir, mais perdre son temps de la sorte, vraiment pour rien, ça l'agace !

On dirait pourtant que ça bouge, à la salle de bains. On dirait...

Elle se retourne et prend le cendrier sur la table basse, la table à servir le thé, demeurée là, dans ce coin sombre du salon. La table à thé, encore entière : entières les roulettes, et entiers aussi le plateau et la marqueterie *vieil or** qui la fait ressembler à un échiquier. Pauvre petite table ! Il suffirait de lui donner un coup de vernis, de remplacer les quelques vis qui sont tombées, et elle serait comme neuve. Pour un ébéniste sérieux, connaissant son métier, ce ne serait pas grand-chose. Seulement voilà, trouve-t-on encore aujourd'hui des gens qui connaissent leur métier ?

— Quand Petruta déménagera, aussitôt, dès le lendemain, rêvait Muti, je demanderai à mon ébéniste de venir s'occuper du salon. De la petite table à servir le thé, du *secrétaire**, de la desserte, qui s'écaille... Et ensuite, des meubles de la salle à manger. Aussitôt, dès le lendemain de son déménagement...

Que d'années perdues avant de pouvoir redescendre de la mansarde dans leur propre maison ! Niki se donnait tant de mal pourtant, il intervenait auprès de tellement de gens ! Il fallait vraiment être aussi méfiant que Muti pour douter de lui... Il fallait vraiment être aussi soupçonneux qu'elle pour prétendre que, lorsqu'il allait prier l'une de ses relations d'intercéder en leur faveur, en vérité il entrait au culot par la grande porte du ministère, tandis que vous l'attendiez dehors, passait au culot devant le gardien, allait faire un tour aux toilettes, en faisait plusieurs dans les couloirs et revenait enfin, très sûr de lui, pour vous raconter qu'il avait vu quelqu'un de très influent, dont il ne pouvait malheureusement pas divulguer le nom... Voilà ce qu'imaginait Muti, encore une injustice envers Niki. Certes, ses interventions n'avaient jamais eu de suite, mais n'en allait-il pas de même pour la plupart des demandeurs, à l'époque ? Après la mort de tonton Jorj, ils ont continué à faire des demandes et à attendre, tous entassés dans la mansarde, ils descendaient par l'escalier de service à la buanderie pour se laver, ils nettoyaient les parties communes salies par les locataires, et ils marchaient sur la pointe des pieds, et ils parlaient à voix basse...

Muti accourait parfois, essoufflée, quand ils écoutaient à la radio Voice of America :

— Éteignez-moi ça, Petruta arrive ! Éteignez, combien de fois je vous ai dit d'y renoncer ! Vous voulez vous retrouver en prison ? À quoi ça sert, de toute façon ? Sandu[1] Geblescu avait raison : il y a longtemps que les Américains nous ont vendus...

Comme tout le monde, Muti avait cru quelque temps à un changement. Pour ne plus rien espérer par la suite, sauf que Tudor passe son bac et que déguerpissent enfin ses locataires imposés, afin de pouvoir faire restaurer ses vieux meubles, par l'ébéniste qu'elle connaissait depuis toujours.

— Ils vont bientôt déménager, disait-elle, et je vais faire venir mon ébéniste... Ils vont bientôt déménager puisque, c'est évident, au fur et à mesure qu'il grimpe les échelons, lui, ils deviennent de plus en plus exigeants...

Lui, passe encore, mais quant à la Petruta, elle se faisait carrément prétentieuse ! C'était pourtant devant elles qu'elle s'était présentée un beau jour, une valise en bois à la main et ses petites nattes nouées en boule sur la nuque. Et elle trottait pieds nus, les talons crevassés, et elle se mouchait par terre, à la paysanne... Mais la voilà directrice aujourd'hui, sans arrêt débordée ! Elle n'a évidemment pas le temps de se rappeler que Muti lui a fait découvrir le mouchoir et la brosse à dents, et l'a persuadée de ne plus se passer les cheveux au pétrole lampant.

1. Diminutif d'Alexandru.

— Vous auriez dû continuer son éducation en lui apprenant à parler correctement, lançait parfois Niki.

Une de ses taquineries inoffensives, mais en l'occurrence il visait juste. Car, pour une fois, Muti avait été naïve : c'est en effet de la naïveté de croire qu'on peut changer quoi que ce soit à la psychologie de ces gens-là en les traitant d'égal à égal. Ou en leur faisant de vraies confidences, en s'humiliant à leur en faire. C'est une naïveté de croire qu'on pourrait gagner leur confiance, ou au moins obtenir leur bienveillance. Non : ils sont plus rusés que nous et de toute façon ils ne nous croiront pas, s'ils sont parvenus là où ils sont, c'est précisément parce qu'ils croient moins que quiconque. Ils sont certains que tout n'est que mensonge, que tout le monde ment. Eux, ils ne se font d'illusion sur rien.

— Je ne m'attends à rien de bon de leur part, disait Muti, mais je voudrais au moins qu'ils ne nous fassent pas du tort... Si on les a logés chez nous, je suis sûre que c'est pour nous surveiller. N'oublions pas qu'ils nous ont envahis exactement quand la pauvre Margot a été arrêtée.

— Mais c'était il y a longtemps, au début ! s'écriait Niki. Pourquoi nous surveiller aujourd'hui ? Quel tort pourraient-ils encore nous faire ?

— À l'époque où nous vivons, reprenait Muti, on a beau se savoir innocent, on ne peut pas ne pas avoir peur... Alors, nous ne pouvons qu'attendre, prendre notre mal en patience...

Muti avait essayé de circonvenir Petruta à défaut de son mari, qu'on ne voyait guère. Ces gens-là passent leurs journées à assister à des réunions, Dieu sait comment ils tiennent le coup... Lui, il avait assez peu changé depuis que les pontes du Parti l'avaient tiré de son usine et affecté à la Securitate puis dans les services administratifs du Parti, avant de lui faire suivre des cours accélérés et passer un diplôme, et enfin de le bombarder directeur. Il avait changé beaucoup moins qu'elle : il avait simplement troqué la casquette contre le chapeau mou et il ne sortait plus qu'en complet-cravate. Mais ses vêtements se chiffonnaient très vite. Peut-être parce qu'il n'arrêtait pas de grossir : au début, seules s'élargissaient ses mâchoires, mais ensuite sa nuque débordait en bourrelet sur son col, il se déplaçait pesamment, il haletait pour monter les marches du perron. Rien d'étonnant, puisque chez eux l'une des épreuves à réussir pour avoir de l'avancement, c'est de ne pas rouler sous la table lors de leurs fêtes où, paraît-il, on mange et on boit sans retenue. Et il ne faisait pas de mouvement, bien entendu, puisque c'était le chauffeur qui venait le chercher le matin, le chauffeur qui le ramenait le soir.

Ce sont sans doute des indices de ce genre qui faisaient dire à Muti qu'ils ne tarderaient pas à déménager.

La chance est venue des poêles en faïence, c'est-à-dire du chauffage au bois, qu'ils ne supportaient plus. Ils ont refusé un premier appartement, pas assez bien situé selon eux, mais ils n'ont pas hésité quand on leur en a proposé un second dans un quartier résidentiel, rue de Rome… Et alors — incroyable ! —, le silence est retombé sur la maison, elle semblait tellement vaste tout à coup qu'on était terrifié si l'on entendait craquer les *boiseries**…

Mais il peut arriver aux plus patients d'échouer à deux pas du but convoité. Ils étaient encore en train de nettoyer et repeindre que Muti insistait pour aller chercher son ébéniste… Sans finir le travail ! En laissant un vrai chantier ! Un foutoir ! Niki profita de l'occasion pour rappeler qu'il avait proposé plus d'une fois, aux temps difficiles, de vendre quelques-uns des meubles les plus précieux. Là, soyons juste, il avait tort ! Nous avons possédé peu d'objets d'une réelle valeur et, à l'époque où il proposait de les vendre, au mont-de-piété ou au marché aux puces, nous en aurions tiré un prix dérisoire. Tant mieux donc si Muti s'accrochait obstinément à ses meubles… Et alors un beau jour, pour lui faire plaisir, elle l'a accompagnée au cœur du Bucarest populaire, du côté de Piata Mare, à la recherche de son ébéniste. Muti ne se souvenant pas de l'endroit exact où se trouvait l'atelier, elles ont longtemps erré, bras dessus, bras dessous. Des vauriens se moquaient d'elles :

— Vise-moi les bourgeoises qui aèrent leurs chapeaux !

Elles perdaient presque espoir, le soir tombait, quand elles trouvèrent la bonne rue par hasard. Elles entrèrent dans un couloir d'immeuble aussi crasseux que puant et frappèrent à plusieurs portes… pour apprendre que l'ébéniste était mort une semaine plus tôt ! Ce fut un rude choc pour la pauvre Muti… Elle était complètement désemparée. Comme s'il avait été le seul ébéniste au monde… Cela parce que, pendant des années, c'était à lui qu'elle avait pensé. Sans oublier la méfiance des vieilles gens envers les nouveaux venus, dont elles n'ont pas vérifié les compétences. Quelque ébéniste qu'on lui ait recommandé par la suite, elle tergiversait ou refusait carrément : elle avait perdu son enthousiasme, la pauvre…

Elle enlève son manteau, traverse le salon et l'accroche à la patère dans l'entrée. L'énervement fait palpiter un muscle de sa joue gauche. Elle prend son bibi de feutre et son renard, monte au premier, ouvre la porte de sa chambre, puis celle de l'armoire et les range soigneusement sur le rayon du haut. Elle soupire. Dire qu'elle va probablement finir par lui donner ses sous ! Quelle enquiquineuse, cette vieille bonne femme !

— Bof, cinquante lei, ce n'est pas une fortune... Tu as payé cinquante lei, mais tu t'es amusée toute la journée... Réflexion faite, ce n'est même pas cher !

Voilà le commentaire que fera Niki lorsqu'elle lui parlera de sa mésaventure.

— Votre Mme Delca est un sacré personnage ! J'en ai connu pas mal, des comme elles... Ah ! si je les décrivais...

Sur son visage sainement bronzé le rire sera conciliant, mais inquiet, et ses yeux la fuiront. Il n'aurait pourtant aucune raison particulière d'éviter de la regarder en face, ni de parler aussi vite, comme s'il craignait les questions que, en réalité, elle ne pose jamais. Après tant d'années de vie commune, on sent tellement de choses dans un rire faux ! Mais il ne devrait pas s'inquiéter, ce *pauvre** Niki. Il devrait savoir qu'elle ne lui dira rien de désagréable, puisqu'il connaît ses idées et sa ligne de conduite. La bonne éducation vous oblige à brider vos élans, à feindre de ne pas voir ce qui est humiliant pour un proche. Et quand on est formé de cette manière, si on se laisse aller à un éclat intempestif, on est le premier à en souffrir, à éprouver un sentiment mélangé d'avilissement et d'irritation.

Dans son avant-dernière lettre, Tudor chéri a suggéré à son père de passer un peu plus de temps à la maison, de renoncer à quelques-unes de ses nombreuses sorties. Niki en est resté froissé pendant plusieurs semaines. Il pensait bien entendu qu'elle s'était plainte, et c'est cela qu'elle a trouvé douloureux : après toute une vie passée ensemble, ne pas savoir à quoi s'attendre ou non de la part de l'autre ! Depuis, il semble encore plus inquiet auprès d'elle, encore moins sûr de lui. Il en ira certainement de même aujourd'hui, lorsqu'il rentrera.

Avec un sourire apparemment indulgent — en vérité, il se sera rassuré en se rendant compte qu'elle n'a pas l'intention d'aborder un sujet périlleux —, il posera soigneusement sur le bras du fauteuil sa tasse de café vide. Une vieille habitude le poussera à se lever aussitôt. Il essayera néanmoins de donner le change : il ne se dépêche absolument pas, s'il s'est approché de la porte, c'est un pur hasard...

Un mouvement double, contradictoire — s'en aller tout de suite ? rester encore un peu ? —, qu'elle ne relèvera pas, cela va de soi. Elle fera semblant de ne pas le remarquer.

— Ce qui t'est arrivé ne me surprend pas, continuera-t-il, mais à présent en allant et venant à grands pas dans le salon, les mains au dos. Au fond, je devrais même me réjouir, parce que c'est seulement de la sorte, en te heurtant à la réalité, que tu comprendras peut-être dans quel monde tu vis... Dans quel monde nous vivons. Bien que... après tout ce que tu as connu... tu avais beau travailler dans des bureaux, des années durant, tu planais malgré tout... Alors si tu n'as toujours pas compris, je me demande..., je ne crois pas qu'il y ait une chance pour que tu comprennes un jour. Parce que, regarde autour de toi, où voit-on encore quelqu'un prêt à donner un coup de main à qui que ce soit ? Comment peux-tu ne pas te rendre compte à quel point les temps ont changé ? Autres temps, autres mœurs...

Ce sera l'après-midi, à l'heure où il s'en va après avoir décroché sa raquette au portemanteau. Mais aujourd'hui il était absent le matin, si bien qu'il renoncera finalement à ressortir. N'osant pas encore croire qu'elle va le garder pour de bon, elle sourira, flattée de l'entendre se faire du souci pour elle.

Après tant d'années, après tant de désertions et tant de retours, les voilà en train de bavarder comme jadis. Dans la pénombre du salon, le visage bronzé de Niki paraîtra presque jeune ; presque jeune également son corps, qu'il habille avec soin et qu'il a longtemps empêché de bedonner... Seul sujet d'inquiétude, ses yeux, que la lumière fait larmoyer depuis quelque temps.

— Parce que toi, contrairement à moi, au bout de trente ans de régime communiste, tu te crois toujours obligée de te conduire selon ton rang. Si, si, tu peux rire, tu peux protester, il s'agit de cela et de rien d'autre ! Ton beau-père, Ioaniu, est mort en prison, ta tante Margot en est sortie mourante et ceux qui t'entouraient et que tu admirais dans ta première jeunesse ne s'en sont pas mieux tirés, mais toi, on dirait que tu n'as pas remarqué que quelque chose avait changé ! Tu sais ce qui arrive aux animaux, s'ils ne s'adaptent pas lorsque le climat change brutalement... Eh bien, sache que tu ne fais pas mieux ! Pourquoi te sens-tu obligée de payer des pensions aux gens de maison, de distribuer des vêtements à toute occasion, jadis de vider le pot de ta Mme Ana, au lieu de l'expédier à l'asile ? Quand vous viviez là-haut, entassées et terrorisées, c'est le moment que vous aviez trouvé, Muti et toi, Muti surtout, pour vous faire des scrupules de ce genre ! Et dans la rue, je t'ai observée, je t'ai vue ouvrir ton porte-monnaie devant chaque mendigot ! J'ai beau te répéter que la plupart sont des escrocs, plus vigoureux que nous, ça ne sert à rien ! Tu n'en tires pas de leçon...

Son ton est aigre-doux mais, au bout de toute une vie, on ne saurait encore attendre des déclarations. En outre, elle est flattée de l'entendre parler d'elle aussi longtemps. Derrière ses paroles ironiques (quand n'est-il pas ironique, Niki ?), elle perçoit le petit complexe qu'il n'a pas évacué depuis qu'il la connaît. Que le monde change ou non autour d'eux, le *pauvre** Niki n'oubliera jamais, dans son for intérieur, qu'il est le fils d'un petit commerçant du marché populaire de Bucarest, Obor. Que c'est en l'épousant qu'il a pu accéder à un monde supérieur.

Elle seule a percé ce secret, qui l'attendrit.

*Pauvre** Niki ! Cette légère blessure — qu'elle est seule au monde à connaître — l'a déterminée à fermer les yeux souvent. Elle s'est montrée coulante à son égard, pour diverses raisons, mais c'est seulement ces derniers temps qu'elle a réussi à le comprendre... Elle garde toujours à l'esprit l'image du dernier réveillon de Noël avec Muti bien portante et Tudor chéri encore en Roumanie. Il était au ski dans les Carpates avec sa bande de copains, mais elle, elle a insisté pour fêter malgré tout Noël à la maison, comme chaque année. Et ça a été un franc succès, un réveillon animé, ils avaient même réussi à trouver un sapin, en vérité un épicéa, elle a d'ailleurs eu une discussion avec Niki, une de ces discussions dont il a le secret, selon lui il aurait mieux valu rien plutôt qu'un épicéa... Finalement tout s'est bien passé et il a dû avouer qu'il avait tort... Oui, un franc succès, ce réveillon, ils étaient tous là, Lilly et Victor, Ortansa et Radu Priboianu, et des gens jeunes, la quarantaine : le petit-fils du général Petrescu et sa femme, assez quelconque, elle. Dans de tels cas, Muti demandait :

— *Est-elle bien née** ?

Le pauvre général, comme il avait souffert de ce mariage ! Quant à elle, on s'aperçoit de sa basse extraction à son allure, à son comportement : à son âge, elle ne sait toujours pas que faire de ses mains et, quel que soit le mal qu'on se donne, il n'y a pas moyen de mener une conversation normale avec elle… Mais, au moins, elle reste à sa place.

Ils mirent des noëls sur le tourne-disque, ils écoutèrent *Stille Nacht*, ils chantèrent en chœur *Blanches Fleurs*, puis ils exécutèrent à tour de rôle leurs petits numéros pour recevoir le paquet du Père Noël. Elle avait acheté pour chacun un cadeau approprié et tous déclarèrent que ç'avait été le moment le plus agréable de la soirée. Mais la vedette, ce fut évidemment Niki ! Ensuite ils amenèrent Muti et l'installèrent dans un rocking-chair. Puis ils éteignirent les lumières et elle revoit l'éclat si vif, l'éclat vert orangé des globes dans l'obscurité. Et après, aussitôt, les bougies électriques dont l'extrémité rougeoyante imitait une flamme à s'y méprendre ! Enfin, les feux de Bengale, qui rendaient Niki assez nerveux :

— Attention, faites attention, ce n'est pas un vrai sapin ! C'est de l'épicéa, ça prend feu comme de l'amadou !

Mais aucun accident ne se produisit et, quand elle regarda dehors, sa joie fut à son comble, une joie d'enfant : il neigeait à gros flocons drus… Elle s'attarda devant la fenêtre, la gaieté régnait dans la maison, on riait, on plaisantait, on se passait de la maîtresse de maison, aussi pouvait-elle se permettre quelques minutes de détente. La mémoire garde des instants de la vie où l'on s'est senti heureux, inexplicablement heureux. On se rend compte par la suite que ces instants de bonheur et de quiétude préludaient à une terrible tourmente, et pourtant ils laissent un bon souvenir. Ainsi est-il demeuré pour elle, celui des minutes où elle regardait tomber la neige dans la rue, bien qu'elle n'y vît rien de particulier : seulement quelques couples pressés de rentrer. Quoi qu'il en soit, ce soir-là, tandis qu'elle jetait un coup d'œil tantôt dans le salon, tantôt par la fenêtre, elle se sentait aussi heureuse que jadis, lorsque *papa** était en vie, lorsque *tante** Margot venait à chaque Noël avec *oncle** Alexandre... Les invités se retirèrent à une heure raisonnable. Muti était un peu agitée, qui sait quels souvenirs remontaient à sa mémoire, et il y eut un petit problème avant qu'elle ne s'endorme, ce qui agaça Niki... Il doit parfois être stressé, et alors il s'énerve pour trois fois rien. Il se domine bien entendu, par savoir-vivre, mais elle, grâce à son intuition, elle le sent... Lorsqu'elle retourna au salon, il avait bu un verre de trop et, excité comme un gosse, il accrochait tous les feux de Bengale aux branches du sapin. Il les alluma dès qu'il la vit entrer.

— Je ne me suis jamais senti à l'aise avec toi, lui dit-il quand s'éteignit la dernière gerbe blanche.

Elle fut tellement choquée qu'elle en resta sans voix. Et, soudain, la hargne qu'il avait semée en elle à force de se mal conduire, cette hargne engrangée au fil des années disparut, remplacée par un sentiment bizarre, plutôt flatteur pour elle et ressemblant fort à de la compassion pour lui. Un homme a du mal à supporter la supériorité de sa femme, telle était en gros l'idée qui se dégageait de ses phrases décousues. Il continuait à boire, sa griserie tournait à l'ivresse, ses propos devenaient de plus en plus incohérents, sa langue pâteuse.

— C'est uniquement de ma faute, toi tu n'y es pour rien, répétait-il.

Il expliquait pour la première fois ses innombrables liaisons, ses absences, jusqu'à sa froideur envers Tudor. Oui, il avouait même n'avoir pas toujours fait son devoir de père.

Cette nuit de Noël, crut-elle d'abord, allait marquer un rééquilibrage de leur couple. Il n'en fut malheureusement rien. On pourrait dire au contraire, si l'on pense à ses absences et à ses retards, de plus en plus fréquents depuis quelque temps.

— Où voit-on encore, continuera-t-il en se rasseyant dans le fauteuil, où voit-on encore quelqu'un prêt à donner un coup de main gratis à qui que ce soit ? Des renvois d'ascenseur, oui, d'accord, des échanges de bons procédés, un petit cadeau pour un service rendu, voilà la seule loi que personne n'enfreint... Mais on ne vous donnera pas le moindre coup de pouce si on n'est pas sûr d'être payé de retour... Tu me diras qu'il n'y a là rien de nouveau, qu'il en a toujours été ainsi, la corruption, les Balkans, les us et coutumes des lieux... Qu'il y a deux mille ans que le monde est ainsi fait... Bien sûr, et je ne te contredirai pas, tel est le monde où nous vivons, et ce n'est ni toi ni moi, ni personne qui le changera... Je dis seulement que c'est toi qui devrais changer, pour t'épargner des déceptions...

Voilà quelle sera à peu près sa conclusion... Elle entend sa voix railleuse, avec une ancienne, une très ancienne trace de tendresse dans l'ironie. De la tendresse, tout de même... Aussi fuyant qu'il soit, là elle ne peut pas se tromper. Quelque chose qu'on ne saurait appeler autrement que de la tendresse...

Elle l'écoutera, comme chaque fois, avec un sentiment de triomphe : elle aura réussi à l'amener sur ce terrain familier qui n'appartient qu'à eux deux. Là, elle est certaine de ne le partager avec aucune des femmes qui lui ont empoisonné la vie. Comme il y a trente ans, il lui ouvre les yeux sur le monde et elle affiche une écoute attentive. Elle pense parfois à autre chose, mais elle l'approuve du regard à intervalles réguliers. Elle le relance de temps en temps d'une question, comme Tudor lançait la baballe à son petit chien…

— Sûr que vous avez fait votre B.A. aujourd'hui ! Et le bon Dieu qui voit tout de là-haut, il vous donnera plein de bonheur avec M. Niki, qu'est beau, et qu'est bon, et qu'est bien brave…

Quelle peur, doux Jésus ! Entendre brusquement la voix de la vieille dans son dos ! Maintenant, elle la verrait chevaucher un balai qu'elle ne s'étonnerait même plus ! Et, bien entendu, elle n'a nullement l'intention de déguerpir ! C'est ça, les gens mal élevés et sans vergogne… Et elle ricane, et elle exhibe son râtelier ! Voilà pourquoi elle s'éternisait : par coquetterie, pour le remettre ! Il y a une demi-heure, dans la cour, on comprenait à peine ce qu'elle marmottait entre ses gencives déchaussées. Ah ! il va bien rire, Niki, quand elle lui racontera…

— Ce qui t'est arrivé ne me surprend pas, dira-t-il. Mais autant te prévenir tout de suite, ce contretemps ne te servira à rien. Tu ne changeras pas… Tu n'en tireras pas de leçon…

Il a raison, il a parfaitement raison ! Si elle est ballottée d'ennui en tracas, c'est à cause de sa nature délicate, parce qu'elle est incapable d'exprimer ouvertement sa pensée. Mais cette fois-ci, c'en est trop ! Elle va purement et simplement la flanquer à la porte, cette impudente ! Quant à ses cinquante lei, elle repassera ! Et qu'elle disparaisse avant que Niki soit rentré pour déjeuner, parce qu'il n'est vraiment pas ravi de la voir…

— Allons, allons, chère Vica, ne me remerciez pas tant ! N'en parlons plus… Moi aussi, je suis bien contente de vous voir. Franchement, j'aurais été chagrinée d'apprendre que vous aviez fait tout ce voyage pour vous casser le nez. Parce que je sais que vous auriez eu du mal à en faire un second…

Parce que je sais que nous nous déplaçons bien difficilement à nos âges...

3

Elle est tellement pingre qu'elle passe son temps dans le noir, là où sa mère elle gardait toujours les lampes allumées ! Même quand le téléphone a sonné et qu'elle a couru répondre, même là elle s'est pas fendue d'allumer ! Ou au moins y dire :

— Assoyez-vous, Vica, vous êtes sans doute fatiguée... Attendez-moi, je reviens, on va échanger quelques mots...

Tu parles ! Elle m'a seulement pas regardée, tout droit au téléphone ! Sans ce coup de fil, elle m'expédiait vite fait. Là, elle m'a laissée en plan dans le noir. Et j'ai failli me casser une jambe avant de trouver le fauteuil. Le fauteuil en cuir, que son cuir a craqué et alors on y a mis par-dessus des tapis et des coussins, mais il n'est plus dans la chambre à Mme Ioaniu, son grand fauteuil... Moi, j'ai beau être un sacré morceau, je me sens petite là-dedans !

Elle étend ses jambes enflées — ça la lance tellement qu'elle en bramerait ! —, soupire, appuie la nuque sur le dossier.

C'est pas pour rien qu'elle s'y vautrait, la vieille ! Après sa maladie, elle y passait le plus clair de ses journées. Et sa chambre empestait les vieux bouquins, le moisi, le vieux corps. Qu'est-ce qu'elle maigrissait, et ses yeux devenaient vitreux, des fois elle avait la tremblote, et elle perdait ses cheveux déjà tout blancs ! Dans le temps ils étaient si épais qu'elle devait les filer, mais là il en restait de moins en moins, même qu'on y voyait le crâne. Ça l'empêchait pourtant pas de se tresser une natte, chaque jour un peu plus riquiqui. Pas plus grosse qu'un doigt et à la fin mince comme une queue de souris. On la trouvait toujours affalée dans son fauteuil, la vieille, et toujours l'oreille tendue. Elle devait s'embêter, toute seule pendant des heures, alors aussitôt qu'elle entendait des pas dans l'escalier, elle se ranimait.

— Qui est-ce ? qu'elle faisait. Qui va là ? qu'elle faisait de sa voix chevrotante.

— C'est moi, que j'y répondais quand j'arrivais là-haut, sur le palier. C'est moi ! Quoi, vous me reconnaissez pas ?

C'est cette fouine d'Ivona qui voulait que j'y demande ça. Pour voir si sa mère avait encore toute sa tête, parce qu'elle passait son temps les yeux fixés sur le mur, sans dire un mot. Alors cette vicieuse d'Ivona, elle voulait voir si elle pouvait retirer les sous de la vieille à la caisse d'épargne, pour les mettre à son nom et au nom de Niki. Pour ça ils s'entendaient, ils faisaient bien la paire, vu qu'elle est matérialiste, l'Ivona, matérialiste et pingre, alors voilà elle voulait que j'y demande à sa mère. Alors voilà quand j'arrivais près de son fauteuil, j'y demandais :

— Quoi, vous me reconnaissez pas ?

Et elle, elle écarquillait ses yeux vitreux. Elle avait eu les yeux bleus, si bleus, mais depuis quelque temps ils étaient délavés. Peut-être bien qu'elle n'y voyait plus clair, puisqu'à une époque elle se plaignait d'avoir une taie sur l'œil et ça, c'est connu, si on en a une, on n'en guérit jamais. Les maladies, elle devait en avoir plein d'autres... De toute façon elle avait fait son temps, vécu pas loin de ses cent ans !

— Je vous reconnais, qu'elle disait au bout d'un moment, de sa voix chevrotante. Je vous reconnais..., c'est toi, Vica.

Elle se ratatinait, Mme Ioaniu, elle se voûtait, elle avait une de ces bosses ! Sa figure se ridait, rien que des plis et des replis ! Et puis un beau jour, elle a vraiment plus su qui entrait ou qui sortait, elle fixait le mur, c'est à peine si elle traînait encore ses pantoufles sur le parquet. Elle avait toujours été près de ses sous, mais là, allez savoir ce qui lui passait par la tête, il s'agissait même plus de sous, elle ramassait tout ce qu'elle trouvait : des croûtons de pain, des bouts de ficelle, des morceaux de papier, des bouchons, des vieux tickets... C'est pas pensable, tout ce qu'elle pouvait ramasser et fourrer dans un balluchon, elle s'était fabriqué une espèce de petit balluchon, et elle le cachait. Elle le cachait si bien que personne d'autre pouvait le retrouver, rien à faire. Comme quoi elle perdait pas complètement la boule, puisqu'elle se rappelait du balluchon.

— Muti m'inquiète, j'ai peur qu'elle soit sclérosée, disait cette abrutie d'Ivona. Je suis inquiète, oh ! là ! là ! quelle année horrible, il y en a comme ça qui commencent mal et ça n'arrête pas, on collectionne les ennuis...

Elle pleurnichait comme quoi son Tudor chéri, il venait de se faire la malle. Tu parles ! Elle était trop contente qu'il soye resté de l'autre côté, à l'Ouest !

— Muti m'inquiète, je crains que dans son état elle fasse n'importe quoi... Qu'elle oublie de fermer les robinets, qu'elle mette le feu à la maison, qu'elle s'en aille...

Le plus souvent, quand je l'entendais se plaindre comme ça, c'est qu'elle était tombée par hasard, dans un coin, sur le balluchon de la vieille.

Mais un jour, c'est arrivé pour de bon. Un jour, Mme Ioaniu a disparu pour de bon. Quand ils sont rentrés à la maison, la porte était grande ouverte. Leur chance, ç'a été la Cristide, vu que celle-là elle fourre son nez partout, quand elle est allée à l'épicerie elle a pas trouvé normal que la porte à Mme Ioaniu elle soye grande ouverte. Alors elle a téléphoné à la Fouine, à son bureau.

Et alors la Fouine et son coureur de mari, ils ont écumé le quartier, ils ont demandé à la police, ils ont demandé dans les hôpitaux. Où qu'ils sont pas allés ce jour-là, où qu'il a pas couru, ce salopard de Niki, même à la morgue ! Il a couru comme jamais, c'est pas qu'il débordait d'amour pour sa belle-mère, c'était à cause du qu'en-dira-t-on...

Parce que voilà ce qu'on aurait dit : maintenant que Tudor est plus là, le gendre mène la vie si dure à sa belle-mère que la malheureuse s'est sauvée... Elle était partie telle qu'elle se trouvait, vêtue juste de la robe de chambre en duvetine que j'y ai faite, celle qui se boutonne sur le devant. Partie sans son sac à main, sans ses papiers, sans rien...

La chance, c'est qu'il faisait chaud : l'été ! Est-ce que c'était en mai ? Est-ce que c'était en juin ? Et la chance surtout pour Mme Ioaniu, c'est qu'elle est tombée sur un monsieur qui, voyez-vous, la connaissait. Un monsieur d'un certain âge, un monsieur bien, de dans le temps. Ils se connaissaient de vue et alors lui, puisqu'il l'a reconnue, un s'il vous plaît par-ci, un je vous en prie par-là, au bout de quelques heures, il l'a ramenée.

Depuis, elle quittait pas sa mère des yeux, la Fouine ! Et elle fermait la porte à double tour, et elle planquait la clé ! En plus, à tout hasard, elle lui avait accroché sur la poche, avec une épingle à nourrice, un bout de papier où elle avait écrit :

« *Je m'appelle Sofia-Denisa Ioaniu...* »

Et après, il y avait l'adresse et le numéro de téléphone.

Je la revois, la vieille Ioaniu, assise dans son fauteuil, sur ses housses, sur son tapis, on aurait dit le roi Pétaud, avec son papier accroché sur la poitrine pour qu'on sache qui c'est... Elle était devenue petite, toute petite, et toute voûtée, et elle avait sa natte toute blanche et mince, une queue de souris. Elle fixait le mur, Mme Ioaniu, les yeux écarquillés, et elle disait pas un mot, pas un. On pouvait entrer, sortir, elle se rendait compte de rien. N'importe qui aurait pu venir vider la maison...

Elle se rendait plus compte de rien, la vieille... C'est pour ça que sa fille y avait mis un mot sur la poitrine. C'est pour ça qu'elle y avait écrit tout et tout, vu que, nom de Dieu ! pardon mon Dieu ! la vieille elle disparaissait quand même de temps en temps ! Ou bien elle était beaucoup plus rusée qu'eux, puisqu'on sait que les ceusses qui retombent en enfance ils sont rusés, mais alors rusés ! Ou bien c'était son ordure de gendre qui lui ouvrait la porte en douce, pour s'en débarrasser : va te faire écraser par le tram, va te faire geler par l'hiver — elle sortait toujours en déshabillé, sa belle-mère... Il en avait sans doute assez de la voir ratatinée et bossue dans son fauteuil, cette espèce de momie au regard fixe. Ensuite, Ivona elle ajoutait aussi une toile cirée sur le fauteuil : probable qu'elle avait des fuites de la vessie, Mme Ioaniu, qu'elle se lâchait comme les petits enfants. Alors, il lui ouvrait peut-être la porte en douce. Parce qu'avec un de son genre on peut s'attendre qu'au pire...

Elle savait à quoi s'en tenir, sa belle-mère, c'est pour ça qu'elle a jamais pu le sentir. C'est pour ça qu'elle avait inscrit Tudor sur tous ses comptes, pour ça qu'elle voulait lui laisser sa fortune rien qu'à lui. Et après qu'il est parti, Tudor, et après qu'elle a guéri de sa fluxion de poitrine, le Niki il s'est mis à lui tourner autour : patati et patata, tralali et tralala, dites-vous bien, chère Muti, que c'est l'État qui empocherait votre argent en cas de malheur... Mais la vieille rusée, allons donc ! elle faisait celle qui comprend pas, qu'est-ce qu'il me veut, lui, là ? Lui, là, il le savait, ce qu'il voulait : il voulait qu'elle les inscrive sur ses comptes, lui et cette cruche d'Ivona, à la place de Tudor.

Il savait ce qu'il voulait, mais il osait pas y aller franco, il tournait autour du pot. Il faisait pas le fier avec sa belle-mère, il se permettait pas de lui tenir tête, parce que dans le temps, quand sa sœur Margot elle était en prison, et son mari le général aussi, lui, il avait filé... Il a abandonné l'Ivona avec le bébé, oui, pour filer chez sa Gourgandine. Et puis il est revenu quelques années plus tard, sans doute qu'il en avait soupé, de la Gourgandine, ou bien elle de lui. En tout cas, il s'est ramené la queue entre les jambes, ah ! ah ! et comme ils avaient pas divorcé, Mme Ioaniu l'a pas attrapé, elle y a rien dit, mais elle s'arrangeait pour lui rappeler de temps en temps que c'est elle qui avait fait bouillir la marmite en son absence. Elle qui avait vendu des tapis et des bijoux, elle qui s'était décarcassée... Et voilà pourquoi il pouvait pas l'ouvrir devant elle. Encore moins pour y demander sans se gêner de mettre son argent à leur nom vu qu'elle allait bientôt crever ! Et alors la vieille, rusée, elle faisait semblant de pas comprendre. Mais elle était pas encore gâteuse, elle avait gardé sa jugeote, je le sais, moi, puisqu'un jour qu'on était seules toutes les deux elle m'a confié qu'elle aurait voulu inscrire Ivona sur ses comptes et comme ça elle aurait été tranquille, rassurée pour les vieux jours de sa fille. Malheureusement, elle savait qu'elle pouvait pas compter sur elle. Elle savait que cette chiffe molle répétait à son mari tout ce qu'elle entendait. Il en faisait ce qu'il voulait. Elle y aurait raconté tout de suite que sa mère mettait ses sous à son nom. Avec lui, elle était pas capable de garder un secret. Du coup, la vieille, qu'elle les ait mis au nom d'Ivona ou au nom de Niki, ça revenait au même. Du pareil au même.

Alors quand son petit-fils est parti, si ça lui a ramolli la cervelle, c'est aussi par dépit de se retrouver à la merci de son gendre. Autrement, pourquoi qu'elle aurait ramassé tout ce qui traînait dans la maison, des bouts de ficelle, des vieux tickets, des bouchons, des os de poulet ? Elle les amassait, elle faisait un balluchon et elle le cachait, pour partir avec dans le vaste monde... Elle avait beau être gâteuse, elle savait qu'elle était à la merci de son gendre, elle savait qu'avec un de son genre, on peut s'attendre à rien d'autre qu'au pire...

Elle le connaissait trop bien depuis trop longtemps, ça faisait trop longtemps qu'elle l'avait pesé et jeté. Y avait que cette tête de linotte d'Ivona pour se faire pigeonner. Elle, tout ce que lui raconte son ordure de Niki, elle y croit dur comme fer, il y demanderait de se jeter dans un puits, elle hésiterait pas, rien que pour y faire plaisir. En ce moment même, tiens, la voilà en train de geindre au téléphone, lui il se fout d'elle et elle, elle s'aplatit comme une carpette.

— Tu crois vraiment que tu ne peux pas rentrer plus tôt, Niki ? Bon, je n'insiste pas, je voulais juste savoir si je devais t'attendre... Non, tu sais bien que pour moi le repas n'est qu'une simple formalité... Puisque je te le dis... Bon, d'accord, oui, oui, d'accord, j'avalerai quelque chose... Non, mais tu disais que tu rentrerais tôt cet après-midi... Comment ! Si, si, tu me l'as dit ce matin, ce matin avant de partir...

Bien fait pour toi, bien fait pour toi ! T'es moins

fière que tout à l'heure, quand tu faisais le gendarme à la porte du petit coin, harnachée dans ton paletot, prête à filer aussitôt que je sortirais ! À filer sans me payer mes cinquante lei ! Ah ! Ivona la Fouine, t'es imbattable en fourberie et radinerie ! Mais avec lui, c'est une autre chanson, tu danses sur sa musique ! Regardez-moi ça, encore en train de geindre quand elle devrait y flanquer sur la gueule, ce téléphone ! Va te faire voir, cours-y, chez tes cramouilles, et reviens quand les poules auront des dents ! Une femme qu'a du cran, voilà ce qu'elle dirait et elle y flanquerait le téléphone sur la gueule, et du coup on le verrait rappliquer vite fait, un gentil toutou…

Mais avec un de son genre, qu'on peut pas compter sur lui, avec un de son genre, il se pourrait bien qu'il s'en aille pour de vrai, pour toujours ! Pfuitt, bon vent ! La Gourgandine, elle va pas se taper le vioque rien que pour sa retraite… Gourmande, la Cramouille, c'est pas pour des prunes qu'elle l'attend, pas pour des prunes qu'elle le guette comme une araignée, depuis dix ans, depuis quinze ans. C'est pas le vioque qu'elle guette, c'est la maison de la vieille, son argenterie, ses tapis, ses sous. Dix ans ou quinze ans, ou allez savoir combien depuis qu'elle se le farcit, ah ! les salopes, je te jure, c'est plus collant que la glu… L'Ivona est pas éternelle, faudra bien qu'elle y passe un jour. Même Mme Ioaniu, qu'on aurait dit qu'elle avait dix vies comme les chats, elle a fini par crever ! Alors l'Ivona, cette cinglée qui s'empoisonne à force de clopes et de café, et qu'a jamais eu de cervelle, elle fera pas de vieux os… Quelle cinglée ! Voyez-moi ça, se cacher derrière le rideau et puis sortir comme une folle, avec son petit chapeau et son renard bouffé aux mites ! Et si et si, elle doit absolument aller en ville, aller au diable, oui ! Elle a paniqué quand elle a regardé l'heure, moi je m'en fous, tant pis pour toi si tu sais pas l'éteindre toute seule, ton feu au cul ! Parce que ça doit faire un bail que cette crapule de Niki, il l'a pas niquée. Et y a des salopes, des miauleuses sans vergogne, qu'ont besoin d'un homme pour les apaiser. Moi j'ai pas eu de regrets, moi, j'ai dit à la bonne heure quand j'y ai coupé, à la corvée, mais mon homme, y a quelques années à peine, il aurait encore voulu, t'as pas honte, que j'y ai dit, t'as pas honte, un vieux de ton âge ! Et j'ai dit à la bonne heure quand il m'a fichu la paix. Mais le Niki à l'Ivona, ce faisan, il est tout juste bon à peigner la girafe, à tringler les femmes, à claquer les billets de cent... Plus il en aurait, plus il en dépenserait au poker ou en gueuletons ou avec des poules... Et cette cinglée qu'arrête pas de le cajoler, ça fait combien de temps qu'elle pleurniche, là ? Tu peux geindre tant et plus, il est aux ordres de la Cramouille, ce connard ! Elle est son commandant et il va pas lui désobéir, elle l'a trop bien embobiné, la salope !

— Et n'oublie surtout pas le mariage de Tsoutsou, à sept heures... Non, bien sûr, mais on doit avoir le temps, pour ne pas arriver à la dernière minute, quand l'église sera déjà pleine. Tu connais Clémence, elle a l'œil à tout... Mais non, mon Niki, non, je ne me figure pas que tu vas arriver à sept heures ! Suis-je femme à faire des reproches sans raison ?... Si tu chicanes sur chaque mot, autant me taire... Non, je me tais et je t'attends... Non, je ne t'en veux pas, pourquoi ? Alors tu me rappelles ?... À ta guise... Comme tu voudras, si tu penses que... Mais à quoi bon me rappeler puisque tu rentreras tôt ?... Non, mon Niki, non, je t'assure, depuis que tu m'as appelée je ne m'inquiète plus.

Quel enfoiré, son jules ! Décidément ça va pas de trop le dorloter, ça va pas si tu lui fous pas un brin la trouille !

Il a pas tort, mon homme, les fois qu'il me dit :

— Tu sais rien que te plaindre de moi, mais je voudrais t'y voir, voir ce que tu dirais si t'en connaissais d'autres...

Mon pauvre bonhomme, mal embouché, taiseux et râleur, mais est-ce qu'on vit pas ensemble depuis quarante-neuf ans ? Ben si. Mal embouché, taiseux et râleur, mais après qu'on nous a fermé notre boutique, est-ce qu'il s'est pas fait embaucher à l'usine pour qu'on ait plus tard la retraite des vieux ? Et quand je le voyais rentrer en bleu de chauffe et se gratter les mains à cause de l'urticaire, de leur saleté de produits chimiques, il a eu beau boire du lait et tout et tout, ça lui a duré des années cette gale..., et quand je le voyais apparaître au bout de la rue, grand et costaud, et s'amener en se dandinant, flap, flap, de sa démarche d'ours, ça me prenait..., je sais pas ce qui me prenait ! Je sais pas ce qui me prenait, comme ça, tout d'un coup, voilà que j'avais envie de chialer. Mal embouché, taiseux et râleur, mais les jours de paye il sortait les sous de sa poche et il me les donnait jusqu'au dernier, et c'est moi que je les gérais. Lui il se gardait rien, juste ce que je lui donnais. Je lui glissais de temps en temps un billet de vingt-cinq lei dans la poche, sans souci puisque je savais qu'il y toucherait pas, mais un homme, ça aime avoir de l'argent sur lui... Si c'est un vrai, qu'on peut compter sur lui. Si j'étais à la place d'Ivona, savoir qu'il peut retirer n'importe quand l'argent du compte, je dormirais pas de la nuit ! Je fermerais pas l'œil de la nuit de peur qu'il ratiboise les sous et qu'il cavale avec chez sa Gourgandine. Et pourtant Ivona, elle qui est si fourbe, elle se méfie pas de lui. Y a qu'à voir la lèche qu'elle lui fait ! Pfuitt ! c'est pour ça qu'il s'est foutu de toi ! À ton âge que t'es devenue vieille aussi, tu sais toujours pas parler à ton homme ! Elle minaude au téléphone, et elle oublie qu'elle a de la visite chez elle ! Elle oublie que je vais tourner de l'œil tellement j'ai faim et que j'ai des sueurs froides, satanée journée de poisse, rien que de la poisse ! Faut-y que je soye bête de m'être mise en route pour me faire du mauvais sang, au lieu de rester chez moi, où que je manque de rien ! Quand je pense à tout ce voyage pour rentrer, j'ai envie de plus bouger de là, de ce fauteuil ! Va quand même falloir que je me bouge ! Que j'avale au moins un croûton de pain ! Puisque cette cinglée est en plus tellement égoïste qu'elle se fout des autres, alors c'est moi qui va m'occuper de moi toute seule. Un tour à la cuisine, le temps d'avaler un morceau. Et si la Fouine rapplique, j'y dis que je suis venue boire un verre d'eau. Quand on n'est pas bête, on sait s'occuper soi-même de soi-même.

Mais voilà, à la cuisine y a rien, sauf la disette qui cause à la famine. Deux quignons de pain plus durs que le ciment et du fromage qui verdit, à part ça rien. Pourquoi il se presserait de rentrer, son coureur de mari, pour se casser les dents ? Ah ! si y avait une marmite de ragoût, un pot de ratatouille ! Ah ! du pain frais et de la ratatouille, avec un petit verre de prune…

La porte grince, vaut mieux que je me retourne pas. Je me retourne pas, vu que je mâche un bout de fromage. Un bout de fromage pas plus gros qu'une noix, c'est tout ce que je me suis pris, histoire de tromper la faim. Et puis après je me retourne quand même, parce que j'entends des pas juste à côté de moi, sur le carreau de la cuisine. Ah ! faut la voir revenir accablée de son coup de fil, la queue entre les jambes ! Et le teint jaune, et tellement maigre, d'une maigreur à y compter les côtes ! Et ses cheveux, qu'elle en a presque plus ! Et ses dents de cheval... Vaudrait mieux pas la regarder, elle est à faire peur !

Accablée parce que c'est la punition du bon Dieu, comme quoi y a encore une justice au ciel. Comme quoi le bon Dieu, il l'a vue qu'elle me laissait attendre debout à sa porte, le ventre creux. Après tout le voyage que je me suis tapé, j'avais beau y sonner, à la porte de cette sonnée, elle m'a laissée attendre, et j'avais les jambes qui me tremblaient de faim, et une fringale à tourner de l'œil... Juste comme en ce moment...

— Vous avez besoin de quelque chose, chère Vica ? Parce que si oui, ne vous gênez surtout pas pour me le demander !

Tiens, la voilà chichiteuse et chieuse ! Et qui le prend de haut ! Ah ! non. Ça non, elle m'a pas ramassée dans le caniveau ! Je suis pas sa domestique ! Va te faire foutre, avec ton renard pelé, si tu t'es cachée derrière ton rideau, c'est pas moi que je t'ai forcée ! Ah ! non, tu vas pas te défouler sur moi parce que ton mec il a filé chez la Gourgandine, non, tu vas pas m'aboyer dessus, j'ai eu ma dose aujourd'hui, jusque-là ! Je resterai pas une minute de plus, tu pourrais me supplier à genoux, eh oui ! à partir de dorénavant, même à genoux que tu me supplierais, ça sera des nèfles ! Parce que je suis bonne fille, moi, bonne fille, mais quand la coupe est pleine, je te passe même plus ça ! Tant va la cruche à l'eau que c'est la faute à personne si tu pètes un plomb pour va savoir quoi ! Je suis quoi, moi, pour me taper des trams dans tous les sens, chez l'un et chez l'autre ? Et y en a qu'est de mauvais poil, et qui ouvre pas sa porte, et qui me donnera même pas un verre d'eau… Je suis quoi, moi, je suis pas un être humain ? Est-ce que j'ai pas eu pignon sur rue, rue Coriolan, que les clients ils y venaient de partout, même de la rue Sabinelor, même de l'autre côté du chemin de fer, et tous ceux qui venaient y en a pas un qui repartait les mains vides ! Et tous ceux que je leur ai vendu à crédit, je serais une femme riche aujourd'hui ! Et à mes frères je leur achetais des meubles et j'y envoyais colis sur colis, des tonnelets de fromage et de la charcuterie fine et du vin des Coteaux de l'Aurore, mais à présent y a plus personne, personne… On est des pestiférés ou quoi, pour que personne vienne jamais nous voir ?

— Mais… que faites-vous là, dans le vestibule, Vica ?

Ce que j'y fais ? Je t'emmerde ! Non mais, regardez-moi ça, quel culot ! Tout à l'heure elle me voyait même pas, et d'un seul coup elle fait celle qui comprend pas… Qu'il soye maudit, celui qui remettra les pieds dans cette maison ! Que le diable t'emporte, la Fouine, pour m'avoir laissée à ta porte debout et affamée, que la maladie te frappe et que tu guérisses pas tant que je l'aurai pas dit ! Et que t'en viennes à te faire donner la becquée à la cuiller comme ta mère qu'en était tombée là…

— Voyons, Vica, voyons, ne vous rhabillez pas ! Raccrochez votre manteau, vous n'allez pas partir si vite, nous n'avons pas échangé deux mots ! J'espère que vous n'êtes pas fâchée, nous nous connaissons depuis si longtemps. Raccrochez donc votre manteau et votre bonnet… Au fait, voulez-vous un chapeau de Muti ? Vous pourriez le retaper, vous qui êtes si adroite…

4

— Et mercredi, Vica, je suis allée à Biserica Alba, pour le service funèbre de la générale Pantazi. Vous en avez entendu parler, sans doute, du temps de notre jeunesse... Qu'elle s'en va vite, la jeunesse, chère Vica ! Et pourtant, je ne sais comment, dans son for intérieur on ne se sent pas changé, n'est-ce pas ? N'est-ce pas vrai ? Mais quand on se regarde dans la glace... Oh ! oui, Vica, lui il est mort il y a longtemps... Une femme d'une grande finesse, elle. Une femme très, très bien. On devait être une bonne centaine de personnes, l'église était pleine. Et là je voyais, Vica, je voyais ce que signifie la bonne éducation, ce que signifie être bien éduqué : personne n'a eu une minute de retard et tout le monde a attendu sans bouger une heure durant, parce que les prêtres n'étaient pas encore là, ils attendaient l'archimandrite. C'était impressionnant : personne ne bougeait, mais personne ! Pas question de déambuler dans l'église, d'aller baiser les icônes, ou de rejoindre des amis. Tout ce monde est resté immobile, parfaitement immobile, jusqu'à l'arrivée des popes et de l'archimandrite. Prenez donc du fromage à la crème fraîche, c'est Florica qui me l'a apporté, combien de temps va-t-elle encore venir étant donné qu'elle n'est plus jeune et puis, n'est-ce pas, à chaque jour qui passe tout va de mal en pis. Et l'archimandrite a dit une messe longue, longue, comme pour un roi, et tout le monde est resté de même : immobile. Ça m'a fait un plaisir, croyez-moi ! Malgré toutes les horreurs qu'elles ont subies, voilà, il y a encore cent personnes qui savent se tenir... À la fin on a écouté un colonel de réserve, un ancien camarade du général, un homme assez simple, en vérité..., mais il parlait du fond du cœur. Une lignée de seigneurs, disait-il, ils ont vécu en seigneurs et c'est en seigneurs qu'ils ont su supporter les turpitudes et les bassesses de la vie. Épouse et mère dévouée, disait-il, seule dans l'adversité, elle a élevé ses filles comme elles devaient l'être... Il y en a d'ailleurs une qui est venue aux funérailles, celle qui a émigré il y a longtemps, mais l'autre, la cadette, son mari a réussi à la faire passer à l'Ouest il y a un an seulement, alors c'est trop tôt pour revenir, surtout que là-bas elle n'est pas encore naturalisée... Elle est venue sans ses enfants, bien sûr, d'abord ils sont encore petits, et puis à quoi bon amener des enfants à une pareille cérémonie ? Si la générale n'était pas morte, je suppose qu'ils auraient essayé de la faire sortir aussi mais, voyez-vous, elle était une femme d'une grande dignité, elle n'aurait pas accepté facilement de devenir un fardeau pour ses enfants... Parce que, n'est-ce pas, aussi proche qu'on soit, mère et enfant, il faut réfléchir : c'est loin d'être facile pour ceux qui passent à l'Ouest, ils doivent repartir à zéro, se faire une situation... Et alors au lieu d'aider son enfant, comme tous les parents le souhaitent, on devient un boulet ! On n'a pas de retraite, on n'a rien... Oui, un boulet...

— Quand on est vieux faut avoir ses sous à soi, pour pas devoir tendre la main. Que ça soye la famille, que ça soye les amis, faut tomber à la merci de personne... C'est ce qu'elle me disait, Mme Ioaniu, Dieu ait son âme...

Un rideau jaune, tacheté d'huile et effrangé, est accroché à la fenêtre, munie de solides barreaux de fer noirci. Le rideau a été cousu par Mme Ioaniu et les barreaux posés par le général en personne quand un énième cambrioleur s'est introduit par la fenêtre de la cuisine après être monté sur le toit de l'appentis. Ils n'avaient déjà plus d'ordonnance et on arrêterait le général trois mois plus tard. Dehors, la poussière a tissé une fine toile sur les vitres. Leana l'essuiera, s'ils la font venir, comme tous les ans, pour le nettoyage de printemps.

S'ils ont, comme tous les ans, des invités à Pâques.

Une lumière gris-jaune entre obliquement par la fenêtre — le matin est passé déjà et, par-delà le ciel d'ivoire, le soleil invisible va commencer à décliner. Ivona se lève et s'approche du garde-manger. Elle jette un regard dehors, mais ne voit que le toit de l'appentis, en carton goudronné, ondulé et craquelé, et, au second plan, le kiosque noir, humide, sur lequel brillent, enroulés comme des fientes, des restes de neige hyaline durcie sous une croûte qu'on dirait de sucre.

— Je croyais qu'il me restait de la ratatouille... Ah ! là ! là ! quel désordre ! Je ne comprends pas comment on peut manquer de temps quand on ne va plus au bureau. Sans doute notre force qui s'épuise. Sans doute l'âge aussi. Vous aimez la ratatouille ? Répondez-moi franchement, Vica... Étant donné que vous n'êtes pas végétarienne, je trouve normal de vous poser la question... Je ne serais pas surprise, mais pas surprise du tout, si vous me répondiez que non...

Sur le mur, au-dessus de la cuisinière, la faïence jaunie, piquetée de gouttes d'huile figée, luisante. Elle était blanche lorsque Mme Ioaniu l'a fait poser, dès le départ des locataires, en même temps qu'elle faisait repeindre en blanc l'évier et les tuyaux d'eau. La peinture s'est écaillée, et des ronds de métal noir se montrent par endroits, pareils à des trous dans un bas. Dans le haut du mur, tel un tapis de lentilles d'eau, l'humidité. Sous cette tache vert sombre, le mur suinte, pleure à grosses gouttes d'eau pure. Dans le coin opposé, au-dessus du garde-manger, un nid grisâtre : de longs fils d'araignée tremblotent sous le haut plafond enfumé.

— Qu'est-ce que je voulais vous demander, déjà, Vica ? Ah ! là ! là ! l'âge et ses trous de mémoire... On a une cervelle d'oiseau, comme disent les gens du peuple... Ça me reviendra, allez..., en attendant, mangez ! Le petit déjeuner est loin et vous avez certainement faim...

Tiens, tiens, la voilà qui tourne sa langue dans sa bouche avant de parler. Voilà qu'elle le prend plus de haut. J'y ai donné une bonne leçon, tout à l'heure... Elle a vu que je me laissais pas faire et du coup elle la ramène plus. J'y ai mis du plomb, dans sa cervelle d'oiseau, maintenant c'est des mimis, des ma chère Vica par-ci, ma bonne Vica par-là, nous deux qu'on était des amies, et patati et patata, vous allez pas partir comme ça et qu'on se reverrait pas, et des larmes de crocodile, qu'est-ce que je vais devenir, moi, si vous partez ? Mais avant c'était pas la même chanson ! Une autre à ma place, elle aurait pas passé l'éponge... Seulement moi, je sais me conduire dans la société, c'est pour ça que partout où je vais tout le monde m'aime bien, tout le monde m'estime. Pour ça que cette fêlée d'Ivona, tout d'un coup elle est devenue raisonnable... Tout d'un coup elle a retourné sa veste...

— Dites, Vica, voulez-vous que je vous fasse deux œufs ?

Sans blague ! On lui aurait fourré un piment dans le trou de balle qu'elle se démènerait pas plus. La voilà qui replonge dans le garde-manger ! Ouais, c'est pas tant qu'elle a mauvais cœur, Ivona, c'est plutôt sa fêlure du cerveau... Y a qu'à voir tout à l'heure son histoire de paralytiques à l'église, elle en finissait pas. La belle affaire, de pas bouger, qui aurait envie de se bouger si le travail s'abattait tout seul ?

— Voyons, ma chère Vica, rasseyez-vous, je vous les fais, moi, ces œufs sur le plat.

Non, c'est pas tant qu'elle a mauvais cœur, mais quelle godiche ! Empotée au point de pas savoir faire des œufs au plat ! Sa fourchette, on dirait qu'elle va se la planter allez savoir où, si je compte sur elle, elle va me les carboniser, ces œufs, et ça serait dommage... Elle a beau être une femme instruite, qu'a fait des tas d'études, à la cuisine elle se débrouille comme une patate, et dans le monde non plus elle sait pas se conduire... Ce qu'elle m'a fait ce tantôt, sa mère l'aurait jamais fait, à aucun prix. Elle était d'une seule pièce, elle, et pleine de bon sens. Elle avait dû commettre pas mal de péchés, mais qui est sans péché, comme le dit le pope à l'église, et puis faut voir aussi combien de temps elle a vécu, un peu plus et on y aurait fêté ses cent ans... Remarquez, c'est pas le mieux non plus, de vivre autant. Est-ce qu'elle savait encore qu'elle vivait, quand elle croupissait assise sur la toile cirée, dans son fauteuil ? Ça servait plus à rien d'y demander :

— C'est moi ! Quoi, vous me reconnaissez pas ?

Elle me fixait les yeux écarquillés, et elle se taisait. Elle connaissait plus rien à rien, sauf son balluchon qu'elle oubliait pas et la porte qu'elle guettait, au cas où quelqu'un l'aurait pas fermée. Et tout d'un coup, on s'apercevait qu'elle avait disparu. Et voilà l'Ivona pendue au téléphone, et courant les rues et se renseignant auprès des gens. Et puis quand on se disait ça y est, adieu Mme Ioaniu, des inconnus les appelaient, quelquefois de l'autre bout de Bucarest, pour qu'ils aillent la récupérer.

À l'époque elle était tout sucre tout miel, Ivona, encore plus qu'en ce moment.

— Venez nous voir plus souvent, ma chère Vica, qu'elle disait. Venez plus souvent, Muti m'inquiète tellement ! Elle est pire qu'un petit enfant, je n'ose pas la laisser seule un instant.

Je suis accommodante, mais faut pas abuser ! Elle aurait pu me proposer des mille et des cent, je serais pas venue, vu que j'ai pas de patience avec les petits enfants, et que j'en ai pas non plus avec les vieux. Et que je veux pas avoir de patron sur le dos. Passer des heures et des heures dans cette grande baraque déserte, les volets fermés et partout l'obscurité, sauf dans la chambre à Mme Ioaniu, où la veilleuse brûlait comme dans un caveau, et tout le temps des craquements quelque part, rester là, à côté de cette momie qui bougeait pas, qui soufflait pas, qui faisait que fixer le mur de ses yeux blancs… Et en plus qu'il fallait changer chaque fois qu'elle s'oubliait. Et encore un craquement, bon Dieu ! pardon mon Dieu, à en trembler de voir apparaître un fantôme quelque part…

À en tomber raide paralysé, à force d'angoisse…

Si bien qu'elle m'a pas mis le grappin dessus, Ivona, et elle a pas trouvé quelqu'un d'autre non plus. Et Mme Ioaniu, elle continuait à disparaître, Dieu sait comment elle faisait… La dernière fois, ils ont été deux jours avant de la retrouver.

Où elle était allée, ça ils l'ont jamais su. Elle était sale quand on l'a ramenée, les chaussons couverts de boue, et elle n'avait plus sa jaquette de laine. Il faisait à peu près le temps d'aujourd'hui, on sortait de l'hiver, et ils ne comprenaient pas où elle avait pu passer deux jours sans geler. Ils lui ont posé des questions, ils ont laissé tomber, ils ont recommencé…, ils en ont rien tiré. Elle devait se rappeler de quelque chose, vu qu'elle bredouillait :

— Il faisait noir, noir, noir… et un grand oiseau blanc…

— Muti a dormi dans un poulailler, disait Niki la crapule.

Elle les avait passés où, ces deux jours ? Et elle l'avait laissée où, sa jaquette ? Ça, ils ne devaient jamais l'apprendre. Mme Ioaniu, tant qu'elle a été encore en vie, elle marmonnait tout le temps même sans qu'ils l'interrogent, elle marmonnait, mais jamais rien d'autre que ça :

— Noir…, noir…, noir… et un grand oiseau blanc…

Elle a vu qu'elle avait pas le choix, Ivona, et elle a fini par arrêter de travailler. Elle a pris sa retraite, ce qu'on a bien voulu y donner, pour s'occuper de sa mère. Ça l'arrangeait pas parce qu'elle perdait des sous avec la préretraite, mais tant pis, elle a rien dit. Et puis ça n'a pas traîné, Mme Ioaniu est morte. Ça s'est fait vite, très vite.

Maintenant, Ivona, elle pouvait pas se faire réembaucher, et elle a jamais aimé rester à la maison, briquer, cuisiner… Ce qu'elle aimait, c'est quand elle était prof à l'École italienne, mais elle l'a pas été longtemps. Quand on a arrêté son beau-père, le général, elle on l'a virée. Ou bien on a fermé l'école ? De toute façon, c'est bien elle, ça, Ivona la poisse…

— Je regrette une seule chose, qu'elle m'a dit le jour de l'enterrement. Puisque j'ai dû prendre ma retraite, je regrette de ne pas l'avoir fait plus tôt. Elle ne serait pas tombée aussi bas, elle n'aurait pas souffert autant. À force de rester dans le fauteuil sans personne pour la changer, elle n'était plus qu'une plaie à vif… Elle n'avait même plus la force de se plaindre…

— Là où elle est, que j'y ai répondu, elle souffre plus... Et on la rejoindra tous, chacun son tour, nous autres on sera plus un seul ici...

— Mangez vos œufs, Vica... À quoi pensez-vous ?

— À Mme Ioaniu, Dieu ait son âme, c'est à Mme Ioaniu que je pensais, à rien d'autre. Je pensais : ça fait combien d'années qu'on mangeait là tous les trois : elle, Tudor et moi. Ah ! on a pu en manger, des pâtes, dans cette cuisine ! C'est avec des pâtes que j'ai fait grandir Tudor, qu'elle m'a dit un jour, Mme Ioaniu. Moi, quand je m'assois sur cette chaise, j'ai l'impression de m'asseoir chez moi, tenez, je le vois là, Tudor, un rapide, lui, il dévorait comme un loup, toujours pressé : tantôt pour aller à l'école, tantôt pour aller jouer. Fais attention, que j'y disais, si tu mâches pas ça va descendre par à côté, mais il dévorait comme un loup, lui : toujours pressé, pour pas être en retard, le pauvre garçon ! Qu'on lui trouve pas un prétexte pour le virer de l'école.

Tiens, elle s'est fermée comme une huître, et elle fait semblant de ranger dans le garde-manger... Ils aiment pas qu'on découvre leurs secrets, mais au jour d'aujourd'hui tout se sait. Même Mme Ioaniu, elle s'est laissée aller et elle m'a raconté qu'elle a demandé une audience quand on voulait renvoyer Tudor et c'est comme ça qu'on l'a gardé. Ça les a pas empêchées de trembler pendant quelques années, Ivona et elle, parce que ça pouvait toujours changer. En tout cas Tudor était un bon élève, et ambitieux avec ça, si jamais il avait une mauvaise note, il pleurait en cachette la nuit dans son lit et alors elles, elles se demandaient ce qui lui arrivait et quoi faire pour le calmer... Il tenait pas de son coureur de père, il tenait du père d'Ivona, qu'a été quelqu'un en son temps. Ça lui faisait une belle jambe, à Tudor ! Lui, il payait pour tout le monde, pour son vrai grand-père le professeur, pour son faux grand-père le général, pour toute la famille, vu qu'elle avait eu du bien au soleil... Tout ça, jusqu'à la mort du général en prison. Ils y mouraient à tour de bras, tous ceux qu'avaient été quelqu'un sous l'ancien régime, qu'avaient été des ministres ou des généraux, ou ceux qui les avaient à la bonne, ou ceux qu'étaient rien, mais qu'avaient pas eu de chance, raflés au hasard... Ioaniu était mort depuis pas mal de temps, mais personne était venu prévenir Mme Ioaniu. Y en avait pas un pour avoir envie de lui apporter la mauvaise nouvelle... Alors, c'est seulement au bout de deux ans environ qu'elles ont reçu le papier, avant elles savaient pas. Il était mort en prison, comme un chien, mais voyez-vous, pour Tudor ça valait mieux : ça en faisait un de moins, c'est-à-dire encore un pour qui on écrivait « décédé » dans les papiers, et comme ça le gamin il a passé tous ses examens.

— Qu'est-ce que vous vous mettez sur le visage, Vica, pour conserver un teint pareil, sans une ride ? Avec quoi vous lavez-vous, quelle crème employez-vous ? À moins que ce soit un secret ? Si c'en est un, oubliez ma question, ne répondez pas.

— Un secret, tu parles ! Qu'est-ce que vous voulez que j'y mette, du Toc-Nivea-dix-sous-les-trois... Moi, toute la vie, je me suis lavée avec n'importe quoi, du savon noir ou du savon vert... Je me lavais la figure avec n'importe quoi, mais jamais j'y ai mis de poudre ou de crème, surtout pas ! Parce que les poudres et les crèmes, ça contient du poison pour la peau...

Incroyable, c'est vrai, son teint ! À voir son visage, on ne lui donnerait pas plus de cinquante ans. Et même moins... Voilà un avantage qu'il y a, à être gros. Avec le temps, les muscles s'affaissent et seule la graisse peut encore tendre la peau. C'est pourquoi, on le sait, les obèses ont bon teint. On ne peut malheureusement pas tout avoir, le teint et la silhouette à la fois... Il faut renoncer à quelque chose. C'est la vie...

— Ne vous occupez pas de la vaisselle, Vica ! Je vous en prie, ne la lavez pas ! Laissez-la, et montons...

Je peux toujours attendre qu'elle m'écoute, Vica ! Je peux toujours attendre qu'elle arrête et qu'elle vienne ! Quelle tête elle aurait faite si je lui avais demandé de la laver ! Eh bien, qu'elle me la récure, ça la calmera ! Le salon est sombre, mais je ne suis pas gênée par l'obscurité, par la pénombre. Le monde est si laid au grand jour ! Surtout à Bucarest, les vitrines sans goût, les gens mal habillés, les rues pas nettoyées, les parcs et la verdure à l'abandon... Et si par extraordinaire on sème du gazon quelque part, les passants le piétinent comme des bêtes, comme un troupeau de bestiaux... Les vieux arbres, qui renouvelaient un peu l'air chargé de poussière, on les abat sans raison. Et si on regarde bien les gens, à la lumière, eux aussi sont laids, mais ils s'en moquent. Il y a longtemps, sans doute lorsque j'étais encore au lycée, j'ai lu une nouvelle dans un magazine. L'action se situait à Balcik, sur une plage. En fait d'action, il n'y en avait guère. C'étaient surtout les états d'âme d'un personnage. Dont je ne me souviens d'ailleurs pas. Ce dont je me souviens, c'est qu'il avait l'œil très critique, il critiquait tout ce qu'il voyait. En particulier les femmes, il les décrivait vraiment sans pitié ! Eh bien, voilà ce que j'en ai retenu : le personnage, ou l'auteur par sa bouche, proposait que les jeunes filles de moins de vingt ans soient les seules autorisées à se montrer en maillot de bain à la plage. La maternité, écrivait-il, enlaidit et déforme. Or, seul est beau un corps vierge… Il m'avait choquée, cet auteur plutôt original, il m'avait choquée, mais il en est ainsi de l'art : j'ai retenu précisément ce qui m'avait choquée !

Ivona monte lentement les marches, ouvre la première porte et tâtonne sur le mur du bout des doigts. Elle allume la suspension — c'est la pièce la plus sombre —, s'approche de la coiffeuse et allume aussi les appliques. Elle se fixe dans le miroir. Elle se regarde trop fixement, impatiente et goulue — si la vieille finit vite la vaisselle, elle risque de la surprendre. Elle est tellement exaspérée, depuis des années, de se voir de plus en plus flétrie ! De voir ces grosses mèches blanches, ces cheveux ternes et clairsemés. Ce nez trop long, au bout élargi, criblé de larges pores, ces lèvres décolorées, amincies, qu'elle sent racornies à l'intérieur. Dans le blanc jaunâtre des yeux, un enchevêtrement de veinules rouges.

Fronçant ses maigres sourcils tombants, elle retire son visage de la glace. Elle aperçoit encore un instant, du coin de l'œil, sa silhouette mouvante dans le flou embrumé du miroir. Aux extrémités de la coiffeuse, les deux chandeliers d'argent, noircis et couverts de poussière.

Lorsque Leana viendra, il faudra lui dire de les nettoyer.

Ivona éteint les appliques, éteint la suspension. Un rai de lumière passe entre les stores baissés. Une douce pénombre, apaisante. Elle retourne à la coiffeuse et cherche fébrilement parmi les objets éparpillés dessus, elle pousse la cassette d'argent, qui déverse dans un savant désordre ses colliers de perles et d'ambre, elle pousse le poudrier et le vaporisateur, elle trouve son tube de rouge à lèvres, l'ouvre et se trace sur chaque joue une croix appuyée. Une croix rouge foncé à droite, une croix rouge foncé à gauche, puis elle recule de quelques pas... Quelle tête bizarre elle a... Elle ferme les yeux, pour ne plus rien voir, et étale le rouge à lèvres machinalement sur ses pommettes.

Elle recule encore un peu.

Ah ! oui, d'accord, ça a l'air mieux. Juste un peu de rouge, et la voilà transformée. Certes, le clair-obscur est complice... Une femme doit être coquette pour elle-même d'abord, cela lui remonte le moral. Elle ébouriffe ses boucles, ses cheveux secs et clairsemés. Ce qu'ils ont vite repoussé cette fois-ci !

Elle pivote brusquement sur les talons de ses *trotteurs**, et elle se réjouit de ce mouvement alerte, juvénile. La douce pénombre et la vieille odeur fraîche de lavande qui imprègne depuis longtemps l'armoire en bois de rose. Un rayon de soleil fait soudain étinceler d'un éclat aveuglant la nacre incrustée dans le cadre noir du miroir, puis il glisse et s'éteint... Un seul souci la tracasse encore. Elle sort de sa chambre et cherche l'horloge du regard, dans le salon. Il est à peu près l'heure à laquelle Niki a promis de rentrer. Il convient d'y ajouter une demi-heure, le retard de rigueur — il faudrait par conséquent que la vieille s'en aille. Niki, à tort ou à raison, ne la porte pas dans son cœur. Il faudrait donc qu'elle s'en aille, et d'ailleurs elle n'a aucune raison de s'attarder. Elle s'est soulagée, elle s'est restaurée. Lui payer ses cinquante lei ? Ce ne serait pas une mauvaise idée, puisque sinon elle devra dans une semaine les lui envoyer par mandat. Mais elle ne touche sa retraite que demain et là, elle ne les a pas. Les prendre dans la réserve de Niki ? Dans l'argent de la chaudière ? Si elle paye la vieille, elle n'aura plus rien à se reprocher. Voilà ce que c'est, une nature sensible, sentimentale ! Un simple détail peut vous abattre… Quand elle l'a vue traîner les pieds dans le vestibule, sans oser dire un mot, elle si culottée d'habitude ! Et son béret ridicule, le même depuis peut-être trente ans, que Tudor chéri évoque dans toutes ses lettres : *Comment va Vica ? Elle passe toujours à la maison avec son formidable béret ?* Et lorsqu'elle a étendu les bras pour décrocher son manteau, comme ils tremblaient ! Non, décidément, elle ne deviendra jamais la femme pratique souhaitée par Niki… Quand elle l'a vue, elle s'est dit : ça ne se fait pas de se conduire ainsi avec quelqu'un qu'on reçoit chez soi depuis toujours. À son âge, peut-on savoir pour combien de temps elle en a encore ?

Au fond, elle n'est qu'une pauvre vieille spoliée de ses biens par le régime et à laquelle l'avenir ne peut rien apporter, hormis des soucis. Si elle l'avait laissée partir pour apprendre par la suite, à Dieu ne plaise, qu'il lui était arrivé malheur en route, quels remords elle aurait eus ! La pauvre vieille, elle a eu tellement honte de se voir remettre à sa place, qu'elle n'en disait plus un mot ! Elle s'évertuait à rentrer en grâce, par tous les moyens…

— J'y ai été tant et tant de fois dans cette pièce et dire que ce tableau-là je le connaissais pas… Je croyais qu'y avait pas un objet que je connaisse pas dans la maison…

— Vous ne pouviez pas le connaître, Vica, parce que c'est une vieille photo que j'ai retrouvée par hasard il y a quelques mois. J'ai été si contente ! Toute notre famille y est, mon Dieu, regardez comme ils sont jeunes ! *Tante** Margot, par exemple, était à l'époque étudiante à l'École centrale ! Je pense que Muti avait évité de l'accrocher par délicatesse envers tonton Jorj, parce que…, vous voyez ? Là, c'est *papa**... Son premier mari ! *Papa** et tonton Jorj se connaissaient, ils s'estimaient, mais, malgré tout, vous comprenez, ça ne se faisait pas de la mettre au mur... Oui, *papa** c'est le monsieur qui lit près du guéridon, naturellement je lui ressemble, et l'autre, le plus jeune, à la moustache blonde et au canotier, c'est Titi Ialomiteanu... Un grand ami de la famille, lui aussi de Buzau, la ville de Muti, où mes grands-parents fréquentaient ses parents. Mes grands-parents sont morts tous les deux dans un terrible accident de train. Leur train en a percuté un autre, un transport de pétrole, les freins ont lâché, le train a déraillé, sous le coup certains wagons ont pris feu. Quel horrible malheur ! Les portes étaient bloquées... C'est ainsi que Muti et *tante** Margot sont devenues orphelines. Muti a épousé *papa**, Margot est entrée à l'École centrale, elle passait ses dimanches et ses vacances chez nous... Après... vous, vous vous en souvenez, pas moi : la guerre a éclaté...

Des lambris de noyer luisants, flambant neufs. À droite, deux portes. Entre elles, un haut trépied en forme de cœur. Au-dessus, sur une plaque en marbre, une pendule ordinaire : un grand cadran blanc sur lequel on distingue de loin les chiffres romains.

Cinq heures et quart de l'après-midi.

Contre le mur de gauche, sous un grand miroir, un canapé d'acajou au dossier formé de trois demi-oves festonnés, sur lequel est assise une jeune fille avec les cheveux en frange sur le front et des frisettes devant les oreilles. Elle est accoudée à un *coussin**, dans une posture d'abandon, de délassement. Sa jupe droite laisse voir des chevilles fines et des bottines vernies à talons mi-hauts et à boucles argentées.

Une chaise à côté du canapé. Assis les jambes croisées, parallèlement au dossier rond, sur lequel pendent gauchement ses bras, un jeune homme qui lui tenait compagnie il y a encore une minute. Sur son visage poupin, le regard songeur s'est figé. Des yeux légèrement bridés ou qui paraissent tels à cause des pommettes saillantes, des oreilles assez grandes, que ne cache pas la coupe de ses cheveux gominés, séparés par une raie au sommet du crâne. Tenue de visite : complet sable, col dur.

Également à côté du canapé, mais à droite, un autre haut trépied, sur lequel trône, dans un cadre imposant, la photo d'un jeune couple. Mince et de petite taille, raide dans son uniforme d'officier prussien, l'homme est accoudé à un guéridon.

Le roi et la reine. Charles Ier et Elisabeth.

Une console derrière le canapé, sous le miroir, et, sur cette console, un bronze : un Apollon à la lyre. Une image dans la glace : la tête et le torse d'une jeune femme, du côté opposé du salon. Un immense chignon à deux grandes ondulations, des yeux légèrement globuleux. Une impression de hauteur et de quiétude, accrue (ou créée) par le flou embrumé du miroir. Car il suffit d'examiner à la loupe chaque détail de son visage : par exemple, le front est assez bas, les lèvres minces sont serrées avec entêtement, le nez… Le reste à l'avenant. Mais dès qu'on pose la loupe, elle retrouve son regard rêveur, altier. On voit au-dessus de son châle de soie blanc le col noir montant de sa blouse de dentelle.

Dans le milieu du salon, un guéridon couvert d'une petite nappe de velours *gris-vert**. Des nelumbos ou des nénuphars en bouton, brodés en *dégradé**. Elle est bordée d'une ganse de soie torsadée agrémentée à chaque coin de gros rubans et de glands blancs ou dorés sur des cordons descendant jusqu'au tapis.

Une seule personne près de ce guéridon, un homme

entre deux âges, au front et aux tempes allongés par la calvitie.

Plongé dans une revue, il semble, à sa façon de la tenir entre ses doigts décharnés, avoir seulement voulu la feuilleter avant de se laisser prendre par la lecture. Un visage émacié, des cernes sous ses yeux baissés, les joues bien rasées, une moustache aux crocs retroussés à l'ancienne mode, moustache étonnamment fournie en comparaison du chétif duvet — peut-être blondasse, peut-être blanchi — qui lui garnit à peine le crâne. Sa chaîne de montre, attachée par un bout à un crayon en métal, court d'un gousset de son gilet à l'autre. Sa jaquette est correctement mise, mais il ne porte ni col ni cravate.

Sur le guéridon, un porte-cigarettes, un fume-cigarette en ivoire, un *coupe-papier** finement ouvragé, d'ivoire aussi. Juste à côté, un *Papierkorb* et un vase de bronze à pied, pansu, aux petites anses cordelées, rempli de papiers, d'enveloppes, de tirés à part, de revues. L'heure du courrier.

Au-dessus du guéridon, la longue tige et les pendeloques translucides du lustre hollandais, seule tache de lumière dans une pénombre solennelle : des lambris sombres, luisants, des meubles lourds. C'est un moment particulier, un moment de légère crispation où, en pleine conversation à bâtons rompus, ils prennent la pose. Un moment que l'appareil commence à fixer et dont leurs visages tentent de retenir la solennité.

DEUXIÈME PARTIE

L'heure du thé

— « Un moment difficile… » Je m'en souviens, c'est ce que vous avez dit alors, monsieur le Professeur : « Nous nous trouvons à un moment difficile et il ne serait pas impossible que nous soyons entraînés dans une catastrophe… »

Comme chaque fois qu'il doit parler devant une certaine assistance, il a le visage empourpré, et son cou blanc et mince de jeune fille est piqueté de rougeurs. Selon son habitude, il s'est adressé au maître de maison sur un ton d'une politesse excessive, les épaules basses par déférence et en fixant sur lui un regard bleu innocent, interrogateur. Et le professeur Mironescu n'a pas eu besoin de lever les yeux de son tiré à part pour le savoir : il connaît l'affection respectueuse de son jeune invité, mais il connaît également son manque d'assurance. Il n'ignore pas que c'est sa bienveillante compréhension qui peut stimuler l'éloquence incertaine de cet honnête jeune homme, et non les beaux yeux des dames.

— Vos paroles m'ont frappé parce qu'elles constituaient une exception par rapport à l'opinion générale.

Que reste-t-il après que, d'un hochement de tête en signe de dénégation, on a repoussé l'éloge qu'il n'était pas bienséant d'entendre ? Il reste une complaisance légèrement embarrassée (comme si l'on avait contracté une dette) et une désagréable sensation : l'encenseur vous a arraché vos vêtements et il se repaît de votre indécente nudité...

Le professeur prend une autre enveloppe dans le vase. La cigarette brûle toute seule dans le cendrier. Un filet de fumée gris-bleu se love au-dessus du guéridon.

— Je ne m'étonne d'ailleurs pas que l'opinion publique roumaine ne se soit pas émue d'emblée... En politique, prévoir l'avenir n'est pas donné à n'importe qui... Ce n'est pas de l'opinion publique roumaine que nous devons l'attendre, c'est de l'homme politique... C'est lui qui doit toujours la devancer de quelques pas, et non se laisser porter, si ce n'est traîner... Lui qui doit la guider, fût-ce dans une direction opposée à ses vœux...

— Y compris dans une direction opposée aux vœux de l'opinion publique, c'est ce que vous voulez dire ?

Le regard lancé par-dessus la monture dorée du pince-nez est pétillant : le regard ironique du professeur qui a détecté votre point faible, le regard encourageant de l'éducateur qui vous incite à répondre, car tout n'est qu'exercice oratoire. Le jeune homme comprend-il tout ce que veulent lui transmettre le regard vert délavé, le dessin modifié des rides sur ce visage osseux ?

En l'absence de mots, même les êtres proches risquent le malentendu.

— À la vérité, quant à moi..., loin de là... L'autocratie, loin de là, je ne pourrais pas dire qu'elle m'ait jamais séduit... Et l'ambition loin de là, ou la soif du pouvoir...

Il rougit encore plus fort et jette un regard dérouté à la ronde. Son regard lorsqu'un de ses petits mystères est éventé. Des yeux étrangers surveillent toute notre vie secrète. Or, la sienne est encore plus secrète que celle des autres, parce qu'il en a décidé ainsi. Lorsqu'une de ses pensées ou un de ses actes cachés est dévoilé par hasard, moment pénible s'il en est, il jette à la ronde ce regard dérouté de personne tirée soudain du sommeil. Il emploie ce laps de temps à fortifier ses défenses et à étayer ses déductions : en quel point secret l'ennemi a-t-il enfoncé le front et jusqu'où va sa percée ?

Voilà ce que demande en vérité son regard inconsistant, son regard dérouté.

Le professeur Mironescu adresse un sourire encourageant à son ancien étudiant, pour l'aider à surmonter sa trop grande émotivité, comme autrefois aux examens, tous passés *magna cum laude, summa cum laude*. Réellement attendrissant, ce modeste employé de ministère qui ne mentionne jamais ses mérites et qui, à grands gestes désordonnés, écarte les éloges loin de sa personne. Il manifeste une seule faiblesse humaine : l'heure du thé semble éveiller son appétit pour la causerie politique… Le professeur s'empresse de le rassurer.

— Ce n'était pas pour vous contredire, lui dit-il.

Il pose sur le guéridon la feuille de papier qu'il tient à la main, ôte délicatement son pince-nez et masse du bout de ses doigts secs la base endolorie de son nez.

— Ce n'était pas pour vous contredire puisque nous savons tous que l'opinion publique roumaine serait malheureusement assez malléable entre les mains d'un politicien autoritaire… Qui pourrait l'entraîner avec une relative facilité dans une direction contraire à ses vœux… La raison, nous la connaissons fort bien également : les masses ont été privées, à un degré vraiment inquiétant, de l'exercice réel de la démocratie, alors qu'une tradition ne se crée pas en une génération ou deux. C'est pourquoi elles ne savent pas soutenir leurs revendications et qu'elles se démobilisent pour un rien, qu'elles se contentent de peu, après tant de déconvenues... Et, surtout, elles ne sont pas solidaires, un péché que l'on retrouve dans toutes les couches de la population... Ce n'était donc pas pour vous contredire, je le répète. Oui, je pense qu'en Roumanie les masses pourraient être conduites dans une direction contraire à leurs vœux...

— Ce qui a peut-être déjà commencé ?

Et un sourire sucré, insinuant, illumine le visage du jeune Ialomiteanu. Le professeur rit et remet son pince-nez.

— Pas si vite ! Je ne faisais pas allusion à Bratianu. Je ne faisais pas allusion au moment présent, croyez-moi, et je ne prophétisais pas non plus pour un avenir éloigné... Je parlais en théorie, *in abstracto*... Ainsi donc, il serait facile de pousser ce peuple dans une direction néfaste en l'enfonçant encore plus dans la corruption et la pauvreté, nos tares ancestrales...

D'un air mécontent, il reprend la feuille de papier sur le guéridon, la parcourt distraitement, puis la laisse tomber dans le vase. Se complaire à d'aussi plates considérations ! Il prend une autre enveloppe, l'ouvre et lit, tandis que ses genoux sont agités de tressaillements rapides et que son œil gauche se met à cligner, plus rapidement encore : un tic récent, qui survient aux moments de tension nerveuse, lorsque autre chose que sa volonté fait grimacer la moitié de son visage. Le manche lisse du *coupe-papier** dans la main moite, le cri du papier de soie meurtri par le tranchant d'ivoire. L'iris vert délavé file sur la sclérotique tachetée de jaune et striée de rouge, d'un coin de l'œil à l'autre. À l'un d'eux, une verrue blanchâtre, semblable à un grain de chasselas mildiousé, gêne la vue, et c'est en vain que le professeur ajuste machinalement son pince-nez. En même temps il cherche à tâtons, sur le guéridon, son vieil étui à cigarettes muni d'un porte-allumettes.

Un mouvement mal assuré — furtif et coupable.

— À ta guise, mais à la première bouffée tu vas encore tousser…

La voix froide de Sophie est la voix même de son anxiété, aussi ne lève-t-il pas les yeux vers l'autre extrémité du salon, où elle se tient dans le fauteuil italien, son châle de soie blanc drapé sur les épaules. La main osseuse s'attarde sur la nappe de velours, indécise, et, cherchant dirait-on à gagner du temps, gratte sans bruit d'un ongle jaune le bord d'un nénuphar brodé.

Titi Ialomiteanu est accablé par le silence, en raison d'un complexe de culpabilité ancien, mais injustifié : s'il savait se conduire dans le monde, le professeur ne serait pas retourné à son courrier. Le jeune homme a du mal à supporter ce moment où, les mains croisées dans le dos, il examine un biscuit sur la tablette de la cheminée : une bergère rêveuse, une main à la tempe, ses cheveux blonds soigneusement frisés, vêtue d'une robe très échancrée, ses pieds menus chaussés d'escarpins Louis XV, en compagnie de son inévitable chien sur l'inévitable rocher où un berger portant une corbeille de fleurs s'approche d'un pas gracieux.

Un froissement sec : le professeur chiffonne la feuille de papier qu'il lisait et la garde dans son poing. Un étranger qui verrait la scène donnerait tort à ces hôtes qui ne s'occupent pas correctement de leur invité. Au mieux, il leur concéderait des circonstances atténuantes : l'état spécial dans lequel se trouve Sophie ou le caractère excentrique et les manières fort peu protocolaires du professeur qui, par exemple, arguant que le faux col lui donne des quintes de toux et des étouffements, n'en met plus dernièrement lorsqu'il reçoit Titi Ialomiteanu, lequel se demande s'il doit prendre cette familiarité pour une preuve d'affection ou pour une marque de léger dédain.

Or, ce délicat jeune homme se tient pour responsable du silence pesant. Cependant, il a tant bien que mal acquis *l'usage du monde**, de sorte que, lorsqu'il finit d'examiner la figurine de Frankenthal, il se sent à même de redresser la situation. Car plusieurs années sont passées depuis qu'il a commencé à fréquenter la bonne société, d'ailleurs dans ce salon auquel il est resté fidèle, conformément à sa nature conservatrice. Mais qu'il lui paraît différent maintenant, si paisible, si bourgeois ! Plusieurs années depuis qu'il a déposé sa carte dans un bouquet de fleurs, cherchant à rappeler à Sophie Mironescu les années communes de leur enfance dans la patriarcale petite ville de Buzau, et qu'il a gentiment été invité à entrer, car c'était *jour de réception**. À l'époque, sa tenue et ses manières laissaient à désirer, danser était une torture et parler au téléphone une catastrophe. Rien d'étonnant donc s'il fut épaté par ce salon si banal. Il est vrai que ce jour-là du beau monde s'y pressait, qui ne se montre pas à toute occasion. De leur côté, les Mironescu, de retour de leur voyage de noces en Italie, avaient un tout autre état d'esprit, une autre *Weltanschauung* : enthousiastes et affectueux, ils échafaudaient des projets, échangeaient des adresses, nourrissaient des intentions, choyaient famille et amis, cultivaient leurs relations influentes… Quelle merveille que ce salon pour le jeune Ialomiteanu ! Après tant de balades solitaires du côté de Flora ou de Rondul doi, chaussé de ses godasses trouées, vêtu du manteau trop large de son frère aîné et d'un pantalon aux revers effilochés, après avoir tant regardé d'un œil envieux les automobiles et les élégants équipages recouverts d'œillets et de roses lors des batailles de fleurs, se trouver soudain à deux pas des personnages admirés ! Hélas ! sans avoir la moindre chance d'être remarqué…

Les mains nouées dans le dos, son complet neuf boutonné, le jeune Ialomiteanu se remet à déambuler dans le salon. Après quelques pas, il s'arrête à nouveau, cette fois devant la photo des souverains. Il pourrait aborder le sujet le plus brûlant, condamner celui qui, après quarante années de règne heureux sur le trône des voïvodes, a montré, à la première épreuve du sort, qu'il restait ce qu'il était à son arrivée de Sigmaringen : un officier prussien médiocre et soumis. Ou, au contraire, plaindre ce malheureux roi qui, ayant atteint un âge vénérable, auquel on mérite la paix de l'âme, se voit tout à coup contraint de choisir entre ses ancêtres et ses sujets, sur lesquels il a régné sans reproche pendant près d'un demi-siècle. Ce nouveau roi Lear, comme l'appellent certaines gazettes, qui se retrouve du jour au lendemain dans un pays étranger, hostile, dans une famille en proie à la discorde, abandonné et trahi par ceux qu'il comblait et honorait de sa confiance, et qui est même invité sans ménagement à quitter son trône et sa terre d'adoption…

Quoi ! attaquer précisément ce sujet, sur lequel tant de discours, tant de paroles solennelles ont été prononcés ? Non, il n'est pas homme à commettre ainsi l'irréparable. Dans cette maison, dont le maître fait grand cas de sa vieille amitié avec Athanasiu, le ministre, il ne se montrera pas si gaffeur, pas si imprudent ! Mais pour ces mêmes raisons, il pourrait glaner des informations inédites. Cependant, s'il sait que le professeur prend un plaisir à parler inversement proportionnel à son état de santé, il sait aussi que toute question recevra pour réponse le même long discours théorique : le savant doit demeurer dans son cabinet, loin du remue-ménage politique, dont la boue éclabousse le plus souvent ceux qui s'en approchent.

Alors ? Alors un homme du monde averti irait sans doute au-devant du discours préféré de son hôte, de façon à le mettre d'humeur à donner ensuite des réponses précises.

D'un mouvement sec (dictés par la raison, non par une impulsion naturelle, ses gestes semblent toujours brusques), il s'assied de biais sur une chaise, les bras sur le dossier.

Il commencera donc par une question anodine : « Monsieur le Professeur pense-t-il vraiment qu'on puisse se soustraire à la politique de son temps, aux pressions et aux liens de la collectivité ? »

Il a baissé les épaules par déférence et c'est à peine si l'intention d'une taquinerie luit dans son regard innocent.

Le professeur lève la tête, surpris. Il se trouvait à mille lieues de là, il a l'impression d'avoir été brutalement tiré du sommeil. Une seconde seulement. Aussitôt, le savoir-vivre et la sympathie que lui inspire Titi Ialomiteanu ont raison de son irritation.

La sympathie… Peut-être plus que de la sympathie. Peut-être de l'affection, née à son insu, en réponse aux attentions prodiguées par le jeune homme. À force de recevoir les éloges de quelqu'un on s'y habitue et si un jour leur source tarissait, ils nous manqueraient. Mais la fidélité est l'une des qualités du jeune Ialomiteanu. Le professeur peut se révéler capricieux, d'humeur changeante, Sophie avoir de son côté ses caprices de femme, lui, il est éternellement prévenant, éternellement prêt à proposer ses services. Il fait sans conteste partie de cette rare espèce de gens qui semblent ne connaître de plus grand bonheur au monde que de se rendre utiles à ceux qu'ils aiment. Comment ne pas apprécier une telle générosité ? Et comment ne pas nourrir une bienveillance croissante pour celui qui l'offre ?

À force de le voir ainsi, semaine après semaine, ton œil s'adoucit malgré lui : là où tu décelais des défauts banals, tu découvres certaines affinités. Et peu à peu, avec une affection encore légèrement méprisante, tu as adopté Titi Ialomiteanu, ce que tu n'aurais pas cru possible quoi qu'il advienne le jour où tu l'as vu se présenter à ce fameux five o'clock de Sophie. Où tu l'as vu sur le seuil, provincial tellement effarouché que le valet a dû lui prendre de force ses gants et son chapeau, où tu as vu une raie grisâtre sur son col, ses manchettes élimées, son pantalon crotté, ses vêtements à la coupe démodée… Sans parler des pauvres fleurs de jardin qu'il brandissait, insistant pour qu'elles fussent remises à Sophie ! Il t'a fallu plaider sa cause de longues minutes avant de la persuader de vaincre une répulsion innée. La répulsion innée des femmes à l'égard des pauvres et des ratés, leur snobisme inné, tellement semblable au snobisme des chiens. Que voulez-vous, Sophie a beau être une femme supérieure, elle ne peut passer outre les lois de son sexe. Or, aux yeux d'une femme, la moindre faute vestimentaire est un crime. Elle pourra certes fermer les yeux en raison de vos insistances, mais elle ne la pardonnera jamais… Bien que, grâce à son intelligence native, ce brave Titi Ialomiteanu ait sérieusement progressé en la matière — il suffit de le regarder —, Sophie n'oubliera jamais son accoutrement le jour où elle le recevait pour la première fois. Tandis que toi, qui te souviens de ta propre jeunesse, de ces bals que tu fuyais au début en prétextant à la dernière minute qu'un vêtement, tantôt le gilet, tantôt le pantalon, t'allait mal, toi qui t'enfermais dans ta chambre quand le bal se donnait chez vous et qui n'en sortais que sur les prières réitérées de tes sœurs s'il manquait un danseur pour le quadrille, toi, plus tolérant, moins imbu de préjugés, tu peux ne pas prendre ce genre d'affaires trop au sérieux.

Bien plus, à force d'être l'objet d'une pareille admiration soumise, tu finiras par inclure ce brave jeune homme dans un portrait de famille…

Ô ! nos solides, nos médiocres sentiments familiaux, nés de l'habitude et de la confiance, du confort spirituel et de la tolérance ! Nos médiocres, nos profonds sentiments familiaux, qui donnent à la vie sa nécessaire stabilité, qui affranchissent l'esprit et lui permettent de se dédier à de plus nobles œuvres ! Qui le défendent…

Le professeur détend sur la chaise son corps étique. Son regard adouci se glisse dehors, par la grande fenêtre claire qui s'ouvre sur le jardin. Un ciel trop pur, trop intensément bleu pour être un ciel d'automne, une lumière de miel et de mollesse où les couronnes dorées des arbres lancent par moments des étincelles métalliques. La mine défaite, le regard vague, tout le monde a été accablé pendant une semaine par la chaleur perverse d'un été qui s'attardait. Mais, ce matin, une vapeur froide a noyé le jardin, tel un brouillard compact. Vers midi, la chaleur est revenue, accompagnée d'une lumière vive, à la blondeur éclatante. Cependant, dans un coin de ce ciel d'un bleu invraisemblable, le professeur aperçoit une grappe de nuages blancs, inoffensifs. Serait-ce malgré tout le signe d'un changement de temps ?

Il tourne un regard attendri vers le jeune Ialomiteanu. Il va lui concéder que, en effet, il en est ainsi : aussi longtemps que la vie politique et sociale se déroule normalement et qu'on est soi-même un être ordinaire, dépourvu d'idéalisme, on peut imaginer vivre coupé du monde. C'est en réalité une illusion, dont ne se berce pas celui qui œuvre à la culture d'une nation. Car la culture a pour premier résultat de cimenter les rapports de solidarité — à l'horizontale — avec les autres membres de la société contemporaine et, à la verticale, avec les générations antérieures. Aussi celui qui se dédie sincèrement à la culture d'une nation, même s'il se considère comme une individualité autonome, comme un point central de l'univers — rien de moins ! —, sent-il forcément — ne fût-ce que de temps à autre — qu'il appartient à un organisme unitaire. Alors, à des périodes telles que celle-ci, où les intérêts collectifs montent en première ligne, à des périodes aussi difficiles, si vous êtes de bonne foi vous découvrirez qu'il vous est impossible de détacher votre destin de celui des autres... Et si vous tentez malgré tout de le faire, mais proprement, par inévitable égoïsme, pour protéger vos acquis, votre être lui-même se pliera d'une certaine façon, il prendra une certaine forme, conditionnée par l'air du temps. Enfin, dans l'adversité, il dépendra évidemment de vous de ne vous courber que peu ou de ramper dans la poussière. Pourtant, même si vous rassemblez toutes vos ressources de dignité (la difficulté de cette épreuve réside surtout dans la constance sur le long terme), même si vous rassemblez donc toutes vos ressources de dignité, il se pourrait que le résultat en soi ne soit pas satisfaisant : dans une pièce mal éclairée, les plantes vertes poussent en biais, selon de bizarres lignes obliques, en un équilibre précaire que durcissent la sève et la cellulose ; elles ne sont ni verticales ni rampantes…

Il halète presque après cette longue tirade. Une émotion injustifiée, voisine de celle qui, chaque 10 Mai[1], aux premiers accords de la fanfare, lui met honteusement la larme à l'œil, lui noue la gorge à présent, due cette fois-ci à la seule fatigue nerveuse. En échange, sa main se dirige autrement vers le guéridon : avec fermeté, sans qu'il ait pensé un seul instant à demander l'assentiment de Sophie. Ses gestes sont rapides et sûrs lorsqu'il porte une cigarette à la bouche et l'allume. C'est à de tels instants que réapparaît son ascendant sur Sophie, qui écoute, immobile, silhouette blanche dans son châle de soie à pompons. Elle se rend bien compte que quelque chose a dissipé son pouvoir, mais elle attend, patiente et sûre d'elle, qu'il lui soit naturellement restitué.

Les yeux au plafond, le professeur fume, indifférent à la poussée de fièvre de l'après-midi. Il se laisse emporter par un puéril sentiment de victoire.

Sur qui, sur quoi, cette victoire, si victoire il y a ?

Assise sur le canapé, Margot bâille en cachette et examine ses bottines. Elle les tient encore pour neuves bien qu'il y ait trois mois que son *beau-frère** Ste-

1. À l'époque, fête nationale.

fan les lui a apportées de Vienne. Par la même occasion, il lui a offert une poupée de porcelaine aux yeux bleus, qui a de vrais cheveux et qui dit « mamma, mamma » quand on la penche.

— Une poupée ! Qu'est-ce qu'elle va faire d'une poupée, à son âge ? a dit Sophie sans délicatesse.

— Pourquoi ? Elle est encore une enfant, n'est-ce pas ? a demandé Stefan, perplexe.

Comme d'habitude, c'est de *son* avis *qu'il tenait compte*. Il tournait la tête de l'une vers l'autre. Il a voulu lui caresser paternellement les cheveux mais, maladroit, comme d'habitude également, il lui a juste effleuré l'oreille du bout des doigts.

— Y aura bientôt quelqu'un pour jouer avec, a insinué Ana.

Elle ratait encore une fois une bonne occasion de se taire.

*Et ils ont pris un drôle d'air**, Sophie, Stefan et Ana.

C'est la meilleure ! S'imaginer qu'elle ne comprend pas ce genre d'allusions ! Comme le jour où tonton Jorj les a emmenés en auto au manoir des Filipescu. Ils retiraient leurs fourrures, leurs casques et leurs lunettes d'automobilistes lorsque les Filipescu sont accourus, d'abord Miza et Radu, et derrière eux une espèce de vieille fille : elle avait d'ailleurs vingt-neuf ans, et un de ces nez ! Et rien n'allait, ni sa ligne ni sa mise ! Elle arborait un superbe collier, deux serpents d'or entrelacés, aux yeux de rubis, mais à cette heure-là ! Elle aurait dû porter un costume de voyage ou une tenue champêtre, en tout cas pas cette toilette-là...

Commentaires dus à Sophie.

— Qui est-ce, au fait ? a-t-elle demandé à Jorj Ioaniu, qui se trouvait justement dans les parages.

— *La seule amie de Miza avec qui Radu n'a pas couché**...

Elle n'a pas pu s'empêcher de lâcher :

— *Dommage* !*

Stefan se répandait en signes discrets : la petite ! Margot est là !

Sophie lui adressait d'autres signes, non moins discrets : la petite ne comprend pas...

— Ah ! Margoton, c'est un miracle du bon Dieu qui ouvre le ventre de la maman pour faire sortir le bébé... La façon que les os s'ouvrent, c'est un miracle du Seigneur, lui avait répondu Ana peu de temps auparavant.

(Sophie, lors d'un *jour de réception**, à Miza : figure-toi qu'elle ne s'est pas gênée pour demander à Mme Ana comment sortait le bébé, et par où !)

Allons donc, elle le sait pertinemment ! Nombreux sont les moments où, par exemple ici, au salon, elle les regarde et est sûre de comprendre davantage que chacun d'entre eux. Par contre, aucun d'eux ne la comprend, ne la connaît, ni aucune de ses camarades d'école. Quelle disgrâce d'être aussi seule et incomprise au monde ! Hier soir, elle a longtemps, si longtemps joué au *Klavier* et elle pleurait, elle mourra très jeune, bien entendu, au lendemain de son premier bal et de son premier baiser. Elle sera vêtue de blanc et la messe sera catholique, car telle aura été sa dernière volonté.

Ce sera par un après-midi pluvieux, les berlines noires luisantes, les accords solennels de l'orgue sous les sombres arcades, le parfum enivrant des lis et des tubéreuses, Sophie derrière une voilette épaisse, pour qu'on ne puisse pas savoir si elle pleure pour de bon, *le pauvre** Stefan, lui, pleurera pour de bon, mais en jetant de temps en temps un regard en coin, afin de s'assurer qu'elle l'approuve. Ana défaillira de chagrin... La pénombre de la cathédrale, la marche funèbre de la *Parisiana* et l'*allegro* *con fuoco* de la *Dolore*, de Senna... Un mois ne se sera pas passé qu'ils iront tous voir *L'Araignée* au théâtre, pièce qu'ils lui ont interdite, à elle, et ensuite Sophie, échauffée par Tony Bulandra, proposera d'aller *souper** au Café de Paris, où elle dansera le tango avec Titi Ialomiteanu... Peut-on imaginer oubli plus noir et plus ingrat ?

Margot a la gorge qui se noue. Quelle disgrâce de n'avoir que si peu de temps à vivre et d'être *seule et incomprise** ! Et pourtant, mieux vaut mourir jeune, avant de se rider, de perdre ses cheveux... Elle mourra donc très jeune, peut-être vierge, en tout cas avant d'attendre un enfant, car elle détesterait avoir un gros ventre. Or, on a beau s'envelopper dans un châle blanc, ça se voit toujours... Qui pourrait apporter des tubéreuses sur sa tombe ? Stefan est sous la coupe de Sophie, Titi également, et Miti Popazu est parti pour Vienne, alors pas une fleur ! Une tombe abandonnée... Quel dommage, tellement jeune, charmante et gracieuse, et si elle voulait elle pourrait diriger la maison à la place de Sophie et d'Ana... Car qui vérifie si cette fainéante de Nela a bien essuyé ses bottines vernies et les a passées à l'huile de ricin comme il se doit ? Elle pourrait servir le thé et animer la conversation. En ce moment, par exemple, puisqu'elle peut parler même de politique, elle connaît le sujet brûlant du jour. « Que fera notre-petit-royaume-dans-la-situation-donnée ? Marcherons-nous aux côtés de la France et de la Russie pour délivrer nos-frères-transcarpatins[1]-avant-qu'ils-ne-soient-décimés-en-première-ligne ? Marcherons-nous aux côtés de la Triple-Alliance afin de libérer notre-Bessarabie-perdue-à-

1. Les Transylvains, sujets de l'Autriche-Hongrie, étaient enrôlés dans les armées de l'empereur.

l'issue-d'une-guerre-où-nous-étions-vainqueurs[1] ? Tel est le dilemme qu'affronte le petit État roumain. »

Voilà le sujet à la mode dans tous les salons, et aussi à l'École centrale, dans son dortoir. Si elle était la maîtresse de maison, elle s'en servirait pour animer l'atmosphère.

— Cela dit, si l'on envisage tout d'une certaine hauteur, ce pays meurtri par l'histoire propose peut-être plus que nul autre de vastes champs d'activités aux hommes entreprenants, poursuit le professeur, dont la voix parvient de très loin à Margot... Si votre ambition est noble, si vous souhaitez que prospère l'œuvre et non votre personne, vous serez content de vous soumettre, en tant qu'individu, à la totalité... Comme je vous le disais, vous comprendrez que vous n'êtes pas le centre du monde, mais simplement l'un de ses points, que vous n'êtes ni le cœur ni le cerveau, mais simplement l'une des cellules d'un immense organisme... Cependant, vous ne deviendrez pas un homme mûr si vous ne...

Hier aussi, quel five o'clock ennuyeux, avec trois dames de la Société orthodoxe ! Sophie n'avait pas fini de se bichonner et elle l'a envoyée leur faire la conversation. Raides toutes les trois, trois corbeaux à un enterrement, et pas moyen d'en tirer autre chose que oui et non. Elle venait pourtant de détendre l'atmosphère lorsque Sophie est descendue et a assumé son rôle de maîtresse de maison. Stefan a montré le bout de son nez, mais quand il a vu de quoi il retournait, il s'est vite retiré dans son cabinet pour éplucher son courrier. Titi Ialomiteanu est

1. Alliée de la Russie dans la guerre (1877-1878) contre les Turcs, qui furent défaits, la Roumanie dut néanmoins céder au tsar la Bessarabie (l'actuelle République de Moldavie représente une grande partie de l'ancienne Bessarabie).

arrivé ensuite comme convenu pour les emmener toutes les deux en fiacre au Bois, mais elle a été seule à y aller avec lui et ils ne sont même pas entrés au tennis...

— Voilà, pour chacun de nous, la preuve que nous avons atteint la maturité... Spirituelle, et non biologique, cela va de soi. Ce qui aura pour chacun des conséquences aussi profondes que...

Le professeur se lève, grimaçant un peu.

Le voici debout.

La jaquette corrige son maintien, redresse ses épaules tombantes, enveloppe son corps amaigri ces derniers temps. Il jette sur les autres, par-dessus la monture de son pince-nez, un regard vert affectueux. À cette heure, l'idée ne l'effleure pas de quitter le salon et son courrier, ni les êtres qui lui sont chers, il essaye seulement de rapprocher sa chaise du guéridon.

— Merci, ça ira, ne vous en faites pas, merci...

Sa main droite dirige un pianissimo incertain, la gauche, maladroite et faible, traîne la chaise, dont les pieds troublent le dessin et les couleurs du tapis persan et rebroussent ses longs poils dans lesquels on s'enfonce en marchant.

Il se rassied, mais différemment : il ne pose sur le bord de la chaise que le bout de ses fesses — elles ont l'air, dans le pantalon devenu trop large, d'un simple prolongement de ses cuisses décharnées —, comme s'il allait se relever d'un instant à l'autre.

Il n'en est pourtant pas question.

Il s'agit seulement d'une fébrilité excessive, reflet d'un moment d'exaltation auquel succédera une période de doute et de scepticisme. Un tempérament cyclothymique, ce qu'il avoue volontiers.

Il regarde à nouveau dehors. En un si bref laps de temps, une brise qu'on devine fraîche s'est levée. Le long des allées de gravier doré, dans les impeccables massifs de roses de Sophie, s'ouvrent par endroits de trompeuses corolles jaune paille, sans parfum évidemment et aux pétales figés dans la brume automnale. Une branche pend sous la voûte compacte de lierre, de glycines et de clématites, et ses feuilles d'un rouge mûr et luisant attirent l'œil.

— Monsieur le Professeur, dit le jeune homme sur un ton hésitant, vous excuserez je l'espère mon manque de modestie, puisque jusqu'ici je n'ai guère péché par vanité. Sans vouloir m'arroger la qualité de juge des événements politiques, je dois vous avouer, en toute modestie donc, que je me suis permis d'être déçu... Ne pensez-vous pas que nos hommes politiques ont manqué d'intuition ? On devait s'attendre à être déçu par l'opinion publique. Mais est-il naturel d'être déçu aussi par les plus clairvoyants ? Ou peut-être étaient-ils au courant, déjà prêts, je ne me permettrai pas de dire déjà à la solde...

— Je connais bien ce sentiment, répond le professeur en souriant. Il m'arrive également de les trouver décevants, de me méfier d'eux. Je me répète alors que tout ce que j'ai sous les yeux s'est fait en cinquante ans seulement. Et, surtout, je me répète mon adage préféré : *Calomniez, calomniez, il en restera toujours quelque chose* !*... Ce n'est malheureusement pas avant cinquante ou soixante-dix ans que l'on connaîtra la véritable stature de nos hommes politiques. Que l'on saura ce qu'ils ont réussi à faire dans le cadre de l'histoire, qui ne leur est pas plus propice qu'en d'autres temps... Conséquent avec l'ensemble de mon système de pensée, je suis, vous le savez, un adepte du suffrage universel, et pourtant je me pose quelquefois cette question : qu'en sera-t-il de nos hommes politiques quand nous ouvrirons toutes grandes les portes du suffrage démocratique, quand Carp et Bratianu ne compteront ni plus ni moins que leurs cochers et auront les mêmes chances qu'eux de dire leur mot sur le sort de la nation ? Car, poussées juste un peu au-delà d'une certaine limite, les qualités se transforment en défauts, et un monde dans lequel nous deviendrions tous égaux, obligatoirement et en tout point, serait un cachot sans air... Mais je crains d'avoir trahi votre idée depuis un bon moment...

— Non, non, mais je ne puis oublier que le roi est parti en toute quiétude pour Sinaia[1] et que le gouvernement a entamé de son côté ses préparatifs de vacances... Nous nous trouvions d'ailleurs tous ici même, dans ce salon, lorsque l'oncle vous a téléphoné... Vous vous en souvenez, n'est-ce pas ?

Et le regard bleu de Titi Ialomiteanu se dirige, craintif, vers le coin du salon où, plus absente et plus méprisante que jamais, Sophie Mironescu serre son châle blanc sur son ventre rebondi. Une malice ambiguë se dissimule peut-être derrière la politesse excessive du jeune homme, qui exprime un mélange d'admiration, de défiance, de peur et (par-dessus tout) de curiosité, amalgame sentimental qu'elle provoque en lui depuis toujours. Depuis qu'ils étaient enfants et que, la voyant pour la première fois, il s'arracha à la main de sa mère et dévala l'escalier de bois, pour la plus grande frayeur de tous, parents et domestiques, qui s'élancèrent à la poursuite du petit fuyard en passe de se briser les os... Pourquoi une telle panique ? Il ne saurait le dire précisément, mais il n'oublie pas la terreur qui s'empara de lui dès qu'il l'aperçut : une petite fille aussi belle, aux longues boucles blondes sous son

1. Petite ville des Carpates, où se trouvait la résidence d'été de la famille royale.

large chapeau à fleurs ! Une petite fille d'une beauté aveuglante, qui voguait dans les falbalas vaporeux et les rubans bruissants ! Admiration et peur, défiance et curiosité… Voilà le plus ancien de leurs souvenirs, qu'il n'a pas encore eu l'heureuse occasion de lui rappeler.

— Vous vous en souvenez, madame Mironesco[1], n'est-ce pas ? C'était le jour où cet oncle essayait de vous convaincre d'aller malgré tout en villégiature cet été… Il vous proposait une excursion à Maldaresti, si je ne me trompe, mais vous lui avez objecté que vous ne supportiez pas l'automobile pour le moment…

— Vous tromper, vous, lorsqu'il s'agit de vous souvenir de quoi que ce soit ! Rien à craindre de ce côté-là ! Vous nous avez persuadés il y a belle lurette de l'excellence de votre mémoire !

— En échange, ta mémoire, ma chérie… Malheureusement…

Stefan Mironescu intervient promptement, en souriant, pour adoucir l'acrimonie qui affleurait dans la réplique de son épouse : il faut la comprendre, son état prédispose les très jeunes femmes, surtout les plus sensibles et idéalistes, à des caprices, à des dépressions morbides. Ce n'est pas la première fois qu'elle réagit de cette façon et que, lui, il tente d'arrondir les angles : il serait en effet regrettable que leur jeune invité y voie de l'arrogance ou, pire, du mépris.

Hôte attentionné, délicat, le professeur tourne vers l'un puis vers l'autre un sourire conciliateur. Si bienveillant qu'il en paraît presque forcé, ce sourire

1. *O* final à la place de *u* pour « faire français » dans l'esprit des Roumains de l'époque et, surtout, pour éviter la prononciation française de *cu*.

écarte ses lèvres charnues à peine flétries et dévoile ses dents jaunies mais fortes. Et ensuite les choses paraissent s'arranger toutes seules. Titi Ialomiteanu assure Mme Mironescu qu'il n'oserait revendiquer aucune qualité, excepté toutefois la mémoire... La sienne est fidèle et, plus quelque chose ou quelqu'un l'intéresse, plus elle l'est... Qu'il lui soit pardonné de s'intéresser au plus haut point à ce qui se passe dans cette maison, c'est parce qu'elle est aussi proche à son cœur que celle de ses parents...

— Tels sont mes souvenirs intimes, conclut gaiement le jeune homme, renaissant de son humiliation comme le phénix de ses cendres...

Et passant avec une rapidité vraiment superficielle sur ce pénible incident, pense le professeur, qui étouffe cependant, non sans générosité, un soupçon de mécontentement. Pourquoi de mécontentement ? Parce que le jeune homme se lance déjà dans la conversation, sans la moindre trace de rancune dans la voix, avec au contraire un surcroît d'amabilité envers Sophie ? Comme s'il avait été l'agresseur, et elle la victime ! Véritable renversement des rôles, si bien que son intervention pleine de tact perd une partie de sa valeur et pourrait sembler inutile, si ce n'est ridicule, pour des yeux critiques ; oh ! vétilles que tout cela, simples vétilles — c'est par ces mots que se réprimande le professeur, qui supplée heureusement aux inconvénients de sa nature excessivement sensible par une saine inclination à simplifier les situations.

À considérer son prochain avec une généreuse indulgence.

Tant mieux donc si le timide Titi sait mettre à profit la protection de son aîné pour oser à présent envoyer des regards lumineux et badins — renouons nos liens d'amitié — à Sophie, toujours maussade à l'autre bout du salon.

Tant mieux, d'autant qu'elle ne paraît pas les remarquer...

Plongée dans ses pensées, elle frissonne sous son châle de soie. Malgré ses yeux à fleur de peau et ses lèvres assez minces, malgré pas mal d'imperfections, et malgré même sa grossesse avancée, elle n'a pas cessé d'être attirante. Sentant, comme toute femme, qu'on la regarde, elle tourne la tête et dévisage à son tour le curieux. Certes, elle a les yeux à fleur de peau, mais les longs cils qui voilent son regard le rendent énigmatique. Aussi Titi Ialomiteanu ne sait-il toujours pas ce qu'il cache : mépris ? amitié ? complicité ? indifférence ? ennui ?

Un ciel d'un blanc nacré se courbe pesamment au-dessus du jardin — la nuit n'est pas loin, on la pressent d'ores et déjà. C'est d'habitude l'heure à laquelle on sert le thé, mais les gens se conduisent si mal dès que la surveillance se relâche ! Sophie fait mine de se lever, mais aujourd'hui elle se sent encore plus lourde et, depuis quelques jours, elle traîne la jambe gauche.

— Patience, mon petit, patience... Tu seras délivrée dans quelques jours... Et tu remarcheras comme avant, lui disait sa marraine, Fanica Filipescu.

Pourquoi la vie, qui suit pendant si longtemps une pente logique et douce, vous amène-t-elle insensiblement à un point de non-retour, d'où l'on ne peut plus s'enfuir en amont pour se réfugier dans les jupes de sa mère comme un enfant qui a fait tout seul quelques pas dans le noir ? Et pourquoi un acte tel que l'accouchement, dans l'ordre des choses puisqu'il renouvelle la vie, doit-il être dégoûtant et douloureux ? Et Ana, qu'est-ce qui lui prend aujourd'hui, elle va se montrer, oui ou non ?

À cette heure-ci, normalement, les deux battants de la porte s'ouvrent et elle apporte le thé sur la table roulante... Ah ! là ! là ! il faut les avoir à l'œil sans arrêt et rappeler à chacun ce qu'il a à faire, même si tu traînes la jambe gauche et si tu as brusquement des douleurs dans le ventre. Des élancements pénibles, comme les crampes provoquées par la colite, tu irais te réfugier dans ta chambre si le thé était servi. Tu laisserais les deux hommes continuer leur conversation oiseuse, que tu tolères avec un sourire indulgent, comme tu toléreras les jeux de ton enfant.

— Take Ionescu, par exemple, prône l'entrée en guerre immédiate, alors qu'il n'y a pas longtemps il était découragé, il prévoyait un désastre. *Finis Romaniae*... Comment expliquez-vous son revirement ?

— Oh ! Take Ionescu, dit le professeur sur un ton désabusé. Tenez, abstraction faite de ses cartels électoraux..., beaucoup trop nombreux et surprenants, il suffit de jauger l'homme, n'est-ce pas ? Le voir changer si souvent d'opinion, fabriquer de beaux discours sur n'importe quel sujet... Il n'a pas volé son surnom de « bec d'or »... Je ne veux pas l'accuser en ce moment de versatilité... D'autres l'ont fait, à tort ou à raison, tel n'est pas mon propos en l'occurrence... Je pense cependant qu'il est poussé par son tempérament... Pour être explicite : s'il défend passionnément un point de vue dans un cercle d'intimes, pour ensuite se laisser influencer, se taire ou voter à l'opposé dans le climat officiel temporisateur..., ces volte-face prouvent qu'il est incapable de résister aux impulsions extérieures... Une sorte de fragilité...

Il s'éloigne de la question. Il sait qu'il ne parle plus du leader des conservateurs démocrates, mais des reproches qu'il se fait lui-même depuis si longtemps. Son excessive sincérité le pousserait presque à avouer publiquement que c'est d'abord à lui qu'appartiennent ces défauts. À cela près que Sophie le verrait d'un mauvais œil : elle évite d'instinct, par tact, cette combinaison suspecte d'humilité et d'orgueil, elle considère ce genre de spectacle comme une fanfaronnade, comme un pénible cabotinage... Si le conformisme propre aux femmes l'incite à penser ainsi, son manque d'humour personnel n'y est pas pour rien non plus. Et pourtant, il sait à chaque seconde qu'elle a peut-être raison contre lui, ce qui est déjà arrivé tant d'autres fois. Une enfant, Sophie, une enfant par rapport à lui, mais qui le braque de ses grands yeux bleus, doux et omniscients, pour ne plus le lâcher. Une enfant par rapport à lui, mais qui connaît la vie par pur instinct, sans avoir besoin de la comprendre. C'est bien là l'intuition féminine, occulte et rusée, qui gouverne le monde, de sorte qu'un homme comme lui n'a plus d'autre choix que de baisser son haut front, sa tête dégarnie.

Titi Ialomiteanu se montre insistant :

— Ne pensez-vous pas pourtant..., ne croyez-vous pas... ?

— Si, si. C'est très clair, je comprends... Je comprends.

D'un geste, le professeur Mironescu réclame un instant de patience, pour formuler la réponse autour de laquelle son jeune ami fait des tours et des détours depuis une heure... Éducateur avisé, il saisit mieux que quiconque ce qui le tourmente.

— Je comprends ce que vous voulez demander... Vous vous demandez si nous sommes des esclaves à jamais, sans espoir, si nous sommes totalement impuissants, perdus à jamais, si notre volonté — à supposer même qu'elle fût une et indivisible, et non pas éparpillée comme nous la voyons —, si notre volonté compte autant qu'un grain de sable…

On entend quelque part dans la maison la sonnerie encore insolite du téléphone, installé depuis peu. Sophie ne doit pas être bien loin, elle vient de sortir du salon pour aller s'occuper du thé. Lui, il exprime en termes clairs et précis ce que, à son habitude, le jeune Titi ne réussit à repêcher au fond de son âme troublée que sous la forme de questions conventionnelles.

— Ou bien, malgré tout, si jamais ces hommes qui se déchirent pour nous diriger — et qui nous dirigent à tour de rôle, puisque c'est à tour de rôle que les hisse la main conciliatrice du roi —, si jamais ces hommes ont les qualités requises et donc une chance de deviner ce que donnera le mélange permanent de calcul et de hasard qui constitue la vie de l'histoire et de la politique… Alors, sommes-nous protégés par une loi inexorable du progrès ou tournons-nous en rond à l'infini ? Avons-nous une chance réelle de progresser, de nous rapprocher des nations occidentales, des nations civilisées, notre rêve ardent depuis un siècle, ou tout n'est-il qu'un mirage, qu'un effort inutile, puisqu'elles avancent bien plus vite que nous et que l'écart ne diminue pas, au contraire, à chaque obstacle contre lequel nous trébuchons il augmente démesurément ? Est-il possible, si on se concentre, si on calcule lucidement et si on fait en même temps preuve d'intuition, est-il possible de savoir de quelle façon se déroulera la guerre, et alors d'intervenir au moment le plus avantageux ? Ou bien tous ces efforts sont-ils vains, car le déroulement à venir de l'histoire ne peut être percé : voit-on plus loin qu'à deux pas l'hiver, lorsque la tempête de neige fait rage ?

Il se réjouit : il a été compris, les cris d'acquiescement du jeune homme le montrent. Et la porte s'ouvre enfin, laissant entrer dans le salon le lointain bruissement de la maison, les roucoulades de Sophie (au téléphone), une exclamation étonnée, mais Titi Ialomiteanu n'y fait pas attention. Pas par un excès de savoir-vivre : des bruits plus proches le captivent beaucoup plus. Le grincement familier de la table roulante, le tintement des tasses à thé, des petites cuillers et de la pince à sucre, le chuintement des sablés, des petits fours, des chocolats qui, sur un mouvement un peu brusque de Mme Ana, tanguent sur les plateaux. Il a très faim, voilà pourquoi il en faudrait beaucoup pour lui faire tourner la tête.

— La neutralité définitive ne pourrait-elle pas être une solution ? bredouille-t-il pourtant, héroïque.

— Stefan ! fait la voix métallique de Sophie.

Debout sur le seuil, elle tient sans doute à s'assurer que le service du thé se passe convenablement, à la manière d'un général qui, du haut d'un tertre, la lunette à l'œil, observe le déroulement des opérations sur un champ de bataille. Mais elle est décoiffée, son châle pend négligemment sur une épaule, son visage légèrement enflé a perdu sa grâce… Titi Ialomiteanu se fait un plaisir — pourquoi ? — de remarquer qu'elle déroge aux convenances. Quelque chose d'extraordinaire a dû se passer pour que, déconcertée, elle retourne aux modestes habitudes de sa maison parentale de Buzau…

Cependant, en vertu de toute une vie de travail réglée et rigoureuse qui n'admet pas l'inachevé, le professeur continue à parler, tout en se levant doucement.

— Oui, Sophie… Oui, *ma chérie**… J'ai cru entendre le téléphone tout à l'heure… Une minute, s'il te plaît, une petite minute… Voilà… Alors, si l'on considère que la création d'une tradition, la continuité des institutions…, que c'est ce que doit souhaiter ce pays qui n'a guère connu le repos… Mais oui, *mon petit**, tu vois bien que j'arrive… Par conséquent, je sais ce que vous voulez me demander : vous voulez savoir si je ferais confiance au président Bratianu, étant donné que je suis un indépendant et que mon opinion est sincère, encore que naïve… Ou bien il s'agit d'une question oiseuse en soi et alors c'est le hasard, c'est un coup de chance qui fera la Grande Roumanie[1], ou bien… Oui, ma chérie… Comment, qui est mort ?

Il entend et se retourne.

— Messieurs ! dit-il d'une voix grave. Messieurs, répète-t-il, la mine grave, la voix bizarre, solennelle. Messieurs, le roi est mort.

Et alors, pareille à un gong aux coups lents, la pendule se met à sonner.

— *Voilà**, ajoute-t-il, désemparé, tandis que d'un geste il laisse clairement entendre que le destin lui-même assène sur le salon ces coups métalliques régulièrement espacés. *Voilà*…

Puis, sans prendre garde aux questions en cascade de Titi Ialomiteanu, ni aux lamentations d'Ana, il s'approche de celle qui, avec une douceur soumise toute féminine, a tenu à porter la funèbre nouvelle à son époux d'abord. Sans doute a-t-elle de nouveau la migraine, sans doute va-t-elle de nouveau devoir garder des compresses au vinaigre aromatique nouées sur la tête. Mais son sourire s'efface au fur et à mesure qu'il saisit ce qu'elle lui murmure d'autre, et

1. La Roumanie double largement son territoire à l'issue de la Première Guerre mondiale, en intégrant le Banat, la Bessarabie, la Bucovine et la Transylvanie.

revoilà la même inexplicable émotion que le 10 Mai, lorsque les accords de la fanfare lui mettent la larme à l'œil... Quelqu'un pleure en lui, sous l'écho des inutiles coups de gong, qui n'annonçaient rien d'autre que six heures de l'après-midi.

Il s'incline cérémonieusement et prie l'assistance de bien vouloir les excuser, son épouse et lui-même, pour une absence qui va durer un certain temps.

Excuses superflues. Grignotant un petit four et humant l'arôme du thé qui monte de la tasse qu'il tient à la main, Titi Ialomiteanu s'approche du canapé pour tenir compagnie à la jeune fille de la maison, comme le veut la bienséance. Très vite cependant, il replonge la main dans le plateau. Les frais de représentation le contraignent parfois à sauter un repas et ici même, dans ce salon si familier, il doit souvent livrer bataille à son estomac jamais rassasié.

Mais aujourd'hui, grâce à cet événement imprévu, il va pouvoir manger à sa faim, sans se surveiller. Aussi regarde-t-il avec plaisir sa jeune voisine en train de dévorer de son côté une tranche de gâteau au chocolat. Il est en ce moment plus détendu que jamais, il éprouve la joie sereine de l'écolier qui entend sonner la cloche de la récréation. Il n'est plus obligé de soutenir la conversation et il saura attendre patiemment que le professeur ait réglé ses affaires avec son épouse...

— Vous avez entendu Sophie..., n'est-ce pas ? lui murmure l'adolescente. Sophie ne lui a pas dit seulement que le roi était mort...

Elle le sait, elle, ce que Sophie a ajouté, son oreille fine l'a entendu, ou son œil perçant l'a compris sans qu'elle ait eu à l'entendre. Titi Ialomiteanu sera son confident, son chevalier servant, elle saura le soustraire à l'influence de Sophie... Mais ce que celle-ci a ajouté, il serait malséant pour une jeune fille de le répéter. Il ne serait pas bien élevé de parler avec Titi de ce qui commence à se passer au-dessus, au premier, bien qu'on y entende des voix étouffées et des trottinements de pas, bien qu'on entende dans la rue les sabots du cheval et les roues de la voiture qui emmènent Stefan à l'hôpital Coltea, d'où il va revenir tout à l'heure avec le médecin accoucheur.

Non, ça ne se fait pas de parler de cela à Titi Ialomiteanu mais, étant donné qu'ils vont passer un bon moment en *tête à tête** au salon, elle trouvera bien un moyen de le lui suggérer.

Un après-midi à la roseraie

Margot

— Allez, Margoton, allez, restons pas là, une jeune fille de bonne famille se montre pas toute nue à la fenêtre… Allez, dépêchons, aujourd'hui on sait pas où donner de la tête ! Inutile d'aller regarder toutes les deux minutes, les invités viendront point avant ce soir. Allez, Margoton, viens donc là, près de moi, faut que je te coiffe…

D'abord elle n'est pas toute nue, elle est en pantalons et brassière. Ensuite elle n'est pas à la fenêtre, elle esquisse un pas de boston devant la glace. Ah ! qu'elle l'aime, cette danse si moderne, si sentimentale et sensuelle. Elle l'adore ! Qu'est-ce qu'elle voudrait, Ana ? *Savez-vous planter les choux, à la mode, à la mode**… Elle en a assez d'entendre cette rengaine, assez de déambuler dans la cour du lycée, bras dessus, bras dessous, avec Coralie et Sévastie, en robe grise et *chemisette** de percale ! Assez de ne pouvoir mettre que pour les examens une robe de mousseline blanche avec, en guise de foulard, un ruban rose, la couleur de sa classe — telle est l'habitude à l'École centrale depuis trente ans, et ce n'est pas près de changer ! Ah ! là ! là ! si Ana connaissait les autres habitudes terribles de son école... Après dix heures, personne n'a plus le droit d'entrer, même pas la directrice ! Personne ! Elles sont enfermées dans une forteresse assiégée ! Dans un couvent ! Eh bien, comprend-elle ce que signifie n'avoir une permission de sortie que tous les quinze jours, et à condition de ne pas être punie ? Alors, si ta propre sœur, peut-être de connivence avec la directrice, peut-être de son propre chef, vient à t'oublier précisément un des deux dimanches mensuels et ensuite, pour toute excuse, prétend s'être trompée de jour ? Comprend-elle, Ana, quel sort amer est celui d'une pauvre orpheline ?

Il y a certes beaucoup de choses qu'elle ne comprend pas ou qu'elle feint de ne pas comprendre, mais il suffit d'évoquer le sort amer d'une pauvre orpheline pour qu'elle pose n'importe où son fer à friser et qu'elle te serre sur sa poitrine qui sent la cuisine et la lavande...

— Tu es la petite chérie à Ana, chuchote-t-elle d'une voix cassée, à ta nounou qui t'adore. Est-ce qu'il est point ton frère de lait, mon Spiridon ? Et tant que je vivrai, tu seras jamais seule ! Et t'as une sœur aimante et puis y a Monsieur, quel grand cœur et quel savant, Monsieur ! Et un de ces jours tu vas faire un beau mariage, comme ta sœur. Quel parti elle a trouvé ! Elle avait raison, la marraine, Fanica Filipescu, faut te marier, te marier, qu'elle lui répétait, et vois si elle est bien tombée ! Ah ! puisque le bon Dieu a voulu que vos parents montent dans ce train maudit et puisqu'il a voulu que ça soit justement dans un des sept wagons qu'ont pris feu et qui filaient en feu à travers champs, qu'on aurait dit l'enfer ! Et ils hurlaient tous, et ceux qui réussissaient à sauter ils roulaient par terre en brûlant, et les autres hurlaient dans les wagons, coincés là-dedans, ils criaient comme des écorchés, ils appelaient au secours, mais à quoi bon ? Qui pouvait aller à leur secours ? Qui serait assez fou pour se jeter dans le brasier ? Tout le champ s'enflammait, les wagons brûlaient comme des chandelles à Pâques. Il paraît qu'un gros commerçant en manteau de fourrure montrait ses sacs d'or en appelant au secours et alors quelques hommes se sont approchés on ne sait pas comment et on raconte qu'ils lui ont pris son or et son manteau, mais qu'ils l'ont laissé rôtir dans son wagon... Ah ! ma pauvre Margoton, c'était la fin du monde ! C'est la fin du monde, que je me disais, le bon Dieu me châtie pour mes péchés... Alors, comment ça se fait qu'il ait bien voulu me pardonner ? J'en sais rien. Comment ça se fait que je me sois retrouvée par terre, jupe et jupons retroussés jusqu'au ventre, et juste une cheville de foulée ? Faut qu'il soit bien bon, le bon Dieu, pour m'avoir fait ce miracle ! Il a dû se dire : elle a tant de péchés, celle-là, elle va commencer à les expier sur la terre. Ou peut-être qu'il a eu pitié de mon pauvre Spiridon, il savait qu'y aurait plus personne pour s'occuper de lui... En tout cas, sa volonté a été faite. Mon wagon a été le seul wagon de troisième qu'en a réchappé, et je me suis dit : grande est la puissance du Seigneur, et je suis son humble servante, que je me voyais déjà dans le trou et il m'en a sortie. Même que je me suis demandé ensuite pourquoi j'étais pas morte de peur... Eh ! tiens-toi tranquille, Margoton, arrête de tourner la tête, y a rien à voir par la fenêtre ! Puisque je te répète que les invités arriveront tous ce soir...

Les invités arriveront tous ce soir, mais voilà un fiacre qui se montre déjà au bout de la rue, cahotant, évitant les tas de pavés gris-vert préparés pour la réfection de la chaussée. Pourquoi Sophie a-t-elle demandé hier à Titi Ialomiteanu de *venir plus tôt* aujourd'hui ? Et pourquoi est-elle si lunatique, pourquoi passe-t-elle ses nerfs sur sa pauvre petite sœur ?

— Comment peux-tu rester enfermée dans une pestilence pareille ? Alors que dehors… Alors qu'à ton âge… Ce désordre, en plus… Tu as une Maria, à l'école, pour ranger tes affaires ?

Qu'elle lui fiche la paix, elle connaît la chanson ! Même les oreilles bouchées, elle connaît toutes les paroles débitées par Sophie : les-jeunes-filles-bien-élevées-aiment-se-lever-tôt-dans-une-chambre-bien-aérée-elles-aiment-s'appliquer-à-leur-version-grecque-à-leurs-gammes-à-leur-chevalet-et-à-leur-ouvrage…

— *J'en ai assez* ! a-t-elle crié alors et, rouge comme une pivoine, elle lui a arraché des doigts le tampon de soie taché de noir qu'elle lui agitait sans pitié sous le nez. *J'en ai assez ! J'en ai assez* ! criait-elle. *J'en ai assez* !*

Et elle lui avait tourné le dos pour ne pas lui donner la satisfaction de voir ses larmes. Non, elle ne deviendra jamais une insupportable névrosée comme Sophie ! Elle ne criera pas tout le temps après tout le monde pour quatre fois rien, elle n'a pas peur du sang, elle, et elle ne s'évanouit pas, elle est une jeune fille moderne, elle ! Elle n'a pas besoin de flacon de sels ni d'eau sucrée, et si la guerre éclate elle sera infirmière à la Croix-Rouge et elle apaisera les souffrances.

— Dieu ait pitié de nous, Margoton, des mauvais jours nous attendent, la guerre va nous éclater dessus, Sophie me l'a dit pas plus tard qu'hier. Et moi, je lui ai dit que mon Spiridon mériterait bien une permission, pour venir me voir, se reposer un peu à la maison… M. Titi, il était mobilisé au même endroit et voilà déjà trois mois qu'il en est sorti... Sophie m'a dit que c'était point facile, mais qu'elle essayerait de m'arranger ça, voilà ce qu'elle m'a promis..., mais combien de fois je dois te répéter d'arrêter de gigoter, Margoton, là le fer est froid, mais s'il avait été chaud j'aurais pu te brûler, misère !

Ouf ! Dieu merci, elle est sortie, elle va réchauffer le fer à friser. Ouf ! Vite à la fenêtre, voilà le fiacre, voilà le fiacre, sauf qu'il passe sans s'arrêter, ce n'est donc pas Titi, pourquoi Sophie lui a-t-elle demandé de *venir plus tôt* aujourd'hui ? En tout cas on est rudement bien en vacances, sans *mademoiselle** Bastien, la-surveillante-qui-surveille-tout... Là, telle qu'elle se voit, le dos droit, les hanches étroites de garçon, si la guerre éclate elle pourrait se déguiser en hussard rouge ou en chasseur alpin et s'enrôler sans que personne ne se doute de rien. Personne, sauf après, lorsqu'elle aura donné-sa-vie-pour-le-roi-et-le-pays, et hop ! un saut en ciseaux, comme pendant le cancan du soir dans le dortoir, avant l'apparition de *mademoiselle** Bastien, et qui danse le mieux ? Qui agite le drap *gonflé** ? Margot ! Toutes les filles l'acclament. Quelle importance si elle est consignée sept dimanches de suite ? D'ailleurs, qui la dénoncerait ? Allez ! encore un ciseau, Coralie lui a montré son nouveau modèle de pantalons reçu de Paris, l'un des côtés de la fente s'applique sur l'autre et ça tient fermé sans boutons... Sophie, bien qu'elle soit une mégère, lui a promis de lui en commander, elle sait comment et par qui. Si quelque chose l'arrange, elle est prête à y mettre du sien, par exemple la semaine dernière, quand ils sont tous sortis après le déjeuner pour prendre le café sous le kiosque *et soudain Sophie m'a fixée dans le blanc des yeux et nous nous sommes entendues du regard**...

— S'il te plaît, Stefan, juste cet été, ai-je dit. Juste cet été, allons en villégiature, puisque nous ignorons ce que nous réserve l'année prochaine…

Mais j'avais le plus grand mal à garder mon sérieux, car il avait oublié de retirer la serviette nouée à son cou. Je ne le lui signalais pas, voulant m'amuser de son étourderie. Galant comme d'habitude, il m'offrait son bras. Ah ! le beau couple que nous faisions ! Lui grand et maigre, les jambes trop longues, la serviette au cou, tandis que moi… Bizarre, Sophie. Elle ne lui signalait pas non plus la serviette, je me demandais justement pourquoi, lorsqu'elle a éclaté brutalement :

— Mais enlève-moi donc ça, on croirait une bête curieuse ! Nous sommes la risée des domestiques !

Pas commode, Sophie.

Moi, je me suis remise à minauder :

— S'il te plaît, Stefan, juste à Sinaia, juste une semaine…

— Voyez-moi ça ! a-t-il bougonné. Je vous ai déjà dit qu'il ne pouvait pas être question de villégiature cette année !

Il retirait en même temps sa serviette.

— S'il te plaît, Stefan ! ai-je insisté.

J'étais seule à le faire. Sophie se taisait, elle s'éventait, prenait des airs de martyre, d'arbitre au-dessus de la mêlée.

— Encore et toujours la même chose… Je vous l'ai dit et redit : s'il y a quelqu'un pour qui une cure au grand air serait salutaire, c'est bien moi… Je suis le premier à déplorer que les frontières soient fermées. Quant à la province, où voulez-vous aller alors qu'il y a partout des problèmes de ravitaillement ? Alors qu'on ne sait pas de quoi demain sera fait, où voulez-vous vous aventurer, chargées de bagages et de chapeaux, sans compter la nourrice, les langes et les pots…

— Tu sais bien que Jean se mettrait à notre disposition avec son automobile, a dit Sophie.

C'est la seule fois où elle est intervenue.

— Tu sais bien qu'en cas de mobilisation générale, si l'on se trouve dans une zone menacée, tous les moyens de transport sont réquisitionnés, des charrettes aux automobiles.

— Tu exagères, comme d'habitude…

Il n'a rien lâché d'autre que la promesse de cette soirée exceptionnelle : une soirée avec beaucoup d'invités, comme autrefois… Alors, vite à la fenêtre, avant qu'Ana ne revienne ! Que c'est étrange, voilà encore une voiture, mais elle arrive de l'autre bout de la rue ! D'ordinaire, leur maison est la seule de la rue où viennent des voitures, voitures de maître ou voitures de place. Que signifient donc ces allées et venues ? Le coupé passe sous la fenêtre, on aperçoit un instant un panama, mais pourquoi Sophie a-t-elle demandé à ce cher Titi de *venir plus tôt* aujourd'hui ? Vite de retour à la coiffeuse, vite se lisser les sourcils, vite crever un bouton qui pointe sur son menton, à présent quelques pas en arrière, à présent elle s'envoie à elle-même un baiser d'abord chaste, puis passionné. À présent elle fouille fébrilement dans le coffret d'argent, non, on ne met pas de perles à son âge et à cette heure. Peut-être le collier de corail ? Peut-être le collier d'ambre ? Elle fouille fébrilement dans le coffret d'argent, ses doigts impatients remontent des chaînes et des chaînettes, tiens, un médaillon, voilà qui ferait l'affaire ! Un médaillon, réceptacle d'un cher portrait et d'une mèche blonde — pourquoi forcément blonde ? Pourquoi doit-il y avoir dans tous les médaillons une mèche blonde ? Sophie aussi a les cheveux blonds, mais quels yeux de grenouille ! Et quels plis sur le ventre depuis qu'elle a accouché, dès qu'elle enlève son corset ça fait deux gros bourrelets bien grassouillets ! On voit qu'elle ne retire jamais sa chemise et qu'elle ne dénoue pas plus ses couettes sous son bonnet... Voilà le médaillon, le voilà, elle se regarde encore une fois, songeuse, dans un moiré d'argent, elle ferme les yeux, soupire, *à quoi rêvent les jeunes filles**, tiens ! un autre bouton, caché sous la narine, attention, son visage rougit sous l'effet de la concentration, les doigts appuient, elle entend craquer la peau, une gouttelette épaisse, laiteuse..., la recette contre les points noirs : on les vide, puis on se baigne la figure dans de la vapeur brûlante et on applique au pinceau la solution suivante : soufre 5 g, alcool camphré 20 g, glycérine 5 g, eau de rose..., massage du visage, on garde la solution une demi-heure le premier soir et ensuite, peu à peu, deux heures, trois heures, quatre heures, toute la nuit si on ne constate aucune irritation... Attention ! Des pas dans l'escalier ! *Les belles se rendent dans le jardin, pour cueillir des roses soir et matin**, quelle valse divine, le boston, une-deux-trois, et une-deux-trois, danse avec moi, Ana, ha ! ha ! ha !, aussi légère et gracieuse qu'un hippopotame...

— Veux-tu bien me lâcher, Margoton ! J'ai ni le temps ni l'envie de jouer, moi ! Mais calme-toi, ma petite, calme-toi, là tu cours à la fenêtre, là tu reviens, là tu repars, qu'est-ce que tu veux donc voir ? Puisque je te dis qu'y a rien à voir ! Allez, on a intérêt à vite finir, Sophie sera là dès qu'elle redescendra de la mansarde, elle est montée porter ses remèdes à ce feignant de Grigore et elle a dit que s'il refusait encore de les prendre, elle m'enverrait crever ses ganglions enflammés et les frotter au gros sel. Allez, Margoton, allez, oublie cette fenêtre, on n'a plus que la frange..., on va passer un sale quart d'heure si elle débarque et qu'elle trouve ton linge éparpillé partout et tous ces papiers, des lettres, des enveloppes, et ces bouquins, ça va pas, Margoton ! Ça va pas, ça ! Tu vas bientôt te marier et alors finie la belle vie, finie la pagaille ! Tiens, Monsieur, qu'est bon comme le bon pain, même lui, quand il a une idée dans la tête, hein, t'as bien vu, alors attention, ça sera bientôt fini le bon temps, tourne-toi un peu de côté, Margoton, oh ! faut pas dire ça, faut pas dire ça, si des fois ça te portait malheur ! Si des fois vraiment tu te mariais pas ! C'est pas possible, une jeune fille qui dit qu'elle veut pas se marier, c'est pas vrai ! Y en a peut-être bien qui le disent, mais c'est du chiqué, pas si bêtes, elles le veulent toutes, le mariage, elles savent qu'elles vont goûter à ce qu'y a de meilleur. Tiens, vois Sophie qui a trouvé un parti superbe, vois comme elle est heureuse là, chez elle...

*Les belles se rendent dans le jardin, pour cueillir des roses soir et matin**, mais elle n'est pas heureuse du tout, pas du tout, du tout, *et mon beau-frère cloué au lit, cloué au lit, et il pâlit. Et elle se rend dans le jardin, pour cueillir des roses soir et matin, voilà des roses blanches, jaunes, grenat**, et un chapeau, un panama !

Oui, qu'Ana laisse ses boucles lui descendre dans le dos, dénouées, comme celles d'une Walkyrie, oui, mais sait-elle, Ana, ce que c'est qu'une Walkyrie ? Ah ! plus vite, plus vite... De profil, dans le miroir à poignée d'argent, elle est bien... Très bien même ! Dans la rue, rien d'intéressant pour le moment, les mûriers aux feuilles racornies et poussiéreuses, dans un coin une goudronneuse, là-bas un monsieur qui marche à grands pas en s'éventant avec son panama, le regard droit devant lui, non, surtout pas les cheveux serrés, elle ne veut pas de torsade sur la nuque, c'est bon pour les vieilles pétasses, bien sûr elle n'a pas appris ça à l'école, où on ne parle qu'un langage choisi.

— D'où sors-tu ces mots ? lui a demandé Stefan un jour. Sais-tu ce que ça veut dire, « avoir le feu au derrière » ?

— D'où elle les sort ? De la cuisine, de l'office, a répondu Sophie sur un ton aigre.

Il a beau être sous influence, Stefan, il a éclaté de rire en apprenant que « avoir le feu au derrière » signifiait « avoir de la fièvre ».

— Il y a de ça ! s'est-il exclamé.

Puis il a ravalé son rire et s'est excusé, car Sophie lui reprochait de tenir des propos déplacés devant une *jeune fille** et de *déraisonner** dès qu'il entendait une grossièreté indigne des gens bien, aurait-il par hasard l'intention d'introduire les gros mots dans le dictionnaire ?

— Il y a de multiples façons de vérifier les qualités d'un dictionnaire, et d'ailleurs..., a-t-il dit, mais une quinte de toux l'a empêché de continuer.

Il avait dû s'étrangler de rire, car il a porté son mouchoir à la bouche.

— Ce pauvre Monsieur, il est plus que l'ombre de lui-même, et les docteurs ils donnent leur langue au chat. Tantôt c'est la phtisie, tantôt c'est pas la phtisie, tantôt il doit faire tout son possible et aller se soigner à l'étranger. Alors Sophie, elle dit : d'accord, allons-y, mais lui il hésite, comme tous les malades, il dit : pas tout de suite, il dit : plus tard, il dit : on verra... Alors Sophie, elle insiste : si, si, allons-y, les autres comment ils font pour voyager ? Mais Monsieur, il en démord pas, lui, c'est non et non. Ah ! Margoton, un homme, aussi brave homme qu'il soit, ça sera toujours un homme. Et quand il a une idée dans la tête... Y a qu'à voir Sophie, tout le mal qu'elle se donne avec Monsieur !

N'entend-on pas un bruit dehors ? N'entend-on pas pousser la porte du jardin ? Ne serait-ce pas quelqu'un en complet de flanelle *écrue**, coiffé d'un panama et qui fait tournoyer sa canne à toute vitesse, selon l'habitude de Titi ? Ah ! Ana devrait monter voir à la mansarde comment va Grigore, elle devrait y monter tout de suite pour le guérir, autrement qui ouvrira aux invités ce soir ? Non, non, elle n'a plus besoin de rien, elle va ranger sa chambre toute seule, mais il faut qu'Ana monte vite là-haut, ce sont d'ailleurs les ordres de Sophie !

— J'y vais, Margoton, j'y vais tout de suite, mais puisque Sophie m'a dit de ne pas m'en faire et qu'elle s'occupait elle-même de Grigore, je voudrais point la fâcher juste aujourd'hui. Elle m'a dit que c'est aujourd'hui qu'elle allait parler à M. Titi pour mon pauvre Spiridon, c'est pas facile, tu sais, qu'elle m'a dit, on raconte partout que la guerre va éclater, mais au moins une permission un peu plus longue, parce qu'il a des relations de tous les côtés, M. Titi.

Ouf, enfin !

Elle commence à descendre les marches sur la pointe des pieds lorsqu'elle entend un léger coup de sonnette, pourquoi Sophie lui a-t-elle dit de *venir plus tôt* aujourd'hui ? Et si elle est encore à la mansarde, qui lui ouvrira ?

En toute hâte, mais toujours sur la pointe des pieds et en jetant des regards furtifs de tous les côtés, elle traverse le hall. Les plaques dépolies de la verrière ménagée dans le toit filtrent la lumière torride de l'après-midi, qui découpe des tranches dorées dans l'air frais où scintillent des grains de poussière. Mais personne ne se trouve sur le perron. Pas besoin d'ouvrir, on le voit très bien du vestibule, par les vitres semi-transparentes de la porte : il n'y a personne dehors.

Personne sous la marquise.

Aurait-elle eu une hallucination ?

Elle remonte l'escalier à pas lents et lourds, elle ouvre à contrecœur la porte de sa chambre, de ce désert assourdissant qui sent le renfermé, les cheveux brûlés, le parfum et le sang caillé. De cette chambre tellement laide, et l'on est tellement loin encore de ce soir, lorsque arriveront les invités… Il est tellement tôt, se dit-elle en regardant tristement le cadran sur son socle de marbre veiné de noir et de rouge. De chaque côté du cadran, un camée enchâssé dans un médaillon d'émail bleu. À droite, une Diane chasseresse ; à gauche, un Neptune au trident.

Elle n'a envie de rien avant ce soir. Elle s'approche en traînant les pieds de la fenêtre donnant sur le jardin. En effet, que verra-t-elle ? Toujours le kiosque couvert de lierre et les chaises d'osier sous le noyer… Ça alors ! Quoi, Sophie n'est pas à la mansarde pour soigner les ganglions de Grigore ? Qu'est-ce qu'elle fait là ? Elle n'inspecte tout de même pas ses rosiers à l'heure la plus caniculaire de la journée ! Et quel accoutrement ! Une tenue de jardinage mise pour faire de l'épate : ce vieux chapeau de paille et cette jupe légèrement retroussée ! Aurait-elle chaussé des sabots, par-dessus le marché ? On pourrait se dire qu'elle veut arroser les plantes, mais tout le monde sait qu'on n'arrose pas sous un soleil de plomb. Elle a perdu la tête, ça saute aux yeux, la lance coule toute seule par terre, elle a inondé les allées, jamais le jardinier n'aurait fait un pareil bourbier ! Mais quand a-t-elle pu descendre de la mansarde ? Et par où ? Par l'escalier de service ? Et comment le panama est-il arrivé au milieu du jardin ? Quel couple mal assorti, un vieux chapeau de paille et un panama flambant neuf ! Quel ridicule ! Elle en rit aux larmes. Ah ! elle en a assez de ces vacances. Ah ! si c'était déjà la rentrée, elle déambulerait avec Sévastie et Coralie dans la cour, sous les frondaisons, elle préparerait de la pâte à tarte dans la salle de travaux manuels, elle rêverait sous les arcades revêtues de petits carreaux de faïence orange et vert-bleu, elle manipulerait des éprouvettes dans la salle de chimie, elle ferait de tout, puisqu'elle est habile pour toute chose... *Vous feriez une brillante couturière**, lui a dit *mademoiselle** Rancœur, *je n'ai jamais rencontré quelqu'un qui ait autant de goût* !* Elle pourrait donc ouvrir une maison de couture sélecte, et ainsi elle s'échapperait d'ici, de cette prison sans soleil. Et humide !

Pendant les vacances, elle restera dorénavant à l'école, où elle logera dans une cellule de gouvernante. Et si la guerre éclate, elle soignera les blessés, elle apaisera les souffrances. Et un jour, celui qu'elle soignera sera un prince ! Ou un officier français.

— *Est-elle bien née* ?* demandera la mère du prince quand elle la trouvera en train de le veiller avec dévouement.

— *Madame* !* répondra-t-elle dignement, et une mèche bouclée de Walkyrie s'échappera de sa coiffe d'infirmière.

Comme elle n'ajoutera pas un mot de plus, on la prendra pour un enfant abandonné. Un enfant abandonné dans un moïse rose, un médaillon de grand prix au cou et malheureux comme un petit chat. Ils souffriront ensemble, ils s'enfuiront de par le vaste monde, personne ne pourra les séparer et leur mariage sera finalement accepté. Et Sophie n'aura jamais l'occasion de mettre le pied dans le palais de sa sœur et de celui qui sera son *beau-frère**.

Ou bien : Si la guerre n'éclate toujours pas, comme jusque-là, et si elle ne peut donc pas devenir infirmière, ni gouvernante, alors elle aura ouvertement une conduite frivole : elle ira faire *toute seule* de la bicyclette, et pas au vélodrome, où l'on s'ennuie à tourner en rond parmi des quantités de filles insipides, mais carrément en ville !

Elle pédalera dans les rues, comme la fameuse Lorette à Bicyclette.

Elle ne veut rien savoir des frères Palade, avec lesquels elle a flirté à la fête de Sévastie, elle ne veut rien savoir de personne, elle noiera son chagrin dans les notes de son *Klavier* Bechstein. Elle pourrait d'ailleurs se mettre à jouer tout de suite, à moins qu'elle n'aille voir en bas si *oncle** Stefan n'est pas en train de faire son courrier.

Elle redescend, cette fois en serrant son album contre sa poitrine. Elle frappe, appuie doucement sur la poignée et… ça alors ! Quelle journée extravagante ! Elle en loupe sa révérence.

— Savez-vous ce que Bratianu aurait répondu à Czernin, l'ambassadeur autrichien, *à propos** des rumeurs sur notre entrée en guerre ? demande Titi Ialomiteanu.

Comme elle lui va bien, et comme elle est moderne, sa moustache blonde à reflets cuivrés ! Il est d'une élégance, d'une prestance ! Mais elle le salue froidement, bien qu'il s'exclame :

— Ah ! voilà notre jeune adepte de l'Entente… Ah ! ah !…

Il peut toujours lui lancer les mêmes regards que le jour de leur promenade en fiacre au Bois, peine perdue ! Oui, peine perdue, trois fois peine perdue ! Des événements irréparables se produisent ainsi dans la vie et on n'y peut rien, bien qu'ils laissent derrière eux des cœurs brisés, inconsolables...

Aussi se dirige-t-elle vers sa place sur le canapé, à tout petits pas, si petits qu'elle sent ses cuisses se coller en haut, une humidité chaude, visqueuse, sensation plutôt désagréable, comme toutes celles qui vous rappellent que vous possédez un corps, alors que vous ne vivez que pour votre âme. Alors que pour vous seule compte l'âme.

— Ah ! bon ? Non... Je ne savais pas...

*Pauvre** Stefan ! On voit si bien qu'il ne répond que par courtoisie ! Titi le dérange en venant à l'heure à laquelle tout le monde sait qu'il s'adonne à sa *marotte** : faire son courrier. *Pauvre** Stefan ! Il est tellement aimable et délicat qu'il fait tout son possible pour mettre à l'aise son visiteur. Et Titi est de son côté tellement délicat et aimable qu'il essaye de faire oublier son impair — arriver au mauvais moment — en posant des questions au hasard. Mais il les pose si vite, les unes après les autres, qu'on dirait que la réponse ne l'intéresse pas. Tout le monde se trouve dans une situation difficile, inextricable, et cela par la seule faute de Sophie ! Elle est l'unique coupable, parce qu'elle l'a entraîné dans le kiosque, au fond du jardin, au milieu des allées détrempées...

Elle ne l'y a entraîné que pour le compromettre, cela va de soi... Et voilà qu'elle entre maintenant comme si de rien n'était, à cela près qu'elle s'est changée. Elle a troqué la jupe retroussée et la blouse d'été contre sa robe d'après-midi *vieil or**, qui lui va très mal, mais elle ne s'en rend pas compte. Et voilà qu'elle simule la surprise à la vue de Titi, qui rougit, le pauvre, tandis qu'elle, elle rit — bien entendu ! —, elle joue de l'éventail et va s'installer à sa place, dans son fauteuil, un peu plus et elle sortirait la broderie de sa corbeille ! Non, elle se lance aussitôt dans la conversation, depuis quelque temps elle se prend pour une experte en politique ! Avoir essuyé un pareil affront de la part de Titi, qui pour lui échapper s'est réfugié à une heure indue auprès de Stefan, se savoir aussi coupable que compromise, elle aurait dû aller s'ouvrir les veines à la salle de bains ! Avec une lancette ! Ou bien : si elle ne trouve pas de lancette, elle n'a qu'à remplir sa chambre de fleurs de lis, d'autant plus que depuis quelque temps Stefan et elle font chambre à part. Ou bien : si elle ne peut pas s'en procurer une quantité suffisante, elle n'a qu'à prendre le voile, devenir la fiancée du Christ. Mais pas au couvent de Pasarea (qu'elle a d'ailleurs visité un dimanche où elle l'a oubliée à l'école). Avec tous les péchés qui lui noircissent l'âme, il lui faudrait expier dans le plus désolé des ermitages…

Mais le plus terrible, le plus horrible, le plus palpitant, c'est que la porte qui donne sur la terrasse aux clématites est ouverte…

— La chaleur était insupportable aujourd'hui, n'est-ce pas ? Et ne trouvez-vous pas que les esprits sont plus agités que jamais ? demande Titi Ialomiteanu.

Titi Ialomiteanu

La chaleur était insupportable aujourd'hui, raison de plus pour que les esprits soient excessivement agités. La situation générale est plus critique que jamais : tout le monde affirme que c'est signé, ça y est, la guerre frappe à notre porte. En des jours aussi confus, l'honnêteté est une valeur démonétisée ! Ce sont là les propres termes du professeur Mironescu : il est tellement vaniteux qu'il se prend pour le seul honnête homme qui reste en Roumanie. Tout le monde fait des pronostics sur la suite, sur la façon dont ça finira : mal, dit la majorité. Alors, qui peut se débrouiller se débrouille. Qui connaît les affaires se lance dans le ravitaillement, le trafic, l'import-export — l'époque est bénie pour ceux qui savent faire fortune.

Plus intéressant : trouve-t-on encore un homme politique dont dix personnes jureraient qu'il est honnête et se rend utile à la nation sans penser en réalité à son intérêt personnel ? Eh bien, interrogez dix personnes et vous recueillerez dix avis défavorables, si ce n'est farouchement hostiles. Y compris si vous les choisissez au sein du même parti, au sein de la même faction du même parti. On vous dira de l'un qu'il est un agent britannique ; de l'autre qu'il est stipendié par l'ambassadeur d'Allemagne ; le troisième n'aura pas accompagné par hasard Filipescu à Saint-Pétersbourg ; Take Ionescu est l'avocat de la Russie et ses ennemis sont germanophiles, mais parce qu'ils sont payés, pas parce qu'ils y croient ; quant au gouvernement, personne ne lui fait grâce. Alors, un politicien réchappe-t-il sans tache de cette curée ? *Calomniez, calomniez, il en restera toujours quelque chose**, comme aime dire le professeur, et en effet existe-t-il encore un homme de qualité en Roumanie dont la réputation n'ait pas été ternie ? Le professeur Mironescu et ses idées abstraites ! Parler de l'honnêteté comme il le fait, quelle utopie, et quel aveuglement dû à sa vanité ! Il ne se rend même pas compte que beaucoup de gens prennent son attitude pour un alignement sur le gouvernement. Sans aller jusqu'à le soupçonner de concussion, on peut penser que sa vanité a été flattée et qu'il a entrevu quelques avantages pour sa chimère, son laboratoire de phonétique... De sorte qu'il va sans doute se mettre bientôt à encenser Bratianu ! Et, dépourvu du sens des réalités et du sens de la politique, il passera armes et bagages aux libéraux au moment précis où leur cabinet tombera ! Ainsi, à la grande satisfaction du mauvais augure qu'il est, il verra s'accomplir ce qu'il a été l'un des premiers à prédire : ce sera un tel désastre qu'il ne demeurera pas pierre sur pierre. Dans ces circonstances, dans ces conditions, l'honnêteté est encore moins qu'une valeur démonétisée : elle n'est plus possible. Dans un monde où tout le monde triche, si on n'a pas un atout dans sa manche, il faut au moins être aux aguets. Dans ces circonstances, n'est-il pas déraisonnable, n'est-il pas ridicule de prétendre se consacrer à une grande étude ?

À une œuvre absolue ?

Lorsque tout se consume et s'écroule irrémédiablement, à quoi peuvent encore servir des gribouillages prétentieux ? Il n'y a que Mironescu pour y croire encore, lui qui ne s'aperçoit pas que l'époque du savant solitaire est révolue. Ça n'a jamais été d'ailleurs qu'une idée romantique, aujourd'hui totalement passée de mode. Dans ces circonstances, se maintenir à flot à tout prix est le seul objectif, la seule réussite possibles. Ce qui vaut également pour les journées actuelles, confuses et cruciales, sans compter l'agitation et la chaleur...

Le fiacre cahotait dans les nids-de-poule, zigzaguait d'un trottoir à l'autre en soulevant un nuage de poussière. Et lui, il étouffait sous la capote, des gouttes de sueur poisseuses le chatouillaient sous le col, à la racine de ses cheveux gominés, entre les poils roussâtres de sa moustache… Il n'arrêtait pas de s'éponger avec son mouchoir à monogramme.

Et lorsque celui-ci fut trempé, pour ne pas le chiffonner davantage il se mit à s'essuyer comme les rustres avec le dos de la main, qu'il frotta ensuite sur la banquette en peluche, mais elle était tellement poussiéreuse qu'il ne répéta pas son geste. Quelle journée agitée, exécrable ! La canicule, les esprits excités, les journaux vomissant des invectives, les très graves accusations lancées des deux côtés — comment s'étonner si les gens sont devenus aussi suspicieux ? Comment s'étonner si tu te retrouves toi-même régulièrement classé dans un camp, ce qui, évidemment, ne fait pas ton affaire. Ainsi, par exemple, tu te retrouves régulièrement dans l'obligation de nier que tu serais, au ministère, l'homme de chaque directeur tour à tour. Pénible situation, d'autant plus que tu n'es pas assez persuasif quand tu nies, car tu n'as pas reçu le don d'éloquence. De toute façon, ne nous faisons pas d'illusions sur les hommes : ils ne croient pas ce que tu leur dis. Plus tu le leur dis, plus ils te regardent dans les yeux et font mine de t'approuver, mais plus ils te soupçonnent. Rappelle-toi ta conversation d'aujourd'hui avec l'ami Badescu. J'essaye juste d'être en bons termes avec tout le monde, lui disais-tu, mais j'ai échoué puisque je passe pour l'homme de l'un ou de l'autre… Si je suis au mieux avec Vasiliu, mon nouveau directeur, cela ne signifie pas que j'aie surenchéri sur les rapports professionnels normaux. Et si j'ai été augmenté, si je vais en inspection en automobile, si on me demande mon avis plus souvent qu'aux autres, cela ne signifie rien non plus… Du reste, j'occupais le même poste sous Grigore Zlatescu, prédécesseur et adversaire de mon directeur actuel, mais cela, on feint de l'oublier. On préfère préten-

dre que je me montrais un conservateur ac
sous Zlatescu parce qu'il est lié aux Racota, c
vateurs réputés, tandis qu'aujourd'hui je m'apprêterais à retourner ma veste, ce dont témoignerait ma fréquentation assidue des Mironescu !

(À retenir : Zlatescu, aujourd'hui, riant : Mironescu serait assez surpris de savoir qu'on le compte sans hésiter parmi les libéraux, lui qui se croit indépendant et ignore qu'il est le seul à le croire, et qui pratique la politique de l'autruche plutôt que de regarder la vérité en face.)

Certes, tu aurais pu dire à l'ami Badescu que tu continues à cultiver Zlatescu, muté dans une autre division, mais pas sur une voie de garage comme beaucoup l'imaginent au ministère. Tu aurais pu lui dire la vérité : tu lui rends visite une fois par mois, pour votre échange de renseignements, et tu lui fais un cadeau à certaines occasions. Ce qui atteste suffisamment ta fidélité. Mais tu as préféré te taire, parce que les principes de ta politique intérieure t'imposent une discrétion absolue…

(À retenir : Zlatescu confirme aujourd'hui la rumeur d'une démission de Ionel Bratianu. Il tient ce tuyau des Racota, qui attendent la désignation imminente de leur cousin Maiorescu à la présidence du Conseil. Promis à Zlatescu de sonder sur ce point les milieux pro-libéraux, par le biais de Mironescu.)

Tout cela montre que la Roumanie n'est pas encore assez civilisée (là, Mironescu n'a pas tort), contrairement aux pays européens, où un homme garde sa fonction pendant des dizaines d'années et attache si bien son nom à une institution que, la tradition aidant, il finit par la désigner. Une pareille stabilité n'existe pas en Roumanie, et tu es bien placé pour le savoir, puisque, au ministère, tu vois valser les directeurs, tandis que tu vas ton petit bonhomme de chemin. Mais il a suffi que tu aies de l'avancement pour qu'un ami te traite de graine de Fouché !

Car qui peut dire pis que pendre de toi, si ce n'est tes anciens amis et tes anciennes maîtresses, animés les uns et les autres par la vanité, l'envie, la jalousie ?

Une seule solution dans les situations désagréables, en raison de ton caractère éminemment pacifique : désarmer par le sourire. Si tu tends l'autre joue, rares sont ceux qui auront le cran de la frapper, car on répond d'habitude à une attaque par une attaque. Alors, si tu ne ripostes pas, si tu te conduis comme si rien ne s'était passé, si tu y mets en plus un brin de bonne humeur, tu verras tes adversaires désemparés.

Ou même confus.

Et, si des personnes du beau sexe assistent à la scène, ce sera tout profit pour toi, car elles sont toujours enclines à protéger les victimes. Par conséquent, quoique tu te sois forcé pour participer aux assemblées des conservateurs divisés, tu es resté ce que tu es : un homme qui fait son devoir là où on l'a placé, et garçon de surcroît, ce qui veut dire du temps libre.

Cependant, tu n'as pas encore pénétré suffisamment dans la haute société pour fréquenter le Jockey Club. Certes, cela ne pourrait que flatter ta vanité, comme celle de tout un chacun, sans compter que tu sais en outre combien tu as souffert de tes maladresses dans le monde. Mais personne ne peut affirmer t'avoir vu dans une situation déshonorante. Tu ne te trouvais pas dans la foule qui criait « À bas le gouvernement ! ». Ni dans celle qui brisait les vitres de *Steagul* sous prétexte que c'est un journal pro-allemand. Rien n'a pu t'écarter de ce principe que tu ne te répéteras jamais trop : être en bons termes avec tout le monde.

Ses pensées restaient vives et denses, logiques, pourtant elles ne se succédaient plus comme précédemment, mais il n'aurait su préciser quand elles avaient ralenti, depuis quand l'image de chacune s'attardait, persistait dans son esprit. Plus il se rapprochait, dans son fiacre cahotant, de la maison des Mironescu, et plus ses pensées-images se brouillaient sous l'effet d'une anxiété grandissante : pourquoi Sophie lui a-t-elle demandé de *venir plus tôt* aujourd'hui ?

Sa main ne remuait plus son panama en guise d'éventail et n'inscrivait plus rien dans son inséparable calepin, aide-mémoire quotidien. Il était apparemment en train de s'assoupir sous la capote qui ne le protégeait ni de la poussière, ni de la chaleur.

Peut-être sommeillait-il déjà ?

Car son oreille entendait différemment le silence de la rue déserte, somnolente, le martèlement des sabots du cheval, le crissement des roues du fiacre sur la chaussée défoncée, le grincement du rideau de fer d'une boutique en train d'ouvrir, le clapotement de l'eau d'un arrosoir sur le sol brûlant et même le flop des mûres noires tombant des arbres et crevant sur le bitume, où elles répandaient leur suc poisseux et sucré, dans le bourdonnement des guêpes.

Mais pourquoi lui a-t-elle demandé de *venir plus tôt* aujourd'hui ?

Si son caractère le portait à obéir à ce désir qui était un ordre, il le faisait néanmoins sans plaisir, avec une émotion pénible… Encore une secousse, encore l'arrière-goût aigrelet du déjeuner pris au restaurant — te taper ce trajet un jour où tu ne sais pas où donner de la tête, où tout le monde ne parle que de l'imminence de notre entrée en guerre ! Une secousse, un haut-le-cœur — ce pourrait être ta dernière semaine, oui, oui, sans exagérer, la dernière ! Une semaine, et tu courras peut-être à l'aveuglette, le fusil au poing, en espérant être épargné par les balles. Parce qu'il y a des blessures horribles... Tu te vois faire quelques pas encore après que l'obus t'a déchiqueté l'abdomen, tu te vois en train d'essayer de te rafistoler : tu t'accroupis et, les mains froides, maculées de sang, tu ramasses autour de toi tes boyaux sanguinolents. Un brouillard devant les yeux, ne sachant pas encore ce qui s'est passé, ne sentant pas encore la douleur, tu essayes de te les renfoncer dans le ventre, mêlés à des mottes de terre, à des touffes d'herbe. Mais ils glissent, ressortent, encore et encore... Ah ! ces maudits bavardages de popote...

Un effort pour rouvrir les yeux. Ton calepin est sur tes genoux. Tu y as noté ce matin, en abrégé et parfois presque en code, les affaires de la journée. Première urgence : les recours pour ne pas être mobilisé.

1. Dresser la liste des pistons à contacter, y compris les moins efficaces en apparence.

2. Commencer les visites, si possible par les personnages les plus influents. Ne pas oublier Dumitriu, au ministère de l'Intérieur.

Ensuite :

1. Retirer le nouveau complet chez le tailleur.

2. Commander une corbeille de fruits à *Capsa* pour la soirée des Mir.

En plus, tellement de tracas au bureau ! À la fin, tu as mis les dossiers en cours dans un tiroir que tu as fermé à clé et où ils risquent de rester ensevelis *sine die*. Ordre et désordre se nouent de façon imprévisible.

Tu es parti comme d'habitude le dernier du bureau et, rue Sarindar, tu t'es retrouvé nez à nez avec l'ami Badescu, qui a tenu absolument à t'inviter à prendre un apéritif au bistrot, Chez Mircea.

(À retenir : Badescu, sur Bratianu : Le Premier ministre n'est pas populaire, mais il est vrai qu'il ne tient pas à l'être. Il se laisse salir et insulter dans les journaux sans réagir, il méprise la presse — ce cerveau du monde moderne —, on dirait qu'il ne la lit jamais. Donc Badescu prolibéral. En général bien renseigné. Aux prochaines élections, il pourrait se déclarer ouvertement libéral.)

Il n'a pas nié ce que tu tenais de Marghiloman : le général Prezan aurait fait établir une liste des journaux interdits dans l'armée. *Steagul* y figurerait en tête. *À propos** de Mme Prezan, une rivalité entre deux hommes des sphères les plus hautes. Il n'a pas cité de nom et toi non plus, bien qu'il y ait des preuves en ce qui concerne le roi. Paradoxalement, il ne savait rien de l'explosion dans le quartier de Dudesti, à moins qu'il n'ait pas voulu en parler.

Il était tard lorsque vous vous êtes séparés et tu as pris un fiacre pour arriver plus vite chez le tailleur. Le temps qu'il ajuste une manche qui ne t'allait pas bien, tu es allé déjeuner au restaurant[1]. Une foule de clients de toutes les conditions, dont beaucoup étaient probablement rentrés précipitamment de vacances. Tu te demandais pourquoi Sophie t'avait dit de *venir plus tôt*. Tu peux désormais t'attendre à des imprudences de sa part, à des exaltations malsaines ou même pénibles, ce que tu n'aurais pas imaginé il y a quelques années encore,

1. Faisant la journée continue, les fonctionnaires sortaient des bureaux vers 15 heures et déjeunaient en milieu d'après-midi.

lorsque tu voyais en elle l'incarnation de l'inaccessible sur la terre.

Ce que c'est que de côtoyer un être encensé ! Une maxime française, peut-être de La Rochefoucauld, dit à peu près qu'il n'y a pas de grand homme pour son valet de chambre : celui-ci le voit en effet dans des postures peu reluisantes. Ce proverbe (ou cette maxime) se borne à énoncer l'idée, sans tomber dans la trivialité des exemples concrets.

Le poisson était bon, le pilaf aux écrevisses itou, le chou farci inopportun par cette chaleur, tu t'es montré glouton, et pourtant tu savais d'avance que ça te resterait sur l'estomac. Ensuite tu es allé faire un tour au café, indécis : arriver plus tôt chez les Mironescu ou à sept heures comme précisé sur le carton d'invitation ?

Un de tes principes (que tu as rarement transgressé) te demande d'être prudent avec les femmes en toute situation. Y compris avec celles que tu as beaucoup connues. Car tu ne les auras jamais assez connues. Car tu n'imagineras jamais à quoi elles peuvent se livrer si leur intérêt est lésé ou leur vanité blessée. Il est dans ta nature de toujours redouter les pièges tendus par les femmes, dont la sournoiserie est unanimement reconnue, et facilitée par l'aveuglement des hommes, qui se laissent entraîner non seulement par leurs désirs, comme ils le prétendent, mais aussi par l'envie de se vanter. Quant à toi, la prudence est *ta qualité maîtresse** — alors, tu y vas plus tôt ou non ? te demandais-tu.

Tu es retourné chez le tailleur, encore indécis. La manche était rajustée, c'était l'heure si tu décidais d'y aller plus tôt, et tu n'avais pas le temps de faire un saut chez toi. Tu as gardé le complet neuf et laissé l'ancien pour un nettoyage-repassage. Te voilà donc dans le fiacre, sorti de ton assoupissement, mais toujours perplexe : qu'attend-elle de toi ?

Tu as beau ne suivre que ta raison, cela ne t'aide guère à connaître ton prochain, et les gens t'ont souvent réservé des surprises. Sophie elle-même, avec des caprices bien féminins, dont tu n'aurais jamais imaginé qu'elle puisse, elle, les faire pour toi ! Ainsi, sa visite inopinée le jour de ton anniversaire ! Par chance, ta mansarde était propre et rangée, et toi tu étais habillé. Quelle émotion, l'escapade de la jeune Mme Mironescu venue secrètement chez toi en fiacre, le visage dissimulé sous une épaisse voilette ! Quel plaisir de penser aux voisins ébahis de voir une pareille élégante monter chez toi, pour un rendez-vous galant se figurent-ils, plaisir malheureusement gâché en grande partie par la crainte d'une discussion avec la logeuse, car tu n'as pas le droit d'amener des femmes dans ta chambre — en tout cas pas pour ce loyer-là.

Il eût été impossible de prévoir que Sophie s'extasierait sur le couloir obscur et malodorant du rez-de-chaussée, puis sur l'escalier craquant à chaque marche — or, tout était pour elle une aventure excitante. Tout lui ouvrait les perspectives (confiait-elle) d'une vie nouvelle. Aussi, sans tenir compte de tes sages conseils, s'empressait-elle d'ouvrir la lucarne ronde qu'elle appelait avec ravissement « le hublot ». Oubliant toute discrétion, toute prudence, elle risquait pour un caprice d'être vue, reconnue, compromise. Elle trouvait tout *charmant**, sauf l'odeur de moisi, qu'elle avait remarquée. Que peut-on attendre d'un meublé ? lui répondais-tu. De toute façon, elle était dans un état spécial, car elle entrait pour la première fois dans la chambre d'un célibataire.

C'est du moins ce qu'elle disait.

Et puis, une fois assise sur la vieille chaise paillée, ses confessions : elle a connu très jeune de terribles épreuves, elle pensait d'abord mener une vie d'étudiante consciencieuse et ascétique dans sa petite chambre de la rue Iosif, avoir des amis qui l'accompagneraient en bons camarades dans les bars et les endroits mal famés, beaucoup lire et beaucoup voyager, écouter le chant des gondoliers près du dôme éblouissant sur la place Saint-Marc envahie par les pigeons, boire de l'absinthe dans un café de Montmartre... Ce genre de fariboles et d'autres pas moins folles l'ont hantée pendant un certain temps, puis elle a commencé à rêver à la fois d'un foyer douillet et des plaisirs étincelants du monde.

A-t-elle commis une erreur en écoutant ce... cri du cœur ?

Certains souvenirs amènent l'image d'une fleur sur un tas de fumier, mais il existe, *hélas** ! des fleurs qui poussent sur le fumier.

Elle soupirait, suspendait son récit par délicatesse : des larmes perlaient-elles dans ses yeux un peu globuleux, vert-bleu ? Elle paraît toujours larmoyer à cause de ses longs cils et elle n'ignore certainement pas le charme particulier qu'ils lui donnent, puisqu'elle cligne souvent des yeux, certainement sans autre raison.

Tu ne savais que dire ni que faire. Tu as donc continué à la regarder en silence. Tu étais agréablement impressionné et en même temps vaguement inquiet, car tu te demandais où elle voulait en venir. Tu lui as conseillé ensuite de ne pas rester sur la chaise paillée, pas très solide bien que tu aies recollé récemment un pied. Elle ne t'a pas entendu, elle chiffonnait nerveusement ses gants, elle n'avait sans doute pas peur, mais sa raison lui disait qu'elle aurait dû. Elle était peut-être déjà entrée dans des chambres de célibataires. Ne nous faisons pas d'illusions sur le genre humain, et en particulier sur la gent féminine, c'est toujours pire que ce qu'on imagine. Ne disait-on pas de Sophie, il y a quelque temps, qu'elle était *du dernier bien** avec Jorj Athanasiu, autrement pourquoi se serait-elle brouillée avec Lisette, sa femme ? Elle t'a appris elle-même qu'elles se sont rabibochées il y a deux ans seulement.

À l'issue d'un long silence, elle t'a exempté de réponse : elle a remarqué, t'a-t-elle dit, que tu avais été choisi comme confident depuis quelque temps, pour tes qualités de personne serviable qui, contrairement à d'autres, semble avoir du cœur... Une situation dont tu n'aurais pas osé rêver il y a quelques années seulement. On t'a d'ailleurs fait plus de confidences qu'elle ne le pense et tu n'as pas eu de mal à les provoquer. Du reste, ce qui l'a poussée à te rendre cette visite impromptue, c'est ton comportement : d'ordinaire très *comme il faut**, tu as eu un geste fou le jour où vous êtes restés seuls au salon lors de la première maladie du professeur : tu l'as embrassée !

Là, parce que tu venais de tenter une timide caresse et qu'elle s'était décoiffée en l'évitant, elle disait qu'elle voulait s'en aller, toi tu promettais de te tenir tranquille et alors elle furetait dans la chambre en quête d'un miroir, même d'un tout petit, déclarait-elle, même minuscule ! N'en trouvant pas, elle décidait de se recoiffer « devant la vitre comme les bonnes », s'exclamait-elle en riant. Elle se montrait lunatique, tantôt très gaie, tantôt trop mélancolique, mais ni l'une ni l'autre de ces deux humeurs ne lui allait bien. Elle a brusquement dégrafé ses cheveux, tu n'avais jamais vu, chez aucune femme, une chevelure aussi longue, aussi riche, aussi blonde — nue, elle aurait pu s'en vêtir. Tu lui as fait ce compliment, mais pas sur le coup, plus tard, à ce moment-là tu parlais peu, d'une part pour ne pas l'effaroucher et d'autre part parce que tu n'avais plus de voix, tu enfouissais ton visage dans ses cheveux au parfum grisant, grisant comme le bruissement de sa robe, tu la prenais dans tes bras, tu effleurais en tremblant ses dessous brûlants, tandis qu'elle te repoussait en te disant, tout à fait maîtresse d'elle-même, de la laisser se recoiffer.

Tu étais trop intimidé, ça ne marchait pas facilement. Lorsqu'elle est partie, tu lui as demandé si elle reviendrait, sans rien proposer de concret toutefois, sans oser te bercer de rêves. Tu t'étais obligé à te montrer audacieux pour qu'elle ne te méprise pas et pourtant tu avais perdu la tête à un moment donné (chose intéressante, tu t'en rendais compte, tu hésitais, puis tu t'es dit : « Bon, une fois n'est pas coutume ! »). Pendant qu'elle se rhabillait, maugréant contre l'absence de bidet (elle, habituée à sa luxueuse salle de bains !), tu réfléchissais au désenchantement qui suit les victoires.

Tu t'es rappelé alors ce que tu lui avais dit à ce moment d'égarement : tu luttes contre tes défauts (entre autres le trac si tu dois parler en public), espérant réussir dans la politique ou entrer dans la Carrière. Très soucieuse de sa personne, elle a sans doute oublié aussitôt ta confidence. Si oui, tant mieux, car il serait désagréable qu'elle en fasse état devant son mari, qui voudrait que tu te joignes à ses études philologiques (elles sont loin de te passionner, ce que tu ne lui avoues pas afin de ménager sa vanité). Sinon, tu peux t'attendre à le voir changer de comportement à ton égard. Naturellement, un homme sensé ne s'offusquerait pas d'apprendre qu'au lieu de le suivre dans ce labeur fastidieux, tu préfères te lancer dans la politique ou la diplomatie. Mais le professeur file un mauvais coton, il sera bientôt victime de la neurasthénie. Tu n'es pas en possession de toutes les données, mais il y a des silences de Sophie lors de certaines conversations, ou des regards, des exclamations, qui ne trompent pas. Pour le reste, *chapeau bas** ! Elle sait ce qu'il serait inconvenant de dire, elle n'aborde pas de gaieté de cœur n'importe quel sujet. Pour sa discrétion, *chapeau bas** ! Tu es donc en droit de penser qu'elle ne s'est pas hâtée d'abuser de tes confidences, notamment des espoirs que tu fondes sur Marghiloman, avocat d'une alliance avec l'Allemagne. N'oublie pas que ses rapports avec son mari se sont distendus et qu'il est fort possible qu'ils vivent séparément, car il paraît que sa maladie est contagieuse. Quoi qu'il en soit, lors de ta dernière visite, il t'a lancé un compliment assez ambigu *à propos** de ton élégance vestimentaire :

— Bientôt, vous ne vous habillerez plus qu'à Vienne et à Berlin et vous y ferez laver votre linge, comme notre fameux coryphée conservateur !

Alors, comment interpréter cette boutade ? Insinuerait-il que tu es un larbin de Marghiloman ?

Conclusion ? Toujours la même : écoute les confessions des autres, mais cadenasse ta bouche. Moins on en sait sur toi, moins tu es vulnérable. D'ailleurs, chacun cache ce qui risque de lui nuire. D'autre part, tu ne pourras jamais empêcher les médisants de colporter toutes sortes de ragots sur ton compte. *Bucarest, une potinière**, comme dit le professeur.

Mais tant que tu n'as pas fait de confidences et qu'il n'y a heureusement pas de témoins, tu peux toujours démentir. Ainsi on ne te tiendra pas.

Voilà donc comment il convient d'envisager la question des confessions si on a l'esprit pratique. La prudence incite à peser avant tout les avantages et les inconvénients. Comme tu le fais en ce moment en te demandant si tu risques davantage en y allant ou en n'y allant pas. Ne vaudrait-il pas mieux faire demi-tour tout de suite ?

Soudain, un souffle brûlant, odeur mêlée de broussailles jaunissant au soleil et de puanteur de charogne, lui fit plonger le nez dans son mouchoir.

Furieux, il piqua du bout de sa canne le dos du cocher.

— Mais on va se retrouver en pleine cambrousse ! Demi-tour, abruti ! Demi-tour, imbécile !

Ils avaient en effet dépassé la maison des Mironescu et, sans la pestilence trop bien connue du terrain vague, Dieu sait jusqu'où ils seraient allés. Heureusement, parmi les chardons roussis et les touffes de belladone, il y avait comme toujours un chien aux crocs jaunes qui achevait de pourrir, dans le lourd bourdonnement des mouches dont le soleil moirait le corselet vert foncé. Quelle affaire il avait dénichée, Mironescu père, en achetant un terrain à bâtir ici, au diable vauvert, en bordure de Bucarest ! Il payait son avarice l'hiver en entendant hurler les loups à sa porte et l'été en brûlant des chiffons pour enfumer les moustiques. Près de quarante ans plus tard, l'endroit n'est pas encore sorti de sa sauvagerie.

Le cocher tira sur les rênes et ils firent demi-tour, non sans quelques secousses plus rudes que toutes les précédentes.

Ils arrivèrent devant la maison.

Les dés sont jetés ! L'arrière-goût aigrelet descendait de la bouche dans l'estomac, où il se transformait en brûlure, la chaleur devenait de plus en plus forte, des plis dus à la sueur marquaient le complet neuf. Il mettait pied à terre lorsque le cocher l'interpella :

— Monsieur ! Hé, monsieur !

Avec la ruse des gens de son acabit, qui savent qu'on est gêné de marchander devant la maison où l'on est invité (ils ont le flair pour deviner si l'on va chez soi, en visite ou chez une femme), il réclamait une rallonge !

L'énervement t'empêchait de trouver de la monnaie. Tu n'en finissais pas de fouiller dans tes poches. Comment, toi, connu parmi tes pairs pour tes largesses, c'était toi qui devais essuyer un pareil affront ? Tu as sorti vingt lei, tu les lui as lancés, et qu'il aille se faire voir ! Si tu n'avais pas été devant la maison des Mironescu, tu lui aurais donné moins, bien sûr, ce n'est pas ton genre d'être dans la lune, comme l'est celui chez qui tu te rends, le professeur.

Tu as vite tourné le dos au cocher et tu t'es éloigné non moins vite, en t'éventant avec ton panama. À chaque pas, il te fallait arracher les semelles de tes souliers de chevreau du macadam fondu. Pâteux.

Le trac continuait à monter, à te prendre à la gorge, à te suffoquer. Tu jetais des regards sur la maison pour t'assurer que personne ne se montrait aux fenêtres. Et tu te demandais : combien y a-t-il de vérité dans les images qui servent à nous décrire, avec une ironie tendre ou cruelle ?

Car il ne faut pas se faire d'illusions : on parle de nous en permanence, que ce soit dans les conversations de nos amis, dans les commérages des domestiques, dans les évaluations de notre hiérarchie, dans des salons où nous n'avons jamais mis les pieds... Alors tu te reposais la même question, une de tes vieilles obsessions : combien y a-t-il de vérité dans chacune des images que d'autres recueillent à notre sujet ? Et, sachant que ta discussion avec le cocher te peignait sous un faux jour, tu glissais des regards confus sur la maison des Mironescu.

Personne.

Personne, heureusement, tous les stores baissés pour la sieste. Désertes les allées de gravier doré, déserts le kiosque et le jardin, où les fauteuils d'osier attendaient à l'ombre du vieux noyer. Immobiles les rideaux à la fenêtre du petit salon où le professeur a l'habitude de lire son courrier et dont on n'ouvre jamais la porte donnant sur la terrasse aux clématites, du moins à ta connaissance. Peut-être est-elle condamnée…

Personne, donc. Or, si le reste du monde ignore un de tes faits et gestes dont on pourrait jaser, il est en ton pouvoir de l'effacer de ton esprit. Au fond, la mémoire d'un homme ou d'une femme ayant tant soit peu connu la vie est forcément un cimetière de tels faits et gestes inavouables, insignifiants ou graves.

Tu te rassurais de la sorte, sans cesser de marcher en t'éventant avec ton panama. La chaleur et l'anxiété agissaient sur toi comme un cocktail grisant. Tu arrivais devant la porte de la cour, sous son berceau de roses rouges grimpantes. Sur le crâne, le poids ardent du soleil. Vision ordinaire de la plaine en été, l'air liquéfié vibrait, tremblait telle une nappe d'eau par-dessus les branches des lilas. Quelle heure malencontreuse, et quelle journée caniculaire ! Soudain tu décidais de ne plus t'en faire quoi qu'il arrive, et ça marchait ! Transpirer ne te gênait plus, tu suais avec une agréable sensation de soulagement. Il n'y avait plus que la brûlure dans l'estomac pour t'incommoder tandis que tu poussais la porte, ouverte comme toujours. Et là, qu'allais-tu faire ? Sonner ? Et demander qui au valet ? Ah, nom de nom ! pourquoi Sophie n'a-t-elle rien ajouté lorsqu'elle t'a dit de *venir plus tôt* aujourd'hui ?

Tu poussais donc la porte, le gravier faisait entendre un crissement familier sous tes pas. Devant tes yeux, dans un ove de plâtre, cette année tellement lointaine : 1879. Tes nerfs étaient si tendus qu'un vague bruissement te faisait sursauter. Tu te retournais et tu te rassurais. Un chat t'observait — ses yeux ronds et jaunes : une pellicule brillante sans profondeur, miroitant dans l'aveuglante lumière blanche — et le bout de sa queue battait légèrement le feuillage d'un très jeune poirier.

Puis il disparaissait d'un bond dans les hautes herbes.

Maintenant, le perron et ses trois marches. Les lampes en fer forgé — c'est le goût de Sophie, qui a supervisé les travaux de rénovation. Elles jurent avec le reste de la maison, et elles sont trop voyantes, du clinquant pour nouveaux riches, grogne le professeur.

Ayant volontairement fait le vide dans ton cerveau, tu appuyais sur le bouton, mais le faible tintement qui se perdait au loin te crispait. Tu corrigeais machinalement ton maintien. Raide, le menton haut, prêt à t'incliner en souriant s'il y avait lieu. Tu attendais sur le perron, sans oser sonner une seconde fois. Pourquoi voyais-tu apparaître alors devant toi les yeux toujours humides de ta mère ? Comme tu connais ses pattes-d'oie et les quelques petits points blancs disséminés sur ses paupières aux bords gonflés, parmi ses cils clairsemés ! Et son regard, qu'elle sait suffisamment pathétique pour ne pas avoir à formuler des reproches ; elle s'active sur sa broderie et ne te donne que des renseignements anodins : lundi elle a réglé son ardoise chez l'épicier ou chez le crémier, mercredi il y a eu cinq semaines que tes sœurs n'ont plus été invitées à aucune fête, ce qui vaut peut-être mieux, d'ailleurs, puisqu'elles n'ont pas de toilettes neuves pour se montrer dans le monde... Mais pas un mot sur les prières payées au pope pour que les pauvres petites ne finissent pas vieilles filles dans cette banlieue où elles ont honte de laisser leurs cavaliers les raccompagner, alors qu'à Buzau on continuait à faire bonne figure même après que la nouvelle de notre ruine s'était répandue... Pas un mot sur ton traitement, qu'elle ne peut pas évaluer puisqu'elle a pour seuls indices *l'œuf de Pâques** en chocolat que tu achètes pour elle à *Capsa* et les friandises trop chères que tu lui apportes de chez *Angelescu* lorsque tu as des remords après une dispute. Pas un mot non plus sur les salons bucarestois où il paraît que tu es le bienvenu, grâce à tes mérites, bien entendu (auxquels personne ne peut croire plus qu'une mère, qui aura toujours un faible pour son premier-né). Elle ne tient de toi aucune donnée positive, cela va de soi, mais on lui a dit t'avoir vu dans une automobile, ou dans une calèche, en compagnie de...

Impatient et gêné, tu es immobilisé sur le seuil par les reproches des yeux larmoyants et des lèvres flétries, serrées pour ne pas laisser passer les mots. Tu commences à tourner les talons, pour quitter au plus vite ce lieu, le seul au monde où tu ne sois pas à chaque instant sur le qui-vive. Et pourtant, même ici, ta nature et tes réflexes t'empêchent de riposter ouvertement. Même ici, tu ne sais te battre autrement qu'avec des regards fuyants, anxieux, qu'avec des sourires forcés. Ou en appuyant lentement sur la poignée, en entrouvrant la porte. Et lorsque tu as enfin un pied dans le vestibule obscur, tu oses glisser une allusion aux bijoux anciens qui dorment avec les napoléons et l'argenterie dans un coffre à la cave — peut-on être sûr (demandes-tu à ta mère) que des cambrioleurs ne les subtiliseront pas ? Ne serait-il pas judicieux de transformer en argent qu'on ferait fructifier, comme tu l'as proposé tant de fois, ces valeurs qui risquent à tout moment d'être volées, en temps de guerre notamment ? Un portefeuille de valeurs et de titres n'est-il pas de nos jours le plus sûr des placements ? Il faudrait au moins en discuter, pourquoi tant d'obstination à refuser d'aborder ce sujet ? C'est elle qui décidera, bien sûr, mais parlons-en tout de même une minute : l'or ne fait pas de petits à la cave, tandis que les sous rapportent des sous, et si une des filles au moins réussissait à trouver un beau parti…

Elle change brusquement de regard. Je ne t'entends même pas, semblent dire ses yeux bleus délavés dans lesquels tu lis — aucun doute là-dessus —, dans lesquels tu lis de l'hostilité. Si tu ne redoutais pas les mots, tu penserais à de *la haine*. Elle baisse la tête et reprend la broderie. Ses doigts noueux aux bouts durcis, pleins d'entailles noires, vont et viennent sur son ouvrage avec un léger tremblement. Ce soir, lorsqu'elle aura fini ses travaux domestiques, elle les nettoiera au citron et y passera de la pommade, après quoi elle pressera une inévitable compresse sur sa figure ridée. Même dans cette banlieue, dans la gêne, il faut demeurer qui on a été, soigner son aspect, ne pas déroger !

Tu tousses, excédé par son entêtement de vieille femme, tu voudrais lui dire au revoir encore une fois, tu n'as pas le cœur à la quitter chagrinée, le silence, une porte qui grince, quel mauvais moment elle choisit, la cadette, pour t'envoyer une pique, poussée par son caractère querelleur ! Et quelle mauvaise idée de te parler comme si tu n'étais plus celui que tu es : le frère aîné, ex-lycéen et étudiant brillant, aujourd'hui fonctionnaire modèle, le préféré et la fierté de la famille !

— Tu imagines peut-être que les beaux partis se baladent le nez au vent dans le quartier et que nous n'avons pas besoin d'être introduites dans le monde par un frère qui pourrait le faire, mais qui n'y songe même pas…

Un mauvais moment, pour une mauvaise idée ! Tu es sur le point de sortir de la maison et tu hurles encore en t'étranglant de colère. Non, lui cries-tu, tu ne vas pas la corriger comme le mériterait son insolence et comme ton autorité de frère aîné t'en donne le pouvoir ! Mais tu n'oublieras ni ses paroles ni sa conduite et à l'avenir tu l'éviteras encore plus, rien de plus normal, lui cries-tu, d'éviter de sortir avec ses sœurs puisque, quand tu es obligé de le faire, tu as honte de leur accoutrement et de leurs manières ridicules, pas besoin, lui cries-tu, pas besoin de nouvelles toilettes tout le temps, ce qu'il faut, c'est une élégance innée afin de ne pas compromettre celui qui se montre avec des sœurs pareilles…

Et puis tu cours dans la rue pavée de grosses pierres mal taillées, on dirait que tu as les Érinyes aux trousses. De grands pas rapides, des gestes saccadés illustrant ton énergie, mais également la douleur de ton cœur délicat et compatissant : car tu as crié à Lelia la pure vérité. Car, en effet, tu t'es toujours senti humilié par la pauvreté de leurs robes, par leur façon de glousser au milieu d'une conversation, par leurs doigts trop courts et leurs chevilles trop grosses, par leurs dents jaunes et crénelées, par tant et tant d'autres détails qui te faisaient honte bien plus qu'il n'eût été normal.

Humilié et honteux bien plus qu'elles ne le méritaient, les malheureuses…

Le sifflement d'un oiseau inconnu soulageait soudain ton cœur de ce pénible souvenir, il s'en allait comme il était venu, d'un seul coup et sans raison. Tu te retournais aux trois quarts et tu observais d'un œil amusé l'oiseau à la gorge jaune et à la longue queue noire qui sautillait dans l'herbe, au pied du jeune poirier. Est-ce lui qui avait sifflé ou le chat à l'affût derrière un buisson d'aubépine ? Le soleil posait une tache éblouissante sur la fourrure qui n'apparaissait plus tigrée — dissoutes dans la lumière, les zébrures —, elle chatoyait comme une grève de sable sombre, précieux et vivant... Ah ! que tu serais bien en ce moment assis à l'ombre sur un banc au Bois, tu écouterais le chant des oiseaux, tu essayerais de saisir un regard espiègle à la vitre d'un coupé passant au trot, tu attendrais posément le moment de te mettre en route, pour arriver en même temps que les autres invités... Sept heures, précisait l'invitation. Rien de plus simple que se tirer d'affaire à la dernière minute. N'est-ce pas pour cela que l'homme est doué de raison ? Tu ne dois pas sonner une deuxième fois, c'est sûr ! N'hésite pas, descends les trois marches !

Voilà...

Le chat tournait la tête en cadence, derrière l'aubépine, pour suivre l'oiseau qui sautillait toujours dans l'herbe, par-ci par-là, mécaniquement, comme un jouet à remontoir. Une vraie cervelle d'oiseau, le gravier crissait comme d'habitude sous tes semelles, au fond tu te moquais presque de savoir pourquoi elle t'avait demandé de *venir plus tôt* aujourd'hui...

À quelques pas seulement de la porte de la cour, une idée ennuyeuse te traversa l'esprit : que se passerait-il si le valet venait ouvrir en retard et te voyait partir ? Dans ce cas, quelle conduite adopter en revenant plus tard, en même temps que les autres invités ? Évoquer ce premier passage avant l'heure ? Ou l'omettre ? Ah ! quelle folie de t'avoir demandé de venir plus tôt ! Il est dans ta nature de te sentir trop souvent coupable en ignorant pourquoi, de te croire poursuivi pour un tort que tu ne connais pas toi-même ! Retourne-toi encore une fois et regarde bien, assure-toi que personne n'est apparu dans l'encadrement de la porte, ni à une fenêtre ou dans le jardin…

— *Vous voilà enfin ! Mais c'était à prévoir, que vous seriez en retard**…

Tu tournais la tête pour être rassuré, et voilà… Si tu ne t'étais pas retourné, tu n'aurais pas eu à t'incliner, maussade mais courtois, devant la gracieuse Sophie qui venait vers toi, une corbeille de roses sous le bras. Un vieux chapeau de paille pendait négligemment dans son dos, retenu par un ruban de velours qui comprimait son cou blanc et potelé, tandis que son chemisier de jardinage très échancré laissait voir ses épaules nues. Ma parole, c'est le carnaval ! Et quel sourire conspirateur ! Rien ne t'énerve plus que les imprudences inutiles ! Il existe pourtant des solutions rationnelles à tout ! Au lieu de t'inviter à entrer pour saluer son époux, elle te priait de la suivre dans le jardin, *soi-disant** pour te montrer une nouvelle variété de rose.. Si tu ne t'étais pas retourné, elle t'aurait aperçu d'assez loin, et elle aurait donc constaté que tu avais répondu à sa demande, mais tu aurais eu le temps de sortir et vous ne vous seriez parlé que deux ou trois heures plus tard, en présence de tous les invités. Là, te voilà contraint de lui emboîter le pas en essayant de marcher sur les pierres pour ne pas te crotter les souliers dans la terre détrempée Dieu sait pourquoi, par cette chaleur !

Il y avait même de la boue dans l'allée.

Cette mascarade t'énervait, mais t'énervait ! Le prétexte était cousu de fil blanc : te montrer une variété de rose, alors qu'elle connaît le peu d'intérêt que tu portes à la nature !

— Ne pourrions-nous pas, très chère madame Mironescu, nous arrêter là ? C'est pénible, nous pataugeons dans la boue, et je m'inquiète pour votre aimable personne...

Tes propos n'avaient pas été aussi nets que l'exigeait la situation. Mécontent, tu prenais ton mouchoir pour t'essuyer la figure, mais il n'était pas très net non plus. Tu le renfonçais vite dans ta poche et alors elle éclatait de rire avant de se remettre en marche. Forcé de la suivre contre ton gré, tu te demandais à chaque pas sous quelle fenêtre vous étiez en train de passer, quels étaient les risques de se faire découvrir.

Les risques ? Innombrables ! Ah ! l'ironie du sort... Il y a moins de trois ans, tu étais tellement malheureux à ce dîner qui s'éternisait ! Elle portait une robe avec des dentelles, une parure compliquée dans sa superbe chevelure. Certaine d'être irrésistible, elle se donnait des airs langoureux, insinuants, se faisait tentatrice. Tu t'étais d'abord grisé de la contempler puis, dans la deuxième partie de la soirée, tu n'avais rien fait d'autre que boire.

Le professeur te lançait des regards réprobateurs lorsque tu prenais ton verre, en vain car tu t'en moquais. Tu tentas de porter un toast, mais tu avais la langue pâteuse, aussi parlais-tu lentement, avec de grandes pauses, pour cacher ta difficulté à articuler. À la fin tu répondis aux quelques applaudissements ironiques par un geste désabusé, puis tu allas au petit salon et de là sur le balcon. Il neigeait, on entendait tinter des grelots de traîneaux, la nuit avait quelque chose de tellement étrange, de tellement oppressant… Tu restais là à geler, mais elle ne te rejoignait pas, elle ne t'envoyait pas chercher. Et tu étais si malheureux, transi de froid et d'amour ! Une flamme blanche aveuglante t'éclairait bizarrement l'esprit, tu te croyais tout à fait dégrisé et à un moment donné tu pensas que tu devrais te coller le canon d'un revolver sur la tempe et appuyer sur la détente. Voilà ce qui pouvait te passer par la tête cette nuit-là ! Tu n'étais pas dégrisé puisque, lorsque tu rentras, tu eus la nausée à cause de la chaleur, et sans doute aussi parce que tu la trouvas en compagnie d'un homme, probablement Jorj Ioaniu. Tu eus du mal à te maîtriser, tu pris congé du professeur et tu t'éclipsas. Dans le fiacre, ton mal au cœur empira.

Et tu passas de longues minutes à vomir, humilié et heureux, près du mur de ton immeuble.

Mais là, maintenant, tu découvrais tout à coup pourquoi l'allée était boueuse : Sophie, d'une négligence impardonnable, n'avait pas fermé le tuyau d'arrosage… Tu remarquais ensuite, car tu la suivais toujours, qu'elle n'était plus aussi souple que naguère, ce dont elle ne se rendait certainement pas compte puisqu'elle se comportait comme si elle restait irrésistible. Mais comment pourrait-elle le rester alors qu'elle se lance dans des manœuvres périlleuses ? Manœuvres qui ne peuvent entraîner que des ennuis, qui risquent de te compromettre en même temps qu'elle !

Voilà pourquoi tu faisais une tentative désespérée pour lui dessiller les yeux :

— Vous souvenez-vous du couvent de Pasarea, très chère madame Mironescu ? Vous souvenez-vous des chambres d'hôtes qui, sauf votre respect, servent le plus souvent de chambres de passe ? Je sais, grâce à des gens bien renseignés, que les noms de ceux qui pénètrent dans ce paradis, ma foi très terrestre, sont systématiquement enregistrés par la Mère supérieure… Mais non, madame, non, je ne calomnie pas les serviteurs de l'Église ! Selon des sources dignes de confiance, les listes de la supérieure sont utilisées par les hautes autorités religieuses pour… convertir plus aisément les consciences. Et on affirme que la police secrète y a également recours… Eh bien, qu'en dites-vous ? Vous souvenez-vous combien vous insistiez pour que nous y fassions une petite excursion à deux ? Ne pensez-vous pas que nous prenions un risque inutile, qu'il n'existe pas un seul endroit sur terre où l'on soit à l'abri des dangers et des regards indiscrets ?

Vexé par son gloussement impertinent, tu t'arrêtais d'un seul coup, en équilibre instable, sur un îlot de terre ferme de plus en plus grignoté par l'eau qui charriait des pétales, des feuilles, des brins d'herbe et des brindilles, mais tu restais là, tu attendais. Tu l'attendais : qu'elle te dise ce qu'elle avait à dire et que vous en finissiez, car la situation devenait pénible pour tout le monde. Puis qu'elle t'accompagne et t'introduise par la porte de devant pour que tu ailles saluer le professeur et t'excuser d'être en avance, après quoi vous pourrez bavarder tranquillement en attendant l'heure à laquelle arriveront tous les autres invités…

De plus en plus impatient, tu restais sur ton îlot de terre ferme, en équilibre instable, mais elle, elle avançait toujours, avec un déhanchement délibéré ! Elle se penchait une seconde pour pincer sa robe entre le pouce et l'index et la soulever un peu, car elle traînait dans la boue. Elle montrait à présent ses chevilles, mais marchait sans s'en émouvoir, tandis que tu lui offrais ton sourire anxieux d'aristocrate effarouché qui essaye d'aller dignement à l'échafaud, par une fraîche matinée de juin. Sourire qu'elle ne voyait d'ailleurs pas, puisqu'elle te tournait le dos. Tes jambes s'engourdissaient dans leur position tordue. Tu cherchais à imaginer la disposition des pièces donnant sur le jardin, au premier étage et sous les combles. Tant et tant de fenêtres étincelant sous le soleil brûlant de l'après-midi, tant et tant de fenêtres gloutonnes, dévoratrices, dardées sur toi ! Épuisé, tu t'accotais au tronc du vieux cerisier, d'innombrables regards à toutes les fenêtres, innombrables flèches décochées dans ton corps d'éphèbe, de virginal saint Sébastien… Entre-temps, elle trouvait bon de crier on ne sait quoi, d'une voix aiguë, insupportable, qui t'écorchait les tympans. Tu restais donc inutilement sur ton îlot, elle n'avait pas l'intention de s'arrêter, même pas de se retourner pour voir où tu en étais ! Il valait donc mieux repartir sur ses pas, sinon vous risquiez de jouer *à cache-cache** dans le jardin, avec cris et poursuites !

Tu essayais de la rattraper, pour l'obliger d'une manière ou d'une autre à s'arrêter. Ah ! si tu ne t'étais pas retourné pour t'assurer que personne n'enregistrait ton arrivée prématurée, tu ne serais pas en train de patauger dans la gadoue et, nom de nom ! d'éclabousser ton pantalon *écru**. À force de lui cavaler après, tu vas te mettre dans un tel état que tu n'auras plus qu'une envie, la laisser en plan, avec ses roses et son mystère ! Tant pis, prends ton courage à deux mains et va sonner devant, tu demanderas si le professeur peut te recevoir et tu trouveras un prétexte pour qu'il t'excuse d'arriver si tôt. Étant donné le guêpier dans lequel elle t'a fourré, tu ne vois pas d'autre issue !

Tu bouillais de colère, tu devais absolument mettre un terme d'une façon ou d'une autre à cette situation intolérable ! Il fallait intervenir et le mieux c'était tout de suite, là, à ce croisement d'allées : l'une retourne vers la maison et l'autre conduit aux fauteuils d'osier, sous le noyer... Si elle est assez écervelée pour risquer sa situation, elle n'a pas le droit de te faire risquer la tienne, que tu as eu tant de mal à construire ! Dépêche-toi donc, coupe-lui le chemin et, bien que l'émotion te suffoque, prononce ces mots que tu rumines :

— Je ne vois vraiment pas pourquoi nous devons faire le tour du jardin, chère madame Mironescu... Il y a des moments où l'on est moins disponible pour la conversation que... Voilà la raison pour laquelle je vous proposais un autre jour pour... Ou dans quelques heures, bon, quand les allées auront séché... Non, je ne suis pas trop difficile à trouver... Je ne suis pas aussi pris que vous le pensez, rien que les affaires... Ces journées, tellement agitées et confuses... Et vous souvenez-vous de ma prédiction ? Il ne serait pas impossible qu'à la fin, après tant d'agitation et de confusion, nous soyons rayés de la carte de l'Europe... Oh ! non, je ne m'en réjouis pas. Je suis seulement content, comme tout homme doué d'un peu de raison, d'avoir su prévoir la direction que nous prenons : celle du désastre, ce que je me suis permis de vous répéter si souvent... Non, non, je n'essaye pas de changer de sujet, mais vous admettrez avec moi que ni l'heure ni le lieu ne sont propices à une discussion. C'est pourquoi, si vous le voulez bien, dans quelques heures..., dans quelques jours, à un moment plus tranquille...

Tes nerfs, trop sensibles, risquaient de craquer ! Tes yeux fuyaient, inquiets, surveillaient la terrasse aux clématites sur laquelle donne le salon du professeur, mais dont la porte n'est jamais ouverte. Tu regardais de tous les côtés, sauf du côté de Sophie, ce qui explique que tu n'aies pas vu venir son geste. Quel manque de tact ! T'attraper par le poignet et essayer de te tirer à elle ! C'est la goutte d'eau qui fait déborder le vase !

Écarlate, les oreilles empourprées, le sang vrombissant dans tes tympans, tu te demandais si ce que tu entendais était bien sa réponse obstinée :

— Nous ne pouvons pas rentrer avant que je t'aie dit...

Te dire quoi ? Quels engagements voudrait-elle t'arracher parce que vous avez couché ensemble à quelques reprises ? Tu tournais les talons et t'éloignais à grands pas, tu te moquais à présent d'éclabousser ton pantalon neuf — tu ne tiens pas aux vêtements, toi, tu ne tiens d'ailleurs à rien ! —, tu te dirigeais vers la porte de devant en faisant ces mouvements brusques qui illustrent si éloquemment ton énergie.

Les trois marches maintenant.

Voilà...

La sonnette.

Du coin de l'œil, sans devoir tourner la tête, tu la voyais s'approcher — enfin ! — du robinet et arrêter l'eau qui inondait le jardin, puis se pencher et fermer aussi le tuyau d'arrosage.

Stefan Mironescu

Un chatouillement suffocant qu'il essaye d'ignorer depuis longtemps, aussi sa toux lui semble-t-elle d'abord fortuite. Il tousse en appuyant négligemment son mouchoir sur sa bouche, il s'entête à relire les mots qu'il vient d'écrire. *Nous sommes très peu* *connus**... La secousse d'une explosion et une frayeur du corps tout entier. Il tousse désespérément, il étouffe, les yeux lui sortent des orbites, les larmes et la salive lui coulent sur le menton et sur la chemise, il se maudit une énième fois pour son incorrigible insouciance : s'il avait fait attention, il aurait échappé à cette quinte. Les doigts tremblants, il ouvre sa chemise, sa gorge est jusqu'en profondeur une plaie vive, il tousse, désespérant de pouvoir s'arrêter, ses bras se croisent en vain sur sa poitrine creuse pour la protéger. Et sur tout cela plane une hallucination auditive : les sabots d'un cheval et les roues d'une voiture.

Enfin ! Hébété, il appuie sa nuque contre le dossier de la chaise d'acajou. *Nous sommes très peu connus et avons, par conséquent, besoin de publicité occidentale**, lit-il de nouveau, mécaniquement, sur la feuille de papier où des larmes et des gouttes de salive ont fait des pâtés. Irrité, il la roule en boule et la jette dans le *Papierkorb*.

Comment *la pauvre** Sophie réagirait-elle si jamais elle apprenait brutalement la vérité sur la gravité de sa maladie ? Il garde une dignité virile, prend discrètement ses distances en raison des risques de contagion et refoule toute pensée sur ce terrible avenir qui lui imposera peut-être de continuer à se tenir loin d'elle, toute pensée sur son amour de plus en plus inutile, sur ses désirs de plus en plus violents, attisés par la maladie. Il s'interdit rigoureusement aucun pas vers elle, bien que son attention devienne toujours plus gourmande, mais il la travestit mal en indifférence et en agacements injustifiés. Elle ne remarque malheureusement que cela, elle ne voit pas l'extase religieuse où le plonge le moindre de ses gestes, quoiqu'il les connaisse tous si bien ! Le sourire de ses yeux enthousiastes et crédules, son air rusé lorsqu'elle murmure on ne sait quoi et cache avec une gracieuse maladresse son visage derrière son éventail, la façon qu'elle a de garder les yeux dans le vide, rêveuse. (Ce serait de la misogynie vulgaire d'imaginer qu'à de tels moments elle pourrait penser à un corset ou à des choses encore plus profanes !)

Une vibration singulière, une exaltation irraisonnée que je connais de plus en plus souvent depuis quelque temps, je respire avec circonspection pour ne pas réveiller la toux tapie dans mon corps, je m'enivre à l'idée que Sophie ne sait pas comment je la sens dans mes fibres, dont la sensibilité croît au fur et à mesure qu'elles s'usent… Comment *je la vis*, tant de l'extérieur que de l'intérieur, et comment elle échappe malgré tout à mon attention affamée, comment elle demeure toujours aussi opaque, quoique translucide.

Toujours aussi difficile à comprendre, quoique prévisible dans ses moindres réactions.

*Raison de plus pour être très honoré de signer dans votre revue**… Que de sincérité recelée parfois dans la phrase la plus conventionnelle ! En effet, je ne saurais estimer personne plus que ce confrère inconnu qui, avec autant d'intelligence que de persévérance, continue à s'occuper de son éminente revue de philologie, alors que le monde brûle autour de nous…

Je soigne les pleins et les déliés en cherchant à ignorer la brûlure de mes paupières, la sécheresse fiévreuse de mes mains, le manque d'envie que je dois combattre ces derniers temps. Le guéridon, bien trop bas, m'oblige à me voûter pour écrire, position malsaine, et pourtant je ne le remplacerai pas. La lumière est mauvaise ici, et pourtant rien ne pourra me décider à changer de pièce : je l'ai choisie il y a longtemps pour m'y occuper de mon courrier, parce qu'elle est près de l'entrée et que je pouvais aller ouvrir moi-même si j'entendais un coup de sonnette timide…

Le même guéridon, le même vase en bronze. De temps en temps, en attendant ce coup de sonnette, je m'accordais un peu de détente : je m'approchais de la cheminée, devant laquelle je m'attardais, la poignée ornementée du tisonnier serrée dans mon poing. Bourreau impitoyable du papier, je guettais, prêt à intervenir si le feu donnait des signes de faiblesse sous l'amas du courrier carbonisé. J'observais l'infatigable tournoiement du lutin rouge doré en revivant une tentation d'enfant : saisir dans ma main la caresse soyeuse de la flamme au noyau d'un blanc-bleu d'alcool.

Maria m'apportait sur ces entrefaites les confitures et le café sur un plateau, car les coutumes orientales étaient encore respectées à la maison. J'en étais le maître depuis longtemps déjà, et pourtant j'y avais introduit une seule modernisation, l'électricité, et donc une sonnerie électrique à la place de la vieille cloche… Quand tintait enfin le coup de sonnette timide, Maria rejoignait avec une grogne jalouse son antre mal éclairé où le crépi s'écaillait, où les gonds grinçaient, tandis que je m'empressais d'aller ouvrir la porte de devant pour protéger contre d'éventuels regards indiscrets la pudeur de Sophie, ma farouche étudiante en Lettres et Beaux-Arts. Je savais qu'elle n'oserait pas sonner une deuxième fois, qu'elle risquait même de se sauver et qu'alors, arrivé trop tard, je me demanderais si je n'avais pas été victime d'une hallucination auditive.

Sans jamais accepter d'ôter sa ténébreuse pèlerine (qui témoignait de son romantisme démodé mais touchant de jeune provinciale), elle s'installait sans bruit dans le fauteuil, loin du guéridon, et ses regards furtifs mais avides trahissaient seuls les désirs d'aventure de son cœur pur. Rien n'aurait pu l'empêcher de venir sonner timidement, toujours à la même heure. Une petite sauvageonne qu'il suffisait de laisser en paix si l'on ne voulait pas l'effaroucher. C'est précisément ce que je faisais : je continuais posément à parcourir mon courrier et à y répondre, tandis qu'elle sommeillait patiemment ; peut-être attendait-elle une chaste caresse ? Engoncé dans une honnêteté rigide, je m'évertuais à la négliger, mais j'entendais le léger craquement de ses os lorsqu'elle bâillait, les claquements de sa langue sur son palais, le bruissement des pages du livre — poèmes ou roman — qu'elle feuilletait plus qu'elle ne le lisait.

Je m'habituais ainsi à être protégé non seulement par les lares de mon âtre, mais également par un souffle proche, aussi délicat qu'un soupir...

Plus tard, Sophie continua de venir à la même heure (elle descendait, dorénavant) et moi je continuai de dépouiller mon courrier. En jetant déjà un œil nostalgique sur les maladroits débuts de notre amour ? En s'arrêtant sur ces débuts régis par le hasard, ce hasard en vertu duquel un jeune État choisit pour fête nationale une certaine date somme toute banale ?

Quelles qu'aient été les raisons, que nous ignorions, dès qu'elle terminait sa toilette de l'après-midi, elle apparaissait — tourbillon de volants parfumés — et s'installait à son aise dans le fauteuil, n'ayant plus d'autre souci que le bien-être de son époux et l'heure du thé.

Pourquoi ne criai-je pas alors *Verweile doch* ? Mais me serais-je résolu à arrêter l'instant alors que je ressuscitais des morts, alors que la loterie de la vie commençait à m'offrir des joies que je n'espérais plus ?

De toute façon, que l'on crie ou non, le temps ne s'arrête malheureusement pas. Pas plus que la loi du progrès ne paraît se vérifier en ce siècle inauguré pourtant par l'espoir fondé en lui, pas plus que le mieux ne remplace le bien, pas plus que les femmes les plus honnêtes ne peuvent vivre sans société… Malgré tout, le même salon et sa cheminée de porcelaine, la même heure, le même vase de bronze rempli de lettres et de tirés à part, le même *Papierkorb* archiplein…

Et cette sensation trompeuse : autour de nous le pouls du monde est régulier et protecteur, et le temps s'écoule à notre profit tant que nous gardons nos habitudes. Notre routine…

Mais n'entend-on pas des sabots de cheval, des roues ?

L'ennui, c'est que les voitures qui s'engagent dans notre rue (excepté quelque fiacre égaré conduit par un cocher ivre ou quelque coupé abritant une aventure galante) ne peuvent venir qu'ici, il n'y a pas d'autre perron devant lequel s'arrêter. Or, je ne suis pas d'humeur à recevoir une visite impromptue, et je ne suis d'ailleurs pas habillé. Je vais au milieu de la pièce et j'écoute attentivement. Mes sens fusionnent tous en un seul, je ne suis plus qu'une immense oreille. Non, aucune hallucination, on entend bien cahoter une voiture, un bruit qui ne trompe pas, surtout depuis que la rue est en travaux ! Dire que j'ai pris sur moi pour interrompre ma morne sieste et, après une toilette sommaire, l'esprit ensommeillé, descendre sur la pointe des pieds pendant que le reste de la maisonnée se reposait encore, et tout cela uniquement pour sacrifier à mon rite ! Uniquement pour consacrer quelques heures à la solitude et avoir ainsi le moral fortifié en prévision de la réception de ce soir, tel un Antée ayant touché la Terre…

Quelle déconvenue !

Si au moins c'était quelqu'un de pas trop agaçant ! Marie-Liliane, par exemple… Mais alors, Sophie serait au courant et elle attendrait son amie ! « Mon amie ? C'est seulement grâce à toi que je bénéficie de ses attentions ! » Voilà probablement le seul reproche dû à la jalousie qu'elle m'ait fait et il n'était pas totalement absurde. À partir de là, trop sûre de ses atouts (mes aveux sur un très ancien projet de mariage avec Marie-Liliane ayant accru son assurance), elle ne se fatiguait plus à feindre de voir en celle-ci une rivale…

Derrière la fenêtre qui donne sur la terrasse au lierre et aux clématites, revigoré à l'idée que cette visite puisse être celle de Marie-Liliane… Pourquoi pas, ma foi, bien que Sophie ne paraisse pas au courant ? Marie-Liliane ne se commettra certainement pas à notre soirée, avec des invités trop mêlés pour elle, mais elle peut se permettre de passer sans prévenir. Ne fût-ce que pour déposer un petit cadeau avec sa carte, ce ne serait pas la première fois… Si je reconnais son équipage, je n'hésiterai pas à la retenir ! J'échangerai volontiers le charme de la solitude contre le plaisir d'une conversation avec elle, brillante et pétillant d'humour sur n'importe quel thème : sa crise mystique, le lycée où elle était la seule fille dans une foule de garçons, la broderie à la main et le Coran, les dix opérations qu'elle a subies et qu'elle a mises à profit pour apprendre l'arabe à l'hôpital — mais peut-on imaginer à quel sujet on arrivera en bavardant avec elle ? Tellement captivante qu'on en oublie presque que la beauté ne lui a pas été donnée en partage. M'abandonnant quelquefois à des rêveries aussi vaines qu'innocentes, je me demande (surtout quand des contrariétés me rongent) ce qu'aurait été ma vie si le sort injuste n'avait pas décidé une fois pour toutes que Marie-Liliane devait finir vieille fille. Ce sont très exactement les termes auxquels j'ai recours, ce qui m'évite d'éventuels remords... À présent, plus j'y pense, plus je suis sûr que c'est elle qui nous rend visite... Voilà pourquoi je m'efforce de regarder à l'extérieur, mais j'ai beau écarquiller les yeux et me rapprocher de la vitre, je ne distingue rien.

Si j'ouvrais la porte ?

Ce qui me rappelle qu'il y a bien longtemps que je ne l'ai pas vue ouverte. Sophie l'aurait-elle fait condamner ? Je n'ai alors qu'à renoncer, je suis ridicule, d'autant plus que le bruit de la voiture faiblit, s'éloigne. Je suis pris soudain d'une sorte de dégoût, d'une extrême lassitude.

Suis-je devenu si chétif que je ne peux même plus ouvrir une porte coincée ?

Eh bien non, voilà, je l'ai ouverte !

L'air sec, embrasé, s'abat comme une haleine fiévreuse sur mon visage, la blancheur de la lumière me brûle les yeux, qui clignent très vite derrière les verres épais du pince-nez. Non, la voiture n'était pas une hallucination.

La voilà.

Un fiacre, capote baissée, navigue entre les nids-de-poule et les tas de pavés. J'ai l'impression que quelqu'un donne des ordres au cocher et lui pique le dos à coups de canne. Je ne suis pas sûr de ce que je vois, je ne sais pas si les détails sont exacts ou déformés par mes yeux malades. Ou imaginés. Comme d'habitude, je ne suis pas sûr de mes sens et je fais fort bien de ne pas m'y fier. On sait en effet qu'ils sont trompeurs.

Et que la raison ne l'est pas moins.

L'important, c'est qu'il n'y a personne sur le perron. Pas de Marie-Liliane, mais pas non plus d'importun (me dis-je pour me consoler).

Du perron, mon regard glisse naturellement vers le jardin et j'en crois à peine mes yeux, je me renfrogne : j'y découvre Sophie, mais une Sophie méconnaissable ! Déguisée en jardinier ! Son accoutrement de carnaval n'est vraiment pas à mon goût ! Dire qu'au début elle insistait pour savoir quelles robes, quels chapeaux je préférais ! Les hommes n'entendent rien à la mode, ils ne s'intéressent qu'à une *certaine* chose, répète-t-elle à présent avec un sourire équivoque et offensé.

Dans le temps j'étais moi, à présent je suis les hommes — remarque banale... Mais une pareille vulgarité, apparue avec tant de naturel, simplement parce qu'elle a changé d'âge !

La voir s'escrimer avec les outils de jardinage me gêne encore plus que sa tenue de mardi gras. Pourquoi se fatigue-t-elle à faire ce travail alors que nous avons un jardinier, payé comme le reste sur le même modeste traitement de professeur d'université ? Je devrais y aller, intervenir, mais elle est d'une telle humeur aujourd'hui que j'hésite. Elle serait capable, en vertu de sa curieuse logique féminine, de me décréter coupable si elle s'est attelée à une tâche qui revient normalement aux domestiques... Depuis quelque temps elle prend la mouche pour n'importe quoi, c'est qu'elle a du mal à supporter ma maladie, en outre elle s'éreinte à diriger la maison, voilà probablement pourquoi elle ne voit plus en moi qu'une cause de désagréments de toutes sortes...

Laisse-la donc *(je cède)* à ses rosiers et à son arrosage, comme si tu n'avais rien vu. Laisse ton regard *(je cède)* glisser en arrière, par-dessus la couronne du noyer sous laquelle sont éparpillés les fauteuils et la table d'osier, laisse-le glisser le long des massifs de roses. Encore aveuglante, la lumière de l'après-midi peint un arc-en-ciel en miniature au-dessus d'un jet d'eau. Tiens, Sophie a oublié de fermer un robinet et l'allée se remplit lentement d'eau ! Elle s'en moque, elle cueille des roses qu'elle dispose soigneusement dans sa corbeille. Toi *(je m'exhorte)*, retire-toi discrètement de la terrasse ! Si nous nous prescrivons de strictes règles de conduite, notre savoir-vivre protégera les autres contre toute agression de notre part et nous protégera nous-mêmes contre nos propres désordres intérieurs… Abrite-toi donc derrière ces règles *(je m'exhorte)* puisque maintenant, à la maturité, tu commences à voir un peu plus clair dans le jeu et que tu peux donc t'imposer ce genre de raisonnements, civilisés et égoïstes. Laisse donc la porte à peine entrouverte, d'un empan seulement, referme la lourde draperie verte et le rideau beige transparent qui retombe sur le parquet brillant comme un miroir…

Laisse tout tel quel et retourne à ta correspondance…

*Veuillez agréer, Monsieur**, vraiment, je devrais cesser de m'inquiéter et de m'ennuyer à l'avance en pensant à ce qui se passera dans deux ou trois heures, lorsque les voitures se rangeront les unes après les autres devant le perron et que se présenteront à tour de rôle les invités qui ne sont pas encore partis en vacances et ceux qui en sont déjà revenus à cause des rumeurs alarmistes ou de leur esprit prévoyant. Car il ne s'agit plus seulement des prix qui augmentent, des jours de jeûne qui se multiplient, des nombreux signes de mauvais augure, nous savons tous positivement que la situation s'est aggravée. C'est pourquoi, jusqu'au dîner, nous parlerons interminablement de l'entrée en guerre.

Souhaitons-nous entrer en guerre, sommes-nous menacés d'invasion si nous ne le faisons pas ?

Qui nous envahirait ? Quelle question ! Les Russes, voyons !

Une chose est certaine : Bratianu a reçu des invitations comminatoires émanant non seulement des Russes, mais aussi des Alliés, dont nous espérions qu'ils nous défendraient.

Nous défendre contre qui ?

Dire qu'il y a encore des gens pour poser des questions pareilles ! Comme si on ne le savait pas !

Comme si on savait quoi que ce soit, avec ce Bratianu qui a un langage de plus en plus sibyllin !

Jusqu'ici son silence de sphinx a protégé la Roumanie !

Il est plus muet que jamais et, dès qu'il a un moment de libre, il file dans ses terres de Florica pour se prélasser sur ses canapés et tisser des projets désastreux ! Il ne baissera pas les bras, Bratianu, tant que la Roumanie ne sera pas rayée de la carte de l'Europe !

Il ne baissera pas les bras, Bratianu, parce qu'il n'oublie pas que l'Angleterre nous a déjà laissé tomber une fois, au congrès de Berlin !

Depuis le temps, on devrait le connaître, l'esprit mesquin de la dynastie des Bratianu !

Bratianu marchande encore comme au souk, il veut entrer en guerre au meilleur moment et il refuse de lâcher quoi que ce soit sur ses prétentions !

Bratianu craint qu'ils ne s'entendent avec les Russes dans son dos...

Messieurs, un petit État entraîné dans une conflagration, voilà une catastrophe...

Qui sont selon vous, monsieur, ceux qui s'entendront dans son dos ? Alors, qui sont selon vous ceux qui nous vendront ?

Allons donc, monsieur, on ne le sait que trop !

Quoi, l'Angleterre ? Elle, elle qui défend les principes !

La perfide Albion !

Rires.

Une inquiétude générale, des explosions de gaieté, des ragots croustillants, des nouvelles alarmantes, les gros rires des hommes, le son cristallin des voix féminines, un avenir menaçant, une exceptionnelle ambiance de fête, Athanasiu est inutilement entouré puisque tous les ministres ont reçu des consignes de mutisme. Nous sommes les uns envers les autres plus sarcastiques et méfiants que jamais : envers ceux qui soupèsent les chances de victoire de chaque camp et sont prêts à rejoindre les vainqueurs, envers ceux qui clament dans la rue leur nationalisme à seule fin de renverser le gouvernement, envers ceux qui voudraient que nous marchions aux côtés des empires rapaces, envers ceux qui offrent généreusement le sang roumain à la France et à la Russie... Chacun de nous a des arguments convaincants : il n'y a que vous et moi pour être de bonne foi, quant au reste, c'est l'intérêt partout, les espions et les vendus pullulent !

Il n'y a aucun danger d'invasion, contrairement aux bruits malveillants répandus par certains...

N'oublions pas, messieurs, qu'il suffit d'un faux pas pour que notre petit État soit rayé de la carte de l'Europe, comme s'il n'avait jamais...

La situation est radicalement différente de celle d'il y a quelques mois, lorsque Saint-Pétersbourg préférait que nous entrions en guerre le plus tard possible, pour mieux s'opposer à nos exigences, tandis qu'à présent il envoie à Bratianu des invitations comminatoires...

La France, messieurs, la France, encore une fois, la France qui...

On sait tout et on ne sait rien du tout, à cause du mutisme désespérant de Bratianu !

Qui selon vous, monsieur, qui va s'entendre avec les Russes dans le dos de Bratianu ? Qui va nous vendre, monsieur, osez donc le dire !

Quoi ? La France, notre sœur, qui nous a prouvé à tant de reprises...

La France, qui n'est pas capable de veiller sur son propre sort !

Faisons-le, je continue à l'affirmer à la dernière heure, faisons-le au plus vite, messieurs, au plus vite et sans calculs mesquins, ne prêtons plus l'oreille tantôt aux uns, tantôt aux autres...

La politique, à ma connaissance, c'est du concret, pas des emballements...

Puisque tu n'es pas un spécialiste de la politique et que son jeu te déplaît *(je m'interroge)*, pourquoi t'obstines-tu à placer de temps en temps une phrase sceptique ou un sourire dubitatif ? Et lorsque la discussion arrivera, inévitablement, aux garanties fournies par les Alliés, à leurs capacités de nous défendre, seras-tu capable, ce soir au moins, de renoncer à ta fable préférée ? Quelle vanité enfantine pourrait te pousser à la raconter, alors que tu as eu tant d'occasions de constater que cette histoire si pleine de sens pour toi n'éveillait pas le moindre intérêt chez les autres ? Je te vois déjà t'empressant de l'annoncer en souriant :

— Une anecdote réelle, du temps où l'avenir de

notre petit État paraissait encore plus incertain qu'aujourd'hui…

Y eut-il un temps où notre avenir ne paraissait pas incertain ?

— Cela se passe pendant les premières années du règne de Charles. Il ne s'agit en vérité que d'un échange de propos entre un diplomate et un politicien. Par discrétion, je ne dévoilerai ni le nom du ministre de l'Allemagne à Bucarest, ni celui du politicien roumain, qui est encore en vie… Espérant obtenir un minimum d'assurances pour notre avenir, celui-ci demanda au diplomate allemand : « Aussi longtemps qu'un Hohenzollern se trouvera sur le trône de Roumanie, une éventuelle atteinte à son intégrité sera-t-elle considérée par l'Allemagne comme une atteinte à son propre prestige de grande puissance ? » Et le diplomate répondit : « Si son intérêt l'exigeait, l'Allemagne acquiescerait à l'annexion ou à la partition de la Roumanie, par exemple entre la Russie et l'Autriche ! » Cette réponse vous paraît cynique ? Eh bien, elle fut donnée en toute cordialité !

Comme toujours, les invités continueront pour la plupart à bavarder sans même baisser la voix, quelques-uns tenteront de m'écouter mais ils y renonceront dès les premières phrases et, de toute façon, il ne se trouvera pas une personne dans l'assemblée pour saisir la morale de la fable, évidente à mon avis et qui illustre en permanence ce que j'appelle quant à moi « le triste sort de la Roumanie » …

Plus désagréable encore que l'indifférence, ce serait un de ces commentaires dont l'ami Victor a le secret :

— Eh bien, *mon cher**, qu'est-ce que je vous répète depuis deux ans ? Entrons en guerre aux côtés des Alliés ! Vous donniez l'impression de nourrir d'autres sympathies, mais voilà, vous comprenez enfin, fût-ce à la dernière heure, que les *boches** sont capables de tout…

— Mais non, il ne s'agit pas forcément de l'Allemagne, il s'agit de n'importe laquelle des grandes puissances ! Je me suis mal exprimé si l'on n'a pas compris…

— Comment, cher Victor, vous avez pris mon mari au pied de la lettre ?

— Fallait-il le prendre autrement, chère Sophie ?

Autrefois, au début, j'étais terriblement gêné lorsqu'elle intervenait ainsi. Mais, au fond, elle appartient tout bonnement à cette nouvelle génération qui piétine avec désinvolture les privilèges du rang et du sexe (ou, plus exactement, qui feint de les piétiner). Il est devenu banal aujourd'hui d'entendre les femmes parler politique avec autant de fougue que les hommes ! Si j'essayais de retrouver l'image d'elle que je me fabriquais à l'époque de nos beaux jours ? Je jugeais certes déplacées ses interventions, mais je la voyais en chien fidèle, le museau sur ses pattes, grognant les babines retroussées avant de lancer des aboiements furieux… Ou bien, si je l'écoutais parler, sur ce ton légèrement affecté qui me signale qu'elle joue les grandes coquettes ? Tout le monde sait que Victor a plus qu'un faible pour elle. « Je suis toujours célibataire parce qu'il n'existe pas une deuxième Sophie. » À la fin de chaque fête, à l'aube, il n'oublie pas de répéter cette phrase, la langue pâteuse.

Et elle arbore un sourire flatté, sans la moindre ironie ! Sa gourmandise féminine gobe des compliments aussi outrés, aussi vieux jeu ! Dès que nous serons en *tête à tête**, elle se moquera de Victor en riant, bien entendu. Mais, d'ici là :

— Comme vous simplifiez, cher Victor ! « Pouvons-nous compter sur l'Allemagne tant que notre roi est allemand ? », voilà ce que voulait savoir notre politicien. Il envisageait un avenir fâcheux, et la surprise c'est que l'Allemagne, en vérité pas forcément l'Allemagne…

Elle récitera comme une écolière, avec ses mots à elle, ce que je lui ai expliqué plus tôt. Ce dévouement *touchant** — on pourrait dire total — dont elle est capable lorsqu'elle aime, cette ravissante obstination qui la pousse à insister, cet aveuglement grâce auquel elle ne voit que ce qui l'arrange !

Si tu ne décèles plus aucun de ces signes, es-tu sûr pour autant qu'elle ne t'aime plus ?

Je supporte de plus en plus mal le mécontentement de moi-même qui, dans ma jeunesse, a tellement troublé mon âme anxieuse, alors précisément que je la souhaitais aussi calme qu'une mer étale ! Ah ! l'intangible *sôphrôsynê*, objet de tant de rêves… Comme j'en serai loin pendant que je surveillerai la disposition des tables de whist et d'écarté ! Mes obligations de maître de maison me feront aller ensuite dans le petit salon, où l'on entend des voix jeunes, les frères Palade assurément, l'un est l'agréable ténor qui accompagne Sophie d'habitude, et l'autre, c'est l'automobiliste… Des lieder… Un jeune lieutenant s'installera au piano, un fils de bonne famille rentré depuis peu d'Angleterre. Son nom, déjà ? Son nom… Ah ! oui, Alexandru Geblescu. Notre ubiquiste Titi Ialomiteanu jouera les hôtes prévenants en lui faisant la conversation, c'est-à-dire qu'il lui posera ses innocentes questions :

— Que peut-on dire à propos des nouvelles nominations ? Est-il vrai que c'est le roi, et non Bratianu, qui soutient le général Crainiceanu ?

Après ces jeunes gens captifs à leur tour de la politique, je saluerai avec plaisir les inséparables demoiselles Nacu, *la pauvre** Hortense et *la pauvre** Lilly. Encore un été qui passe sans qu'elles aient trouvé à se marier ! Et les occasions se font dorénavant de plus en plus rares… Je m'inclinerai à tour de rôle devant chacune et je mentirai pour la bonne cause :

— Quels atours superbes, qui valent une fortune ! Eh oui, il y en a toujours eu de pareils dans votre famille ! Votre adorable grand-mère pourrait vous raconter les drames qui ont éclaté lors de la tournée de Sarah Bernhardt à Bucarest… Non, non, je ne plaisante absolument pas ! J'étais lycéen. Et votre adorable grand-mère était encore *une beauté**. Il n'y avait d'yeux que pour elle lorsqu'elle apparaissait dans sa loge… Si, si, pourquoi trouvez-vous cela incroyable ?

Le dîner fini, les hommes se retireront au fumoir. C'est le moment où ils échangent des nouvelles croustillantes, des histoires cochonnes. Mais pas pendant longtemps : les nouveaux riches feront rapidement les frais de la conversation. Tous ces rustres qui ont rempli Bucarest ! Qui trafiquent dans l'import-export ! Qui se livrent au marché noir ! Toutes ces fripouilles qui fréquentent les cabinets particuliers de l'Hôtel Impérial et se disputent avec les garçons à propos de l'addition, tous ces parvenus qui plastronnent !

Des rires, des rires, cette franche rigolade bien roumaine qui, je l'ai constaté toute ma vie, accompagne chaque désastre, incendie ou séisme, guerre ou choléra, jusqu'au démembrement du pays…

— C'est pourquoi, je vous le répète, celui qui se prépare en ce moment, avec une inconscience criminelle, à verser tant de sang, j'ai nommé ce criminel de Bratianu…

Même si tu reconnais là la voix de l'ami Victor, il serait déraisonnable *(je me freine)* de l'apostropher sur le ton si vif propre aux neurasthéniques :

— Mais dites-moi, cher monsieur, n'est-ce pas pour cela, pour une entrée en guerre immédiate, que vous plaidez depuis deux ans ? N'était-ce pas vous qui nous appeliez tout à l'heure à entrer en guerre au plus vite et sans calculs mesquins ? Ce ne sont pas là vos propres paroles ?

— Renversant ! s'écriera Victor, renversant ! Permettez, cher ami, moi je plaidais pour autre chose ! Je plaidais pour un autre moment, moi, pas pour celui-ci ! Le moment de Lemberg, d'accord ! Ou un autre, un autre, tous ceux qu'il y a eu, tous ceux qu'il y aura, mais pas celui-ci ! Pas la criminelle indifférence qui… et donc nous avons laissé égorger l'innocente Serbie sans remuer le petit doigt, sans bouger, et même notre propre sort de petit pays étranglé par les uns, abandonné par les autres, nous l'avons regardé sans intervenir ! Je plaidais pour un autre moment, cher ami, et avec d'autres hommes ! Pas avec Iliescu à l'état-major, lui qui ne dessoûle ni de jour ni de nuit, moi pour un autre moment et avec d'autres hommes ! Pas avec ceux qui se sont gobergés de neutralité et de concessions de wagons et d'import-export et de tout ce qu'on connaît tant et trop…

— Une minute *(je m'accrocherai)*, une minute ! Nous, nous parlons de l'entrée en guerre ! De rien d'autre que de l'entrée en guerre ! Si vous préfériez un autre moment, cela signifie que nous serions entrés en guerre un an ou quelques mois plus tôt, n'est-ce pas ? Alors, puisque nous sommes de toute façon sceptiques et pessimistes, ne vaut-il pas mieux avoir épargné la Roumanie quelque temps encore ?

— Permettez, cher ami, il y a deux mois, d'accord, mais pas maintenant ! Pourquoi cette méfiance mesquine à l'égard de nos grands amis les Alliés ? Bratianu est sur ses gardes comme un paysan au marché...

Il continuera selon sa logique, et toi qui observeras son menton fuyant d'homme veule, la tache jaune sur son iris, ses gros doigts qui battent la mesure de ses phrases et les autres signes particuliers que tu connais depuis vingt ans sans qu'ils t'aient appris quoi que ce soit sur lui, toi qui l'écouteras, tu ne penseras même pas à le soupçonner de mauvaise foi.

Tu en auras assez, assez, de constater à nouveau que nous pérorons tous avec l'acharnement et l'intolérance de la bonne foi, que nous croyons tous avoir raison ! Mais quelle est au fond la vérité sur chacun d'entre nous lorsqu'il achève sa longue harangue pâteuse et passionnée, pour retourner à son point de départ en guise de conclusion ? Déçu, écœuré — et tellement fatigué *(je le sens déjà)* —, tu passeras à côté des joueurs. La gravité, l'assurance de celui qui va abattre son jeu !

Tu sortiras sans que personne ne s'en aperçoive *(j'en suis sûr)*, par la porte laissée ouverte exprès et tu iras prendre l'air sur la terrasse, dans l'odeur de la terre encore chaude qui montera sous les corolles des clématites agrandies par la nuit, entre les feuilles épaissies des bardanes, sur les lianes des glycines...

Tu repenseras au calme de la mer étale, de la mer miroir. Ah ! intangible *sôphrôsynê*, objet de tant de rêves... Accoudé à la balustrade, près du chèvrefeuille, tu chercheras à te rappeler quand il fleurit — peut-être en mai ? peut-être en juin ? —, de toute façon il est passé depuis longtemps, son parfum qui te suggère un message des mondes célestes... C'est la dernière ou l'avant-dernière nuit de chaleur et de poussière de l'été : après l'Assomption, l'air fraîchira tout à coup et la lumière tombera différemment. Tu pourrais croire, accoudé à la balustrade et sentant s'éloigner de plus en plus les phrases passionnées que tu as entendues et les réponses non moins passionnées qui te chatouillaient la langue, tu pourrais croire que c'est une nuit pareille à tant d'autres dans un Bucarest suffocant — si tu n'étais pas l'un des rares à savoir. Aussi, comme tout homme supérieur qui a atteint le milieu de sa vie et qui s'efforce de voir toujours davantage et de comprendre toujours mieux, ne découvriras-tu devant toi que les ténèbres.

Les ténèbres, les ténèbres...

Cependant, ta nature logique, opaque et optimiste ne se résignera pas. Tu te reprocheras de fuir tes devoirs d'hôte, tu t'étonneras de t'être ennuyé encore plus vite que prévu, mais tu resteras là, à contempler la toute-puissante lune rurale en craignant qu'elle ne soit toujours pas éclipsée dans cent ans par les lumières d'une véritable métropole...

Une hallucination ou un coup de sonnette réel ? Tiré de ma rêverie, je tends l'oreille et le silence de la maison se meuble de bruits légers — une porte qui grince, le parquet qui craque au premier, des pas de chat dans l'escalier. Mais on ne sonne pas une deuxième fois. C'était peut-être un garnement attiré par la nouveauté de la sonnerie électrique et qui, après avoir appuyé sur le bouton, aura décampé pour aller se vanter de son courage auprès de ses camarades, sur le terrain vague voisin. J'écoute pendant quelques secondes encore le silence dont mon ouïe aux aguets a réveillé les farfadets, à la manière dont le microscope révèle les animalcules qui grouillent dans une goutte d'eau.

Et puis, trop près, si près que je sursaute, l'horloge qui égrène brutalement ses coups.

Bientôt, ce seront les coups de sonnette qui n'arrêteront pas, je prends dans le vase en bronze des enveloppes soyeuses qui bruissent entre mes doigts, celle-ci est arrivée de Paris, je ne puis me faire à l'idée qu'un voyage à Paris soit devenu une aventure impossible. Je ne puis admettre qu'un rideau de feu me sépare du confrère qui me l'a envoyée. Des explosions qui projettent en tous sens des jambes, des têtes et des bras ensanglantés, des obus qui décapitent les enfants des écoles et les saints des cathédrales, cet enfer décrit par les journaux, je suis incapable de l'imaginer. Je constate cependant que mon dernier voyage à l'étranger remonte à deux ans, lorsque je suis allé choisir à Vienne les phonographes et tous les accessoires dont j'aurai besoin dans le laboratoire de phonétique que j'ai l'intention d'installer au sous-sol de l'université dès que je serai rétabli.

Rien ne doit nous empêcher de faire notre devoir. Nous ne devons regarder ni à droite ni à gauche, nous devons regarder toujours droit devant nous, tels des chevaux munis d'œillères. Même si notre peau suppure, écorchée par les harnais, même si ses tressaillements et nos coups de queue se succèdent en vain pour chasser les mouches vert-noir dont les nuées se posent sur nos plaies, même si le mors nous blesse la bouche et si nous trébuchons de plus en plus souvent sous le fouet, nous devons continuer à tirer notre fardeau... Aussi sombre que soit l'avenir vers lequel nous nous dirigeons, je dois préparer mon laboratoire comme au bon vieux temps, en demandant conseil à ceux qui en ont déjà un depuis longtemps. À ceux avec qui je me promenais jadis, ah ! les promenades de notre jeunesse, de Hohestrasse à Zülpicher, quand j'étais étudiant en philologie et en épigraphie... Ah, merveilleuse Europe !

Je cherche à tâtons le *coupe-papier**, sans détacher mon regard du timbre collé sur l'enveloppe que je tiens à la main, les cachets ont noirci un peu plus les arabesques du Dôme, mais jusqu'à quel point devraient-ils les noircir pour que je ne les reconnaisse plus, avec un serrement de cœur déchirant ? Je glisse fermement le *coupe-papier** dans l'enveloppe, mais mon sourire s'est figé — quel chavirement pour un homme d'âge mûr qu'une image de sa jeunesse !

Mais quoi, que se passe-t-il ? C'est inadmissible !

Qui ose sonner avec autant d'impertinence à cette heure-ci ? Et comment est-il possible que personne n'aille voir ce que c'est ? C'est le monde à l'envers, les domestiques ont disparu, Sophie s'occupe du jardin et c'est moi qui devrais aller ouvrir la porte à la place de Grigore ? Est-ce que dès maintenant et jusqu'à demain matin à l'aube je ne vais pas pouvoir rester une minute seul à seul avec moi-même ? La soirée et la nuit ne leur suffisent-elles pas pour m'expédier au lit frissonnant et recru de fatigue, dois-je déjà supporter leur invasion ? Dois-je déjà leur faire bonne figure ? Sidérant ! Sidérant et inadmissible ! Par conséquent, quiconque passe devant chez moi peut sonner à ma porte ! Sans avoir laissé sa carte, sans avoir téléphoné, on peut sonner et entrer ! J'aurai beau ne pas bouger de ma chaise, ça n'y changera rien, on sonnera, on entrera ! Le monde n'est donc plus gouverné par aucune loi ? Je reste silencieusement sur ma chaise, mon cœur bat horriblement fort sous le coup d'une émotion insupportable car, décidément ! oser frapper trois fois à ma porte et puis l'ouvrir doucement, tout doucement ? Mais voilà ! Voilà qui se tient sur le seuil !...

— Je vous en prie, monsieur Ialomiteanu, donnez-vous la peine d'entrer ! Nous en avons parlé si souvent ensemble, n'est-ce pas, à notre époque le protocole est dépassé, on le simplifie sans cesse, on le modernise... Alors asseyez-vous, ou restez debout, si vous préférez... Non, non, vous ne me dérangez pas, vous ne me dérangez absolument pas, mon cher Ialomiteanu ! Au contraire, comme vous le savez ! Comme vous le savez, j'ai du public chaque fois que je fais mon courrier... Je pourrais même dire que c'est mon péché mignon...

Sophie

Je ne faisais rien. Rien du tout. Le ciel était blanc, de la pierre blanche avec une trouée bleue d'un côté. Je regardais la tige de lierre qui pend devant la fenêtre de la chambre où nous avons décidé d'un commun accord que je coucherai désormais le plus souvent. Dans l'autre, le lierre obture complètement la fenêtre. Or, moi, j'aime la lumière. Je lui ai donné cette raison quand j'ai dû lui expliquer pourquoi il ne m'agréait plus de faire chambre commune... J'avais donc renoncé à monter encore une fois à la mansarde pour secouer ce feignant de Grigore et je ne faisais rien, rien du tout : j'attendais de me remettre de mon *malaise** passager pour descendre dans le jardin.

On n'entendait qu'un lointain roucoulement de pigeons et, beaucoup plus lointain, l'écho d'un tramway. Sortant d'un nuage blanc, le soleil dessinait brusquement sur le mur les contours nets de la lumière et de l'ombre, et mon sang bouillonnait dès que les souvenirs remontaient en moi. Ils m'étranglaient, mes veines se gonflaient dans ma poitrine et sous mon front, je haletais, je voyais, je sentais le contact rude et velouté de la peau, ah ! nos corps enlacés, issus de la même cuisse… Le soleil disparaissait en même temps que la ligne qui aurait nettement séparé la lumière et l'ombre sur le mur et je sentais mon cœur battre à petits coups inquiets, craintifs. Le chant rauque d'un coq au loin, la branche verticale devant la vitre et ses graines vertes cachées sous les feuilles — seule demeurait la peur. J'ai eu l'impression d'entendre une voiture. Comme il pouvait être tard, je me suis levée et j'ai inspecté ma tenue ; éternelle dans son immobilité la branche de lierre pendait devant la fenêtre.

— Refusant les préjugés, les esprits modernes admettent que la femme désire l'homme de façon similaire, comparable…

Je réentendais cette phrase pendant que je descendais l'escalier sur la pointe des pieds, pendant que je prenais sans bruit la corbeille, les gants, le sécateur… Si je réentendais exactement la voix qui l'avait prononcée, je voyais par contre des choses tout autres. Et tellement précises ! Je me demandais sincèrement si Lisette en voyait aussi du même genre, et plusieurs fois par jour, puisqu'elle s'est réconciliée avec Jorj, bien que la bonne ait accouché il y a un mois.

Lorsque je suis sortie par la porte de derrière pour aller dans le jardin, j'ai entendu de nouveau un bruit de voiture. Quel été bizarre ! Le vert des feuilles s'en va sur les arbres, elles sont devenues blanchâtres, couvertes d'une poudre pareille au sel, et elles se racornissent, on dirait que le temps a un mois d'avance. Je ne voulais surtout pas penser à ce qu'il adviendra dans un mois, à ce que je ferai, à ce qui arrivera à tous et à chacun... Je ne voulais ni réentendre cette phrase impudente ni revoir plusieurs fois par jour des choses passées généralement sous silence. Et, plus que tout, je ne voulais plus voir les yeux de Stefan, soulignés par leurs cernes violets. J'en suis venue à les craindre, ces yeux qui me fixent en permanence, qui me vrillent, exaspérés par l'incompréhension, par la haine.

La vie nous est donnée pour être une joie, non un fardeau. Voilà ce que je pense et qui me permet de chasser sans effort les idées noires. Puisque la poussière blanchissait les feuilles, je les ai arrosées ! Une vraie *folie** d'arroser les arbres, n'est-ce pas ? Et après ? La vie n'est pas agréable si on ne la pimente pas de petites *folies**, ainsi j'ai pu facilement ne pas penser à ce que je voulais chasser : jusqu'à la phrase impudente, qui s'est évanouie. J'ai pointé le tuyau sur un jeune pommier et je l'ai copieusement arrosé de haut en bas et de bas en haut. Sous les feuilles de velours blanchâtre, se blottissaient de petites pommes luisantes, pas encore mûres, mais qui me faisaient tellement saliver que je n'ai pas pu résister.

Dressée sur la pointe des pieds, j'allongeais le bras et j'étirais les doigts pour en attraper une au-dessus de ma tête. La pression de l'eau a fait tournoyer le tuyau, il m'a échappé, il coulait dans l'allée, mais je ne l'ai pas arrêté, je m'échinais à attraper la pomme. La voiture est passée à ce moment précis. La vie nous est donnée pour être une joie, non un tourment, et il ne tient qu'à moi de ne jamais en connaître les vicissitudes. J'ai manqué la branche à l'instant même où j'allais la saisir, parce que je me suis retournée pour voir la voiture. Ce n'était pas celle que j'attendais. Sans doute un cocher égaré dans le quartier puisqu'il ne s'est pas arrêté chez nous. Rassurée, j'ai réussi à attraper la branche. La première pomme était si aigre que j'ai larmoyé comme lorsque quelqu'un m'énerve, les pépins éclataient entre mes dents, mais je mâchonnais tout de même la pulpe au suc aigrelet. Mon regard s'est arrêté sur la terrasse et je n'ai pas été surprise d'y découvrir Stefan caché derrière les clématites. Ses yeux perçants fouillaient tout : la cour, la rue, le jardin. Il voudrait bien connaître chacun de mes gestes, chacune de mes pensées — quel instinct de vampire ! Ce qui m'a étonnée, c'est qu'il ait eu la force de décoincer la porte. J'ai fait semblant de ne pas l'avoir vu et je me suis penchée sur le tuyau d'arrosage. Il en est donc arrivé là : débloquer une porte que personne n'ouvre jamais et se planquer pour m'espionner ! La peur de lui faire du mal, que j'ai éprouvée parfois, a disparu aussitôt : personne au monde n'a le droit d'essayer de posséder jusqu'à vos dernières pensées ! Être épiée en permanence, c'est être victime d'un abus dont on doit se défendre de son mieux — toute seule... D'abord, en ne réfléchissant pas. Au XVIIIe, siècle qui porta à la perfection l'art de vivre plaisamment, l'aventure galante était un droit. La vie réclame des compromis discrets et gracieux, elle n'est pas une simple application de principes *sans queue ni tête**. Quelle erreur ! m'a répondu Stefan, mais quand je lui ai rappelé que c'était sa théorie d'autrefois, il m'a expliqué (plus bredouillant que convaincant) que cette façon de penser frivole ne lui appartenait pas : autrefois, il voulait me mettre en garde pour que je ne tombe pas amoureuse de lui ! *Il ne voulait pas s'attirer des histoires**...

Quelques secondes plus tard, la terrasse était vide. Mais il continuait peut-être à m'épier, derrière les rideaux ou par l'entrebâillement de la porte. Pour le rassurer et l'empêcher de perdre son temps en vain, j'ai commencé à couper les roses dont les pétales s'étiolaient et à les mettre dans ma corbeille. Ils n'étaient pas étiolés au point de ne pas pouvoir donner de la bonne confiture, mais c'est une opération trop délicate pour être confiée aux domestiques. Cette chipie de Margot pourrait s'en occuper au lieu de passer son temps à se bichonner devant le miroir ! Je devrais d'ailleurs la prendre en pitié : malgré ses efforts, elle reste un laideron. Quant à sa nature, elle est d'une superficialité inquiétante, ce que son professeur principal n'a d'ailleurs pas manqué de noter à la fin de l'année scolaire.

J'ai une poche dissimulée sous le volant de ma jupe de jardinage et j'en sortais de temps en temps une pomme que je grignotais et qui m'agaçait les dents. Si j'avais gardé un doute, cette envie me l'aurait enlevé, sans compter que, depuis deux semaines, la maison s'est à nouveau remplie d'odeurs. Lorsque je suis allée tout à l'heure dans la chambre de Margot, ça puait les cheveux brûlés, Ana empestait comme d'habitude l'oignon frit et la sueur rance, une odeur âcre de pipi de chat montait de sous le lit — elle a encore laissé Piturca passer la nuit là ! — et j'ai aperçu dans un coin une petite culotte tachée ! Ce que les filles peuvent être dégoûtantes ! L'éducation elle-même ne peut rien contre la saleté du sexe ! Je suis vite ressortie pour ne pas vomir là, et voilà le signe irrécusable : j'ai commencé à vomir à peine rentrée dans ma chambre, à peine la porte fermée. J'ai longtemps rendu, penchée sur le lavabo, et à la fin j'ai craché un filet de sang. J'ai dû faire nettoyer par Maria, bien qu'elle me haïsse et m'espionne sans cesse. Mais Stefan est persuadé lui aussi qu'elle me déteste, si bien qu'il ne croira rien de ce qu'elle pourra lui raconter.

— Nettoyez bien, lui ai-je dit, et je me suis étendue sur mon lit.

Je savais que cela lui suffisait pour me haïr encore plus. Dès qu'elle est sortie, je me suis levée, je me suis rincé la bouche et lavé la figure — quelque chose de jaune s'y était collé —, après quoi je me suis recouchée et, pour ne pas m'endormir, j'ai fixé des yeux la tige de lierre qui coupe en deux ma fenêtre.

Cela aurait pu ne pas arriver, me disais-je. Cela ne serait pas arrivé si nous étions partis en vacances. À qui la faute si nous avons étouffé à Bucarest tout le torride mois de juillet ? Alors que d'autres, contraints par la guerre, découvraient que les plages de Constanta peuvent être agréables, à qui la faute si nous sommes restés là, à étouffer comme la populace dans la poussière et la fumée des grils à saucisses, dans cette ville inhabitable l'été ? Ah ! si je pouvais me plaindre à une âme sœur de cette situation qui devient de plus en plus insupportable, ce ne sont que récriminations et caprices dès que nous restons en *tête à tête**, des interventions grossières en société ou des répliques qui trahissent la mauvaise humeur et l'indélicatesse ! Blesser à tout instant l'être le plus proche, devant des tiers ! Et lorsque l'occasion se présente de se montrer un homme, se révéler égoïste et faible ! Alors, si un beau jour je n'ai plus la force de *sauver les apparences** ? Plus la force ni la volonté...

Se sentir si jeune et si désireuse de vivre, et ne voir que des obstacles se dresser autour de soi ! N'avoir d'autre avenir, d'autre perspective, que de s'occuper d'un malade capricieux et grognon et d'une sœur égoïste et gâtée, sans oublier la guerre qui va éclater paraît-il d'un jour à l'autre...

Et si l'on veut goûter à un plaisir naturel, comme on y est incitée par son jeune cœur, en payer le tribut féminin...

J'en étais là de mes pensées lorsque j'ai eu l'impression d'être humide. Je me suis vite levée, mais il ne se passait rien, tout était comme avant. J'éprouvais cette sensation dix fois par jour et je constatais aussitôt que je me trompais. Pour ne pas trop me tracasser, j'ai recommencé à regarder la tige qui coupe en deux ma fenêtre. Si nous étions partis en vacances, il ne serait rien arrivé, car je n'aurais pas eu l'occasion d'aller chez Titi. Tandis que nous sommes restés seuls dans l'ennui de ce Bucarest déserté, où je n'avais en guise de distraction que les palabres de Stefan sur la guerre, différentes chaque jour : aujourd'hui il se demande comment persuader les médecins de l'autoriser à s'enrôler, demain il se lamentera sur le massacre et tous les malheurs à venir, après-demain il expliquera qu'il se sent tellement mal que, guerre ou pas, l'été prochain il ne sera plus là, et ensuite il s'interrogera sur ce qu'on va penser de lui étant donné que tant de réservistes sont mobilisés. Ses opinions changent avec les jours de la semaine, excepté une, qui ne change pas depuis plus de trois mois :

— Je ne veux plus entendre le mot vacances ! hurle-t-il.

Et il y va de sa rengaine : la guerre va nous surprendre en route, *embarrassés** d'une nourrice, d'un enfant en bas âge et d'une bonne, surchargés de valises et de cartons à chapeau et d'un pot de chambre en prime... C'est incroyable, ce qu'il peut devenir vulgaire, je n'aurais jamais imaginé connaître un aussi sombre destin...

— Mais, lui dis-je, tous nos amis sont partis…

— Ce sont des inconscients ! réplique-t-il.

Rendu neurasthénique par la maladie et les idées fixes, il se lance dans de véritables discours. Il se voit en province à la tribune d'une société de bienfaisance, il est le conférencier venu de Bucarest, il doit impressionner ces dames qui le fixent derrière leur *lorgnon**. Alors, *il enfourche son dada sans perdre une seconde**, il fustige notre administration balkanique, notre désordre et notre retard séculaire, ce pays pourri qu'est et que restera encore longtemps la Roumanie… Et il parle, il parle, *à tort et à travers**, pour finir bien entendu par s'enorgueillir de sa maladie et de sa méconnaissance des choses pratiques.

Un défaut capital qu'il refuse d'appeler par son nom — un défaut — et qu'il refuse d'autant plus de corriger.

— Tes sorties, tes amusettes, pourquoi essayes-tu de m'y traîner, malade et impotent comme je suis ?

C'est sur des cris pareils qu'il finit chaque discussion, de sorte que, pour ne pas donner aux domestiques une raison de plus de s'amuser, je me retire, au bord de la crise de nerfs. Au moins, je sais maintenant que je me retire dans ma chambre et qu'il ne risque pas dans deux heures de venir m'importuner et insister comme si de rien n'était. De trouver même normal de se « réconcilier » d'une manière qui ne peut susciter que mon dégoût. Ce n'est pas dans n'importe quel état que je supporte qu'on me fasse la chose. Autrement, je suis d'un caractère si doux et si patient que tout le monde en profite, y compris les domestiques et cette impertinente de Margot.

Lorsque j'ai tiré pour la millième fois cette conclusion, la corbeille était aux trois quarts pleine de pétales étiolés. Je me suis rendu compte brusquement que je m'étais éloignée du tuyau d'arrosage sans fermer l'eau. Je le voyais se tordre sur lui-même, pareil à un serpent, dans une flaque où flottaient quelques pétales, mais j'hésitais à rebrousser chemin sur le sol détrempé. Comme je ne perds jamais la notion du temps, même aux moments les plus doux, même dans le noir, je me suis dit que mon cher Titi aurait déjà dû être là. Aller jusqu'au robinet signifiait salir mes chaussures. J'hésitais toujours… Et puis j'ai oublié une deuxième fois le tuyau d'arrosage, car j'ai entendu la voiture.

J'étais calme, comme je tiens toujours à l'être. Je ne m'inquiétais pas de la réaction de mon cher Titi lorsque je lui annoncerais la nouvelle. Je ne m'étais pas inquiétée non plus, en apercevant Stefan sur la terrasse aux clématites, à l'idée qu'il pourrait nous voir ensemble.

Et si, maintenant que j'entendais la voiture, je sentais un nœud dans ma poitrine, un nœud qui montait et me serrait la gorge dans son étau, si fort que je craignais d'avoir à nouveau envie de vomir, comme plus tôt, je comprenais qu'il y avait à cela une seule raison : cette fois-ci, ma grossesse serait plus lourde à porter. Fanica, la sage-femme, ne le disait-elle pas ? Il n'y en a pas deux de pareilles, elles sont toutes différentes.

La première fois je n'ai pas eu beaucoup de nausées et lorsqu'elles ont passé et que ça aurait dû commencer à se voir, je me suis serré le ventre, si bien qu'on ne remarquait rien. J'allais aux bals, aux pique-niques, aux courses, partout où l'on sortait, et personne ne se doutait que j'attendais un enfant.

— Ça alors, *ma chère**, vous faites une belle cachottière ! m'a dit ensuite le vieux général Praporgescu.

Quel homme agréable et courtois, et comme on reconnaît bien là les manières exquises de l'ancien temps !

Il était si surpris que, malgré son extrême délicatesse, il ne pouvait s'empêcher de parler à tout le monde de ma taille de guêpe. *Je l'écoutais sans mot dire**, mais je n'oubliais pas, moi, le mal que se donnait Mme Ana pour serrer les baleines de mon corset ! Elle pliait le genou, elle me l'enfonçait dans le bas du dos, et de pousser, et de tirer, et de pousser, et de tirer... Et de se lamenter :

— Ah ! là ! là ! Vous me chargez l'âme de péchés...

Elle se lamentait, selon leur habitude : elles croient que ça les rend plus distinguées ! Mais je dois avouer que le docteur Radulescu ne m'a pas ménagée quand il est venu m'accoucher :

— Qu'est-ce que c'est que cette histoire de corset dont on m'a parlé ? Comment peut-on être aussi écervelée ? Savez-vous (mais cela, il ne me l'a dit qu'après la délivrance), savez-vous que vous avez failli la tuer, qu'il s'en est fallu de peu ?

C'est peut-être un garçon, pour être si lourd cette fois-ci..., pensais-je, lorsque j'ai été brutalement frappée par une odeur de charogne qui venait certainement d'à côté, du terrain vague. Et j'ai compris que si je tardais une seule seconde, ce serait la catastrophe. Heureusement, je n'avais pas à craindre qu'un domestique aille lui ouvrir : Mme Ana mettait toujours des bigoudis à Margot et Maria devait être en train de soigner cet abruti de Grigore. Comme je ne suis pas du genre à hésiter quand j'ai pris une décision, je me suis dit que tout finirait par s'arranger et que je devais avant tout aller rendre.

Ce que j'ai fait : j'y suis allée et j'ai rendu.

J'étais jaune dans la glace, et mes jambes tremblaient — elles tremblent toujours quand je viens de vomir —, je n'avais pas le temps de me recoiffer, ni de me maquiller. Ma figure se mariait donc parfaitement avec mon costume de jardinière.

Je suis retournée dans le jardin, toujours par-derrière, le tuyau continuait à couler, mais j'ai renoncé à arrêter l'eau, je n'avais pas le temps. Si jamais Titi sonnait devant, qui sait ce que cela pouvait déclencher ? Je m'étais attendrie au début de le voir si maladroit avec les femmes, mais c'est en vérité un sérieux désavantage pour un homme. Je n'étais pas encore résolue — m'enfuir ou non avec lui ? —, et je devais d'ailleurs écouter d'abord ce qu'il me proposerait. Notre situation était compliquée, mais je suis quelqu'un qui préfère trancher dans le vif plutôt qu'atermoyer... Voilà quelles étaient mes réflexions lorsque je l'ai vu, avant qu'il ne me voie.

Il descendait lentement les marches, les yeux fixés sur Piturca. J'ai remarqué il y a quelque temps déjà que ce maudit matou siffle pour attirer les oiseaux. Sereine et distinguée, comme j'aime l'être, je me suis approchée sans un appel, sans un signe. Sûre des sentiments nous unissant, je pensais que les conditions peu propices à une conversation ne gêneraient pas mon cher Titi. Il paraissait doux, comme toujours. Il réussit à me détendre, me disais-je, car j'aime en lui ce qui représente l'exact contraire des défauts de l'autre, lesquels m'exaspèrent. Sinon, sa douceur serait à mon sens une faiblesse : je l'ai vu en effet désarmé alors que la colère empourprait son visage, je l'ai vu prendre un air blessé alors qu'il aurait dû se déchaîner. S'il est mécontent, je m'en aperçois à ses traits brusquement fripés, à sa démarche hésitante.

Je m'étonne qu'il parvienne à fermer les yeux sur ce qui le contrarie. Moi, je sais (et je n'oublie pas !) qui est coupable à mon égard, et mon effort consiste à ne pas me tracasser. Aussi les menées de ceux qui me veulent du mal n'aboutissent-elles à rien : je ne me tracasse que si j'en ai décidé ainsi.

Tandis que lui, tout le touche. Moi, je prétends souvent que je m'en fais à cause du qu'en-dira-t-on, mais si je ne veux pas m'en faire, je ne m'en fais pas. Lui, il m'a avoué que cela compterait toujours énormément pour lui. Voilà, pensais-je en l'écoutant, voilà comment les qualités peuvent se transformer en défauts. Ce que j'avais cru également à propos de Stefan, lorsqu'il avait commencé à m'agacer, pour comprendre bientôt que dans son cas il s'agissait de défauts purs. Et, par la suite, le sujet Stefan a cessé de m'intéresser.

Tout d'abord, lorsque j'ai vu mon cher Titi descendre les marches, j'ai cru qu'il viendrait me chercher dans le jardin. Eh bien, non ! Il est parti vers la rue. M'en voulait-il de n'être pas allée au-devant de lui ? Je ne doutais pas de ses sentiments et, connaissant sa nature, je savais que venir deux heures avant les autres invités signifiait pour lui un geste héroïque. Je me suis à nouveau attendrie en le voyant s'éloigner, apparemment de mauvaise humeur. Sa douceur a épanoui en moi la tendresse, comme s'épanouit une fleur tardive — je me suis répété deux fois cette phrase dont les mots m'appartenaient, j'en étais presque sûre, et pourtant je m'interrogeais : pourquoi avaient-ils surgi aussi spontanément ? Les aurais-je lus quelque part ?

Je les écrirai dans mon journal, ai-je décidé, lorsque les invités seront partis et que j'irai dans ma nouvelle chambre, où je vais me sentir à nouveau *une jeune fille**. Comme il y a dix ans — *hélas* !* —, j'attendrai que s'éteignent les bruits de la maison, je nettoierai la mèche de la bougie et je noterai cette phrase dans mon journal, que je vais commencer aujourd'hui même. Elle a été si terrible dès le début, ma vie, j'ai profité de ma jeunesse moins que quiconque, frappée trop tôt par le pire des malheurs : perdre ses parents ! Je voudrais tant être encore jeune, entourée de soupirants au bal, je voudrais même flirter, car c'est naturel si l'on ne veut pas que la vie soit un fardeau, un tourment.

Titi est maladroit avec les femmes, ce qui est un défaut, certes, mais ce défaut m'a rajeunie, moi, pourtant si jeune ! Ce qui m'a également plu, c'est qu'il a honte de parler de lui. Cela m'a *touchée**, surtout après l'assurance infatuée de l'autre, je ne pouvais plus supporter de le voir se prendre pour le nombril du monde !

Voilà ce qui m'a particulièrement *touchée** chez Titi.

Il ne pouvait évidemment pas se résigner à l'idée cruelle de devoir attendre les autres invités pour être avec moi. Aussi s'est-il retourné à quelques pas de la porte pour me chercher des yeux. À ma vue, il a réussi, *non sans mal**, à dissimuler les sentiments qui lui embrasaient le visage.

Car, lorsqu'il a tourné la tête et m'a découverte soudain, je me dirigeais vers lui tout sourire, d'un pas gracieux. Je ne m'inquiétais pas de le voir s'approcher de la porte, car j'étais sûre de réussir à lui ordonner de se retourner. Je concentrais ma volonté pour lui faire sentir mon regard. Et si la télépathie avait échoué, je l'aurais hélé avant qu'il n'ait appuyé sur la poignée :

— Qu'est-ce donc que cette visite éclair-incognito, cher monsieur Ialomiteanu ?

Je fignolais l'intonation dans ma tête, mais cela n'a pas été nécessaire, mon regard a suffi, ce qui prouvait, croyais-je, que nos cœurs se passaient de paroles. Il s'est donc retourné et, avec la discrétion qui le caractérise, il est venu vers moi. Je l'ai invité à me suivre pour lui montrer une nouvelle variété de rose. Je l'ai senti déçu, il ne s'y attendait pas, mais je suis passée devant en me déhanchant légèrement, à la manière d'une jardinière. Je savais comment était nouée ma natte blonde sur la nuque, au-dessus de mon *grain de beauté**, qu'il ne pouvait pas ne pas remarquer. Piturca s'est approché de moi en faisant le gros dos et je l'ai caressé du bout du pied.

— Quelle fourrure brillante il a, n'est-ce pas ? Eh bien, c'est grâce à Mme Ana. Il avait ramené un jour la gale, on ne sait pas d'où. Elle n'y est pas allée par quatre chemins. Elle l'a attrapé et plongé dans une bassine d'alcool à brûler. Quand elle l'en a ressorti, il était à faire peur ! Je n'exagère pas, j'ai failli m'évanouir. Et Jorj Ioaniu, qui se trouvait là par hasard, nous a conseillé de l'abattre pour abréger ses souffrances : il voulait même nous prêter son ordonnance ! Non, vraiment, je n'exagère absolument pas, on aurait dit un monstre ! Juste des touffes de poils et la chair à vif et il poussait des miaulements affreux et il se roulait par terre de douleur… Quel remue-ménage à la maison ! Et puis, alors que nous hésitions, son instinct a dû le prévenir du sort que nous lui préparions, car il s'est sauvé… Il a disparu, et nous le regrettions tous, pour reparaître un beau jour, méconnaissable : le pelage éclatant, un véritable Prince charmant de la gent féline. Nous supposons qu'il a fait sa mue à Herastrau, dans les bois. Depuis, en tout cas, il utilise cette ruse, son appeau à lui : il siffle pour piéger les oiseaux…

J'étais très détendue et loquace, comme lorsque je dois faire la conversation à des invités. Des effluves étranges me parcouraient le corps, mes nausées avaient miraculeusement cessé. Cependant, plus nous avancions dans les allées, plus la terre était trempée, ce qui devait déranger Titi : je remarquais si je me retournais qu'il semblait *mal à l'aise**, il se servait d'un mouchoir assez chiffonné pour s'essuyer le front, tavelé de taches rouges comme chaque fois qu'il est ému, ce qui selon moi prouvait qu'il avait la peau aussi délicate que l'âme. Je me suis attendrie de nouveau, à cause de son mouchoir douteux, sachant qu'il n'avait personne pour veiller sur lui, car sa mère et ses sœurs habitent ailleurs et ne se soucient évidemment pas de son sort. Et je me suis attendrie encore un peu plus en me rappelant qu'il fut un temps où je n'hésitais pas à le toiser de haut pour ces menues négligences. Ce que c'est que la vie, pensais-je en marchant sur le sol de plus en plus glissant, ce que c'est que la vie, et ce que c'est que de vivre ! Ce qui nous plaisait hier ne nous plaira plus demain ! Et vice versa.

— Ne pourrions-nous pas, très chère madame Mironescu, imiter le Prince charmant de la gent féline et nous arrêter à notre tour ? Car plus on avance…

Il avait l'air confus, anxieux. Je sais que ma présence le trouble et qu'il ne peut pas se conduire naturellement avec moi dans le monde, mais il y avait autre chose en plus. Comme *il se fait du souci** plus que tout homme que j'ai connu, j'ai décidé, très lucidement, d'une part de ne pas me laisser gagner par son angoisse et, d'autre part, de ne pas le regarder avec des yeux de femme bornée (sinon je l'aurais trouvé lâche et il m'aurait inspiré du dégoût). Je sais que j'ai de la présence d'esprit, les *dames patronnesses** de la société Regina Elisabeta me disent, depuis longtemps déjà, que c'est moi qui fais le plus d'effet lors des tombolas scolaires ou des ventes de charité au profit des orphelins et des indigents. D'autres jeunes épouses se contentent de défiler en costume folklorique, espérant figurer dans les *comptes rendus** et, si possible, ne pas manquer une occasion de flirter, tandis que, moi, je me montre toujours la plus utile et la plus habile, mais voilà que la présence d'esprit commençait à me faire défaut, car je me rendais compte que patauger dans les allées détrempées ne l'amusait pas, mais pas du tout ! En plus, il a salement éclaboussé son pantalon à un moment donné et il s'est penché pour le nettoyer avec le même mouchoir, tel un enfant élevé par une gouvernante malpropre. Alors, peut-être pour ne pas se crotter davantage, il m'a dit, avec un certain sourire en coin dont il a le secret et qui ne m'agrée absolument pas :

— Vous connaissez peut-être le couvent de Pasarea, très chère madame Mironescu ? Sauf votre respect, vous connaissez peut-être les chambres d'hôtes proposées par les moniales, en vérité des chambres… de passe ? Oui, je m'en souviens, quand vous en avez entendu parler pour la première fois, vous vous étonniez qu'on puisse y aller, fût-ce pour quelques heures… Et pourtant, vous insistiez ensuite pour que nous y passions une nuit… Eh bien, selon des sources dignes de foi, les plus hautes autorités religieuses offrent des facilités, de connivence avec la police secrète. Et il y aurait une liste des personnes qui y ont couché… Non, j'ignore s'ils ont des preuves plus palpables que des emballages de bonbons ou des flacons de parfum vides ! Ce que je veux dire, c'est que nulle part sur terre on ne peut être à l'abri, en sécurité… Oui, bien sûr, je sais que mes propos ne vous font ni chaud ni froid, que toutes les polices secrètes du monde ne peuvent rien contre vous, puisque vous êtes toujours calme, toujours maîtresse de la situation…

S'il affectionne ce genre de badinage, pour ma part je le trouve désagréable, dénué de goût et de virilité, qualités dont je dois avouer avoir souvent déploré qu'il ne les manifeste pas. En particulier une minute plus tard, lorsqu'il s'est arrêté, hésitant à avancer davantage :

— Je crois, chère madame Mironescu, qu'aller plus loin ressemblerait à une équipée dans le désert… Je vous propose donc de me montrer un autre jour vos variétés de roses, qui ne peuvent être évidemment qu'extraordinaires... Certes, s'il n'y avait pas autant de boue, mais là vraiment les circonstances, les conditions, n'est-ce pas ?...

Lisant peut-être le mécontentement sur mon visage, il a commencé à divaguer, dans un style qui m'agace. Alors, je ne l'ai plus écouté, j'ai décidé d'éclaircir la situation.

Après coup, lorsque j'ai reconstitué la scène, j'ai pensé que mon geste l'avait effrayé plus que mes paroles : il a réagi si brusquement qu'il n'a probablement pas eu le temps de les entendre. Sans cesser de divaguer, il se barbouillait la figure en se tamponnant avec son mouchoir taché de boue.

— Nous ne pouvons pas rentrer avant que je t'aie parlé, ai-je murmuré, et j'ai tendu la main, à la fois pour lui nettoyer le visage avec mon mouchoir de batiste et pour l'attirer plus près de moi.

Il s'est écarté vivement, comme si mes paroles ou ma main le brûlaient. Il m'a foudroyée du regard, un regard trouble et buté, puis il a détourné les yeux. Il était rouge de confusion, ou peut-être à cause du soleil, et il avait l'air de se ratatiner. Il se serait ratatiné tant et plus s'il avait trouvé un trou pour se cacher. Faute de trou, il a décampé en esquissant un vague salut. Il courait, bondissait sur les pierres sur lesquelles nous marchions quelques minutes plus tôt ! Une attitude qui l'aurait accusé et non innocenté si quelqu'un nous avait épiés. C'est du moins l'argument que je me suis donné pour conclure qu'il ne s'enfuyait pas par lâcheté, puisqu'il suffisait de réfléchir une seconde pour ne surtout pas se sauver. Or, quoi qu'il fasse, Titi n'est pas homme à ne pas réfléchir ! Cet argument ne changeait cependant rien à l'état des choses : il m'avait laissée seule, ne pensant qu'à détaler au plus vite. Je me suis dirigée lentement vers le robinet, au fond du jardin, et pendant que je marchais la puanteur du terrain vague m'a de nouveau frappé les narines. J'ai vu de l'autre côté des grilles les chardons poudreux, une énorme touffe de belladone sur un amoncellement d'ordures, un chien pelé en train de lever la patte, quelques pieux pourris et inutiles, fichés dans le ciel décoloré.

Je n'avais mal nulle part et, si je voulais, je pouvais ne pas me faire de souci. Le soleil tapait beaucoup trop fort et j'ai ramené le chapeau sur ma tête, sans serrer l'attache sous le menton, de peur d'avoir encore la nausée.

— Dans un monde de faussaires il faut bien, sinon tricher aussi, du moins avoir les yeux qui traînent…

Il m'a dit cela un jour où j'étais chez lui, assise sur une chaise paraît-il branlante (il me demandait d'ailleurs de me lever).

J'ai eu brusquement envie de jeter ma corbeille de roses, de trépigner et de crier, de hurler et puis de m'évanouir. Et de revenir à moi très, très longtemps après, entre des draps frais sentant le mélilot, dans une chambre aux stores clos, le front et les tempes ceints d'un bandeau au vinaigre aromatique.

Et de découvrir à mon chevet une coupe de glace au café, dans un seau plein de glaçons contre lequel je refroidirais mes mains fiévreuses.

J'ai encore regardé le ciel, il était assez tard. J'avais les jambes en coton, quelque chose d'amer et poisseux me raclait la poitrine, mais j'avais déjà perdu trop de temps. Je devais me *rafraîchir** un peu, me refaire une beauté, passer une robe d'après-midi, descendre éventuellement au petit salon pour aplanir les choses s'il le fallait et, *last but not least*, comme dirait Jorj Ioaniu, calculer le nombre des invités et celui des parts d'ice-cream.

La terrasse aux clématites

1

— Incontestablement, dit le professeur Mironescu, je ne dirige plus la maison comme avant d'être malade et beaucoup de mes anciennes attributions *encombrent** dorénavant Sophie… Pour la mener au bord de l'épuisement… Et maintenant que les mois à venir s'annoncent si mal…

— Vous connaissez probablement la rumeur : les Russes auraient franchi le Danube à Isaccea !

— Mon jeune ami (le professeur sourit aimablement), les nouvelles vous parviennent plus vite qu'à moi. *Quel souci pour les problèmes de la cité !* Je vous en félicite sincèrement ! Je suis admiratif, croyez-moi… À cet égard, ma curiosité et mes capacités ont toujours été limitées, y compris lorsque j'étais au mieux… Aujourd'hui, il est rare que je sorte de chez moi. Et comme il n'y a pas cours l'été et que certains de mes collègues sont audacieusement partis en villégiature…

À l'autre bout du petit salon, irritée par cette allusion, Sophie referme son éventail. Bien droite dans son fauteuil, elle est tendue. Le lorgnon un peu plus bas que d'habitude sur le nez, le professeur tapote avec son *coupe-papier** sur la pile de lettres. Il n'a pas besoin de se tourner vers Sophie pour savoir comment elle se tient en ce moment. Il en va de même pour le jeune-ami : les jambes croisées, il laisse voir les chaussettes de soie blanches qu'affectionnent les élégants cet été. Un brin de fantaisie remplace avantageusement son ancienne grisaille de fonctionnaire. Quelqu'un a dû lui apprendre (le professeur sourit avec une tendre ironie) qu'un soupçon de négligé pimente une allure irréprochable. Qu'un patricien authentique évitera de se montrer *tiré à quatre épingles**, qu'il feindra au contraire une superbe indifférence pour sa mise.

Le professeur se sent trop loquace cet après-midi. Un sentiment trouble, légèrement désagréable, l'incite à parler, sentiment qu'il éprouve en permanence depuis quelque temps, il pourrait s'y arrêter, il pourrait l'analyser…

Mais il préfère ne pas se pencher dessus.

— Allez, *mon petit**, allez, viens !

Illuminé par un sourire, les bras grands ouverts, il va au-devant de la petite Yvonne, que Nela fait entrer sans prévenir par l'entrebâillement de la porte.

— Allez, *mon petit**, allez, viens, répète-t-il, hésitant au milieu de la pièce.

L'enfant fait quelques pas puis, effrayée de découvrir tant de monde, pousse un léger cri et court se réfugier dans les jupes de Nela. Les bras du professeur retombent lentement, comme les baleines d'un parapluie qui se referme. Il lance un regard dérouté vers le fauteuil de son épouse. Oui, Sophie la raisonnable doit avoir raison encore une fois : il faut respecter les horaires de la petite, y compris un soir pareil, où *mademoiselle** Lisette, affolée par les dernières rumeurs, pleure d'émotion en faisant ses valises là-haut. En outre, il ne faut pas laisser les domestiques s'enhardir au point de jouer sur nos sentiments légitimes pour se dérober à leurs tâches. Sinon, ils finiront par nous dicter les heures auxquelles nous pouvons voir notre fille, ce qui est d'ailleurs en train d'arriver depuis quelque temps...

Le professeur promène son regard indécis sur Margot et Titi Ialomiteanu. Peu perméables à la logique et à la pédagogie, ils demandent tous deux qu'on fasse une exception ce soir. Le professeur obtient ainsi l'autorisation (donnée *à contrecœur**, ce qui se lit sur le visage fermé de Sophie) de garder Yvonne. Il s'installe donc sur sa chaise, son précieux et léger fardeau sur les genoux. Il caresse d'une main un peu trop lourde la tête aux cheveux blondasses et clairsemés.

— Y a-t-il du nouveau, pour expliquer l'incident de Mamornita ?

Quelle question oiseuse ! Mais le jeune Ialomiteanu jouit de la bienveillance du professeur. Une bienveillance distraite, pour le dernier de ses disciples, le dernier à tous les égards. Il en a eu tant d'autres dans sa longue carrière universitaire, la plupart doués d'une pensée originale et ayant véritablement la vocation. Il y en a encore un certain nombre auxquels il envoie des ouvrages et des lettres d'encouragement, pour lesquels il demande une bourse ou une nomination ou un transfert. Il avoue parfois qu'en raison de la maladie et de l'âge il supporte avec moins de patience l'arrogance, la hargne et l'intolérable vanité de la jeunesse instruite. Ce qu'il n'avoue pas publiquement, c'est que les plus brillants de ses disciples l'ont contredit, ont publié des comptes rendus impitoyables sur ses travaux et, lui a-t-on rapporté, ont tenu à son endroit des propos nullement flatteurs. Bref, il a reçu des coups qui ont égratigné sa fierté bien humaine. Voilà l'une des raisons pour lesquelles c'est le doux Aliocha, et non le ténébreux Ivan, qui est resté auprès de lui (cela, pour citer comme tout le monde le roman russe très *en vogue** d'un certain Dostoiewski, qu'il a lu récemment dans une mauvaise traduction allemande).

Pourquoi le jeune Ialomiteanu éprouve-t-il brusquement le besoin de se lever de sa chaise et de prendre une posture d'orateur au parlement ? Serait-il vrai, comme Sophie le lui a confié un jour, qu'il souhaite se lancer dans la politique ou la diplomatie, bien qu'il feigne encore un certain intérêt pour la philologie ? C'est vrai, évidemment, puisqu'elle l'a entendu de sa bouche… Pauvres sigisbées (le professeur sourit avec une indulgence paternelle), pauvres sigisbées qui se confessent à des femmes mariées, comptant sur la discrétion d'une *donna angelica*, en réalité *introuvable** ! Pauvres sigisbées qui n'ont que l'expérience de l'alcôve, où les amants ne consentent le plus souvent à parler que d'eux-mêmes ! Comment pourraient-ils imaginer que, mue par un instinct irrépressible, leur *donna angelica* s'empresse de porter à son seigneur et maître toute nouvelle (encore que tronquée ou habilement travestie le plus souvent) qui parvient à ses oreilles. Quelle est la femme dont le gazouillis inoffensif, écho de faits constatés uniquement par son œil innocent, n'a pas réussi à modifier l'opinion de son mari sur ses proches parents, sur ses meilleurs amis ? Ainsi croissent la solidarité et donc la solidité du couple, ainsi se renouvelle dans la chambre conjugale l'air qui sinon, de moins en moins vivifié par les effluves sauvages des premières étreintes, de plus en plus confiné, risquerait de les suffoquer…

Mais pourquoi (se demande aussi le professeur), pourquoi le jeune Ialomiteanu veut-il entrer dans la Carrière, alors que ce n'est évidemment pas une profession pour lui ? N'est-il pas conscient de la pauvreté de son éloquence ? Ne se rend-il pas compte qu'il manque de sang-froid et *d'esprit de repartie**, et ne possède ni la fortune ni les relations familiales à même d'y suppléer ?

Mais pourquoi, ou plutôt d'où vient, la joie qui *rafraîchit** le visage émacié du professeur lorsqu'il passe ainsi en revue les défauts du jeune homme ?

« J'ai deux âmes dans la poitrine », disait avec juste raison le poète...

Le professeur ne peut pas réfléchir davantage, car Yvonne essaye d'escalader son buste en s'accrochant aux revers de sa veste. Et quand il la pose par terre et l'aide à faire le tour du guéridon en la tenant par la main, plus patient et attentif que maladroit, elle ne daigne toujours pas se conduire en personne convenable, accueillie dans la société. Un spectacle de mauvais goût, remarque Sophie, un spectacle qui transforme notre salon en terrain de foire ! Mais ce serait en donner un autre du même aloi que de contredire publiquement Stefan sur ce sujet, qui ne les divise pas moins que d'autres.

Elle cache son mécontentement derrière son éventail et prédit que la gamine va très vite faire une telle bêtise qu'on regrettera *énormément** de l'avoir admise au salon. Elle se lève gracieusement et s'approche à pas lents du canapé. Elle marquera sa désapprobation en ne se mêlant pas de cela, en se dédiant exclusivement à ses devoirs de maîtresse de maison, en renouant habilement les fils rompus de la conversation.

— Savez-vous, monsieur Ialomiteanu, comment les choses se sont passées *en gros** à Mamornita ?

Le roi effectuait une croisière sur le Danube et, apprenant la nouvelle de l'incursion des Russes, il a décidé de rentrer aussitôt, tandis que la reine insistait pour continuer... Elle a été d'ailleurs blâmée...

Son ton doux et patient produit l'effet d'un vif reproche. Brusquement écarlate, Titi Ialomiteanu exécute une profonde courbette. Le professeur regarde la terrasse aux clématites : les corolles de velours bleu sous le ciel opalin. Et, comme au lever du jour, les chamailleries assourdissantes des moineaux.

Cela ne devrait-il pas suffire pour inspirer un bonheur impersonnel qui vous protège contre toutes les mesquineries de l'existence ? Le fameux état de grâce offert par cette heure de la journée, qui peint le mirage de sa promesse : une beauté terrestre éternelle...

Le regard du professeur s'illumine en redescendant sur Yvonne. Il la contemple un long moment, attendri et fier, puis il se sent obligé de participer à la conversation.

— Monsieur Ialomiteanu ne peut pas l'ignorer, voyons ! dit-il à Sophie, d'un ton contrarié. Tous les journaux en ont parlé !

— Oui, mais quand on est rappelé et en manœuvres dans les Carpates... Sans compter que ça dépend du général qu'on a. On disait par exemple récemment que le général Prezan avait interdit à ses officiers la lecture des journaux germanophiles, à commencer par *Steagul*... Vous n'étiez pas au courant ? Quoi, personne ne vous en a parlé ?

Le professeur fait non de la tête, l'œil sombre. Pourquoi ce jeune homme gaspille-t-il tellement son énergie ?

Tantôt il cherche un emploi pour un ami, tantôt il essaye de recaser un fonctionnaire, tantôt il recommande un étudiant désargenté comme répétiteur, tantôt il porte des médicaments à une vieille demoiselle… Il n'arrête pas de courir, d'entretenir ses relations de manière charitable, profitable pour tous. Tel est Titi Ialomiteanu, hier encore un provincial (qui ne connaît d'ailleurs toujours pas aujourd'hui le quart des gens que tu connais), mais capable de vous mettre en rapport si nécessaire avec quelqu'un d'influent aux Cultes, aux Affaires étrangères, à l'Intérieur, à l'Instruction. Car il n'oublie personne et devine (ou apprend) le point sensible de chacun : ici l'appât du gain, là un faible pour le beau sexe, et ainsi de suite… Si du moins ce qu'on colporte sur son compte est exact… Des procédés qui te répugnent d'instinct. C'est pourquoi tu ressens parfois à son égard un mélange de compassion et d'incompréhension.

— D'ailleurs, si j'avais pu lire un journal, ça n'aurait pas suffi. Il faut en lire deux chaque jour : le pro-allemand *Steagul* et *L'indépendance roumaine*, dont le nom français est déjà tout un programme. Car, comme le disaient les Anciens, c'est de la confrontation des contraires que naîtra la vérité…

— Personne n'a toujours raison, répond le professeur avec une mélancolique indulgence.

Il sent de son côté en lui deux sentiments contraires se confronter. Comme l'un, favorable au jeune homme, a le dessus en ce moment, il se souvient d'une de ses hypothèses : trop sensible, Titi cacherait pudiquement son âme vulnérable sous sa conversation laborieuse, stéréotypée, emballage qu'il serait d'ailleurs captivant de percer pour mettre au jour son contenu.

Un démon de la curiosité, jaillissant tel un djinn dans la fumée d'une lampe. Une irrépressible curiosité, jaillissant d'un sentiment trouble, non analysé.

Souriant, le professeur offre un visage impénétrable, encore détendu.

Encore satisfait.

D'un geste incroyablement rapide, Yvonne attrape dans le vase de bronze une enveloppe non décachetée et la serre dans son petit poing. *Papa** essaye de la récupérer discrètement en lui susurrant des mots tendres à l'oreille, mais elle les ignore, elle ne le voit plus, elle ne l'entend plus. Peut-être n'a-t-elle plus d'yeux ni d'oreilles que pour ce papier au bruissement si agréable entre ses doigts. Peut-être trouve-t-elle non moins agréable de voir les grandes personnes s'agiter autour d'elle. Alors, l'air ravi, elle exhibe la lettre froissée sans cesser de la serrer dans son poing, comme un bourreau qui, arrêtant une minute de torturer un martyr pour montrer le corps pantelant à l'assemblée des fidèles, s'enivrerait du frémissement de leur indignation impuissante.

— *Ah ! non, j'en ai assez* !*

Incité par ce chuchotement excédé de Sophie, ou perdant patience soudain, comme cela nous arrive avec les êtres les plus chers, *papa** décide de récupérer sa lettre et découvre, en essayant de le desserrer, la force qu'il peut y avoir dans un poing d'enfant. Yvonne, certaine que rien de mal ne peut jamais venir de *papa**, pousse alors un cri, un cri aigu et ininterrompu qui retentit comme une sirène d'alarme.

Titi Ialomiteanu rit en échangeant des regards complices avec Margot. Sophie affiche une expression à mi-chemin entre le mécontentement et la victoire — voilà la bêtise prévue ! — et se dirige vers le timbre pour sonner Nela : la gamine va enfin retrouver sa chambre, et le salon son allure civilisée. Mais Titi et Margot unissant leurs voix pour implorer le pardon de la coupable, Sophie cède, non sans adresser à Titi un reproche sous forme de plaisanterie, feignant de le menacer du doigt :

— Vous aussi, vous encouragez ses fredaines ! Chacun en fait autant, par nonchalance ou par indifférence, et alors je me retrouve seule pour prévenir que nous gâtons son caractère et sa nature…

— Je suis innocent, je vous assure… Comme toujours, du reste, proteste Titi en souriant.

Il se méprend : il croit que le reproche de Sophie vise la conversation à mi-voix qu'il a *entamée** avec Margot. Aussi un éclair rusé luit-il dans ses yeux transparents. Des sentiments contradictoires l'agitent. Rougissant, il avance une chaise à Sophie, puis tourne ses regards vers le professeur, la personne qui, de toute évidence, l'intéresse le plus ici et maintenant.

Mais le professeur, lui, ne s'intéresse qu'à Yvonne, qui a enfin trouvé une occupation plus tranquille : elle appuie les doigts sur la bouche, sur le nez, sur les paupières de *papa**, qui se recule en piaillant d'effroi.

— Innocent ? *Pas du tout* !* On peut vous faire une quantité de reproches… Par exemple, au vu et au su de votre conduite, je me suis souvent demandé : pourquoi ce monsieur s'efforce-t-il autant de satisfaire toutes ses relations ? À quoi bon s'arroger des obligations envers des gens auxquels on ne doit rien ? Par contre, vous êtes défaillant envers ceux qui…

Sophie manie son éventail, les sourcils froncés, les yeux sur l'estampe de Rubens représentant les filles de Leucippos, comme si la clé du mystère se trouvait là.

— Ce sont les principes de ma politique, chère madame Mironescu, répond Titi sur un ton galant.

Dans sa voix perce une triple suffisance : il applique avec rigueur la politique qu'il a définie à son usage ; il a su éveiller l'intérêt d'une femme attirante ; les choses suivent leur cours naturel...

— Vous vous arrogez tellement d'obligations qu'il y en a que vous ne réussissez pas à remplir ! On peut donc dire que vous êtes défaillant.

— Je le suis en effet envers mes proches, admet Titi en s'inclinant, avec un sourire hardi et orgueilleux. Plus quelqu'un m'est proche, et plus mon comportement à son égard est..., est malheureusement...

— Déplorable, conclut Sophie en souriant.

Son sourire — un peu résigné, un peu acide, un peu vexé — croise celui de Titi — espiègle et triomphant. En vérité, ils ne se croisent pas : ils traversent à des vitesses différentes une même substance, dont les stades d'agrégation sont variables.

— En tout cas, je ne comprends pas pourquoi vous tenez tellement à la sympathie de tous ! Du concierge de la maison Vanicu, de Marghiloman, Nela, Nicu Filipescu, Mme Ana... Sans parler de mon mari ! De tous sans exception... De toutes... Quelle drôle de nature, murmure Sophie, qui ne laisse voir au-dessus de l'éventail que ses yeux réprobateurs.

— Ce sont les principes de ma politique, chère madame Mironescu, répète Titi. De ma politique, non de ma nature, précise-t-il et, comme après un aveu compromettant, il fait quelques pas hésitants et s'éloigne.

Au passage, il caresse machinalement du bout des doigts le bronze posé sur la console : le torse luisant d'un Apollon à la lyre.

(Une légère vibration due aux souvenirs inavouables de l'âge où l'ardeur de son sang et la modération de son caractère trouvaient un compromis dans l'examen minutieux des statues vers lesquelles se tendait sa main tremblante, ou des poteries grecques représentant des viols sur le point de s'accomplir. Des corps nus exaspérants ou d'obscènes symboles primitifs, étudiés *à bout de nerfs**. Mais au-dessus planait, dépenaillée, la certitude consolatrice de rester toujours capable d'obéir aux préceptes de la raison, de ne jamais commettre un acte insensé qui lui nuirait, de craindre suffisamment la maladie et le scandale pour ne pas céder à certaines tentations réelles qui lui répugnent en raison même de leur réalité...)

Il jette un coup d'œil circonspect du côté du guéridon.

Rien à signaler. Yvonne gribouille, son père admire le vol des hirondelles, zigzag de flèches noires s'entrecroisant sous le ciel auquel le soleil couchant injecte son rougeoiement. Une intense lumière dorée croît dehors, alors que c'est la pénombre qui augmente dans le salon — ainsi s'élève et s'abaisse dans des vases communicants le niveau de l'eau.

Revenant, après une assez longue absence, auprès de ses proches, le professeur entend la voix passionnée de Sophie — il s'agit toujours de l'incident de Mamornita :

— Le roi a naturellement refusé la version officielle des Russes, qui prétendaient avoir franchi la frontière par erreur... Une erreur qui se poursuit sur soixante kilomètres ? a-t-il dit. Ne faisons tout de même pas à un général russe l'insulte de penser qu'il ne sait pas lire une carte !

Depuis quand Sophie qui, vêtue d'une pèlerine ténébreuse, pleurait sur des romans à l'eau de rose ou s'en allait au jardin chargée d'un chevalet, de toiles et de pinceaux, son pittoresque chapeau lui glissant négligemment dans le dos, depuis quand Sophie connaît-elle si bien la politique ? Avec quelle assurance elle en parle ! Est-ce la vanité qui anime son visage ? Le front bas, le nez aquilin, les lèvres longues et minces — une nature égoïste, si ce n'est mesquine ? Ô nos stables, nos médiocres sentiments familiaux qui, semble-t-il, ne nous aident pas à savoir quoi que ce soit sur l'être qui respire à côté de nous, tout comme nous ne savons rien de notre corps inconnu, dont nous nous servons par routine !

Titi Ialomiteanu pose une question d'une voix si basse que le professeur ne l'entend pas. Mais il entend la réponse :

— Naturellement, c'est une supposition que tout le monde a faite aussitôt ! Ne vous ai-je pas dit que Bratianu était rentré en toute hâte de ses terres ? Quant au roi, c'est sur le bateau qu'il a éprouvé une violente émotion ! Est-ce la colère, est-ce la peur, toujours est-il que son émotion était si forte qu'il n'a pas arrêté de trembler pendant une demi-heure…

— Ce qu'il ne faut pas entendre ! s'écrie le professeur. Ce qu'il ne faut pas entendre ! Le roi a tremblé pendant une demi-heure et tout le monde l'apprend aussitôt ! Quel pays, mon Dieu ! Quel pays et quelle engeance !

En proie à l'indignation, il fait descendre Yvonne de ses genoux. Il n'a pas besoin de regarder Sophie pour imaginer sa mine défaite, son regard de pauvre gosse qui ne sait comment se disculper. Une innocente raie bleue flotte encore pendant un laps de temps déplaisant parmi les meubles en acajou massif, tandis que le professeur se tait avec acharnement.

— Mais ce sont des personnes de son entourage qui nous l'ont dit… C'était Jorj, tu ne t'en souviens pas ? Tu étais là, pourtant, susurre Sophie avec beaucoup de douceur.

Une douceur suppliante qui, avant toute chose, déclenche en lui une colère aveugle. Une douceur dont, dernièrement, elle aime s'affubler en société, elle trouve que ça fait chaleureux... Il ne se souvient évidemment pas que Jorj Athanasiu ait fait une telle affirmation : il ne diffuse pas de pareilles nouvelles.

Ce n'est pas son genre.

En plus, il y aura ce soir six mois qu'ils ne l'ont pas vu. Il le sait mieux que quiconque, lui à qui la solitude pèse tant qu'il en est réduit à attendre même les visites de Ialomiteanu ! Depuis plus d'un an, plus personne ne vient, Jorj lui-même se contente de téléphoner. Si Sophie ne s'en souvient pas, c'est (outre sa mauvaise mémoire) parce qu'elle n'a pas eu à subir un régime de réclusion. Elle n'a sans doute pas manqué une seule bataille de fleurs au Bois, suivie d'une soirée au Flora avec Miza et Radu, elle va régulièrement manger des glaces chez Riegler avec Lisette Athanasiu (c'est peut-être le *bavardage** de celle-ci qui lui a fourni ce ragot politique ?), Ialomiteanu le sigisbée l'emmène de temps en temps au théâtre avec Margot, ils ont d'ailleurs des billets demain pour le Théâtre-Français. (Sauf que, paraît-il, il est en train de faire ses valises.)

Conclusion : tu ne lui fais pas endurer les conséquences de ta maladie autant qu'elle s'en plaint et, si elle mélange les souvenirs, ce n'est pas seulement par mépris de l'ordre, c'est également parce qu'elle en a beaucoup. Voilà comment elle en arrive à prétendre que Jorj a lancé en ta présence ce bruit que tu entends pour la première fois !

Par conséquent, on le lui a raconté ailleurs.

Inutile de lui demander où : voudrait-elle dire la

vérité, qu'elle ne s'en souviendrait sans doute pas. Tant à la Société Protectrice des Squares qu'à la Croix-Rouge, les dames parlent actuellement politique avec un acharnement digne des hommes. Contente-toi donc de cette hypothèse rassurante et n'élève plus la voix lors des conversations de salon.

Il appuie sa nuque sur le dossier de la chaise et retire son lorgnon, espérant cacher les rapides clignements d'yeux qui font grimacer la moitié de sa figure.

Signe d'une nervosité maîtrisée.

Il est ainsi certaines heures où, dans une pièce remplie de monde, on croirait se mouvoir parmi des courants psycho-électriques. Le chemin n'est pas très long de là aux théories tant claironnées de Charcot ou aux séances de spiritisme. Mais son rationalisme et le positivisme de son éducation rendent Titi méfiant à l'égard de ces modes. Tant de raisons peuvent expliquer la tension entre les époux : la chaleur de la journée, les bruits de bottes, la maladie du professeur, l'incertitude quant aux mois à venir...

Sans trouver un moyen de relancer la conversation, Titi se rassied sur le canapé à côté de Margot. Toujours immobile, l'album sur les genoux, elle évite son regard. Il est mal à l'aise et on lit une déroute enfouie dans son regard bleu transparent, de même que, certains jours de grand soleil, on peut apercevoir sous des masses d'eau pure une ombre mouvante, la carcasse rouillée d'un navire incrustée de coquillages, enveloppée d'algues vertes et rouges...

Soudain, un cri du cœur :

— Mon Dieu, mon Dieu ! Abandonnons un jour la politique aux femmes, et ce pays s'en ira à vau-l'eau !

Alors, Margot intervient audacieusement. On décèle, dans sa voix haut perchée, l'inflexion câline qui apparaît chez la plupart des jeunes filles lorsqu'elles sentent venir le temps des amoureux, le temps des amours.

Lorsqu'elles commencent à sentir leur pouvoir et croient qu'elles gouverneront éternellement le monde en minaudant.

— Et la reine Victoria ! ? Et Elisabeth ! ? Ne disais-tu pas toi-même, Stefan, que ce siècle sera celui de la science et du progrès, où nous connaîtrons bientôt un autre type de femme ? Te souviens-tu quand, Stefan ? Un samedi où tu étais venu me chercher à l'école : à un moment donné, tu as dit au cocher de s'arrêter, le temps de faire monter une femme en pantalon. Elle était blême, la malheureuse, blême sous son maquillage ! *Elle tremblait de peur* !* Tu criais au cocher d'aller plus vite, encore plus vite, et elle se pelotonnait sur la banquette avant, la capote était baissée, mais rien à faire, eux, ils la voyaient quand même. Et ils menaçaient de leurs cannes ! Plus vite, plus vite, criais-tu au cocher, et eux, ils hurlaient, ils huaient ! Ils donnaient des coups de canne sur la voiture, tu m'as dit de me boucher les oreilles et quelque chose de dur a cogné la capote et qu'est-ce que j'ai crié ! *Rassure-toi**, m'as-tu dit alors, *il n'y a plus de danger**, et j'ai compris ensuite qu'ils s'étaient mis à nous jeter des pierres justement parce qu'ils se rendaient compte qu'ils ne nous rattraperaient plus... Bucarest n'est pas encore mûr pour que les couturiers parisiens y envoient dans les rues des modèles en pantalon, m'as-tu dit après l'avoir déposée à sa maison de modes, mais tu verras, il ne passera pas longtemps avant qu'il soit très *chic** de sortir comme ça...

— Quelle aventure ! Et moi qui n'en savais rien !

— Comment ? Mais nous te l'avons racontée aussitôt tous les deux ! rétorque Stefan sur un ton acrimonieux.

Il ne peut deviner l'opinion de Titi, absorbé par l'examen de la lampe hollandaise. Quant à lui, en tant que vieil éducateur il n'est pas l'adepte d'une sévérité outrancière et, d'autre part, en tant qu'homme il pense qu'un grain de pétulance frivole va bien aux jeunes filles, va avec leur naïveté, leur fraîcheur... Le dévouement de Sophie à sa petite sœur ne saurait certes être mis en doute, mais elle est parfois d'une rigidité excessive.

Suit un nouveau silence, pendant lequel on n'entend que le sifflement de l'air fendu par l'éventail. Puis, clignant des yeux en signe de surprise et d'étourderie, Sophie répond, apaisante :

— Ah ! oui, ça me dit quelque chose... Ma fameuse mémoire m'a encore joué un tour !

Et elle rit. Un rire perlé trop connu qui pourrait fort bien ne pas être faux, contrairement à ce que présume Stefan.

— Quant à la politique, je ne prétends pas m'y connaître, je répétais seulement ce que racontent les gens...

Tiens, tiens, voilà maintenant la saine façon de parler d'une brave femme, rôle qu'elle joue dans les tableaux vivants rustiques, où elle met son costume folklorique de la contrée de Muscel... Et avec quelle affabilité soumise elle répond à Titi, bien qu'il ne se soit vraiment pas montré aimable avec elle ! Au contraire ! Mais y voir de la coquetterie déplacée, ne serait-ce pas une morbide lubie d'époux ? De la neurasthénie ?

— Moi, la politique, je la laisse aux suffragettes...

La neurasthénie, bien sûr, fait qu'il lui suffit d'imaginer une chose pour la sentir, réelle, dans chaque fibre de son corps affaibli et irascible. Comment expliquer, autrement, ce nouvel éclat où, malgré la sage résolution prise tout à l'heure, jaillit sa colère qui ne cessait de couver ?

— Je ne serais pourtant pas surpris, ma chère Sophie, de te voir un jour suffragette... Car tes sociétés t'accaparent trop depuis quelque temps pour que tu ne négliges pas, fatalement, tes devoirs ordinaires de femme...

Mais, voilà, cinq minutes ne sont pas passées qu'il se met à douter de ses propres propos ! Quant à l'inopportunité des reproches adressés en public à une jeune épouse, n'en parlons pas ! Par ailleurs la colère qui, durant la dernière demi-heure, lui donnait envie de la rouer de coups aveuglément, quoi qu'elle fasse pour se défendre, cette colère est tombée brusquement, il n'en reste rien.

Habituée à ses excès, Sophie se dirige en silence vers son fauteuil, avec la soumission d'un animal domestique. Aux coins de ses lèvres tremblantes s'efface discrètement, tel un rond dans l'eau, le chagrin d'une créature candide qui ne comprend pas pourquoi elle a été injustement frappée...

Un tableau à attendrir un bourreau !

Stefan suit du bout du doigt le contour d'un nénuphar (ou d'un lotus) brodé, Margot bêtifie avec Yvonne, Titi s'éclaircit la voix avant de lancer une nouvelle question, qui sera plus que jamais la bienvenue.

Alors, devant son œil soumis de grenadier fidèle, les moindres doutes sur son éventuelle déloyauté ne se dissipent-ils pas aussitôt ?

— *À propos** de l'explosion à la poudrière de Dudesti...

Les deux battants de la porte s'ouvrent enfin et laissent apparaître le bonnet empesé de Mme Ana, au-dessus du service à thé disposé sur la table roulante réservée à cet office.

2

Le bonnet empesé s'éloigne de la table roulante, passe par le milieu de la pièce et rejoint les petites tables hautes sur pieds, à côté de la cheminée. Mme Ana pose sur chacune un chandelier à cinq branches et, après une brève hésitation (il fait encore jour dehors), allume les bougies en stéarine.

Derrière le fauteuil de Sophie, la lumière tremblotante révèle, sur un socle blanc semblable à un fragment de colonne, le buste d'un dieu antique. Un Poséidon, un Jupiter tonnant ?

De nouveau les pas feutrés de Mme Ana. Le tintement des petites cuillers en argent sur la porcelaine, la grave lenteur des mains tendues vers les plateaux ou vers les soucoupes, les mâchoires ouvertes sans appétit, sans hâte, sans gloutonnerie.

L'arôme béni du thé.

D'un pas léger et *froufroutant**, la mine à la fois grave et enfantine dans la pénombre, Sophie se rend auprès de chacun et lui donne sa tasse fumante avec tant de grâce et de doigté qu'il ne saurait y avoir de sujet sur lequel elle n'ait pas raison.

Qu'il ne saurait y avoir d'erreur…

— Stefan ! S'il te plaît…

Mais, sans attendre, elle lui arrache des doigts la pince à sucre, irritée par la maladresse dont il fait preuve. Le regard qu'elle lui envoie sous ses cils si longs n'exprime que trop son souci autoritaire et possessif. D'un geste qui n'admet pas plus la contestation que le précédent, elle désigne une tranche de gâteau, obligatoire.

Ô nos stables, nos médiocres sentiments familiaux dont, semble-t-il, tu n'es pas digne, puisque tu ne peux t'empêcher de voir ton prochain ! De le voir et, le voyant, de pécher : de le juger !

Mais que le thé est amer ce soir ! Ou est-ce seulement ta bouche qui l'est ?

— Attention, Vovonne, c'est point un jouet ! dit Mme Ana en écartant Yvonne, qui essaye de pousser la table roulante. Mange plutôt ton biscuit…

Sans perdre des yeux la silhouette de son épouse, Stefan avale son dernier morceau de gâteau, en faisant une grimace enfantine… La voilà, cette si douce nature, en train d'accomplir ses devoirs de maîtresse de maison, d'un air qui ne laisse rien transpirer de son chagrin. Et par la suite, cela va de soi, elle ne te reprochera pas d'avoir haussé la voix. Tout au plus aura-t-elle une migraine ou un de ces maux féminins qui la clouent au lit. Elle y restera des heures durant, terrassée, son pauvre front sous un bandeau au vinaigre aromatique, une *bouillotte** contre ses pieds glacés, le visage blanc, les lèvres exsangues. Alors, tu regretteras plus que jamais de l'avoir offensée, et devant des tiers ! Tu resteras seul toi aussi, dans ton cabinet inhospitalier, où tu travailleras au ralenti à ton projet d'atlas dialectal, sans pouvoir entraver tes pensées qui courront vers elle. Triste consolation de savoir que toi seul la fais souffrir, qu'elle semble ne même pas entendre les paroles malséantes de ceux dont elle ne se soucie pas ! Ainsi, par exemple, elle n'a pas l'air affectée par l'indifférence de Titi Ialomiteanu à son égard. Autrement (c'est-à-dire si les suppositions absurdes qui t'effleurent parfois étaient fondées), son cœur si sensible et tendre serait brisé de le voir faire la cour à sa propre sœur !

Quant à ce jeune Titi, avec quelle nonchalance il prend sa tasse de la main de Sophie ! Une main qui descend en caresse sur son corps et qui glisse plus loin, encore plus loin ? Quelle supposition absurde !

Naturel et indifférent — le frémissement reposant qui palpite dans la pièce.

— J'avoue que cette explosion m'obsède parce que j'ai été obligé de me rendre aux obsèques... Imaginez des cercueils par centaines ! Cercueil sur cercueil ! Ce qui a produit l'impression la plus pénible sur le public où chacun, j'en suis sûr, croyait participer à une répétition en petit de ce qui va suivre. Tous jusqu'au dernier, j'en suis sûr, pensaient assister, si je puis dire, à un préambule de la guerre... Autrement, un monde fou, les autorités, les discours... et une canicule ! Et alors, monsieur Mironescu, je me suis posé une question que je ne devais pas être le seul à me poser : s'agirait-il d'un sabotage ? D'une main étrangère ? s'époumone Titi tout en s'inclinant exagérément, selon son habitude, devant Mme Ana, qui lui présente le plateau de fruits glacés, sa confiserie préférée.

— Ainsi, l'étranger s'attaquerait à notre vague soupçon de ressources militaires ? répond Stefan en souriant. Étant donné que les stocks d'artillerie n'augmentent pas comme prévu, que les commandes ne sont pas honorées et ainsi de suite, pourquoi l'ennemi s'acharnerait-il ? Je n'aurai d'ailleurs pas la cruauté, mon jeune ami, de vous demander à quel ennemi vous pensez, puisque nous ne l'avons pas encore choisi : les Allemands ou les Français ? D'ailleurs, avant de parler d'une main étrangère, ne devrions-nous pas penser à nous-mêmes ?

Une goutte de malice amicale s'est dissoute dans sa cordialité. Malgré son teint terreux, il a l'air de retrouver sa bonne humeur. Tenterait-il de racheter ses mauvaises pensées d'il y a une demi-heure, lorsque son acharnement contre Sophie déteignait sur Titi ?

— Pourtant, dit naïvement celui-ci, ignorant les analyses compliquées de Stefan, j'ai l'impression que l'enquête a été superficielle. On dirait que la police ne tenait pas à découvrir la vérité... Parce que, vraiment, des explosions les unes après les autres, ce n'est pas un peu trop pour une pure coïncidence ? Vous excluez vraiment l'hypothèse des sabotages ?

— Ce sont sans doute les assassins de Charles Ier qui ont posé les bombes, lance Margot. Je m'en souviens parfaitement ! Vous étiez là, dit-elle à Titi, et toi, Sophie, tu as répondu au téléphone et tu as été tellement émue en apprenant la mort du roi que tu as accouché d'Yvonne avant terme ! Et la marraine, Fanica, elle a tapé dans ses mains et elle a dit que ça n'était pas une mort naturelle ! Que c'était une mort louche ! Et alors le parrain, Alecu, il a dit qu'il avait parié depuis longtemps qu'on l'empoisonnerait parce qu'il avait signé un traité secret avec les Allemands...

— Des balivernes ! *Tu prêtes comme d'habitude l'oreille à toutes les bêtises... Ce pauvre Alecu est bien gentil, il fait de son mieux, mais**..., dit Sophie, qui s'assied à son tour sur le canapé, aussi Titi est-il à présent encadré par les deux sœurs.

— Allons, Vovonne, faut point jouer à ça ! Et arrête donc de mordre dans tous les biscuits, un enfant sage doit manger proprement, et qui est-ce qui en voudra encore s'ils sont tous entamés ? Allons,

allons, faut obéir ! Tu peux me faire la moue, j'en ai vu d'autres, ta maman c'est moi que je l'ai élevée...

Tout le monde rit, sauf la maman, qui s'alarme : en cette période difficile où les étrangers font leurs valises, il va être de plus en plus ardu de trouver quelqu'un de convenable pour s'occuper des enfants.

— Les gouvernantes allemandes et françaises vont en effet disparaître, chère madame Mironescu, mais il va y avoir pire : les domestiques aussi ! Le ravitaillement va devenir un problème général, ce qu'il est déjà pour les pauvres, qui n'en finissent pas de faire la queue et n'ont pourtant de la viande que les deux jours par semaine autorisés... Alors, comme en Allemagne, les gens de condition vont bientôt faire la queue eux aussi... Eh oui, très chère madame Mironescu, ce sont des jours encore plus durs qui nous attendent.

La voix du jeune prophète est enjouée et une lueur de satisfaction danse dans ses prunelles. Cependant, un silence épais tisse sa toile dans le salon à cette heure inquiétante, *entre chien et loup**. Stefan est le plus morose. Il *tamponne** anxieusement son crâne dégarni : ses paupières brûlantes lui font redouter une dangereuse poussée de fièvre. Il va aller se reposer dans sa chambre, avant de se changer pour le dîner.

— Avez-vous vu aux obsèques la jeune veuve du colonel Albu, dont on a tant parlé ?

Sophie pousse un profond soupir et rend à Ana sa tasse de thé à moitié pleine.

— En effet, chère madame, quelqu'un me l'a montrée. Mais en de telles circonstances on ne se permet pas de regarder une femme et d'ailleurs, si je me l'étais permis, c'eût été inutile *car elle était en grand deuil**. Son voile était tellement épais qu'on pouvait tout au plus faire des suppositions, et je ne crois pas que ceux qui ont vanté sa beauté l'aient vue mieux que moi. Elle paraissait évidemment affectée par la perte subie, ce qui impressionnait les badauds mais, franchement, de quelque côté qu'on ait tourné les yeux, on n'était pas moins impressionné... Tant de familles frappées, chacune devant un autre cercueil ! Mais figurez-vous, madame Mironescu, des cercueils fermés, les scellés apposés dessus ! Parce qu'il y avait quoi, dedans[1] ? Si vous permettez, des lambeaux de corps, ici une épaule, là une jambe, et ainsi de suite... Non, rassurez-vous, je ne vais pas donner dans le détail grossier..., toujours est-il que tout le monde s'enfonçait le nez dans son mouchoir... Oui, je reviens à ce que vous m'accusez d'exagérer, madame. Quelqu'un de bien renseigné m'a affirmé qu'à partir de ce soir il n'y aurait plus de trains de voyageurs pour Sinaia et, d'autre part, j'ai entendu dire que les médecins de province étaient obligés de suivre une formation pour le Service de santé des armées...

— J'espère qu'il en est ainsi, mon jeune ami... Dieu veuille qu'il en soit ainsi, je parle de cette formation... J'espère qu'on a appris les leçons de la dernière guerre[2], lorsque la saleté et la désorganisation ont fait tellement de victimes, alors qu'on n'a pas tiré un seul coup de feu... J'ai vu, de mes yeux vu, nos pauvres soldats se réjouir de recevoir des uniformes bulgares, ignorant bien sûr qu'ils allaient revêtir de véritables tuniques de Nessus ! J'ai juste entendu un petit interne frais émoulu de Heidelberg pérorer sur la nécessité d'étuver les uniformes pris à l'ennemi, mais son discours n'a suscité que

1. Selon le rite orthodoxe, on ne ferme pas le cercueil avant la mise en terre.
2. La deuxième guerre balkanique, en 1913.

des sarcasmes : où dénicher une étuve ? Sarcasmes non dépourvus de fondement, mais qui dénotaient en même temps l'irrespect avec lequel on attaque en Roumanie toute opinion différente... En plus, le petit interne était trop jeune pour céder, alors même ceux qui lui donnaient raison ont fini par en avoir assez : Allez, bonhomme, ça suffit ! Basta ! Ouvre les yeux, réveille-toi, vois que tu es dans les Balkans, pas à Heidelberg !... Et il l'a vu : il a été en effet l'une des premières victimes du choléra introduit par les uniformes pris aux Bulgares...

Ses mains moites serrées sur les barreaux de la chaise, le professeur Mironescu hoche la tête, avec un sourire las. Et lui alors, quelles illusions juvéniles attardées l'avaient-elles poussé à se porter volontaire, à quarante ans ? À supporter les bottes qui lui écorchaient les pieds, les marches épuisantes en plein soleil, l'eau saumâtre, la poussière grinçant entre ses dents chaque fois qu'il mangeait, la puanteur des latrines à côté desquelles on avait installé la roulante et, par surcroît, la promiscuité permanente... Ballotté par les souvenirs, il sort de sa poche ses inséparables *Fructines-Vichy, bonbons laxatifs purgatifs dépuratifs, inoffensifs antiseptiques de l'intestin, A. Pointet, Pharmacien de 1re classe**, ses doigts tremblants ouvrent la boîte et saisissent à tâtons une pastille.

— Allons, Vovonne, puisque je te dis que ça a beau avoir des roulettes, c'est point un jouet...

Mme Ana la prend par la main et réussit à lui faire faire quelques pas vers la porte, mais elle la lâche pour tourner la poignée et la petite, dont l'espièglerie compense la démarche encore mal assurée, en profite pour déguerpir en trottinant derrière les meubles, au grand amusement de Titi Ialomiteanu.

— Yvonne ! Tu sais où tu devrais être à cette heure-ci !

Interlude :

Sophie veut que sa fille aille tout de suite au lit, Stefan félicite Ana pour son gâteau, Margot demande conseil à Titi qui lui suggère en riant d'exprimer à voix haute ses étonnements.

— C'est peut-être pour ça qu'il était contre la guerre à ce moment-là, le roi ? Le précédent, Charles. Il savait que le pays n'était pas prêt et voilà pourquoi il refusait de signer l'ordre de mobilisation… Mais si, monsieur Ialomiteanu, c'est vous-même qui me l'avez raconté ! Les gens criaient dans la rue pour la mobilisation et le roi refusait, refusait mordicus… Et après il s'est laissé aller comme voulait le peuple : il les a tous fait venir et il a signé. Il pleurait et il signait. Et à la fin il a dit en allemand « pauvre pays ! », « *armes Land !* ». N'empêche qu'il s'est soumis, pour laisser aller comme voulait le peuple…

— Le peuple, allons donc ! Il sait si bien ce qu'il veut, le peuple, quand il descend dans la rue ! Vous souvenez-vous de ce que coûtait un agent la dernière fois ? Vingt lei ! lance Titi en riant. Je pense aux agents provocateurs, fauteurs de guerre…

— Comment pouvez-vous parler ainsi, alors que vous avez vu vous-même les rues pleines de manifestants qui exigeaient notre entrée en guerre aux côtés de notre sœur la France ? !

La voix de Sophie tremble d'une indignation excessive. Et, Titi se contentant de rire, elle se lève, agacée, picore un petit four en passant devant la table roulante et retourne s'asseoir dans son fauteuil, à l'autre bout de la pièce.

Le professeur revient à sa nouvelle marotte, avec un doux entêtement :

— Peut-être avons-nous appris quelque chose, pour une fois… On dit que nous avons des ambulances et des pharmacies hippomobiles et, enfin, des stérilisateurs et des étuves… Et même des trains sanitaires, avec douches et tout le confort ! On verra bien, on verra bien… Car l'hygiène populaire est notre talon d'Achille ! Car aucune des nombreuses mesures positives qui pourraient être prises pour l'assainissement de notre pays, aucune, mes chers enfants, ne dépend malheureusement de nous ! Nous, les généreux, les idéalistes animés des meilleures intentions, nous ne disposons et ne disposerons jamais d'un autre pouvoir que celui de la parole ! Aussi nous retrouvons-nous si souvent impuissants et seuls, or nul n'ignore que la solitude engendre le désir égoïste de se protéger, et la peur…

Les moments de plus en plus fréquents où, tiré soudain d'une sorte de sommeil, il se demandait ce qui pouvait bien le pousser à exténuer ses poumons fragiles dans la poussière des marches caniculaires, harcelé par les mouches bourdonnant sur les civières où gisaient des formes couvertes de draps… À qui rendrait-il service en crevant ainsi, trop faible même pour se plaindre, son corps déshydraté trop sec pour laisser suinter la moindre déjection purulente ou sanguinolente ? Providentielle, évidemment, l'apparition de Jorj Athanasiu, à cheval aux côtés du président Bratianu : *Quoi, toi ici, Stefan ? C'est de la folie, de te fourrer là-dedans ! Retourne à tes études linguistiques !*

— Ce qui m'irrite également, ce sont les énormes éclats de rire nationaux qui accompagnent nos désastres… D'aucuns y voient notre arme pour ne pas succomber dans l'adversité. Moi, je me demande si ce n'est pas pour nous le commencement de la fin…

D'une main tremblante, il met un semblant d'ordre dans les papiers étalés sur le guéridon, tandis que Titi Ialomiteanu déambule de nouveau à grands pas à travers la pièce.

Comment réussissons-nous à connaître la manière dont « nous pensent les autres », y compris ceux qui, pour ménager notre susceptibilité, approuvent chacune de nos paroles ? Par l'intuition, affirment les théories les plus modernes, théories qui réfutent le positivisme régnant. (Stefan regrette de plus en plus de n'avoir pas commandé en temps utile les livres de ce Bergson tellement *en vogue**.) L'intuition, donc, lui indique le degré exact de la condescendance nourrie par Titi à son égard... Une sensation vive, pareille à une lueur clignotante, mais une sensation désagréable, à ne pas fouiller par conséquent.

— Attention ! Oh ! là ! là ! Vovonne ! Attention !

Tintements de tasses posées à la hâte sur les soucoupes, hauts cris, bruissements de jupes, martèlements de talons... Et pourtant c'est lui, lui le sans-réflexes, lui le binoclard dans la lune, lui qui, d'un bond, arrive le premier. Lui qui détache les menottes humides d'Yvonne — comment peuvent-elles être à la fois aussi petites et aussi fortes ? — du rebord de la table roulante et qui sourit de bonheur lorsque les ongles acérés se plantent dans sa peau. Lui qui caresse les cheveux rares sous lesquels on aperçoit le cuir chevelu rosâtre.

— Elle n'a rien, rien du tout, explique-t-il en savourant modestement son triomphe. Elle n'a rien, ce sont les cris qui lui ont fait peur...

C'est la simple vérité. Quant au danger, il n'y en avait pas puisqu'on avait fini de servir le thé. C'est la simple vérité, mais il attendait depuis longtemps cette occasion de se poser en sauveur. Il soulève son précieux trophée qui embaume le lait et la pureté, et ajuste la blouse du costume marin…

Ô nos stables, nos médiocres sentiments familiaux qui te donnent la force de sans cesse recommencer, jour après jour, qui te donnent la force de sans cesse supporter, soir après soir…

— J'aurais préféré ne pas avoir raison si vite… *Mais c'est une véritable folie de la confier à Nela… Cette fille trouve tout le temps des moyens de se dérober ! Et de ton côté, Stefan, tu laisses faire**…

Si la voix de Sophie est douce, ses yeux insistants ne le sont pas. À nouveau la sensation de devenir transparent, d'être engoncé dans le mensonge… Et, au fond, c'est mentir que lui cacher les mauvaises heures alors qu'elle se doute que quelque chose cloche, sans savoir quoi, et qu'elle finit par s'exaspérer, par le croire mi-hypocondriaque mi-neurasthénique, car il ne se soigne jamais, il ne consulte jamais un médecin…

Il se secoue, mécontent, et rassied mieux Yvonne sur ses genoux. La pointe de sa poussée de fièvre est sans doute passée puisqu'il se sent ravigoté et, du coup, devient de plus en plus loquace. Le même sentiment déplaisant l'aiguillonne, mais ses yeux brillent, le vert des iris est ravivé et sa voix résonne :

— Car ici, mes chers enfants, les gens naissent fatigués, naissent résignés : on dirait qu'ils ont déjà vécu tellement de vies dures et décevantes qu'ils ont renoncé depuis longtemps à s'opposer au mal tout-puissant. Le désordre, le provisoire, la barbarie croissent spontanément… Comme les microbes dans la poussière… On dirait qu'il existe un ferment du désordre…

— Une enzyme ! lance Titi, fier de ce mot assez récent.

— Si vous voulez… Un implacable microbe de la corruption et du chaos, du travail bâclé… Des maux dont se plaignait mon père et dont nous nous plaignons à notre tour… Tout cela réuni engendre cette formidable inertie où les énergies s'engluent, se pervertissent, font naufrage… Vous avez vu comme ils sont doués nos jeunes, nos enfants ? Comme ils sont merveilleux nos enfants, et comme ils sont décevants nos adultes…

Il serre doucement ses bras enlacés autour d'Yvonne qui, ne se rendant pas compte que *papa** la protège si bien, jappe et fait mine de descendre de ses genoux.

— Alors, mon jeune ami, comment vous expliquez-vous que nous nous plaignions tous et toujours des mêmes maux, et depuis tellement longtemps ? Si nous étions réellement aussi nombreux à être mécontents, aussi nombreux à être honnêtes, comment ferait le mal pour croître ? Mais voilà, de génération en génération…

Tu t'interromps et fais descendre Yvonne, car Titi te fixe du regard avec une rare insistance. Il se pourrait que le jeune-ami ne soit pas entièrement d'accord ! Invitons-le donc tout de suite, d'un geste large, à formuler les réserves conçues par son esprit certes original ! Sitôt pensé, sitôt fait. En tant que représentant d'une génération plus jeune, plus exigeante et plus instruite, comment s'explique-t-il (lui demandes-tu) la permanence de ces tares nationales ? Comment se fait-il que nous transmettions, en même temps que le mal, notre débile indignation, prête à s'inventer des accommodements dès qu'il s'agira de notre intérêt personnel ? Prête à accuser, à éreinter, à calomnier dès qu'il s'agira de quelqu'un d'autre ?

Le jeune-ami rougit, ses oreilles s'empourprent. Lui, en tant que représentant d'une génération plus jeune (répond-il), mais certainement pas plus instruite… Plus prétentieuse[1], oui ! Sans être promise pour autant à un plus bel avenir car, à en juger sur ce qui nous entoure, on devrait l'appeler « génération sacrifiée » … Et elle est inutilement plus prétentieuse, puisque les dés sont jetés et que nous avons affaire, pour ainsi dire, à la première « génération sacrifiée », à l'issue d'une période de bien-être et de paix pas si longue que cela… Lui, d'ailleurs, en tant que représentant de cette génération plus jeune, il est le premier à reconnaître sa superficialité… Mais vous allez les voir, ceux qui vont suivre, prêts à toutes les compromissions par appât du gain !

3

Le jeune Ialomiteanu se trouve à présent dans la partie du petit salon où se font face le poêle de porcelaine et la porte de la terrasse. Assez loin des autres pour qu'ils ne puissent pas remarquer la vive émotion qui s'est emparée de lui quand, dans ses allées et venues nonchalantes, il a découvert qu'elle était entrouverte !

Entrouverte, cette porte, éternellement fermée ! Ce qui signifie qu'elle l'était déjà il y a une heure ! Déjà il y a deux heures ! Par conséquent, quelqu'un est allé sur la terrasse, ou a pu y aller, pour obser-

1. L'adjectif roumain *pretentios* signifie le plus souvent « exigeant », mais aussi « prétentieux ». L'auteur joue sur cette ambiguïté révélatrice du personnage.

ver le jardin ! Ce quelqu'un ne pouvait être que le professeur, puisque c'était le moment de son courrier !

Tellement ému qu'il entend battre son cœur, Titi répond néanmoins à la question de son maître, trop absurde pour qu'on puisse y donner une vraie réponse. Pour sa part, n'est-ce pas, il n'a malheureusement pas eu l'occasion de méditer sur ce sujet, mais à l'avenir — si nous pouvons encore en avoir un —, il pense trouver des explications… En attendant, il voudrait poser une question. *À propos** de Stere…

Le professeur serre les paupières sur ses yeux brûlants, contrarié de s'être trompé lorsque, surprenant le regard fixe de son jeune-ami, il a cru qu'il voulait engager une discussion. *Un malentendu* ?* Alors voilà donc (constate-t-il dans son for intérieur), voilà donc ce qu'est l'un de ceux — et pas le pire ! — auxquels nous allons devoir confier le monde… Ou bien voilà ce qu'est la jeunesse que nous envions tous les jours en mesurant avec une froideur scientifique notre propre corps : les dents et les cheveux qui tombent, la peau qui se dessèche peu à peu… La jeunesse, égoïste et superficielle… Eh bien, soit !… Tu mettras sur le compte de l'âge cruel la médiocrité de ce jeune homme qui t'offre de la compagnie. Une compagnie très quelconque, un bavardage oiseux… Pourtant tu réponds, en souriant :

— Vous êtes trop jeune… Vous êtes tous beaucoup trop jeunes pour vous souvenir de l'émoi provoqué par un article de Maiorescu, qui prônait pour la première fois un rapprochement roumano-allemand. Il reflétait un combat interne dans le parti conservateur, où les vieux boyards étaient russophiles, tandis que les jeunes avaient fait leurs études en

Allemagne… Et je me rappelle aussi que Bratianu le vieux[1] n'a pas été acclamé lorsqu'il est allé rencontrer Bismarck, quoique la pression de la Russie fût assez pesante à ce moment-là… En vérité, les réserves de l'opinion publique visaient surtout l'Autriche, ce qui n'a rien d'étonnant si l'on pense à nos frères transylvains… Sinon, pourquoi le feu roi aurait-il gardé secret pendant trente ans le traité signé avec l'Allemagne ? Pour ces raisons, je vous incite, mon jeune ami, à avoir une approche nuancée de Stere…

L'air brûlant de cette fin d'après-midi passe par la porte entrouverte et gonfle le voilage *crème**, qui danse au-dessus du parquet, miroir brillant. Titi a beau réfléchir, il ne trouve pas d'explication apaisante.

Si c'est le professeur qui a ouvert la porte, il a pu aller sur la terrasse et le voir, lui, entraîné par Sophie dans cette maudite équipée… À moins qu'il n'ait été déjà découvert quand il a sonné pour la première fois. Mais il n'ose pas poursuivre dans cette direction…

L'anxiété étant son état d'esprit permanent, il a appris à ouvrir l'œil. La dernière phrase du professeur équivalait à une question. Il faut y répondre. Malgré l'émotion qui lui casse la voix, il se lance :

— Je ne voudrais surtout pas insister, mais je crois qu'il y a deux ans, à Constanta… Je crois ne pas me tromper si je dis que certaines voix se sont étonnées que Stere, ancien déporté en Sibérie, ait accepté d'assister à l'entrevue avec le tsar…

1. Il s'agit ici de Ion (1821-1891), père de Ion dit Ionel. Chef du parti national libéral et président du Conseil (en renversant son frère Dimitrie) de 1876 à 1888, il joua un rôle de premier plan au congrès de Berlin (1878) pour faire reconnaître l'indépendance de la Roumanie.

— Ah ! mon ami… *À propos** de la Sibérie et du tsar, je ne suis pas en droit d'émettre un avis, moi qui, Dieu merci, n'ai jamais été arrêté ! Comment pourrais-je juger de ces choses ? Se devait-il, précisément en tant qu'ancienne victime, d'être présent ? Je n'en sais rien. Comme vous le disiez, je n'ai pas eu l'occasion de méditer sur ce sujet. Par contre, nous méditons tous sur ce que serait un monde d'après-guerre dominé par une Russie maîtresse des bouches du Danube. Et toute-puissante !

Telle est également sa voix, qu'il entend vibrer d'une émotion dont il a honte. D'autant plus qu'il profane ses pensées en faisant de la démagogie de salonnard. Mais cet irrépressible besoin de parler, dû à un sentiment désagréable et inhabituel, pareil à un renardeau caché dans son sein, sous sa chemise empesée…

Une toux inattendue déchire sa voix, il s'étrangle, porte son mouchoir à la bouche, puis le chiffonne dans son poing d'un geste coupable, avant de reprendre :

— Nous sommes tous d'accord sur un point, à savoir qu'il y a en Roumanie plus de superficialité, de je-m'enfichisme et d'inconstance que dans les pays civilisés… Et moins de souci de ce qui est pourtant si important en politique : ménager les apparences. Car, on le sait, ce sont l'habileté pratique et les compromis qui font la politique. Tandis qu'exhiber en public les secrets des coulisses et prétendre en même temps être cru lorsqu'on brandit l'étendard des idéaux ! Est-ce à cause de l'âge que je ne m'emballe plus pour n'importe quoi et que j'ai cette sensation de fatigue ? Vous avez sans doute entendu parler du scandale survenu au club, où des membres honorables, certains d'un âge vénérable, en sont venus aux mains, il se sont battus comme des chiffonniers...

Il parle, affalé sur sa chaise. De grosses plaques rouges, malsaines, marquent son front, ses pommettes, ses mâchoires.

La fièvre.

Il parle, en fixant Titi Ialomiteanu avec une attention de tous les instants, qui veut et ne veut pas voir sa relation avec Sophie. Cependant, plus se précise son sentiment désagréable (auquel se mêle une tendresse trouble envers la jeune femme et le jeune homme), plus il entend sa voix devenir prévenante...

Tellement caressante qu'il serait bien le seul à pouvoir y détecter quelques fausses notes.

Comment, des fausses notes ? Non, erreur ! Ce sont plutôt les deux âmes qu'il porte dans la poitrine, pour reprendre les mots si justes du poète...

— La fameuse lettre dans laquelle Charles se plaignait de nous à des étrangers contient quelques passages intéressants... Comment nier qu'une Constitution trop démocratique a été accordée trop tôt à un peuple qui, ignorant ce que signifient la liberté et la démocratie, en a abusé ? Celui qui rouvrira un jour nos gazettes et nos mémoires risque d'être assourdi par un vacarme épouvantable. Sarcasmes et médisances à l'envi ! Une fourmilière de silhouettes grotesques, marionnettes mues par les ficelles de l'ambition et de l'avidité ! C'est nous-mêmes qui nous décrivons ainsi, à force de nous entre-déchirer, de nous vitupérer, de nous interpeller insolemment à la Chambre, de voter contre de bons projets de loi parce qu'ils sont présentés par nos adversaires, de défendre dans d'admirables discours des causes indéfendables ! Quels avocats nous avons fabriqués, en quelques décennies seulement, et quelle vie parlementaire ! L'une des premières d'Europe ! Des émeutiers qui se prennent pour des révolutionnaires et que suffisent à disperser quelques gendarmes à cheval ou la poussière soulevée par les balais des éboueurs ! Des groupes qui vont à tort et à travers crier devant le Palais : « À bas Charles Ier, honte du trône roumain ! À bas le gouvernement, ramassis d'assassins ! » Et des étudiants qui gaspillent leur enthousiasme juvénile à dresser des barricades et à proférer des propos incendiaires, juchés sur la statue de Michel le Brave !... Alors, notre descendant qui aura la curiosité de se pencher sur notre époque perdra de vue forcément que ce qui fera encore son quotidien — immeubles, lois, boulevards, expressions, compagnies d'assurances, conventions, banques, ponts et chaussées, gares, chars allégoriques lors des grands défilés, écoles et ainsi de suite —, que tout cela a été réalisé, malgré ce vain tohu-bohu, par notre cœur et, surtout, par notre main, qui bâtit avec une solidité bourgeoise...

Eh oui, le sentiment désagréable qui l'habite lui donne la logorrhée ! Et le sourire figé depuis si longtemps sur sa figure commence à lui donner une crampe !

Et, brusquement, les cernes lourds, d'un marron violacé, et les cheveux clairsemés, atteints de grisonnement avancé.

— Pour une raison fort simple : ici, en Roumanie, personne n'acceptera de créditer son prochain d'un sentiment généreux, d'une action désintéressée, d'un effort pour le bien public... À moins que rien de cela n'existe, que je m'illusionne, que je ne puisse m'empêcher d'embellir le monde ? Cependant, combien de cœurs généreux, combien d'esprits hors pair la postérité trouvera-t-elle à retenir parmi nous ? Vous, mon jeune ami, vous pouvez évidemment me répondre que nul n'est prophète en son pays et que le présent est toujours injuste, ou bien qu'il en est ainsi depuis que le monde est monde et que personne n'y changera quoi que ce soit... Mais, moi, je vous dirai qu'il y a en chaque homme quelque chose de ridicule et quelque chose de répugnant, de sorte que chacun de nous se trouve forcément à la merci de celui qui l'observe. On est à peine ce que retient le regard d'autrui. Alors, pourquoi toiser nos frères avec autant d'ironie ? D'une telle hauteur vertigineuse ? Pourquoi si peu de générosité ? Pourquoi si peu de solidarité et d'élégance ?

À l'extérieur, derrière les vitres claires, le velours bleu des clématites découpé sur le ciel lumineux, *rose pâle**, doré. En dessous, l'entremêlement touffu de la glycine autour du vieux tilleul noueux. Alentour, les écailles luisantes du lierre qui habille fastueusement les murs, dont il ne laisse paraître d'impudiques parties blanches qu'au niveau de la gouttière à tête de lion. Tout en bas, les dalles moussues enfoncées dans la terre grasse. Ici, à l'intérieur, la pénombre douillette, les meubles d'acajou qui n'ont plus le lustre du neuf, le discours poursuivi en violation volontaire du code mondain qui exige une conversation brillante, agréable et superficielle. Et, sous la chemise empesée, le renardeau qui lui laboure les chairs de ses griffes ensanglantées. Mais, à l'instar du petit Spartiate, il ne permettra pas à sa voix de trembler, de le trahir. Il ne cessera d'enrober sa parole dans la dentelle qu'il prépare pour son rival (voilà ce qu'il est, inutile de continuer à se leurrer), afin de se rapprocher de lui jusqu'à percer les mouvements de son âme.

— Car en Roumanie les honnêtes gens ignorent aussi bien la solidarité que la courtoisie. Chaque jour révèle un nouveau scandale ! Une nouvelle machination ourdie par des personnes jusque-là au-dessus de tout soupçon ! Une nouvelle filouterie impliquant des gens dont nous nous serions portés garants ! On dévoile sans cesse des secrets que tout Bucarest connaîtra une heure plus tard, on pérore interminablement sur la vénalité, les deniers publics détournés, la corruption et puis encore la vénalité, et la trahison ! De causerie en causette, qui n'est pas touché par l'insulte et la médisance, ou au moins effleuré par la perfide insinuation ? Car nous passons des ennemis aux amis absents, qui ont toujours tort bien entendu. Le mal ne se trouve pas seulement dans le camp opposé. Non, pas seulement ! Nous avons remarqué chez chacun des nôtres des contradictions entre la parole et l'acte, de viles lâchetés, de lâches vilenies, des alliances honteuses, des ambitions inavouables ! Nous avons beaucoup à dire sur chacun des nôtres, et nous le disons, parce que c'est eux que nous connaissons le mieux !

Pourquoi, à un âge où on ne nourrit plus d'illusions, les ragots de la ville le tourmentent-ils encore ? Est-ce dû à son incapacité structurelle d'imaginer le mal, tout autant qu'à sa nature crédule et influençable ? *Calomniez, calomniez* !* lance-t-il, tel un défi aux diffamateurs, certes, mais il connaît sa propension à croire ce qu'il entend dire…

Il est tellement accaparé par ses propres phrases que les coups de l'horloge le font sursauter. Les autres, qui guettaient pourtant les aiguilles du coin de l'œil, tressaillent aussi. Mais ils ne se tournent vers lui qu'à la fin, lorsque s'éteint l'écho du dernier tintement, découpé dans l'air en fines tranches.

— Certains parmi nous, assez nombreux, déplorent certes ce gaspillage : les remarques subtiles, l'humour, les formules mémorables vouées à l'oubli… Mais ce que personne ne regrette suffisamment, c'est *qu'il en restera toujours quelque chose**... Ce n'est pas nous qui avons créé ce proverbe, puisque nous ne calomnions jamais, nous ! Nous sommes certains de connaître à chaque instant toute la vérité sur les autres ! Et l'innocence avec laquelle nous pratiquons le vice, sûrs qu'il est une vertu ?

Un léger bégaiement embrouille ses idées, l'avertit du ridicule auquel il s'expose. Faire la leçon dans son salon, quel manque de goût ! Et de courtoisie !

Il enlève son pince-nez embué, l'essuie vivement avec son mouchoir et reprend, sur un ton toutefois moins assuré :

— Nous-mêmes, les honnêtes gens peu au courant, nous sommes d'ailleurs enclins également à ne voir chez les autres qu'intrigues et machinations ! Ce n'est pas de vous que je parle, mon jeune ami, mais de Bucarest tout entier... Nous avons une vision extrêmement sceptique et matérialiste de la façon dont les choses se passent : le monde est *un panier de crabes** où l'on doit jouer des coudes, fermer les yeux, baisser la tête, s'allier avec le diable pour ne pas le tirer par la queue...

Il y a moins d'une heure, il reprochait à Sophie de répéter des lieux communs. Alors, comment s'expliquer maintenant ce laïus, se demande le jeune-ami, si ce n'est par le fait que chaque phrase est une flèche empoisonnée décochée contre lui ?

— Ainsi, la fameuse intelligence passive des Roumains ne sert qu'à dénigrer l'œuvre du voisin avant qu'il n'ait le temps de la mener à bien ! Seulement, à force de nous *acharner** sur les humaines faiblesses de notre prochain, nous discréditons nos principes ! À force de jeter les hommes dans le dérisoire, nous finirons par y jeter également nos idéaux...

Yvonne, qui tourne en rond autour de la petite table à la photo, au risque de renverser le chandelier et ses cinq bougies allumées, s'attire un regard sévère de *papa**, qu'elle fuit en courant se réfugier sous le guéridon, d'où elle sort de temps en temps une tête espiègle entre les glands de la nappe, espérant que *papa** va lui faire « Bouh ! ». Mais à peine commence-t-il à prendre des airs de croquemitaine qu'elle détale de nouveau à quatre pattes dans son abri, aussi vive qu'un lézard, en riant si fort qu'elle finit par en avoir le hoquet. Et c'est en hoquetant qu'elle reparaît, s'arc-boute sur ses genoux et attend.

Sauf que *papa** l'a encore oubliée.

— Ne nous étonnons pas d'être en permanence sceptiques et blasés, puisque nous ajoutons foi aussitôt à n'importe quel ragot pour la simple raison qu'il conforte le regard désabusé que nous portons sur le monde et insinue que l'appât du lucre se dissimule derrière toute bonne action !

Pourquoi, sans rapport avec ces mots, un vieux souvenir remonte-t-il soudain à sa mémoire ? Un matin froid et gris de février, il marche rue Sfântul Ionica sans un sou en poche, pas de quoi prendre un fiacre. Il frissonne dans son pardessus trop mince, ses escarpins vernis glissent sur le verglas, il serre dans son poing gelé le vieux et lourd médaillon serti de gros diamants et de rubis — le seul objet de prix qui lui reste de sa *pauvre maman**. Mais il a joué aux cartes toute la nuit, il a perdu, joué sur l'honneur, il n'a plus le choix ! Il se hâte vers le mont-de-piété pour régler cette pénible affaire et l'oublier au plus vite. Il se connaît assez pour être sûr de pouvoir ensevelir le souvenir de cette fredaine et de ne jamais la répéter… Le froid glacial lui colle les narines, lui rougit le nez, lui pique les yeux. N'est-il pas naturel, lorsqu'on est jeune et plein de vie, de s'acquitter d'une nuit d'égarement en engageant le bijou reçu au chevet de sa mère mourante ? Rien, d'ailleurs, n'altère la douleur filiale si profondément enfouie en lui. L'amour qui le berçait le protège toujours, mais ne peut plus le gronder, ni le féliciter, ni le comprendre...

— Alors ne pensez-vous pas, cher ami, que les illusions nationales ont beaucoup de mal à germer sur ce terreau fait de pragmatisme et d'ironie ? Et que, si elles y germent pourtant, nous risquons de les perdre à la première épreuve un peu rude imposée par l'histoire ? À peine le ciel s'est-il éclairci qu'il suffit d'un nuage pour que le soleil s'éclipse de nouveau. Une belle matinée compromise..., perdue...

Sous l'acquiescement inintelligible qu'il bredouille, son cher-ami ne se demande-t-il pas quelle déception politique récente peut le pousser à lancer une telle *attaque* ? Oui, tel est certainement le mot utilisé par le jeune homme pour désigner son discours...

Mais alors, pourquoi un épuisant effort de rapprochement si on le sait par avance voué à l'échec ? Le préjugé de cet acte qu'est la parole, qu'il étudie depuis vingt ans, mais dont il perd l'essentiel, comme on perd entre les doigts l'eau puisée au creux de ses mains ! Ce qui est en nous, nous parvenons à en transmettre si peu par la parole ! Et pourtant nous continuons à parler (la preuve !), sûrs de nous, sûrs que le soleil de la raison éclaire notre âme ! Que deviendrait notre vie autrement, si nous voyions les échanges de paroles pour ce qu'ils sont, pour une transfusion malaisée ? Seules les heures de naufrage nous font éprouver de tels doutes, oubliés à la première occasion...

— Cela dit, nous avons assez d'esprit critique pour ne pas ignorer ce défaut. Nous parlons avec une résignation amusée de notre manque de solidarité. Nous autres, Roumains, disons-nous, nous sommes ainsi faits et nous faisons ainsi, nous nous disputons, nous nous entre-déchirons, nous préférons nous fier aux étrangers plutôt qu'à nos compatriotes ! Pourquoi ? Peut-être en souvenir du temps où nous nous dénoncions les uns les autres à la Sublime-Porte, ou aux autres Puissances… Eh, oui…

La petite table vacille, le candélabre aussi, les têtes se dressent. Titi Ialomiteanu est le premier à réagir, il accourt et retient table et chandelier, puis il se penche pour débusquer la coupable tapie là-dessous, dans le noir.

— À cette heure-ci les enfants sages font dodo… C'est le marchand de sable qui passe, dit-il d'un ton câlin. Le marchand de sable, répète-t-il en se penchant de plus en plus car, au fur et à mesure qu'il se rapproche, la petite se renfonce dans son abri. Le marchand de sable qui passe…

Madame mère se dirige vers la petite table, avec le port majestueux des grandes femmes. Elle ressemble pourtant à une gamine boudeuse, qui se retient à peine d'attraper son doudou par une jambe et de le balancer dans la corbeille, lorsqu'elle réussit enfin à prendre dans ses bras sa poupée déplumée au visage pâle et au nez de vieillard. Elle l'assied sur ses genoux et attend patiemment qu'elle arrête de se débattre, de pleurer et de baver… Voilà ! Le silence règne dans le petit salon.

— Loin de moi cependant l'idée de dénigrer les lumières de l'Ouest ! Vous le savez, je ne suis pas de ceux qui dressaient des barricades parce qu'une troupe de dilettantes osait faire retentir le français sur la scène du National ! Des excès que j'ai taxés de broutilles en leur temps, vous vous en souvenez sans doute. Mais, précisément parce que je nourris cette gratitude filiale — comme tous les Roumains ! —, je ne peux pas ne pas souffrir parfois de notre ridicule. De notre côté la vénération et l'imitation débridée de l'Occident, du sien une bienveillance hautaine. De l'indifférence. Dirai-je pire ? Dirai-je du mépris ? La vérité nous ferait trop mal...

Il divague, il divague, et Titi Ialomiteanu craint que, au moment où Sophie, si mal inspirée, l'agrippait pour le nettoyer avec son mouchoir de batiste, le professeur ne fût en train de les observer (peut-être !), aux aguets sous la voûte de lierre et de clématites de cette terrasse sur laquelle donne la porte entrouverte ! Et maintenant il bat la campagne volontairement, il prémédite... Quoi ? Le prétexte dont il usera pour provoquer le scandale destiné à *briser** son avenir, sa carrière, son entrée dans le monde ! Rien que d'y penser, il a envie de lancer un au revoir général, de récupérer sa canne et son chapeau en filant, de dévaler les marches du perron, de traverser la cour en coup de vent, de galoper dans la rue et de ne jamais remettre les pieds ici... Oh ! dehors... Vite, dehors !

— Je me trouvais dans l'automobile de notre ami Jorj, le soir où le général Pau était attendu à la gare. Une immense foule en délire, des fleurs, des drapeaux, *la Marseillaise* cela va de soi, des ovations, des pleurs... Je ne nierai pas mon émoi. Les transes collectives sont contagieuses... Mais j'ai recouvré mon esprit critique au dîner, chez Misu Cantacuzène, où j'étais *le vis-à-vis** de ce brave général français. Toujours la foule sous les fenêtres, les drapeaux, les discours, les ovations, les pleurs... Cette fois, la contagion ne m'a pas gagné, car j'avais devant les yeux la figure éberluée du général. Selon les règles de la diplomatie, il se devait d'afficher ses sentiments pour la Roumanie, mais il ne savait malheureusement pas grand-chose à notre sujet et notre démonstration passionnée ne lui donnait apparemment pas envie d'en savoir plus. En tant que soldat, il respectait les Allemands. D'ailleurs, c'est d'eux qu'il a parlé ensuite... J'espère, mon ami, que vous n'allez pas en conclure que je suis germanophile ! Non, si mes sympathies coïncident avec celles de la majorité, vous ne me voyez tout de même pas descendre dans la rue en brandissant notre drapeau roumain ! Je n'ai pas le tempérament de votre chef, n'est-ce pas ?

Quelques secondes de silence, sans qu'aucune réponse ne vienne. Le jeune-ami se borne à hocher prudemment la tête, toujours posté près de la porte de la terrasse, jetant des coups d'œil à l'extérieur, pour voir quoi ? Le perron, la rue, le jardin ? Son ancien professeur hausse les épaules et reprend :

— Eh bien, à vrai dire, ma nature indécise m'a empêché de compter parmi les actifs... Je ne me suis jamais, jamais senti capable d'envoyer des hommes au sacrifice. Alors, entendre si souvent reprocher à Bratianu la... mesquinerie avec laquelle il soupèse... De la mesquinerie ? Vous trouvez le mot approprié ?

Sophie bâille derrière son éventail, le ferme et regarde ostensiblement la pendule, puis son mari. Celui-ci ajuste son pince-nez et la rassure d'un geste : une minute, il n'en a plus que pour une minute. Il déclare en souriant :

— J'en suis venu à détester les exagérations passionnées. Et mon amour des paysans roumains ne me fait pas participer à l'admiration béate qui les entoure, ne m'empêche pas de voir qu'ils sont parmi les plus arriérés d'Europe... Sur la question agraire, j'affirme avec les libéraux la nécessité d'une réforme !

Sophie bâille, se tamponne la figure avec son mouchoir, sans lâcher le poignet d'Yvonne. Quel après-midi *agaçant* !* La petite s'agite sur ses genoux, ce qu'elle supporte de plus en plus mal, surtout depuis ses nausées. Elle perd patience :

— Si tu ne te tiens pas tranquille, tu vas descendre tout de suite !

Yvonne ne se le fait pas dire deux fois. Elle glisse à terre et court se réfugier dans les bras que lui tend *papa**. De là, elle lance un regard de défi aux pendeloques de la lampe, à la statuette en bronze, au monde entier (en particulier à Muti).

— La Roumanie serait différente si l'on avait procédé en temps voulu à une réforme, si le roi...

Margot coupe son beau-frère :

— Qui, Charles ? Mais que pouvait-il faire ? Puisqu'on l'en empêchait et qu'il a fini par se suicider...

— *Arrête de dire des âneries* !* lance Sophie.

— Si, il s'est suicidé, rétorque Margot, ulcérée. Il avait les nerfs en pelote, il passait son temps à pleurer au château de Sinaia et il a arraché toutes ses décorations de l'empire et c'est pour ça qu'on ne l'a enterré qu'avec deux médailles et...

— Yvonne ! crie Sophie. Tiens-toi droite, Yvonne, et ne me regarde pas comme ça !

Devant la surprise provoquée par sa sortie, elle explique :

— Lorsqu'elle regarde comme ça, j'ai l'impression qu'elle *louche**.

Irritée, elle fixe de nouveau la pendule, puis son mari, qui lui adresse le même signe « rassurant » que tout à l'heure : une minute, juste une minute de patience.

— Mais je m'en souviens parfaitement, insiste Margot, on l'a raconté ici même, ici...

— Des potins : tantôt il s'est suicidé, tantôt on l'a tué...

Que c'est dur d'être jeune ! Une pauvre *Cendrillon** que les grands méprisent, qui n'a pas le droit de placer un mot, pas le droit de protester, qui peut seulement ravaler ses larmes…

— Ah ! *j'en ai assez* !* s'écrie Sophie.

Elle se lève et sonne. Nela entre.

— Emmenez-la tout de suite dans sa chambre !

La porte se referme et l'on entend décroître peu à peu les cris perçants de l'enfant.

— Il y a pourtant une explication…

À peine a-t-il commencé à parler que Titi Ialomiteanu s'interrompt déjà, tousse pour s'éclaircir la voix. Aimable, le professeur continue sa phrase :

— Il y a en effet une explication à notre situation. Ainsi, a-t-on jamais vu un peuple se mépriser autant ? Un travail mal fait, bâclé, nous l'appelons nous-mêmes un travail de Roumain ! Et nous le disons avec un ton inimitable, un inimitable sourire gouailleur…

Margot se lève… À quoi bon continuer d'assister à cette conversation ennuyeuse, sans queue ni tête, dans laquelle on ne t'autorise pas à placer ton mot ? *Sophie se croit toujours en pays conquis, mais courage, pauvre Cendrillon* !* On verra bien qui trouvera ce soir son Prince charmant ! Retire-toi dans ta chambre et épanche ton cœur dans une longue lettre à Coralie. Lorsque tu entendras s'arrêter la première voiture, tu pourras descendre l'escalier d'un pas léger, en vérifiant devant chaque miroir ton allure, tes boucles… Le monde ne finira pas avec un ancien va-nu-pieds qui tourne au vieux garçon ranci à force de voleter comme un papillon ventru autour des femmes mariées. Regarde-le bien et tu verras que *l'embonpoint** le guette !

Elle traverse la pièce sur la pointe des pieds et se dirige vers la porte. Elle répondrait qu'elle doit se préparer pour la soirée, si on lui demandait où elle va. Malheureusement, elle pose la main sur la poignée et ouvre sans que personne ne lui demande rien.

Peut-être même sans que personne ne la remarque ?

La porte se referme, claquée sans doute un peu trop fort, et, dans le brusque silence qui suit, on entend le tic-tac de la pendule et le crissement des chaussures de Titi Ialomiteanu, qui s'approche du professeur et lui dit sur un ton embarrassé, en tournant le dos à Sophie :

— Il y a pourtant une explication, même pour ce qui paraît saugrenu... Ainsi cette visite, mon impardonnable visite à une heure indue... et en plus, bien pire, sans prévenir...

Le professeur lève les mains en signe de protestation.

— Allons donc, mon ami, ne vous excusez pas pour votre originale visite ! Vous avez fait là un geste naturel, qui montre à quel point nous nous sentons proches les uns des autres. Vous êtes plus qu'un ami, plus qu'un habitué chez nous ! Nous tenons tous énormément à vous...

Un bruit connu — le claquement sec des plaques d'ivoire : Sophie s'évente de plus en plus vite, de plus en plus énervée. Que ne doit-elle pas endurer de désagréable et de vulgaire ! Dans le registre du désagréable, elle transpire sans arrêt. Bien que le plus chaud de la journée soit passé, des gouttelettes de sueur perlent encore sur son front, à la racine de ses cheveux blonds, et dans la fossette de son menton. Elle se tamponne en cachette avec son mouchoir, à l'abri de son éventail.

Une grimace tord légèrement la bouche de Stefan... Il doit y avoir d'autres solutions que classer le courrier au ralenti, pour éviter de les laisser seuls en quittant la pièce. Il doit y avoir d'autres solutions, plus naturelles et plus brutales, pour mettre un terme à cette situation avilissante, mais, *hélas** ! tellement banale…

— Votre générosité souligne encore ma faute…

— Mon ami, nous avons décidé de clore ce sujet ! À quoi bon y revenir sans cesse ?

Il devrait se lever le premier et prier Titi de l'excuser de se retirer pour aller finir de s'habiller, afin qu'ensuite elle puisse monter à son tour. Mais il traîne, pour ne pas la quitter une seconde ! Tout comme il ne la quittera pas d'une semelle de toute la soirée, c'est sûr et certain ! Elle ne réussira donc pas à échanger deux mots avec ce poltron de Titi pour s'assurer qu'il a compris son problème de femme, le fruit de leurs amours passionnées… *S'il ne veut pas assumer ses responsabilités**… Il sera grand temps alors de réfléchir à ce qu'il faut faire, elle ne va pas se tourmenter inutilement par avance… Toujours est-il qu'elle a sauté la sieste pour ce *tête-à-tête** manqué et que maintenant elle risque de se gâcher la soirée… Et il ne suffit pas que l'autre ramasse ses papiers à reculons, voilà que Titi essaye de l'entraîner dans une nouvelle conversation ! Comment peut-il être capable de la sacrifier aux règles de la prudence ? Car c'est uniquement par prudence qu'il s'engage sur un pareil sujet insipide, qui n'intéresse évidemment personne… S'il se retournait, elle lui ferait discrètement signe d'arrêter !

— Les obsèques d'Elisabeth ont laissé une impression pénible, n'est-ce pas ?

Ce genre de propos sur les funérailles de la reine déplaît probablement au professeur, mais Titi Ialomiteanu a promis de sonder la solidité de ses opinions prolibérales et, maintenant, il est à l'aise : sûr que le vieux ne les a pas vus cet après-midi dans le jardin, Sophie et lui. La preuve ? Il était trop éberlué de le voir en lui ouvrant la porte ! Il souriait, avalait les excuses, le fixait comme une bête curieuse, mais sans hostilité, sans colère. On voit tout de suite ce qu'il pense, il est incapable de dissimuler ! Conclusion : il n'a rien vu, il ne soupçonne rien. S'il a autant divagué, c'est parce que c'est sa nature... Cependant, cela ne doit rien changer à la décision prise : partir avant la soirée. Car c'est ainsi seulement que son arrivée intempestive aura une explication convenable. Et si, demain, Sophie débarque inopinément chez lui, le visage caché derrière un voile épais, cela ne le dérangera nullement. Au contraire.

— Comment se fait-il que Bratianu ait gardé sa toque de fourrure, alors qu'il ne faisait pas froid ? Alors qu'il était l'un de ceux qui tenaient les cordons du poêle ! Et que les autres, les diplomates, les militaires, eux au moins...

Il devient diabolique, à force de prudence ! Tu vas te lever et t'excuser de te retirer, quitte à renoncer définitivement à ce *tête-à-tête**... Aux prochains coups de la pendule, tu vas te lever, quitte à renoncer à l'espoir... L'espoir ? Quel espoir ? As-tu seulement réfléchi à ce que serait ta situation auprès de ce Ialomiteanu ? L'accepterais-tu ? T'es-tu vraiment imaginée un instant auprès d'un comme lui ? Sais-tu ce que tu répondrais s'il te proposait... mais que pourrait-il te proposer ? De t'enfuir avec lui dans le vaste monde ? Te lancer les yeux fermés dans le pire pour échapper au mal, ce n'est pas ton genre..., et tu agites ton éventail avec une nervosité croissante. À la vérité, seule la curiosité te retient encore : voir ce qu'il est capable de faire pour toi... Ah ! qu'il est tard, et tu te sens de plus en plus mal !

Dans quelques minutes la pendule égrènera ses coups, quelques minutes que tu peux supporter patiemment, parce que telle est ta volonté ! Comme tu peux être patiente si telle est ta volonté, mais comme tu sais aussi, en un instant, être tout le contraire ! Regarde-les donc patiemment, fais semblant de t'intéresser à leurs palabres…

— La déclaration de guerre est imminente, paraît-il, et il est donc légitime de supposer que Bratianu, comme président du Conseil, sera le seul maître à bord à l'issue d'une guerre glorieuse contre les empires centraux ! Telle est d'ailleurs la raison pour laquelle…

Ce Ialomiteanu est décidément incorrigible ! Et il est si tard, et tu as tellement mal au cœur ! Respire profondément et pense aux agréables matins d'autrefois, lorsque personne ne venait, notamment pas ce lâche ! Respire profondément et pense aux agréables matins qui ont suivi votre retour de la splendide Italie ! Tu te levais tôt, selon ton habitude — ah ! le ciel *rose pâle** et les silhouettes incandescentes des deux peupliers sur la voûte embrasée, cette vue devant la fenêtre de ta chambre, un incendie qui éclatait dans ta poitrine, le pressentiment d'un grand amour, vécu si intensément que le bonheur lui-même en serait douloureux…

Tant pis ! Tu te lèves et tu te diriges d'un pas rapide vers la porte, les mâchoires serrées, les narines dilatées, les yeux écarquillés, au moment où tu ouvres, au moment où tu sors, tu entends retentir derrière toi les coups assénés par la pendule…

— Il y a certes une autre hypothèse : les Alliés auraient proposé une offensive au sud, mais Bratianu, têtu, aurait exigé une attaque en Transylvanie… Alors, les bruits de démission…

— De démission ?

Tu as répété machinalement. Tu n'as plus aucune envie de lui répondre, après avoir parlé inutilement tout l'après-midi. Inutilement, inutilement ! Car ce jeune homme sait seulement ânonner des questions stéréotypées, dont on se demande à quoi elles le mèneront. Un automate : *quoi de neuf*, che novità ?* Il ne sait rien dire d'autre ! Et c'est avec un gugusse pareil que tu perds le peu de temps qui te reste ?

— En effet, à première vue sa démission paraît incroyable et pourtant il aurait déclaré récemment, devant des personnes dignes de foi, que si les Alliés ne gagnaient pas la guerre...

Le départ de Sophie, fâchée ou pas, t'a détendu. Et c'est assez détendu que tu observes ce jeune homme remuant, chez qui le mal se manifeste dans le mouvement... Vois-le, élégant à sa manière dans ce complet couleur sable qu'il se vante d'avoir retiré cet après-midi chez son tailleur ! Costume sable donc, et cravate rouge, une allure de gandin, dirais-tu, si sa taille ne commençait à s'épaissir. Et puis ce regard *furtif**, ce regard en coulisse qui trahit les hommes aux mœurs inavouables...

N'en serait-il pas ?

Car, après tout, que signifie cette manie de bouger sans cesse ? Et cette manière de faire une vague cour platonique aux dames et aux demoiselles dans toutes les maisons honorables où il entre, qu'est-ce que ça pourrait être, sinon un moyen de camoufler son manque d'intérêt pour elles ?

— Excusez-moi une minute, mon ami, je vais prendre un peu l'air sur la terrasse. Vous voulez bien m'attendre là ?

— Bien sûr, bien sûr ! J'ai déjà tellement abusé ! Dès que je suis arrivé, à une heure indue, je voulais vous expliquer...

Le professeur est déjà dehors. C'est d'une voix assourdie par le rideau de chèvrefeuille et de clématites qu'il répond :

— Allons, nous avons décidé de ne plus parler de ça...

— Oui, mais je dois quand même vous dire que si je suis arrivé plus tôt, trop tôt, c'est parce que, voyez-vous...

Et tu bredouilles des phrases décousues, tu ménages des pauses dont il pourrait profiter pour t'inviter à le rejoindre sur la terrasse, afin de mieux entendre ce que tu lui dis... Mais il ne le fait pas, de même que tout l'après-midi il n'a rien fait de ce qui eût été normal. Et lorsqu'il daigne enfin te répondre, il ne réussit qu'à t'irriter davantage :

— Arrêtez de vous excuser, je vous en prie, laissez-moi prendre l'air tranquillement !

Stefan lâche le rideau de lierre et de chèvrefeuille qu'il soulevait pour répondre et s'accoude sur la balustrade de la terrasse. Il respire profondément, retient son souffle, remplit sa cage thoracique où, écrasés, suffoquent, pourrissent ses poumons. Il expire, aspire, fait quelques pas, croise les bras. Une odeur étourdissante d'herbe, de foin, de terre, de lointaine enfance, il sent que c'est l'été...

C'est l'été, c'est l'été, c'est l'été...

L'air barbouillé de bleu, l'ombre veloutée des clématites, la senteur des belles-de-nuit et des pétunias. Les rosiers de Sophie, lumineux dans le clair-obscur, et deux sièges d'osier côte à côte, inquiétants squelettes attendant un conciliabule... Mais non, cette caresse, c'est l'été...

C'est l'été, c'est l'été, c'est l'été...

Combien d'étés ? Et quelle sorte d'étés dorénavant ?

Tu saisis vite à présent et tu regardes autour de toi avec une attention de plus en plus avide, tu lis encore et tu amasses des connaissances, tu les classes encore et tu essayes d'en déduire de nouvelles, mais avec de moins en moins d'entrain, comme si un pressentiment t'épuisait. Tu sens que la maladie ne te donnera pas le temps de transmettre ton savoir, qu'elle ne te donnera pas le temps de l'écrire, qu'elle te permettra seulement d'observer... Lorsqu'il arrive que ton corps ne se rappelle pas trop à toi, ne te pèse pas comme un vieux vêtement troué, tu as l'impression de n'être tout entier qu'un insatiable...

Qu'un immense regard...

Et à voir le ciel de velours éburnéen, tu t'illusionnes un instant, tu crois qu'il pourrait guérir la pourriture de tes poumons et la moisissure qui te ronge l'âme à la pensée de cet appariement auquel tu n'aurais jamais dû consentir...

Il rentre à contrecœur dans le petit salon.

— Que m'annonciez-vous tout à l'heure, mon ami ? Vous voulez partir avant notre soirée ? N'y pensez pas ! On ne vous le pardonnerait pas !

— Je ne me le pardonnerais pas moi-même, croyez-moi, si des obligations imprévues, des obligations *pressantes**...

Quelle excuse artificielle ! Et tellement tardive ! Quoi ? Vous bavardez depuis des heures et ce Titi Ialomiteanu attend la dernière minute pour parler du plus important ? Et, bien sûr, en bravant encore une fois les convenances élémentaires... Mais voilà que, tout à coup, tu ne sens presque plus la fatigue. Que tu commences presque à attendre cette soirée avec plaisir. Un brusque soulagement, quasiment une joie, à ne pas montrer cependant. Tu réponds :

— Ah ! si vous invoquez des obligations *pressan-*

*tes**, je ne puis que m'incliner... Et exprimer mes regrets, bien entendu...

De crainte qu'il ne lise tes sentiments dans ton regard, tu détournes les yeux, tu remarques sur le complet sable trop neuf un fil probablement oublié par le tailleur, une chaussette qui tirebouchonne et... ça alors ! des taches de boue dans le bas du pantalon.

Des taches de boue récentes, forcément récentes, puisque son tailleur l'a fini aujourd'hui ! Il a dit lui-même le mettre cet après-midi pour la première fois... Et pourtant, des taches de boue sur un pantalon, un jour d'été tellement sec ! Des taches de boue sur son pantalon, deux fauteuils d'osier face à face sous le noyer, les allées inondées par Sophie qui arrosait sans raison ses rosiers, à l'heure où l'on a entendu un inexplicable coup de sonnette... Pourquoi cette visite inopinée, à une heure indue ?

Quel gâchis !

Le souffle court, les mains moites, le sang cognant dans les tempes, tu raccompagnes l'intrus.

TROISIÈME PARTIE

Journal du professeur Mironescu

22 août 1916

Les coups de sifflet des sergents de ville, le tocsin des églises, les sirènes des usines ont sonné l'alerte à plusieurs reprises cette nuit. Les canons se déchaînaient, accompagnés par les mitrailleuses. Nous tâtonnions dans le noir, nerveux, mal réveillés. J'ai évidemment eu du mal à persuader mon petit monde de descendre à la cave (comme l'exige l'Ordonnance de police), car selon l'opinion générale il n'y a pas de danger. Il paraît en effet que les incursions du zeppelin, appelé « cèplein » par les gens du peuple, n'ont pas fait de victimes jusqu'ici. À l'aube, brisés de fatigue, nous sommes remontés dans nos chambres à la faveur d'une accalmie de la canonnade, mais elle a bientôt repris. Une nuit pareille ne pouvait que perturber les habitudes de la maison : nous venions à peine de finir le petit déjeuner qu'une automobile s'est arrêtée devant notre porte, peu après onze heures.

C'était Mme Nicolaid, une des *dames patronnesses** de la société Regina Elisabeta, qui se rendait à la gare du Nord afin d'effectuer une distribution aux soldats partant pour le front. Les dames qui devaient la seconder s'étant décommandées, elle était montée en voiture avec son mari et une domestique mais, au bout de quelques hectomètres, elle avait décidé de passer par l'avenue Bonaparte et de faire appel à Sophie, dont elle connaissait le caractère serviable et naturel. Ils disposaient de peu de temps, assez cependant pour profiter brièvement de cette journée d'été tardif en descendant dans notre jardin, où Sophie leur a fièrement montré ses nouvelles variétés de roses et où nous avons bu sous la tonnelle du vrai café, devenu un luxe rare, tout en échangeant nos impressions sur cette nuit si agitée et sur le zeppelin fantôme dont parlent les journaux du matin. Le terrible bombardement sur Constanta aurait fait plus de cent morts, nous ont appris les Nicolaid, qui le tenaient de la Croix-Rouge... Ils se sont bientôt levés, pour ne pas être en retard à la gare. Malheureusement, Sophie n'était absolument pas en état de les aider : elle souffrait d'une migraine atroce, aggravée de *vomissements**, mais Margot s'est proposée avec enthousiasme pour la remplacer. Quant à moi, j'ai dû céder aux insistances de M. Nicolaid et les accompagner pour voir à quel point la capitale a changé en seulement cinq jours d'état de siège. Avant de partir, j'ai eu une discussion désagréable avec Sophie. Elle refusait obstinément de consulter un médecin, et pour ma part, avec un calme qui, elle le sait, peut précéder la tempête, je la prévenais : je serais contraint de passer outre à sa volonté et de m'adresser au docteur Fundateanu. Je dois avouer que le moment était mal choisi, si l'on considère son extrême nervosité. Elle a réagi violemment, par pudeur et par entêtement, et je suis parti sur une impression assez pénible, d'autant plus que notre altercation s'est produite (ce que nous détestons tous les deux) *devant les* *domestiques**. Il y a des heures où tout me semble perdu, où je n'espère plus la moindre compréhension. En auto, je regardais les Nicolaid se montrer leur tendresse en se taquinant ; d'après ce qu'on m'a dit, *ils ont toujours été raisonnablement heureux en ménage**...

J'ai soudain eu conscience d'éprouver tout simplement de *l'envie,* ce qui m'est arrivé rarement dans la vie (je suis à cet égard un être heureux !). La gêne que j'ai ressentie et, surtout, le spectacle de la rue m'ont apaisé. Non, c'est inexact : je devrais dire que celui-ci a substitué à mon aigreur une anxiété plus facile à supporter parce que légitime et collective. Une anxiété totalement différente du tourment dû à la jalousie et à la mésentente, qui vous remplit de ténèbres et vous gouverne de façon aussi humiliante (et absolue !) que la faim.

Dans notre quartier déjà, mais de plus en plus au fur et à mesure que nous nous rapprochions du centre de la ville, des drapeaux rouge, jaune, bleu et des drapeaux alliés décoraient les boutiques, au-dessus des avis et autres décrets placardés sur les murs et que je connaissais en général par les journaux. Mais, à un moment où nous ralentissions aux abords de la place Matache, j'ai d'abord lu machinalement *SOLDATS !* puis :

TOUT AU LONG DES SIÈCLES
LA NATION VOUS BÉNIRA ET VOUS CÉLÉBRERA !

Si mes larmes se sont alors mises à couler, je ne crois pas que mon épuisement nerveux en ait été la cause. Quoi qu'il en soit, j'étais confus, comme chaque fois que je me laisse gagner par le sentimentalisme, par l'idéalisme, ce dont certains de mes proches m'ont souvent fait grief, allant jusqu'à en épier les manifestations pour susciter en moi un sentiment durable de culpabilité, de honte. Mais comment ne pas avoir envie de pleurer en lisant les édits royaux critiqués à tort et à travers par les gens « lucides » et ignorés par la multitude, qui court sans but entre les éventaires des Olténiens ou qui s'agglutine dans les files d'attente, devant les boulangeries ?

Presque complètement privée de ses moyens de transport ordinaires, la ville présente un aspect assez bizarre. En effet, la plupart des automobiles, des fiacres et des taxis ont été brusquement réquisitionnés, ce qui n'est d'ailleurs pas bon signe... Les seuls bruits de moteur, ou presque, sont ceux des véhicules militaires, qui semblent encore plus tonitruants. Les tramways sont tellement rares et bondés que des passagers voyagent sur les marchepieds ! Les trottoirs débordent d'une foule surchargée de paquets — des Bucarestois pris de panique depuis que tant d'articles ont disparu d'un seul coup, les œufs, la viande, le lait... Et même le pain qui vient à manquer !

J'arrête d'écrire pour me relire et je constate non sans dépit que mes notes ne dépassent pas le niveau d'un lycéen, tant elles sont maladroites et naïves. Éternelle tragédie : ce qui se crie, point ne s'écrit. Je continuerai pourtant, sans être dupe, sans ignorer que l'essentiel m'échappe.

Je ne saurais dire, par exemple, la stupeur lue dans tant de regards : c'est donc à nous qu'échoit cette malchance voulue par l'histoire ! Nous sommes donc effectivement une génération sacrifiée ! Ce n'étaient pas simplement des paroles ronflantes auxquelles nous nous étions si bien habitués..., au point de ne plus y faire attention ! Telle est aussi la stupeur qui m'étreint, heure après heure, depuis la nuit du

14 août, où j'ai tremblé en entendant le tocsin annoncer la mobilisation générale ! Des mots si souvent prononcés devant mes étudiants — le destin collectif, le sort, l'histoire — me parlent à présent d'une autre manière, je dirais religieuse, obscure. Et les pensées qui me hantent le plus souvent ne sont pas seulement miennes : si chacun d'entre nous ne craint que pour lui et pour les siens, il n'empêche que nous souhaitons, attendons, espérons tous la même chose... Voilà pourquoi j'ai cru lire, dans les regards que je croisais, des choses semblables : la stupeur parce que c'est arrivé malgré tout, l'angoisse face au mal qui nous guette, la méfiance et l'endurance — notre fameuse capacité d'endurer, qui peut tantôt nous servir, tantôt nous desservir.

Je ne me livrais pas à des réflexions aussi banales quand nous sommes arrivés gare du Nord. Je connaissais au contraire un état d'exaltation. La solennité qui se dégage de ce bâtiment moderne, la résonance de nos pas fondue dans le piétinement des autres pas, la vibration psychique de la foule assemblée là, et voilà que ma gorge se nouait déjà, alors que j'apercevais à peine les uniformes vert-bleu et les calots des soldats, les uns debout, les autres assis, les jambes ballantes, sur le plancher des wagons de marchandises aux portes ouvertes. Nous autres, venus les acclamer, nous étions certains d'assister à une heure solennelle, unique, où rien n'était plus naturel que l'altruisme. Ainsi, je souhaitais sincèrement m'engager, tout en sachant pertinemment qu'on ne voudrait pas de moi. Cela prouve que je n'ai pas encore acquis la force nécessaire pour me contenter de la place marginale vers laquelle la vie me pousse déjà et va me pousser désormais avec de plus en plus de vigueur.

Sur les quais, les patriotes émus chantaient *Aux armes !* Fort et hardiment s'ils savaient avoir du coffre et de l'oreille, bas et timidement s'ils savaient manquer de l'un ou de l'autre. Je faisais partie de ces derniers. Beaucoup avaient apporté des fleurs et les offraient à ces jeunes gens ordinaires sacralisés par notre imagination livresque, qui nimbait d'idéal chacun de ces crânes tondus. Tout en chantant à mi-voix, j'observais mes concitoyens, mes yeux glissaient de l'un à l'autre. Un lycéen boutonneux au regard pur sous des sourcils joints ; une matrone à la poitrine flétrie et cramoisie, remontée par un impitoyable corset ; un (probable) professeur de lycée au chef dégarni et au monocle destiné à lui donner une contenance ; une famille des plus respectables, les enfants serrés autour de papa-maman ; deux charmantes donzelles gazouillant sous leurs ombrelles... Mais à quoi bon ce fastidieux inventaire humain qui morcelait mon regard ? Comment des corps aussi différents peuvent-ils engendrer une âme collective ? Tel est mon étonnement, suscité par les choses les plus simples ! Et pourtant, ce qui nous unissait tous (sur le quai, je l'ai bien senti), c'était plus que le hasard et ce n'était pas seulement *le destin*, il y avait également les ressorts d'un esprit palpitant en nous avec autant de force que la faim ou que le désir de s'accoupler...

Trêve de divagations ! Mme Nicolaid a fini la distribution plus vite que prévu, secondée par Margot. Celle-ci a provoqué alors un incident regrettable. Croyant que le train allait partir, elle a lancé aux soldats les quelques paquets de cigarettes qui lui restaient. Les malheureux se sont jetés dessus comme des sauvages, dans une bousculade indescriptible, attristante car elle gâchait mes rêves de grandeur héroïque, elle révélait la misère et l'arriération du peuple. Toujours mon hébétude dès que je compare le spectacle de la vie et son image idéale. Mais ma censure personnelle, introduite en même temps que celle du ministre de l'Intérieur, le premier jour de l'état de siège, a réagi aussitôt : je n'avais pas le droit de voir quoi que ce soit de bas dans la conduite de ces hommes prêts à mourir pour une idée, alors que je serais bientôt installé dans la confortable automobile de Nicolaid, en route pour prendre un *café glacé** chez *Riegler*.

Je n'étais pas le seul à être d'humeur moraliste. Voyant la foule des promeneurs et des clients attablés en terrasse à l'ombre des parasols, entendant les commentaires acrimonieux dus à l'interdiction des boissons alcoolisées, en vigueur depuis l'état de siège, découvrant donc ce spectacle frivole, Nicolaid, honnête homme et invalide de guerre, s'est indigné :

— Comment, aujourd'hui même, le jour où on annonce nos premières pertes, plus de cinq cents blessés et des morts en nombre certainement supérieur à ce qu'on nous avoue, comment est-il possible que rien n'ait changé ici, qu'on ne pense qu'à s'amuser ? Quelle honte !

— Et nous alors, que faisons-nous là, *chéri** ? a demandé sa femme en riant.

En rentrant, il m'a raconté les mésaventures de sa sœur, Nathalie (mariée il y a moins d'un mois à un jeune magistrat, Creteanu). Surpris par la guerre *en voyage de noces** à Sinaia, si près du front, ils ne pouvaient pas rentrer, faute de trains ! Ils ont finalement voyagé dans la puanteur et l'obscurité d'un wagon de marchandises, avec des pouilleux sans doute pleins de vermine... J'ai insisté pour qu'il répète cette histoire lors du déjeuner, que nous prenions ensemble, mais Sophie n'a pas réagi, elle ne paraissait pas se souvenir de nos innombrables disputes à propos des vacances. Après le départ des Nicolaid, elle ne m'a pas adressé la parole.

L'après-midi, j'ai essayé de travailler malgré ce climat, chaque page devenant essentielle, tant l'avenir est incertain. Voilà quelques années déjà que personne ne s'est attelé à quoi que ce soit d'important, de fondamental, car tout le monde se sent menacé, tout le monde sait que la guerre est inévitable ! Je n'en éprouve pas moins une certaine culpabilité : je me laisse aller à ma nature lente, utopique et *laborieuse**, au lieu de servir la culture grâce à un livre qui pourrait être publié rapidement. Je devrais dire : qui aurait pu l'être ! Je suis resté dans mon cabinet jusqu'à l'heure du dîner, sans avoir à me soucier du courrier, devenu très rare. Mon état général est étonnamment bon. Rien d'important n'est survenu jusqu'ici. J'ai décidé de garder mon calme à tout prix. Quant à l'éloignement affectif de Sophie, je chercherai des solutions à un moment d'accalmie.

23 août 1916

Encore beau temps. Isolement total, dont m'a tiré Victor Apostoleanu, qui me menaçait depuis longtemps d'une visite. Il est passé aujourd'hui, parce que le tribunal n'est toujours pas ouvert et que la prohibition a mis à mal son apéritif habituel au café Mircea. Il est arrivé à onze heures et demie. On n'a pas entendu son coup de sonnette, car des colonnes d'artillerie se succédaient depuis des heures dans notre rue. Les sabots des chevaux et les roues des affûts et des caissons sur la chaussée au revêtement neuf faisaient tinter toutes les vitres. Victor n'a pourtant pas eu à attendre, toutes les domestiques étant aux fenêtres pour regarder les soldats. C'est lui qui a suggéré de leur donner de l'eau, excellente idée que nous appliquerons dorénavant... Il voit des espions partout et en veut pour preuve les bombes qui ont visé la maison de Take Ionescu, place Lahovary, à l'angle de la rue d'Athènes. Il en venait, après avoir attentivement étudié les ravages. La curiosité des Bucarestois transforme en attraction à la mode un endroit bombardé ! Selon Victor, le passage inopiné de Marghiloman aurait provoqué des réactions d'hostilité en raison de sa germanophilie. Il reste à faire la part de l'exagération dans les propos de l'ami Victor, le type même de l'homme aveuglé par ses choix politiques.

Il a également assisté aujourd'hui à une scène inverse : une manifestation de sympathie spontanée au passage du roi en voiture dans le centre de la ville. Les passants l'acclamaient, agitaient leurs chapeaux, criaient : « Vive l'armée roumaine ! » Il a comparé cette liesse au morose 10 Mai, lorsque ce pauvre Ferdinand traversait une foule indifférente, muette, après quoi il m'a avoué, non sans quelques accents grandiloquents, que ses sentiments coïncidaient parfaitement avec ceux du peuple et qu'il avait cru jusqu'à la dernière minute que « l'Allemand ne passerait pas ». Autrement, il était comme d'habitude d'une humeur détestable, surtout au sujet du gouvernement et de Bratianu, sans aller toutefois aussi loin que d'autres, dont il a entendu les commentaires ce matin : préférons une défaite qui amènerait des gens nouveaux à une victoire qui conserverait les anciens ! (Je ne consigne pas les noms qu'il a cités, car je publierai évidemment une partie de ces notes un jour et je ne veux grandir en rien la gloire de ces scélérats.)

Jusqu'où peut aller le manque de solidarité des Roumains ! J'ai eu un pincement au cœur en me rappelant le discours si *mal à propos** que j'ai prononcé sur ce thème il y a dix jours seulement, lors de cet épuisant après-midi qui a précédé notre soirée. Souvenir pénible à cause non de mes paroles, mais de l'auditoire que j'avais trouvé… Titi Ialomiteanu !

Regardant la carte installée au petit salon, sur laquelle des drapeaux figurent l'avancée du front en Transylvanie, nous nous sommes inquiétés tous les deux en même temps, frappés brusquement par la longueur de la frontière. Quelle armée nous devrions avoir pour la défendre *seuls* ! *Seuls*, puisque le général Sarrail ne bouge pas à Salonique, bien que notre entrée en guerre ait beaucoup soulagé Verdun… *Seuls*, puisque les Russes sont moins nombreux que prévu et que leur présence ne se fait guère sentir, à preuve Turtucaia où, paraît-il, les combats ne sont pas moins acharnés aujourd'hui qu'hier…

Seuls sur un front aussi long, nous autres précisément, à peine éveillés à la vie en tant que peuple, avec tous les défauts d'organisation que nous ne connaissons que trop ! Et si ce que Bratianu s'est évertué à calculer, sans rien laisser au hasard, si tout cela tombait à l'eau parce que la convention ne serait pas respectée ? Si les Alliés se désintéressaient de nous ? S'ils nous abandonnaient aux mains d'un ennemi tout-puissant ?

L'après-midi j'ai assez bien travaillé, malgré une anxiété due soit à la situation générale, soit à celle de mon couple. Une légère fièvre, sans raison. Je me trouvais près du téléphone lorsqu'il a sonné : Ialomiteanu, qui s'enquérait de sa partie de tennis avec Margot ! Bien décidé à ne pas lui parler de cet appel (elle est très inquiète parce que son nouveau flirt, Geblescu, se trouve en première ligne), j'ai déconseillé une telle sortie, qui pourrait paraître d'une coupable légèreté. Sans compter que se posait le problème de l'aller et retour, car les tramways se font presque aussi rares que les fiacres et les taxis. En tant que tuteur, je ne saurais autoriser une mineure à s'éloigner de son domicile dans des circonstances pareilles... Ialomiteanu ne s'est pas écarté de sa ligne de conduite ordinaire, mais il a dû remarquer que je ne l'invitais pas à passer à la maison, ce qui est nouveau. Je serai soulagé s'il m'a compris au-delà de mes propos, et que ce soit donc notre dernier entretien, car ensuite j'étais nerveusement épuisé. Après le dîner j'ai eu une poussée de fièvre, des frissons, la nausée, une faiblesse générale et une horrible migraine qui n'a toujours pas passé en ce moment, tandis que j'écris. Sophie, après une brève visite chez une amie ce matin (comme nous sommes toujours *en froid**, elle ne m'a pas donné de détails), a gardé la chambre toute la journée, ne laissant entrer que Mme Ana, que j'ai pourtant presque forcée à m'ouvrir. Je n'avais en vérité rien à dire à Sophie, sauf que Ialomiteanu avait appelé, ce que je lui ai effectivement dit, peut-être sur un ton déplaisant et, en tout cas, en guettant son expression. Elle était atrocement pâle (plutôt terreuse) et elle me regardait *comme une bête traquée**, mais je lisais dans ses yeux cette obstination bien à elle qui m'exaspère. J'étais en outre exaspéré par l'atmosphère de mystère qui entoure son mal (un mal féminin, je n'ai aucun doute là-dessus), par les remèdes de bonne femme auxquels elle a probablement recours puisqu'elle refuse de consulter un docteur, par mon incapacité de maîtriser la situation, de réagir autrement qu'en criant, par son égoïsme qui ajoute un surcroît de souffrances à celles que provoque ma maladie. Je n'ai pas pu en tirer un mot ! Une heure est passée depuis, je devrais aller me coucher, mais je me rends compte que je ne pourrais pas m'endormir. Des portes qui s'ouvrent et se ferment, de façon inhabituelle à cette heure-ci, des bruits feutrés venant de sa chambre indiquent que quelque chose va de travers. Pourquoi, mon Dieu, la vie prend-elle à la légère cette agitation anormale ? Pourquoi dois-je consumer ainsi mes nerfs, alors que je souhaitais uniquement le calme ?

27 août 1916

J'ai été incapable d'écrire une ligne ces jours-ci, car le désastre de Turtucaia est venu se superposer à celui de notre couple. Athanasiu a été inspiré de me téléphoner ce matin. Il a compris à ma voix que j'étais à bout et, malgré ses multiples occupations de ministre, il a trouvé le temps de passer me voir dans la journée. Il m'a trouvé seul, Margot étant allée avec Mme Ana à l'École centrale, où l'on vient d'amener un convoi de blessés. Il ne savait rien, évidemment, de l'hospitalisation de Sophie et je ne lui ai pas donné de détails. Il a toujours aimé être débordé, mais cette fois-ci je ne l'ai pas soupçonné de se faire valoir, en particulier lorsqu'il m'a parlé des préparatifs d'évacuation de Bucarest, dans la panique qui a suivi la chute de Turtucaia. On y a renoncé hier, mais il était encore sous le coup. Pas facile, aujourd'hui, de faire partie du cabinet qui a déclaré la guerre ! Mon insupportable tension a baissé quand je me suis vu obligé de sortir de moi-même et de regarder autour. Jorj aussi était un paquet de nerfs. Voilà trente ans que nous nous connaissons, et je ne l'avais jamais vu dans un tel état ! Il m'a avoué, en me demandant de ne le répéter à personne, qu'il était extrêmement pessimiste. La débâcle de Turtucaia est au premier chef matérielle. On n'est pas encore sûr du nombre des prisonniers, mais il est peut-être de l'ordre de vingt mille. Sans compter les canons et les mitrailleuses perdus... Le plus grave, c'est cependant le coup porté au moral. On sait où cela mène ! Il va falloir, disait-il (il était si nerveux qu'il fumait cigarette sur cigarette), il va falloir prélever des troupes sur d'autres fronts pour les amener ici en renfort, ce qui risque de compromettre notre avancée en Transylvanie... Mais, me suis-je écrié, quelqu'un doit bien être responsable ! Il m'a répondu que les généraux Aslan et Teodorescu s'accusaient l'un l'autre. Ils ont d'ailleurs été destitués. Quoi qu'il en soit, il est clair que notre armement n'est pas au niveau de la guerre moderne. L'artillerie, notamment, est beaucoup plus faible que celle de l'ennemi, qui possède en plus des aéroplanes de reconnaissance qui aident à régler le tir, et même un ballon captif. Cela dit, la démoralisation a pesé lourd dans la balance. Nos troupes étant au début en infériorité numérique, on leur a envoyé en renfort seize bataillons d'infanterie pris sur la réserve stratégique de Bucarest et deux batteries d'obusiers, qui malheureusement sont arrivés trop tard et ont été mal utilisés, à cause du chaos qui régnait dans nos lignes. En outre, dès que les renforts ont été en route, le G.Q.G. a donné à la garnison un ordre tragique : résister jusqu'au dernier ! Ensuite, sachant la bataille perdue, il n'a rien fait pour assurer la retraite de ces troupes bloquées à l'étranger, en Bulgarie, acculées au Danube sans aucun moyen de le traverser ! Alors, la panique s'est emparée de cette armée inexpérimentée et, pire, a gagné son commandant, qui a franchi le fleuve à bord d'une vedette, condamnant ses hommes à la captivité ou à la mort.

Selon Jorj, telle est la situation, dont il m'a prié de ne parler à personne. De mon côté, je lui ai demandé de dissuader Lisette d'aller voir Sophie à l'hôpital, puisqu'elle va en sortir incessamment. En dépit des événements tragiques que nous évoquions et de l'incertitude qui règne, notre conversation m'a réconforté. Nous étions aussi proches l'un de l'autre qu'au temps de notre jeunesse. Parfois, surtout depuis qu'il est au gouvernement, j'entends dire du mal de lui. Je n'essaye même pas de savoir si les médisances contiennent une once de vérité. À quoi bon ? Si j'ai réussi à préserver une amitié pendant tant d'années, je ne juge plus l'homme, tout comme je ne juge plus dans mon couple... Je ne crois pas que nous pourrions nous lier d'amitié si nous faisions connaissance aujourd'hui. Je présume que l'homme mûr qu'il est devenu ne me plairait absolument pas. Mais, pour moi, Jorj sera toujours celui qui, il y a trente ans... Il y a vingt-six ans...

Ce journal traitant du présent, non du passé, je me refuse à y consigner des souvenirs. Je n'en aurais d'ailleurs pas la force. Voilà le troisième après-midi où j'ai plus de trente-huit de fièvre, et je sais parfaitement pourquoi. C'est aujourd'hui seulement, à la faveur de quelques heures d'indifférence, que j'ai pu me nourrir selon les prescriptions de la faculté. J'ai déjeuné seul, incroyablement apaisé. L'enthousiasme de Margot pour les blessés est exagéré et j'ai dû faire des remarques là-dessus à Mme Ana lorsqu'elles sont rentrées, très en retard. Je suis surpris par la résistance de ces délicates *jeunes filles** qui, naguère, s'évanouissaient pour une broutille et, à présent, s'empressent auprès des mutilés aux plaies béantes. Elle était évidemment exaltée, elle débordait d'élan romantique. Pendant que nous prenions le café ensemble sur la terrasse (c'est là que nous nous installons l'après-midi depuis que j'ai ouvert la porte), elle m'a parlé d'un certain capitaine Feraru ou Heraru (un commandant de batterie, ai-je supposé d'après son récit) qui, après avoir combattu jusqu'au bout à Turtucaia, se serait suicidé, imité par quelques lieutenants, pour ne pas tomber aux mains de l'ennemi. Très touchée, elle affirmait avoir fait la connaissance de l'un de ceux-ci, un nommé Ioachimescu, l'hiver dernier à la patinoire. Même en faisant la part de l'exaltation juvénile, il semble bien que Turtucaia ait été le témoin, à côté de la panique générale, d'authentiques actes d'héroïsme. Cela dit, je ne pense pas qu'elle soit à sa place parmi les grands blessés — car la vie lui montrerait, brutalement et trop tôt, sa face de vulgarité absurde, inimaginable pour une enfant de son âge. Tel est également l'avis des Nicolaid, qui sont passés ce soir. Ce sont des gens affectueux, peut-être un peu solitaires (tout comme nous), puisqu'ils recherchent notre *compagnie**. Ils étaient terriblement impressionnés, eux aussi, par ce qu'ils ont vu et entendu, surtout Lucia Nicolaid, qui s'est occupée des blessés transportés de la gare d'Obor en tramway, puis laissés quelque temps sur un terrain vague, les locaux destinés à les accueillir n'étant pas prêts. Leurs récits étaient dantesques, par exemple le drame hallucinant survenu sur un bac rempli de blessés : au moment où il se détachait de la rive bulgare, les hommes valides qui y restaient, soumis brusquement à un feu roulant de l'ennemi, ont été pris de panique et se sont rués à bord, piétinant les blessés. J'imaginais, effaré, les plaintes et les hurlements sur cette rive de l'enfer grouillant d'hommes au désespoir : les uns se jetaient à l'eau, d'autres se battaient pour une barque percée, s'accrochaient à une planche ou à une branche, tandis que les shrapnells et la mitraille continuaient à les décimer... Quelle hécatombe, quel gâchis ! Mais il y a aussi les nombreux officiers qui ont héroïquement tenté de résister dans la panique générale. Ces hommes exemplaires, avec quelle facilité nous les sacrifions, avec quelle rapidité nous les oublions ! Que nous arrive-t-il ? Qui est responsable de cette malédiction ? Que va devenir la Roumanie ?

Ma gorge se nouait comme si souvent, tandis que Nicolaid me criblait de cette rafale de questions.

7 septembre 1916

Voilà plus d'une semaine que je n'ai rien écrit dans ce journal. J'avais l'âme engourdie. C'est à peine si me piquaient de temps à autre les épines de la honte et de l'amertume. Et pourtant, mon travail avançait bien, paradoxalement en cette période troublée par tant d'alarmes. Alors (étrange utopie !), je voyais Sophie rester à l'hôpital et ma vie se poursuivre dans cette quiétude à laquelle j'aspire depuis longtemps. Un autre me trouvera peut-être cruel ou mesquin puisque Dieu l'a punie pour le mal qu'elle m'a fait, toujours est-il que je souhaitais la savoir loin de moi, *pendant des mois**. Je m'étonnais d'avoir supporté, presque sans me rendre compte de leur gravité, les tourments qu'elle m'infligeait. Et je ne m'étonnais pas moins de ressentir son absence uniquement comme un soulagement. Incroyable ! Ni regret, ni nostalgie ! Comment est-il possible de souffrir autant pour une personne dont l'absence nous fait du bien, dont la présence ne nous apporte rien de bon ? Mais je ne me suis pas laissé glisser sur la pente de pareilles questions, que je sentais dangereuses. J'ai accepté des invitations que je refusais autrefois et, bien que la ville soit plutôt lugubre en ce moment, je m'y sentais si bien ! *J'avais le cœur léger**, je nourrissais même (cela m'est déjà arrivé) le vague espoir d'un renouveau, contrepoids à la douleur honteuse nichée dans ma poitrine. Alors, me disais-je, si ma nature conventionnelle ne m'avait pas poussé à fonder une famille et à m'y consacrer, je vivrais libre aujourd'hui, je ne connaîtrais pas les servitudes du cœur ! Ah ! indifférence tant rêvée…

Je viens de me relire et je me dis que mon soulagement ne venait pas d'une indifférence véritable, mais, au contraire, du fait que je savais enfin Sophie dans un endroit clos, où je ne devais plus la surveiller. Et puis…, après tout je n'en sais rien. J'ai remarqué depuis longtemps déjà, chez moi comme chez les autres, l'impureté de l'affection, vite mâtinée d'ennui, d'envie de s'évader, voire d'hostilité ; j'ai remarqué la résurgence des émotions liées à des sentiments perdus de longue date ; sans compter les désirs (parfois violents) qui poussent si souvent hors du droit chemin, ou l'attirance exercée par les idylles sur les âmes rêveuses. Cet imbroglio des sentiments est rarement évoqué, il pâtit du traitement réservé aux sujets honteux, dont nous connaissons tous l'existence sans jamais en parler.

Si j'ai repris aujourd'hui mon journal, c'est que, ayant ramené Sophie à la maison, j'ai perdu ma quiétude. *Mais c'était à prévoir**, quoique j'aie ménagé les apparences à l'hôpital, où je suis allé la chercher. Je me montrais prévenant, je voulais que nul ne puisse lire sur mon visage mes ressentiments : car j'éprouvais à son égard une haine et un dégoût terribles, qui ne m'empêchaient pourtant pas de souffrir, terriblement aussi. Sa simple vue éveillait en moi une douleur physique, à la manière dont une vieille blessure distille son poison dans tout le corps. De qui était l'enfant qui avait failli la tuer ? J'essayais de ne pas y penser et, surtout, de ne pas l'interroger. Normalement, après une telle faute, Dieu brise les liens du *mariage**. Mais était-ce cela que je souhaitais vraiment ? À la maison, elle a demandé qu'on n'ouvre pas ses valises : elle voulait partir pour Buzau avec Mme Ana. *Impossible**, lui ai-je répondu, laconique. En temps de paix je l'y aurais emmenée moi-même, comme on menait jadis au couvent les princesses coupables d'inconduite. Mais actuellement ? Il est pratiquement exclu de voyager dans des conditions tant soit peu décentes. Elle insistait pourtant, ce qui me faisait penser à un chantage stupide et de mauvais goût, et elle insistait sur un ton faussement gai, tandis que Mme Ana se lamentait — un inconnu m'aurait pris pour un fou sadique. Excédé, je me suis retiré sous prétexte de la laisser se reposer. Je suis allé et venu pendant deux heures dans mon cabinet sans toucher à mon travail. J'aurais peut-être réussi si je m'y étais mis, mais je n'avais pas la force de m'asseoir à mon bureau alors que, vibrant d'indignation, je continuais en pensée notre discussion. Ça ne peut plus durer ! ai-je marmonné à plusieurs reprises. En plus, je souffrais de ne pas pouvoir fumer. La cloche du déjeuner m'a appelé au moment où j'allais céder à la tentation d'une cigarette. Après cinq semaines de sevrage ! Dans le couloir, avant de me trouver en face d'elle à la salle à manger, j'ai décidé de ne plus lui rendre visite dans sa chambre et de ne plus engager de conversation avec elle, sauf en présence de témoins. Autrement, il faudra veiller à garder les apparences, car j'ai horreur des ragots ancillaires. Quelle humiliation de penser qu'Ana, si elle ne connaît pas toute la vérité (la vérité ! ?), en sait en tout cas beaucoup plus long que moi ! Le premier matin, lorsque je suis rentré de l'hôpital, je n'ai pas pu m'empêcher de lui lancer : « Vous avez failli la tuer ! » Je me suis demandé ensuite si je n'accablais pas cette pauvre femme ignorante pour disculper Sophie, que je continue souvent à imaginer, comme autrefois, innocente ! Cependant, ce qui rend la situation particulièrement insupportable, c'est une inévitable vulgarité, qui se déverse sur moi comme l'eau de vaisselle d'une bassine vidée par la fenêtre d'une mansarde sur la tête d'un brave passant. Je souffre parce que je me dégoûte beaucoup plus que ne me dégoûtent les autres et parce que je suis conscient d'entretenir ce conflit trivial par mon attitude. La preuve : malgré ma résolution toute fraîche, j'ai aussitôt accepté de l'accompagner dans le jardin lorsqu'elle m'en a prié à la fin du déjeuner, sur un ton d'ailleurs assez timide. Margot était présente, voilà la seule excuse que je puisse invoquer. Et puis, la passion du jardin est probablement l'unique sentiment incontestablement sincère de Sophie. Nous marchions dans les allées et je me penchais de temps en temps pour couper les roses fanées qu'elle désignait et que je mettais dans le panier. Je m'efforçais de mener une conversation futile, de n'aborder aucun sujet névralgique. Je n'ai malheureusement pas réussi à respecter jusqu'au bout cette ligne de conduite. Nous étions si près l'un de l'autre que nos mains s'effleuraient, sans que je ressente un désir physique, mais cette proximité me troublait tout de même suffisamment pour me pousser à enfreindre mes propres décisions. Torturé par le besoin de savoir, je lui ai dit : Si je pouvais comprendre pourquoi il a fallu tant de mystère entre nous, qui étions devenus si proches..., on ne saurait plus invoquer ni un excès de pudeur, ni... Pour pouvoir pardonner, je dois comprendre...

Comment aurait réagi n'importe quel être rationnel à une question aussi délicatement posée ? Il aurait répondu en deux mots, *voilà de quoi il s'agit**, et tout aurait été pour le mieux (façon de parler !). Au contraire, la rage s'est allumée dans ses yeux. Elle s'attendait à une pareille « attaque » ! a-t-elle lancé sur un ton aigre. *Qu'est-ce que ça veut dire* ?* ai-je bredouillé, stupéfait, et par ailleurs choqué de l'entendre utiliser un des mots préférés de cette crapule de Ialomiteanu. J'ai répété ma dernière phrase, croyant qu'elle l'avait mal comprise. *C'en est trop* !* a-t-elle crié et, avec son impulsivité qui m'irrite tant, elle a jeté son panier par terre, se moquant bien qu'on puisse nous voir de la maison. *C'en est trop ! C'en est trop* !* criait-elle en gesticulant. Je m'efforçais en vain de sauver les apparences en ramassant les roses, comme si elle n'avait pas jeté exprès son panier, mais j'y ai renoncé, d'une part parce qu'elle criait trop fort pour qu'on ne l'entende pas en dépit de la distance, et d'autre part parce que je n'arrêtais pas de me piquer. J'ai pris mon mouchoir pour essuyer les gouttes de sang. J'étais gêné par le panier passé à mon bras, agacé par la boue de l'allée (il a plu fort cette nuit, ce qui a eu l'avantage de nous éviter les alertes) et, surtout, exaspéré par sa crise d'hystérie, feinte ou non, et par ses divagations. Elle m'accusait de l'avoir ramenée ici et de l'empêcher d'aller dans sa maison de Buzau, pour la séquestrer et l'interroger nuit et jour jusqu'à la rendre folle ! Mais elle préférait partir, quitte à endurer la faim ou à mourir en route ! *À ton aise* !* lui ai-je dit, puis je lui ai fait remarquer qu'elle nous exposait à nouveau aux potins des domestiques, ce qui a eu pour effet de la faire hurler encore plus fort. Elle me jetait à la figure mon égoïsme et ma froideur, qui avaient tout gâché, lui brisant le cœur avant même notre mariage… Mais alors, pourquoi avoir tenu à m'épouser ? Ce qui m'effrayait, ce n'était pas l'incroyable quantité de mes torts (pour la plupart dus à son interprétation malveillante, bien que j'en aie assumé autrefois quelques-uns, par faiblesse, par refus des conflits), c'était que ses reproches ne soient pas émoussés d'avoir été si souvent répétés. Comme si elle décrochait des armes de leur *panoplie**, s'en servait et les y remettait pour la prochaine fois, et la prochaine fois, et la prochaine fois… La colère la défigurait, la vieillissait de dix ans, elle avait le teint terreux et elle ouvrait trop la bouche, montrant le trou laissé par une dent perdue après l'accouchement et jamais remplacée depuis, par négligence. Je trouvais vexant son manque de coquetterie à mon égard. Je l'ai priée de se calmer et elle s'est déchaînée plus violemment encore. La bonne éducation dont elle se targue se révélait n'être qu'un vernis. Elle criait qu'il était trop tard, que j'aurais pu éviter (quoi ?), que désormais je ne devais pas lui demander de… Cette crise d'hystérie, sa figure bouffie, la méchanceté inscrite sur ses lèvres minces et son nez pointu, les grimaces grotesques qui accompagnaient ses sanglots et suscitaient à la fois ma pitié et mon courroux, mes remords et mon écœurement, tout cela m'a mis hors de moi. Une ombre rouge glissait sur mon visage. Je sentais bouillir mon cerveau et alors, *fou de rage**, l'expression probablement terrible, je l'ai saisie par les épaules et secouée de toutes mes forces en criant, je crois : Tais-toi, tais-toi, tais-toi ! J'avais tellement envie de la frapper que j'en tremblais. Je ne me le suis pas permis (je juge avilissant de battre une femme), mais j'étais sidéré d'éprouver un besoin de la frapper aussi impérieux : si j'avais commencé, j'aurais eu du mal à m'arrêter. Je la voyais déjà, *à terre**, me supplier du regard, tandis que sa faiblesse exacerbait ma violence. Tant de cruauté sommeille en moi sans que j'en sache rien, excepté pour ma première enfance où, je m'en souviens, je torturais des vers de terre sans états d'âme. Je n'aurais pas dû le lui *confesser**, à elle, qui en a profité si souvent pour échafauder de monstrueuses accusations.

Je venais d'apercevoir par une porte entrouverte ce que je ne voulais pas voir, et je la fermais rapidement. Y a-t-il de tels abîmes de barbarie chez tout homme cultivé et inoffensif, ou bien suis-je un exemplaire dégénéré de l'humanité ? Je ne sais que répondre. Quoi qu'il en soit, j'ai réussi à dominer mes instincts (je ne me pardonnerais pas d'être incapable de me maîtriser), alors même que j'assistais avec stupéfaction au spectacle de ma cruauté imaginaire.

Mais sa réaction purement animale, qui m'a décontenancé et que je ne décris pas, par répulsion ! N'ayant nullement mes scrupules, elle s'est conduite selon sa nature : elle s'est ruée sur moi, sans considérer que si les hommes lèvent souvent la main pour frapper, une femme qui le fait bafoue l'image de son sexe. Pire, elle a osé crier que je la battais, aussi ma réplique indignée, l'une des plus vives qu'il me soit arrivé de prononcer, était-elle amplement méritée !

Je n'ai ni la force ni l'envie d'énumérer tous les détails de cette scène ignoble… Elle s'est sauvée vers la maison en sanglotant et criant qu'elle m'interdisait de l'accompagner, ce que je n'avais certainement pas l'intention de faire. Je me suis dirigé vers le kiosque… La trouver à mes côtés ne signifiera désormais qu'avilissement et souffrance. Elle me dégoûte et je me dégoûte. Elle, en plus, avec son esprit obtus, s'acharne à se prendre pour la victime et à me voir en bourreau ! Son jugement est tellement faux et partial que je ne la suspecte même plus de fourberie ! Si elle consentait à un effort minime, les choses s'arrangeraient peut-être, mais non ! Une frénésie aveugle la pousse à détruire, et je commence à me demander pour de bon si elle n'est pas réellement folle. Je suis presque sûr qu'elle a hérité d'une forme de neurasthénie. Nous reste-t-il un espoir, alors que nous nous *traitons** l'un l'autre de neurasthéniques ?

Le kiosque était malodorant et sale, des toiles d'araignée dans chaque coin, une poussière épaisse, des feuilles mortes. Un oiseau m'avait fienté sur la tête quand j'étais passé sous le noyer, et je continuais à m'essuyer avec mon mouchoir. Je me suis rappelé que ce genre d'incident, réputé porter bonheur, nous amusait beaucoup du temps de mon enfance... J'ai été pris soudain d'une quinte de toux terrible et, à ma stupeur autant qu'à ma honte, je me suis surpris en train de regretter qu'elle ne soit pas survenue devant elle ! Ainsi, bien que je souffre et bien qu'elle me dégoûte profondément, je voudrais encore user de ma maladie comme moyen de chantage... pour obtenir quoi ?

La conséquence de notre promenade d'un quart d'heure : une journée ratée pour tous les deux. Lorsque je me suis un peu calmé, j'ai tenté de travailler, mais je n'ai réussi qu'à remplir le *Papierkorb* de feuilles raturées. Un seul moment vraiment agréable au cours de cette journée infernale : la demi-heure où j'ai promené Yvonne avant le dîner, dans les petites rues où me promenait mon père à son âge, autour de cette maison dont il était si fier, bâtie et aménagée selon ses plans… Il faisait bon, tout était calme, les réverbères badigeonnés de bleu n'étaient pas encore allumés, aussi ai-je cru un instant que la guerre n'existait pas. Et, bien entendu, mon drame personnel non plus.

Sophie n'est pas venue dîner, elle a fait dire qu'elle se sentait mal. J'ai eu l'impression que Margot me battait froid, mais mon hypersensibilité m'abusait sans doute puisque, après le dîner, nous sommes allés comme d'habitude au petit salon pour déplacer ensemble les drapeaux sur la carte. Non sans un soupir, nous avons dû céder à l'ennemi la ville de Petrosani. Le piétinement devant Sibiu continue, toujours incompréhensible, à moins qu'une partie de nos troupes n'ait été expédiée dans le sud. L'offensive de Mackensen sur une ligne Rasova-Cobadin-Tuzla semble s'être enlisée, après une espèce de victoire. Les minutes passées à suivre les opérations, tantôt fiers, tantôt inquiets, ont été presque normales. Ma fièvre est assez forte, moins pourtant que je ne le craignais un jour pareil.

Au moment de refermer mon journal, je suis pris de ce doute qui m'ébranle surtout le soir, quand j'ai les nerfs à vif : et si l'enfant était de moi, si Sophie était donc innocente ? Par contre, si elle est coupable, les choses correspondent en gros à ma description. Mais… si elle était innocente ?

11 septembre 1916

C'est aujourd'hui à Spiridon de sortir de l'hôpital. Il doit donc rejoindre son régiment, ce qui met Mme Ana dans tous ses états. À ses plaintes, s'ajoutent les prières de Margot. Sophie elle-même est venue après le déjeuner me demander ce qu'on pouvait faire pour lui... Bien qu'elle le nie, je suis persuadé que la maladie de Spiridon est simulée et qu'elle l'a fait pistonner (comme on dit familièrement) par Ialomiteanu, puisque, de son propre aveu, elle l'avait déjà fait pour sa permission de trois jours : l'obtenir après la mobilisation, quelle prouesse ! (Selon elle, ce serait la seule raison pour laquelle elle se montrait si prévenante avec lui le fameux après-midi de notre réception.) Mais à présent les médecins, submergés de blessés et de vrais malades, ont peur (je suppose) d'en garder un douteux. On n'a donc pas le choix, il faut recourir de nouveau à Ialomiteanu. Or, s'étant juré de ne plus jamais lui parler, bien que je l'y aie autorisée, Sophie insiste pour que ce soit moi qui m'en charge.

Pourquoi devrais-je être mieux disposé qu'elle à l'égard de ce monsieur ? J'ai proposé de faire appel à Jorj Athanasiu, un ministre ! Elle m'a répondu par cet argument *imparable* :* il ne t'a jamais rendu un service, même le plus anodin ! Alors, ai-je répliqué, je ne m'adresserai à personne ! L'atmosphère a été ensuite glaciale, de part et d'autre. Je passe pour un égoïste, un sans-cœur, vindicatif de surcroît. Pensent-elles à ce que me coûterait une telle démarche ? D'abord l'idée de demander un passe-droit, ce qu'elles trouvent tout naturel, alors que ce serait pour moi dégradant, humiliant ! Et, en plus, le demander à qui ? À son amant présumé ! Cependant, aux heures de refus ont succédé des heures d'hésitation et c'est finalement Margot qui a emporté le morceau en me présentant — elle ! — un argument matérialiste : depuis que Grigore a été mobilisé, il n'y a plus qu'un homme dans la maison, moi, qui ne suis pas bien portant, tandis que les temps sont de plus en plus difficiles... Et voilà comment j'ai fini par téléphoner à Ialomiteanu, à contrecœur mais non sans une curiosité malsaine.

Comme il ne se trouvait pas dans son bureau, j'ai laissé mon nom et il m'a rapidement rappelé. Il a commencé par se répandre en excuses pour son long silence. Il était débordé, me disait-il, et j'ai appris à cette occasion qu'il travaillait aussi pour la censure, ce qui m'a surpris, car je n'ai pas oublié ses diatribes contre le gouvernement. Comment ce petit opposant de salon a-t-il pu gagner la *confiance** des libéraux et occuper un poste dans un lieu clé des secrets politiques ? Ses questions imbéciles posées à tout bout de champ n'étaient peut-être pas innocentes ! Nous invitions peut-être *un mouchard**, car il faut l'appeler par son nom ! Pour qui espionne-t-il (si je ne suis pas en train de charger ma conscience d'injustes soupçons, nourris par mes ressentiments) ? Tout flotte dans le vague, se résume à des suppositions. Pour qui ? L'avenir nous le dira ! Pour lui en tout état de cause, cela ne fait pas l'ombre d'un doute.

Sans commenter son affectation inattendue à la censure, je lui ai expliqué pourquoi on m'avait demandé de l'appeler. Il m'a promis de faire de son mieux, toujours à mon service ! Mais nous ne sommes pas sans savoir l'un et l'autre, n'est-ce pas, que le moment est mal choisi. J'ai dû entendre parler, comme tout le monde, des rafles qui, depuis quelques jours, visent les planqués et les insoumis... Alors, je n'ai pas pu m'empêcher de lui demander si ces rafles ne le gênaient pas, lui. Le peu que le téléphone permet de sentir m'a laissé penser que ma question le piquait au vif. Car il s'est aussitôt embarqué dans de vagues explications, d'autant plus *louches** qu'il a vite fait diversion, avec son habileté mécanique, en parlant des dernières rumeurs. Malgré ma gifle, rien ne changeait dans sa voix, dans ses mots. Il a l'air timide à première vue, mais en réalité il est capable de reculer la honte jusqu'à des limites inimaginables, d'avaler tout et n'importe quoi, une tactique supérieure lui permettant de réprimer toute réaction de dignité humaine. Voilà une arme efficace contre des gens comme moi, désarçonnés par une telle bassesse affichée. Quant à lui, je comprends maintenant qu'il n'est nullement bon, contrairement à ce que j'ai pu croire jadis (j'excusais ainsi sa piètre intelligence), mais qu'il est capable de dissimuler, de façon presque diabolique. Basta ! Nous avons déterminé les démarches à entreprendre pour Spiridon. C'est moi qui porterai la demande et les certificats au ministère. (Il insistait pour passer les prendre, mais j'ai refusé, car j'en ai assez de me faire manipuler.) Il n'avait pas l'air au courant pour l'hospitalisation de Sophie.

12 septembre 1916

Cette journée infernale paraissait pourtant débuter sous de bons auspices. L'indifférence qui prévaut dans nos rapports peut à tout instant se muer en hostilité. Tel est du moins mon état d'esprit, que je prête aussi à Sophie, peut-être indûment. Je trouve par ailleurs qu'elle s'affaire trop dans la maison, pour une convalescente. Sans doute reconnaissante que je sois intervenu pour Spiridon, elle se montre plus qu'aimable à mon égard, elle me donne des signes d'affection. Aujourd'hui, elle s'est même inquiétée pour moi (je le raconterai). Je l'ai déjà remarqué, les gens sont souvent lunatiques, chose lamentable. Et pas seulement les femmes (dont on ne saurait attendre ni logique ni constance), mais également les hommes.

Je me dis parfois que la vie est ainsi faite (Sophie m'en apparaît alors comme l'allégorie !) et que mes désirs d'ordre et de propreté sont rigides, artificiels. Je m'efforce de n'en rien laisser paraître, mais le trouble et l'impureté installés dans nos relations me rongent sans cesse. L'irréparable s'est d'ores et déjà produit, je le crains : après des incidents trop graves, ma volonté et ma logique n'ont plus aucun pouvoir sur mes sentiments modifiés. Oui, je crains qu'il n'en soit ainsi... Elle n'a jamais su deviner mon cœur, ce dont maintenant je me réjouis. Mais je ne vais pas insister sur ce thème, ce serait d'une impardonnable frivolité en ces temps de bombardements où nous sommes tous, en permanence, *en danger de mort**.

J'avais cru comprendre que le ministre m'accorderait une audience personnelle, confidentielle, mais je me suis retrouvé dans une antichambre archipleine : soit les solliciteurs, cette plaie roumaine, étaient encore plus nombreux que d'habitude, soit Ialomiteanu s'était vanté. Nous étions convenus que je ne ferais pas la queue comme n'importe qui : je devais entrer dès que la porte s'ouvrirait, en invoquant son nom. Mes principes et ma timidité naturelle m'ont empêché d'avoir ce toupet ; je me suis assis sur un canapé encore libre, ma canne, mes gants et mon chapeau à côté de moi, et j'ai entrepris d'attendre. Comme chaque personne admise chez le ministre s'y éternisait, je me tracassais, car je devais encore aller commander notre bois de chauffage. Autour de moi, les gens ne semblaient pas pressés, ils conversaient à mi-voix, donnaient la raison qui les amenait là, la même pour tous, la même que la mienne : une demande de sursis. Certains étaient diserts et confus, tandis que d'autres, avares de paroles, jetaient des regards craintifs alentour, sûrs que des espions tendaient l'oreille. Moi, toujours plus nerveux, je sortais ma montre de son gousset, je comptais les minutes passées par chacun chez le ministre pour essayer, en vain, de calculer la durée probable de mon attente. Seuls ou guidés par un fonctionnaire, des gens pénétraient dans le saint des saints avec désinvolture (comme Ialomiteanu m'avait dit de le faire), et nul n'osait protester, de peur de se voir refuser la faveur demandée. Or, c'est si difficile à obtenir, une faveur ! Et c'est si important, pour chaque quémandeur !

J'ai essayé d'écouter mes voisins, pour me changer les idées et en espérant entendre quelque propos digne d'être noté dans mon journal, bien que la conversation des autres m'ait toujours excessivement ennuyé, mais cette fois c'était pire et j'aurais voulu pouvoir me boucher les oreilles devant tant de platitude ! Que sont devenues les relations sociales pour qu'une audience *confidentielle* soit accessible à une assemblée aussi bigarrée ? À moins que Ialomiteanu ne m'ait menti ? Cependant, j'entendais les gens énumérer, avec force détails et sur un ton revendicatif, les sursis accordés au fils de X..., au neveu de Y..., au gendre de Z... Ils n'avaient pas tort, car X..., Y... et Z... sont des personnalités qui, après avoir exigé notre entrée en guerre (je ne donne pas leurs noms car ce journal sera publié tôt ou tard, et je n'ai pas une vocation de Saint-Just), mettent leurs proches à l'abri. Et nous autres, qui faisions antichambre, que voulions-nous donc ? La même chose, peut-être avec plus de raisons mais avec moins de chances, et donc avec davantage de venin. Une exception en entraîne naturellement dix autres, et ainsi de suite..., certes il fallait livrer cette guerre pour la réunification de la patrie, mais nous étions tous en droit de protéger nos êtres chers contre ses dangers ! Je ne pouvais pas ne pas constater cet illogisme, de même que je ne pouvais pas m'empêcher de consulter ma montre de plus en plus souvent, ce qui ne me servait à rien, je le savais pertinemment.

Un jeune homme s'est assis à côté de moi. Une allure de copiste de tribunal, les doigts tachés d'encre violette et les ongles en deuil, un visage aux traits taillés à la serpe, des yeux de songe-creux, une tête posée légèrement de travers sur un cou qui penchait un peu à gauche. Cela dit, c'était peut-être un étudiant obligé de faire le copiste pour se nourrir, car il a tiré d'une poche élimée et déformée de son pardessus quelques journaux, pliés de manière à en faire voir les noms *(Adevarul, Steagul...)*, puis un livre, *Thaïs*.

Il a posé les journaux à sa droite et s'est plongé dans la lecture de *Thaïs*. Ce faisant, il penchait la tête encore plus à gauche, c'est-à-dire de mon côté. De ses lèvres entrouvertes, d'un rouge-violet indécent, émanait une haleine fétide, mêlée, incroyablement, à de *l'Héliotrope blanc*, parfum dont il s'était aspergé et que j'ai reconnu immédiatement car les lycéens en raffolaient du temps de ma jeunesse, *hélas** lointaine...

Lorsqu'il secouait la tête, pour ramener en arrière ses cheveux très noirs et très brillants, une pluie de pellicules lui saupoudrait les épaules. Si la répugnance qu'il m'inspirait me procurait un plaisir sadique, je n'avais pas bonne conscience : n'aurais-je pas dû considérer d'un œil plus indulgent ce jeune homme instruit et réservé ? J'ai tranché en m'écartant sans qu'il le remarque, trop absorbé par sa lecture, mais à ce même instant j'ai entendu : « Pardon, vous permettez ? » et, tandis que mon voisin posait ses journaux sur ses genoux pour se pousser à droite, j'ai été obligé de me rapprocher à nouveau de lui pour faire de la place à ma gauche à une femme corpulente, d'un certain âge, qui m'a asphyxié d'un nuage de parfum fort, que je n'ai pu identifier.

Pendant un moment, son attention s'est concentrée sur son immense chapeau, légèrement de travers. Pour le remettre droit, elle en a retiré la longue aiguille, puis elle l'a enfoncée dans son épais chignon d'un geste hallucinant pour mes nerfs à fleur de peau : je la voyais se la planter dans le cerveau... Bien que contenue dans un corset, son opulente poitrine mettait à rude épreuve les nombreux petits boutons de sa robe. Elle arborait avec affectation, sur son dos arrondi par une bosse de graisse, une *étole** de fourrure, pour le moins bizarre en cette belle journée presque estivale. Quand elle en a fini avec son chapeau, elle s'est mise à raconter à un monsieur portant une impériale blanche et qui avait le malheur d'occuper une chaise à sa gauche, quelles difficultés elle avait dû affronter pour obtenir la concession d'un kiosque à journaux après le décès de son cher-époux en février, car innombrables sont les rapiats, disait-elle, toujours prêts à bafouer les droits d'une veuve. Et maintenant qu'elle l'a obtenue, tout le monde prétend que ça ne rapportera plus et, pire, son fils n'est plus sursitaire, bien qu'il ait été exempté une première fois. Voilà pourquoi elle est là, son garçon l'a suppliée : « Vas-y, maman, moi je ne saurais pas me débrouiller... » Et elle, alors ? Elle, tellement timide qu'elle est sur le point de s'évanouir à la moindre audience... Mais elle a de lourdes charges, une fille à marier et une autre, l'aînée, qu'elle a placée toute jeune, elle a épousé un Olténien, mais on l'a mobilisé et elle est dans le besoin, une ribambelle de marmots accrochés à ses jupes...

Au comble de l'énervement, j'ai de nouveau consulté ma montre. Comment aimer l'humanité lorsqu'on est plongé dans un *entourage** pareil sans pouvoir s'en arracher ? Me lever pour échapper à ce radotage aurait signifié rester debout je ne sais combien de temps, ce que ma santé m'interdit. Je m'en voulais en plus de devoir donner raison à Ialomiteanu, qui m'avait dit d'entrer sans attendre. Et je ne pouvais pas non plus feindre d'ignorer où je me trouvais ni avec quels compagnons, en dépit de mes principes. Si ce n'est mon argumentation plus subtile que la leur et le regard distant et froid que je portais sur eux, comme si nous n'étions pas tous embarqués sur le même navire maudit, quelle différence y avait-il entre moi, pourfendeur du passe-droit en théorie, et eux, pratiquants pragmatiques de ce même passe-droit ? J'ai tenté de m'en tirer en me répliquant que je ne demandais rien pour moi, que j'intervenais pour le fils d'une veuve, et ainsi de suite... Mais le désarroi d'une autre veuve (fût-elle aussi ridicule que ma voisine), d'une mère dont l'enfant est menacé, n'est-il pas plus naturel que la générosité d'un altruiste dans mon genre ? Et la peur de mourir d'un jeune homme n'est-elle pas compréhensible (qu'importent son visage disgracieux, son pardessus élimé, sa mauvaise haleine) ?

Je fixais désespérément la porte qui s'obstinait à ne pas s'ouvrir, je m'efforçais d'ignorer mon désir si vif de me voir sous un jour favorable. En vérité, je ne voulais plus me voir du tout, pas plus moi que le reste de l'humanité ! Je n'avais plus besoin de regarder ma montre pour savoir que, si je ne réglais pas cette affaire sous *un quart d'heure**, ce serait manqué pour aujourd'hui. Quant à aller commander le bois, pas question ! Et soudain je me suis vu, vu tel que j'étais : avachi sur ce canapé comme un impotent ou un infirme, tandis que des effrontés me passaient devant ! Alors j'ai bondi, froissant dans ma hâte le chapeau de la grosse dame (après tout le mal qu'elle s'était donné, au risque de transpercer sa petite cervelle, j'ai à peine grommelé une excuse), j'ai pris ma canne, mes gants et mon chapeau et j'ai abordé avec un *aplomb** étonnant un secrétaire qui — *o Fortuna !* — traversait à cet instant précis l'antichambre ministérielle.

Cinq minutes après, on enregistrait ma demande, avec les certificats médicaux joints, et on me promettait de bien s'en occuper... Content d'avoir été tellement débrouillard (moi qui méprise les débrouillards !), pareil à une femme vertueuse qui a réussi à flirter à un bal, je suis parti pour le dépôt de bois, un fiacre libre passant miraculeusement au moment où je sortais. La chance commençant à me sourire, mon cœur souriait aussi. D'habitude, la pauvreté monotone des quartiers populaires me déprime, mais ce n'était pas le cas aujourd'hui. Les masures en pisé, aux fenêtres minuscules, les cours grouillant de cochons, de chiens, de volailles et de moutards morveux en guenilles, après lesquels crient des femmes aigries, vieillies avant l'âge par le travail, les cheveux mal noués en chignons crasseux, un œil sur les chaudrons où bout la soupe ou la lessive — eh bien, ce spectacle trivial m'attendrissait ! Pauvres femmes, pauvres enfants ! Les hommes sont à la guerre. Reviendront-ils ?

Le fiacre s'était suffisamment approché du dépôt de bois pour que j'aperçoive une file d'attente interminable, formée surtout de femmes. Ici et là, une silhouette voûtée. Ne surtout pas tenter de passer avant mon tour, cette foule aux abois me mettrait en pièces, avec d'autant plus de plaisir que je viens d'un autre monde... J'essayais de retrouver le nom d'un employé qui s'est montré serviable à une autre occasion. *Je lui donnerai la pièce** tout de suite, mais comment s'appelle-t-il ? Je me souvenais des circonstances, je me souvenais de son visage, mais pas de son nom. J'essayais de le retrouver avant d'arriver et de descendre du fiacre... Une brise agréable dépouillait les arbres de leurs feuilles. J'en regardais une qui ne tombait pas, qui se balançait dans l'air lumineux, sans doute retenue par un fil d'araignée. J'ai soudain eu l'impression que, plus haut, le ciel de septembre, très bleu, changeait rapidement : de petits nuages d'un blanc verdâtre y apparaissaient et grossissaient comme des baudruches. Il m'a fallu plusieurs secondes pour me rendre compte enfin qu'il ne s'agissait nullement d'inoffensifs nuages de beau temps. Dans la file d'attente, on commençait à s'agiter, à lever la tête, la main en visière au-dessus des yeux, à pointer l'index vers le ciel, devant les maisons voisines les enfants poussaient des cris d'excitation et la satisfaction est devenue générale lorsqu'on a distingué les cinq jouets argentés qui étincelaient dans l'azur en fête, cinq avions allemands, des Taube.

Avant que je n'aie pensé à un éventuel danger, la terre a tremblé, dans un bruit assourdissant, sans que j'en devine la cause. Le cheval est parti au galop à travers champs, risquant cent fois de renverser le fiacre, dans lequel j'étais projeté dans tous les sens et dont je n'ai pas été éjecté grâce à je ne sais quel miracle. On arrête un cheval emballé en se jetant à sa tête, paraît-il, et je ne pensais plus qu'à cela, désespéré qu'il n'y eût personne pour le faire. Qui, en effet ? De la fumée noire dans l'air, des cris d'épouvante — l'enfer.

Combien de temps cela a-t-il duré ? Je l'ignore. L'instinct du cocher ou celui du cheval a immobilisé le fiacre, en piteux état, une roue tombée. Le cocher ne tremblait pas moins que moi. Contusionné, j'avais mal partout, un filet de sang coulait sur ma figure, mais je ne m'en faisais pas pour cela. Le cheval écumait. Son maître le flattait pour le calmer, puis il lui a mis une couverture loqueteuse sur le dos : la brise fraîchissait.

Je m'exclamais, je questionnais, je proposais mon aide, bref je remuais et parlais trop — la mouche du coche. Étrange nervosité due au choc, et j'ignorais que cette journée infernale me réservait encore pire ! J'ai scruté le ciel : les aéroplanes avaient disparu. Je me suis éloigné en boitillant pour chercher du secours. Arrivé dans la grand-rue, je me suis rendu compte que c'était inutile. Les cours étaient désertes, tout le monde — femmes, enfants, vieillards — courait vers le dépôt de bois, où était tombée la bombe (c'est alors que j'ai vraiment compris !). J'ai suivi, nu-tête, sans me soucier de mon apparence, boitant de plus en plus, entraîné par cet appel irrésistible qui n'est ni curiosité ni pitié : l'effrayante fascination de la catastrophe, l'appel du gouffre. Je ne voyais pas grand-chose au début, car la foule me cachait le lieu du drame. *Tout à coup, mon sang s'est glacé dans mes veines** : j'ai mesuré le danger auquel je me serais exposé si je n'étais pas arrivé plus tard que prévu. Le destin est aveugle, me suis-je dit, loterie..., fatalité...

Une aile du dépôt était démolie, le souffle de l'explosion avait brisé toutes les vitres, on comptait de nombreux blessés. L'un des premiers que j'ai vus, le visage en sang, avait un trou béant à la place de l'œil gauche. Quelques femmes l'aidaient à se diriger vers le lieu où d'autres victimes attendaient déjà d'être transportées à l'hôpital. Des gémissements, des plaintes s'élevaient partout autour de moi.

Mes jambes ne me portaient plus, j'ai dû m'adosser à un arbrisseau rabougri. Je serais parti si j'en avais été capable.

Des gens accourus des quartiers voisins appelaient leurs proches désespérément, grouillaient en tous sens. On entendait ici les cris de joie de ceux qui retrouvaient les leurs indemnes et les embrassaient, en larmes, et là les pleurs de ceux qui les découvraient parmi les blessés, pleurs à demi soulagés car ils n'étaient pas parmi les morts, déposés un peu à l'écart, mais j'évitais de tourner les yeux de ce côté. Nombreux étaient ceux qui cherchaient toujours, tournaient en rond, affolés, criaient à tue-tête, se bousculaient, jouaient des coudes pour revenir à l'entonnoir creusé par la bombe, non loin de l'arbuste contre lequel je m'étais arrêté, accablé par une vision de cauchemar : des restes humains éparpillés sur la terre éventrée, tachée de sang noirâtre et de bribes blanchâtres de cervelle : une jambe d'homme au pied chaussé d'un brodequin militaire, un bras, un buste de femme coupé en biais, une masse sanguinolente qui avait peut-être été un petit enfant, un jeune garçon au corps fluet resté intact, mais au crâne complètement écrasé…

Sa mère ne se pardonnerait pas de l'avoir envoyé faire la queue à sa place ! La bombe avait causé les dommages les plus graves en tête de la file d'attente, là où un mur s'était écroulé. Des hommes travaillaient à déblayer les décombres, les uns munis de pelles, les autres avec leurs doigts. On leur criait : « Doucement, doucement ! Il y a peut-être des blessés là-dessous ! » En effet, j'ai vu moi-même deux mains émerger des gravats. Je me suis mis à vomir là, en public, oubliant qui j'étais. Les convenances de l'existence civilisée disparaissaient en face du ricanement cru, cynique, de la vie. Notre mode de vie habituel est artifice, illusion, me disais-je.

Hagard, vacillant sur mes jambes, je me suis écarté pour laisser passer un camion et deux charrettes des scouts, venus chercher les blessés et les nombreux morts non identifiés. J'ai tourné le dos pour échapper à ce spectacle et je me suis passé la main sur la figure. Je l'ai retirée sale, visqueuse, tachée de sang. Je devais avoir une tête à faire peur. Me prenant pour un blessé plus chanceux que les autres, une femme qui portait un seau d'eau s'est arrêtée devant moi.

Beaucoup d'autres également apportaient des cierges, des chiffons propres, de l'eau. Elle m'en a donné dans un gobelet de fer-blanc, je me suis rincé la bouche et débarbouillé, puis j'ai bu à longs traits. Je m'éloignais, chancelant, lorsqu'un horrible tableau m'a cloué sur place : une femme qui gisait sur le sol, sans blessure apparente mais inerte. Je l'ai crue morte avant de remarquer sa respiration précipitée. Accroupie près d'elle, une vieille femme, parente ou âme compatissante, tenait dans ses bras un bébé assoupi, le pouce entre les lèvres luisant de morve, des traces de larmes sur les joues. Deux scouts arrivés juste après moi ont voulu soulever la femme étendue par terre. Mais ils ont reculé aussitôt, épouvantés par le flot de sang qui a jailli sous sa jupe, ou par son hurlement inhumain, auxquels se sont joints les cris du petit enfant réveillé en sursaut. Je suis reparti, le cœur déchiré.

Pourquoi, mon Dieu ? Pourquoi ? J'avais envie d'interpeller le ciel d'un bleu gai, brillant. Lorsque j'ai rejoint le cocher, il s'était débrouillé sans moi : un homme, déniché je ne sais où ni comment, l'aidait à remettre la roue, opération qui semblait devoir durer. J'ai attendu qu'ils aient fini car, autrement, je n'aurais pu que rentrer dans l'une des charrettes funèbres, et encore, à condition de m'y faire accepter. Quoique la journée eût été aussi chaude qu'en plein été, la fraîcheur vespérale est vite tombée. Le tumulte faiblissait peu à peu autour du dépôt, les habitants du quartier rentraient chez eux les uns après les autres et, quand nous sommes repartis, seuls les murs et la terre gardaient les cicatrices du malheur. Poignante tristesse de la plaine déserte...

Au retour, frissonnant d'émotion et d'épuisement au fond du fiacre qui cahotait dans des rues épargnées par les bombes, j'ai eu soudain la sensation de voir une araignée tisser la toile qui agence le monde d'artifice et d'illusion où nous vivons, une sensation atroce éprouvée au seuil des grands malheurs, mais que je ne sais pas exprimer... Il était assez tard lorsque je suis descendu du fiacre. Hébété, j'ai entendu des cris, des pas, des claquements de portes, puis, sur la terrasse aux clématites, se détachant devant le lierre aux feuilles d'un rouge et d'un vert admirables, j'ai vu le visage de Sophie s'illuminer. *Elle a bondi de joie, comme un enfant**. Ayant appris que la ville avait subi de terribles bombardements, toute la maisonnée était sur le qui-vive depuis plus de deux heures et elle, elle me guettait sur la terrasse, une broderie à la main, comme autrefois. Elle est venue au-devant de moi en courant presque. « *Quand on s'y attend le moins* !* » s'est-elle exclamée en riant, et elle m'a sauté au cou, sans tenir compte des tiers présents.

Je lui ai caressé le visage, pour la première fois depuis un mois. Mais je gardais au cœur une froideur étrange. Au dîner j'ai beaucoup parlé, sans doute de façon décousue, je sautais du coq à l'âne, j'éprouvais un besoin impérieux de raconter. Le contrecoup du bombardement, cela va de soi.

Après le repas, Sophie est venue aussi au petit salon où, comme d'habitude, j'ai parcouru les journaux en commentant la situation, tandis que Margot déplaçait les drapeaux fichés sur la carte d'état-major que Sandu Geblescu lui a offerte avant de partir. Il me fallait faire de gros efforts, je le confesse, pour m'intéresser à autre chose qu'aux bombardements. On parle de cinq cents morts et d'un millier de blessés, la majorité dans un état désespéré. L'ennemi a largué beaucoup de bombes, entre autres rue Covaci, au marché aux fleurs et place Sfântu Anton. Remarquant mon trouble, Sophie a insisté pour que j'aille me coucher, car nous ignorons ce que nous réserve la nuit. Elle m'a accompagné et s'est attardée un peu pour m'obliger à prendre ma température. Pendant que nous bavardions, elle m'a signalé que j'étais rentré sans canne ni chapeau. Elle se souvenait que je ne les avais pas en descendant du fiacre, où je suis certain de ne pas les avoir oubliés, malgré mon état en arrivant. À mon avis, ils ont été subtilisés par l'individu qui aidait le cocher à réparer la roue. J'ai essayé de la consoler, en particulier pour ma canne à pommeau de corne, qu'elle regrettait beaucoup.

Après son départ, je me suis mis à décrire ma journée, avec tous ces détails. Si j'en ai donné plus que jamais dans ce journal, la peur de ce que j'allais raconter à la fin en est seule responsable. Mais voilà, en ce moment, à la seconde même où j'achève, j'entends sonner les cloches de la Métropolie et mon cœur bondit différemment dans ma poitrine.

15 septembre 1916

Harassés par trois jours d'alertes incessantes : de nuit le zeppelin, de jour les avions. Or, la cave n'est pas un abri sûr à cent pour cent : Victor m'a confirmé (je l'avais déjà entendu dire) que certaines bombes peuvent traverser trois étages en béton armé ! Aussi ne sommes-nous pas véritablement rassurés lorsque la sirène de l'Arsenal annonce la fin d'une alerte, nous guettons la suivante. Car aujourd'hui nous savons ce que c'est qu'un bombardement.

D'autre part, il est évident que l'ennemi connaît tout sur Bucarest. Il sait que nos défenses sont faibles, que nos canons ont une portée trop courte, que notre aviation se trouve autour de Sibiu, où la situation paraît très critique. Les innombrables espions qui circulent parmi nous ont tout livré. C'est pourquoi des bombes sont tombées près des maisons de Filipescu et de Take Ionescu, près de la propriété de Bratianu et ainsi de suite. Le général Averescu (à en croire Marie-Liliane, qui dit le tenir de la générale) aurait l'intention d'écrire personnellement à Mackensen pour protester contre ces bombardements. Voilà la logique des militaires : ils ne distinguent plus entre le théâtre des opérations et le théâtre de la politique, où l'on joue sur son entregent...

Aujourd'hui, n'ayant plus tout à fait une mine de déterré, je suis retourné en ville. À contrecœur, toujours pour Spiridon. Bien que tout le monde dans la maison soit certain que j'ai fait le maximum, ma conscience me rappelle que je n'ai pas eu la patience d'attendre pour remettre la demande comme il aurait fallu. J'ai donc décidé de trouver *une combine**, quitte à devoir *glisser un dessous de table**, si telle est dorénavant la règle du jeu. Ialomiteanu, plus mielleux que jamais, m'a affirmé que toutes les demandes de sursis avaient été refusées, malgré de fortes pressions dans certains cas, par exemple les siennes en faveur de Spiridon. Je suis à cet égard d'un scepticisme total. J'ai l'impression que nous ne l'intéressons plus, qu'il cultive d'autres relations pour sa carrière... Cela dit, il a confirmé une de mes intuitions : manquant de troupes et privé du soutien des Russes, l'état-major est aux abois. Il doit sans cesse dégarnir une position pour en secourir une autre. Dans ces conditions, cela va de soi, les candidats sursitaires n'ont que très peu de chances de voir satisfaire leurs requêtes...

Ialomiteanu affichant une gaieté inconvenante (comme toujours s'il fait de funestes pronostics), je lui ai demandé, non sans malice, ce qui suscitait sa bonne humeur en ces jours si sombres. Il a excipé alors d'une gaieté nerveuse, puis il m'a dit que la situation était critique : ce sera bientôt la retraite, la Roumanie sera occupée par les Allemands et nous n'aurons plus qu'à nous réfugier en Russie, ce qui signifiera pour nous la fin. Comme d'habitude incapable de rester assis, il marchait de long en large à travers son bureau, parlait à mi-voix, jetait des regards craintifs alentour. Il continuait néanmoins cette conversation risquée. Il m'a entraîné dans le couloir : « *Savez-vous ce qu'on m'a raconté ? Quelqu'un de très haut placé**... » Et de me confier que nos propres munitions étaient responsables de la majorité des victimes que nous avons déplorées ces jours-ci : les projectiles que nous tirons sur les aéroplanes allemands sont de si mauvaise qualité qu'ils n'explosent qu'en retombant à terre ! Quelle triste nouvelle, sans doute exacte, malheureusement !

Je l'écoutais, tout en restant *sur mes gardes**. J'ignorais à quel jeu il jouait, mais je comprenais qu'il en cachait un. S'il semblait autrefois chercher à me soutirer des informations, il paraissait maintenant vouloir m'en fournir, toutes défaitistes, catastrophiques, probablement pour que je les diffuse. S'il ne s'était pas livré à un jeu trouble, il ne se serait pas lancé dans ce genre de bavardage téméraire, lui la prudence personnifiée, lui le fonctionnaire tellement dévoué à son gouvernement !

Cela dit, si ma conscience s'apaisait d'apprendre que les demandes de sursis avaient été toutes refusées, ce n'est pas *le cœur léger** que j'allais rapporter cette nouvelle à la maison. Je prévoyais qu'Ana *pleurerait toutes les larmes de son corps** et, pour retarder la vue de ce spectacle, j'ai décidé de faire un tour à travers la ville.

Elle a encore changé d'aspect. Des trous béants creusés ici et là par les bombes la défigurent. Cependant, on sent les énergies mobilisées contre la catastrophe, les survivants unis par un mélange de peur et de soulagement. Des camions et des tombereaux charriaient les gravats. Des clochards, des gens de peu fouillaient dans les décombres, espérant récupérer ce qui pouvait encore l'être. On entendait un peu partout le bruit des marteaux ou des scies, qui procurait le sentiment apaisant de stabilité toujours dégagé par le travail.

Je marchais mélancoliquement dans la lumière de midi, de nouveau molle et chaude. Ici et là un mur écroulé dévoilait indécemment l'intimité déchirée des logements. Je suis allé du côté de la rue Covaci et je me suis arrêté pile : entre deux maisons restées debout, un espace vide, nettoyé de ses gravats — une bouche édentée après une extraction. Or, sur ce terrain vague nouvellement apparu, brûlaient des chandelles fichées en forme de croix dans la terre meuble. Par endroits, des dahlias et des zinnias dans des vases de grès. Les passants arboraient soudain une expression obtuse et terrifiée, probablement telle que la mienne : je ne bougeais plus, devinant que je ne passais pas devant un lieu vide, mais devant des tombes. Puis un fiacre s'est arrêté, une femme élégante, au visage dissimulé par une épaisse voilette, en est descendue et s'est approchée d'un pas gracieux. Je l'ai aidée à glisser son bouquet de camélias blancs dans un pot d'où j'ai ôté les zinnias fanés. Immobile, elle m'a remercié d'une voix *rauque**. Elle se serait sans doute attardée là si un homme âgé (un visage déjà vu sur lequel je n'arrivais pas à mettre un nom) n'était pas descendu du fiacre. Il l'a prise par le bras et elle s'est laissé entraîner. Je suis parti de mon côté en imaginant tout un drame avec un plaisir morbide.

De retour à la maison, un gros émoi : Margot a profité de mon absence pour aller faire une balade à bicyclette dans le quartier. L'inconvenance de son escapade n'a d'égale que les dangers auxquels elle s'exposait : si l'on est surpris dehors par une alerte, on ne sait pas où se réfugier car les commerçants ferment aussitôt les rideaux de fer pour protéger les vitrines. En outre, la mitrailleuse installée sur le nouveau musée peut représenter un danger de balles perdues. Enfin, une jeune fille ne va pas se promener sans être accompagnée ! À bicyclette, de surcroît ! On a beau avoir des idées modernes, c'est le monde à l'envers ! Je lui ai annoncé sa punition : deux jours sans sortir de sa chambre, ce qui la contrarie beaucoup car elle n'est pas prête psychologiquement à supporter la solitude.

Le soir, visite de l'un de mes anciens étudiants, Ioachim, timide et dévoué, exempté en raison de sa forte myopie. Il travaille à la Croix-Rouge, avec

Marghiloman (c'est moi qui l'ai recommandé, par le truchement de Marie-Liliane).

Il m'a donné des nouvelles des milieux germanophiles, qui recoupaient parfois celles de Ialomiteanu, par exemple sur nos obus responsables des victimes des bombardements. Ioachim le tenait de Marghiloman, qui le tenait lui-même de Petre Ghica, mais il n'y croyait guère. Plus les journaux se font laconiques, plus les rumeurs fleurissent. Si les unes se révèlent fondées, les autres semblent émises volontairement, afin de susciter certaines réactions collectives, comme la peur ou la panique. Un bruit rejeté par mon esprit critique pourra être gobé par beaucoup de monde, étant donné notamment notre mentalité, le mépris des Roumains envers eux-mêmes. Par ailleurs, toute personne équilibrée ne peut s'empêcher de s'interroger : et si c'était pourtant la vérité ? Comme je lui parlais précisément de cette rumeur sur les obus, Sophie m'a dit une chose qui m'a troublé : Ialomiteanu serait *au mieux** avec Marghiloman grâce à de vieilles relations de Buzau. Il est peut-être à la solde des Allemands, me suis-je dit alors, l'espace d'un instant. Idée absurde, puisqu'il plaidait naguère pour l'entrée en guerre du côté des Alliés et qu'il occupe à présent un poste de confiance. J'ai réfléchi par la suite au ton méprisant, haineux, sur lequel Sophie parlait de l'ancien habitué de notre maison. Une simple amitié provoque rarement des renversements aussi radicaux. Il faudrait donc en conclure *qu'ils ont rompu**. Si mon cœur était réellement enclin au pardon, cela me suffirait. Mais l'est-il ?

Ne voulant plus m'égarer dans des soupçons invérifiables, je me suis efforcé de penser que les ressentiments de Sophie venaient de ce que Ialomiteanu ne s'est pas donné la peine de « pistonner » Spiridon. C'était pourtant la moindre des choses, puisque tu le lui demandais ! m'a-t-elle dit.

Atmosphère *maussade** au dîner en l'absence de Margot. M'apitoyant ensuite, je n'ai pas pu la priver du plaisir de jouer aux petits drapeaux sur la carte et j'ai levé sa punition. Elle a parcouru fébrilement les journaux, étrangers et roumains, à la recherche de détails sur le secteur de Sibiu, où se trouve son cher lieutenant Geblescu. Du côté allemand, les opérations en Transylvanie sont dirigées par le fameux Falkenhayn, le chef du grand état-major général avant Hindenburg. Profitant des deux semaines pendant lesquelles nos troupes se sont tenues devant Sibiu (épargné : ni bombardé, ni occupé), Falkenhayn a préparé son offensive. Il a amené des renforts considérables en prévision d'une guerre punitive contre la félonne Roumanie, une guerre qui sera, je le crains, *sans pitié**.

18 septembre 1916

La fin de la bataille de Sibiu et notre dramatique défaite ont aggravé le pessimisme général, bien que le gros de l'armée ait pu rompre l'encerclement et opérer une retraite, certes non sans pertes humaines et matérielles.

Selon les blessés, notre résistance a été acharnée malgré le déséquilibre entre notre équipement et celui de l'ennemi, ce à quoi s'ajoute notre habituelle gabegie… Les chasseurs alpins bavarois (toute une armée !) ont réussi à se glisser sur notre flanc pour encercler notre groupe d'armées de l'Olt, sans que nous nous en apercevions avant la vingt-quatrième heure ! Dans une situation pareille, on ne pouvait évidemment pas demander mieux que le salut dans la retraite.

Certains entretiennent encore l'espoir d'une offensive d'Averescu au sud. Si elle aboutissait, affirme par exemple Victor, la face de la guerre en serait changée : la Dobroudja dégagée, l'armée de Mackensen repoussée loin au sud, nous à ses trousses, nous ferions enfin la jonction avec l'armée de Salonique… Ainsi s'ouvrirait pour de bon le front des Balkans, tant attendu ! Quels rêves insensés ! Superstitieux, je regrette de les avoir consignés.

19 septembre 1916

Un jour particulier dans le calendrier de la guerre. Malgré le mauvais temps, j'ai été obligé de sortir tôt ce matin, pour d'humiliantes tractations sur le bois de chauffage, alors qu'on a de sérieuses raisons de redouter un hiver de graves pénuries. L'inquiétude générale rend les démarches plus difficiles. Vers midi, revigoré par des promesses mais trempé par une pluie battante, crotté et fatigué (impossible de trouver un fiacre), je parcourais l'avenue Mihai Voda décidé à rentrer à la maison, lorsque j'ai remarqué un attroupement autour d'un vendeur de journaux, sur le trottoir d'en face. Profondément plongé dans mes pensées, comme d'habitude, je n'avais pas entendu ce qu'il annonçait. J'ai hésité une seconde sous mon parapluie, transi, les pieds mouillés, puis j'ai traversé, en sautant de mon mieux par-dessus des caniveaux gonflés par l'orage.

L'attroupement grossissait vite, on arrachait presque les journaux des mains du camelot. Des rires, des cris, deux amis qui s'embrassaient ! Les exclamations et les commentaires me renseignaient, et pourtant, dès que j'ai obtenu un exemplaire, je me suis réfugié sous une porte cochère et j'ai chaussé mon pince-nez pour lire, de mes yeux lire !

Nos troupes ont passé le Danube entre Ruse et Turtucaia.

Rien de plus ! À notre imagination de vagabonder… Enfin, l'offensive au sud du général Averescu ! Ah ! si Dieu voulait bien être avec nous dorénavant…

Il était plus de deux heures lorsque je suis revenu à la maison, trempé et tremblant. Sophie, partie dans la matinée à la Société orthodoxe, n'était pas rentrée. Je l'ai attendue, en frissonnant et éternuant sans arrêt. Puis, préoccupé d'avoir commis l'imprudence de sortir par ce temps, j'ai déjeuné et je suis monté me reposer. Lorsque je suis redescendu, ragaillardi par la sieste, Sophie n'était toujours pas là. Mon état nerveux s'étant amélioré, je suis allé sur la terrasse, chaudement vêtu. L'air avait une douce fraîcheur, très saine, et j'ai pensé qu'il serait bon d'en profiter. J'ai décidé de prendre le café dehors. La pluie avait déposé des gouttes étincelantes sur les rosiers, qui ont fleuri ces jours-ci pour la deuxième fois de l'année. En dépit de son tapis de feuilles jaunes et vertes arrachées par les trombes d'eau, ce n'était pas le jardin qui offrait un décor sublime, c'était le modeste rideau de lierre habillant les murs et la terrasse de nuances divines, du rouge, de l'orange, du vert strié de jaune. Comment croire qu'autant de beauté a pu jaillir juste avant l'effeuillement ? Comment croire que, dans un ciel serein, peuvent surgir des Taube avec leur cargaison de mort ?

Margot est venue s'asseoir à côté de moi, l'air résigné, mélancolique. Elle est ainsi depuis la défaite de Sibiu, sûre d'y avoir perdu celui que, sans trop de raisons, elle commençait à considérer comme *son fiancé**, Sandu Geblescu.

Nous commentions l'événement du jour lorsqu'une auto s'est arrêtée devant notre porte et qu'une main gantée de blanc nous a fait signe par la vitre baissée. Ensuite cette silhouette forte mais à l'allure incroyablement gracieuse, et ces boucles coquines sous le chapeau, ce sourire ironique mais amical — Marie-Liliane ! Presque aussitôt s'est ouverte l'autre portière, et radieuse, agitant un journal plié — Sophie !

Me voilà donc entouré de représentantes du beau sexe qui exigeaient du café et des gâteaux, avant de se lancer dans un vif débat sur la guerre, avec force considérations stratégiques et descriptions naturalistes des blessures, interrompues juste le temps de picorer une friandise, moments où elles n'étaient plus que des enfants gourmandes. Elle se sont empressées bien entendu de me dire d'abord ce qu'elles tenaient de la générale au sujet du franchissement du Danube, dans des barques et sur des pontons. Le pont est achevé, mais nous sommes bombardés et manquons comme d'habitude d'avions... Tout en les écoutant, je me suis rendu compte de la futilité de cette situation, où je jouais le rôle comique : un personnage impuissant et grotesque qui, tenu à l'écart de la tragédie, se satisfaisait du caquetage des femmes en guise de compensation.

Sophie parlait avec admiration du général Popovici, grâce auquel nos troupes ont réussi à se retirer de Sibiu par la vallée de l'Olt. Son ton enthousiaste m'irritait, car je ne le connais que trop, pour l'avoir entendue s'extasier successivement sur Meyer-Lübke, Grigorescu, Kimon Loghi, Anatole France, Paul Bourget, Wagner, le suffrage universel, les débats au sénat, la modification de la Constitution. À présent ce sont les mortiers autrichiens à moteur, la guerre de mouvement, les monitors — que d'énergie gaspillée ! Une jalousie mesquine m'a poussé à lui demander qui lui inspirait cette passion… militaire. L'idée m'a effleuré que ce pourrait être Jorj Ioaniu, mais je n'ose croire que Sophie puisse s'intéresser à un personnage aussi dépourvu d'imagination… J'ai exposé ensuite l'opinion d'un homme à la page, la mienne : le spectacle des blessés est trop disgracieux et indécent pour leurs yeux de femmes de bonne condition, qui se démènent inutilement car elles sont incapables d'accomplir *(Dieu merci* !)* les actes humbles et répugnants réclamés par la souffrance de ces malheureux, la plupart de basse extraction… Elles ne se livrent donc, au fond, qu'à des mondanités.

Était-ce une sortie égoïste, provoquée par la jalousie ? Je ne sais ce que Marie-Liliane a déduit de mes propos, toujours est-il que j'ai lu dans son regard une ombre de tristesse qui ne l'a plus quittée jusqu'à son départ. C'est Sophie, moins subtile (mais si attirante depuis la fin de sa convalescence !), *qui m'a répondu, sans du tout se mettre en colère, contrairement à son habitude**. Mais si sa voix était gentille, elle n'en réfutait pas moins mes arguments. Si tu voyais la détresse de ces pauvres gens, tu m'y enverrais toi-même ! s'est-elle écriée. Puis elle a dit en riant à Marie-Liliane que, si je lui avais déjà reproché souvent de trop s'absenter, c'était aujourd'hui justifié, *hélas* !*

Elle a continué de la sorte, à ma grande gêne, car elle est incapable de comprendre la moindre observation. Elle a ensuite énuméré des détails fastidieux sur la manière dont elles ont organisé un centre de la Croix-Rouge dans une pauvre école de banlieue, à Bariera Vergului, car les hôpitaux ne suffisent plus pour accueillir les blessés en nombre sans cesse grandissant. J'ai ainsi appris où elles sont allées et pourquoi elles se sont tellement attardées, mais j'ignore toujours qui est à l'origine de cette initiative…

La conversation, qui languissait, a rebondi lorsque nous avons évoqué une nouvelle alarmante donnée par les journaux du matin : des objets infestés de cultures microbiennes ou de poisons auraient été répandus dans les rues. Marie-Liliane m'a demandé mon avis : qui les lance, les aéroplanes ennemis ou des mains assassines infiltrées parmi nous ? Pour ma part, je ne puis m'empêcher de penser que nous sommes envahis par une nuée d'espions et de traîtres, lui ai-je répondu.

Je les regardais l'une à côté de l'autre, ces deux femmes qui se partagent mon cœur, pris d'une anxiété qui me donnait presque des crampes. Pourtant, pas l'ombre d'un doute, je ne risquais rien ! C'était seulement une crainte obscure, engendrée par ma nature conventionnelle car, en mon âme et conscience, je ne ressentais aucune culpabilité. Le mal ne consistait qu'à les mettre côte à côte, mais je suis le seul à savoir pourquoi…

Dans les minutes précédant son départ, Marie-Liliane est devenue de plus en plus silencieuse. Après, j'ai servi à Sophie le reproche que j'avais préparé (fourberies du mariage !) : elle est rentrée avec une amie pour s'innocenter de son retard. Ruse mesquine, employée pour comprendre la raison de cette visite, mais efficace puisqu'elle a reçu une réponse : Marie-Liliane désirait fêter avec moi ce jour où le sort de la guerre a peut-être tourné. J'en ai été flatté, bien que je n'aie pas pu ne pas remarquer cet après-midi, avec un serrement de cœur, que son visage s'était encore flétri, sa taille encore épaissie.

23 septembre 1916

Le découragement a maintenant gagné tous les cœurs... Le tableau du désastre de Sibiu se complète au fur et à mesure que nous parviennent des détails grâce à ceux qui ont échappé à l'encerclement. Les uns ont fait une épuisante marche forcée pour franchir les monts Fagaras avec leurs blessés, les autres, le gros de l'armée, avec l'armement lourd et l'intendance, se sont risqués dans les gorges de l'Olt, où l'ennemi leur a tendu de nombreuses embuscades.

Un participant à cette terrible nuit nous en a fait le récit aujourd'hui : le remuant Sandu Geblescu, dorénavant le fiancé officieux de Margot. Envoyé à l'état-major avec les drapeaux déchiquetés des régiments décimés et un message pour lequel il devait attendre une réponse, il a profité des quelques heures passées à Bucarest pour rendre visite à de proches amis (ses parents vivent à Craiova). J'ai été le témoin des touchantes retrouvailles des deux amoureux, après quoi il nous a raconté la nuit cauchemardesque d'il y a une semaine où, hébétés après des jours et des jours de combats, fourbus, titubants, ils ont marché dans les ténèbres, accompagnés par le grondement des eaux de l'Olt, que perçaient des détonations, des hurlements sauvages et des râles, le fracas des véhicules qui s'abîmaient dans le ravin, les mugissements des pauvres bêtes (les bœufs attelés aux canons et aux caissons, parfois jusqu'à huit paires par affût). Dans le défilé encaissé, les hautes parois rocheuses renvoyaient un écho décuplé de tous les bruits, et notre jeune lieutenant croyait qu'il ne s'en sortirait pas vivant. Abruti de sommeil, il dormait en marchant, les yeux ouverts, espérant néanmoins atteindre enfin un endroit où la vallée s'élargirait. À plusieurs reprises, croyant y être arrivé, il s'est couché sur le talus pour dormir une demi-heure. C'eût été peut-être la fin, mais tout lui était égal, il aurait tout donné pour un petit peu de sommeil. « Tout ? » lui a reproché notre jeune coquette, ce qui a entraîné un intermède de *marivaudage**, des échanges de regards tendres et de sourires complices. « Comment se fait-il que vous ne vous soyez pas endormi ? ai-je demandé, pour leur rappeler ma présence. — Mon ordonnance, ce brave Ion, me faisait lever de force. Dans mon état, je réagissais avec une extrême brutalité[1]. Je l'ai regretté le lendemain, lorsque j'ai compris. »

Après son départ, j'étais obsédé par les sombres images de son récit et, surtout, par le sens profond de notre défaite. Nos troupes ont pénétré en Transylvanie pour la reprendre à l'Autriche-Hongrie et, après seulement une centaine de jours, elles se retirent. On parle de vengeances contre nos frères qui, là-bas, de l'autre côté des Carpates, nous ont accueillis dans la liesse. Il y a aussi tous ceux qui viennent se réfugier ici, en Valachie, où ils sont de misérables déracinés. Comment ne pas céder au découragement, quand espoirs déçus et victimes sont notre lot ?

Je suis *bouleversé**. Que de sang répandu en vain ! Que de combats inégaux ! Quelques petites victoires à la Pyrrhus, des fantassins baïonnette au canon, des cavaliers sabre au clair lancés sous le feu des mitrailleuses et de l'artillerie ennemies pour reprendre des positions inutiles… Des ordres donnés trop tôt, des contrordres arrivés trop tard : des amas de cadavres, des mères, des épouses en lar-

1. Les officiers roumains avaient l'habitude de rouer de coups les soldats, des paysans analphabètes dans leur immense majorité.

mes… Après une brève percée, la débâcle. Cela s'est passé également à Porumbacu, à Barcut et ailleurs. Alors, comment relever la tête, et pourquoi accuser le ciel puisqu'il n'y a que nous-mêmes à accuser ?

Redoutant une attaque bulgare, Bratianu demandait aux Russes des renforts en Dobroudja, ce que l'opposition appelait du marchandage et de l'irrésolution. Or, il avait raison. Ils ont fourni beaucoup moins de troupes que promis et ont fait preuve d'une inertie plus que suspecte. Nous n'étions plus défendus au sud que par des troupes insuffisantes en nombre et en qualité. Voilà, selon moi, l'origine de notre défaite… Les accusations continuent cependant de pleuvoir sur Bratianu, plus acharnées qu'à l'époque où il s'accrochait à la neutralité. « Pourquoi nous a-t-il fait entrer en guerre, m'a demandé hier l'ami Victor, s'il savait que nous ne pourrions pas encaisser le coup ? — Est-il responsable de tous les défauts des Roumains ? ai-je répondu. Et de la défection des Alliés ? »

Je compte parmi ceux, trop rares, qui sont d'autant plus enclins à le soutenir qu'on l'abreuve d'injures et de sarcasmes. Que d'ignominies proférées par ses adversaires, dans leurs gazettes ou dans leurs discours ! Voilà bien la façon de penser obtuse d'un pays provincial, incapable de distinguer entre des démagogues de bas étage et un homme d'État dévoué à son pays ! Au risque de me retrouver seul sur cette position, je ne le rendrai pas responsable d'une éventuelle catastrophe.

Peut-être suis-je encore une fois trop pessimiste. Peut-être notre retraite va-t-elle s'arrêter là, sur cette ligne des Carpates le long de laquelle Margot plantait ce soir nos petits drapeaux. Peut-être résisterons-nous dans nos fortifications précaires et, si les Alliés déclenchent leur offensive comme promis, peut-être entrerons-nous de nouveau en Transylvanie. Qu'espérer d'autre, si nous sommes seuls pour défendre d'aussi longues frontières ? Attaqués de toutes parts par des forces incomparablement plus nombreuses, à quoi bon déplacer sans cesse nos troupes du nord au sud et du sud au nord, puisque nos renforts arrivent toujours trop tard ? Et comment ne pas nous tourner désespérément vers les Alliés, qui nous prodiguent des encouragements exagérés ou de cinglantes critiques et surtout de vaines promesses ? Notre entrée en guerre les a soulagés à Verdun et ailleurs, mais que font-ils pour nous ? Qu'en est-il de l'offensive russe ? Qu'en est-il du front des Balkans ?

Depuis deux jours, la rumeur parle d'exode en Moldavie, une panique entretenue par les nantis, qui remplissent de leurs biens trains et voitures. Quant aux banques, il est sûr, paraît-il, qu'elles sont déjà en train de déménager.

QUATRIÈME PARTIE

Margot

1

— Ce pauvre Niki ! Il est si content quand il va en ville et qu'il a l'occasion de retrouver une connaissance ! Lui, un homme dans la force de l'âge, débordant d'énergie ! C'est dur, ma chère Vica, de voir à quel point l'inactivité lui pèse... Dans le temps, à son âge, il aurait eu une clientèle nombreuse... Un nom connu au barreau... Une situation politique... Député, sous-secrétaire d'État, peut-être ministre, ce qui, souvenez-vous-en, voulait dire quelque chose à l'époque ! Un titre inscrit à vie sur la carte de visite : *Untel, ancien ministre !* Certes, il n'était pas facile de percer. Non, pas facile, soyons juste... Mais on réussissait dans la vie autrement. Sans être en butte à des tracasseries permanentes, faites pour vous décourager. Sans subir les pires avanies... Ah, le pauvre Tudor ! Le pauvre Niki !... Et ce pauvre M. Delca, se donner un mal de chien à son âge, le malheureux, pour une misérable retraite ! Pauvres de nous ! C'est ce que je me dis souvent, ma chère Vica, lorsque je vois ce que nous endurons... Moi, jadis si optimiste, je n'ai plus aucun espoir. Aucun ! Dans ma jeunesse, je pensais voyager, j'avais décroché une bourse, perdue à cause de la guerre : Muti a catégoriquement refusé de me laisser partir. J'ai cédé, car je commençais à flirter avec Niki. J'étais sûre d'avoir tout mon temps, que signifient un an ou deux quand on est jeune et qu'on se croit éternel ? J'étais certaine de pouvoir aller à l'étranger n'importe quand, c'est ce que nous pensions tous, vous le savez. Et pas moins certaine de la belle carrière qui attendait Niki. Avec son don oratoire, avec son entregent ! Et puis j'aurais pu faire jouer les relations de mon oncle Sandu. Croyez-moi, Vica, toutes les chances étaient du côté de Niki, mais voilà, les temps ont changé... Et ç'aurait été maintenant, à son âge, le moment de pro-fi-ter, de pro-fi-ter honnêtement du fruit de ses efforts ! Mais non : à la place, une retraite pitoyable, après une vie de labeur sans la moindre satisfaction, et passer en plus pour un homme fini ! Prendre sa retraite, ce n'est pas facile non plus pour les femmes, mais pour les hommes, c'est un vrai drame... Mais, *à propos** de Niki, puisqu'il s'attarde avec sa connaissance, si nous buvions un café ? Non, ne bougez pas, vous savez que pour le café j'ose me mesurer avec n'importe qui. Niki lui-même dit n'avoir bu chez personne du café comme chez nous ! Et il connaît le monde, Niki ! Certes, il n'a pas voyagé autant qu'il aurait été normal, mais il connaît le monde !

Pfuitt..., la belle affaire ! Cette cruche d'Ivona qui l'attend à déjeuner depuis une heure et qui cause que de lui, Niki par-ci, Niki par-là... Faut l'entendre pour le croire ! Ministre, lui ? Chez le roi Pétaud, ouais ! Elle perd la boule aussitôt qu'il s'agit de son Niki, et alors voilà le gratin des fêlées ! C'est pas qu'elle ait pas bon cœur, y a qu'à voir le mal qu'elle se donne, là, pour se me rabibocher... Sauf qu'elle parle plus de mes cinquante lei. Peut-être quand le café sera prêt, peut-être qu'à ce moment-là ça lui reviendra… Pauvre Ivona ! Elle a beau être fêlée, la voilà qu'apporte les tasses sur un plateau, comme pour des invités de la haute ! Et par-dessus le marché avec des biscuits qu'elle les a dénichés je me demande bien où !

— Voyons, Ivona, voyons ! Fallait me laisser faire ! Dire que je la connais, cette petite, depuis qu'elle était pas plus haute que trois pommes ! Votre papa, il venait de mourir et puis votre tante Margot m'a demandé de vous ajuster votre robe. Et alors on était seules toutes les deux, juste avec votre espèce de… frolène allemande, et vous disiez pas un mot, mais vous aviez le regard mauvais et les yeux rouges, rouges et enflés. Tu vois, que je me suis dit, la pauvre petite ! Quelle maison elle a, avec tout et tout, une maison que c'est un vrai palais, et pourtant, voilà qu'elle est dans l'amertume. Parce que je le savais, moi, qu'il est amer, le pain des orphelins !

J'ai à peine dit ces mots que je revois l'hiver où maman est morte. D'un seul coup j'entends le vent souffler dehors, et dedans il fait froid, froid et noir, juste une lampe à huile pour éclairer, vu qu'il y a quoi, il y a combien, quelques mois, même pas, depuis que ma pauvre maman elle s'est éteinte. Et puis je me revois m'arracher au sommeil quand j'entends frapper à la fenêtre, allez, la Vica, allez, ma fille, debout, et alors je vais à la cuisine à tâtons, en titubant, je soulève le couvercle de la seille, je brise la couche de glace avec un manche de cuiller et je prends de l'eau de mon mieux dans le creux d'une main, quoi qu'il arrive tu ne dois jamais sortir le matin avant de t'être débarbouillée, c'est ma pauvre maman qui me disait ça. Cette eau-là, je la sens encore me brûler la figure et me brûler mes mains gercées, allez, la Vica, allez, ma fille, faut pas traîner, ma pauvre voisine, la Tincuta, qu'est-ce qu'elle avait peur de s'en aller toute seule dans la nuit des rues ! C'est elle qui me tapait à la fenêtre et je m'emmitouflais, à tâtons toujours, dans des vieilles affaires de ma pauvre maman. À la fin, je me penchais pour enrouler des chiffons autour de mes chaussures, à cause de mes semelles percées. J'avais beau être une môme, je savais que si je prenais pas soin de moi, personne le ferait à ma place. Et je me vois fermer tout doucement la porte de la maison, pour pas réveiller ma ribambelle de frères, et puis je file en claquant des dents à la boulangerie. Là, dans la queue, il fait encore plus froid et plus noir, on serre les épaules, si on peut on somnole, si on peut pas on cause, on raconte qu'Untel aussi est mort et que Tartempion se remet pas de sa blessure, qu'on va enterrer çui-ci aujourd'hui et çui-là demain, que la veuve où qu'habite un Allemand[1] elle procure toutes sortes de permis et elle peut même procurer du bois, faut mettre la main à la poche, bien sûr, elle rend plein de services, et ça jacasse, ça n'arrête pas une seconde... Moi, je grelotte, je me blottis de mon mieux contre la Tincuta, je fourre les mains sous mes nippes, mais elles gèlent quand même, des glaçons, le froid me met les larmes aux yeux, elles coulent comme si je pleurais... Alors, quand je dis savoir qu'il est amer, le pain des orphelins, c'est rien que dans la queue à la boulangerie que je me vois, rien que dans le noir et dans le froid, rien que l'hiver. Et c'est seulement au petit jour que je me vois tenir un pain rond, quel mauvais pain, rempli de son, un pavé, pas un pain, durci par le gel, pesant. Je cours

1. Les Allemands entrèrent à Bucarest le 6 décembre 1916.

avec à la maison, je sais que la marmaille s'est réveillée, et ils gueulent, ils se battent, ils m'appellent, je sais plus par quoi, par qui commencer. Et lave-les, et donne-leur à bouffer, et ouvre la porte pour faire sortir la puanteur, pour aérer un brin, et puis va chercher du bois dans la remise et fais du feu, avec ces mains que je revois encore : des mains d'enfant, ces mains-là, rouges et crevassées ? Toute seule pour porter le poids de la maisonnée, à onze ans, toute seule pour m'occuper du bois, et l'hiver qu'a démarré tôt, les giboulées et la neige, voilà pourquoi je comptais les rangées de bois dans la remise et quand je voyais qu'y en avait encore une de partie, et que dehors le vent d'est apportait du froid et de la neige, je sentais l'inquiétude me glacer le cœur... Et les voisines, l'une aujourd'hui, l'autre demain, elles commençaient à abattre qui une vieille clôture, qui un poulailler, bientôt ça serait le tour des arbres. Et puis on a appris qu'y avait du bois en veux-tu en voilà sur les chantiers interrompus par la guerre, et alors tout le monde s'est précipité dans les quartiers neufs, Mihai Voda ou Vama Postii, et moi j'ai suivi le mouvement. Je me rappelle de deux dames en manteaux d'astrakhan, des chapeaux sur la tête, une main dans le manchon et de l'autre elles tiraient une poutre attachée à une corde. Elles la traînaient, leur poutre au bout de sa corde, au beau milieu de l'avenue défoncée, qui sait où elles avaient pu la dégotter ? Et puis un petit vieux, mais un monsieur bien, avec des favoris, il trébuchait dans la neige, un pieu dans les bras. Alors je me suis arrêtée et je me suis dit : s'ils ont tellement de mal à les transporter, eux, je vais pas me taper tout un voyage dans le froid pour rien !

Oui, je me revois arrêtée au coin de l'avenue Iancului, je me disais que dans le temps j'aimais bien passer par là l'hiver, avec papa et maman, maman elle me donnait trois sous et je courais m'acheter des marrons chauds. Mais là c'était fini, y avait plus de brasero, plus de marrons chauds, plus de maman, y avait juste un homme adossé à un mur, sans doute quelqu'un de cossu autrefois, vu qu'il tendait la main sans oser ouvrir la bouche pour demander l'aumône...

Moi je suis vite repartie, je courais à perdre haleine pour rentrer à la maison avant la nuit, j'avais peur de passer dans le noir près de l'église, on en sortait tellement de cercueils, et tous ces draps mortuaires, et après c'était le cimetière plein de croix toutes neuves, ah ! là ! là ! qu'est-ce que j'avais peur ! Je longeais le mur les yeux fermés en faisant le signe de la croix dans la bouche avec ma langue, le cimetière me faisait peur, et pourtant y avait quoi ? un mois, deux mois ou peut-être moins, depuis qu'on y avait mis notre pauvre maman, et ensuite tant d'autres, comment savoir la place de chacun ? Alors, quand il est revenu, papa, on n'a pas su lui dire où elle était, la pauvre, ni si elle avait une croix ou pas...

— Parce que ça, c'est ce que personne nous rendra jamais, les parents et la santé, si on les a perdus, personne nous les rend ! Et du coup, c'est qui qui va nous protéger et nous écouter et nous croire ? Même maintenant que je suis vieille, quand j'y repense ça part tout seul... Mon homme il se moque de moi. V'là la fontaine, v'là la Madeleine, qu'il me sort. C'est pour ça que je me souviens si bien de vous petite, allez, Vica, allez ajuster la robe de ma nièce, qu'elle m'a dit, Mme Geblescu, parce que le malheur nous a frappées quand on l'attendait pas, mon pauvre beau-frère est mort, et rien n'est prêt...

— Le malheur ne prévient jamais ! Pauvre Margot ! Lui a-t-on annoncé ses malheurs, à elle ? Je la revois si bien, la Margot de cette époque, les cheveux coupés *à la garçonne**, l'allure excentrique, c'étaient les années folles… Je les aimais tant, elle et tonton Sandu, Alexandru Geblescu, le parfait homme du monde ! Mais il jouait si gentiment avec moi ! Quand j'entendais le moteur de sa voiture, je courais pour lui sauter au cou ! Ses joues lisses et douces, toujours rasées de près, sentaient si bon, et ses cheveux frisés qui ondulaient sous la brillantine ! Il m'apportait tantôt un carton de gâteaux, tantôt des chocolats Suchard ou des fruits glacés. Je le suivais comme son ombre et je riais de toutes ses plaisanteries, que Muti ne trouvait pas très fines. Elle n'a jamais été sensible au genre homme *chic**, elle n'a jamais eu de tact à cet égard…

— Allons donc ! J'ai jamais entendu Mme Ioaniu déparler de M. Geblescu ! D'ailleurs elle en parlait jamais ! Et comment qu'ils se sont séparés, Mme Margot et lui, même ça elle me l'a pas dit…

— Ils ne se sont pas séparés, Vica… C'est-à-dire que si, ils se sont séparés, mais pas comme vous l'entendez. Il a été obligé de passer à l'Ouest, il avait appris qu'on allait l'arrêter et il a réussi à s'enfuir. Vous ne le saviez pas ?

— Je le savais, je le savais pas, est-ce que je peux m'en souvenir ? Peut-être bien que Mme Ioaniu me l'a pas dit. Et ce qu'elle me disait pas, moi j'y demandais pas.

— Bon, et que diriez-vous d'un pousse-café, chère Vica ?

— Franchement et sans manières, je dirais pas non.

— Eh bien, chère Vica, en repensant à toutes ces choses aujourd'hui, l'esprit rassis, je les comprends autrement… Par exemple, je comprends pourquoi Muti n'était pas impressionnée par tonton Sandu, dont le charme opérait partout, dans le genre Clark Gable. Il fascinait toutes les femmes, un mâle de race…

— Pfuitt ! À moi aussi il me plaisait, le Clac Gabel, et le Jean Marais pareil, il me plaisait… Mais avoir ça à la maison !

— Non, Vica, croyez-moi, les femmes ne réagissent pas toutes comme vous ! Il y a le sex-appeal, il y a le charme ! Ah ! le charme de mon tonton, Alexandru Geblescu ! Il fascinait toutes les femmes, surtout *tante** Margot, puisqu'elle a renoncé pour lui à la durable affection d'un certain M. Ialomiteanu, qui s'est montré terriblement offusqué de se voir refuser sa main. Il ne s'en est jamais remis. Ah ! les hommes de jadis savaient aimer autrement… Ils aimaient une seule femme jusqu'à la mort ! Ils menaient bien entendu leur vie d'hommes, ils fréquentaient des créatures au *café chantant**, ils flirtaient dans les salons, ils faisaient parfois un mariage de raison, mais s'ils donnaient leur cœur à une femme, c'était pour la vie ! On le voit d'ailleurs dans les romans. Et s'ils se retrouvaient longtemps après, lui, il la vénérait autant qu'au premier jour, comme M. Ialomiteanu et *tante** Margot. Mais elle, à mon avis, elle n'a jamais aimé que son mari. Après leur mariage, elle a dû souvent fermer les yeux ! Que de dîners fins dont parlait tout Bucarest ! Plutôt que de venir à la maison, qui voulait trouver tonton Sandu allait à *l'Hôtel Boulevard** (il raffolait de cuisine française). Il n'avait pas de préjugés, ni en ce qui concerne les amusements, ni en ce qui concerne les femmes, il pouvait dépenser des fortunes…

— Qu'est-ce que je vous disais ? Coureur et panier percé ! Des comme ça, faut pas s'en empêtrer. Qu'ils aillent se faire voir, avec leur charme !

— *Tante** Margot lui passait tout. Même ses maîtresses… Niki a raison : ils étaient des originaux, tous les deux… Ils se ressemblaient à beaucoup d'égards. Elle était dépensière aussi et, sans les conseils de Muti, elle n'aurait jamais fait un seul placement, malgré tout l'argent qui lui passait par les mains. Ainsi, c'est grâce à Muti qu'elle a acheté la villa et la vigne à Otopeni. Certes, ça ne lui a pas porté bonheur… Mais le sort de chacun est scellé par avance, il ne dépend pas de nos actes réfléchis. Nous suivons en aveugles la voie que le Très-Haut a choisie pour nous…

En vérité, mais je ne vais pas le confier à Vica, Margot en était sans doute arrivée à ne plus se soucier des frasques de tonton Sandu, elle devait avoir ses compensations. Elle aimait probablement l'argent, sinon comment excuser une femme de condition qui prend un métier ? Sa maison de modes était certes sélecte et réservée à une clientèle d'élite, mais tout de même, quelle idée ! Du reste, dans leur situation, un autre époux le lui aurait formellement interdit. Avait-il l'esprit plus ouvert que les autres hommes ? Dans leur couple, chacun accordait-il sa liberté à l'autre ? Telle était l'opinion de Muti. Moi, je penche plutôt pour l'hypothèse de Niki. Selon lui, la maison de modes servait de couverture à tonton Sandu pour des affaires pas très claires. Car *tante** Margot voyageait trop, elle était en rapport avec trop de confrères à l'étranger ! Et lui qui l'accompagnait à chaque voyage ! Le voilà soudain devenu un mari attentionné, alors qu'à tant d'autres égards il oubliait depuis longtemps de l'être ? Mais je n'ai dit cela à personne jusqu'ici et Vica serait bien la dernière à qui j'en parlerais… D'ailleurs, à l'époque où nous vivons, moins on en sait et mieux on se porte.

— Répondez-moi franchement, chère Vica, répondez-moi sans façons : je vous verse encore un doigt de cognac ?

2

— Eh oui, je regarde ma montre de temps en temps, parce que nous sommes invités à un mariage. D'ailleurs, quand Niki est sorti, je lui ai rappelé que nous devions aller à l'église. Mais quelque chose dans son expression m'a suggéré qu'il était débordé. Vous savez, lorsqu'on a passé sa vie avec quelqu'un, on le déchiffre d'un seul coup d'œil...

— C'est bien vrai ! Moi, à peine je me mets à prendre mes affaires, y a mon vieux chameau qui remue dans le lit et qui me fait des yeux de chien battu. Pauvre vieux, depuis un certain temps il aime plus du tout me voir sortir. Tu t'en vas et tu me laisses seul, qu'il bougonne. Tarde pas trop, autrement je vais m'inquiéter... Alors un jour, figurez-vous, je rentrais de chez Niculae, cahin-caha, sur mes vieilles jambes, il faisait nuit, et qui je trouve au coin de la rue ? Mon vieux chameau ! Il était sorti pour m'attendre ! J'avais plus la patience de rester à la maison, qu'il me dit, j'avais peur que tu te soyes fait écraser par le bus. Ce qui peut lui passer par la tête, je vous jure ! Et s'il t'arrive encore une fois d'être en retard, qu'il me dit, je te laisserai plus sortir ! Vois comment j'ai le cœur qui bat. Allez, allez, espèce de vieux chameau, que j'y dis, mais c'était vrai, il avait le cœur qui battait la chamade. Il est devenu froussard en vieillissant. Allez, allez, espèce de vieux chameau, t'as peur de mourir, maintenant, mais tu m'en as fait baver toute la vie ! Je dois pas être ce qu'y a de pire, qu'il me dit, autrement on n'aurait pas passé quarante-neuf ans ensemble… Ah ! que le bon Dieu vous en donne autant, Ivona, à vous et à M. Niki ! Parce que, vous avez beau dire, votre montre, vous la quittez pas des yeux depuis un bon moment, vous êtes pareille que mon homme…

— Je me dis seulement qu'il ne va pas avoir le temps de se reposer. Nous ne sommes pas obligés d'aller à la fête, mais à l'église, si. Sur ce point, Clementa… vous voyez qui c'est ? Clementa Vrabiescu, la grand-mère, elle y tient absolument. La fête, ensuite, se passe en petit comité, surtout des jeunes, ce sont les parents de la mariée qui payent les frais, et Clementa ne pouvait donc pas lancer d'invitations. Moi, je la comprends et je l'approuve, Niki pas trop, vous connaissez les hommes, toujours prêts s'il s'agit de faire la fête… Par conséquent, tant qu'il n'est pas rentré, ne vous pressez surtout pas, chère Vica…

Tu parles, je risque pas ! M'en aller là maintenant, moi ? Avec ce satané cognac qui m'a coupé les jambes, je voudrais à tout prix que je pourrais pas ! Mais toi, mes cinquante lei, tu te presses pas non plus de les dépocher ! Alors moi, je bouge pas de là : t'es tellement fêlée que tu penserais peut-être à me les payer juste quand je serais partie ! Qu'est-ce qui t'empêche de me les donner tout de suite, puisque tu m'enverras un mandat dans une semaine ? Aïe ! j'ai la figure en feu, je brûle de partout et j'ai les oreilles qui bourdonnent ! Vaut mieux que je prenne un hyposerpile, faudrait pas que j'aie une attaque là, mon Dieu ! Qu'est-ce que ça bourdonne dans mes oreilles, je perds la boule et elle, voilà, elle arrête pas de baratiner ! Elle pourrait pas se taire une minute ? C'est pour ça qu'il est jamais à la maison, Niki la crapule, parce qu'elle ferme jamais son clapet !

— Je ne m'inquiète pas... Mon pauvre Niki, que lui reste-t-il hormis son tennis et les rares moments où il peut, comme aujourd'hui, bavarder avec une connaissance ? Ah ! se retrouver à la retraite alors qu'on est encore en pleine...

— Ben mon homme, au contraire, il a dit merci ce jour-là ! Maintenant, qu'il a dit, aux autres de se lever à quatre heures et demie, vu que lui, son boulot à l'usine, ça démarrait à six heures... Aux autres de se les geler en attendant le tram !

— Non, ma chère Vica, non, permettez ! Permettez-moi de vous le dire, ce n'est pas pareil ! Pas du tout ! M. Delca était impatient de prendre sa retraite et il avait raison, le pauvre ! Un honorable commerçant contraint sur ses vieux jours, ou... je veux dire... à un certain âge, de devenir ouvrier d'usine ! Il n'en va pas de même pour Niki ou pour M. Cristide, l'ingénieur, vous voyez qui ? Il a eu son diplôme en Allemagne et il y a travaillé quelque temps, d'où ses ennuis... Il ne parle pas, il en a trop subi, pendant des années après sa sortie de prison il était sous surveillance. À moi, il me l'a laissé entendre ! Ils l'ont menacé pour en faire un indicateur, mais lui, homme d'honneur, il n'a pas marché. Il ne l'a dit à personne. Sauf à elle, qui l'a raconté partout... D'accord, elle est plus sympathique, mais lui, il est *irréprochable* ! Je suis la seule personne à qui il adresse encore la parole..., quand il nous arrive de nous croiser dans la rue. Il y a entre nous une sorte de communication... Oh non, Vica, voyons donc, quelle idée ! Pas question, ce que vous êtes drôle ! Niki n'a aucune raison d'être jaloux, et il n'en a jamais eu ! Hi ! hi ! Vica, ce que vous êtes coquine ! Allez, encore un peu de cognac, juste un peu, une larme… Oui, j'en prends aussi, évidemment !… Nous parlions de quoi, déjà ? Ah ! oui, de M. Cristide. Il ne voulait pas prendre sa retraite, mais, étant donné toutes ces compressions de personnel, si vous saviez, Vica ! Ça faisait des mois que les envieux le poussaient dehors, dans sa boîte ! Alors, il n'a pas eu le choix… Mais il m'a avoué que, bien qu'il se soit attendu à une période psychique difficile avant de s'accommoder, la réalité a dépassé toutes ses craintes !

— Pfuitt ! Il a qu'à la filer à mon homme, sa retraite, et je vous parie qu'il s'en accommodera, lui ! Il y dira merci, il fera le beau ! Il est fichu de laisser tomber le foot à la télé pour aller claquer ses sous ! Pour se gaver de pâté en croûte et de jus de fruit, ce qu'il a fait toute sa vie durant ! Si j'étais pas devenue une main de fer, sa retraite il nous en resterait rien… Dommage qu'il m'ait fallu longtemps pour me mettre du plomb dans la tête ! Elle a pas tort, ma belle-sœur, avec tous les sous que vous avez gagnés, qu'elle me dit, vous avez pas été fichus de vous acheter rien qu'une petite maison ! Les sous ! Lui il en filait de son côté, pour faire le monsieur, moi j'en filais du mien, j'en filais aux uns, j'en filais aux autres, aux frères et aux neveux, dès qu'y en avait un qui se pointait je mettais les petits plats dans les grands, et mon homme s'il avait osé dire un mot, je lui aurais arraché les yeux ! Mais non, tout bougon qu'il est, là-dessus il l'ouvrait jamais. Alors on est restés dans cette baraque et hiver comme été je dois subir les jérémiades de la proprio, de cette vieille peste…

— On n'y peut rien, Vica ! C'est l'époque, c'est le destin… Comme je vous le disais tout à l'heure, le sort de chacun est scellé. Pensez à tous ceux qui possédaient des terres et des manoirs, nationalisés !

À tous ceux qui sont morts dans la gêne, tandis que des parvenus se prélassaient dans leurs maisons ! À nous tous, Vica ! Excepté les scélérats, tous ceux de nos âges en ont trop enduré ! Des générations sacrifiées... Deux guerres, un tremblement de terre, des spoliations, des arrestations arbitraires, des prisons et des camps, la terreur et la misère ! Vous souvenez-vous de l'hiver 1952, de ce terrible hiver ? Nous n'avions plus de quoi nous chauffer et je suis allée avec Muti à un entrepôt où on nous a permis de ramasser dans la cour des bouts de bois, de l'écorce, des copeaux, que nous chargions sur ma luge. J'ai tellement fouillé dans la neige que je ne sentais plus mes mains, pendant des jours et des jours ensuite je ne pouvais plus remuer les doigts tellement ils étaient gourds et enflés, et tellement ils me faisaient mal... Heureusement, Muti, ma chère, ma sage Muti — telle la mère des Gracques —, nous remontait le moral. Nous vivons les uns pour les autres, nous disait-elle, nous n'avons pas le droit d'envisager la mort ! À supposer même qu'elle serait un soulagement pour nous, nous devons penser à la douleur de ceux qui nous perdraient... Alors, ma bonne Vica, Dieu veuille vous donner encore beaucoup de jours à vivre, à vivre pour ceux qui vous aiment, pour ceux qui ont besoin de vous ! Les sentiments valent plus que toutes les fortunes du monde, vous pouvez me croire ! Votre argent, vous ne l'avez pas gaspillé ! Il vous en est passé suffisamment par les mains, dites-vous, pour acheter une petite maison ? Mais il en est passé combien, par les mains de Margot ? Et pourtant, elle est morte dans un sous-sol...

3

La pauvre, dans quel état elle était ! Un bonnet d'enfant, rose sale, pelucheux, enfoncé jusqu'aux sourcils. Ce bonnet sur la tête dans la canicule, au mois de juillet ! Si je n'ai pas fait de gaffe, si je ne lui ai pas dit de l'enlever, c'est grâce à Muti, qui m'avait prévenue. De ne m'étonner de rien... Pas plus de sa maigreur que de son teint. Elle avait la figure d'un jaune de paraffine... Seigneur Dieu, quelle horrible maladie ! Mais tout de même, comment avait-elle pu se laisser aller à ce point ? Elle, une femme intelligente, une femme instruite, ne pas consulter un médecin ! Alors qu'après la ménopause la moindre goutte de sang est un signe suspect, pourquoi s'était-elle laissé aller ainsi, jusqu'au moment où les douleurs avaient commencé ? Et ces rayons X qui l'avaient rongée : la peau brûlée, les cheveux et les dents tombés. Pauvre *tante** Margot ! Peut-être n'avait-elle pas voulu passer directement de la prison à l'hôpital. Ce qui serait parfaitement compréhensible...

— Que me demandiez-vous, déjà, Vica ? Ah ! oui, quand est parti tonton Sandu ? En 1947... Pourquoi seul, sans Margot et Riri ? Parce que c'était trop tard, le rideau de fer tombait... Non, non, Margot n'a rien su jusqu'à la dernière minute ! Croyez-moi, c'est la vérité : Margot ne savait pas !

Elle ne me croit pas ! Personne ne le croit, personne n'a jamais cru que Margot ne savait rien. Sauf ceux qui s'imaginent qu'il ne lui disait rien de peur qu'elle le dénonce. C'est faux ! Il avait l'habitude de ne lui donner les mauvaises nouvelles qu'au dernier instant. Un imprévu peut survenir, modifier le cours des choses, et alors je t'aurai inquiétée inutilement si je t'ai prévenue trop tôt. Voilà comment il s'excusait. En effet, pour un métier *tracassant** comme le sien, cela pouvait représenter une excuse. J'en suis certaine : ce n'est pas de peur de se faire dénoncer par Margot qu'il s'est tu jusqu'à la dernière minute !

— Il a attendu jusqu'au dernier soir pour lui annoncer leur séparation, sans lui expliquer le pourquoi ni le comment. Il l'a également prévenue qu'il ne lui écrirait pas, car ça ne pourrait plus leur faire que du mal. Ils se sont dit adieu et, en effet, ils ne se sont jamais revus. Il a donné de ses nouvelles deux ou trois fois, par des voyageurs, mais, contrairement aux autres émigrés, il n'a envoyé ni lettres ni colis. Pas un seul !... Oh ! non, Vica, non, elle ne lui en voulait pas ! Elle ne l'a jamais blâmé d'être parti. Il a même hésité trop longtemps avant de le faire, étant donné ce qu'il risquait en restant là — j'ai l'impression de l'entendre, cette chère Margot ! Elle affichait un air pincé si quelqu'un s'avisait de le critiquer, et ainsi la discussion était close sur-le-champ.

Pauvre Margot ! Les gens prennent plaisir à vous blesser là où cela fait le plus mal... Je ne vais pas raconter à une Vica tout ce que Margot a enduré pendant les interrogatoires de la Securitate ! Mais elle n'a rien dit, puisqu'elle ne savait rien...

— Lorsque Margot est allée vivre à Otopeni, nous avons cru qu'elle le faisait par économie. Muti aurait été furieuse si elle avait su que c'était pour cacher M. Ialomiteanu... Oui, c'est lui, là, sur la photo. Muti, qui le connaissait depuis longtemps, ne le portait pas dans son cœur. Comme je vous le disais plus tôt, il avait demandé la main de Margot, mais avait essuyé un refus. Au lendemain de la Grande Guerre, Alexandru Geblescu, le plus jeune élu à la Chambre, était un bien meilleur parti que ce Ialomiteanu, qui avait mauvaise réputation, pour avoir été pendant l'occupation allemande un collaborateur, on disait en ce temps-là un « philoboche » … Les Russes nous avaient lâchés et le gouvernement, la famille royale, tous ceux qui en avaient les moyens s'étaient réfugiés en Moldavie, à l'automne 1916…

— L'automne ? Non, l'hiver, vous pouvez me croire ! Vous, vous l'avez lu dans les livres. Moi, je l'ai vu, de mes yeux vu ! Y a des choses que je m'en rappelle et d'autres pas, mais ce que j'ai vécu enfant, je le revois comme si c'était hier ! Vous savez comment on entendait les canons ? On aurait dit qu'ils étaient tout près, à une rue ou deux de chez nous ! Ma pauvre maman se plaignait : ça et les soucis, elle fermait pas l'œil de la nuit. Ça tirait le jour aussi, mais les entendre dans le noir c'est encore pire. Nous les gosses, qu'on courait toute la journée, le soir on était crevés et on s'endormait tout de suite, tandis que maman elle causait jusque tard avec les voisines… Et tantôt ça disait qu'on avait fichu une déculottée aux Allemands et que ça y est, on allait faire la paix, tantôt ça disait que c'est nous qu'on s'était pris la dérouillée et ils allaient nous tomber dessus… Comment, qui le disait ? Les gens, les femmes du quartier ! Pour ce qu'elles en savaient ! Qu'est-ce qu'elles en savaient, elles ? Qu'est-ce que j'en savais, moi, une môme de onze ans ? Parce que si j'avais su combien de jours il y restait à vivre, à ma pauvre maman, je l'aurais pas quittée une seconde, pas lâchée des yeux, tandis que là, tout le temps à jouer dans la rue, on rentrait à la nuit. Un jour, avec ce cinglé de Niculae, on s'est retrouvés à la gare d'Obor, c'est pour ça que je m'en souviens que c'était l'hiver. Le vent, le froid, et quelles giboulées ! Avant de repartir, il neigeait déjà pour du bon, combien de temps on y était restés ? Un certain temps, sûr, parce qu'on n'avait jamais vu des trains aussi bondés. Tellement de gens sur les toits, sur les marchepieds, des qui avaient pu y caser qu'un pied, des qui se tenaient que d'une main, d'autres qui passaient la tête par la fenêtre pour respirer. Combien y en a qui sont morts écrasés ou asphyxiés ! C'est ce qui se disait après, que des femmes et des enfants étaient morts, de chaleur, de froid, ou du typhus, allez savoir de quoi, avant d'arriver à leur destination où ils allaient ! Et quand ils mouraient, le train s'arrêtait pas pour les enterrer. Il paraît qu'on les balançait dehors, par les fenêtres. C'est-y vrai, c'est-y pas vrai ? Moi, je le rends comme je l'ai reçu. Là où je peux y mettre ma main à couper, c'est juste pour ce que j'ai vu, de mes yeux vu : les uns sur les autres dans les trains, ou amassés sur les quais, des foules de désespérés qui avaient tout quitté pour partir en exode, pour fuir en Moldavie... Et trempés par les giboulées, et nous deux on se baguenaudait un peu partout et d'un seul coup sur quoi qu'on tombe ? Un train de marchandises, les wagons ouverts, et y avait quoi dedans ? Rien que du grand luxe, on en est restés bouche bée. Rien que des canapés de velours et des fauteuils et des guéridons, mais en vrac, et puis des bonbonnes de vin, des miroirs, des cartons à chapeaux, des ustensiles de cuisine, des tapis roulés, quelles richesses ! Tous ces objets précieux, entassés pêle-mêle ! Tous ces sous partis à vau-l'eau ! Qui en aura profité ? Et il en sera resté quoi, puisqu'à la gare y avait déjà plein de neige dessus ? Quel gâchis, quel hachis, comme dirait l'autre ! Mais ça, voilà, j'y pense que maintenant, dans ma tête de femme qu'a connu la vie, qu'a connu le monde. Ce jour-là, j'écarquillais les yeux, un point c'est tout. Des pareils meubles de richards, jamais j'en avais vu, même jamais imaginé ! Et là, pendant qu'on regardait, on a entendu une de ces explosions, qu'on aurait dit la fin du monde ! Les bombes, on s'y était habitués, mais là c'en était pas une, c'était bien pire ! Après, on a su que c'est la poudrière qui sautait... Qui l'avait fait sauter ? J'en sais rien. Des gens ont dit les nôtres, d'autres ont dit les Allemands... Nous, en tout cas, on a détalé et on n'a pas arrêté de courir avant d'être rentrés. Ma pauvre maman, elle nous avait cherchés dans tout le quartier, Sile dans les bras et les jumeaux pendus à sa jupe... Mais quand elle nous a vus sains et saufs, ah ! la raclée qu'on s'est pris, je vous dis pas ! C'est peut-être pour ça que je me rappelle de tout ce monde qui remplissait la gare... De tout ce monde affolé...

— Oui, comme vous l'avez vu de vos yeux, c'est différent... Pour se réfugier en Moldavie, il n'y avait pas mieux qu'y être envoyé officiellement, puisqu'en principe les fonctionnaires y suivaient le gouvernement. Mais c'était une faveur réservée à des privilégiés jouissant de hautes relations. Notre famille est restée là, à Bucarest, comme la vôtre, comme tant d'autres qui ont subi l'occupation pendant..., pendant deux ans, je crois ? Et alors ce Ialomiteanu est entré dans la nouvelle administration. Il devait miser, comme d'autres, sur la victoire des Allemands. Évidemment, en 1918, lorsque les nôtres sont revenus, on ne le voyait pas d'un bon œil. Mais il a vite retourné sa veste. Et les esprits se sont calmés non moins vite, on a passé l'éponge. Que lui reprocher, d'ailleurs ? D'être soupçonné d'avoir été l'un des nombreux indicateurs stipendiés par les boches ? Le problème, c'est que les noms des traîtres n'ont jamais été publiés, on n'a eu droit qu'à des rumeurs. Bien qu'il y ait eu des preuves ! Car on a découvert par hasard dans un coffre-fort à Iasi, en plein exode, les papiers secrets d'un agent allemand, Günter... Oui, je crois qu'il s'appelait Günter... Et qu'y a-t-on trouvé ? La liste des collabos et les sommes versées à chacun... Évidemment, des Roumains ! Dont quelques noms connus, si, si !... Et pourquoi donc n'y croyez-vous pas, Vica ? Pourquoi donc s'agirait-il de... déconnages, comme vous dites ? Non, sachez que ça n'arrive pas qu'au cinéma ! Sur ce point, vous vous trompez ! L'erreur, c'est que ces documents secrets n'ont pas été rendus publics, ce qui se passe le plus souvent ! Du coup, l'affaire s'est réduite à des rumeurs. Or on ne peut pas condamner sur de simples rumeurs... Quoi qu'il en soit, je me rappelle que ce Ialomiteanu n'était plus reçu chez nous après la guerre, parce qu'il avait été haut fonctionnaire et député pendant l'occupation, sans doute grâce à l'appui de Marghiloman, le fameux politicien germanophile, originaire lui aussi de Buzau... Ah ! inconnu au bataillon, pour vous ! J'ai d'ailleurs l'impression, chère Vica, que la politique vous fait bâiller...

— Qu'elle aille se faire foutre, la politique ! Aussitôt que j'entends le Journal à la télé, je dis à mon homme de l'arrêter, pour pas brûler les lampes pour rien, vu que c'est nous qu'on va payer... C'est donc ce Ialomiteanu qu'elle cachait à Otopeni ? Quand Mme Ioaniu m'y a envoyée chercher du vin et que je savais pas sur qui je risquais de tomber ? Alors, selon vous, elle était pas au courant, Mme Ioaniu ? Et dire que j'y en ai voulu après, je me disais qu'elle aurait pu me fourrer dans le pétrin !

— Non, Muti ignorait que, après le départ de tonton Sandu, *tante** Margot cachait ce Ialomiteanu à

Otopeni ! Ah ! quel choc quand elle l'a appris ! Une foucade impardonnable, à son avis... En outre, elle n'appréciait guère ce monsieur, comme je vous le disais, depuis la Grande Guerre. Patriote comme *papa**, elle pensait que nous devions nous battre aux côtés de la France, pour la Transylvanie... Je m'embrouille, mais vous, Vica, vous ne vous y trompez pas, n'est-ce pas ? Otopeni, c'est après la Seconde Guerre, au début du communisme, alors que là, nous en sommes à la Première Guerre. Pendant l'occupation, Muti a fait l'infirmière à l'hôpital. Beaucoup d'autres dames de condition le faisaient aussi, mais rarement avec autant de dévouement qu'elle. Elle partait à cinq heures du matin, accompagnée par Ana, pour être à l'hôpital à l'heure de la pesée du sucre et des rations pour les blessés. Car elle savait qu'on volait beaucoup. Elle est allée pendant quelque temps à l'Asile de vieillards, où l'on avait installé un pavillon pour les contagieux, les malades du typhus exanthématique. Elle racontait que de malheureux soldats avaient des poux jusque dans les sourcils ! Que faire ? Ils se lavaient dans des baquets pleins d'eau aux insecticides : on la jetait ensuite et les poux partaient dans les égouts... Oh ! si, Vica, c'était dangereux. Très ! Elle a perdu ainsi une de ses amies, Marie-Liliane Botescu, qui a attrapé le typhus et en est morte... Oui, comme votre maman, Vica. Muti racontait qu'elles s'étaient confectionné des bonnets de soie, parce que les poux ne peuvent pas grimper sur la soie. Les hôpitaux manquaient de tout : de fuel pour les calorifères, d'essence pour les groupes électrogènes, de coton hydrophile, de pansements... Il faisait tellement froid que les médecins opéraient en pardessus, à la lueur des bougies. Après la mort de Mlle Botescu, *papa** voulait interdire à Muti de retourner à l'asile. Mais, bien qu'elle ait été terriblement affectée, elle refusait de renoncer à son travail d'infirmière. Il a dû céder et, d'ailleurs, l'occupant l'a bientôt pris en otage, parce qu'il était un vieil ami de Jorj Athanasiu, le ministre libéral. Qui avait pu le dénoncer ? À ses moments de colère, Muti affirmait que c'était certainement l'œuvre de ce Ialomiteanu. Dire que *papa** n'avait pas vraiment fait de la politique ! Tandis que d'autres, qui avaient réclamé à cor et à cri la Transylvanie, qui avaient publié des articles injurieux contre les Allemands, retournaient habilement leur veste et n'étaient pas inquiétés ! Il en est ainsi de tout temps. *Papa** ne s'était presque pas manifesté, autant en raison de sa maladie que de sa nature, et pourtant...

— C'est lui qu'a trinqué !

— Voilà pourquoi je crois à une dénonciation. Mais qui ?

— Des malfaisants ! Comme ceux qu'ont mouchardé Fesse-Mathieu, comme qui dirait le frère à mon papa. Les Allemands ont rappliqué un jour et ils ont filé tout droit à sa remise. Ils ont fait enlever le bois et puis ils ont fait creuser jusqu'à tant qu'ils sont arrivés à une voûte. Le Fesse-Mathieu il s'était fait en douce une voûte en briques et il y avait planqué tous ses sacs ! Tout ce qu'il avait dans sa boutique, des pains de sucre, du riz et tout et tout, planqué dans des niches ! Le mouchard, pour sûr que c'étaient des voisins, des voisins qui l'avaient vu s'occuper à sa maçonnerie. Les Allemands, ils ont embarqué les sacs, et le Fesse-Mathieu avec ! Il est revenu qu'au bout de plus d'un an, un an et demi...

— Je me rappelle une anecdote que *papa** aimait raconter. En 1918, au moment où les Allemands bouclaient leurs valises dans la précipitation et où tout le monde attendait les nôtres et les Français, il a dû se rendre à la kommandantur, j'ai oublié pourquoi. Sans doute à propos du certificat médical en vertu duquel on l'avait relâché et assigné à résidence à la maison, sa maladie s'étant aggravée. À un moment donné, l'officier dans le bureau duquel il se trouvait s'est mis à ouvrir les uns après les autres des tiroirs bourrés de papiers et à les renverser par terre. Ensuite, il a désigné du bout de sa botte le monceau de feuilles de papier de toutes les qualités, couvertes d'écritures variées, et il a dit : « Vous voyez, ce sont des dénonciations et elles émanent toutes de vos compatriotes ! En général, nous n'en tenions pas compte, pourtant c'en est une qui vous a valu d'être notre otage. » Voilà ce que cet officier a dit à *papa**. Qui est mort pas très longtemps après et n'a donc pas eu le chagrin de voir ce Ialomiteanu redresser la tête, rétablir sa situation en épousant une femme de basse extraction, laide en plus, mais riche héritière, et finalement, sous Antonescu, occuper une position assez influente... Muti avait raison de dire que Margot n'aurait dû prendre aucun risque pour un individu de cet acabit. Je n'oublierai jamais dans quel état je l'ai vue, elle, Margot, autrefois une femme si coquette...

Ses yeux devenus immenses dans son visage émacié...

Je lui ai crié de me laisser faire lorsque j'ai vu quel mal elle se donnait pour ouvrir la porte du buffet. Et ses loukoums durs comme des cailloux, au sucre en poudre également durci... Gardés de toute évidence pour les invités ! Ce petit effort avait suffi pour l'épuiser. Elle s'est affaissée dans le rocking-chair, trop légère pour l'ébranler. Ensuite, elle a été obligée de me prier de prendre des verres dans le buffet et d'aller chercher de l'eau froide dans la glacière[1]. « Nous en avons, m'a-t-elle dit, Riri achète de la glace tous les deux jours. » Certes, ma cousine Riri s'en occupait scrupuleusement, mais à la vérité c'était pour que Margot puisse s'appliquer jour et nuit des sacs de glace, dans le vain espoir de stopper les hémorragies... Allez savoir quels effets désastreux cette glace a pu déclencher ! De toute façon, ma pauvre tante a refusé d'y renoncer aussi longtemps qu'elle a été consciente...

J'ai sorti deux verres du buffet. En voyant l'épaisseur de la couche de poussière qui les recouvrait, j'ai compris que Riri et elle ne recevaient jamais de visite et n'avaient donc pas eu l'occasion de s'en servir depuis qu'elles habitaient là. Je les ai essuyés avec de petites serviettes jaunies, puis j'ai mastiqué consciencieusement un loukoum, qui me faisait mal aux dents. Elle, elle s'était excusée par avance de ne pas pouvoir me tenir compagnie : elle n'avait vraiment pas faim... Prévenue par Muti qu'elle ne mangeait pratiquement plus, je n'ai pas insisté... Je lui ai parlé de tonton Sandu, pour lui faire plaisir : qu'il était beau ! qu'il était charmant ! et alors elle a repris du poil de la bête. Pendant la Première Guerre, encore tout jeune lieutenant, m'a-t-elle raconté, il lui avait offert une carte d'état-major qu'elle avait punaisée avec *papa** et sur laquelle ils plantaient de petits drapeaux pour suivre les mouvements du front. Quant à son départ de Roumanie après la Seconde Guerre, selon elle il avait risqué sa vie en le retardant au maximum, jusqu'en 1947, parce qu'il ne se résolvait pas à se séparer d'elle et de Riri. Est-ce bien vrai ? J'ai du mal à comprendre com-

1. La coutume, d'origine turque, veut qu'en été on serve l'après-midi aux invités des confitures ou d'autres sucreries accompagnées d'un verre d'eau glacée.

ment un homme aussi clairvoyant que lui n'a pas émigré assez tôt, lorsque les frontières étaient ouvertes, pour emmener sa famille avec lui.

Comme tant d'autres.

Pauvre Margot ! Elle trouvait pour chaque zone d'ombre sa raison, insuffisante car sentimentale. Une chose semble sûre : comprenant avant bien d'autres que l'Allemagne allait perdre la guerre, tonton Sandu avait joué à partir de là un rôle pour lequel il espérait être récompensé. Ce serait une explication à ses atermoiements, car il y avait eu de nombreux moments où il aurait pu faire sortir Riri et *tante** Margot. Avait-il espéré, jusqu'à la dernière minute, que les choses ne tourneraient pas aussi mal ? Depuis quelque temps, je me demande si chacun de ses gestes n'était pas prémédité. Était-il le panier percé qu'on croyait, puisque Margot a trouvé après son départ un calepin où il notait toutes ses dépenses ? Codées, évidemment ! Il n'avait pas été pour rien, pendant un temps, ministre de l'Intérieur…

— Mais, mais… Qu'est-ce que vous faites là, Vica ? Vous cherchez quelque chose ?

— Ben oui, mon fourre-tout, pour prendre un hyposerpile, vu que je brûle de partout et que ça tourne partout, là autour…

— Allons, rassurez-vous, l'alcool n'est pas mauvais pour la tension. Si vous avez la tête qui tourne, alors, tenez, je vais refaire du café… Un petit pour vous, un moyen pour moi, parce que je vais fumer une cigarette avec. Dès que nous les aurons bus, vous vous sentirez mieux et là, pas l'ombre d'un doute, nous verrons apparaître mon Niki !

4

— Ne vous levez pas, Vica, restez assise, de toute façon je vais l'apporter ici, le plateau… Du vivant de *papa**, il y avait là le salon où l'on prenait le thé à cinq heures. Muti, pratique, en a fait deux pièces, pour nous permettre de continuer à vivre ensemble après mon mariage, les uns au premier, les autres au rez-de-chaussée. Mme Ana aussi habitait chez nous. La pauvre, elle n'était plus la même après la guerre, la Seconde : son fils, Spiridon, était tombé prisonnier des Russes et il n'est jamais revenu… Vous souvenez-vous, Vica, de l'entrée des Russes à Bucarest ?

— Et comment, que je m'en souviens ! Les jeunes, elles se fardaient à la suie et elles se fagotaient à la mémère, pour pas passer à la casserole ! Et moi, est-ce que j'ai pas baissé mon rideau de fer et éteint toutes les lampes, pour que les russkofs ils croient qu'y a personne ? Eh bien, ça les a pas empêchés de taper toute la nuit à coups de crosse sur mon rideau de fer et de crier je ne sais quoi dans leur baragouin ! Quel boucan ! Quel tapage ! On n'a pas fermé l'œil, mon homme et moi, et le matin on a remercié le bon Dieu de nous en être tirés ! Allons donc ! Ils s'en allaient toujours pas et alors on a fini par ouvrir. Il m'a dit, mon homme : Ouvre et donne-leur à boire. Ils payeront ou pas, ouvre et donne-leur à boire, qu'ils nous foutent la paix ! Et alors j'ai planqué nos montres et puis j'ai ouvert… Parce que, vous vous en rappelez, les russkofs ça avait une marotte pour les montres, dès qu'ils en voyaient une, ils la piquaient, même qu'on les appelait les *Davaï tchassov* ! Ça veut dire « file-moi ta montre », j'ai jamais rien su dire d'autre en russe. Je les avais bien cachées, mais on a quand même frôlé le pire. Vu que mon Delca, qu'avait l'habitude de porter un bracelet-montre, il avait une marque blanche au poignet. C'était l'été, il avait les bras tout bronzés, sauf cette bande blanche ! Le Russe s'en est aperçu et il a plus bougé de là. Il pointait son arme sur mon homme et il arrêtait pas de lui répéter ses *davaï tchassov*. Moi, je lui aurais donné et qu'il aille se faire voir ! Mais mon vieux chameau, quelle tête de mule ! Il fait tout rien qu'à l'envers. Il essayait de lui expliquer par des signes qu'il l'avait vendue, sa tocante. Le Russe, il voulait rien savoir. *Davaï tchassov* ! Et le doigt sur la gâchette ! J'avais beau être tout sucre tout miel, y donner à boire et à manger, pas moyen de le dérider. Et tout d'un coup... Alors, là ! Y en a deux autres qui s'amènent, avec un chef, et voilà notre russkof à nous qui tremble et qui blêmit. Et son officier l'engueule dans leur charabia, j'y ai rien compris, mais sûr que c'était un sacré savon ! Et puis ils l'ont emmené, et bon vent ! On l'a jamais revu et on s'en est pas plaint...

— Quoi ! des Russes ont arrêté l'un des leurs ?

— Eh, oui ! Je sais, faut le voir pour le croire, mais je l'ai vu, moi, de mes yeux vu. Qui les a mis au courant ? Ses chefs ? Peut-être d'autres russkofs... Peut-être des voisins, parce que tout le monde il m'aimait et il m'appréciait et y en a tellement que je leur vendais à crédit...

— La guerre provoque tant de drames ! Je vous parlais de Mme Ana, qui a habité chez nous jusqu'à sa mort...

— Ah ! je sais bien... Ah ! si je m'en souviens... Elle couchait là-haut et toute la mansarde empestait la pisse... Le pipi de bébé ça sent le lait, tandis que la pisse de vieux c'est pis que la pisse de matou !

Mme Ioaniu avait beau lui mettre de la toile cirée dessous, la puanteur imprégnait tout ! On m'aurait donné de l'or, moi, je l'aurais pas gardée. Quand j'y pensais le moins, je la voyais surgir en chemise de nuit, les quelques tifs blancs qui lui restaient tout ébouriffés, les yeux écarquillés, quelle apparition ! À pas rencontrer la nuit au coin d'un bois ! Sofiaaa ! qu'elle criait. Sofiaaa ! qu'elle appelait après Mme Ioaniu. Faut venir me changer, j'ai fait sous moi… Pourquoi vous la gardez chez vous, Dieu me pardonne, pourquoi vous la gardez ? que j'ai dit un jour à Mme Ioaniu. Vu que c'est pas une vie, ni pour elle ni pour vous ! Emmenez-la à l'asile, ou ailleurs, mais emmenez-la de là ! que j'y disais, à Mme Ioaniu. La pauvre ! qu'elle me répondait. La pauvre ! Je ne peux pas, elle est ma nounou, c'est elle qui m'a élevée… Ben à sa place, moi, je vous dis pas… Et puis plus tard, un jour que je suis revenue là, y avait Leana, la laveuse, et c'est elle qui m'a dit qu'Ana était morte, morte et enterrée. Alors, moi, je sais toujours pas : en fin de compte, vous l'aviez mise à l'asile, ou pas ?

— Mais non, voyons donc ! Muti disait : peut-on savoir ce que sera la fin de chacun ? Elle se rongeait les sangs pour cette pauvre Ana, qui perdait complètement la tête… Figurez-vous qu'elle attendait toujours son fils ! Sûre qu'il était vivant, elle le sentait, elle ! Naturellement, elle était la seule à le croire. Et pourtant… Environ un an après sa mort, nous avons reçu une visite pour le moins inattendue. Un homme trapu, d'un certain âge, que nous avons vu d'abord par la fenêtre. Il nous intriguait à cause des regards inquiets qu'il jetait autour de lui avant de se décider à sonner. Ensuite, il rechignait à dire qui il était et ce qu'il voulait, il s'enquérait de Mme Ana… Il a tout de même fini par s'expliquer : prisonniers dans le même camp sibérien, Spiridon et lui avaient échangé leurs adresses au moment d'être séparés et s'étaient juré, s'ils rentraient en Roumanie, d'aller donner des nouvelles à la famille de l'autre. Nous avons fini par nous détendre car, au début, nous étions très crispées, Muti et moi. En ce temps-là, s'ils apprenaient qu'un des vôtres était prisonnier, sous prétexte de vous apporter des nouvelles, des escrocs vous extorquaient un repas, ou de vieux vêtements, ou même de l'argent ! Sans oublier les envoyés de la Securitate, qui venaient vous tirer les vers du nez ! N'est-ce pas, Vica ?

— Alors là-dessus, croyez-moi, on m'en a raconté ! Et je vais même vous dire qui : la Cristide ! Elle arrêtait pas de me bassiner, de me supplier d'y faire de la couture chez elle. Moi, ça m'emballait pas, j'avais assez de clientes comme ça. J'y ai quand même été, mais juste quelques petites fois, pas plus que ça ! Donc je sonne à sa porte, il devait être dans les dix heures du matin, je sonne et je resonne, comme chez vous aujourd'hui, j'ai beau sonner, tintin ! Personne qui répond ! Et puis, quand je suis pour renoncer, repartir, la voilà que je l'entends : Donnez-vous la peine d'entrer, mame Delca, veuillez m'excuser… Va te faire excuser où je pense, que je me suis dit. Tu moisis au fond de ton lit jusqu'à des midis passés ! Et puis j'entre, et alors là ! Il faisait noir comme dans un four ! Je tâtonne, je me cogne un peu partout, contre des tables, contre des chaises, je cherche à tâtons sur les murs et quand je trouve un commutateur, voilà la Folle qui se met à gueuler ! Non, non ! qu'elle gueule, la Folle. Allumez pas, mame Delca, allumez pas !

— Eh, oui ! Mme Cristide dort dans la matinée. Elle a des insomnies la nuit depuis sa ménopause, mais elle ne veut rien prendre, alors elle ne s'endort qu'à l'aube. En outre, l'obscurité la calme, ça lui sert à...

— Je sais, moi, à quoi ça lui sert : à tirer sa flemme ! Je vais vous le dire, moi, pourquoi elle reste dans le noir sans allumer : pour que personne la voye sans maquillage ! Mais moi, je l'ai vue chez elle avec ses savates éculées et sa guenille de chemise crasseuse qu'on n'en ferait même pas une serpillière ! Siouplaît, mame Cristide ! que j'y dis. Siouplaît, vous voulez bien venir m'ouvrir votre machine à coudre ? Et me donner vos affaires que je dois les arranger. Mais elle, elle avait fait un peu de lumière dans sa chambre et elle se mettait de la poudre. Comme j'insistais, elle a quand même arrêté de se peinturlurer et elle s'est mise à farfouiller dans ses armoires, dans ses tiroirs, mais en les faisant claquer, vu que madame avait ses nerfs parce que je la laissais pas se replâtrer ! Et puis elle m'a apporté les affaires et vlan ! elle me les a fichues sous le nez. Puisqu'elle était de mauvais poil, j'y ai plus rien dit. Elle était plus jaune du tout, tellement elle s'était poudrée, une face de clown ! On voyait plus ses sourcils ! Et les peaux de son cou qui pendouillaient... Et là voilà qui retourne à son miroir et qui se remet du badigeon ! Et à la fin elle faisait des grimaces devant la glace, elle faisait comme ci, elle faisait comme ça...

— Hi ! hi ! hi ! Que voulez-vous, elle voulait savoir ce qui lui allait le mieux...

— Attendez ! Si vous aviez vu ce qu'elle m'amenait comme nippes ! Rien que des loques ! Rien que du pourri qui se déchirait sitôt qu'on tirait un peu dessus ! Moi, j'ai ravaudé, j'ai rapiécé, rafistolé, mais je suis sûre qu'au premier lavage ça a craqué. Du travail pour rien ! Holà ! que je me suis dit. Tu m'y reprendras pas ! En plus, manger avec un lance-pierre. Et elle arrêtait pas de bavasser, que j'en avais les oreilles qui sifflaient quand je suis partie. Elle bavait sur les uns et sur les autres, sur tout le monde…

— Vraiment, Vica ? Elle vous a parlé de nous aussi ?

— Elle m'a parlé du beau-frère d'une cousine à elle, un chef légionnaire[1] qui s'était sauvé avec les Allemands. Il a été fait prisonnier par les Américains et les Américains ils l'ont livré aux Russes et alors eux ils l'ont déporté en Sibérie… Ah ! *La Ballade sibérienne*[2], qu'est-ce que c'était beau ! Qu'est-ce que j'ai pleuré quand je l'ai vu ! Et après, devant ma machine à coudre, je chantais la chanson, *La Ballade sibérienne*. Eh ben, la Cristide elle dit que là-bas, dans leur Sibérie, les Russes ils ont obligé le beau-frère de sa cousine à tirer la charrue. Et en 1954, quand il est revenu, elle a vu les marques des harnais. Moi j'y ai dit que je pouvais pas croire une chose pareille, mais elle m'a juré qu'elle les avait vues, de ses yeux vues, que le type les y avait montrées. Sans blague, que je pensais, et toi qu'est-ce que t'y as montré ? Ta cramouille ?

5

Ivona regarde la pendule au cadran d'émail bleu dans un listel doré. Dorées aussi les aiguilles et les chiffres romains.

1. Membre de la Légion de l'archange Michel, parti fasciste qui s'est également appelé Garde de fer, coupable entre autres d'assassinats politiques et de pogroms d'une horreur particulière (les corps des Juifs étaient suspendus à des crochets aux abattoirs, avec cette inscription : *Viande kasher*).
2. Film soviétique.

— Quoi ? Deux heures seulement ? Impossible !

Elle sort de la pièce et monte l'escalier en courant. Elle revient et pose sur le buffet un réveille-matin de fabrication soviétique, au tic-tac assourdissant.

— Là, d'accord ! C'est de la bonne camelote ! J'ai le même à la maison. Quand ça sonne, ça vous réveille les morts ! Tandis que l'autre, votre pendule, là, c'est juste bon pour faire joli…

— Non, Vica, elle marche encore… Cependant, elle s'arrête parfois sans raison, ou elle retarde bien qu'on l'ait remontée…

— Qu'est-ce que vous voulez, elle a fait son temps ! Encore sortable par-dehors, mais décatie par-dedans ! Ça dure ce que ça dure, ces joujoux, et après… à la poubelle !

— À la poubelle ? ! Mais, Vica, les vieilles pendules ne sont pas moins précieuses que des bijoux !

— À la poubelle, c'était une façon de parler…, de vous dire de la fourguer à la brocante, si quelqu'un en veut bien. Parce que si elle marche plus, la garder juste pour le remplissage…

Les lèvres pincées — concentration et mécontentement —, Ivona tourne les molettes sur le panneau arrière de la pendule. Elle n'a pas mis ses lunettes. En la reposant sur le buffet, elle voit les traces laissées par ses doigts dans la poussière. Elle va chercher un chiffon à la cuisine et le passe sur le buffet…

— La pendule de mon enfance !

— Vous en avez pas fini ! Regardez, là, dans le coin, y en a encore ! Et à côté aussi ! Moi, sans mes lunettes, c'est pareil, je suis miro, toute la poussière que je laisse ! Les moustaches de la belle-mère ! Ouais, bien sûr, c'est une façon de parler que vous connaissez pas… Les traînées de poussière qui restent, on dit que c'est la barbe et les moustaches de la belle-mère…

— Il s'agit bien de ça ! J'ai de plus en plus de mal, croyez-moi, à faire tourner toute seule une maison comme la nôtre ! Une vieille maison, Vica, où on n'a pas fait de travaux depuis si longtemps, de nos jours c'est difficile à entretenir !

— Ben, quittez-la et allez vivre en appartement !

— Vous parlez encore comme Niki ! Il l'a eue, cette idée ! Vendre la maison et acheter un deux-pièces !

Elle allume une cigarette et se force à sourire…

Désagréable souvenir :

Faisant attention à ne pas élever la voix, de peur que Muti ne les entende se disputer, elle siffle :

— Depuis quelque temps, tu as l'air prêt à tout liquider en quelques heures : la maison, la famille, le passé…

— Que veux-tu, c'est l'époque…

Mais il rit jaune et son regard est fuyant. Comme chaque fois qu'elle fait une allusion, même très vague, à la créature de l'ombre dont il reproduit de plus en plus les manières.

— L'époque où nous vivons, reprend-il. Or, à un moment donné, il faudra commencer à s'y adapter… Bon Dieu ! Encore et toujours la même discussion !

Elle n'a rien tiré de lui, rien, puisqu'il se dirige vers la porte. Dans quelques instants, il décrochera au portemanteau son sac de sport et sa raquette de tennis. Et elle, elle aura à combattre un sentiment d'irritation et d'humiliation qu'elle ne connaît que trop : après s'être imposé pendant des années une conduite réservée, on ne peut donner libre cours impunément à ses contrariétés.

Elle s'énerve, prise d'une panique inexplicable. Elle a des bouffées de chaleur et elle se gratte les bras et le cou, sans se soucier de raviver ainsi son allergie. Elle traverse depuis un an environ une mauvaise passe et lui, qui le sait pertinemment, ne lui apporte aucun réconfort. Il ne l'a d'ailleurs jamais aidée. Au contraire, il a déserté pendant les périodes les plus dures. Et maintenant, voilà ce qu'il ose proposer, vendre la maison ! Ce doit être une suggestion de la créature de l'ombre, qui veut une voiture depuis longtemps ! Qu'il ait les moyens d'en acheter une et il restera à la maison encore moins qu'actuellement…

— Je ne pensais pas à moi. Je pensais à Muti et toi, qui vous donnez tant de mal pour chauffer cette grande baraque… Vous auriez une vie plus aisée. Aujourd'hui, tout le monde veut avoir ses aises…

— Faire vivre Muti dans un appartement ? Précisément ce qu'elle déteste ! Pour être à la merci d'un concierge et de toute la bande, qui nous mettraient tantôt trop de chauffage, tantôt pas assez !

— On ne peut pas avoir le beurre et l'argent du beurre…

La voix ironique de Niki, tandis qu'il fait tinter ses clés. Quant à elle, son exaspération la rend pathétique. Ridicule.

Le sourire ironique de Niki, ses mains enfoncées avec une nonchalance voulue dans les poches de son blazer.

— Liquider tout le passé en vingt-quatre heures, bien que tu saches combien nous sommes attachées à cet endroit ! Nous exiler dans un de ces nouveaux quartiers périphériques où on ne peut plus prétendre habiter à Bucarest ! Dans un immeuble bon pour les rustres qui débarquent de province ! Nous, nous vivons depuis cent ans dans cette rue, dans cette maison, et cent ans cela signifie quelque chose pour... Mais non, pour toi cela ne signifie rien ! Toi, tu ne parles que de nous adapter...

— Allons, ne t'emballe pas ! Tu prends tout au tragique. Tu as le don de toujours exagérer... Eh bien, on y renonce, ou on en reparlera un autre jour...

Dans un instant, avant qu'elle n'ait trouvé une réplique, avant qu'elle n'ait vidé son sac, il sera dans le vestibule, il tendra le bras vers le portemanteau... Voilà, maintenant qu'elle a jeté ses réserves par-dessus bord, pour se laisser emporter par ce brusque énervement qui a rendu sa voix stridente et lui a mis les larmes aux yeux, il la plante là, il s'en va ! Mais elle le connaît, ce n'est que partie remise ! Aurait-il au préalable abordé le sujet avec Muti ? Il faudra aller la voir, un peu plus tard, apaisée. Calme.

— Je t'en prie, je t'en prie, pas de crises de nerfs avec moi ! Je t'en prie, ne pique pas tes crises de nerfs chez moi !

Elle ne veut pas entendre sa voix méprisante, autoritaire, qui finit par se transformer en quinte de toux tabagique. Sans cesser de tousser, Muti continuera de se nettoyer les ongles au dissolvant, après quoi elle reprendra sa cigarette sur le point de s'éteindre dans le cendrier, elle en tirera une bouffée, puis elle dévissera le capuchon de son flacon de vernis rouge vif, du vernis roumain bon marché. Elle en passera attentivement sur chaque ongle, une fois, deux fois. De temps à autre, quand elle ne l'aura pas bien étalé, elle l'essuiera vite avec un tampon de coton hydrophile préparé à cet effet. Des mouvements précis, qui ménagent son énergie, bien qu'elle ne porte pas de lunettes : sa vue est revenue, depuis quelque temps.

Ensuite, pour faire sécher plus rapidement le vernis, elle secouera ses mains noueuses à la peau parcheminée, violacée et tavelée au-dessus de ses veines enflées, et alors elle lèvera enfin les yeux et toisera sa fille, avec la même expression que d'habitude : nullement étonnée, discrètement désapprobatrice.

Sa fille, qui va et vient de plus en plus vite dans la salle à manger, jadis le salon. Un tic tiraille un coin de sa bouche, le sang tape fort sous son crâne. Elle a envie de crier, de claquer les portes, de sangloter, poussée par la colère qui n'arrête pas de monter en elle, en même temps qu'une chaleur immotivée. Inattendue. Elle a chaud, horriblement chaud. Sauf aux pieds — glacés. Niki est parti, elle entend sur les pavés de la cour ses pas reconnaissables entre tous. Va-t-elle ouvrir la fenêtre et l'appeler ? Pour qu'il revienne tout de suite et qu'ils aient une franche explication ! Elle n'en fait rien, elle marche de long en large en se grattant de ses ongles acérés, toujours plus vite et plus fort, avec un plaisir toujours plus grand né de la douleur. Des griffures, où perlent ici et là des gouttes de sang, strient la peau trop blanche de ses bras mous, de ses longues jambes encore élégantes malgré tant de veinules éclatées. Ses jambes effilées d'ancienne patineuse, d'ancienne joueuse de tennis, d'ancienne... Ses bouffées de chaleur se sont inexplicablement dissipées, elle a froid, elle claque des dents. Elle s'arrête et s'assied sur une chaise, elle allume une cigarette et aspire avidement une première bouffée. Soudain, elle comprend ce que seront ses lendemains : l'image monte de son tréfonds, parfaitement claire. Et ce qu'elle voit — ce qu'elle sait — est trop affligeant pour qu'elle l'ait pensé toute seule : un regard omnipotent et omniscient est descendu dans son âme. Elle ne peut plus ignorer ce qu'elle refoulait depuis le départ de Tudor chéri. C'est elle dorénavant qui devra remplacer Muti. Veiller sur la maison et veiller sur elle-même.

La vie en compagnie de Niki sera de plus en plus difficile, sa tendance à déserter s'aggravera, il se montrera de moins en moins enclin à porter sa part du poids commun. Et Tudor chéri n'est plus là, lui dont la simple présence maintenait un certain équilibre. Un jour, Muti ne sera plus là non plus, Muti qui use de son ascendant avec tellement de tact. Et alors elle, Ivona, elle se retrouvera seule avec cet homme égoïste et fuyant auprès duquel, malheureusement, après avoir été obligée de vivre, elle sera obligée de mourir…

Calme. Il faut garder son calme en montant l'escalier, en frappant à la porte de Muti, en s'approchant de son fauteuil de cuir. À cette heure-ci, elle est certainement en train de se faire les ongles…

— Si vous saviez, Vica, combien de fois j'ai dû me battre avec eux ! Je dis « eux » parce que, à ma grande surprise, Muti s'est déclarée d'accord. Oui, figurez-vous, d'accord pour vendre la maison et acheter un appartement ! Ou, pour être tout à fait précise, elle ne s'est plus opposée à la proposition de Niki, ce qui revenait au même : deux contre un !

— Ben, qu'est-ce qu'elle devait se dire, Mme Ioaniu, une femme intelligente et tout comme elle ? Elle devait se dire que puisque le petit il était plus là, la maison y aurait personne à qui la laisser et alors à quoi bon se crever à l'entretenir ? Nous c'est pareil. Si on avait eu des enfants, on aurait mis des sous de côté, on se serait dit que ça leur profiterait, et aujourd'hui on n'habiterait pas dans cette baraque, où que je suis obligée hiver comme été de subir les jérémiades de cette vieille peste de proprio…

— C'est peut-être ce que pensait Muti, oui, je ne dis pas le contraire. En tout cas, le plaidoyer de

Niki n'y était pas pour rien. Petit à petit, il l'a persuadée que ce serait à notre profit, à nous tous. Que, moi, je me donnerais moins de peine, ce qui l'a touchée, Muti, puisqu'elle savait que je détestais faire la cuisine, m'occuper du ménage... Or, les corvées, de plus en plus dures aujourd'hui, je les assume parce que je ne peux pas me séparer de cette maison ! J'y tiens autant qu'y tenait Muti ! J'ai dû, je le répète, Vica, j'ai dû me battre contre eux deux, et ce n'était pas facile ! Son alliance avec Niki m'a blessée et, dès que nous avons été seules toutes les deux, j'ai élevé la voix en lui parlant, pour la première fois de ma vie... Je l'ai regretté par la suite, car elle couvait déjà sa pneumonie, la pauvre, mais je ne pouvais pas le deviner, je ne pouvais pas le savoir...

Je ne l'ai su qu'à la visite du docteur et pourtant, même ce jour-là, je me suis mise en colère, je l'ai grondée comme on gronde un enfant qui a fait une bêtise :

— La pneumonie est une maladie de la vieillesse, je t'ai répété de faire attention à ne pas prendre froid ! De t'habiller chaudement, d'éviter les gens grippés, de prendre ta vitamine C, de boire du citron pressé...

Sur son visage empourpré par la fièvre, encadré par ses cheveux blancs dépeignés, ses yeux m'ont semblé soudain très bleus... Elle me regardait d'un air coupable car, au lieu de me faciliter la vie, comme toute mère se doit de le faire pour ses enfants, elle me la compliquait...

— Pendant sa maladie, elle délirait, inconsciente. Un jour, j'ai même fait venir le pope, certaine que c'était la fin. Niki n'était pas là et j'ai dû la tenir de force pour lui faire prendre l'hostie : elle n'avalait plus rien depuis longtemps...

Ce moment de confusion où, les mains serrées sur ses épaules amaigries, j'ai senti qu'elle renonçait à résister. Je n'avais plus affaire à Muti l'autoritaire, mais à un pauvre petit enfant obligé de prendre une potion au goût désagréable… Si j'y repense, cette scène me donne maintenant encore le vertige, je la trouve artificielle, car je l'avais souvent vécue auparavant, lors des maladies de Tudor chéri. Allez, allez, ouvre la bouche, ça passera tout seul… Qui était cet être sans défense, sans savoir, plus faible qu'un bébé ? En tout cas, pas Muti ! Quelqu'un d'autre, de complètement différent… Et puis, les instants où son regard — étrangement rajeuni, lointain, mystérieux — me laissait entrevoir un visage jeune et rêveur, aujourd'hui cruellement défiguré par une main toute-puissante…

— Pauvre Muti ! Elle a pressenti alors, j'en suis sûre, que ses jours étaient comptés car, comme les animaux, les êtres humains ont le pressentiment de leur fin… Je ne suis pas une nature superstitieuse mais, lorsque Muti est partie, des choses bizarres se sont passées… D'abord, la porte de sa chambre est sortie de ses gonds et est tombée. Après, la pendule, celle-ci, s'est brusquement arrêtée. Et après, la cuisine s'est remplie de blattes rousses, alors que nous n'en avions jamais eu…

— Saleté de bestioles ! Moi, c'est rien qu'avec de l'alcool à brûler que je leur y mets le holà, autrement bonjour l'invasion ! J'en glougloute dans tous les coins où je sais qu'elles aiment y faire leur nid… Y a que ma bécasse de belle-sœur pour renifler de travers, comme quoi l'alcool à brûler ça sent ! Ça sent quoi ? que j'y demande. Ça sent l'alcool à brûler ! qu'elle me répond. Eh ben tant pis, que j'y dis, comme ça au moins on n'a pas de ces saletés de cafards dans cette vieille baraque qu'est déjà toute pourrie, toute moisie... comme sa peste de proprio !

— De l'alcool à brûler ? J'utilise de l'insecticide, moi, des insecticides de fabrication roumaine, mais j'ai l'impression que les blattes ne s'en portent que mieux... Qu'est-ce que vous avez donc, Vica ? Je vous vois regarder de tous les côtés... Vous cherchez quelque chose, ma bonne Vica ?

— Ben, je regarde après mon fourre-tout, pour prendre un hyposerpile, pour prendre un carbaxine, vu que j'ai bu café sur café et alors je voudrais pas... Non, vous dérangez pas, je peux encore aller me chercher de l'eau à la cuisine...

Elle dépose son fourre-tout sur une chaise et s'éloigne, voûtée, le comprimé serré dans son poing gauche... À la cuisine, un verre qui tinte, la porte du frigo qui claque... Et la voilà qui revient, en mâchonnant.

— Ça y est, vous l'avez pris, vous êtes rassurée ? Bon, de quoi parlions-nous ? Ah ! oui, de ces blattes rousses apparues quand Muti nous a quittés ! Cet été-là, désespérée, je suis allée voir mon Tudor chéri : j'ai réussi, non sans mal, à obtenir un visa pour l'étranger[1]. Lorsque je suis rentrée, plus un cafard ! Tous disparus !... Et cette pendule, là, qui s'était arrêtée et que j'avais essayé en vain de remettre en route..., et puis personne ne s'en était plus occupé... Eh bien, un matin, après mon retour, j'étais là avec Niki, nous buvions notre café comme d'habitude, et je l'ai remontée comme ça..., machinalement. Et elle s'est remise en marche comme avant ! Alors je dois vous avouer que, depuis, s'il lui arrive de s'arrêter, ça me trouble. D'autre part, lors-

1. Les autorités n'en accordaient généralement qu'à un seul des époux, l'autre servant en quelque sorte d'otage.

que je la regarde, je revis mon enfance. Je me souviens en particulier d'un après-midi où j'étais punie : enfermée jusqu'à six heures. J'aurais tellement voulu savoir lire l'heure, savoir combien de temps je resterais encore prisonnière…

J'entrais dans le bureau de *papa** sans frapper, j'étais la seule à jouir de ce privilège et j'en étais bien consciente ! Or, il venait à peine de me prendre dans ses bras que Muti a fait irruption, elle aussi sans frapper ! Il ne l'a pas grondée, ce qui m'a contrariée. Attends un peu, ma chérie, m'a dit *papa**, et il m'a posée par terre. J'ai attendu, mais pas un peu, j'ai attendu longtemps… Il s'est vite approché d'elle, il l'a embrassée sur le front et puis ils sont restés debout l'un devant l'autre, à se parler… De toute évidence, ils m'oubliaient. J'avais beau leur tourner autour, ils m'ignoraient. Les mains croisées dans le dos, Muti racontait je ne sais quoi en riant aux éclats. Je n'en finissais pas de contempler ses doigts entrelacés, aux ongles si brillants ! Et, tout à coup, j'ai planté les dents dans le petit doigt, un peu écarté des autres. Quel branle-bas ! Muti pleurait de honte : être la mère d'un enfant pareil ! *Papa**, d'ordinaire si pâle, rougissait. Et sa voix tremblait. Car il était évidemment *embarrassé** : un homme de son intelligence ne pouvait pas ne pas comprendre qu'il s'agissait d'une petite crise de jalousie. Espérant sans doute dédramatiser, il papillonnait autour de Muti, il la consolait, l'approuvait… D'accord, il faut la punir…, d'accord, lui répondait-il, et il lançait alentour des regards si désespérés qu'on aurait cru que c'était lui le coupable !

Je me retrouvais seule, abandonnée ! Parce que coupable d'un acte innommable ! C'est probablement pour cette raison que je continuais à me conduire aussi mal : impossible de me faire demander pardon…

— Regardez, ça alors ! Regardez, elle s'est encore arrêtée !

6

Ben bravo, elle a trouvé de quoi s'occuper ! Bravo, elle a trouvé de quoi perdre son temps, au lieu d'aller me chercher mes sous ! Une empotée pareille, qui sait rien faire de ses dix doigts, la v'là qui se met à l'horlogerie ! Et tournes-y par-ci, et tournes-y par-là, ça fait combien de temps qu'elle tournicote ?

— Mais laissez-la tomber, cette pendule ! Vous cassez pas la tête ! Quand il rentrera, M. Niki, il verra bien ce qu'elle a... Ou alors demandez voir à un horloger...

C'est moi que je cause, c'est moi que j'entends ! Elle, vas-y ma cocotte, je tournicote ! Ah ! mais, je me retiens ce que je me retiens, moi, et puis je vais y balancer ses quatre vérités ! Vu que dans une semaine, elle a beau faire semblant de rien, faudra bien qu'elle me les allonge, mes sous ! Et en plus, là, j'ai le ventre qui gargouille, tellement je meurs de faim à cause de cette grippe-sou qu'est pingre et tout, et qui se boit café sur café et qui se fume cigarette sur cigarette et ça la rend même pas malade !

— Vous devriez arrêter un peu de cloper ! Vous venez juste d'en éteindre une ! Je vois bien que vous êtes en pétard parce que M. Niki il est toujours pas rentré, mais c'est pas à force de fumer que vous allez le ramener plus tôt !

— Allons, Vica ! Vous croyez que je fulmine parce que Niki n'est pas encore là ? Mais non ! C'est convenu entre nous : si l'un est en retard, l'autre ne s'inquiète pas. Je déteste les couples où l'un des deux est terrorisé. On a besoin de prendre l'air, de souffler un peu… Tout le temps l'un avec l'autre, à notre âge, ce serait aberrant, n'est-ce pas, ma chère Vica ?

— Et comment ! C'est ce que j'y dis, à mon homme ! Va donc faire un tour au lieu de mariner devant la télé et de me prendre la tête ! Moi, à sa place, j'en crèverais de jamais sortir. Alors, au bout d'un bout de temps, je vais m'aérer. Aujourd'hui chez Machin Chouette, demain chez Trucmuche, on se cause de ci, on se cause de ça…

— Vous avez raison, Vica ! Nous devons dépenser notre énergie, tant que nous en avons encore ! Or nous en avons pas mal, sans savoir comment la dépenser… Sauf à faire la queue du matin au soir pour chercher de quoi nous nourrir ! Mais c'est dommage ! Ce n'est pas bien ! Voilà pourquoi, entre conjoints au moins, nous devons faire preuve de compréhension…

— Ça marche pas avec les hommes, la compréhension ! Les hommes, c'est comme les gosses : ça comprend que la peur…

— Oh ! non, ma bonne Vica, les hommes ont tout de même leur personnalité. Je vous assure ! Jeune, je le pensais déjà. J'ai toujours essayé d'être rationnelle, de me mettre à la place de l'autre. Je raisonne, par exemple, à la manière de Niki : me voilà poussé à l'écart de la société, alors que je suis encore dans la force de l'âge ! Me voilà réduit à la triste condition de retraité — triste en soi, mais triste surtout parce qu'il en est ainsi en Roumanie, chère Vica ! Hier, vous étiez quelqu'un dont on demandait l'avis. Aujourd'hui, vous ne comptez plus pour personne. Vos propres enfants vous dédaignent, s'ils sont avec des amis ils ont honte de vous… À la clinique vous attendez des heures et lorsque enfin vous entrez, le médecin vous expédie en cinq minutes… Les connaissances qui n'arrêtaient pas de vous téléphoner pour un conseil, pour un service, ont oublié votre numéro, on ne vous adresse même plus de vœux pour les fêtes… On montrait davantage de sagesse autrefois, on ne partageait pas l'héritage avant le décès du père. Il gardait sa prestance, il était propre, il était soigné… Parce que l'argent en impose…

— Pauvre Mme Ioaniu, Dieu ait son âme ! Combien de fois elle m'a dit : Que vous ayez de quoi ou pas, Vica, arrangez-vous pour mettre de l'argent de côté. C'est pour ça que j'ai mes sept mille lei à la caisse d'épargne… Mais depuis que Delca est à la retraite, vous avez vu juste, j'y ai plus mis un sou, plus un !

— Pour vous, en effet, sept mille, quel effort ! Mais n'allez pas croire que nous en avons plus en cas de coup dur… Et on ne peut pas dire que nous dépensons en distractions. Nous sommes blasés avant l'âge… Tandis que les Occidentaux, au moment de la retraite, ils ont un appétit de vie terrible. Terrible ! Ils font tout ce qu'ils n'ont pas pu se permettre auparavant à cause de leur travail. En Roumanie aussi on travaille, je ne dirai pas le contraire, mais sans se fouler, avouons-le. Là-bas, on est bien payé, mais il faut travailler dur, d'autant plus qu'on n'a pas envie de perdre son job lorsqu'on a réussi à en trouver un. C'est la vérité, pas de la propagande, Vica… Par contre, une fois à la retraite, ils peuvent se détendre. Ils voyagent dans le monde entier, car pour eux il n'y a pas de frontières…

— Pfuitt ! Elles leur servent à quoi, toutes leurs balades ? Rien qu'à claquer leurs sous !

— Voyons, Vica ! Il ne faut pas dire ça ! Ils joignent l'utile à l'agréable : ils s'instruisent tout en s'amusant…

— Voyager quand on est vieux, c'est de la confiture pour les cochons ! Moi, d'ailleurs, même quand j'étais jeune ça me disait pas grand-chose ! Et puis, pourquoi voyager du moment que je vois tout à la télé ?

— La télé ne vaut pas la réalité, Vica ! Sans compter que bouger nous rajeunit, nous entretient le physique et le moral. Là-bas, les gens de notre âge vont au dancing, au...

— Il manquerait plus que ça ! Pour qu'une gourgandine y tourne la tête, à mon Delca ! C'est qu'il était un fameux danseur et qu'est-ce qu'on valsait quand on était jeunes ! Les autres, ils s'arrêtaient tous pour nous regarder ! Mais à nos âges, pourquoi essayer de se trémousser comme des jeunes, puisque de toute façon on n'y arriverait pas ? C'est bon pour cette détraquée de Reli d'aller au bal et d'allumer les hommes, elle peut pas s'en passer, qu'elle dit, et à cinquante ans le sien il pouvait plus...

— Il ne s'agit pas forcément de la vie sexuelle, Vica, bien que là-bas ils en aient une idée très différente. Terriblement libre ! Moi-même, pourtant si tolérante, j'étais parfois choquée !

— Ils ont qu'à se les garder, leurs idées ! On n'a pas besoin de ce genre d'amusettes, nous !

— Je comprends vos réserves, ma chère Vica, mais je ne pensais pas spécialement à ça. Je pensais à la vie d'un homme encore jeune, je pensais au sport : là-bas les retraités jouent au tennis, ils vont à la piscine, ils font de la randonnée...

— N'importe quoi !

— Si, si ! Pourquoi pas ? Il n'y a pas de mal à cela ! Croyez-vous donc qu'il vaut mieux s'habiller tout en noir, suivre les enterrements et faire du baby-sitting avec ses petits-enfants, sans jamais entendre un remerciement ? Pourquoi préférer ce mode de vie ? Pourquoi, justement parce que la vieillesse nous enlaidit, ne pas être coquette ? Bien habillée, des massages, des soins cosmétiques... Pourquoi ne pas essayer d'entretenir son corps en pratiquant un sport léger ?

— Alors là, je vous jure, y a que ça qui nous manque ! Mon homme, à ses cent vingt kilos, il attend rien qu'après le sport ? Lui qu'est même plus fichu de lacer ses chaussures tout seul ? ! Alors moi, le sport, j'en ai ma part, j'en ai ma claque !

Et va te faire foutre, Ivona et tes conneries ! Tu t'es donc pas regardée, toute jaune et rien que la peau sur les os, malgré tes cosmétiques et tes massages ? Lâche-moi, et lâche cette pendule de merde ! Monte me chercher mes sous ! Apporte-moi vite mes sous, vu que la fringale elle va me faire tourner de l'œil... Parce que je supporte tant que je supporte, moi, et puis quand je supporte plus, j'y balance ses quatre vérités ! Sinon, qui c'est qui trinquerait ? Cette brave Vica ? Ah ! non.

— Non, ma bonne Vica, non ! Ce ne sont que des préjugés ! Où est-il écrit que M. Delca doit peser cent vingt kilos à son âge ? Là-dessus, veuillez excuser ma franchise, vous vous êtes laissée aller. Et pourtant, nous vous le répétions si souvent, Muti et moi : pas de sauce, pas de graisse ! De la volaille et du bœuf bouillis. Du porc au gril. Pas à la poêle ! Ne m'en veuillez pas, s'il vous plaît, je vous parle comme à une sœur. Un régime et du mouvement ! Pas de pâtes ! Pas de pain ! Pas de purée ! Des grillades, des fruits, du mouvement, car la vie sédentaire...

— Alors là, c'est la meilleure ! Je peux vous jurer que ça doit faire trois mois qu'on n'a pas avalé rien qu'un seul petit morceau de viande ! Vu les jeûnes qu'on se tape, mon homme et moi, on peut nous mettre tout de suite au calendrier avec les saints !

Ce que vous me dites là, ça nous boufferait la retraite en deux jours ! Quoi, nous passer des pâtes, des patates et des fayots ? Mais c'est notre ordinaire, à nous, on peut pas faire autrement ! On peut pas, un point c'est tout ! Six cent cinquante lei pour deux, avec le loyer, la lumière, la redevance !

— Pourtant, si vous évitiez les sauces, les graisses, si...

— Eh ben moi, j'ai toujours mangé comme ça, et j'en suis pas morte ! Et mon vieux chameau, je l'ai nourri pareil, et on n'a jamais été malades ! Tandis que les maigres, ils sont nerveux et faibles et c'est eux qu'attrapent toutes les maladies, tous les maux de la terre ! Et puis le régime, ça c'est pour les riches !

Voilà les rustres : donnez-leur un doigt, ils vous prennent la main, et le bras avec ! Je la traite en égale, je me montre excessivement gentille..., du coup elle se permet de nous juger ! De nous juger et de calculer nos revenus, puisque chez les gens du peuple c'est l'intérêt qui prime, ils sont ainsi faits. Eux, les idéaux ne les égarent pas, ils ont toujours les pieds sur terre. Plus nous leur donnons, moins ça leur suffit. Il est normal que nous donnions, anormal que nous possédions ! Et elle m'en veut sans doute d'avoir une retraite supérieure à celle de son mari, de son homme, comme elle dit ! Mes diplômes, mon ancienneté, pfuitt ! comme elle dit aussi... Si elle savait ce que j'ai dû subir dans mon travail, pour arriver à cette minable retraite ! Mais je ne me suis pas permis de rester à la maison, moi ! Pourtant je n'aurais pas rechigné à la besogne, bien que le ménage ne soit pas mon fort. Tandis qu'elle, elle ne me l'a pas envoyé dire : elle ne voulait pas avoir de patron sur le dos ! Tu ne voulais pas ? à ton aise. Ne te plains pas maintenant.

— Ah ! ma chère Vica, si vous mettiez sur deux colonnes nos recettes et nos dépenses, vous verriez ce qui reste ! Avec le chauffage et l'entretien d'une aussi vaste maison, avec les coups de fil à Tudor chéri et les colis qui coûtent une fortune, parce que nous lui en envoyons toujours, lui pas encore, et puis les médicaments, ou bien le cordonnier ou la retoucheuse, sans oublier les bouquets de fleurs ou les chocolats sans lesquels on n'obtient rien nulle part...

— Là, quand même, c'est des bricoles...

— Non, Vica, chaque visite nous coûte une cinquantaine de lei ! Que nous donnons évidemment avec plaisir, lorsqu'il s'agit de nos proches nous donnons avec plaisir, mais..., voyez-vous, ça s'additionne ! L'un dans l'autre, quelle addition ! Au fait, j'y pense, puisque vous êtes là, je pourrais vous régler tout de suite vos cinquante lei du mois prochain !

— Mais non ! Vous avez pas de sous non plus... Avec tous ces frais que vous m'en causez là sans arrêt ! Vous m'enverrez un mandat un de ces jours, si vous pouvez, quand vous pourrez...

— En vérité, vous me prenez au dépourvu. Et je vais vous dire pourquoi : c'est demain que je touche ma retraite[1]. Or, la veille, je suis toujours démunie... J'ai mes comptes, Niki a les siens, cela vaut mieux selon nous. Avec des comptes séparés, pas de malentendus... Mais pour les dépenses communes, nous alimentons la cagnotte ensemble. Alors, je pourrais prendre vos cinquante lei dans l'argent mis de côté pour une chaudière et je les y remettrais demain, après le passage du facteur... Niki n'aura pas le temps de s'en douter...

— Mais non, puisque je vous dis que non ! Vous

1. Les chèques n'existaient pas. Salaires, retraites, factures, etc., tout était payé en espèces.

voyez bien que j'étais sur le départ, que je ramassais mes affaires ! À quoi bon prendre, à quoi bon remettre..., et se prendre la tête ? Vous m'enverrez un mandat un de ces jours, quand vous pourrez...

— Je ne me prends pas la tête, comme vous dites..., c'est très simple ! Nous avons donc une cagnotte pour la chaudière et, tous les mois, chacun y rajoute combien il peut. L'été dernier, Niki l'a pratiquement liquidée, il avait tellement de dépenses avant d'aller voir Tudor chéri... Mais nous nous y sommes remis dès l'automne et je lui ai dit : ce n'est plus toi qui la garderas dorénavant, parce que tu as trop tendance à puiser dedans ! Et voilà, c'est maintenant moi qui vais y puiser la première...

— Mais non, que je vous dis, non ! Tenez, là, je m'en vais ! Envoyez-les-moi un jour, quand vous pourrez...

— Je vous en prie, Vica, attendez, je vais vous les donner tout de suite ! Je monte les chercher et après, si vous voulez, vous pourrez partir. Mais tant que je ne suis pas là, surveillez la pendule, s'il vous plaît... Regardez si elle marche...

Voilà ! Il faut la moucher, lui faire sentir qu'elle dépasse la mesure. Lui faire sentir quelle est sa place, et que je fais un sacrifice en lui donnant ses cinquante lei. Un petit sacrifice, mais personne d'autre ne le ferait. Dire qu'elle m'a mise dans la situation de m'excuser, moi, moi qui, par pure philanthropie, ai décidé de lui verser une pension mensuelle ! Il n'a pas tort, Niki, de me dire que ce n'est pas de la philanthropie : *Tu te fais avoir**...

Ah ! quels commentaires j'entendrais s'il savait que j'ai été capable de justifier mes revenus devant elle ! Une erreur due à ma naïveté. À ma crédulité. Il n'a pas tort non plus quand il me dit qu'un enfant pourrait me berner ! Seule consolation, j'ai fini par la remettre à sa place… Cependant, voilà une bonne heure que j'hésite à entamer notre cagnotte, à lui donner son argent aujourd'hui, la veille de toucher ma retraite : je risque de la voir revenir tous les mois en avance d'une semaine. Mais, sinon, je serai obligée d'aller faire la queue dans huit jours au bureau de poste, quelle corvée ! Et quel temps perdu, alors qu'elle m'a déjà fait perdre toute ma matinée ! Une matinée perdue ! Lorsque je l'ai entendue débiter ses impertinences, je me suis décidée d'un seul coup : je lui donne ses cinquante lei, mais je lui explique où je les prends ! Pour que ce soit clair ! Pour lui faire sentir son effronterie ! Je lui parle comme à une égale et elle me répond comme une malotrue ! Muti supportait ses vulgarités, j'avais même l'impression parfois que cette mentalité et ce langage poissard l'amusaient, mais quant à moi ce n'est pas mon genre. Pas du tout !

Vica attend un peu. Lorsqu'elle entend craquer le parquet au-dessus de sa tête, elle sort un comprimé de son sac et va à la cuisine. Elle revient en mâchant. Voyant l'album de photos sur la table, elle met ses lunettes et jette un coup d'œil sur les premières pages. Elle entend une porte se fermer là-haut, puis les pas d'Ivona dans l'escalier. Celle-ci entre et, sans un mot, lui tend un billet de cent lei. Vica pose ses lunettes sur l'album, sans le refermer, et s'avance lourdement.

— C'est quoi, ça ? Cent lei ? C'est que j'ai pas la monnaie, moi ! Je veux bien regarder dans mon fourre-tout, mais c'est sûr. Les sous, je me trompe jamais, je sais toujours combien que j'en ai sur moi…

Elle pose les uns après les autres sur la table ses sacs de plastique vides et enfin son porte-monnaie. Ivona attrape son paquet de cigarettes, en sort une et l'allume.

— Vingt lei, je suis sûre que j'avais vingt lei sur moi, et de la mitraille..., en tout cas pas plus... Mais pourquoi vous vous taisez comme ça ? Y a quelque chose qui vous chiffonne ?

Ivona compare le réveil et la pendule. Celle-ci marche, mais retarde. Elle la remet à l'heure, gardant pendant ce temps sa cigarette collée au coin de la bouche.

— Et de vingt-trois, et de vingt-quatre... Je vous y disais bien, que j'avais pas la monnaie ! C'est tout, pas un centime de plus ! Moi, avoir des sous sur moi et pas savoir que je les ai, ça c'est pas possible ! Tout peut arriver, tout, mais pas ça ! Allez, vous en faites pas, vous m'enverrez un mandat ! Vous en avez pas non plus, vous avez été obligée de taper dans la cagnotte de votre chaudière !

— Non, pas dans la cagnotte... Dans l'argent de Niki... D'ici à ce qu'on installe une chaudière, de toute façon... N'hésitez pas, Vica ! Allez, Vica, pas de demi-mesure ! Pas de simagrées, prenez le billet, sinon je vais me fâcher ! Puisque je vous dis de le prendre, prenez-le ! Prenez-le, on ne sait pas de quoi demain sera fait...

— Qu'est-ce que vous voulez dire, là ? Pourquoi vous êtes revenue comme ça ? Vous étiez pas comme ça quand vous êtes partie !

— Je n'étais pas comment ?

— Allez, allez, c'est toujours pas moi que vous pourrez embobiner ! Moi, je vous connais depuis que vous étiez pas plus grande que ça... Vous me ferez pas marcher, moi, allez, dites-moi ce qui va pas ! J'allais partir, j'ai ramassé mes affaires, mais je peux pas partir et vous laisser comme ça ! Ah ! quelle sale engeance, les hommes ! Quelle sale engeance, ça sait rien faire que des saletés !

Niki

1

— Non, je vous le répète, je ne m'inquiète pas pour son retard ! Quant à l'argent de la chaudière, si jamais il l'a prêté sans me le dire, je ne vais pas me fâcher pour si peu. Et je suis certaine qu'il n'est pas dépensier à ce point-là...

— Les hommes, ça aime pas sortir les poches vides, sans avoir des sous sur eux ! Vous verrez, tels qu'il les a emportés, tels qu'il va les rapporter ! Vous allez entendre la clé dans la serrure et... qui que voilà ? M. Niki ! M. Niki avec les sous !

— Sortir avec des milliers de lei sur lui ? Ça ne va pas, non ? Voyons... Notre cagnotte doit être rangée dans sa chambre. Dans un autre tiroir, à un autre endroit que celui où nous avons l'habitude de la garder... Il l'a peut-être cachée précisément en se disant que je pourrais être tentée. Pourtant, je n'ai eu aucun problème pour prendre cent lei dans sa réserve personnelle ! Je sais où elle est, mais normalement je n'y touche pas. Bien sûr, j'aurais préféré l'argent de la chaudière, puisque c'est notre argent commun. Et que c'est surtout moi qui en ai versé. Parce que moi, comme je sors moins, je dépense moins. Et, aussi, la chaudière m'intéresse plus, parce que je suis frileuse. Lorsque l'hiver arrive, je me sens mourir, carrément ! Encore des poêles à allumer, des feux à faire prendre, à n'en plus finir ! Encore de la cendre, encore des économies sur le bois ! Et ce charbon qui brûle si mal ! Et, surtout, cette salle de bains glaciale...

— Et on s'étonne d'être pas bien ! On s'étonne et on se dit plein de bêtises dans sa tête ! Vous avez attrapé la crève, c'est tout ! À force de vous laver dans votre salle de bains que vous dites vous-même qu'elle est glacée !

— Je voudrais bien que ce soit ça, Vica ! Je voudrais bien...

— Allons, allons, qu'est-ce que c'est que ces cafards qui vous cavalent dans la tête ? Du calme, ma petite, vous êtes trop énervée, là ! Moi, combien de fois que j'en ai eu aussi, mais qui est-ce qui les aurait vus ? Vu que chez nous ça se voit pas ! Et que ça nous vient rien que d'un refroidissement !

— Justement non ! Le sang dans les urines ne vient pas que d'un refroidissement ! Oh ! que non, ma chère Vica...

— Décidément, vous y tenez ! Puisque je vous dis que vous avez attrapé la crève ! Combien de poêles dans une aussi grande baraque ? Ah ! vous voyez bien... Et tout le temps à filer sous la douche pour vous récurer la couenne ! Je la connais votre manie, va ! Et est-ce que vous avez pas des démangeaisons ? Est-ce que vous avez pas des frissons ?

— Non. Ni démangeaisons, ni frissons. Rien. Il est vrai que je ne pourrais pas prétendre non plus me sentir très bien...

— Parce que vous avez eu peur, voilà tout ! Parce qu'y a rien que des bêtises qui vous passent par la tête ! C'est pour ça que vous divaguez ! Mettez-vous ce soir un sachet de sel chaud sur le ventre, une bouillotte aux pieds, et des grosses culottes chaudes, mais y faut en mettre deux l'une sur l'autre, croyez-moi ! Croyez-moi, parce que toutes les fois que ça m'est arrivé ! Parce que le froid, c'est le pire ennemi du genre humain sur la terre, et c'est pour ça que je m'emmitoufle et que je pantoufle ! Et que le Gelu, mon neveu, il m'appelle la Mère Frigi... je sais plus quoi... Ah ! quel garçon intelligent et instruit et sage, Gelu ! Lui, je crois bien qu'il l'a encore !

— Qu'il a encore quoi ?

— Son pucelage, pardi !

— Vraiment ?

— Vraiment oui ou vraiment non, allez savoir ! Étant donné qu'il est du genre bouche cousue ! Sa mère elle est pareille, une bouche cousue et une butée, c'est d'elle qu'il tient, mais aussi de mon frère, Ilie ! Intelligent comme lui, et sage ! Sa chance, au pauvre Ilie, c'est après mon mariage quand on s'est installés rue Coriolan, Delca et moi. Vu que là j'avais des sous, j'ouvrais le tiroir-caisse et j'en prenais pour payer ses taxes scolaires. Et son internat. Parce qu'il était interne, pour pas se taper tout le voyage du fin fond de Pantelimon jusqu'à son École de commerce. J'ouvrais le tiroir-caisse et je payais ses taxes, à Ilie, qu'est-ce que je m'étais disputée avec papa, avant, pour qu'il l'envoye à l'école ! J'ai pas de sous, qu'il disait, j'en ai pas, voilà tout ! Olténien rapiat ! Et tout ce qu'il possédait, ses maisons, sa droguerie, son argent, il a tout légué aux gosses de son deuxième lit, aux gosses de la Goujate, nous on n'en a pas vu la couleur ! Ilie, c'est moi qui l'ai mis à l'École de commerce ! Le vieux, il était content : quelle chance que tu lui aies trouvé cette école où y a rien à payer ! C'est moi qui lui disais qu'y avait rien à payer, au contraire ! Et c'est moi qui payais, mais ça valait le coup : un bon garçon, Ilie ! Et son fils pareil : malin comme pas un, tout le temps le nez dans les bouquins ! À force, tu vas te tourner la cervelle à la vinaigrette, que j'y dis des fois. Faut sortir, faut t'aérer ! C'est pour ça que tout le monde l'aime bien, les filles, son directeur, ses camarades, tous fous de lui ! Comme pour votre petit, pour Tudor… Et le Gelu, pareil que Tudor : il est sur son petit nuage… Sauf qu'aujourd'hui, au moment que je me remmitouflais, que je remettais mon béret, il m'a dit comme ça : T'as l'air de Napoléon en Russie, tantine !

— Je pense que je n'ai pas bien cherché l'enveloppe de la chaudière… J'ai été brusquement prise d'une colère terrible, et alors je n'ai pas eu la patience de bien la chercher… Peut-être aussi parce que nous avions parlé de cette pauvre Margot… Par-dessus le marché, la pendule qui s'arrête une fois de plus !

— Tout ça, c'est rien que des sottises ! Moi, je pourrais y croire, passe encore… Mais vous, une femme instruite ! Tenez, Mme Ioaniu, votre mère, jamais je l'ai entendue raconter des trucs pareils ! Même qu'elle s'en plaignait, elle me disait : Vica, je ne peux croire ni au diable ni au bon Dieu, et pas non plus à l'autre monde ! Pfuitt, que j'y répondais, pourquoi y croire ? Vu que personne en est revenu nous raconter comment c'était !

— Eh bien, moi, ma chère Vica, j'y crois ! J'y crois depuis mon enfance ! Ah, que de cierges j'allumais pour que *la Sainte Vierge** fasse revenir *papa** ! Plusieurs fois dans ma vie, même aux jours de malheur, j'ai senti la main de Dieu se poser sur moi ! Je ne suis pas superstitieuse, mais je crois aux signes en ce monde, alors, lorsque la vieille pendule s'est arrêtée, vous comprenez, cela m'a..., je me suis...

— Ben quoi, vous voyez pas qu'elle marche, maintenant ? Vous voyez pas que vous l'avez réparée ? Là, franchement, vous m'en bouchez un coin ! Je vous aurais jamais crue capable de la remettre en route, cette vieille mer..., cette vieille merveille !

— En effet, je ne manque pas d'esprit technique. Tudor, ce chéri, a été le premier à s'en apercevoir. Tu t'es trompée de métier, maman, me disait-il... Et puis quand il est parti, lui qui réparait tout à la maison, j'ai pris la relève tant bien que mal... Aussi surprenant que cela paraisse, de nous deux, c'est Niki le poète ! À lui les idées, les paroles, à moi le bricolage...

— Ben oui, et alors votre parolier il vous a pondu des vers de sa façon : « Donnez-y une aiguille et du fil et aussitôt ma femme elle se défile. » Même ma bouche cousue de belle-sœur elle a rigolé quand j'y ai raconté !

— Chut, Vica ! Chut, taisez-vous une minute ! J'entends des pas dans la cour...

— C'est M. Niki ! Allez, je me sauve, moi, de toute façon je restais là rien que pour vous tenir compagnie ! Mais maintenant, je peux m'en aller, pour rentrer chez moi avant la nuit...

La voilà qui saute comme un cabri pour aller lui ouvrir ! Eh oui, bon ou mauvais, c'est son homme ! Est-ce qu'ils sont pas ensemble depuis des années ? Avec des zut ! et des flûte ! mais ensemble. Sauf qu'ils le seront plus longtemps, vu que la mort, elle oublie personne. Qu'est-ce qui me prend ? Pourvu que ça porte pas malheur ! Mon Dieu, ce qui peut nous passer par la tête ! L'Ivona, elle a beau être fêlée, tordue et tout, c'est quand même sur elle qu'on peut compter, pas sur lui. Elle s'y connaît pas pour le ménage, d'accord, n'empêche qu'elle est une femme d'intérieur. Et elle a pas mauvais cœur, puisqu'elle a pensé à mes cinquante lei ! À la mort de sa mère, c'est elle qui a pensé à me les verser... Parce que si j'avais dû attendre après Mme Ioaniu, j'attendrais toujours, elle était plus près de ses sous, plus pingre ! Elle me donnait de temps en temps du pâté ou des gâteaux secs, je dis pas le contraire, mais des sous ? Filer des sous, elle ? Jamais de la vie ! Tout juste un billet de vingt-cinq par-ci par-là, mais pour ça je devais venir le matin et repartir le soir raide de fatigue... Comment qu'elle s'est précipitée pour aller y ouvrir, à cette crapule de Niki ! Ben oui, c'est son mari, son homme ! C'est comme ça qu'il va sauter aussi, mon vieux chameau, en m'entendant arriver. Mon pauvre vieux Delca ! Mal embouché, taiseux et râleur, mais on peut compter sur lui ! Il y est allé, à l'usine, il se levait à des quatre heures et demie du matin et il y allait ! Autrement, maintenant qu'on est vieux, on n'aurait rien, pas de quoi vivre... Et qu'est-ce qu'il se grattait les mains à cause de cette espèce de gale, de leur saleté de produits chimiques, ses mains elles étaient plus qu'une plaie ! En tout cas, les jours de paye, il me ramenait tous les sous ! Tiens, voilà, qu'il disait. Et il me les donnait jusqu'au dernier ! C'est pas cette ordure de Niki qui en ferait autant ! Comme quoi il a pas tort, mon homme, les fois qu'il me dit : Tu sais rien que te plaindre de moi, mais y en a d'autres, si tu voyais ce qu'ils font ! Lui, les jours de paye il sortait les sous de sa poche et il me les donnait, et c'est moi que je les gérais. Voilà comment j'ai réussi à mettre nos sept mille de côté. Alors on peut dire qu'elle a fait quelque chose de bien sur terre, Mme Ioaniu ! C'est pour ça que ça me fend le cœur de voir sa maison dans un état pareil, le kiosque délabré, le poirier desséché, bouffé par les chenilles, les murs écaillés, et de voir l'Ivona maigre et jaune, rien que la peau sur les os, ça me rend toute chose... Ça me rend toute chose, mais je me dis quand même que je dois m'en aller, on voit pas le temps passer et puis tout fout le camp, il reste rien... Bon, moi maintenant y faut que je me sauve, j'entends craquer le parquet dans l'entrée...

2

— Non, Vica, ce n'était pas Niki... C'était le facteur, qui apportait une lettre de Tudor chéri. Restez donc encore un peu : je monte chercher mes lunettes et je vous dirai ce qu'il écrit...

Et le voilà, l'autre : toujours pas rentré ! Elle a pourtant de la chance, Ivona : elle revient pas bredouille, elle revient avec une lettre de son Tudor. Et du coup, elle se plaint plus de rien. Oubliées, ses billevesées ! Oublié, Niki la crapule ! Elle est comme sa mère, folle de Tudor ! Rien de trop bon pour lui ! Mais quel capricieux, quel chipoteur ! Pas qu'il soye goinfre, comme tant d'autres ! Lui, sa marotte, c'était les bouquins ! Il avalait à toute vitesse et s'il laissait rien dans son assiette, sa grand-mère elle lui donnait la permission de se lever de table. Et lui, il retournait à ses bouquins, à ses cahiers, il retournait dans la mansarde... C'est quand elles avaient récupéré le reste de la maison et alors elles lui laissaient la mansarde, elles étaient contentes qu'il ait sa chambre pour travailler, pour étudier. Le soir souvent il avait des copains qui venaient, ils se mettaient de leur musique à eux, si on peut appeler ça de la musique, on aurait payé pour pas l'entendre ! Même sa grand-mère, elle la supportait pas, c'est dire ! Y avait aussi des filles avec eux, les filles et les garçons entassés les uns sur les autres, y compris celle que Tudor il a fini par se la marier. Anca. Une minette à leur mode planche à repasser, quand elle a commencé à venir elle était encore au lycée, et Mme Ioaniu m'a dit que sa famille aussi elle avait eu des problèmes du même genre et alors elle se demandait, Mme Ioaniu, si la mère de la fille savait chez qui elle allait... Moi, je crois qu'elle le savait et qu'elle se disait : C'est un brave garçon, sa grand-mère a une maison et sûrement des tapis, des cristaux et tout, tant mieux si mon Anca, elle réussit à l'embobiner... Et elle l'a si bien embobiné qu'il a fini par l'épouser ! Mais d'abord, il a fallu qu'elle le monte souvent, l'escalier de la mansarde ! Ils en ont passé du temps, là-haut, à bavarder, à rigoler, à faire je ne sais quelles bêtises...

Mme Ioaniu, elle me disait que non, ils font rien de mal, ils fument tous comme des pompiers et ils boivent des alcools forts, c'est la mode, la nouvelle mode américaine, ils causent un peu et ils se taisent beaucoup, ils écoutent de la musique... Qu'est-ce que c'est que cette musique-là ? qu'elle a demandé à Tudor un jour, et lui il a éclaté de rire. Alors elle lui a dit que c'était de la musique barbare, qu'on retournait à la barbarie. D'après elle, ils pouvaient pas aimer ça, Tudor et ses copains, vu que ça n'a rien pour plaire, pas de mélodie, rien de rien, c'est juste bon à vous crever les tympans. Mais ils l'écoutaient quand même, parce que c'était à la mode...

Voilà ce qu'elle lui reprochait, Mme Ioaniu, à son petit-fils : leur musique et que l'été toute la bande s'en allait à la montagne, le sac au dos. Ils dormaient n'importe où, dans des bergeries ou sous la tente, ils mangeaient n'importe quoi, sans doute ce qu'ils emportaient, vu qu'ils partaient avec des sacs pleins à péter, tout juste s'ils marchaient pas à quatre pattes, et presque aussi mal habillés que des clodos ! Elle y demandait quel plaisir il trouvait à coltiner un fardeau pareil, au lieu de mettre des beaux habits et d'admirer le paysage... Alors moi j'y ajoutais mon grain de sel. C'est pas moi qu'on m'y ferait aller, que je disais. Je serais ces filles-là, moi, on risquerait pas de m'y prendre ! Sauf qu'elles, elles demandaient pas mieux, ces souris ! Sinon, comment embobiner les garçons ? Mais moi, que je disais, on me proposerait des mille et des cents, eh bien j'irais toujours pas rouler ma bosse avec eux !

Qu'est-ce qu'il rigolait, le Tudor ! Pas le mauvais bougre, mais pas causant, ils sont comme ça les garçons, tandis que son Anca, elle fermait jamais son clapet ! Ivona par-ci, Ivona par-là, elle l'appelait par son prénom, c'est là que j'ai compris qu'y avait anguille sous roche. Et finalement il se l'est mariée. Quand il était petit, tout le temps dans mes jambes... Mais là encore, aussitôt qu'il me voyait il avait les yeux qui riaient, faut dire qu'il avait les yeux rieurs, il était pas laid, pas une beauté non plus, il ressemblait à Ivona et à sa famille, il était pas beau, mais qu'est-ce qu'il était intelligent, aïe ! aïe ! aïe ! Comme on dit, l'homme il suffit qu'il soye juste un peu moins laid que le diable... Là où il a été drôlement laid, c'est quand il s'est laissé pousser la barbe ! Oh ! là ! là ! qu'est-ce que t'es laid ! qu'elle lui disait, Mme Ioaniu. Lui, il se marrait, pourtant il a fini par se la raser. Pas à cause de sa grand-mère : parce que porter la barbe, c'était mal vu par le Parti. Il se l'est rasée, et il a toujours pas eu d'avancement ! Et on lui a laissé entendre clairement qu'il en aurait jamais, à cause que dans sa famille on avait été des richards et des prisonniers politiques…

Alors lui, il a rien dit, qu'est-ce qu'il aurait pu dire ? Sûr qu'il en pensait pas moins, puisqu'à la première occasion il a réussi à filer à l'Ouest. Avec son Anca ! Eh bien là, chapeau ! Et ils ont préféré tout abandonner pour filer : la maison, les tapis, les cristaux… Dire que ça sera l'État qui en héritera ! Quand on n'a que six cent cinquante lei pour vivre à deux et qu'on voit une fortune pareille se faire la malle, y a de quoi attraper une sacrée jaunisse ! Si j'étais à la place de cette empotée d'Ivona, je croquerais tout, je laisserais rien au fisc ! Seulement voilà, on sait pas de quoi demain sera fait… Alors elle y réfléchit à deux fois ! Elle a la bouche pleine de son Niki, mais en vrai elle le sait bien, qu'elle se fait rouler ! C'est-y Dieu possible ? Elle, elle met de côté sou à sou pour la chaudière, pour un coup dur, et lui, la crapule, il embarque la cagnotte chez sa Gourgandine ! Ma main au feu qu'il l'a fait !… Mais qu'est-ce qu'elle fabrique là-haut, l'Ivona, depuis le temps ? Restez encore un peu, je vais revenir tout de suite, et puis voilà qu'elle redescend pas ! Moi, elle m'a fait pitié, parce qu'elle avait peur, et alors bon, pour pas la laisser seule, mais elle pourrait se dire…

— Vous avez dû vous ennuyer, toute seule, chère Vica ? Ne sursautez pas comme ça, ce n'est que moi ! Veuillez m'excuser, une fois en haut j'ai eu un *vertige** et j'ai dû m'allonger deux minutes pour reprendre mes esprits…

— C'est parce que vous avez eu peur, voilà tout ! Moi aussi, quand il m'arrive quelque chose, ça me coupe les jambes et je suis plus bonne à rien de la journée. Pareil aujourd'hui : je suis partie ce matin en vitesse, le ventre vide, et alors là je suis tout le temps sur le point de tourner de l'œil… Je parie que vous avez rien mangé non plus, aujourd'hui…

— Peut-être, mais je n'ai pas faim… Allez, je vais vous lire la lettre…

— Ah ! oui, la lettre de Tudor…

— C'est Anca qui l'a écrite. C'est elle qui est chargée du courrier. Je ne vous lis pas le début, ça ne vous intéresserait pas. Mais écoutez, là : « *Je ne comprends pas comment nous faisons pour ne pas t'écrire plus souvent, puisque nous pensons tout le temps à vous. Nous parlons de vous tous les jours, et moi, le matin, si je mets les boucles d'oreilles que tu m'as offertes, je pense à vous. Ici tout va bien, nous sommes gais et très contents. J'ai travaillé trois jours par semaine au mois de novembre, mais ça ne m'allait pas. Je cherche quelque chose de mieux, j'attends une réponse d'une agence de tourisme. Prie le bon Dieu pour moi, parce que si ça marchait ce serait vraiment super, côté salaire et tout…* »

— Ben quoi, elle est pas prof, là-bas ?

— Là-bas, c'est difficile d'entrer dans l'enseignement, il faut passer des équivalences et en plus c'est assez mal payé, alors elle essaye de changer de profession. Attendez, écoutez la suite, Vica : « *Ta lettre, imprégnée de confiance en l'avenir et d'amour pour nous, nous a fait un immense plaisir. Comme d'ailleurs ton coup de téléphone du 18 janvier, le jour de mon anniversaire. Nous nous sommes beaucoup réjouis aussi pour vos vœux du Nouvel An, signés par tous vos invités, auxquels nous adressons à notre tour les nôtres. Nous pensons beaucoup à vous et regrettons que nous ne soyons pas tous réunis. Nous t'aimons et t'estimons énormément…* »

— Allons, allons ! qu'est-ce qui vous prend tout d'un coup ? Faut pas pleurer ! Eux ils vont bien là-bas et nous on va bien ici. En plus, tout ce qu'ils ont là-bas eux, et qu'on n'a pas ici nous ! Vous y êtes allée, vous, vous avez vu ! Quand est-ce que vous me disiez que vous allez y retourner ? Cet été ? Allons, Ivona… Puisqu'ils vont bien, vous me l'avez lu vous-même…

— Je ne sais pas, l'émotion, je ne sais pas… Et j'ai pitié, pitié de lui, surtout. Ce n'est pas facile, pour Tudor chéri, ma bonne Vica ! Là-bas, pour percer, il faut travailler, et travailler encore et toujours, pas comme ici ! Alors, le pauvre petit chéri, lorsqu'il rentre le soir, il se remet à étudier, parce que ce qu'il a appris ici, c'est sans rapport avec ce qu'il a trouvé là-bas. On ne vous fait pas de cadeaux, là-bas, alors quand je vois tout ce que nous possédons ici, dans cette maison, tandis qu'eux, ils doivent repartir de zéro…

— Ouais, on vous fait sans doute pas de cadeaux là-bas, mais on vous en fait pas ici non plus ! Ici aussi, tant qu'on peut te presser, on te garde — après, on jette la peau du citron ! Ici, là-bas, c'est comme ça aujourd'hui… C'est notre époque qu'est devenue comme ça… Allez, vous faites pas de mouron, elle me l'a dit, Mme Cristide, que les communistes ils y refusaient son avancement, à Tudor, alors il a eu que le choix de déguerpir… Le temps, vous verrez, c'est le meilleur de tous les rebouteux… Mais où j'ai encore laissé mes lunettes ? Je voudrais bien jeter un coup d'œil sur la carte du petit, avec votre permission. Vous sauriez pas où elles sont ?

— Vos lunettes ? Non… Je ne les vois nulle part, mais vous savez quoi ? À cette heure-ci, il est trop tard, je ne vais plus attendre Niki pour déjeuner. Venez grignoter quelque chose et j'essayerai d'en faire autant…

3

— Tenez, il reste un peu de potage, je peux le verser dans votre assiette ?

— Euh, je sais pas si je pourrai encore...

— Mais si, vous pourrez, j'en suis sûre ! Vous pourrez !

— Ben, et vous alors ?

— Ah ! non, pas moi ! Si vous n'aviez pas été là, je n'aurais rien mangé ! Mais vous êtes tellement persuasive ! Vous avez une joie de vivre contagieuse, bien que vous ayez certainement pas mal de soucis de votre côté...

— M'en parlez pas ! Mais je m'en farcis pas le crâne. Sauf que la nuit ils veulent m'empêcher de dormir. Ah ! bon ? Eh ben, vous allez voir, que je leur dis. Et alors je prends un carbaxine, je prends un diasépane, je prends tous mes comprimés que je connais et je dors à poings fermés jusqu'au matin. Qu'est-ce que je deviendrais si je me rassurais pas toute seule ? On peut toujours se taper la tête contre les murs, ce qui est écrit est écrit !

— Vous avez raison, ma chère Vica ! Vous revoulez un peu de vin ?

— C'est pas de refus... À la bonne vôtre, à vous et à M. Niki, qu'est si bel homme, et intelligent et rangé, avec ça !

— Bel homme, il l'a été. Intelligent, il l'est peut-être encore plus qu'autrefois. Mais rangé..., je ne le dirais pas, pas vraiment... Car, voyez-vous, il a la mauvaise habitude d'être en retard. Alors, bien que je sois calme en principe, je m'inquiète parfois à force de l'attendre. Mais pas aujourd'hui ! Aujourd'hui, je suis d'un calme olympien ! Un pressentiment me dit que je ne dois pas m'agiter. En effet, Vica, ce qui est écrit est écrit…

Brave fille, l'Ivona, mais décidément elle est fêlée ! Son Tudor il était pareil : brave garçon, on peut pas dire non, mais une araignée au plafond. Vu que c'en est une grosse d'être tout le temps plongé dans les bouquins ! On n'en ressort pas sans une grosse fêlure ! On n'a plus tout son bon sens ! On s'en va voyager par monts et par vaux, et la maison elle s'en va à vau-l'eau ! Heureusement que j'ai pas eu d'enfants, moi ! Encore des soucis, encore des ennuis, et pour rien ! Heureusement que le bon Dieu il m'a pas donné des enfants, lui qui sait ce qu'il fait ! Bonjour les enfants, adieu le bon temps ! Mais voilà qu'aujourd'hui c'est si on a des parents qu'on dit adieu au bon temps ! Que les gosses ils trinquent pour leurs aïeux ! Jusqu'à la neuvième génération, c'est la loi des communistes ! Sauf si on a un bon piston qui va passer l'éponge, là ça peut marcher. C'est la Zaharescu qui me le disait. Une main lave l'autre, mame Delca, qu'elle me disait. Qu'est-ce qu'elle était rusée et raffinée, celle-là, et les pieds sur terre, une teigne qui pensait qu'à elle… Comme quoi tant mieux que j'ai pas eu d'enfants, allez savoir quels cinglés ça aurait pu donner ! On s'échine à les élever, on se crève pour eux, et quand on se dirait que voilà…, ben c'est du pareil au même ! Y a qu'à voir cette pauvre Ivona ! Toute seule sans personne dans cette grande baraque, et la nuit qui tombe dehors et là, dedans, des craquements de fantômes à vous donner la chair de poule… Mais elle, comme si de rien n'était, elle attendait sa Crapule à déjeuner ! Bon, elle a quand même fini par se dégriser. Elle a fini par se dire : Crapule, je vais t'apprendre, moi, à passer tes journées chez la Gourgandine à vous dorloter comme si t'avais pas un foyer, une femme ! Tu trottes chez elle — crotte, crotte ! —, et après tu reviens pour que je te lave tes affaires, que je te les repasse, que je te serve à bouffer ! Eh ben, elle sera pas pour toi la bouffe, bouffi ! Si vous voulez bien passer à table, ma chère Vica, là, à la place de Niki ! Permettez-moi de vous donner son potage !... C'est bien la première fois que je la vois raisonnable, l'Ivona ! Comme quoi avec elle il suffit de prendre son temps : on y dit ci, on y dit ça, et la voilà sur les rails...

— Oh ! là ! là ! Vica, excusez-moi ! Où ai-je la tête ? Votre assiette est vide depuis je ne sais combien de temps et vous ne dites rien ! Voilà le plat de résistance : du poulet aux petits pois. Enfin..., surtout des petits pois. Mais j'ai réussi à trouver des ailes, à la boucherie il n'y avait que ça : des ailes et des pattes. Des pattes, pas des cuisses ! Je vous en mets une... Non, ne vous pressez pas, mangez tranquillement. Vous vous en irez après, vous avez le temps, vous ! Tandis que moi, je commence à m'étonner de ce retard de Niki... Je vais l'attendre jusqu'à la dernière minute, évidemment, mais s'il n'arrive toujours pas, je serai obligée d'y aller toute seule. Nous ne pouvons pas nous permettre d'être tous les deux absents. Il faudra que j'y aille seule, ce qui, je vous l'avoue, chère Vica, me déplaît beaucoup. Car vous connaissez le monde, les gens interprètent le moindre détail, et ils jasent...

— Alors là, pour jacasser ! Ce qu'ils vous confessent, c'est à se le fourrer sous les fesses, comme je disais à Mme Ioaniu... Mais vous savez quoi, Ivona, vous savez quoi ? Maintenant, allez boire pépère votre café à côté et pendant ce temps-là, moi, je vais vous faire votre vaisselle... Reposez-vous un peu, vous vous êtes fatiguée toute la sainte journée...

4

Si tu t'assieds sur le canapé pour attendre que ton café refroidisse un peu et si tu commences à clore les paupières, tu t'étonneras toi-même de voir le sommeil embrumer si vite ton esprit. Oui, une si longue fatigue… Un épuisement ressenti dans chacune de tes fibres, tandis que les pensées ralentissent leur tournoiement — tes fibres chaotiques qui vibrent par saccades, agrippées par des griffes noires. Tes pensées se déchirent, se recollent, se meuvent toujours plus lentement, tu n'es même plus une pelote bien serrée, tu n'es qu'une tache qui suce, qui s'étend, qui s'élargit, et, en son centre, le nœud qui rattache les fibres. Les fils. Des griffes noires se ferment et s'ouvrent, étirent les fils de ta chair épuisée, leur angoisse t'électrocute en cadence. Il est tard, très tard, oublie juste un instant qu'il n'est pas rentré, qu'il est tard, les coups sourds du sang dans les tempes, dans les oreilles, au sein de la pelote, tire sur les fils jusqu'au bout, tout au bout, électrocute-toi ! Il est tard, il est tard, mais bientôt-bientôt-bientôt-bientôt il va rentrer, tu vas entendre ses pas dans la cour, bientôt-bientôt-bientôt les entends-tu ? les entends-tu ? va-t-il rentrer ? ne va-t-il pas rentrer ? Bientôt, bientôt, tu vas entendre ses pas dans la cour, ses pas sur les marches, devant la porte… rien, rien que le tic-tac de la pendule, un souffle étranger, régulier, une présence étrangère, toujours là, toujours invisible, qui t'épie, il lui est si facile de se cacher parmi les vieux meubles, dans le clair-obscur poussiéreux de la vieille demeure, pour t'épier, et ton cœur que va faire éclater la sombre étreinte, et les fils qui se rétractent en cadence, se roulent en boule et dont l'angoisse t'électrocute jusqu'au bout des ongles, jusque dans les molles et sombres profondeurs de ton cerveau, oublie ! Oublie, oublie, ne pense pas, ne pense pas, oublie, le tic-tac régulier de la pendule au sein de la pelote, un souffle désespéré pris dans les griffes noires, un halètement désespéré, et le martèlement du sang, encore et encore, les lueurs du soir scintillent déjà aux fenêtres, mais aucun martèlement de pas dans la cour, sur les marches, il n'y a que l'invisible qui t'épie, là, tout près, et ce téléphone qui ne sonne même pas ! Des craquements..., mais ce sont ceux des *boiseries**, ceux de l'escalier dans le tard et le silence du soir, il n'est toujours pas là, il ne sera jamais là...

Lourdes, les paupières se sont abaissées toujours plus, toujours plus, sans que les cils clairsemés ne s'assemblent. Il subsiste une fente par laquelle l'œil, aveugle et mort, regarde la pièce sans la voir. Et pourtant, derrière les paupières, c'est encore la même pièce qu'il contemple, l'alignement solennel des chaises autour de la table de Hollande au milieu de laquelle trône une cafetière fumante... On ignore ce que signifie cette révérencieuse invitation lancée par des chaises imbues du sens de leur devoir et qui, quoi qu'il advienne, ne permettront pas... Une digne et grave attente qui enrobe l'anxiété d'ankylose, ne nous figurons pas que nous nous en sortirons un jour, gardés que nous sommes par cette phalange ordonnée et pompeuse, ces chaises pénétrées du sens de l'ordre et du devoir, difficile de croire désormais que nos pas retentiront encore sur les pavés disjoints de la cour, sur les marches, que chacun s'en ira à son tour à l'église, à Boteanu, nous irons, bien entendu, mais pas ensemble, pas en même temps, ah ! non, il y a trop longtemps que j'endure ce bruit de vaisselle à la cuisine, ce gargouillis si agaçant de l'eau dans l'évier, les mugissements effrayants de l'animal aquatique qui se débat en vain pour s'échapper des tuyaux où l'eau bouillante brûle son crâne chauve, luisant, dont est tombé son bonnet pelucheux, rose sale. Le gargouillement mugissant de l'eau et les griffes noires qui n'arrêtent pas de rembobiner désespérément les fils et puis, agaçant-apaisant, quelqu'un qui lave la vaisselle à la cuisine, quelqu'un lave dans l'évier des casseroles et des assiettes, et chasse la pendule au loin : Muti. Elle a les doigts noircis d'avoir épluché les pommes de terre, elle les blanchit avec un demi-citron et le jette sur la pile d'assiettes propres dont la dernière est pleine d'os mal nettoyés, un peu de viande pour nourrir l'araignée qui descend du gris logis qu'elle a tissé là-haut, au-dessus de l'évier. Muti tamponne avec du coton le vernis écaillé de ses ongles, la cigarette s'est éteinte au coin de ses lèvres, mais elle n'est pas au courant, dis-le-lui. Ne le lui dis pas ! Ne le lui dis pas ! Dans ces cas-là, on ne dit jamais la vérité à la personne concernée !

— Avant de faire refaire les peintures, avant Pâques, il faudra l'aider à tirer ses fils dans toutes les pièces et, pour le premier étage, la conduire discrètement dans l'escalier...

Muti désigne de l'index les fils tremblants, délicats, qui tapissent le plafond. Elle écrase dans le cendrier sa cigarette qui laisse échapper un filet de fumée par le côté, ça alors, par où elle fume, cette cigarette, le papier s'est décollé là, tiens ! Est-ce un symptôme inquiétant ? Un signe grave ? Docteur, peut-il s'agir de..., d'un...

— Puisque vous insistez, je vais vous faire part de mes craintes sur un plan strictement médical...

Mais promettez-moi la discrétion, car si Niki l'apprenait, Mme Cristide le saurait également, étant donné qu'il s'attarde toujours chez elle...

Alors, tu vois bien qu'il y est encore en ce moment ! Ils sont à la cuisine avec Vica. C'est notre cuisine, par conséquent c'est vrai : Niki y est, comme toujours d'ailleurs... Il est chez Mme Cristide !

— Rassurez-vous ! Après l'opération, je vous emmènerai moi-même en fiacre chercher Niki chez Mme Cristide ! Quant à mon diagnostic, le sang dans les urines, la constipation et le ballonnement, je pense à... Mais serez-vous assez forte pour supporter la vérité ?

Tu te blottis dans le fauteuil de dentiste, la lampe ronde t'éblouit, l'angoisse te glace les mains, tu as tellement froid ! Et pourtant tu fais oui de la tête, oui, tu seras assez forte, tu es venue précisément pour cela, apprendre la vérité ! Oui ! cries-tu. Oui ! cries-tu encore une fois... C'est horripilant, le docteur ne t'entend pas. Et tu as beau faire, tu ne peux pas crier, car la roulette vrombit dans ta bouche.

— Dois-je vous dire la vérité crûment, *à l'américaine** ? s'interroge le médecin, déambulant à grands pas dans le salon. Est-ce normal, est-ce humain, est-ce juste, est-ce injuste ? Je l'ignore. Je vais vous la dire cependant, parce que vous devez connaître à temps mon opinion de praticien, pas comme Margot : je suis presque certain que vous souffrez d'une inflammation des ganglions...

Quel soulagement ! Bien que ce soit grave, tu tournes la tête, rassurée. N'y avait-il pas autre chose, qui pouvait être plus grave ? Mais quoi ? Tu ne t'en souviens plus. Tu as tourné la tête avant qu'il n'ait ouvert la bouche, aussi vois-tu Margot faire des signes discrets à M. Ialomiteanu, oui, c'est Margot, c'est bien elle, avec son bonnet rose sale, pelucheux, enfoncé jusqu'aux yeux. En même temps, tu vois parfaitement son crâne chauve, rond, qui brille comme une boule de billard. Elle fait à M. Ialomiteanu des signes discrets en remuant silencieusement les lèvres, mais il ne semble pas la voir.

— Des ganglions, dit-il. Préparons-nous donc pour…

Tu as peur, tu as froid, tu te recroquevilles sur la chaise trop haute, il n'y a que vous dans ce sous-sol plein de meubles dépareillés, un *lit de camp** bancal, une coiffeuse avec un trou noir là où se trouvait un miroir ovale, des fauteuils les uns sur les autres, une commode massive, un autre trou noir, dans la porte, à la place de la poignée. Quel *bric-à-brac** ! Tu grelottes. Que vas-tu devenir si Niki ne rentre pas très vite, très vite ? Comment vas-tu faire pour échapper à l'opération préparée par Margot et M. Ialomiteanu ? Ah ! pourvu que Niki rentre bientôt-bientôt-bientôt-bientôt ! Le dos tourné, le docteur s'affaire nerveusement devant la table à roulettes, il déplace les tasses de porcelaine et les petites cuillers d'argent plaquées or que, cela te revient soudain, que tu as réussi, oui ! que tu as réussi à faire passer « là-bas », à Tudor ! Mais au prix de quels risques ! Bien sûr, c'est pourquoi tu as uriné du sang ! Voilà l'explication apaisante ! Qui rend l'opération superflue, il faut le dire au plus vite au docteur, dis-le-lui ! Dis-le-lui ! Que c'est agaçant ! C'est précisément maintenant que ta voix ne sort pas de ta gorge ! Tes yeux jaillissent hors des orbites, la salive dégouline sur ton col d'écolière, tu l'essuies discrètement, tu veux une seule chose : crier ! En vain. Tu n'émets même pas un râle. Inutile de t'acharner. Renonce ! Et tu renonces, car tu te souviens tout à coup — comment avais-tu pu l'oublier ? — que tu n'as plus de voix parce que tu n'as plus de dents !

Tombées à cause des rayons X, mais cela ne fait rien ! Rassérénée, tu promènes ta langue sur tes gencives creuses et molles, l'important c'est de vivre ! Or, tu vas vivre tant d'années encore ! Un an et demi, Dieu merci ! Dieu merci, on peut vivre sans voix, tu t'y es habituée si facilement, si bien ! Ah ! ce docteur qui s'occupe encore devant la table à roulettes ! Tu entends des tintements métalliques, et Niki, oh ! Niki ! Si la porte s'ouvrait et s'il entrait ! Le docteur a trouvé ce qu'il cherchait : une boîte nickelée, brillante, voilà, il l'ouvre, en sort des curettes, des bistouris, des pinces, des fourchettes, des salières, des tampons de coton hydrophile, et toi tu fixes désespérément la porte fermée, sans poignée. Tu as froid, tu as peur. M. Ialomiteanu lave la vaisselle poissée de sauces et de sang, il porte des gants *glacés**, et le nid gris de l'araignée tremble au-dessus de sa tête. Il s'écrie soudain :

— Combien de temps allons-nous encore attendre dans ce sous-sol glacial, dans ce capharnaüm ? Nous attendons qu'il soit trop tard, comme pour Margot ?

— Encore un peu ! lui cries-tu, aux abois, mais rien ne sort de ta gorge malmenée, hormis quelques crachotements. Encore un peu ! Niki va rentrer tout de suite ! Il a la mauvaise habitude d'être en retard, mais il rentre, il rentre toujours !

— Ça y est ! crie le docteur, ogre illogique et las, et il se dirige vers toi en brandissant un mauvais coutelas en argentan.

Blême, tu essayes de descendre de la chaise, mais elle est beaucoup trop haute pour tes petites jambes ! Il a fallu te mettre trois coussins sous le popotin pour que ton menton soit au niveau de la table, ah ! Niki..., s'il rentrait maintenant, Niki ! Dans la pénombre du salon, sa liseuse sur les épaules, Muti se couvre les oreilles pour ne pas t'entendre crier.

— Pourquoi criez-vous puisque vous n'avez pas mal ? Où avez-vous mal, hein ? demande le docteur d'une voix rude.

Tu n'as mal nulle part et tu te sens coupable de mauvaise conduite, là, debout en chemise de nuit sous les yeux sévères, les yeux réprobateurs des Convives. Solennels et graves, les Convives se tiennent en cercle autour de la table de Hollande. Quel froid ! Quel silence ! Quelle lumière déplaisante ! Tu n'as pas faim, mais tu te forces, aimable, tu mâches à contrecœur ton gâteau, sans quitter des yeux M. Ialomiteanu. Pourquoi l'as-tu caché là, tu savais pourtant que Niki rentrerait d'une minute à l'autre et qu'il déteste le trouver à la maison ? Non, Niki ne le porte pas dans son cœur, et il a bien raison ! Regardez-le, cet individu, se fourrer le doigt dans la bouche, se curer les dents et en extirper un bout de viande ! Quelle horreur ! Quel manque de savoir-vivre ! Quelle mauvaise éducation ! Mais tu ne pourras le dire à personne, puisque tu l'as caché toi-même ici ! Ce n'est pas de la philanthropie, ça, *tu te fais avoir**, me dit Niki, et il a raison, comme toujours !

Immobile, la nuque contre le haut dossier au cuir fendillé par les ans, tu sens la sciure moisie du rembourrage te poudrer les cheveux, mais il ne faut pas bouger, non ! Les Convives qui lavent la vaisselle à la cuisine pourraient t'entendre ! Tu as de plus en plus de mal à mâcher ton gâteau, mais tu t'appliques, en fille consciencieuse, et de toute façon tu ne peux pas t'en aller, avec toutes ces chaises qui te surveillent autour de la table. C'est un caramel collé à tes dents et à ta langue, mais tu mâches, des spasmes agitent ta poitrine, mais tu mâches, des sanglots montent dans ta gorge, une grimace tord ton visage..., puis un grognement et la bouchée gluante est éjectée au milieu de la table d'une blancheur éclatante, sur laquelle scintillent les cristaux et l'argenterie. Tu glapis, tu régurgites, tu pleures dans ton assiette, des larmes et des vomissures aigrelettes te serrent la figure comme un masque astringent...

— Emmenez-la ! Plus vite ! Plus vite ! crie Muti en montrant sur son doigt blanc les traces fraîches de tes dents.

Qu'est-ce que c'est que ça ? Quel tourbillon ! Quel méli-mélo ! Tellement de temps est passé depuis que tu as mordu le doigt de Muti ! Rêverais-tu ? Te serais-tu assoupie ? Réveille-toi ! Dieu merci, tu te réveilles ! Dieu merci, vous allez chercher Niki, le cheval n'avance pas assez vite, assise sur la banquette tu ne peux pas presser le cocher, ça ne fait rien, vous y serez bientôt-bientôt-bientôt ! À tes pieds de l'épicerie fine achetée pour la semaine, des chocolats, du caviar dans lequel s'enfonce ton pied, oh ! là ! là ! Oh ! là ! là ! Pourvu que Muti ne s'en aperçoive pas ! Pourvu qu'elle ne remarque pas la crotte de chien sur ton autre sandale ! Le pauvre pékinois de Margot abandonné depuis qu'elle se cache dans sa villa d'Otopeni pour que M. Ialomiteanu ne voie pas qu'elle est chauve et qu'elle porte jour et nuit un bonnet rose sale, pelucheux.

— On emmène Yvonne avec nous au théâtre ? demande tonton Jorj, comme si tu n'étais pas présente.

— C'est jour de *relâche**, aujourd'hui, répond Muti sur un ton indifférent.

Puis elle se tourne vers toi et alors le ton change du tout au tout :

— Tiens-toi droite et ne me regarde pas comme ça ! Quand elle regarde comme ça, j'ai l'impression qu'elle *louche**.

— Dans ce cas-là, demi-tour ! Direction le théâtre ! crie tonton Jorj au cocher et, selon la coutume, il lui donne du bout de sa canne quelques petits coups dans le dos.

Désespérée, tu essayes de crier aussi.

— Et Niki ? Vous oubliez Niki ! Quoi, on ne va plus le récupérer chez Mme Cristide ?

Tu ouvres la bouche, tu te penches vers eux — de nouveau, de nouveau ? on dirait que oui, on dirait que c'est déjà arrivé, mais quand ? —, de nouveau aucun son ne sort de ta bouche. En revanche, quel vacarme alentour ! Les trompes des automobiles, les coups de la pendule, les sabots de tous ces chevaux, les roues cerclées de fer de toutes ces voitures...

— Cinq sous les quatre croissants ! annonce un crieur de journaux qui passe en trottant, sa liasse de quotidiens sous le bras.

Voilà, le cocher fait demi-tour. Et toi, sur la banquette, tu ouvres la bouche pour crier, tu te forces, mais aucun son ne sort de ta bouche, la lourde bouffette noire de velours appuie sur ton crâne, les agrafes pointues pénètrent profondément dans ton cuir chevelu, dans ton cerveau... Niki ! Niki ! Mais on n'entend pas le moindre son, une petite fille au teint jaune, au nez trop long, aux jambes trop longues, est assise sur la banquette dans une voiture de maître et tout l'ennui du dimanche la submerge...

5

— Non, restez couchée ! Fallait pas ouvrir les yeux ! Restez couchée, vous avez largement le temps... Ah ! Ivona, Ivona ! Elle est fatiguée, la petiote... Une petite fille fatiguée ! Non, gardez-le, mon manteau, je vous ai couverte avec quand je suis entrée et que je vous ai trouvée en chien de fusil, vu que c'est l'hôtel des courants d'air, ici : on s'endort et on attrape la crève...

— Je me suis endormie ? Je crois bien que oui... Mais pas longtemps, oh, non ! Cinq minutes ! Pas une de plus ! Je n'ai même pas eu le temps de rêver ! Par contre, en effet, je crois avoir eu froid, je crois m'en souvenir, et je vous remercie d'avoir pensé à me couvrir. Je suis toute courbatue. Le café va rudement me remonter ! Apportez aussi une tasse pour vous. Mais si, mais si, deux ou trois gorgées ne peuvent pas vous faire du mal...

Écœurant ! Son manteau sent le moisi, l'alcool à brûler ! Elle croyait bien faire, mais... C'est malheureusement l'odeur de tous ses vêtements, je dois toujours aérer après son départ ! Ma foi..., ce n'est qu'une pauvre vieille qui combat comme elle peut les difficultés, qui a ses solutions personnelles. L'alcool à brûler pour l'hygiène, le carbaxine pour la santé, et ainsi de suite. Au fond, si j'y pense, elle est une originale, voilà sans doute pourquoi elle tient à moi, pourquoi elle tenait à Muti, car on ne saurait nier une certaine affection de sa part à notre endroit. C'est peut-être pourquoi elle passe trop souvent, mais qui sait combien de fois elle aura encore l'occasion de passer me voir ? Qui sait ce que lui réserve l'avenir ? Rien de bon... À son âge, on n'a plus rien de bon à espérer ! Pourtant, comme tant d'autres, elle aurait mérité mieux de la vie, car elle est d'un naturel dévoué...

— Avec mes lunettes à moi, j'y vois plus rien... Celles-là, c'est celles de Delca. En ce moment, il doit être dingue à force de pas les retrouver ! À peine j'ai commencé à ramasser mes cliques et mes claques que je l'entends. Qu'est-ce que tu fous, qu'il me dit, tu déguerpis encore ? Que je t'y prenne pas à me faucher mes lunettes ! Et il me quitte plus des yeux ! Qu'est-ce que t'as, que j'y dis, qu'est-ce qui te prend ? J'en veux pas, j'ai les miennes ! Je vais pas m'encombrer de tes rebuts rafistolés avec de la ficelle ! Alors, comme il voit que j'arrête pas de pas me taire, il dit plus rien et moi, aussitôt qu'il tourne les yeux, hop ! La paire est dans le sac ! Ouais, mais ça m'avance guère, je vois pas grand-chose avec. Elles sont trop fortes pour moi. Et puis la photo, elle est trop petite, je les reconnais pas, moi, ces gens... Sauf peut-être la femme assise dans le fauteuil, là, on dirait bien Mme Ioaniu...

— C'est elle, en effet ! Et l'homme corpulent à côté d'elle, c'est tonton Jorj. Et ces jambes superbes sont celles de *tante** Margot ! Et là, regardez, c'est moi ! Qu'est-ce que j'étais jeune ! J'ai du mal à croire que j'ai pu être aussi jeune... C'était l'été quarante. Je me souviens trop bien de cet horrible été où l'on a dépecé la Roumanie ! Staline a annexé la Bessarabie et Hitler a livré la Transylvanie à la Hongrie. Idéaliste et patriote comme *papa**, je m'indignais, je souffrais... Finie, après une vingtaine d'années seulement, la Grande Roumanie issue de la Première Guerre mondiale ! La journée de deuil national, vous devez vous en souvenir, Vica ?

— Ben tout ça, j'ai du mal à suivre... Une journée de deuil ? Je me rappelle qu'y en a eu une à la mort de Ferdinand Ier... Et ensuite qu'on a mis du violet à la place du noir pour la reine... Quelle cinglée, cette Maria, Dieu ait son âme, toute la vie elle a eu le feu au cul ! Moi, c'est ces deuils-là que je m'en rappelle. Et puis plus tard, le deuil de Staline et le deuil de Gheorghiu-Dej. Celui que je m'en souviens le mieux, c'est Gheorghiu-Dej, vu que j'ai vu son enterrement à la télé. Le pauvre, qu'est-ce que j'ai pleuré ! Parce que moi, dès qu'y a un mort, c'est parti ! Alors, Vica, encore en train de chialer ? Ça lui va, à mon homme, de me dire ça, lui qu'est dur comme la pierre ! En quarante-neuf ans, je l'ai pas vu pleurer une fois... En tout cas, moi, voilà les jours de deuil que je m'en souviens... Si vous dites qu'y en a eu d'autres, c'est qu'y en a eu, mais moi j'étais pas au courant... Je voulais pas être au courant de la politique, je voulais même pas en entendre parler ! Que ça soye celle-là que ça soye celle-li, je voulais rien y voir, rien en savoir ! Parce que si c'est pas moi que je m'occupe de moi, ça sera personne ! J'ai pas besoin d'emmerdes, moi, et la politique c'est rien que des emmerdes, je l'ai toujours dit ! Mêle-toi de politique, et tu perdras des clients, étant donné qu'y en a un qu'est pour les uns, un autre qu'est pour les autres, tandis que toi tu dois être rien que pour toi ! Tu dois être pour tous et pour personne ! Combien de fois que j'y ai répété, à mon vieux Delca ! T'as rien à partager avec personne ! Eux qu'ils soyent pour qui ils veulent, toi t'es pour moi, un point c'est tout ! Si y en a un qui dit un mot de trop, si y en a un que l'alcool il y monte à la tête, toi t'entends rien, tu vois rien ! Tant qu'ils se soûlent pas à tout casser, tant qu'ils se battent pas, tant qu'ils dégueulent pas comme des cochons et qu'ils payent honnêtement, chacun s'occupe de ses oignons, toi des tiens et eux des leurs. Laisse tomber la politique si tu veux pas que les clients te laissent tomber ! que j'y disais, à mon vieux chameau. Parce que lui aussi, à une certaine époque, il commençait à dérailler. Et plus tard, fallait le voir se faire tout petit, tout petit, pour qu'on l'oublie…

Elle n'a décidément rien compris aux bouleversements qui ont secoué ce pays ! Elle débite des énormités incroyables… Mais, à sa décharge, beaucoup de gens instruits ne valent guère mieux. L'hérédité et l'éducation jouent leur rôle… Quant à moi, c'est certainement à tonton Sandu que je dois mon intérêt pour la politique… Des mois et des mois avant cet été horrible, je l'entendais prophétiser : à présent, après la Tchécoslovaquie, ce sera le tour de la Roumanie… À présent, après la Pologne, ce sera le tour de la Roumanie… Je me souviens de sa voix, de ses mains soignées, de toutes sortes de détails superficiels, mais en vérité je ne sais presque rien de lui… Je suis cependant sûre que, pendant la dernière partie de la guerre, les voyages de Margot lui servaient de prétexte pour faire le messager entre Maniu et les Anglais… Elle n'avait nul besoin de se rendre en Égypte ou en Suède pour sa maison de modes ! C'est l'évidence !

Ivona jette un coup d'œil sur le réveil soviétique, puis elle allume encore une cigarette.

— Ce qu'il est tard ! Terriblement tard… J'ai beau être indulgente, cette fois-ci Niki dépasse les bornes ! Je devrais monter me refaire une beauté pour être prête quand il arrivera, mais je n'en ai même plus envie !

— Ça fait rien. Causons encore un brin, le temps qu'il rentre… Tenez, qu'est-ce qu'il est devenu, M. Geblescu, le mari à Margot ?

— Il est mort, il y a longtemps. Je n'en sais pas plus, nous n'étions pas en contact avec lui…

Je ne vais tout de même pas lui dire que Tudor a essayé de le joindre la première fois qu'il a pu aller à l'étranger ! C'est ainsi que nous avons appris sa mort. Deux ou trois mois plus tôt, d'un infarctus, selon la concierge, et il n'avait rien laissé. Rien… Aucun papier, notamment pas ces fameux mémoires qui ont certainement existé, ses rares amis étaient au courant, ils en avaient lu des pages, brillantes paraît-il, avec des détails sensationnels sur les tractations diplomatiques pendant la guerre. Ce sont ces mémoires que je regrette le plus, je ne comprends pas qu'il ne les ait pas confiés à ses amis, comme on le fait généralement en tel cas. Et plus le temps passe, plus je trouve plausible l'hypothèse de Tudor, selon laquelle tonton Sandu était un agent double, une hypothèse que je trouvais au début extravagante, que je prenais pour une élucubration de gamin passionné de romans d'espionnage… Tout ce que nous avons pu apprendre, c'est qu'il habitait à Paris dans le XIVe, qu'il avait une grosse voiture, un chien énorme et une jeune maîtresse de basse extraction, qu'il avait dressée à ne jamais rien dire à personne. Et qu'il ne faisait absolument pas son âge, qu'on ne connaissait d'ailleurs pas là-bas. Mais, à partir de si peu, on ne peut qu'échafauder des suppositions… Alors oui, je trouve de plus en plus plausible celle de Tudor sur le double jeu, qui expliquerait autant ses voyages trop fréquents que la disparition de ses papiers, de ses mémoires, de son chien et de sa maîtresse de basse extraction, sans oublier la voiture…

— Vous entendez ? On sonne !

— Niki ! Enfin ! Mais que pensez-vous de ça ? Il ne se donne jamais la peine de chercher ses clés dans sa poche ! Je lui dis tous les jours : tu n'as pas de clé ? En vain ! Excusez-moi une seconde, Vica, je vais lui ouvrir. Niki...

6

Niki mes fesses ! C'est pas Niki, puisque c'est une voix de femme ! Du coup, je vais filer vite fait, moi ! Mais c'est qui ? Je la connais, cette voix de rogomme... Et l'Ivona qu'arrête pas ses salamalecs : Donnez-vous la peine... Je vous en prie, je vous en prie, veuillez entrer... Eh, tiens ! qui c'est que voilà ? Alors là, la queue du loup doit pas être loin ! La Cristide ! Et elle porte toujours le trois-quarts que j'y ai retourné, avec le foulard que j'y ai fait, tellement elle me bassinait, faites-en-moi un, mame Delca, faites-en-moi un, mais moi j'étais pas dans le foulard ni dans la cravate ! Allez, mame Delca, prenez un peu de tissu ici et là, arrangez-vous, moi je veux un foulard assorti ! Alors j'ai fini par lui en faire un, pour plus l'avoir sur le dos, cette tordue ! Et la voilà, toujours avec mon foulard, toujours avec son chapeau tellement grand que je me demande comment elle passe par les portes, la revoilà, affublée et peinturlurée comme un carnaval ! Et sa sale habitude de vous bécoter au beau milieu de la figure ! Beuh !

— Bonjour, ma brave Vica ! Mme Ioaniu vous appelait bien Vica, n'est-ce pas ? Ah ! je vous revois vous occuper d'elle...

— Ben moi, alors ! Y a pas de jour que le bon Dieu fasse que je pense pas à elle ! Elle s'était ratatinée, d'accord, mais sans elle la maison a l'air bien déserte ! Et depuis le temps, quoi de neuf, madame

Cristide, vous allez bien ? Comment va M. Cristide ?

— Je vous ai tachée avec mon rouge à lèvres, Vica… Non, pas là, un peu plus à droite… Veuillez m'excuser. Que voulez-vous, c'est un tube acheté chez la Niculescu ! Tu la connais, ma chère Ivona, c'est la Niculescu de la rue Brezoianu. Une tête de poupée, un teint superbe, tout blanc, et pas une ride ! Quarante ans passés, bien passés !… Voyons, tu la connais forcément ! Elle vend également des poudres, des vernis à ongles, des crèmes, tout à des prix très abordables. Alors moi, qui ai toujours été économe de l'argent de mon mari… Je lui dis parfois : Mon cher Puiu, tu n'imagines pas comment d'autres femmes gaspillent la fortune de leur époux. Rien que des articles occidentaux vendus sous le manteau ! Helena Rubinstein ! Ou Elisabeth Arden ! Ou Max Factor ! Moi, mes colifichets à deux sous et mon rouge à lèvres de la Niculescu ! Je m'en contente parce que je suis comme ça, moi : modeste et populaire ! Si vous m'aviez vue à seize ans ! Si on m'avait prédit alors qu'un jour je coltinerais des cabas de dix kilos dans chaque main, que je ferais la queue des heures et des heures, que je briquerais moi-même mon parquet… Voilà pourquoi je ne me reconnais plus dans la glace ! Certaines femmes envoient leur mari à la cantine et leurs marmots à la crèche. Je n'ai pas de temps à perdre, leur disent-elles, je dois vivre ma vie ! Ce sont les femmes réellement intelligentes. Une femme doit être ainsi ! Pas comme moi, qui me suis sacrifiée pour ma famille… Ma véritable nature était différente, mais je l'ai sacrifiée, après avoir été enfermée dans une tour d'ivoire ! C'est Puiu qui m'a enfermée, Puiu qui, méthodiquement, sans relâche, a créé mes nouvelles habitudes ! Ma nouvelle nature qui n'est pas la mienne ! Il s'est tellement obstiné que je n'ai pas eu le choix, j'ai dû faire à sa manière. Puiu, méthodiquement, dans l'ombre, a écarté tous mes soupirants ! Et il m'a enfermée dans la tour d'ivoire ! Il m'a retirée de la deuxième année de Lettres pour que je devienne son épouse ! Alors, à force de vivre avec lui, je me suis mise à l'aimer, puisqu'il était mon mari ! Je me suis mise à porter les cabas, à faire des économies, à me contenter des cosmétiques de la Niculescu... Mais je parle, je parle, et le temps passe ! Ma chère Ivona, je t'en supplie, cours te préparer ! Vas-y vite, autrement nous arriverons si tard à l'église que nous ne verrons plus grand-chose... Ah ! ma brave Vica, excusez-moi, je crois que vous m'aviez posé une question, et puis j'ai complètement oublié laquelle...

— Pour ce que c'était ! Je vous demandais juste comment vous alliez, M. Cristide et vous...

— Merci, ça va... Vous vous souvenez peut-être de Puiu : maladif, grincheux ! En ce moment, on lui change son devant et il ne veut sous aucun prétexte se montrer sans dents. Pourtant, moi, me suis-je dit, je ne peux pas faire ça à Clémence ! Alors, j'ai pensé à Niki et Ivona, pour y aller avec eux. Et puis voilà que monsieur n'est pas à la maison et que madame ne se décide pas... Une occasion à saisir, ma chère Ivona, pour une fois que nous sommes débarrassées des hommes, profitons-en ! Allons-y en copines ! N'hésite pas ! Qu'est-ce que tu attends, Ivona ? Nous allons arriver après la cérémonie, et Clémence ne mérite pas ça ! Et Tsoutsou non plus, ce brave petit ! Je le connais depuis qu'il était haut comme trois pommes. Tu ne l'aimes pas, Ivona ?

— Mais si ! Un bon garçon, et dévoué à sa mère ! Je me suis réjouie lorsqu'elle lui a permis de se marier. Je l'ai d'ailleurs influencée un peu, je crois, car elle était réservée au début... Quand on a un enfant, lui ai-je dit, c'est à son intérêt qu'il faut veiller et non au nôtre...

— Toi, Ivona, tu penses comme je l'ai fait toute la vie ! Le sacrifice ! Bien que tu aies eu ton travail, ta vie, je vois que tu prêches pour ce que j'ai fait : je me suis effacée en faveur de ma famille. D'autre part, moi qui me suis sacrifiée, j'ai dit si souvent à Clémence : Je regrette de ne pas avoir mon travail, mon argent, pour décider toute seule de ma vie... Alors, j'ai compris ses réticences quand Tsoutsou lui a amené sa fiancée. Je l'ai comprise et je lui ai donné raison. Parce que, leur a-t-elle dit, je vous vois fermement décidés à vous marier, mes petits, du moment que vous ne m'avez pas demandé mon avis. Vous me prévenez, rien de plus ! Si vous m'aviez interrogée, je vous aurais conseillé d'attendre. Oui, c'est moi qui vous le dis, moi qui me suis mariée à dix-huit ans ! Mais certaines choses étaient difficilement acceptables de mon temps. Aujourd'hui, les jeunes filles vivent d'abord avec les garçons et se marient ensuite. Normal, puisque certaines maisons où l'on pouvait se rendre n'existent plus. La mentalité a changé aussi : en général les garçons sont honnêtes et épousent les jeunes filles avec lesquelles ils ont vécu. Sinon, elles en épousent d'autres, qui ne leur reprochent sans doute pas leur passé, puisqu'on ne voit plus éclater les scandales d'autrefois... Vous croyez peut-être que je condamne les jeune filles d'aujourd'hui ? Au contraire ! Au contraire, si j'étais jeune j'en ferais autant ! En plus, je ne me marierais surtout pas ! Le mariage, ce sont des corvées, des gosses... Alors, bien que vous soyez venus me prévenir et non me demander mon avis, je vais vous le donner tout de même : réfléchissez bien, encore une fois, à ce que vous voulez faire.

— Oui, je sais, je sais ! Elle me l'a racontée aussi, cette conversation ! C'est d'ailleurs pourquoi je me suis sentie tenue de lui faire part de mon opinion.

— Ivona, si Clémence est allée trop loin à ton égard, eh bien, désarme-la ! Moi, par exemple, il m'est arrivé de prendre le tramway, où on est avec la populace et alors, comme je suis assez coquette, n'est-ce pas, à certains moments je me sens carrément en danger ! Eh bien, les insultes de ces mufles, pour ainsi dire je ne les entends pas ! Je demeure gentille, je suis populaire avec eux, et ça les désarme !

— Tu n'as rien compris ! Désarmer quoi ? Rien du tout !

— Je sais, ma chère Ivona, je sais ! Je faisais juste une comparaison... Toi, une fille instruite, tu saisis ! Voilà pourquoi j'insiste : oublie les insinuations de Clémence et allons-y !

— Je te le répète : tu n'as rien compris ! Je n'en veux pas à Clémence ! On se connaît depuis si longtemps, elle et moi...

— Tu n'es pas du genre à prendre la mouche, je sais ! Tu es trop intelligente pour... N'empêche... Il y avait dans ta voix un soupçon d'aigreur à l'égard de Clémence, une aigreur justifiée ! Non, sois franche avec moi, avoue-le ! Mais maintenant, écoute, on ne peut pas tarder davantage, sous aucun prétexte... Monte t'arranger un peu, tu es toute pâle, monte, arrange-toi un peu ! Je te promets de tout prendre sur moi, avec Niki. Il pourra m'en vouloir, moi je lui dirai combien j'ai dû insister pour t'amener, et aussi que tu n'es pas du tout indépendante et maîtresse de ton temps comme le prétend Clémence, ce qui t'a fâchée...

— Fâchée, moi ? Mais pas du tout, je te le répète !

— Bon d'accord, si elle ne t'a pas fâchée, elle t'a au moins contrariée, avoue-le ! Je me demande d'ailleurs pourquoi, car au fond elle ne disait rien de méchant. Juste une opinion à elle, sa façon de te voir. Clémence n'est pas une mauvaise fille, mais il y a des choses qu'elle est incapable de comprendre. Elle est frappée en particulier par ta manière de supporter l'absence de Tudor, elle me l'a dit, nous en avons parlé. Moi, je ne pourrais jamais accepter que Tsoutsou soit à l'Ouest ! Ne le voir qu'une fois pas an, ou tous les deux ans, trembler sans cesse pour un visa incertain ! Alors, je lui expliquais : Ivona est une femme moderne, elle se console à l'idée que pour Tudor il vaut mieux être là-bas qu'ici, là-bas il a une situation..., dont je ne sais du reste pas grand-chose, sauf quelques mots lâchés par Niki, car dans leur couple c'est lui le bavard... Mais je suppose que c'est une bonne situation, en tout cas une situation qu'il n'aurait pas eue ici... Voilà ce que j'expliquais à Clémence...

— Ah ! bon... S'il y a lieu de... J'ignorais qu'on s'intéressait tellement à...

— Tu vois comment tu le prends, Ivona ? Tu es une femme intelligente, exceptionnelle, mais, à mon avis, compliquée. Si compliquée qu'on n'ose pas ouvrir la bouche devant toi parce que tu interprètes. Parce que tu vois chaque nuance, chaque... Et en plus tu es susceptible... Si, si ! Tu l'es, tu l'es ! Ne le nie pas ! Il n'y a qu'à voir ta réaction ! On s'intéresserait à ta personne ! Loin de là, tu peux me croire ! Loin de là ! Les fuites, les départs à l'Ouest, oui, avoue-le, tout le monde en parle ! C'est un sujet que... On y arrive sans le faire exprès. Moi, par exemple, disais-je à Clémence, je ne souhaiterais émigrer que si on émigrait tous... Puisque je me suis sacrifiée sur l'autel de la famille, au moins savoir pourquoi ! Mais tous ensemble, c'est très difficile ! Si j'y pensais dans le temps, maintenant j'y ai renoncé… À plus de cinquante ans, on a trop de mal à se recaser là-bas… Là-bas, on préfère les jeunes… Et c'est ainsi, pas du tout comme tu le soupçonnes, c'est ainsi, en partant de mon cas, oui, que nous en sommes venues au tien… Moi, m'a dit Clémence, moi, si j'étais à la place d'Ivona, je serais morte depuis longtemps. Alors je lui ai répondu : N'oublie pas qu'Ivona est une fille intelligente ! Elle a toujours vécu sa vie, sans être asservie par sa famille ! Si Tsoutsou partait, toi aussi tu te consolerais au bout d'un certain temps, n'est-ce pas ? Clémence s'est récriée. Moi ! Moi, qui lui ai obtenu des sursis pour son service ? Moi, qui l'ai fait revenir de vacances en lui envoyant un télégramme ? Moi, qui ne pouvais pas passer une semaine sans lui ? Eh bien là, ma chère Ivona, tu vas voir à quel point tu me connais mal : je te donne raison ! En vérité, Tsoutsou est un martyr. Des martyrs aussi, les maris de Clémence, ce Nanu que je n'ai pas eu l'occasion de connaître, puis Barbu Vrabiescu… Pour une raison bien simple, avec laquelle tu seras certainement d'accord : Clémence est aujourd'hui encore aussi égoïste et gâtée qu'à dix-huit ans ! La différence, c'est qu'à l'époque quelques hommes lui tournaient autour, tandis qu'à présent il n'y a plus que son malheureux garçon ! Mais ce n'est pas par méchanceté qu'elle fait tout ce qu'elle fait ! Elle ne réalise pas le chagrin de son fils quand elle lui fait du chantage pour l'empêcher de se marier, ce que tu ignores peut-être, Ivona ! Je le connais, moi, ce chantage, et je connais leurs terribles disputes ! Par égoïsme, elle en arrive à se faire du mal à elle-même ! Parce que, finalement, elle s'est retrouvée seule, et empêtrée d'un enfant à élever !

— Ben, quand le coq il s'en va, c'est forcément la faute à la poule ! Vu qu'un coq en pâte, on n'en voit pas s'en aller !

— En effet, madame Delca, c'est tout à fait ça ! Si un homme, aussi modestes que soient ses exigences, n'est satisfait en rien, ne nous plaignons pas quand il disparaît. En fin de compte, un beau jour, Nanu et Vrabiescu, les maris, ont bouclé leurs valises et sont partis, comme tu le disais, ma chère Ivona...

— Moi ? ! J'ai dit ça, moi ? J'ai parlé de maris, de valises ? Ce n'est pas le genre de la...

— Si tu ne l'as pas dit, c'était sous-entendu... D'accord, ce n'était pas sous-entendu, alors c'est moi qui le dis, voilà ! Je le dis parce que je dis la vérité, moi, je ne parle pas pour débiner Clémence ! Puiu sait que je ne critique jamais mes amies, elles sont mes amies et, quoi qu'il arrive, quoi qu'elles fassent, je tiens à elles ! Mais la vérité, c'est la vérité ! Un beau jour, les maris de Clémence ont fait leurs valises et le pauvre Tsoutsou s'est retrouvé tout seul sur la brèche !

Le téléphone sonne. Ivona sursaute et s'éloigne vite, d'un pas mesuré, cachant son envie de courir.

— Si c'est Niki, dis-lui de venir directement à l'église !... Tiens, qu'est-ce que c'est que cette photo, là, sur la table ? Comment, madame Delca ? Le professeur Mironescu ? J'ai beaucoup entendu parler de lui, mais c'est la première fois que je le vois en photo. Mme Ioaniu préférait les cacher, à cause de son mari, le général. Il y avait eu une rivalité entre eux... Je vous assure, madame Delca ! La moitié de Bucarest savait que Mme Mironescu couchait avec Ioaniu, et ça, oh ! là ! là ! depuis bien longtemps... C'est vieux, tout ça... Je vais vous confier autre chose, mais il ne faudrait surtout pas... On dit qu'Ivona ne serait pas... Bref, qu'elle aurait été conçue en vérité avec Ioaniu...

— Alors ça là moi je dis que je peux pas y croire, ma tête à couper que c'est pas vrai ! Vous avez qu'à regarder l'Ivona et qu'à regarder son père : maigres, chauves, et ce grand tarin ! Y a qu'à les voir ! Tel père, telle fille ! Copie conforme...

— Oui, elle lui ressemble, je ne dis pas le contraire... Il y a plus qu'un air de famille... Allez savoir... Au bout du compte, on ne leur tenait pas la chandelle ! Or moi, je ne crois que ce que je vois... Alors, voilà Mme Ioaniu jeune ! Présentable, oui... Mais belle, ce serait trop dire. Elle avait tout de même un je ne sais quoi. Ivona n'en a malheureusement pas hérité... Ah ! voilà sa sœur, qui a eu cette histoire ! Et ce jeune homme, assis à côté, sur une chaise ! Attendez, ne dites rien, c'est moi qui vais vous le dire ! C'est moi qui vais vous le dire, parce que, alors là ! C'est incroyable ! Titi Ialomiteanu ! Titi Ialomiteanu, dites donc ! Qu'est-ce qu'elle m'en a parlé, ma belle-mère ! Les Ialomiteanu et mes beaux-parents se fréquentaient... Autrement, jamais je ne l'aurais reconnu sur cette photo où il est si jeune ! Je n'étais même pas née ! Je l'ai reconnu parce que ma belle-mère m'a souvent montré des photos de lui et que j'ai été frappée de voir à quel point il avait changé. Sur ses photos de jeunesse il était blond et mince, tandis que je connaissais un homme corpulent, aux cheveux blancs, quelqu'un de tout à fait différent. Pourquoi le voyait-on si souvent en photo avec ma belle mère ? Vous voulez me le demander, madame Delca, vous me demandez s'il y avait quelque chose entre eux... C'est bien possible, mais je ne vous le confie qu'à vous, parce que vous êtes discrète, vous. Ma pauvre belle-mère était plutôt olé olé, si vous voyez ce que je veux dire...

— Tagada ploum ploum ?

— Précisément ! Puiu ne supporte pas d'entendre ces..., mais je pense que mon beau-père a porté de sacrées paires de cornes, ce qui n'a d'ailleurs pas nui à sa santé, puisqu'il est toujours bien vivant... Revenons plutôt à Titi Ialomiteanu, cet homme charmant ! Quels gracieux compliments il troussait !

— Il devait pas trousser que ça !

— Alors là, madame Delca ! Il n'était pas comme les jeunes d'aujourd'hui, ces moins que rien ! Saventils seulement ce que c'est que l'amour ? Et nos hommes non plus ne sont pas comme ceux d'autrefois ! Qui savaient apprécier les femmes ! De sacrés lurons ! Ils savaient y faire !

— Y défaire avant d'y faire...

— Vous avez toujours le mot pour rire, madame Delca ! Passez donc chez moi un de ces jours ! On bavardera un peu, comme en ce moment, comme... Et alors, vous disiez qu'Ivona l'a sortie là pourquoi, cette photo ?

— Est-ce que je sais ? Elle sera tombée dessus, et alors...

— Quelle coïncidence ! Tomber sur Titi Ialomiteanu ! Je me souviens de lui depuis l'époque où il travaillait à Explora..., il y gagnait des fortunes ! Une situation florissante, jusqu'au jour où les communistes ont pris le pouvoir... Là, pris de panique, il s'est caché chez sa maîtresse et alors...

— Mais elle était pas sa maîtr...

— Sa maîtresse, si, madame Delca ! Ivona rechigne à l'avouer, bien sûr, parce qu'elle est compliquée ! Je le lui ai d'ailleurs dit, vous m'avez entendue ! Compliquée, et pas du tout accordée à Niki ! La vie est ainsi faite : elle nous raccorde avec qui on ne s'accorde pas... Quel garçon adorable, Niki ! Quel esprit et quel tempérament, je m'entendais à merveille, moi et lui ! Et pareil avec Titi Ialomiteanu, bien qu'il ne soit pas du même âge, pas de la même nature... Je le rencontrais souvent au jardin public, il y a quelques années, il y sortait un petit pékinois très vieux et très retors, qui vous mordait par-derrière. Alors, comme je devais faire attention, ça ne facilitait pas la conversation... Ça ne l'empêchait pas non plus. Il avait fait de la prison, mais pas longtemps. Je ne sais quel heureux concours de circonstances l'avait rapidement rendu à la liberté et à sa femme, une chance rare pour un prisonnier politique ! Et en plus on l'avait aussitôt réembauché ! Mais à l'époque que je vous évoque, il était déjà à la retraite. Modeste comme toujours, il n'aimait pas parler de lui. Il en avait tellement vu, il en savait tellement ! Ah ! quelle intelligence ! Exceptionnelle ! L'écouter — un ravissement, une occasion unique ! Je le citais en exemple à Puiu, ce qui n'était peut-être pas une bonne idée. Tu vois, lui disais-je, il a fait de la prison, comme toi, et, bien qu'il ait vingt ans de plus, il ne se plaint pas autant ! Est-ce pour cette raison ? Toujours est-il que Puiu ne pouvait pas le voir en peinture ! Il inventait même de sombres histoires sur le compte de ce pauvre Titi ! Il a été toute sa vie horriblement jaloux et, pendant un certain temps, Titi Ialomiteanu était sa bête noire. Un faux jeton, un larbin des communistes, disait-il, autrement il ne voyagerait pas si facilement avec sa femme en Occident... Des propos d'envieux, et je ne me suis pas gênée pour le lui dire ! Arrête tes sordides médisances visant à me garder enfermée dans la tour d'ivoire ! C'était envoyé, ça ! N'oublie pas que je l'ai connu sous le toit de ta mère ! Et puis quel mal faisons-nous en nous promenant dans le jardin public ? Nous prenons l'air, nous échangeons quelques mots. Car nous ne faisions rien de plus, madame Delca. Qu'est-ce que j'aurais pu faire avec lui, à son âge ? Il me plaisait parce qu'il était toujours bien renseigné, sur tout et sur tous, une qualité que j'apprécie beaucoup ! Il fallait un parano du genre de Puiu pour en faire une montagne ! Je t'interdis de lui confier quoi que ce soit à notre sujet ! Toi, tu es une bavarde, et lui un escroc qui a passé sa vie à rouler les gens en leur tirant les vers du nez... Des sornettes, la jalousie qui l'égarait...

— Ah ! la jalousie, ça te vous...

— Tenez, madame Delca, vous savez quelle femme gentille je suis ! Accommodante, populaire et tout et tout !

— Oh ! là ! là !

— Et avec Ivona, aujourd'hui, quelle patience j'ai pu avoir ! Tandis qu'elle, tout le temps à insinuer des... Et ses regards ! Bon, changeons de sujet, vous pourriez croire que je lui casse du sucre sur le dos, alors que je déteste la médisance ! Nous parlions donc de Titi Ialomiteanu. Un homme qui ait autant de relations, je n'en ai pas connu d'autre, et pourtant Dieu sait si j'en ai connu ! Il s'intéresse à ce que sont devenues toutes les personnes qu'il a eu l'occasion de rencontrer ! C'est sa nature : un esprit curieux, un cœur affectueux... Tendre... Il a gardé le contact avec tous ses amis émigrés. Il m'a montré des tas de lettres[1] ! Il sait de quoi s'occupe chacun d'eux ! Sa femme et lui ont parcouru toute l'Europe dans leur petite voiture achetée à crédit. Pour les derniers voyages, un neveu les accompagnait, parce que, tout de même, ils avaient un certain âge ! Lorsque je l'ai rencontré, plus de soixante-dix ans. Ça,

1. Le courrier, en particulier avec l'étranger, était sévèrement censuré.

pour vous montrer l'absurdité de la jalousie de Puiu ! Et puis, à partir d'un certain moment, je ne l'ai plus croisé. Serait-il malade ? En tout cas, il ne doit pas être mort puisque je n'ai pas vu son nom dans les nécrologies… Ah ! te revoilà, Ivona. Figure-toi que nous parlions de Titi Ialomiteanu ! Je l'ai reconnu sur la photo, là… Cela dit, si nous ne partons pas dans cinq minutes, autant y renoncer !

— Je risque de te faire perdre ton temps, ça m'embête… Si Niki arrivait cinq minutes après notre départ ? Vas-y toute seule, ça vaut mieux ! Excuse-moi de t'avoir fait attendre ainsi, inutilement…

— Voyons, ma chère Ivona, ça ne fait rien ! Rien du tout ! Ce que je veux, moi, c'est que tout se passe pour le mieux ! Alors, permets-moi de te le répéter, puisque Clémence t'a contrariée la dernière fois, toi, en tant que fille instruite, diplômée…

— Vraiment, ça devient exaspérant ! Je me tue à te répéter que ça n'a aucune importance…, en vain ! Tu tiens à donner de l'ampleur à quelques paroles qui…

— Eh bien non, tu vois, justement c'est ce que je ne fais pas ! Justement je n'y donne pas d'ampleur ! Mais toi, tu es sans arrêt à te méfier de moi, je sais depuis quand, je sais pourquoi et je te dis que tu as tort ! Parce que je t'ai toujours portée aux nues, moi, je te défendais quand les uns ou les autres disaient qu'ils avaient du mal à s'entendre avec toi ! Là maintenant, tu n'y vas pas tout de suite parce que tu attends Niki, mais, à part moi, qui connait cette explication ? Personne ! On remarquera seulement ton absence, on la commentera…

Le téléphone sonne. Ivona se précipite.

— Si c'est Niki, dis-lui d'y aller tout droit !… Quant à nous, madame Delca, pensons à partir…

— Bon, ben... Quand c'est l'heure c'est l'heure, hein ?

— Tiens ! Ivona, mon chou, déjà de retour ? Ce n'était donc pas Niki ?

— Si. C'était lui. C'était Niki. Il va rentrer tout de suite et il me demande d'être prête.

— Parfait ! Dès qu'il se montre, on y va...

— Non, Ortansa, non... Tu ne vas pas nous attendre, quoi ! ce serait trop bête, nous serons sûrement en retard...

— Quelle heure est-il, au fait ? Ah ! oui, tu as raison... Mais je devrais peut-être rester encore un peu, et si Niki n'arrive pas dans cinq minutes...

— Non, tu ne ferais que t'énerver ! Or, tu ne sors pas pour te mettre de mauvaise humeur, n'est-ce pas ?

— Je ne m'énerve absolument pas, très chère Ivona, si je dois attendre pour rien ! Ou si je suis serviable avec quelqu'un qui ne me renvoie pas l'ascenseur ! Ou même si on interprète de travers ce que je veux dire... La sagesse est venue avec l'âge, je sais passer l'éponge...

Entendant la pendule sonner, elle se lève brusquement et boutonne son trois-quarts.

— Dommage, chère Ivona, dommage que nous n'y allions pas ensemble, j'aime toujours bavarder avec toi. Mais prenez un taxi, promets-le-moi, pour arriver avant la fin ! Pense à ce pauvre Tsoutsou, qui a eu tant de mal à se faire une situation ! Il ne passait pas ses examens aussi brillamment que ton Tudor, ce qui est au fond explicable...

Elle ouvre son sac à main, en sort une vieille trousse de maquillage miteuse et se refait les lèvres.

— Pourquoi t'étonnes-tu, Ivona, qu'il n'ait pas été aussi bon élève que Tudor ? Qu'il ait dû passer des repêchages, qu'il n'ait pas réussi ses concours du premier coup ?

— Mon Dieu, Ortansa ! Mais je n'ai jamais fait cette sorte de comparaison !

— Tu ne l'as pas faite parce qu'on ne peut pas en faire une pour de bon ! Et si tu l'avais faite, elle n'aurait rien eu de vrai...

— Je n'y ai même pas songé !

— Bien sûr, voyons, bien sûr ! Qui prétend le contraire ? C'est moi qui l'ai faite... Comment ne pas la faire, puisque ça saute aux yeux ? Cependant, elle est uniquement à l'avantage de ton fils, je ne vois donc pas en quoi elle pourrait te déranger...

— Et voilà autre chose !

— Pourquoi, Ivona, pourquoi ? En vérité...

Elle range son rouge à lèvres et ses fards, referme la trousse et la glisse dans son sac, qu'elle met en bandoulière, puis elle enfile ses gants et ajuste son chapeau — un petit coup vers le bas, un petit coup vers le haut...

— N'oublie pas que la nature est objective, elle compense : elle donnera l'intelligence au laideron, tandis que la beauté radieuse sera godiche. Et ainsi de suite... Tsoutsou n'a certes pas le cerveau ni la capacité de travail de Tudor, en revanche il est si attaché à sa mère ! Quel cœur tendre et dévoué ! Car les enfants qui n'ont pas été trop dorlotés par leurs parents sont plus gentils et attentionnés que les nôtres, pour lesquels nous nous sommes sacrifiés. Ceux pour lesquels on s'est décarcassé ne montrent en général ni respect ni sentiment ! Tu es d'accord pour une fois, ma chère Ivona, ou tu ne veux toujours pas me donner raison ? Réfléchis, pourtant... Toi, tu t'es sacrifiée pour Tudor, mais lui, dès que l'occasion s'est présentée, il a pensé d'abord à lui... À lui et à sa petite femme, à leur confort...

— C'est ton interprétation personnelle... Parce que tu ne..., je ne... peux pas t'en empêcher.

— Tu te froisses encore ? Je te préviens : je vais finir par ne plus jamais rien te dire de ce que je pense... Rien, mais rien de rien ! Tout le monde sait que tu as un garçon exceptionnel, d'un niveau et d'une... Mais là, je parlais du cœur. Si les parents font preuve d'un certain égoïsme envers leurs enfants, ils en reçoivent davantage d'affection. C'est un fait scientifique... Tu devrais y faire attention dorénavant, tu devrais l'observer. Oui, oui, observe-le, observe-le ! Tu me donneras peut-être raison... Bon, ce n'est pas tout ça... Je vous dis au revoir, ma brave Vica ! Mme Ioaniu vous appelait bien Vica, n'est-ce pas ? Ah ! je vous ai encore laissé du rouge à lèvres sur la figure, mais ça ne fait rien... Ça va bien à votre teint..., formidable, pour votre âge...

— Comme ça j'ai du chien, je vais peut-être taper dans l'œil d'un vieux beau, dehors, et me le ramener à la maison...

Elles rient toutes trois.

7

— Inimaginable ! Est-ce que ce n'est pas inimaginable ?

— Hi ! hi ! hi ! Je la connais, moi ! Une cinglée, une cervelle de moineau !

— Vous riez, vous ! Oui, vous pouvez en rire ! Mais moi, je suis à bout de nerfs ! Une journée déjà horrible, être obligée de la subir en plus ! Et j'ai une migraine épouvantable...

Elle s'assied sur une chaise et se presse les mains sur les tempes. Vica farfouille dans son fourre-tout — on entend un bruissement de sacs en plastique —, puis elle se rend d'un pas traînant à la cuisine, d'où elle revient avec un verre d'eau.

— Allons, allons ! Avalez-moi ça, puisque je vous le dis ! Allez, prenez-le et si dans une demi-heure c'est pas la forme... Allons, ma petite, écoutez-moi et prenez-le... Faut m'écouter, vu que c'est moi l'aînée, Ivona, votre aînée de onze ans...

Les yeux fermés, Ivona se masse les tempes.

— Quelle journée stupide, quelle journée atroce ! Je l'ai remarqué il y a longtemps déjà : si la journée commence mal, on a beau s'échiner, on n'arrive plus à la remettre d'aplomb...

— Y a de ces jours, oui... Quand on se lève du pied gauche...

— Il y a pire ! Je suis indulgente, mais aujourd'hui Niki a dépassé les bornes ! Il a tout renversé, tout bouleversé ! Alors que nous devions absolument être présents à l'église ! Au lieu de ça, il m'expose aux affronts que vous avez vus..., entendus...

— J'ai rien remarqué...

— Comment ! Mais pas un mot n'était prononcé par hasard ! Rien que des piques empoisonnées !

— Calmez-vous ! Vous avez la bougeotte, ou quoi ? Restez assise ! Restez assise et calmez-vous ! Prenez pas tout à cœur ! Alors moi, tous mes soucis, si je les avais pris à cœur comme vous, y a belle lurette que je serais au cimetière à côté de ma pauvre maman ! Mais quand je vois que je me mets à bouillir de trop, je prends un comprimé, j'en prends deux, et ça me calme ! Vous qu'êtes une femme intelligente, vous faire du mauvais sang pour rien qu'une folle !

— Je préférerais que ce soit une folle. Mais elle veut tout voir, tout savoir… Malgré mes efforts, elle ne s'en allait pas, elle ne s'en allait pas !

— Et moi, est-ce que je m'incruste pas ? Depuis ce midi, par-dessus le marché ! Regardez, dehors il se fait tard, il fait nuit, du côté de chez moi les trottoirs ils sont défoncés… Et ma bosse de Carabosse, qui c'est qui va me la caresser quand c'est que je vais rentrer à la maison ? Mon vieux chameau de Delca, à grands coups de manche à balai !

Elle prend ses affaires, pour se rhabiller et partir.

— Comme quoi je m'en vais enfin. De toute façon, y a M. Niki qui va arriver d'une minute à l'autre…

— Ne me parlez pas de Niki, je vous en prie ! Aujourd'hui, je vous l'ai dit, il a dépassé les bornes ! Parce que, tout de même, ce ne sont pas les cabines téléphoniques qui manquent à Bucarest ! On finit par en trouver une qui marche, si l'on tient vraiment à…

— Ben quoi, il vous a appelée ! Tout à l'heure, juste un peu avant qu'elle fiche le camp, la Cinglée…

— Comment ? Niki ? Niki m'a appelée cet après-midi ?

— Qu'est-ce qui se passe, Ivona, ma petite, qu'est-ce qui vous arrive ? Vous me foutez la pétoche ! Rappelez-vous ! Quand la Cinglée elle était encore là, vous nous avez dit que M. Niki il venait d'appeler…

Ivona la dévisage. Elle prend une cigarette, elle l'allume.

— Niki n'a pas appelé. C'étaient d'autres coups de fil, que j'ai expédiés de mon mieux.

— Mais… Mais vous avez dit que…

— Vica, vous n'êtes pas une secondaire…

— Ben, je suis allée à l'école juste en primaire…

— Non, je veux dire que vous n'êtes pas une compliquée, vous ne coupez pas les cheveux en quatre... Je vous le répète, elle ne s'en allait pas, elle ne s'en allait pas...

— La Cristide ?

— Qui d'autre ?

— Ah ! bon, et alors vous y avez dit ça pour...

— Vous avez enfin compris ! Rien que pour la faire partir, et malgré ce qu'il m'en coûte de mentir ! Ce qui a fini par me mettre hors de moi, c'est de lui avoir menti en vain : elle ne voulait pas décoller...

— Alors là oui ! Comme pot de colle, c'était carrément de la glu !

— Exactement ! Je lui avais pourtant dit, en lui ouvrant la porte, que j'attendais Niki ! En vain ! De même dans la rue, elle me voit, elle m'accoste, elle s'invite sans gêne, car c'est son genre : pénétrer partout, regarder, écouter, espionner... En plus, elle prend un malin plaisir à s'attarder, sachant que je ne la porte pas dans mon cœur, ce qui est d'ailleurs réciproque...

— J'ai pas eu l'impression, au contraire ! Vous avez pas vu comme elle vous faisait de la lèche ?

— Vous êtes naïve, Vica ! Naïve ou distraite. Ou les deux à la fois. C'étaient sans arrêt des *à propos** perfides. Sur Tudor, sur mon caractère... Et que d'insolences sur Niki, qu'elle ne cessait pas de ramener sans raison dans la conversation...

— Elle peut toujours courir ! Une pétasse pareille, M. Niki, il va jamais seulement la regarder...

— Qu'il la regarde ou non, c'est son affaire, chère Vica. Son affaire ! Ce qui me dérange, c'est qu'il ait lâché la bride à cette femme dont il est presque impossible de se débarrasser. Ça fait tellement longtemps qu'elle lui tourne autour, sans se lasser ! Une autre à sa place aurait abandonné, mais elle, elle ne désespère pas…

La mine sombre, Ivona écrase son mégot dans le cendrier. Vica change de chaise pour s'asseoir plus près d'elle.

— Et moi qui croyais qu'elle vous aimait bien ! Même en ce moment, je me demande encore… En tout cas, elle risque pas de plaire à M. Niki ! Vous avez pas vu sa dégaine, peinturlurée pire qu'un carême-prenant ? Un homme sérieux, il va jamais la…

— Je ne sais pas, ma chère Vica, je ne sais pas… Nous, nous les croyons capables de résister, nous entretenons cette illusion, mais, à la vérité, peu d'hommes résistent s'ils sont assaillis avec tant de constance. Peu…, pour ne pas dire aucun !

— Moi, pour ce que j'en fais ! Mais ils sont pas bêtes à ce point-là, tout de même ! Et M. Niki est quelqu'un d'instruit…

— Oui, mais il a ses moments de faiblesse… Non, inutile de protester, ma chère Vica, il y a des choses que vous ignorez, bien que vous veniez depuis si longtemps chez nous… Comme je suis quelqu'un de discret, certaines femmes en profitent… Je ne pensais pas à vous, voyons, Vica ! Ah ! là ! là ! Quand je disais « certaines femmes », il s'agissait d'Ortansa Cristide ! Croyez-vous qu'elle se serait permis d'entrer chez moi si je n'étais pas telle que je suis ? Alors que j'ai reçu je ne sais combien de coups de fil d'avertissement ?… Mais oui, sur elle et Niki, cela va de soi !… Non, pas ces temps-ci, non ! Il y a des années, il y a longtemps ! Seulement elle, vous avez vu, elle ne s'est toujours pas calmée !… Qu'il y ait eu ou non quelque chose entre eux, je n'en sais rien, chère Vica, et, croyez-moi, je m'en moque ! Je n'en ai jamais parlé à personne, voilà, vous êtes la première, parce que nous nous connaissons depuis si longtemps et parce que, aujourd'hui, un jour si dur pour moi, nous avons communié toutes les deux... Je n'ai rien dit ni rien demandé à quiconque, au contraire, c'est encore elle... Toujours elle, qui m'assène ses insinuations et ses affronts ! À qui la faute ? À Niki, rien qu'à lui ! À Niki, qui continue à la voir, à l'écouter, ça l'amuse, bien que je lui aie signalé qu'elle est un danger public, mais lui, vous le connaissez ! Il dira n'importe quoi pour faire un bon mot, et les femmes le prennent au sérieux... Voilà ce qu'il en est... Malgré mes mises en garde, il continue à lui raconter tout et n'importe quoi, et elle, dès qu'elle apprend quelque chose, elle accourt pour me le siffler, cette langue de vipère !

— Vous vous faites du mauvais sang pour des paroles en l'air ? Faut pas ! Moi, cette engeance-là, j'en ai connu, si elle frappe à ma porte, j'y dis de passer son chemin ! Si je la croise dans la rue, c'est moi que je passe le mien. Pas de bonjour, pas de bonsoir, t'as qu'à aller te faire voir ! Ben quoi, je serais plus chez moi entre mes quatre murs ? Des malfaisantes viendraient quand ça leur chante ? Ah ! non. Faut pas la recevoir comme vous l'avez reçue, Ivona : des je vous en prie, et des donnez-vous la peine d'entrer, et patati et patata ! Non !

— Ah ! Vica, ma chère Vica ! Vous avez raison ! Ma nature indécise est seule coupable ! Mon incapacité de dire à quelqu'un ses quatre vérités, pour ne pas le blesser ! Mais savez-vous ce que je regrette le plus ?

Elle prend son paquet de cigarettes et en allume une.

— Je regrette surtout ce que je lui ai dit de Clémence ! Je me demande ce qui m'a pris ! Je savais à qui j'avais affaire, et pourtant on aurait cru que j'avais oublié ! Là, je lui ai fourni des munitions pour pas mal de temps ! Vous allez voir ce que ça va donner, sauf un miracle ! Si Niki n'arrive pas dans un quart d'heure au maximum, c'est fichu pour aller à l'église... Et alors, elle en fera une montagne ! Je pourrais y aller toute seule, bien entendu, mais voilà, je ne veux pas ! D'abord parce que je me suis sentie mal toute la journée, je suis à bout ! Une vraie boule de nerfs ! Voilà tant d'années que j'arrondis les angles derrière Niki, que j'adoucis ses gaffes, que je fais face à des situations pénibles ! Je suis lasse, si lasse de garder les apparences... Et lui, il est sans souci, il ne s'en fait pas, il sait que je veille au grain ! Eh bien, aujourd'hui, il va avoir une surprise : la vigie a déserté... Quel que soit le risque, je n'irai pas à l'église, bien que le risque soit énorme, je le sais... Non, franchement, si Niki était rentré, j'aurais fait l'effort d'y aller, mais...

— Hé ! Le téléphone qui sonne ! Allez-y, vite, Ivona !... Vite, allez ! Le temps de revenir, moi je me serai rhabillée, vu qu'il est tard, je suis pas en avance, moi...

Elle aplatit les sacs en plastique au fond de son fourre-tout, elle met son manteau, ses fichus, son béret, l'écharpe par-dessus, puis elle vérifie qu'elle a bien son billet de cent, le billet d'Ivona. Elle va à la cuisine, ouvre le frigo, le referme, revient en mâchant. Et se retrouve face à face avec Ivona, qui revient de son coup de téléphone.

— Mais qu'est-ce qui se passe, Ivona ? Qu'est-ce qu'y a, ma petite ? Vous étiez pas dans cet état, tout à l'heure ! Allez, faut me le dire ! J'ai beau être en retard, autrement je pourrai pas m'en aller ! Je peux pas vous laisser comme ça ! Allez, ma petite, parlez ! Allez, Ivona, allez, moi j'en ai les guibolles qui flageolent, attendez, attendez juste que je sorte le carbaxine, un comprimé pour vous et un pour moi. Oui, prenez-le sans eau, oui, mais videz votre sac, allez-y !... Quoi ! M. Niki, un accident !... Ah ! mais alors vous pouvez vous rassurer, du moment qu'il est à l'hôpital, c'est qu'il s'en est tiré... Ah ! c'est plus grave que pour le conducteur ? Le mauvais sort ! C'était qui ? Un homme ? Une femme ? Le mauvais sort !...

ÉPILOGUE

Gelu

1

Ce qu'elle est étroite, cette cour ! Tellement étroite que si j'étends les bras, à droite, côté Reli, je touche la palissade, d'un gras huileux, et, à gauche, le mur sur lequel s'émiette le crépi écaillé. Cela dit, quand ça glissait, cette étroitesse avait un avantage : ils se tenaient à la palissade ou au mur pour aller aux cabinets, tout au fond. Or, ça glisse presque tout le temps, du mois de novembre au mois de mars. Il suffit qu'il pleuve, il suffit que fonde la neige tassée le long de la palissade : l'eau s'accumule entre les vieilles briques fendillées qui pavent la cour et, dès qu'il gèle, elle se transforme en verglas. C'est ce qui s'est passé le soir où Vica s'est cassé le bras. C'était vers la fin de l'hiver, il avait plu dans la journée et lorsqu'elle est rentrée, tard, il gelait. Une vraie patinoire ! Elle l'a payé cher, son retour tardif ! Ce qu'elle a souffert ! Le bras droit, en plus ! Et sa fracture mal réduite ! Ses doigts enflaient, se violaçaient et les douleurs empiraient, il a fallu la réopérer. Depuis, elle n'oublie jamais le sel ou la cendre dès qu'il gèle. L'ennui, c'est qu'on en transporte sur les semelles à l'intérieur et, avec tout le bric-à-brac entassé dans la salle — la cuisinière, la vieille lampe à pétrole, le canapé, la machine à coudre, les chaises, le buffet, l'évier, la boîte à cirage, etc. —, quel casse-tête que le nettoyage ! Au fond, je comprends qu'elle ait brusquement voulu s'en débarrasser...

— Rien que des rebuts, disait-elle. J'en ai ma claque !

Elle les a liquidés en vrac, pour quelques centaines de lei seulement. Et payés à crédit ! C'est Oita, une petite cousine au deuxième degré de Delca, qui les a achetés. Pas pour elle, elle n'en est pas au point de remplir sa maison des occases de Vica, non. Pour sa famille au village. Son mari est venu les chercher en voiture. Le téléviseur a été emporté en dernier. Il avait ses treize ans, mais il marchait toujours. Tout le monde lui disait :

— Gardez-le, Vica ! Vous pourrez l'allumer le soir, vous verrez un film, vous saurez ce qui se passe dans le monde... Des amis viendront regarder avec vous, vous tenir compagnie...

— Ç'aurait tenu qu'à moi, j'aurais pas dépensé un sou pour la télé ! Mais il s'est pointé avec sans me prévenir ! Et pendant treize ans ça m'a gueulé dans les oreilles... Fallait qu'il ait un grain, mon homme, à chacun son araignée... Son plaisir à lui, c'était de rester au lit devant la télé, emmitouflé l'hiver pour pas attraper la crève, et que les copains ils viennent regarder aussi, sans rire, sans parler fort... Juste s'asseoir et regarder... Et les cousins et toute la parentèle itou, et alors donnes-y leur à grignoter, on a beau être pauvre on trouvera toujours quelque chose à se mettre sous la dent, tous devant la télé... Pour que les médisants ils voyent qu'on a de la visite.

Maintenant, disent les voisines, Vica va et vient dans son chez-soi, prête à se défaire de tout ce qu'elle y voit. Elle va et vient dans son chez-soi et met la main sur un objet, au hasard.

— Çui-là, est-ce que tu m'en donnerais tant ?

Elles marchandent et Vica finit par baisser son prix. Ou même :

— Tu me payeras ce que tu pourras ! Tu verras bien ce que tu me payeras, quand tu pourras !

Après le départ d'Oita, elle regrette brusquement d'avoir vendu si bon marché. Dès qu'elles se revoient, elle le lui dit :

— Tu me l'as embarqué pour trois fois rien, le...

— Moi, tantine ?

Elles marchandent de nouveau et en restent quelquefois au prix fixé par Vica. Mais le jour du paiement, un mois plus tard, elles ont oublié en général ce qui était convenu...

C'est ce que m'ont chuchoté des voisines.

Qu'y puis-je, moi ?

Je regarde, perplexe, les traces décolorées ou noircies, poussiéreuses, laissées sur les murs et le plancher par les meubles qui n'avaient pas bougé pendant des dizaines d'années.

C'est comme un déménagement...

Le mur de gauche est lézardé sur toute sa hauteur : il est ainsi depuis le tremblement de terre. À côté, un grand morceau de plâtre, tombé du plafond, a dénudé la charpente.

Tonton Delca n'a pas eu le temps de réparer. Quant à Vica, elle n'arrive même plus à enlever les toiles d'araignée qui se multiplient dans les coins.

Elle se réveille tôt le matin, dit-elle, et reste au lit, les yeux au plafond. Le haut plafond, depuis longtemps noirci. Jadis vert Nil, il ne subsiste de cette couleur initiale que quelques vagues traces ici et là.

Mais elle s'en souvient. À l'en croire, elle se souvient de tous les changements successifs. Cela dit, se réveiller si tôt ne lui sert à rien, puisqu'elle reste au lit, entre ses draps verts. Verts, explique-t-elle, pour ne pas avoir à les laver à tout bout de champ... Même après la maladie de tonton Delca, elle ne les a pas changés aussitôt — elle les a encore gardés pendant près d'un mois...

— Je dors pas une minute, je ferme pas l'œil de la nuit ! C'est juste que des médisantes qui racontent que je passe mon temps à dormir ! Je l'ai entendue, moi, cette peste de proprio ! La Vica elle arrête pas de dormir, qu'elle disait, elle prend ses comprimés et elle dort comme une souche... Tandis que moi, en vrai, c'est à peine si j'ai deux heures de sommeil dans la nuit ! Je fais rien qu'à rester au lit, rien qu'à réfléchir, rien qu'à me rappeler de tout, à tour de rôle, rien qu'à me soucier de tout ! J'ai le cerveau qui tourne et qui tourne en rond, il revoit tout, et je reste comme ça jusqu'à l'aube... Quand il fait bien jour, je vais me laver, je fais tout ce que j'ai fait toute la vie et après je sors. Je vais au marché... Je passe un coup de fil, j'achète des tomates...

— Mais qu'est-ce qui te prend d'en acheter des quantités pareilles ? Il doit bien y en avoir cinq kilos, là... Cinq kilos, par cette chaleur, sans frigo ! Regarde, elles commencent à pourrir, il y a des mouches à vinaigre, regarde... Maintenant que tu es seule, tu peux aller en acheter un petit peu chaque jour, juste le nécessaire, en plus ça te fera faire du mouvement...

— Moi, toute ma vie, j'ai acheté en gros !

Elle rit, ravie de sa plaisanterie, découvrant ses gencives édentées (elle a renoncé à mettre son râtelier, comme elle le faisait autrefois par coquetterie). De petites gouttes de sueur perlent sur son front blanc et sur ses joues bien pleines. Il fait trop chaud ici, bien qu'elle ait baissé les stores. Quelqu'un — une voisine, certainement — lui a coupé les cheveux. Disparu, le chignon ramenant sur la nuque ses cheveux frisés. À la place des ondulations qui dessinaient leur entrelacs sur les tempes, ce sont des mèches clairsemées, inexplicablement raides, qui pendent sur les côtés, coupées au niveau des lobes des oreilles. Une raie au milieu du crâne découvre le cuir chevelu, d'un rose flétri.

— Tu t'es séparée aussi de ta bassine blanche de faïence ? Tu avais une bassine blanche de faïence, avec de grandes fleurs rouges, et un broc assorti... Je les revois sur le bord de l'évier, dans la salle. Tu les as cédés ? Les deux ? Pourquoi, tante Vica ?

— J'en avais assez ! J'en avais assez, parce qu'ils étaient fêlés... Je savais pas que tu les voulais, sinon je les aurais pas bazardés. Quand ta mère passait me voir, j'y disais chaque fois de les embarquer... Prends-les, que j'y disais, allez, emporte-les, pour le petit... Prends ci et prends ça, emporte-les pour les enfants ! Elle voulait rien prendre, ta mère... Les jeunes ça aime pas les vieilleries, qu'elle me répondait. Ça aime le neuf... Ils ont acheté ce qu'ils voulaient, ils sont criblés de mensualités, c'est leur affaire, moi je m'en mêle pas, qu'elle m'expliquait, ta mère. Ça les regarde... Ils sont criblés de mensualités, ils ont pris trop de crédits, et à présent ils doivent tout partager. Comment ils vont faire ? À eux de se débrouiller ! Ce n'est pas à moi de leur dire comment se les répartir. Moi, je regrette que ça ait mal fini, je ne vais pas les encombrer de tes affaires par-dessus le marché ! Oui, voilà ce qu'elle me disait, ta mère, chaque fois que je voulais y donner quelque chose pour vous... À la fin, tu sais ce qu'elle m'a dit ? Que tout ce que tu mettrais désormais chez toi, ça serait partagé avec la poison ! Alors, je vais tout de même pas y faire des cadeaux, à cette garce qu'a même pas su apprécier un petit mari pareil, comme on n'en fait pas deux... Quoi ? Qu'est-ce que t'as là à marmonner, à souffler comme un phoque ? Qu'est-ce que t'as à t'agiter ? C'est-y pas la vérité ? Je voudrais bien voir qu'elle en retrouve un qui t'arrive seulement à la cheville !

Un temps. Je me vois dans la glace de l'armoire, nimbé de la poussière révélée par les rayons dorés qui se glissent entre les stores. Je me vois sans plaisir dans la glace de l'armoire.

Un temps, puis Vica repart de plus belle :

— Aussitôt qu'elle viendra, cette voleuse d'Oita..., faudra bien qu'elle vienne, vu qu'elle me doit encore quatre-vingts lei, depuis le temps qu'elle me les promet..., aussitôt j'y dirai de me les rapporter, les faïences que tu m'en parlais..., la bassine et le broc... Qu'elle se figure pas les avoir étouffés, va falloir me les rapporter vite fait ! Et qu'est-ce que tu veux d'autre ? Je lui ferai tout me rendre... Allez, dis-le-moi, mon grand...

— Je ne veux rien, mais rien ! C'est chez toi que j'aimais les voir, ici, pas chez nous ! Pas chez moi ! Hors de question ! Je te préviens que je ne les prendrai pas ! Puisque je te dis non, c'est non, un point c'est tout !

Je fais encore non de la tête lorsque mes yeux s'arrêtent sur la blessure gris-vert laissée par le téléviseur sur le mur, à force de l'effleurer durant treize ans. Que la vie est étrange, me dis-je, sans trop savoir ce que je me dis, puis mes regards tombent dans l'entrée sur le paillasson fait de torchons, d'une propreté douteuse... Que la vie est étrange, et j'évite d'aspirer trop profondément l'odeur de charbon, d'alcool à brûler et de tomates pourries, je me fais la guerre pour essayer d'oublier que je respire malgré tout la puanteur trop connue de cette maison, qui mêle des relents de patates germées, des relents de bois moisi, des relents de cuisine trop grasse... Qu'elle est étrange, et je laisse glisser mon regard sur l'entrée vide, sur le visage interrogateur, sur les yeux de chien fidèle de Vica...

— T'avaleras bien un morceau, mon grand ! Je t'ai mijoté, écoute voir ce que je t'ai mijoté... Du ragoût, que t'en raffolais ! Allez, je vais t'en mettre une assiettée sur le coin du bureau... Pas dans la boutique, j'ai vu que t'aimes plus tant y être...

— Je ne peux pas ! Ne m'en veux pas, je t'en prie, vraiment je ne peux pas ! J'ai déjeuné juste avant de venir...

Et je ne peux vraiment pas. Je ne pourrais pas avaler une seule bouchée. Pourtant je pouvais, il y a dix ou quinze ans... L'odeur était-elle moins forte ? Je ne m'en souviens plus, je me souviens de la toile cirée rouge tailladée par-ci par-là, des bûches empilées des deux côtés du buffet, du seau de rinçure sous son couvercle, remisé discrètement dans un coin.

Alors ? L'odeur était-elle moins forte ? Est-ce moi qui étais différent ?

— Bon, alors viens voir comme elles poussent bien, mes fleurs ! Et viens voir mes framboises... Et après tu te reposeras un brin sur le banc dans la cour, sous notre arbre... Moi, je m'y assieds le soir... Qu'est-ce que j'y suis bien ! Quel bonheur ! Le paradis sur terre, je te jure !

— D'accord, allons-y !

Elle est si étroite, la cour, et pourtant Vica a réussi à y semer des fleurs ! Leurs tiges blanchâtres s'élèvent entre les briques usées. Des fleurs jaunes ou rose-violet, des feuilles en épi. Elles grimpent comme du lierre jusque sur les marches fendues, sous la porte de Vica. Elle en est tellement fière, et elle ne l'est pas moins du framboisier qu'elle a planté contre la palissade d'un marron huileux, ou de l'arbre qui pousse au fond de la cour, un tremble qui en ce moment, en cette fin de printemps, tapisse le sol de son blanc duvet.

— Va dire bonjour à la Negulescu !

Elle me pousse comme elle me poussait enfant. Il y a une seconde porte vers le fond de la cour : celle de la Negulescu. La propriétaire. Assise le buste droit sur une chaise, les mains sur le pommeau de sa canne, elle me fait toujours penser à un prélat, cette fois-ci peut-être encore plus que de coutume. Ses vastes vêtements noirs flottent autour de son corps immense et ses longs cheveux blancs coupés droit ne parviennent pas à adoucir ses traits masculins. Je me penche pour baiser sa main parcheminée, qui se pose ensuite sur ma tête, bienveillante, tandis que l'autre main reste fermée sur la canne.

— Laisse-moi t'embrasser, mon garçon. Que tu es grand ! Que tu es devenu beau ! Et comme ils te vont bien, ces quelques cheveux blancs ! Ils blanchissent tellement tôt, les cheveux des jeunes d'aujourd'hui, c'est pareil pour mes petits-fils, mais ça leur va bien ! Pas vrai, mon grand ?

Sa voix est caverneuse. Lorsque son visage anguleux se rapproche de mes joues, j'éprouve une sensation désagréable : une légère piqûre et un petit creux dans la poitrine.

Par la porte ouverte à deux battants, je vois les meubles de sa salle à manger, briqués comme neufs, sans un grain de poussière. Des napperons ajourés sous des vases de fleurs, des buffets chargés de bibelots. Incroyable : cette pièce, séparée par une simple cloison de celles de Vica, embaume les fleurs ! Je ne suis jamais entré chez Mme Negulescu. Apparemment, il s'agit d'un de ces logements encaustiqués où le visiteur doit enfiler des patins. Je n'y suis pas entré et je n'y entrerai sans doute jamais. La maîtresse de maison, disparue un instant pour me préparer le plateau rituel de confiture et d'eau glacée, m'y invite pourtant de sa voix grave :

— Entre donc ! Entre, je t'en prie ! Entre…

Je n'entre pas. Je m'excuse, je bredouille, je me dandine et me force à sourire, j'explique qu'aujourd'hui, précisément… (On ne te voit vraiment pas souvent, me répond-elle, sur un ton certes amical, mais pas moins réprobateur pour autant.) Je ne suis venu que brièvement, pour passer un petit moment avec ma tante, dis-je, sur le seuil de cette salle à manger collée à la chambre de Vica, et je sens brusquement dans mes narines, à travers le parfum des pivoines, l'odeur de là-bas, la même, à peine atténuée ! Quelque chose vibre dans ma gorge et remplit mes yeux de larmes froides, mon corps se raidit pour résister à la nausée…

Derrière la palissade marron, la cour et la petite maison de la copine de Vica, Reli, sur laquelle les années n'ont pas de prise : la même blonde oxygénée, à la peau blanche, de vagues pattes-d'oie brillant de pommade, les sourcils épilés, du rouge à lèvres dessinant un cœur, les bigoudis coquettement cachés sous un fichu noué au-dessus de la tête, à la créole. Mais les yeux toujours tristes, à cause d'un ancien chagrin d'amour mal cicatrisé.

— Tu parles ! Elle fait sa sainte-nitouche, mais elle a le feu au cul, murmure Vica. Elle couche avec son cousin, qui est vieux garçon. Elle va chez lui vu qu'elle peut pas se passer de la chose, qu'elle dit, et que son mari à cinquante ans il avait déjà remisé sa boîte à outils… Qu'elle aille se faire foutre, et toutes les autres du même coup ! Viens plutôt te reposer dans le jardin... Tu te rappelles, comme tu faisais quand...

Lourde et imposante, Vica tourne autour de moi sur la pointe des pieds. Et moi, comme à l'époque où, faute de place à la maison, je venais faire mes devoirs et apprendre mes leçons ici, je m'assieds sur le banc tout au fond de la cour, à l'ombre du vieux tremble.

— Arrête de tourniquer, assieds-toi aussi, dis-je.

Les feuilles brillantes et dures du tremble bruissent les unes contre les autres, bruissent contre le mur. Devant le banc, la table de cuisine sur laquelle je posais autrefois mes livres et mes cahiers, aujourd'hui mes coudes seulement. J'appuie le menton sur mes poings. Assis côte à côte, nous nous détendons pendant un bon moment. Je suis le premier à me lever. Nous nous dirigeons vers la porte de Vica...

Je me souviens du jour où ils sont venus chercher tonton Delca. Ils sont arrivés à l'heure, avec un large cercueil, comme prévu, mais ils n'ont pas pu le faire entrer dans la maison, la cour était trop étroite. Ils le penchaient, le manipulaient dans tous les sens, pas moyen de le passer par la porte.

— Une couverture, ont-ils demandé alors.

Vica en a apporté une, qui sentait bien entendu l'alcool à brûler, le charbon et le graillon. Ils l'ont étendue par terre, le long du lit. Deux hommes ont soulevé le corps, non sans peine, et l'ont déposé dessus, dans son drap vert. Ensuite, pendant que nous maintenions à plusieurs la couverture, ils ont retiré le drap en soulevant de nouveau le corps. Je me souvenais de mon enfance : tata Vica et tonton Delca m'installaient dans une couverture, la tenaient fermement chacun par un bout et me balançaient de droite à gauche en scandant : « Patates en sac, patates en vrac ! »

— Pourvu qu'elle cède pas ! a dit l'un des croque-morts.

Nous redoutions tous qu'elle ne cède sous le poids de cet énorme corps. Je ne sais quoi de bizarre s'était tapi dans ma gorge, j'avais les yeux secs, je jetai un regard furtif sur Vica : pleurait-elle ou non ? L'énorme corps s'était replié sur lui-même, tout mou, l'impression que la mort raidit est fausse, toutes les impressions sont fausses, et derrière tout ce que je vois (ce que je crois voir), le monde est totalement différent.

Plus simple, plus naturel, cela va de soi…

Je suis seul à ne pas réussir à m'habituer à son naturel, seul parmi tous, ici, à être épouvanté par le naturel… Il pendait de guingois avec tant de naturel, le cou flasque de tonton Delca que les croque-morts emportaient, courbés par son poids. Ils traversaient la salle, attentifs à ne pas heurter contre l'une ou l'autre des portes grandes ouvertes le corps ramolli, blotti dans la couverture qui, heureusement, ne cédait pas.

Honteusement blotti (murmure en moi une voix inconnue), ultime humiliation… Peut-il encore se sentir humilié, privé de la digne raideur mortuaire, de l'horrible dignité de la raideur ? Ils le portaient dans la cour pavée de vieilles briques, entre lesquelles s'élevaient les tiges blanchâtres, les tiges rusées des fleurs. Par terre, sur les briques usées, parmi les fleurs violettes, jaunes, roses, le cercueil verni, dans lequel ils le couchaient. Ils retiraient la couverture en procédant comme pour le drap. Sa tête brimbalait, s'immobilisait de travers, ils la remettaient dans une position décente, puis ils hissaient sur leurs épaules le cercueil loué pour la journée et le portaient vers le camion drapé de noir, dont le moteur tournait déjà dans la rue, devant le portail.

2

— Me demander si on se connaît ! C'est un comble ! Tu te rends compte, dis ? Depuis le temps qu'on se connaît, pas vrai ? Qu'on se connaît et qu'on s'aime ! Ben qui c'est qui te donnait ton bain dans la petite auge ? On baissait plus tôt le rideau de fer le soir, on mettait la petite auge dans la salle, et vas-y, savonne-le-moi par-ci, frotte-le-moi par-là, ce que tu pouvais brailler ! On se connaît depuis si longtemps, on avait la santé en ce temps-là, pas besoin d'hôpital... Qu'est-ce que ça fait, si je marmonne ? Il m'entend pas, il est trop loin, déjà au dernier lit, à l'autre bout de la salle... Non, c'est pas lui, non. C'est pas le professeur. Le professeur il traîne une smala, des hommes, des femmes, lui il marche devant, c'est lui le sultan. Et les autres autour de lui, rien que des mimis et des chichis, à qui le flattera le plus ! Et il ne vient pas tous les jours, il vient quand ça lui chante ! Tandis que çui-là, ce tordu-là, je l'ai tous les jours sur le paletot ! Pas moyen de m'en débarrasser. Peut-être qu'il a trop pris goût aux sous[1]... Arrête de me faire chut, je parle pas trop fort, c'est toi qu'as peur. Et puis, qu'est-ce que j'ai dit ? J'ai dit qu'il s'amenait tous les jours, y a pas de mal à ça. Il s'amène tous les jours et aussitôt c'est des comment allez-vous, quoi de neuf, rien à signaler ? Je crois que dans sa tête ça

1. Les médecins acceptent (ou réclament) pratiquement tous des dessous-de-table de leurs patients.

tourne pas... Arrête tes chut, je te dis ! Personne nous écoute ! Les gens se fichent pas mal des autres, ils ont leurs histoires à se raconter, t'entends pas le chahut ? C'est comme ça, les jours de visite. Je suis d'abord restée derrière la porte du pavillon, pour accueillir mon visiteur, je pensais pas que ça serait toi, je sais que t'es pris, que t'as beaucoup de boulot. Mais y en a bien un qui viendra, que je me disais. J'ai attendu, attendu, je voyais passer plein de gens... Pour moi, personne ! Alors j'en ai eu assez de rester plantée comme un poireau... Puisque c'était ça, je suis sortie !

— Il ne fallait pas ! Je t'ai dit de faire attention. Tous ces pavillons se ressemblent et tu risques de te perdre...

— J'y ai pensé, que je risquais de me perdre... Vu que ces allées-là, ça part dans tous les sens. Alors je me demandais si je retrouverais mon chemin. J'aurais bien été jusqu'au kiosque, pour m'acheter un gâteau. Là je connais, je sais y aller, je sais m'en retourner. Seulement j'avais pas un sou sur moi. Pourquoi j'en aurais pris ? Je voulais juste accueillir mon visiteur ! Sauf que personne se montrait. Remarque, c'est tant mieux, puisque tu m'en as apporté, des gâteaux ! Mais arrête de gaspiller tes sous, t'en as pas tant, hein ! t'en as pas de trop... Moi, sur ce que tu m'as laissé la dernière fois, j'ai pas dû dépenser plus de deux lei cinquante. Normal, vu qu'on a de tout ici ! Moi, je suis pas chichiteuse, bon ou pas, je mange ce qu'on nous donne. Je trempe mon pain dans la sauce et... Le pain, on en a à gogo. Si ta portion te suffit pas, tu peux en reprendre ! Tu redemandes du pain, on t'en redonne. Un jour, on m'a même redonné du potage... Dis, tant mieux que j'aie pas eu d'argent sur moi, ç'aurait été dommage, puisque tu m'as apporté des gâteaux...

Et alors si j'ai vu que j'en avais pas sur moi, j'ai renoncé à aller au kiosque, surtout qu'il arrivait des foules de gens, oh ! là ! là ! attention à pas te perdre, que je me suis dit. Il arrivait des tas de gens, si t'avais vu combien il en arrivait ! Y a des malades, il y venait des quatre et des cinq visiteurs, il en venait sans arrêt... Il en venait pour tout le monde, sauf pour moi — personne. Tout d'un coup, j'ai eu la frousse : faudrait pas que je le loupe, le mien ! S'il entrait par une autre porte et s'il me trouvait pas ? Y en a tellement, partout, et y a tant d'allées, et tant de monde ! Alors qu'est-ce qu'il fait s'il me trouve pas à ma place ? Qu'est-ce qu'il fait ? Il s'en va ! Il se sera donc tapé tout le voyage pour des prunes... Comment, qui ça ? Comment, tu comprends pas ? Le mien, je te dis ! Je savais pas que ça serait toi, le mien, mais je voulais pas croire que j'aurais personne. Alors file vite à la niche, mame Delca, que je me suis dit, vite à la niche ! Je suis donc retournée à mon lit, trotti-trotta, je m'y suis étendue et j'ai attendu, attendu... Tout autour, chacune recevait les siens, y en avait tant que certains restaient debout. Chacune recevait les siens, sauf moi, seule, toute seule... Je me faisais un sang d'encre. Je m'inquiétais pour ta mère : qu'est-ce qui lui arrive pour pas venir me voir ? Pour que je soye toute seule ? Qu'est-ce qui arrive à ce nigaud de Niculae ? Qu'est-ce qui est arrivé pour qu'y en ait pas un qui vienne ? Et puis voilà que je regarde du côté de la porte, et qui que je vois ? Toi ! Mais, aussitôt, le docteur Le Tordu se pointe aussi, et hop ! il a envie de causer. Il me demande si on se connaît, et depuis quand, et comment. Il a déguerpi, Dieu merci, on peut parler de ce qui nous regarde. De ce qui compte. Alors, raconte ! Ta mère, quoi de neuf ?... Eh oui, depuis que je la connais j'y dis de pas se balader sans rien sur le dos... Allez vous entendre avec une tête de mule ! Bon, ça lui passera. En tout cas, quand tu lui donnes ses comprimés, reste à côté d'elle, parce que je connais son truc, moi : dès qu'elle te voit tourner la tête, elle les planque sous son oreiller et après elle s'en débarrasse... Et toi ? Ton travail ? T'en fais pas, va, ils risquent pas de te renvoyer... Comment, pourquoi ? Parce qu'ils en trouveront pas un autre d'aussi intelligent, pardi... Pourquoi je le dirais pas, puisque c'est la vérité ? Et on n'en meurt pas ! Allez, parle-moi des autres, comment ils vont ?... Tu les as pas vus, d'accord, mais vous vous êtes bien appelés, quoi ! Niculae ? Et sa râleuse de fille ? Tu me disais qu'elle allait divorcer, elle aussi... Ah ! non ? Pas question ?... Elle attend encore un enfant ? Alors c'est qui qui me l'a dit ?... Pas toi ? Qui, alors ? Niculae ? Non, puisque ça fait un an tout rond que je l'ai pas vu... Si, si, je t'assure, j'embrouille pas les dates, moi... Quoi, y a combien de temps qu'il est parti, ton pauvre oncle, mon Delca ?... Rien que huit mois, tu dis ? Rien que huit mois..., eh ben, dis donc ! Ma foi, c'est pas plus mal, c'est mieux ici. À la maison je tournais en rond et si j'avalais rien, ça me frappait tout d'un coup. Et on n'y peut rien. Tant qu'il était encore là, pour me dire un mot, pour... Et toi que tu me reprochais mes comprimés ! Et ta mère qui me tannait pour que j'en prenne plus ! Ben, qu'est-ce que je serais devenue sans mes comprimés ? Vu que ça te vous frappe d'un seul coup et qu'on n'y peut rien. Qu'on est sans pouvoir... Et je vais tout de même pas, à mon âge, lever le museau et hurler comme les loups ! C'est pour ça, je te dis, sans mes comprimés, sûr j'aurais pété les plombs. Tandis que là j'en prenais un, j'en prenais deux, j'en prenais ce qu'il me fallait, et après j'étais apaisée.

Après, je planais… Parce qu'il me manquait tellement, avec ses bougonnements et ses n'importe quoi, les vannes qu'il me balançait et moi j'y répondais du tac au tac. Qu'est-ce que j'aurais pas donné pour qu'il soye encore là ! Mais quoi, on n'y peut rien, on est sans pouvoir. À qui en parler ? Et pourquoi en parler ? Pourquoi je t'en aurais parlé, à toi ? T'es jeune, t'as tes problèmes… En plus, tu l'aurais répété à ta mère et elle m'aurait encore attrapée. Arrête de te faire du mauvais sang à cause de lui, qu'elle disait, il t'a assez empoisonné l'existence de son vivant ! Mais moi, j'aimais pas l'entendre dire ça. C'est pour ça que j'y en parlais pas, pour pas qu'elle se mette à me disputer, comme toutes les autres : tu peux te la couler douce à présent !… Me la couler douce ? Allons donc ! Quel cafard, dans cette baraque vide ! Sans compter les voyous qui escaladaient la palissade en pleine nuit et qui entraient en douce chez moi… Si, si, ils entraient, tu sais pas, toi. Tu sais pas tout, toi ! Tu veux pas en démordre, pour toi y a personne qui entrait, c'était par peur que je me montais le bourrichon, eh ben non, c'est pas ça ! Non, c'est pas tout comme tu penses, tu devrais écouter un peu ta vieille tante, vu que je suis pas tombée de la dernière pluie. Sauf que même toi t'y crois pas, non, même à toi je peux pas en parler ! Voilà où on en est : à qui se confier si personne vous fait confiance ? Reli et la Negulescu, tout pareil. Oublie-le, qu'elles me disaient, reprends-toi ! Il t'a assez enquiquinée de son vivant ! Qu'est-ce qu'elles en savent ? Il est jamais allé voir ailleurs, le pauvre, pas une fois ! Et comment que les gens nous regardaient quand on dansait la valse tous les deux ! Ah ! ce qu'on a pu danser et faire la fête et nous amuser ! Ouais, quand il me faisait valser, ton oncle, tout le monde s'arrêtait pour nous regarder ! Il était grand, grand et costaud, mais à la valse y avait pas plus léger, les autres en étaient tous bouche bée... Alors quoi, après tant d'années passées ensemble, plus jamais le revoir ? ! C'est juste, ça ? Je restais là, je restais dans cette baraque vide, et il me manquait tellement, ah ! là ! là ! qu'est-ce que j'aurais pas donné pour qu'il soye un peu là !... Heureusement que j'ai été toute la vie une main de fer ! Alors quand je sentais que ça allait me frapper, aussitôt je prenais mes comprimés... Après, ça me frappait ou pas, en tout cas j'étais tranquille, je planais ! Parce qu'on n'y peut rien, on est sans pouvoir sur cette terre, et à mon âge, j'allais tout de même pas lever le museau et hurler comme les loups ! Et on n'a personne à qui se plaindre, personne à qui se confier, ça je le tiens de la pauvre Ivona, elle me l'a dit après la mort de son mari. Ma chère Vica, qu'elle m'a dit, on n'a personne auprès de qui se plaindre ! Personne, parce que personne vous comprend... Quelle Ivona ? C'est la meilleure ! Ivona Scarlat, tiens pardi ! L'Ivona à Mme Ioaniu... Tu la connais pas, d'accord, mais elle, elle te connaissait ! Parce que toutes les deux, qu'est-ce qu'on a pu parler de toi et de son fils, lui il a émigré. Il a filé avec sa femme, il y a déjà... Il y a combien de temps ? Dix ans ? Ou bien cinq ? Bon, à eux de savoir ! Moi, j'ai pas que ça à m'occuper ! N'empêche, on en parlait. Et qu'est-ce qu'on buvait comme cafés, nous deux Ivona ! Quelle brave fille ! Et quelle femme instruite, quelle femme intelligente ! Qu'est-ce qu'elle a pu en lire, des bouquins, pendant sa vie ! Et qu'est-ce qu'elle m'aimait, qu'est-ce qu'elle m'appréciait, qu'est-ce qu'elle tenait à moi ! Vous avez des mains en or, qu'elle disait, des mains en or ! Vous, ma chère Vica, avec votre optimisme, vous me remontez le moral, voilà ce qu'elle me disait… Et moi, je voulais t'emmener un jour chez elle, et elle pareil, amenez-le-moi, Vica, votre Gelu, que je voye à quoi il ressemble… Oui, amenez-le-moi, que je voye à quoi il ressemble, qu'elle disait quand on causait de toi et de Tudor… Ils auraient bien voulu, sa femme et lui, la faire émigrer chez eux là-bas, mais le temps d'obtenir son visa, il était trop tard, elle est morte, la pauvre… Qu'est-ce qui te prend ? Quoi, mon râtelier ? Je sais pas où il est, moi ! C'est les voyous qui me l'ont barboté, les voyous qui sautent la palissade ! Puisque je te le dis ! Là t'as vraiment pris un mauvais pli : tu crois pas ce qu'on te dit ! Ils viennent la nuit et ils escaladent la clôture… Bon, allez, allez, d'accord ! Bon, on parle d'autre chose, on parle de ce qui compte… Surtout qu'ils vont bientôt te mettre à la porte et on aura à peine commencé à causer, et tu me manques déjà… Et quand je pense à ce qu'il a encore pu me demander… Comment, qui ? Ben de qui on causait, tous les deux ? Du Tordu ! J'étais là, seule, toute seule, tandis que les autres, chacune entourée de tous les siens. Moi, au bord de mon lit, personne ! Alors, voilà que je me faisais du tintouin, qu'est-ce qui leur arrive, que je me demandais, qu'est-ce qui leur arrive pour qu'y en ait pas un qui vienne ? Et puis, tout d'un coup, qui que je vois ? Toi ! Mais, aussitôt, le docteur Le Tordu se pointe aussi, hop ! il a envie de causer. Ho ! Le Tordu, ça va pas ?… Fiche-moi la paix, Gelu ! Comment je l'appellerais pas Le Tordu puisqu'il pose des questions tordues ? La dernière fois déjà, quand il t'a vu avec moi, la même chose. Çui-là, qu'il me demande, vous le connaissez, qui c'est et depuis quand que… ? Ses sornettes, quoi ! Alors moi, j'y ai répondu : C'est mon neveu ! Voilà, c'est mon neveu, un garçon intelligent et beau et sage comme y en a pas deux !

Trop sage même — et quand on est trop sage, on n'est pas à la page. Il a pas de chance. La chance, elle sourit qu'aux fripouilles... Qu'est-ce qui te prend, encore ? T'es trop nerveux, tu te mets en pétard pour tout et n'importe quoi ! Écoute un peu les autres, voyons, arrête de tout le temps... Bon, parlons de nous, de la famille, vu que ça va bientôt être la fin des visites. Parlons de ce qui compte, parce que je m'inquiète, j'en ferme pas l'œil de la nuit ! Qu'est-ce qui va se passer ? que je me demande. Il va encore me garder, Le Tordu ? Ou bien il va plus me garder ?

— Arrête de te tracasser ! Rassure-toi ! Il va te garder, il n'a aucune raison de ne pas te garder !

— T'y as bien donné son enveloppe ? T'y as bien donnée, au Tordu ? Les billets dans une enveloppe, comme on avait dit ?... Pas besoin de me faire chut, je parle pas trop fort ! Je sais me conduire dans le monde, y a pas... Tu vois pas que je parle tout bas ? Si je te le demande, c'est que ça me donne trop de souci... C'est pour ça que j'ai des insomnies, que je ferme pas l'œil de la nuit, que je m'inquiète... Il y a donné l'enveloppe, mon petit Gelu ? que je me dis. Il y a peut-être donnée, ou peut-être qu'il y a pas donnée...

— Mon Dieu ! Je te l'ai déjà dit : oui, je la lui ai donnée ! Je te l'ai dit la dernière fois... Tu vois, tu as oublié. Je t'ai tout raconté : comment je la lui ai donnée, ce que je lui ai demandé et ce qu'il m'a répondu. Alors, pourquoi t'inquiéter, pourquoi ces insomnies ? Je lui ai donné les billets, c'est réglé, ça y est, c'est fait !

— Tu me dis que t'y as donnée ?

— Oui, oui !

— Et alors ?

— Alors quoi ?

— Qu'est-ce qu'il a dit ? Toi, t'y as donnée, et lui qu'est-ce qu'il a dit ? Il a dit qu'il me gardait ?

— Oui, il te garde, rassure-toi, il te garde ! Je te l'ai déjà raconté, je t'ai tout raconté la dernière fois, mais si tu veux, je peux recommencer... Bon, tu as oublié, ce n'est pas un drame. Ce que je peux oublier, moi aussi, ce que je peux m'emmêler les pédales ! D'abord, rassure-toi, il te garde encore... Après ? Après, on verra. Même pour moi, vois-tu, j'ai renoncé aux plans à long terme... Pourquoi ? Eh bien, parce qu'on ne sait pas de quoi demain sera fait. Il te garde donc encore un certain temps, jusqu'à ce qu'il fasse plus chaud et que tu n'aies pas à allumer ton poêle, puisque tu n'as pas le droit de soulever des poids, de te pencher, de faire des efforts, bref, défense de te fatiguer... Ne t'en fais pas, je lui ai tout expliqué. J'ai décrit ta maison, j'ai dit que tu étais seule, qu'avec cet hiver précoce tu n'avais plus ni bois ni charbon et que ta pension de veuve... Il le sait, va, il sait mieux que moi que tu es encore faible, que tu ne peux pas sortir maintenant... Je lui ai tout expliqué et je lui ai glissé l'enveloppe, mais ça n'a pas été facile, il m'a fallu de la patience, je devais ouvrir l'œil car il y avait tout le temps des gens qui passaient. Enfin... Bref, j'ai réussi...

— Tu manques d'aplomb, voilà tout ! Y en a d'autres, en un tour de main... Toi, on t'a trop cajolé... Y en a d'autres, on sait pas d'où qu'ils sortent, mais ils ont la langue bien pendue, faut voir comme ils se poussent, comme ils se font mousser ! Tandis que toi..., ta mère, ton père, moi, on t'a trop cajolé depuis que t'étais tout petit...

— C'est du joli ! Et tu t'étonnes si je m'énerve ! Dire que... Ah ! oui, du joli ! Eh bien, sache que je n'aime pas me pousser ! Et que je n'aime pas ceux qui se font mousser ! Ce qu'il ne faut pas entendre ! Vous m'avez cajolé ! Je n'aime pas ça, un point c'est tout ! Et si tu ne veux plus m'énerver, ne le répète pas... Non, je ne parle pas fort, je parle normalement, et ce que je dis, tout le monde peut l'entendre ! Seulement, je n'aime pas ceux qui...

— Hé ! Ho ! Mets un frein à ton clapet ! Qu'est-ce que t'as à crier comme ça, qu'est-ce qui te prend ? Ce que t'aimes ou pas, tout le monde s'assoit dessus ! La vie, c'est pas ton bon plaisir ! T'aimes pas, oui mais voilà... La vie, c'est pas d'après ce que t'aimes... Ah ! si je te voyais enfin rangé ! Rangé comme tant d'autres, sans soucis, sans ennuis... C'est pour ça que tu râles pour un rien, pour trois fois rien... Écoute ta vieille Vica, faut te pousser, faut te faire mousser, moi je le vois bien que t'es toujours un gamin. T'as toujours ta cervelle de gamin, t'es pas mûr. Faut avoir de l'aplomb, du plomb dans la cervelle, il faut, c'est à toi que ça rendra service...

— Décidément, je parle aux murs ! Alors, j'ai pris sur mon temps et voilà, c'est pour entendre des conseils !

— Oui, des conseils... Oui, parce que moi, j'ai toute une vie derrière moi ! T'as beau avoir des diplômes, moi j'ai l'école de la vie ! L'école de la vie, cours du soir, que je disais à Mme Ioaniu, et qu'est-ce qu'on rigolait, toutes les deux ! Et arrête de te mettre en rogne pour un oui, pour un non ! On peut causer, y a pas de mal à ça ! On cause, quoi ! C'est pour ça que le bon Dieu il nous a donné une langue. Allez, laisse tomber, parlons de ce qui compte, vu qu'ils vont bientôt te faire partir et on n'aura pas... Dis-moi, pour ma pension... Qu'est-ce qu'il a fait, le facteur ? Il a accepté de la remettre à Reli ?... Bon, d'accord, tu me l'as dit la dernière fois, mais je m'en souviens pas... Ça te défrise, de me le redire ? Raconte, t'en va pas tout de suite, laisse partir d'abord ceux qui sont arrivés les premiers...

— Ne t'en fais pas, je ne vais pas m'en aller tout de suite. Et de toute façon je vais revenir jeudi... Oui, les gens commencent à s'en aller... La prochaine fois, j'essayerai d'arriver plus tôt... D'ici là sois tranquille, veille à ta santé, dors bien...

— Dormir ! Le sommeil il veut pas de moi ! Je me fais du souci ! Du souci pour Niculae, qui se fait vieux aussi, du souci pour ta mère, tout le temps souffrante, et du souci pour toi, vu que t'as des ennuis, maintenant tu me dis que t'en as aussi à ton travail... Tu me dis qu'on va te renvoyer...

— Quoi ? Mais je n'ai pas dit ça ! J'ai dit que des collègues avaient été renvoyés et que ça aurait aussi bien pu tomber sur moi... On te dit deux mots et alors toi, tout de suite : je me fais du souci !... Mais, qu'est-ce que tu fais de ce papier hygiénique ? Pourquoi le planques-tu sous ton oreiller ?... D'accord, mais pas autant[1] ! Eh bien, dis donc ! Laisse-moi ouvrir le tiroir, je vais y mettre les gâteaux... Ça alors, là aussi ! Sans blague !

— Chut ! On nous écoute. Regarde-les, autour de nous ! Rien qu'à vouloir entendre ce qu'on se dit, rien qu'à vouloir voir ce qu'on fait ! Mais laisse-le là, mon P.Q., laisse-le !... Comment ça, pourquoi je le garde ? Pour en avoir quand j'en aurai besoin ! Si y en avait plus quand il m'en faudra, hein ? La risée, moi ? La risée de qui ? Cause toujours ! Personne en sait rien de ce que je fais ! Le pain est là, dans le tiroir. Ben oui, du pain ! Ça se voit, que

1. Parmi les nombreuses pénuries, celle de papier hygiénique était permanente.

c'est du pain… Où veux-tu que je le mette, autrement ? Hé ! qu'est-ce que tu fais ? Mais c'est qu'il vide mon tiroir ! Y touche pas, laisse-le tel quel, tel que je le connais ! Je sais ce que je fais ! Le pain, du moment qu'il reste sur la table, pourquoi le jeter ? Pourquoi ça serait eux qui se le reprendraient ? Pourquoi leur-z-y redonner ? Pourquoi le laisser perdre ?… Les cafards ? Quels cafards ? Y en a pas, y en a pas un. Il peut pas y en avoir, vu que je verse de l'alcool à brûler dans tous les coins où je sais qu'ils aiment y faire leur nid… J'en verse à la maison, j'en verse ici aussi, et alors y a pas une de ces saletés de bestioles qu'oserait… Ben oui, t'as pas à t'étonner, j'en verse à la maison et j'en verse ici aussi. Oui, j'en glougloute ici aussi, autrement ça grouillerait… Qu'est-ce que tu te figurais ? Comme quoi tu vas me laisser chaque chose à sa place que j'y connais, tu vas me laisser mon P.Q. et mon pain, pour quand j'en aurai l'utilité. Faut garder une poire pour la soif… T'en fais pas, tu seras la risée de personne, et moi non plus, arrête de t'affoler ! T'as qu'à voir cette peste de proprio, la chance qu'elle a avec tous ses enfants et ses petits-enfants qui la dorlotent à qui mieux mieux ! Ils y apportent du raisin, du vin, de la volaille et tout et tout de la ferme où ils travaillent, toujours les bras pleins ! Et ils se réunissent pour les fêtes et ils se remplissent la panse… Mais non, ils volent pas ! Ils volent pas : ils se servent ! Ils se servent à la ferme où qu'ils sont ! Et elle, cette peste, elle les mène à la baguette, elle commande à tout le monde, c'est elle qu'a envoyé les voyous… Mais si ! Mais si, je t'assure ! Ils ont escaladé la clôture en pleine nuit, vu que le portail était fermé à clé, c'est moi que je l'avais fermé et que je gardais la clé, et puis ils sont entrés et ils m'ont pris ma moulinette… Comment ils ont fait pour entrer ? Quelle question ! Ils ont fait comme les voleurs, vu que c'étaient des voleurs, pardi ! Ça a des passe-partout, des… C'est cette vieille intrigante de proprio qui les envoyait, cette malfaisante, allez-y, qu'elle leur a dit, c'est le tour à mame Delca, allez vite y prendre sa moulinette, à mame Delca, qu'elle leur a dit. Alors eux ils ont escaladé la clôture, ils ont ouvert avec leur passe-partout, ils sont entrés chez moi et ils me l'ont prise… Puisque je te le dis !… Comment, à sa place ? Comment qu'elle serait à sa place, ma moulinette ? Ah ! non, alors ça non, laisse tomber ! Causons plutôt de ce qu'on a à causer… Parlons de ce qui compte, parlons de la famille, vu que bientôt ils vont venir te mettre à la porte… Et tu me manques déjà…

PERSONNAGES HISTORIQUES CITÉS DANS LE ROMAN

ANTONESCU, Ion (1882-1946) : dictateur de 1940 à 1944, allié d'Hitler, autoproclamé maréchal, violemment antisémite, il entraîna la Roumanie dans la guerre.

AVERESCU, Alexandru (1859-1938) : l'un des commandants des armées roumaines en 1916.

BRATIANU : famille dont sont issus plusieurs hommes politiques de premier plan aux XIXe et XXe siècles. Ion, dit Ionel (1864-1927), leader du parti national libéral, francophile, plusieurs fois président du Conseil, fit entrer la Roumanie en guerre aux côtés des Alliés en août 1916, après avoir milité un temps pour la neutralité de son pays.

BULANDRA, Tony (1881-1943) : acteur.

CARP, Petre (1837-1918) : leader du parti conservateur, plusieurs fois président du Conseil. Germanophile, il plaidait pour l'entrée en guerre contre les Alliés.

FERDINAND Ier (1865-1927) : couronné le 11 octobre 1914, à la mort de Charles Ier, il entre en guerre en août 1916 dans le camp de l'Entente.

FILIPESCU, Nicolae Grigorie (1862-1916) : député conservateur, ministre de la Guerre en 1911. Il se sépara de Carp pour amener la Roumanie dans le camp des Alliés.

GHEORGHIU, Gheorghe (1901-1965), dit Gheorghiu-Dej : secrétaire général du Parti communiste de 1945 à 1965, dirigeant stalinien de la Roumanie.

GRIGORESCU, Nicolae (1838-1907) : peintre, fondateur de l'école roumaine moderne de peinture.

IONESCU, Dumitru, dit Take (1858-1922) : député libéral puis conservateur, plusieurs fois ministre, président du Conseil en 1921. Il était favorable aux Alliés.

MAIORESCU, Titu (1840-1917) : critique littéraire, homme politique conservateur, président du Conseil de 1912 à 1914. Hostile au rapprochement avec les Alliés.

MANIU, Iuliu (1873-1951) : fondateur en 1926 du parti national-paysan, président du Conseil (1928-1930).

MARGHILOMAN, Alexandru (1854-1925) : homme politique conservateur, acquis aux empires centraux. Président du Conseil après la défaite roumaine (mars-octobre 1918).

PAU, Paul Marie César Gérald (1848-1932) : commandant de l'armée d'Alsace en août 1914, il accomplit ensuite plusieurs voyages diplomatiques.

PREZAN, Constantin (1861-1943) : commandant de la 4e armée du Nord (août-octobre 1916) puis du groupe d'armées du Sud (novembre 1916).

STERE, Constantin (1865-1936) : écrivain, juriste, homme politique, favorable aux empires centraux.

PREMIÈRE PARTIE

DEUXIÈME PARTIE

TROISIÈME PARTIE

QUATRIÈME PARTIE

ÉPILOGUE

DU MÊME AUTEUR

Aux Éditions Gallimard

UNE MATINÉE PERDUE, 2005 (Folio n° 5533).

VIENNE LE JOUR, 2009.

Composition Nord Compo
Impression Maury-Imprimeur
45330 Malesherbes
le 3 février 2013.
Dépôt légal : février 2013.
Numéro d'imprimeur : 179570.

ISBN 978-2-07-045012-1. / Imprimé en France.

248012